KB111627

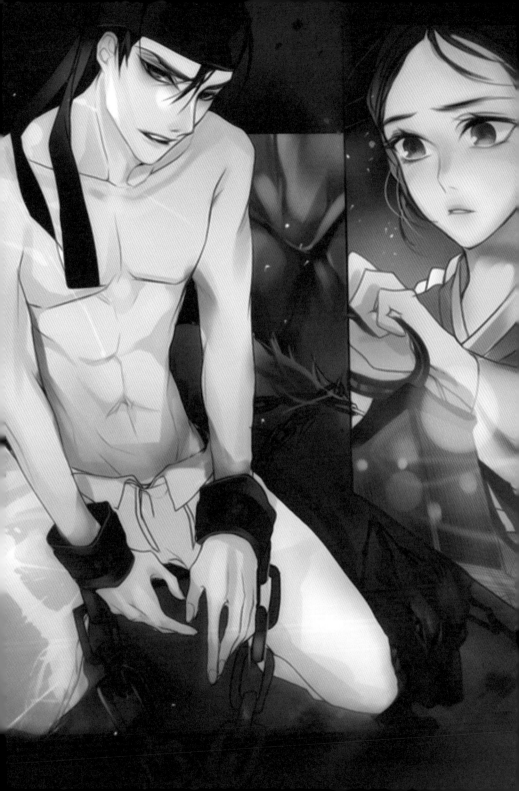

늑대공자

늑대공자 1

초판 1쇄 인쇄일 2016년 9월 19일
초판 1쇄 발행일 2016년 9월 26일

지은이 | 월우
펴낸이 | 김기선

편집장 | 김은지
디자인 | 금장미

펴낸곳 | 와이엠북스(YMBOOKS)
출판등록 | 2012년 7월 17일 (제2014-17호)
주소 | 서울시 도봉구 노해로 379, 1005호(창동, 대성빌딩)
전화 | 02)906-7768 / 팩스 | 02)906-7769
E-mail | ymbooks@nate.com

ISBN 979-11-322-3875-1 (04810)
ISBN 979-11-322-3874-4 (set)

© 월우 2016 Printed in Korea

값 12,800원

※파본은 구입처에서 교환하여 드립니다.
※저자와 협의하여 인지를 붙이지 않습니다.
※이 책은 저작권법에 따라 보호를 받는 저작물이므로 무단 전재와 복제를 금하며,
이 책 내용의 전부 또는 일부를 사용하려면 반드시 저작권자와 와이엠북스의 동의를 받아야 합니다.

차 례

제1장. 새카맣고 아름다운 짐승

"우리 혈족들은 일생 단 하나의 반려만을 맞는단다. 반려 이외에는 그 누구도 사랑할 수 없는 것이 우리 피를 타고난 자의 운명이란 거지."

"그럼 반려는 어떻게 만나죠? 만약 만났는데도 내가 못 알아보면 어떡하죠? 그럼 평생 아무도 사랑할 수 없게 되는 건가요?"

"아니, 그런 일은 없단다. 넌 반드시 한눈에 네 반려를 알아보게 될 것이야."

"왜요? 어떻게요?"

"후훗, 그건 말이다……."

그것은 옛날 옛적 아주 오래전, 어느 소년이 현명하고 다정한 어머니에게 전해 들은 이야기, 늑대 혈족 사이에서 입에서 입으로 전해지는 아름다운 비밀에 대한 이야기였다.

그리고 이제 늑대혈족의 운명을 바꿀 새로운 비밀이, 새로운 이야기가 시작된다.

"젠장! 젠자아앙!"

보령 외곽, 마을과 마을 사이를 가르는 야트막한 야산에 막 어둠이 깔리기 시작했을 즈음이었다. 전 도호부사 김찬의 셋째아들 준형은 허겁지겁 산길로 뛰어들며 이를 부드득, 부드득 갈고 있었다.

어둠이 짙어지면 달이 뜰 터였다. 수치스러운 보름달이 뜰 터였다.

한 달에 한 번씩 겪어내야만 하는, 준형이 준형으로 있을 수 없는 그 밤이 시작될 터였다. 그러기에 준형은 산등성이에 위치한 아름드리 숲에 이르자마자 서둘러 주변을 살핀 뒤, 인적이 없음을 확인하고선 정신없이 도포 끈을 풀기 시작하였다.

"제길! 왜 이렇게 안 벗겨지는 거야!"

준형은 제 긴 팔다리에 휘감겨 쉽게 벗겨지지 않는 옷들에 있는 대로 짜증을 다 내며 성급히 손을 놀려 도포, 창옷, 두루마기에 이어 저고리와 속적삼까지 다 벗어내었다.

그의 떡 벌어진 어깨, 넓은 가슴팍, 두껍지 않게 미끈하게 뻗은 허리, 길고 늘씬하게 뻗은 팔 등에는 적재적소에 크고 작은 근육들이 알맞게 분포되어 있었다. 부러 참기름이라도 발라놓은 듯 자르르 윤기까지 흐르고 있었다.

하지만 아쉽게도 그 순간 마치 한 폭의 그림 같은 그의 나신을 지켜보는 눈은 어디에도 없었다. 그런데도 막상 바지 끈을 풀다 말고 준형의 손은 멈칫하였다. 본능적인 수치심 때문이었다. 아무리 비상 상황이라 해도, 언제 누가 볼지 모르는 이런 확 트인 자연 속에서 태어난 그대로의 알몸이 되는 건 본능적으로 거부감이 일 수밖에 없었다.

"후우!"

바지 끈을 잡고 선 채 준형은 남자답게 좌우로 시원하게 뻗은 입술을 질끈 깨물더니 굳게 깨문 잇새로 숨을 몰아쉬었다.

분했다. 싫었다. 매번 이런 저 자신이 짜증스럽고 한심하고 환멸스럽기 그지없었다. 하지만 어쩔 도리가 없었다. 여기서 주저하고 있을 수 없었다.

피가 들끓고 있었다. 온몸의 털이란 털이, 심지어 귀와 콧속의 작은 솜털까지도 바짝 일어서고 있었다. 손톱 끝, 발톱 끝이 견딜 수 없게 간질간질하였다. 불이 붙은 듯 눈알이 뜨거워지고 있었다. 목구멍이 타는 듯 아파왔다. 어느새 주체할 수 없이 입안에 가득 고인 침은 이제 막 흘러넘치기 직전이었다. 그리고 이 모든 증상들이 말해주는 건 단 한 가지밖에 없었다.

때가 되었다는 것이었다. 더는 수치심에 머뭇거릴 시간이 없다는 뜻이었다. 그러니 원망스럽기 그지없는 달빛이 제 몸에 닿기 전에 얼른 옷을 벗어야만 했다.

"크윽!"

분해서 미쳐버릴 것 같은 심정을 꾹꾹 누른 채 준형은 신고 있던 태사혜 신발이며 바지, 속고의까지 연이어 벗어 던졌다. 모두 며칠 전에 갓 지은 새 신과 새 옷들이었다. 족히 쌀 수십 섬 값은 들여야 마련할 수 있는 귀한 것들이었다. 하지만 준형이 어둠 속에서도 뽀얗게 빛을 발하는 알엉덩이를 드러낸 채 벗어낸 옷가지들과 신을 가지런히 정리하기 시작한 건 그 값이 아까워서가 아니었다.

다음 날 새벽에 다시 갖춰 입기 위해서였다.

금자도로, 제집으로 멀쩡한 자신의 모습으로 돌아가기 위해선 밤새 다른 산짐승들에게 짓밟히지 않도록 얌전히 옷가지들을 잘 숨겨놔야만 했다.

그때였다. 문득, 그리 멀지 않은 곳에서 들려온 인기척들에 준형은 소스라치게 놀라고 말았다.

"끄윽. 그러지 말고요, 예!"

누군가를 조르는 젊은 남자의 목소리와 함께 타박타박, 산길을 걷는 두어 명의 발소리가 점점 더 가까이 들려오고 있었다.

'젠장! 왜 하필!'

준형은 서둘러 풀숲 아래 납작 엎드려 몸을 숨겼다. 심장이 두근두근, 몸 밖으로 튀어나올 것만 같았다. 어쩌면 이럴 수도 있을 것이라 수십 번 수백 번 예상해온 일이었지만, 막상 이런 때를 맞고 보니 온몸이 긴장과 경악으로 빳빳이 굳고 말았다. 훌쩍 뛰어 나무 위에라도 올라갔으면 좋으련만 놀란 마음에 몸이 따라주지 않았다. 그런 준형의 초조한 마음을 아는지 모르는지 낯선 기척들은 점점 더 가까이 다가오고 있었다.

"누님! 정말 이럴 거요?"

"응, 이럴 거야."

"누님!"

"네가 그렇게 애달프게 누나라 안 불러도 내가 네 누나란 사실은 변함이 없으니 그만 좀 부르지그래?"

산길을 걸으며 옥신각신 말다툼을 하다, 준형이 몸을 숨긴 풀숲에서 열 걸음 정도 떨어진 곳에서 멈춰 선 이들은 한눈에 보기에도 대조적인 차림의 젊은 두 남녀였다.

술이 조금 취했는지 비틀비틀하는 젊은 남자는 유난히 큰 갓과 지나치게 화려한 푸른 색깔의 사치스러운 도포자락을 몸에 휘감고 있었다.

그에 반해 허리를 꼿꼿이 세운 채 젊은 남자를 부축하고 있는 젊은 여자는 여기저기 기운 자국이 역력한 낡은 잿빛 장옷을 뒤집어쓰고 있었다. 젊은 남자가 '누님'이라 부르지만 않았어도 양반 댁 도련님을 부축하는 그 집 하녀라고밖에 보이지 않는 차림이었다.

키는 보통의 성인 여인네들보다 한 뼘쯤 작을 정도로 작달막했고, 살집도 별반 없어 마른 편에 속했다. 달빛만으로도 유난히 도드라지는 새하얀 살빛과, 과장을 좀 보태 조그만 얼굴의 삼분의 일이나 차지할 것 같은 커다란 눈은 한 손에 덮일 것 같은 조그만 얼굴을 훨씬 앳되어 보이게 했다. 생긴 걸로만 치자면 겨우 열대여섯 살 정도로 보였기에 젊은 사내가 꼬박꼬박 존대를 하고 '누님'이라 부르는 게 참 안 어울려 보였을 정도였다.

하지만 아우인 젊은 남자를 똑바로 응시하는 그 눈빛은 절대 어리고 여리지 않았다. 주저함이나 망설임을 모르는, 곧고 당찬 눈빛이었다.

"끅! 뭐, 난들 좋아서 이러는 줄 알아요? 어머니가…… 어머니가 성화시라고요. 당장이라도 누님 머리채를 죄 잡아 뜯는다는 걸 이 내가, 이 불쌍한 아우가 중간에서 말리느라 얼마나 힘든 줄이나 아셔요?"

"욕심 버려. 그 땅들은 내가 혼인할 때 가져가라고 아버지께서 내게 사주신 땅이야. 아버지께서 내게 유일하게 남겨주신 거라고."

"아, 참 답답하네. 누가 그걸 몰라? 알아, 잘 안다고! 그래도 어머니가! 어머니께서 달라면 줘야지! 그게 자식 된 도리잖……."

"어머니가 아니라 너겠지."

"누님!"

"……용아."

젊은 여자가 부축하느라 잡고 있던 젊은 남자의 팔을 놓아준 후, 낡은 장옷을 어깨까지 내리고선 용이라 부른 남자와 마주 섰다.

"네가 자꾸 어머니를 들쑤시는 거 알아. 그러지 마. 네가 자꾸 그러면 어머닌 내게 모질고 독하게 구실 수밖에 없고, 그럼 나 역시 어머니를 딸로서 사랑하고 따를 수가 없게 되잖아."

여자가 조곤조곤 말했다. 높낮이라고는 없는 무미건조한 말투였다. 화가 난 상대를 더욱 열 받게 하는, 무덤덤하기 그지없는 말투였다.

그런데 준형의 귀에는 그 목소리가 유난히 선명하게 들렸다. 불만스럽게 투덜대는 젊은 남자의 목소리가 훨씬 큰데도 어찌 된 까닭인지 준형의 귀에는 여자의 목소리만이 선명한 존재감을 가지고 쏙쏙 들어왔다.

"하! 언제는 뭐, 그렇게 대단히 사랑하고 아꼈다고!"

젊은 남자의 목소리가 한층 더 거칠어졌다. 술기운이 키운 그 목소리가 밤의 숲길에 쩌렁쩌렁 울려 퍼졌다.

"홍당! 너, 그러는 거 아니지! 우리가 남이야? 가족이라고 해봐야 딸랑 셋인데, 너 혼자 그렇게 땅문서 움켜쥐어서 아주 좋겠어! 네가 진짜 우리 가족을 아끼고 사랑한다면 진작 그놈의 땅문서를 내놨어야지, 안 그래!"

젊은 남자가 퉤, 소리를 내며 마른침을 땅바닥에 내갈겼다.

"말이야 바른말이지. 출가외인이 될 주제에 왜 네가 홍씨 가문의 땅들을 가지고 있는 건데? 넌 딸이야! 난 아들이고! 권리로 보나 뭐로 보나 그 땅은 내가 가져야 마땅한 건데, 왜 너 혼자 그걸 꿀꺽하……."

픽! 하는 소리와 함께 젊은 남자의 말이 중간에서 끊겼다. 당이라고 불린 젊은 여자가 손을 들어 주절대고 있던 젊은 남자의 머리통을 매섭게 후려갈긴 때문이었다.

"아, 누님!"

"홍용, 오늘따라 도에 넘치는구나. 지금 누구한테 막말이지?"

여자는 나직한 말투와 달리 날선 눈빛으로 젊은 남자를 노려보았다.

"아니, 누님, 난 그게 아니라……."

젊은 남자는 억울하다는 듯 목소리를 높이려다 다시 찔끔하여 입을 다물었다. 그의 누나가 다시 한 번 세차게 후려갈길 기세로 손을 높이 쳐들었기 때문이었다.

"자, 잘못했어요."

"맞은 덕분에 정신이 나지? 그럼 이대로 반성 계속하고 천천히 내려와."

기가 죽은 동생의 사과를 받은 후에야 아무 일이 없었던 듯 조용히 손을 내린 후 여자가 동생을 뒤로하고 돌아섰다. 그리고 준형이 몸을 낮추어 숨어 있는 풀숲 쪽으로 조금 더 가까이 다가왔다. 순간, 준형의 몸이 흠칫, 작은 경련을 일으켰다.

'뭐, 뭐지?'

준형은 갑자기 제 몸이 일으키는 변화를 이해하지 못했다. 그저 여자가 자신 쪽을 향해 돌아서고, 조금 가까이 온 것뿐인데 왜 갑자기 이렇게 몸이 떨려오는 것인지, 왜 이리 심장이 벅차게 뛰기 시작한 것인지 몰랐다.

몸이 변할 때 일어나는 떨림이 아니었다. 그런 것이라면 이미 지난 십수 년간, 매달 겪어온 일이니 놀라고 당황할 이유가 없었다.

그러나 지금의 떨림은, 느낌은 전혀 달랐다.

혐오가 아닌, 환희에서 비롯된 떨림과 닮아 있었다. 쾌감을 닮은 떨림이었다. 굶주림과 갈증에 시달리다 산해진미와 시원한 맑은 샘을 발견한 것만 같은 기분이었다. 지지리도 운 없던 무능한 심마니가 마침내 평생 갈구해온 산삼을 눈앞에 두었을 때의 떨림 같았다. 이제껏 단 한 번도 굶주린 적도, 목마른 적도, 산삼을 찾아 산을 헤맨 적도 없음에도 불구하고, 준형은 그리 느끼고 있었다.

'왜지? 지금 이러는 이유가 뭐야? 도대체 왜?'

맹세코, 이런 적은 처음이었다.

만월, 보름달이 뜨는 날이 가까이 오면 올수록 준형의 모든 본능이, 모든 욕구가 강해지긴 했지만 여자를 탐하거나 욕심낸 적은 없었다. 어쩌다 절세가인이라 불리는 기녀들을 본 적이 있어도 이상하리만큼 무감했던 준형이었다. 그런데, 신기하게도 지금 준형의 가슴은 눈앞의 자그마한 여자 때문에 격렬히 뛰고 있었다.

피곤한 듯 "하아!" 하고 깊게 숨을 내쉬고 들이마시는 여자의 한숨 소리가 준형의 귀에는 마치 은은한 피리 소리처럼 들렸다. 밤공기에 퍼져 나가는 숨결이 섞인 여자의 뽀얀 입김은 준형의 입맛을 다시게 했다. 사부작, 사부작 걸을 때마다 나는 새침한 발소리가 준형의 심장 고동을 더욱 격하게 했다. 점점 가까이 다가오면 올수록 이 야밤, 산중에 있을 리 없는 복숭아 향기가, 지나치게 달콤한 그 향내가 준형의 코끝을 간질였다.

그렇게 '홍당'이란 이름의 여자는 준형의 오감을, 그 하나하나를 생생히 자극시키고 있었다.

"하아."

자신의 발 앞에 무엇이 도사리고 있는지도 모르고 당이는 또다시 길게 한숨을 내쉬었다. 피곤했다. 동생이고 뭐고 빨리 산을 내려가 집의 조그마한 제 방에서 아무 생각 없이 뻗어버리고만 싶었다.

아침 일찍부터 동네 잔칫집에 가 일손을 거드느라, 단 한 번도 허리를 제대로 펴보지도 못한 채 계속 부엌일만 한 탓에 낮부터 허리가 끊어질 듯 아팠다. 그런데도 집에 들어서자마자 어머니는 산 너머 주막에 가 있을 용이를 찾아오라고 성화를 부렸다. 그 때문에 엉덩이 한 번 마루에 붙이지 못하고 그대로 다시 천근만근의 피곤한 몸을 움직여 용이를 찾아 데리고 오고 있던 중이었다.

밤이 늦으면 어련히 알아서 올 용이를 굳이 데리고 오라고 시킨 어머니나 순순히 따라오지 않고 툴툴대며 늑장을 부리는 용이의 본심은 당이가 더 잘 알았다. 이런 귀찮고 피곤한 일이 없게 하고 싶으면 하루라도 빨리 땅문서를 내놓으라는 뜻인 것쯤은 알고도 남았다. 물론, 안다고 순순히 넘겨줄 생각 따윈 쌀알 한 톨만큼도 없었다.

"아, 제기랄!"

야무진 당이의 뒷모습을 보고 섰던 용이가 제 뜻대로 되어가지 않는 답답함에 욕설과 함께 땅바닥의 돌멩이를 거칠게 걸어찼다.

"아얏!"

생각보다 단단한 돌멩이와 부딪친 아픔에 용이가 발을 감싸고 주저앉았을 때, 돌멩이는 순식간에 당이의 곁을 아슬아슬하게 스쳐 지나가 조금 앞의 풀숲에 가 떨어졌다. 아니, 탁! 하는 둔탁한 소리가 들린 거로 봐서는 어딘가에 부딪힌 것 같았다. 그리고 그 '어딘가'는 운수 나쁘게도 어떤 짐승이었던 모양이었다. 사람의 종아리를 다 가릴 정도로 울창한 풀숲 속에서 "크르르." 하고 짐승이 낮게 으르렁거리는 소리가 들려오기 시작했으니.

"뭐, 뭐, 뭐야?"

풀숲에서 들려온 심상치 않은 소리에 용이는 벌써부터 저 혼자 앉은 채로 슬금슬금 뒷걸음질을 쳤다. 그런 동생의 모습에 아랑곳하지 않고 당이는 풀숲에 시선을 고정한 채 천천히 눈만 깜빡이고 있었다.

스르륵. 가만히, 그리고 우아한 몸짓으로 커다랗고 새카만 무언가가 풀숲 아래에서 일어나는가 싶더니 풀숲 사이를 헤치고 달빛 아래에 그 모습을 드러냈다.

"으, 으, 으악! 괴물! 누님, 괴물이요! 괴물이 나타났어!"

'……시끄러워.'

당이는 등 뒤에서 호들갑스럽게 야단법석을 떠는 용이가 어디론가 사라져줬으면 좋겠다는 말도 안 되는 생각을 했다.

'괴물이라니 말도 안 돼.'

당이는 이제 완전히 그 모습을 드러낸 제 앞의 존재에게서 시선을 떼지 못했다. 자신도 몰래 힘없이 내려뜨린 등롱 빛을 반사하고 있는 검은 짐승의 눈은 이 세상 어디에서도 본 적이 없는 색을 하고 있었다. 온통 새카만 털에 둘러싸여 있는 그 눈은 은회색의 반달이 청회색의 비단을 두르고 있는 것 같은 색이었다. 은색으로도, 회색으로도, 청색으로도 혹은 그 어느 색으로도 규정할 수 없는 오묘한, 그래서 당이 제 힘만으로는 그 시선에서 도저히 눈을 뗄 수 없게 만드는 위험한 빛깔이었다.

괴물이라면 이렇게 아름다울 리 없었다. 괴물이라는 흉측한 이름으로 불려야 할 존재라면 이렇듯 신비로울 수가 없었다.

"하아……."

새카맣고 아름다운 짐승에게 현혹된 당이의 입에서 한숨이 흘러나왔다.

"크르르……."

당이의 한숨에 이어 새카맣고 아름다운 짐승의 입에서도 한숨을 닮은 소리가 흘러나왔다. 그렇게 두 존재는 한참 동안 서로만 주시하고 섰다. 서로를 제외하곤 이 산길에 아무도 없는 것 같은 착각에 빠졌다.

두 존재가 마주 선 곳은 더 이상 산도 숲도 아니었다. 달빛이 내리쬐는 밤도 아니었다. 시간이 멈추고, 장소가 지워진 모호한 그 어디였다. 그곳에서 두 존재는 오롯이 서로에게만 정신을 빼앗긴 채 있었다.

아마 그래서였을 것이다.

"이, 이 괴물 놈이!"

용이가 있는 힘껏 집어 던진, 어른 주먹만 한 크기의 돌멩이를 짐승은 피하지 못하고 말았다.

"크아아악!"

"악!"

제대로 눈을 얻어맞은 짐승의 포효와 당이의 비명이 동시에 터져 나왔다.

이어 짐승이 충격을 이기지 못해 몸의 중심을 잃고 비틀거리다 말고 제자리에 주저앉았다.

"우와! 제대로 맞혔어! 누님, 거기 비켜요!"

제가 거둔 성과에 의기양양하며, 용이가 다시 한 번 주위를 두리번거리다 이번에는 좀 전보다 훨씬 큰 돌을 치켜들고는 짐승 쪽을 겨냥하였다.

"안 돼!"

당이가 그런 용이의 앞에 두 팔을 벌리고 나섰다.

"누님, 비켜서요! 얼른!"

용이가 눈을 부라렸지만 그런데도 당이가 딱히 비켜날 생각을 않자, 그런 당이의 손목을 잡아당겨서는 제 옆으로 홱, 밀쳐버렸다.

"지금 제정신이에요? 저런 괴물은 지금 당장 요절을 내지 않……. 윽!"

또다시 돌멩이를 던지려던 용이의 말이 중간에서 끊겼다. 당이의 매운 손바닥이 이번에도 있는 힘껏 그의 머리를 후려갈겼기 때문이었다.

"아, 정말 이러기예요?"

제 딴엔 꽤나 억울했는지 용이가 눈에 쌍심지를 켜고 당이를 보았다.

"한 번 더 맞기 싫으면 그 돌, 얌전히 내려놔."

"누님!"

"아프니? 맞으니 화가 나? 쟤도 그럴 거야. 맞으면 아프고 화나는 건 사람이나 짐승이나 다 똑같거든. 근데 네가 뭐야? 네가 뭔데 쟤를 괴롭혀!"

짐승을 보호하겠다는 의지를 보여주듯, 당이가 또다시 두 팔을 활짝 벌리고 용이와 짐승 사이에 섰다. 그런 당이의 얼굴은 분해서 빨갛게 달아올라 있기까지 하였다.

"난 누님을 구해주려고 한 거예요! 저 괴물 놈한테서……."

"왜! 날 잡아먹기라도 할까 봐?"

"그야, 모르는 일이잖아요."

"모르는 건 너야. 만약 쟤가 네 말대로 그렇게 사나운 맹수라면 왜 지금이라도 우리를 덮치지 않는 건데? 네가 든 그 돌멩이가 무서워서?"

"그, 그건……."

용이가 흘낏, 당이 등 뒤에 엎드려 있는 짐승을 보았다. 딴은 누이의 말이 맞다 싶었다. 보통의 맹수라면 제 돌멩이에 맞은 직후 바로 도망쳤거나, 아니면 성이 나서 덤벼들려 하고 있을 터였다.

그런데 눈앞의 짐승은 달랐다.

얻어맞은 눈에서는 피가 흘러나오고 있는데도 마치 주인을 기다리는 얌전한 집개이기라도 한 양 얌전히 엎드려서 숨을 몰아쉬고 있을 뿐, 그 어떤 공격의지도 보이지 않고 있었다.

"나는 그냥 아무 생각 없이……."

뭐라 반박할 거리가 없어서 말을 더듬는 용이를 본 당이의 얼굴에서 그제야 분한 기색이 가셨다. 즉흥적이고 단순하긴 하지만 지금의 용이에게 별다른 악의가 있는 건 아니란 걸 알아서였다.

"용아, 언제나 그 '생각 없이'가 가장 무서운 거야. 만약 쟤가 진짜 사람을 해치는 무서운 맹수였다면 네 돌팔매질로 오히려 우리는 더 위험해졌을지도 모르……. 핫!"

"엇!"

순간, 갑작스러운 상황에 놀란 당이와 용이의 입에서 동시에 짧은 비명이 터져 나왔다. 당이의 몸이 갑자기 훌쩍 공중으로 튀어 오르는가 싶더니, 언제 다가왔는지도 모르는 짐승의 등 위로 풀썩 떨어지고 만 것이었다. 이어 새카만 짐승은 "크아아아!" 하는 포효를 내지른 후, 산 전체를 집어삼킬 듯 커다란 달을 향해 풀썩 뛰어오르더니 이내 제 털빛만큼이나 새카만 어둠 속으로 사라져갔다.

"누…… 님……?"

용이는 얼이 빠진 것처럼 떠억 입을 벌렸다. 방금 제가 본 것이 영 믿기지 않았다. 난생처음 보는 짐승이 용이 제 눈앞에서, 눈 깜빡할 사이에 제 누이를 납치해 간 것이 아닌가!

그렇게 당이를 업은 새카맣고 아름다운 짐승은 마치 나는 것과 같은 날랜 움직임으로 산 중턱 어디쯤의 웅장한 폭포를 품고 있는 계곡까지 단숨에 내달았다.

"하아. 하아……."

떨어지지 않기 위해 짐승의 목을 움켜쥐고 납작 엎드려 있던 당이가 밭은 숨을 내쉬며 고개를 든 건, 거칠게 출렁이던 짐승의 등이 차분히 가라앉은 다음이었다.

"세상에!"

제자리에 멈춘 짐승의 등 위에서 고개를 들자마자 당이는 지금 자신이 처한 상황도 잊고 그만 탄성을 내지를 수밖에 없었다.

"이거 꿈이니?"

저도 모르게 짐승의 등에 손을 짚고선 폴짝 짐승의 등에서 뛰어내린 당이가 짐승의 곁에 선 채 힘없이 중얼거렸다. 눈에 보이는 그 어느 것 하나 일상적인 것이 없었다. 아무리 보름이라곤 해도 산 전체를 덮을 듯 지나치게 커다란 달부터가 그랬다. 그 달을 고스란히 품고 있는 거울같이 맑은 샘도, 귀청이 아플 정도로 큰 소리를 내며 쏟아져 내리고 있는 폭포수도, 모두 그림 속에서나 본 천계의 풍경 같았다. 거기에 더해 지금 당이 제 곁에서 그르르 소리를 내며 고요히 목을 울리고 있는 아름다운 존재까지, 도통 이 모두가 현실이라는 느낌이 들지 않았다. 꿈이 아니고서는 설명될 수 없는 일투성이였다.

"여기가 네 비밀 보금자……. 너!"

네 발을 모두 굽히고 앉아 고개를 들어 쉬고 있는 짐승을 돌아보며 묻던 당이의 눈이 놀라 화등잔만 해졌다.

"다쳤잖아!"

당이가 얼른 그 곁에 무릎을 꿇고 앉아 짐승의 얼굴로 두 손을 뻗었다. 상처를 자세히 보려 한 무의식적인 행동이었다. 하지만 당이의 두 손이 얼굴에 닿기 전에, 짐승은 소스라치게 놀라 펄쩍 뛰어 두어 걸음 물러났다.

"놀라지 마. 그냥 얼마나 다쳤는지 보려고 그러는 거니까. 응?"

경계를 하듯 목털을 세우고 저를 보고 있는 짐승에게 다정히 이른 후 당이가 좀 전보다 훨씬 더 조심스럽고 느린 움직임으로 짐승의 얼굴을 향해 두 손을 뻗었다.

"고마워."

아직도 완전히 경계심을 늦추지 못하고 있지만 그래도 순순히 얼굴을 맡겨준 짐승에게 감사의 말을 전하며, 당이는 짐승의 얼굴을 살그머니 들어 올렸다. 그러자 밝은 달빛의 도움으로, 좀 전에 용이가 던진 돌멩이가 낸 눈 바로 위의 상처에서 진한 붉은색 피가 쉴 새 없이 흘러내리고 있는 것을 볼 수 있었다. 그 피들 중 일부가 눈에 들어갔는지, 처음 눈이 마주친 순간 당이를 사로잡았던 그 오묘한 빛의 눈동자는 새빨갛게 물들어 있었다.

파닥, 파다닥. 피에 젖은 새카만 눈꺼풀이 쉴 새 없이 파닥이며, 지금 느끼고 있는 고통을 여실히 보여주고 있었다.

"안 되겠다! 일단 그 피라도 어떻게 해야지."

당이가 짐승의 상처를 들여다보다 말고 얼른 다다다 물가를 향해 뛰어가더니, 물가에 닿자마자 훌렁 제 치맛자락을 들어 올렸다. 속치마를 찢어 그것을 물에 적실 셈이었다.

'아냐, 잠깐.'

치마를 든 당이의 손이 망설임을 안고 그대로 멈췄다. 안 그래도 낡은 속치마였다. 군데군데 헤지고 낡은, 그리고 보통의 속치마들보다 깡동하니 짧은, 그나마도 당이가 가지고 있는 두 벌의 속치마 중 상태가 좋은 편에 속하는 것이었다. 그러니 이렇게 찢어내고 나면 당분간은 더 낡은 속치마를 입을 수밖에 없는 처지였다.

"몰라! 정 안 되면 벗고 다니지. 누가 들춰 볼 것도 아닌데 무슨 상관이람!"

당이가 망설임을 떨치듯 소리 내어 중얼거린 뒤 치마를 들춰 속치마 자락을 잡은 다음 있는 힘껏 양쪽으로 잡아당겼다. 부욱 소리와 함께 속치마의 아랫단이 찢어졌다. 당이는 그것을 계곡물에 넣어 흔들어 빨고는 깨끗이 물기를 짜낸 후, 얼른 자신을 기다리고 있는 존재에게로 돌아갔다.

"덜 아프게 해주려는 거니까, 물기 없다!"

제 마음대로 일방적인 약속을 받아낸 당이가, 상처에서 계속 흘러나오고 있는 핏물을 닦아낼 때였다.

"크르르."

상처에 닿았는지, 짐승이 또 한 번 흠칫 몸을 떨며 목을 울렸다.

"후훗, 엄살쟁이."

당이가 웃는 목소리로 핀잔을 준 후, 다시 한층 더 조심스러운 손짓으로 상처의 핏물을 닦아내기 시작하였다.

"조금만 참아. 눈에 피만 안 들어가도 한결 괜찮아질 거야."

하지만 당이의 말과 달리 몇 번을 거듭하여 닦아내도 핏물은 좀처럼 그칠 줄을 몰랐다. 그렇게 솟아나온 핏물은 짐승의 섬세한 얼굴 골격을 따라 자꾸만 눈으로 흘러들어가려 하였다. 그렇게 멈추지 않는 핏물들을 닦아내는 동안, 당이가 찢어내 적신 낡은 속치마 자락은 짐승의 핏자국으로 온통 새빨갛게 물들었다.

"안 되겠다."

이젠 완전히 피로 물든 천 자락을 확인한 후, 당이는 결국 한 번 더 속치마를 찢을 수밖에 없었다. 그 때문에 안 그래도 발목 위로 깡동 올라가 있던 속치마는 허벅지까지만 다다를 정도로 짧아졌고, 속치마만큼이나 낡은 속바지를 고스란히 드러내 보이게 되었다.

'이젠 못 입게 생겼네. 아까워라. 아직 일 년은 더 입을 수 있었는데.'

아쉬움에 가득찬 눈으로 당이가 고개를 들자, 여전히 아픈 쪽의 눈꺼풀을 파닥거리고 있는 새카만 털의 짐승과 눈이 마주쳤다.

"어머, 너! 뭘 훔쳐보니? 너어, 이제 보니 아주 엉큼한 녀석이구나?"

딱히 짐승이 제 다리를 훔쳐보고 있지도 않았건만 당이는 괜히 제가 민망하여 눈을 흘긴 후, 얼른 치마를 내려 속바지 아래 희미하게 드러나 보이는 다리를 덮었다.

"크르르!"

짐승이 또다시 거칠게 목을 울렸다. 어쩐지 그 소리가 제 억울함을 항변하는 것만 같아 당이는 피식, 웃음을 깨물고선 방금 찢어낸 속치마 천을 다시 한 번 계곡물에 빨아 왔다. 그러고선 아직도 핏물이 흘러나오고 있는 짐승의 눈 위 상처에 천을 눌러 대고선 조금 힘주어 눌렀다.

"아프진 않지? 그러니까 조금만, 아주 조금만 이대로 누르고 있을게. 그럼 금방 피가 멎을 거야."

정말로 멎을 것인지는 당이도 몰랐다. 별다른 확신도 자신도 없었다. 그래도 지금은 할 수 있는 일이 그것밖에 없었다.

"……이상해."

이제는 자신의 손길을 피할 생각도 없이 빤히 자신을 바라보고 있는 짐승에게 당이가 나직하게 속삭였다.

"왜 네가 무섭지 않은지, 왜 이런 상황이 무섭지 않은 건지 모르겠어. 무섭다는 생각보다 오히려 다행인 것처럼 느껴지는 건 왜일까?"

당이는 상처를 누르고 있는 손을 거두지 않은 채, 다른 쪽 뺨에 제 뺨을 가까이 가져갔다. 마치 오랜 친구를 끌어안는 것 같은, 다정하면서도 친밀한 몸짓이었다.

"우린 어쩌면 전생에 둘도 없는 친한 친구였을지도 몰라. 여기는 그런 우리가 함께 노닐던 곳이고. 그렇지 않으면 이렇게 익숙하고, 이렇게 편할 수가 없잖아."

말만이 아니었다. 낯선 짐승과 함께 있는 지금 이 순간의 편안함을 증명이라도 하듯, 당이의 목소리에는 조금씩 나른함이 묻어나오고 있었다. 뜻하지 않게 당이의 품에 안겨버린 형상이 된 짐승이 긴장하여 숨도 크게 못 쉬고 있는 건 알지도 못하고.

"그나저나 피가 빨리 멎었으면 좋겠다. 그럼 나도 덜 미안해질 텐……. 하아아함. 큰일이네. 나 이렇게 졸리면 안 되는데……. 집에 안 가면 용이가 걱정할……."

뒤늦게 몰려든 피곤 때문인지 시간이 갈수록 당이의 말소리는 점점 더 작아졌고, 발음은 알아듣기 힘들 정도로 뭉개져갔다. 상처를 누르고 있던 손에서도 점차 힘이 빠졌고, 그 손에 쥐어 있던 속치마 자락도 스르륵 땅바닥으로 떨어져 내렸다. 이어 졸음에 빠져 잠시 앞뒤로 휘청휘청하던 몸은 마침내 졸음의 무게를 이기지 못한 채 앞으로 확, 고꾸라져버리고 말았다.

"크르르!"

놀란 짐승의 신음소리와 함께 눈 깜짝할 사이에 당이의 얼굴이 짐승의 푹신한 목털 안에 파묻혔다.

"으흠…… 부드러워."

속삭임을 닮은 잠꼬대를 중얼거리며 당이가 비단처럼 부드러운 짐승의 털에 뺨을 비벼댔다. 놓치기 싫다는 듯, 두 손으로 따끈따끈한 베개를 꼬옥 끌어안았다.

순간, 짐승의, 아니 준형의 눈꺼풀은 요란하게 파드득거리기 시작했다. 이미 눈꺼풀 위의 상처에서는 더 이상 피가 흘러나오고 있지 않은데도, 소란스러운 마음이 그대로 요란한 눈꺼풀의 움직임으로 나타나고 있었다.

'도대체 내가 무슨 짓을 한 거야.'

잠시 후. 제 목을 껴안고 잠든 당이가 고르게 숨을 내쉬고 들이마시는 소리를 들으며 준형은 조금 전 자신이 벌인 충동적인 행동을 후회하였다.

　'미쳤다. 저놈의 달빛 때문에 기어이 내가 미쳐버린 게 틀림없어.'

　미친 게 아니라면 말이 안 됐다. 무얼 어쩌자고 이런 짓을 한 것인지 설명할 수가 없었다. 모든 게 심상찮기는 했다. 그런데도 설마하니 여자를 데리고 도망치기까지 하리라고는 꿈에도 생각지 못했다.

　분명 자신이 한 행동인데, 제 의지와는 전혀 상관없는 행동이었다.

　돌을 든 아우에게서 자신을 지키기 위해 그 작은 등을 긴장으로 빳빳이 세우고 있는 당이를 보는 동안, 준형은 어느새 가만히 있을 수가 없어졌다. 그 등을 준형 자신에게로 돌려세우고 싶었다. 직전에 그러했듯이 그녀와 또다시 눈을 마주치고 싶었다. 또다시 온 세상에 둘만 존재하는 양, 그리 마주 보고 싶었다.

　그녀가 자신을 보길 바랐다. 자신만 보길 바랐다. 그렇게 생각하는 동안 몸이 멋대로 움직여버렸다. 그녀를 업고서, 오직 둘만 있을 수 있는 곳으로 데리고 와버렸다.

　'당신은 누구야? 왜 나를 이렇게 흔드는 거지?'

　준형은 아직도 제 목덜미를 끌어안고 있는, 그 때문에 목덜미가 마치 불에 덴 것처럼 화끈거리게 하고 있는 여자에게 묻고 싶었다. 정말 이상한 여자였다. 차림새도 그랬지만 성격이나 행동조차도 전혀 양반집 규수답지 않았다. 얌전함과는 거리가 멀게 무뚝뚝한가 하면, 난폭하였다. 아무리 동생이라곤 해도 사내의 머리통을 그렇게 후려치는 양반집 규수는 그리 흔치 않을 것이었다.

　도통 무서움이라곤 없는 여자였다. 저를 업고 도망친 준형을 무서워하거나 도망치려 하지 않고 도리어 준형의 상처를 살펴주려 하였다. 그깟 속치마 한 장이 얼마나 한다고 아까워하는가 싶더니, 나중에는 또 부끄러운 줄도 모르고 훤히 속바지가 보일 정도까지 찢어냈다. 그래놓고선 괜히 준형이 훔쳐보았다며 애먼 누명을 뒤집어씌우고 혼자서 재미있어하기까지 했다.

이상할 정도로 신경이 쓰이는 여자였다. 장난스럽게 반짝이던 그 눈빛이, 나른함을 담고 준형의 귓가에 흘려 넣던 속삭임이 묘하게 준형을 자극하는, 사랑스러운…….

"크르르르르!"(자, 잠깐! 누가 뭘 어떻게 보여! 김준형! 너, 진짜 제대로 미쳤잖아!)

준형은 저도 몰래 떠오른 생각에 송곳니 사이로 거친 신음을 흘렸다. 있을 수 없는 일이었다. 있어선 안 되는 일이었다.

위험, 위험, 위험!

준형의 희미해진 이성이 이 여자에게서 빨리 떨어져야 한다고 경고를 보내고 있었다. 원래 보름이 가까워질수록 본능이 이성을 앞서기는 했다. 식욕, 수면욕, 성욕 등의 기본적인 욕구가 종종 이성을 앞서려 하기는 했다.

그것은 사람의 몸에서 짐승의 몸으로 변하는 지극히 당연한 과정이었다. 하지만 이번 같은 경우는 처음이었다. 아무리 본능적인 욕구나 충동이 강해진다 해도 이번처럼 갑자기 그것을 실행에 옮긴 적은 없었다.

'그래, 다 이 여자 때문이야. 분명해. 이 여자랑 자꾸 엮이면 또 무슨 성가신 일이 생기고 말 거야!'

준형은 당이에게 본능적으로 강하게 끌리는 것만큼, 당이로 인해 언젠가 자신이 크게 상처 입고 후회하게 될지 모른다는 예감을 떨칠 수가 없었다.

그 예감 중 일부가 들어맞은 건 그로부터 겨우 몇 시간 뒤였다.

새벽의 청명한 기운이 슬금슬금 밤의 어둠 사이를 뚫고 들어올 즈음, 아직 깊고 달콤한 잠에서 깨어나지 못한 당이에게서 준형이 슬그머니 제 몸을 빼내던 때였다.

웍! 웍웍웍웍!

왈왈왈왈!

갑자기 계곡 안으로 뛰어든 여남은 마리의 사냥개들이 준형과 당이의 주위를 둘러싸고 맹렬히, 그리고 사납게 짖어대기 시작했다.

"뭐, 뭐야?"

사냥개들의 소란 때문에 잠에서 깬 당이가 준형의 품에서 몸을 일으켰다.

그리고 새삼 자신이 밤새 한뎃잠을, 그것도 낯선 짐승의 품에서 한뎃잠을 자고 있었다는 데 놀라 한기를 느끼며 부르르 몸을 떨었다.

"크르르!"(꺼져!)

당이를 보호하듯 앞으로 나선 준형이 날카로운 송곳니를 드러내 보이며 녀석들을 위협하였다. 그 순간, 본능적으로 상대의 우위를 깨달은 사냥개들은 금세 꼬리를 말고 주춤주춤 뒤로 물러나기 시작했다. 녀석들에게 전의가 사라졌음을 확인한 준형은 제 뒤에 얌전히 서 있는 당이에게 고개를 틀어서는 머리를 조금 숙여 보였다.

"등에 타라고?"

신기하게도 당이는 단박에 준형의 뜻을 알아차렸다. 하지만 당이가 준형의 등에 올라타기도 전에 낯선 사내의 고함소리가 계곡 안에 울려 퍼지기 시작했다.

"저기 있다! 이보게들!"

"늑대가 맞네! 세상에 이 조선 땅에도 늑대가 있을 줄이야. 이보게, 여기! 늑대가 여기 있네!"

"홍 선비! 여기요! 여기 낭자가 있소!"

이어 계곡 위에서 여러 명의 사람들이 뛰어내려오는 소리들이 들려왔다.

거기에 화답하듯, 준형의 기세에 꼬리를 말고 있던 사냥개들 역시 다시 준형과 당이의 주위에 몰려들어서는 일제히 '왈왈왈!' 하며 짖어대기 시작했다.

'젠장!'

준형은 낭패감에 젖었다. 상황을 보아하니 아무래도 용이가 제 누이와 준형을 찾기 위해 사람들, 십중팔구는 사냥꾼들을 불러 모은 것이었던 듯싶었다. 허나 그 사실들보다 준형을 더 곤혹스럽게 한 건, 새벽하늘이 점점 더 밝아오고 있다는 점이었다. 준형의 몸에서도 점점 더 힘이 빠지고 있었다.

이대로 아침햇살이 저주스럽기 그지없는 제 새카만 털에 닿고 나면 준형은 본래의 자신으로 되돌아가게 될 것이었다. 언제나 두려워해왔던 방식으로 준형의 비밀이 세상에 드러나게 생긴 것이다.

그 순간.

"뭐 해. 얼른 도망가! 사냥개들쯤은 따돌릴 수 있지? 얼른, 얼른 가! 얼른! 빨리 가라고!"

당이가 준형에게 다급하게 속삭였다. 그러고선 빨리 도망치라는 듯, 철썩 준형의 엉덩이를 내리쳤다.

'이, 이 여자가 지금 어, 어딜 치는 거야!'

여자에게 엉덩이를 두들겨 맞은 충격에 준형이 조금 멍하니 있자니, 또다시 당이의 매서운 손길이 철썩 준형의 엉덩이를 내갈겼다.

"얼른 가라고! 이 바보야! 잡혀서 죽고 싶어?"

작은 소리로 윽박지르며 당이가 다시 손을 치켜들었을 때에야 준형은 퍼뜩, 자신의 상황을 깨닫고는 얼른 사냥개들 사이를 뚫고 지나가 바람처럼 날렵한 움직임으로 계곡을 거슬러 오르기 시작했다. 그와 동시에 당이 역시 어느새 달이 사라지고 없는 계곡물을 향해 달려갔다. 정신없이 계곡을 오르던 준형이 풍덩! 소리와 함께 "까아아악!" 하는 당이의 비명소리를 들은 건 바로 그 직후였다. 그 순간 울컥, 무언가 뜨거운 것이 준형의 가슴 저 밑바닥에서 치솟아 올랐다.

"크아아아아악!"

분노 그 이상의 격한 무엇이, 온 계곡의 살아 있는 모든 것을 떨게 만드는 무시무시한 포효로 터져 나왔다.

푸른 새벽기운이 온 산을 은근한 빛으로 물들였다.

"하아, 하아!"

산등성이 숲길에서 준형은 벌거벗은 몸으로 새벽 첫 햇살을 받으며 잔뜩 구겨지고 찢기고 흙투성이가 된 제 옷들을 내려다보며 거친 숨을 내쉬고 있었다. 길고 시원하게 뻗은 외까풀의 눈 한쪽 위에는 전날 밤 짐승이었을 때 얻은 상처가 피멍이 되어 남아 있었다.

"제기랄!"

점점 더 밝아져 오는 숲길에 벌거벗은 채 있을 수만은 없어, 더러워진 데다 조금 축축하기까지 한 옷들을 주워 입으며 준형은 뿌드득 소리 내어 이를 갈았다. 지금의 찢기고 구겨진 옷이 꼭 너덜너덜해진 제 자존심 같아 속이 상했다. 더럽혀진 옷이 더럽혀진 제 자존심 같아 불이라도 토하고 싶은 심정이었다.

"윽!"

눈을 깜빡일 때마다 상처가 팽팽히 당겨져 진짜로 불이 붙은 듯 화끈거렸다. 그 화끈거리는 눈가의 상처가 준형을 더욱 분노케 하였다. 욱신거리는 그 고통이 새삼 간밤 준형이 당한 수모를 톡톡히, 지나칠 정도로 생생하게 되새겨주고 있었다. 사람일 때나 아닐 때나, 정식으로 마음먹고 덤비면 상대도 안 될 그깟 놈들, 특히 용이에게 당한 수모가 억울해 죽을 것만 같았다.

오래전, 아버지와 형님들께 맹세만 하지 않았다면, 늑대로 변했을 때만큼은 절대로 사람을 해치지 않겠다는 맹세를 한 몸만 아니라면, 단숨에 놈을 찢어발겨 죽였을 것이었다.

"감히 날 하찮은 미물 취급을 해! 으드드득!"

아무도, 이 세상 아무도 준형을 그런 식으로 대할 수는 없었다. 괴물 취급을 해서는 아니 되었다. 동네 똥개 쫓듯 돌팔매질을 해서는 안 됐다. 사냥개들을 보내 쫓게 해서는 아니 되었다.

그 여자 앞에서 그런 식으로, 비겁하게 그 여자만 남겨놓고 도망가게 만

들어서는 안 됐다. 당이가, 그 여자가 스스로 물에 뛰어드는 틈을 타 도망가게 만들어서는 아니 되었다.

"으드득!

준형은 욱신거리는 눈가를 감싼 채 다시 한 번 이를 갈았다. 온 마음을 다해 용이란 작자를 저주하였다. 내심 자신이 과장된 반응을 보이고 있다는 것은 알았다. 따지고 보면 용이란 작자의 잘못이랄 것도 없는 일인 것도 알았다. 그래도 준형은 모르는 척 모든 탓을 용이에게로 돌렸다. 그렇게라도 하지 않으면 머리끝까지 치미는 짜증과 분노를 어찌할지 몰랐다.

"푸흣!"

준형이 짜증 섞인 몸짓으로 옷을 다 입었을 즈음, 준형의 등 뒤쪽에서 누군가의 웃음소리가 들려왔다.

"누구야!"

감히 누가 또 저를 비웃는가 싶어 신경질적으로 돌아본 준형의 눈에 들어온 건, 언제 봐도 반갑기 그지없는 존재들이었다.

"강회 형님! 반회 형님!"

"너, 꼴이 그게 뭐야! 눈은 또 누구한테 얻어맞은 건데? 푸하하하하!"

말 위에 올라탄 채 배를 잡고 웃음을 터트리고 있는 건, 사내임에도 매일 아침 뽀얀 분세수로 살결을 가꾸는, 유난히 고운 미모로 '꽃공자'라는 별칭을 지니고 있는 준형의 둘째 형인 반회였다.

"타거라."

준형의 몰골에도 낯빛 하나 변하지 않고 말 위에서 손을 내밀어준 것은, 그를 아는 모든 이들이 어려워 마지않는 올곧고 무뚝뚝한 성정의 맏형, 강회였다. 준형은 언제나 단단하고 미더운 그 손을 잡고 말 위에 올라앉았다.

"고생했다."

강회가 등 뒤의 준형에게 피곤한 안색을 가릴 삿갓과 함께 인사를 건넸다. 한 달에 단 한 번, 보름밤 다음의 아침이면 늘 건네는 인사였다.

"죄송합니다, 형님."

삿갓을 뒤집어쓰며, 준형 역시 강회에게 매번 하는 인사를 건넸다. 그게 끝이었다. 흔히 금자도의 삼공자라 불리는 전 도호부사 김찬의 세 아들은 산을 넘고 계곡을 지나 보령에서 배를 타고 한나절은 넘게 가야 당도할 수 있는 금자도로 가는 내내 아무 말도 하지 않았다.

제2장. 어지러운 마음

"늑대를 피해 도망치다가 계곡물에 빠져 죽을 뻔했다지 뭡니까?"

준형이 넌지시 당이 남매에 대해 알아 오라고 명을 내린 지 이틀도 안 돼 준형의 부하들은 당이 남매가 사는 곳은 물론, 집안 형편이며 지금 어찌 지내는지까지 상세한 소식을 가지고 왔다.

"늑대를 쫓던 낭자의 동생과 사냥꾼들이 때마침 발견하여 건져 올렸기 망정이지, 하마터면 물귀신이 될 뻔하였다고 소문이 자자하더군요."

'무사하다니 됐어. 더는 신경 쓸 거 없어. 괜히 엮이면 또 무슨 짓을 저지를지 몰라. 그 여자나, 나나……. 그러니 잊는 거다. 없었던 일처럼, 전부 다 깨끗이!'

준형은 두 번, 세 번 거듭하여 다짐하고 맹세하였다. 본능을 자극하는 여자, 당이에게서 스스로를 보호하기 위한 맹세였다. 하지만 그 거듭된 굳은 다짐과 맹세가 무색하게도, 준형은 며칠이 지나도록 당이에 대한 생각을 떨치지 못하였다. 집안일로 분주한 하녀들을 볼 때마다, 명색이 양반집 딸인데도 그 하녀들보다 더 낡고 초라한 옷을 입고 있던 당이의 모습이 떠올랐다.

'휘이휘이! 꺼져! 생각나지 마!'

하녀들이 뒷마당에 준형의 상처에 감을 면포를 깨끗이 빨아 널어놓은 모습을 봤을 땐, 한참이나 망설인 후에야 속치마를 찢어 면포를 대신했던 당이가 떠올랐다.

'새로 속치마는 마련했을까? 설마 덧대 기워 입는 건 아니겠지? 그래도, 명색이 양반가 딸인데……. 아, 안 돼. 또 무슨 생각 하는 거야! 그만, 이제 진짜 그만!'

일상의 순간순간에 불쑥불쑥 쳐들어오는 당이에 대한 생각을 떨치려 일찌감치 잠이나 자자싶어 베개에 머리를 대고 누울 때에도 마찬가지였다.

얼굴을 감싸오던 당이의 손길이, 제 목을 껴안고 잠이 들었던 당이의 숨결이, 잠결에 준형의 목덜미에 닿아오던 당이의 입술이 자꾸만 준형을 잠 못 들게 하였다. 당이의 손이 닿았던 얼굴 곳곳에서, 입술이 닿았던 목덜미에서 자꾸만 화끈화끈 열이 올라 도저히 잠을 이룰 수가 없었다.

'미치겠네. 뭘 어쩌라고!'

엎친 데 덮친 격으로 부하들이 연이어 물고 온 소식들도 준형의 불면을 부추겼다.

"양반 댁 낭자인데도 그 아버지가 죽은 후부터 동네 허드렛일로 호구지책을 삼아온 모양인데, 요 며칠은 물에 빠진 것 때문에 일을 다니지 못하였다 합니다. 듣자 하니 집에 빚도 꽤 많다 하고요."

"낭자의 어머니 되는 송씨 부인이라는 이가 워낙에 아들밖에 모르는 이라 하더군요. 남편이 살아 있을 때에도 그 아들한테는 사시사철 비단옷을 사 입히고 고기반찬을 해먹여도 딸인 낭자한테는 댕기 하나, 버선짝 하나 사줘 본 역사가 없었다며 온 동네 사람들이 입을 모아 흉을 보더군요."

"홍 선달이 그런 딸이 안쓰러워 죽기 전에 낭자 앞으로 작은 땅뙈기를 좀 남겨놓은 모양인데, 그러면 뭡니까? 그것도 얼마 후면 빚잔치로 공중에 날려버릴 게 뻔하다는데요."

그 모든 이야기들이 준형의 귀에 아주 붙들어 매놓은 밧줄인 양, 귓전에서 떨어질 줄을 몰랐다. 안 그래도 심란한 마음을 자꾸만 더 어지럽게 흔들기를 반복하였다.

'젠장! 젠장! 젠자아아앙!'

준형이 부하들을 시켜 은밀히 당이네 집 빚 문서들을 사들이라고 한 것은 바로 그래서였다. 마음 같아선 자신을 위해 찢어낸 낡은 속치마 대신 산더미 같은 비단 옷감들을 보내고 싶어도 대놓고 나설 수는 없는 처지니 차라리 은근슬쩍 빚에 대한 걱정만큼은 덜어주자 싶어서였다. 빚 문서들은 모두 없애줄 참이었다.

'그냥 그러기만 했더라면 좋았을 것을.'

준형은 제 어리석은 결정을 후회하고 또 후회하였다. 빚 문서들을 없애기 전에 당이가 사는 동네까지 찾아온 건 어디까지나 당이가 무사하다는 걸 제 눈으로 확인하고 싶어서였다. 동네 허드렛일로 호구지책을 한다는 여자가 며칠째 집 안에서 두문불출하고 있다 하니 걱정이 되어 잠자코 섬에 머무르고 있을 수가 없었다. 해서 담 너머에서나마 슬쩍 당이가 무사한 걸 보고자 부러 검은 너울이 드리워진 갓으로 얼굴을 가리고 당이의 집 앞까지 왔다. 그리고 나면 정말 당이에 대한 생각에서 자유로워질 것만 같았다.

하지만 기울 대로 기운 집안 가세를 보여주듯 낡고 허름한 기와집 앞에서 보게 된 장면들은 준형의 그런 결심들을 송두리째 바꿔버리고 말았다.

"다녀올게."

풀기 하나 없는 목소리로 인사를 전한 후, 삐거덕대는 낡은 대문을 열고 나온 당이의 얼굴부터가 준형의 속을 있는 대로 긁었다.

'뭐야. 그새 왜 저렇게 해쓱해진 건데! 약도 제대로 안 쓴 거야?'

"그대로 나가면 어떡해요!"

안쓰러움을 감추지 못한 채 준형이 당이의 얼굴을 훔쳐보고 있자니, 당이의 등 뒤 대문 쪽에서 준형의 귀에도 익은 사내의 목소리가 흘러나왔다.

'저놈이!'

준형의 눈이 더는 커질 수 없을 정도로 커졌다. 낡은 대문을 뛰쳐나온 용이가 당이의 야윈 손목을 거세게 잡고 대문 안으로 강제로 끌어당기려 하고 있었기 때문이었다.

"그만 좀 고집 피우고 빨리 내놔요! 그거라도 안 내놓으면 난 정말 죽을지도 모른다니까요!"

"놔. 일하러 가야 돼."

"가긴 어딜 가요! 땅문서 내놓기 전에는 아무 데도 못 간다니까요!"

"용아!"

당이가 용이가 잡고 있지 않은 다른 손을 치켜들었지만 이미 눈이 시뻘게진 용이는 그대로 당이를 대문 안으로 질질 끌고 들어갈 뿐이었다.

"왜요! 또 치려고요? 쳐요. 내 머리통 따위는 열 번, 스무 번도 더 내줄 테니까 일단 안으로 들어가요. 들어가서 이번엔 아주 끝장을 내자니까요!"

용이의 악다구니가 끝나기 무섭게 쾅, 하는 소리를 내며 준형의 눈앞에서 대문이 닫혔다. 그러고서도 대문 안에서는 연신 당이를 윽박지르는 용이와 그 어머니 송씨 부인으로 짐작되는 중년 여인의 고함소리가 쉴 새 없이 흘러나왔다.

"얼른 좀 내놔요!"

"그거 내놓기 전엔 단 한 발자국도 못 나갈 줄 알아! 넌 어쩜 누이라는 애가 이렇게 매정하니? 네 아우가 불쌍하지도 않아?"

"어머니. 제발요."

당이가 애원하는 소리도 들려왔다. 하지만 그 소리는 누가 들어도 뺨을 때린 것이라고밖에 생각되지 않는 짝! 하는 날카로운 소리에 가로막히고 말았다.

"큿!"

그 소리에 준형의 목이 순식간에 시뻘겋게 물들었다. 눈에는 화르륵, 불이 붙었다. 이곳에 온 이유 따위는 머릿속에서 단번에 날아가 버렸다.

대신 소매 안에 든 용이의 빚 문서를 어찌 처리하면 좋을지에 대한 생각만이 머리 안을 가득 채웠다. 하여, 준형은 그대로 당장이라도 박차고 뛰어들어가고 싶은 소란스러운 대문 앞으로 가 버럭, 소리를 질렀다.

"여봐라! 게 아무도 없느냐!"

"그러니까 이 빚 대신에 용이를 금자도로 데려가시겠다고요?"

당이가 자기 손에 든 빚 문서와 잔뜩 겁에 질린 어머니, 그런 어머니의 어깨에 매달려 바들바들 떨고 있는 동생 용이를 차례대로 쳐다본 후, 제 앞의 남자에게 물었다. 조금 전 다짜고짜 집안으로 쳐들어온, 검은 너울이 드리워진 갓을 쓴 남자였다.

"저희 형편이 이리 어그러졌다고는 하나, 엄연히 양반의 신분인데 빚 대신이라 해도 함부로 집안의 당주인 동생을 데리고 갈 수는 없습니다."

"그건 낭자의 생각일 뿐이오."

눈앞에서 보니, 이전 날 밤보다 한층 여윈, 정말로 죽다 살아난 사람처럼 얼굴이 창백한 당이를 보며 준형은 동정의 빛이 비치지 않도록 부러 목소리를 꾹꾹 눌러 퉁명스럽게 답했다.

"빚을 갚지 못하면 무엇이든 시키는 대로 하겠다는 무모한 내용에 직접 지장을 찍고 수결을 한 건 바로 낭자의 동생이니 말이오. 양반이니 더욱 자신이 한 말에 책임을 져야 하지 않겠소?"

"그, 금자도라면 나라님 소금밭이 있다는 그 금자도 말씀이십니까?"

이전 날 준형을 향해 돌멩이를 던졌던 그 호기는 어디로 팽개쳤는지, 잔뜩 겁먹은 얼굴로 용이가 물었다.

"그, 그럼 비, 빚 대신에 저더러 소, 소, 소금밭에서 일하라는?"

"그렇소."

입가에는 경련까지 일으키며 잔뜩 쫀 용이의 얼굴을 보며, 준형은 이번에도 짧게 답한 후 당이의 손에서 빚 문서를 돌려받아 품에 넣은 후 자리에서 일어섰다.

"마음 같아서는 당장 데리고 가고 싶으나, 이쪽도 준비할 시간도 필요할 터이니 사흘의 말미를 주겠소. 사흘 후 사람을 보낼 터이니 그이를 따라오시오."

그것이 끝이었다. 그대로 준형은 무언가 급한 볼일이 있는 사람인 양, 제 바지자락이라도 붙잡고 사정을 하려는 용이를 뿌리치고, 걸음을 서둘러 대문 밖으로 향했다.

"큭. 푸하하하! 하하하핫!"

급한 걸음으로 당이네 집에서 열 걸음 정도 떨어지자마자 준형은 고소함을 금치 못하며 웃음을 터트렸다.

"그 겁에 질린 얼굴이라니. 푸하하하! 꼴좋다, 꼴좋아!"

당장 사흘 후부터 용이가 어찌 될지 생각하니 더욱 고소해 죽을 것만 같았다. 소금밭, 즉 염전 일은 웬만큼 힘센 장정이라 해도 반나절만 일하면 나가떨어지는 중노동 중의 중노동이었다. 용이 같은 헛바람 든 샌님 선비 하나쯤은 소금밭에 내놓으면 한 시진(두 시간)도 안 돼 눈물 콧물 줄줄 흘리며 나 죽었소 하고 나가떨어질 게 분명하였다. 보지 않아도 본 것처럼 앞으로 있을 그 모습이 눈에 훤하였다.

"기대하라고. 내 짠맛 한번 제대로 보여줄 테니."

제대로 된 응징을 기약하며 준형은 으드득, 어금니를 갈았다.

금자도로 돌아온 준형이 용이를 어떻게 부려먹을지 즐겁게 궁리하는 동안, 시간은 눈 깜빡할 사이에 흘러 어느새 약속의 날이 되었다.

늦은 오후가 다 되었을 즈음, 섬의 날씨는 언제나 그렇듯 갑작스레 변덕을 부렸다. 조금 전까지 쨍하게 맑았던 하늘에서 갑자기 후두둑, 빗물들이 떨어져 내리기 시작한 것이다. 때마침 금자도의 포구에 당도한 배에서 당이가 작은 봇짐 하나만을 품에 안은 채 내려서고 있을 즈음이었다.

"어이구야! 비 온다!"

"보아하니 어지간히도 쏟아부을 것 같은데! 어서들, 어서들 가세! 어서!"

그리 크지 않은 포구의 사람들은 물론이요, 막 배에서 내린 몇 명 안 되는 사내들도 갑자기 내리기 시작한 비에 당황하여 포구 반대쪽 어디쯤을 향해 달음박질쳤다. 그중에는 들고 있던 물고기 망태까지 내던지고 달려가는 이들도 있었다.

"이봐요. 다들, 이리 급히 어디로 가는 거죠?"

당이가 막 제 곁을 지나치는 젊은 사내를 붙잡고 그들의 행방을 물었다.

"어딜 가기는요. 염전으로, 염막(소금가마가 설치된 움막)으로 가는 거지요. 이렇게 비가 오고 있지 않소? 비가!"

젊은 사내는 당연한 걸 왜 묻느냐는 듯, 버럭 승질을 내더니 더는 상대할 시간이 없다는 듯 당이를 내버려 둔 채 염막이 있는 곳을 향해 뛰어가기 시작했다. 그 모습들에 잠시 망설이던 당이도 단단히 각오를 다지듯, 입술을 한 번 꾹 깨물고서는 이내 사람들을 따라 뛰기 시작했다. 그리하여 당이가 달음박질하는 사람들의 뒤를 따라 소금밭에 도착했을 땐 굵은 빗줄기가 사정없이 내리꽂고 있어 눈도 제대로 뜨고 있기 힘들 정도였다.

"뭣들 해? 얼른 이쪽 둠벙(소금이 될 바닷물을 모아놓은 웅덩이)에도 짚을!"

"빨리빨리 움직여! 이쪽에도 짚단 좀 더!"

"염막 위에도! 염막 위에도 짚단 좀 올려! 비 다 새겠다. 한 달 소금 농사 다 망칠래!"

"소금 창고에도! 어이, 거기 소금포대도 빨리 옮겨, 어서!"

여기저기서 난리들이었다. 남녀노소가 따로 없었다. 늙은것이나 어린것이나, 사내나 여인이나, 모두 하나같이 맨몸으로 비를 고스란히 맞으며 연신 짚단을 옮기고 비를 피해 소금 포대를 옮기는 데 힘을 보태고 있었다. 개중에는 도롱이나 삿갓을 쓴 이들도 있었지만 비가 워낙 거센 탓에 비옷이라고 걸친 것이 아무 소용이 없는 상태였다. 그런 상황 속에서 당이는 저 혼자모른 채 서 있을 수 없어, 들고 있던 봇짐을 한쪽 땅바닥에 내려놓고선 분주한 사람들 틈에 섞여 들어갔다.

"이거, 어디로 옮기면 되죠!"

"같이 들어요!"

"염막이요? 어느 쪽 염막이요!"

폭우 속에서 그렇게 한참 정신없이 움직이다 보니 비에 젖은 긴 치맛자락이 자꾸만 다리에 얽혀 여간 성가시지 않았다. 해서 당이는 소금밭의 다른 여인네들이 그러하고 있듯 여기저기 나뒹구는 짚 끈을 들어 치마를 허리높이 올려 묶으려 하였다. 그때였다. 당이 앞으로 갑자기 삿갓을 쓴 남자를태운 말 한 마리가 성큼성큼 다가왔다.

"여기…… 지…… 야? 당…… 해!"

말 위의 남자는 분명 당이에게 무엇인가를 묻고 있었다. 하지만 거센 빗소리와 그 소리에 묻히지 않도록 서로 있는 대로 악을 쓰며 일하는 사람들의 목소리에 가려져 남자의 목소리는 당이에게 가 닿지 못했다.

"뭐라고요? 잘 안 들려요!"

말 위의 남자를 쳐다보려 고개를 든 순간, 당이의 눈꺼풀 안에 빗물이 스며들어갔다.

"윽……."

예상치 못한 비의 공격에 당이는 얼굴을 찡그리며, 한쪽 손을 들어 빗물이 들어가 불편해진 눈꺼풀을 비볐다.

바로 그 순간. 말 위의 남자가 손을 뻗어 덥석, 당이의 손목을 잡았다.

"무슨……!"

당이는 힘주어 손목을 빼려 했지만, 남자가 더 세게 팔목을 잡아당긴 후

말 등 위에서 몸까지 비스듬하게 기울여 당이의 허리를 안고 기어코 말 등 위로 끌어 올리고 말았다.

"이봐요! 당신 누군데……."

남자의 팔 안에 갇힌 채로 말을 타게 된 당이가 몸을 비틀어 삿갓 속의 얼굴을 확인하려 들었다. 대체 누가 다짜고짜 이런 무례한 짓을 하는 건지 확인해볼 참이었다. 하지만 남자는 그럴 틈을 주지 않았다.

"꽉 잡아!"

어딜 어떻게 잡으라는 것도 알려주지 않고 삿갓을 쓴 남자가 툭, 말의 옆구리를 걷어찼다. 그것을 신호로 비에 젖어 더욱 반짝반짝한 것만 같은 검은 갈기를 지닌 말이 두 사람을 태운 채 빗속을 뚫고 달리기 시작했다.

"어, 어! 저 녀석 봐라? 형님, 보셨어요?"

수레에 싣고 온 마른 짚단을 나눠 주다 말고 반회가 연신 사람들이 할 일을 지시하느라 정신이 없는 강회의 옆구리를 쿡쿡 찔렀다.

"형님, 글쎄, 준형이가……."

"노닥거릴 시간이 어디 있어! 어서 창고로 가서 마른 짚단들이나 더 가져와, 어서!"

"아, 예……."

강회의 엄한 꾸지람에 반회가 풀 죽어 빗물이 뚝뚝 흐르는 삿갓을 기울여 시킨 대로 따르겠다는 뜻을 나타내 보였다,

"지금 막 진짜 재미있는 걸 봤는데…… 나중에 혼자만 못 봤다고 불평하기 없깁니다?"

반회가 자신의 말을 들을 새가 없는 강회에게 아쉬움에 가득 찬 눈빛을 보낸 후, 서둘러 강회가 시킨 일을 하러 가기 위해 수레를 끄는 말의 엉덩이를 찰싹 내리쳤다.

두 남녀를 태운 채 비를 뚫고 달린 말이 도착한 곳은 염전에서 그리 멀리

떨어지지 않은 어느 창고였다. 쟁기, 나래(밭을 평평하게 고르는 기구), 써레(갈아놓은 논밭의 흙덩이를 잘게 부수는 기구), 호미, 곡괭이, 두레박, 물통, 물지게, 사람이 들어가도 될 정도의 커다란 무쇠솥 등이 널려 있는 소금밭 용구 창고였다. 그것도 아예 문이 달려 있지 않은, 그래서 누구나 아무 때나 드나들 수 있는 개방형 창고였다.

"이걸로라도 닦든가."

자신이 먼저 말에서 내리고 이어 다짜고짜 당이의 허리를 잡고 말에서 내려서는 걸 도운 뒤, 준형은 창고 입구 쪽에 놓여 있는 커다란 면포 하나를 당이에게로 집어 던졌다. 그러고선 물이 뚝뚝 떨어지는 삿갓을 내려놓은 후 무겁게 몸에 달라붙어 있는 젖은 도포를 벗어 던졌다.

도포 안의 저고리 역시 젖어 있기는 마찬가지여서 마음 같아서는 그마저도 다 벗어 던지고 싶었다. 하지만 당이를 당황시킬 순 없다 싶어 그저 마른 면포로 분주히 머리와 몸에 묻은 물기를 털어내고 닦아내기만 하였다.

"뭘 하오?"

한참을 정신없이 물기를 털어내다 말고 준형은 당이가 여전히 자신이 건네준 면포를 들고만 있을 뿐, 꼼짝도 않고 있음을 알아차렸다.

'뭐 하는 거야! 물에 빠져서 죽을 뻔한 게 얼마나 됐다고. 빨리 물기나 닦으라고, 이 여자야!'

"고뿔이라도 걸리고 싶은 거요?"

"……누구시죠?"

당이의 말에 준형의 물기를 털어내려 분주하던 손이 멈칫, 그 움직임을 그쳤다.

"저를 아시나요?"

"하!"

저를 몰라보는 듯한 당이의 물음에 준형은 배알이 뒤틀렸다. 뭐, 따지고 보면 당이가 자신을 몰라보는 것은 너무도 당연한 일일 것이었다. 당이와 자신이 처음 만난 건, 다시 떠올리기도 싫은 '그날 밤'이니 자신을 알아보면 그게 더 무서운 일일 것이었다. 두 번째 만났을 때 역시 갓 위에 검은 너울을 걸치고 있었던 까닭에 당이가 자신의 얼굴을 봤을 리가 없었다.

그런데도 그 당연한 일이, 더는 얽히고 싶지 않은 준형 입장에서는 다행이랄 수 있는 그 당연한 일이, 무슨 까닭인지 준형의 심사를 뒤틀리게 하고 있었다.

"동생하고 달리 그나마 머리가 똑똑한 줄 알았는데 그런 것도 아닌 모양이네? 이 금자도에서 당신을 알아볼 사람이 나 말고 또 누가 있을 것 같아?"

준형은 일부러 지나칠 정도로 느린 걸음으로 당이의 바로 앞에 가 섰다.

"이렇게까지 말해도 모르겠어? 나잖아. 당신네 빚쟁이."

당이가 다시는 준형 자신의 얼굴을 잊을 수 없도록, 준형은 일부러 허리를 숙여 당이와 눈높이를 맞춘 다음, 제 얼굴을 바짝 당이 앞에 들이밀었다. 당이가 조금이라도 당황해주었으면 하는 소박한 바람이 묻어 있는 도발이었다. 하지만 이번에도 당이의 반응은 준형의 예상을 보란 듯이 어긋났다.

"아, 난 또……. 그땐 너울을 쓰고 있어서, 몰라봤어요."

자신 앞에 선 낯선 사내의 정체를 알자마자, 안심했다는 듯 당이가 준형에게서 돌아서선 면포로 머리와 어깨, 치마 등에 묻은 물기들을 훌훌 털기 시작했다. 준형이 이곳까지 끌고 온 것이나, 준형이 반은 벌거벗고 있다는 것쯤은 전혀 신경 쓰이지 않는 듯 태평한 움직임이었다.

"목소리는 들었잖아."

그런데 왜 못 알아보냐고, 준형이 당이의 등에 대고 작게 항의하였다.

"사흘 전 일이잖아요. 난생처음 본 남자, 그것도 아주 잠깐 말을 섞은 남자의 목소리를 어떻게 기억해요?"

"……나 아니면 이 섬에서 당신을 알은체할 사람도 없잖아!"

"내가 아는 사람이 있을지 없을지, 당신은 모르잖아요. 또 알아요? 보령에서 이쪽 염전에 일하러 온 인부들 중에도 아는 얼굴이 있을는지? 그건 모르는 일이죠.”

대충 물기를 닦아냈다 싶었는지 당이는 창고 구석에 흐트러져 있는 농기구들 쪽으로 걸음을 옮겨 써레는 써레끼리, 쟁기는 쟁기끼리 가지런히 모아놓고선 또 금세 다른 일거리가 없는지 창고 안을 두리번거렸다.

“그래서? 당신이 이 섬엔 왜 왔는데? 설마, 동생에게 시간을 좀 더 달라고 사정하러 온 건 아니겠지?”

“……”

준형이 묻는 말에 퐁당퐁당 잘도 대답하던 당이가 이번에는 아무 답도 하지 않았다. 대신 손을 더욱 부지런히 놀릴 뿐이었다.

“진짜야?”

혹시나 하고 떠보려고 물은 말이 정곡을 찔렀을지도 모른다는 생각에 어이가 없어진 준형의 목소리가 높아졌다.

“웃기지 마! 어림도 없어? 이번엔 또 무슨 핑계를 대려는지 모르겠지만, 아무튼 절대로……”

“도망갔어요.”

준형의 말 중에 당이가 끼어들었다.

“뭐?”

“어제 오후에 도망갔다고요. 돈 될 만한 건 다 싸들고서. 심지어 집문서까지 넘기고 갔던데요?”

별일 아니라는 듯, 당이가 심드렁하게 말했다.

“당신이 일부러 빼돌린 건 아니고?”

“차라리 같이 도망을 갔음 갔지, 왜 둘만 빼돌리겠어요?”

당이 말이 맞았다. 그들을 지키라고 준형이 몰래 감시자를 남겨두고 간 건 모르고 있을 터이니, 만약 도망칠 기회가 있다고 생각했다면 셋이서 함께 달아났을 것이었다.

‘그런데 이 여자만 내버려두고 갔다면?’

"혹시 계모야? 아니면 양모라든가?"

"유감스럽게도…… 아니요. 발가락이 휜 것까지 똑 빼어 닮은 제 친어머니가 맞아요."

대충의 창고 정리를 마치고 당이가 허리를 폈다.

"다만 세상의 많은 어머니들이 그렇듯, 아들이라면 살이 덜덜 떨릴 정도로 어여뻐 어쩔 줄 몰라 하는 그런 어머니일 뿐이죠."

지극히 평범한 일 아니냐는 듯, 당이가 어깨를 으쓱해 보였다. 그런 당이를 보고 준형은 전에 부하들에게서 들었던 당이네 집 이야기를 떠올렸다.

-글쎄, 얼마 전에는 스물이 넘도록 혼인을 하지 못한 처자들을 대상으로 보령 현감이 직접 중신을 서겠노라며 처자들을 한자리에 불러 모아 나서기도 했는데, 그럼 뭐합니까? 그 어머니가, 딸 방 방문을 밖에서 걸어 잠가 꼼짝도 못 하게 했다는데요.

-왜긴 왜겠습니까? 그 집 문서를 가지고 시집이라고 가버리면 곤란하니 그런 거지요.

"설마…… 이번에도 당신 어머니가 밖에서 방문을 잠근 건가? 그래서 어머니랑 동생이 도망치는데도 잡지도 못한 건가?"

"당신이 그걸 어떻게……."

준형을 보는 당이의 유난히 크고 검은 눈동자가 마음의 동요를 보여주듯 조금 흔들리고 있었다. 하지만 당이는 이내 애써 아무렇지 않다는 듯 태연하게 말을 이었다.

"하긴. 온 동네에 그 이야길 모르는 사람이 없으니 알려고 하면 알 수도 있었겠네요."

대수로운 일이 아니라는 듯 말을 하고 있지만 당이의 눈자위는 조금씩 빨갛게 물들고 있었다. 앙다문 입술이 작게 출렁이고 있었다. 조그만 턱에 작은 우물도 생겼다. 체구만큼이나 앙증맞은 두 주먹이 질끈, 치맛자락을 움켜쥐었다. 준형은 그것으로 알았다. 지금 당이가 필사적으로 눈물을 참고 있다는 걸.

"자!"

준형이 제가 어깨에 걸치고 있던 면포를 당이의 머리 위에 뒤집어씌웠다.

"뭐…… 예요?"

당이가 면포를 걷어내며 준형에게 물었다. 떨리는 목소리였다.

"그걸로 가리고 좀 울라고! 짜증나게 참지 좀 말고! 지금 당신 얼굴이 얼마나 못생겼는지 모르지?"

준형이 당이의 손에서 면포를 빼앗아 다시 당이의 머리 위에 뒤집어씌웠다.

"보고 있자니 못생김이 옮는 것 같거든? 그러니까 그렇게 얼굴을 구기고 있지 말고 차라리 이거로 가리고 실컷 울라고."

준형은 일부러 미운 소리만 골라 하였다.

"내가 이러는 게 분하지도 않아? 언제 봤다고 막 반말하고 이러는데 재수 없지 않아? 실컷 욕해. 실컷 울라고! 그냥 장승처럼 거기 그러고 버티고 서 있지 말고 좀 울라고, 이 여자야!"

차라리 우는 모습을 보는 게 낫겠다 싶었다. 한 줌밖에 안 되는 조그맣고 가녀린 여자가 울음을 꾹꾹 눌러 참는 걸 보고 있자니 괜히 준형 제 속이 더 답답해 미칠 것 같았다. 차라리 준형을 원망하며, 모든 게 준형 때문이라고 준형 탓을 하며, 펑펑 울기라도 했으면 좋겠다 싶었다.

하지만 당이는 끝끝내 울음소리 같은 건 들려주지 않았다. 대신 치미는 눈물을 추스르려는 듯 "후우, 후우." 하고 부러 큰 한숨을 몇 번 내쉬며 창고 안을 서성이기만 하였다.

"사실은 돌아가신 아버지가 남겨주신 땅이 조금 있었거든요. 당신이 다녀가고 난 뒤 어머니와 동생이 하도 사정하기에 결국 내놓고 말았더랬죠."

잠시 창고 안을 서성인 게 도움이 되었는지, 금세 당이는 말짱한 얼굴로 담담히 그간의 일을 이야기했다.

"그걸로 빚의 일부만이래도 갚겠다고 하면 소금밭행만은 막을 수 있을 줄 알았거든요. 설마하니 그대로 챙겨 도망갈 줄이야. 그간 동생에 대해 다 안다고 생각했는데 아니었나 봐요. 설마하니 그런 강단이 있을 줄은. 후훗."

당이의 입가에 잠시 쓴웃음이 머물다 사라졌다.

"하여간 그래서요. 저 이제 집도 절도 없는 상태거든요. 근데 듣자 하니 여기 염전에서 일하면 잠값, 밥값은 따로 안 받는다면서요?"

"설마, 동생 대신 당신이 일해 빚을 갚으려고?"

"내가 미쳤어요? 용이 빚은 용이를 잡아서 직접 받으세요. 부하들도 많을 테니 잡는 건 시간문제일 거 아니에요. 내 땅문서들까지 들고 도망간 놈, 뭐 예쁘다고 빚까지 갚아줘요?"

"그럼?"

"말 그대로예요. 소금밭 일꾼으로 절 써달라고요. 소문으론 소금밭에서 한철 일하면 다른 데 일 년 벌이랑 맞먹는다던데요? 어차피 소금밭에도 여자 일꾼은 필요할 거 아니에요. 그러니까 절 여기서 일하게 해주세요."

"아니 되오."

당이의 맹랑한 요구에 먼저 답을 해온 건 준형이 아니었다. 아까 준형과 당이가 그랬듯 말을 탄 채 창고 입구까지 다가온 준형의 맏형, 강회였다. 언제나처럼 무표정하였지만 굳게 다문 입가에 작게 맺힌 주름이 그의 불편한 심사를 고스란히 드러내 보이고 있었다. 그런 강회의 곁에는 역시 말을 몰고 온 강회가 호기심에 눈을 반짝이며 두 사람을 보고 있었다.

"형님, 어떻게 아시고."

"옷, 단정히 해라."

강회의 짧지만 강력한 한마디에 준형이 당황하여, 서둘러 조금 전 제가 벗어 던진 젖은 도포를 가져다 몸에 꿰었다.

"비가 거의 다 그쳤으니 곧 일꾼들이 이쪽으로 올 게다. 준형이 넌 나를 따라나서고, 반회는 손님, 정중하게 집까지 모셔 오너라."

"예, 형님."

반회가 싹싹하게 말한 후 말 위에서 내려섰다. 하지만 준형은 불만스럽게 입을 꾹 다문 후, 말 위의 강회를 쳐다만 보고 있었다. 반회가 그런 준형의 곁을 스치며 쿡 옆구리를 찔렀다. 시키는 대로 하라는 뜻이었다.

"얼른."

그제야 미적대고 있던 준형이 제 말 위에 올라타 먼저 집으로 향하기 시작한 강회의 뒤를 따랐다.

"자, 이제 우리도 가야 할 것 같소만?"

반회가 제 말 곁에 서서 당이에게 턱짓으로 제 말을 가리켜 보였다. 당이는 망설임 없이 반회가 가르쳐주는 대로 순순히 말 위에 올랐다.

"돌려보내."

준형이 마른 옷으로 갈아입고 강회의 방에 들자마자 강회가 단호하게 말했다.

"제가 오라 한 거 아닙니다."

"그러면 더 돌려보내기 쉽겠구나. 비도 그쳤고 하니 곧 배를 띄울 수 있을 것이야. 거기에 태워서 보내려무나."

"……여기 소금밭에서 일하려고 왔다 합니다."

"말이 안 되는 건 너도 알고 있지? 힘 좀 쓴다는 사내들도 한나절만 일하면 살려달라 소리가 나오는 게 소금밭 일이다. 그런데 사내도 아닌 여인이, 그것도 그 조그만 몸으로 소금밭 일을 하겠다고?"

"험한 갯벌 일 말고 염막(소금 굽는 가마가 설치된 움막) 일은 여인네들도 능히 할 수 있는 일이잖습니까. 실제로도 그리하고 있고요."

"그들은 모두 천것들이다. 자고로 소금밭 일은 양민이되 실제적으로는 천민이나 다름없는 자들이 하는 일이다. 하지만 그 여인은 양반이 아니더냐?"

"어떻게…… 그 여자가 양반이란 걸 형님이 어떻게 아셨습니까?"

준형은 의아했다. 조금 전 당이의 몰골은 누가 봐도 절대 양반이라 볼 수 없는 초라한 몰골이었다. 그런데 강회는 한 치의 의심도 없이 당이를 양반 여인이라 말하고 있지 않은가?

"그러고 보니 창고에서도 그 여자에게 존대를 하셨지요. 어떻게 아셨습니까? 어디까지 아십니까?"

"어제 밤늦게 장 서방이 돌아왔더구나."

강회는 어차피 숨길 생각이 없었던 듯 선뜻 답했다. 장 서방이란, 준형이 당이네 집을 감시하라고 보낸 부하였다. 혹시 만에 하나, 당이네 가족이 도망치지 않을까 걱정해서였다.

"……들으셨습니까?"

"그래."

"장 서방이 형님한테 다 털어놨어. 네가 그 낭자의 집에 대해 수소문해 오라고 한 거며, 그 집의 빚 문서를 은밀히 사들이고 그 낭자 집을 감시하라고 한 것까지 다!"

준형처럼 마른 옷으로 갈아입은 반회가 방 안으로 들어서며, 입이 무거운 강회를 대신해 자신들이 어떻게 알게 되었는지 말해주었다.

"근데, 그 낭자의 동생이 어제 낮에 제 어머니와 함께 단둘이 줄행랑을 놓았다면서? 세상에 참 모진 사람들도 다 있지. 아무리 빚이 무섭다고 한들 친딸, 친누나를 버려두고 그렇게 도망가나?"

제 상식으로는 도저히 이해가 가지 않아 반회는 고개를 절레절레 저으며 혀를 내둘렀다.

"긴말할 것 없다. 따지고 보면 그들을 그렇게까지 몰아붙인 건 준형이 바로 너야. 그러니 빚 문서가 뭐고 없었던 일로 하고 당장 돌려보내."

"사정을 다 아신다니, 그럼 더 잘 아시겠네요. 지금 그 여자가 갈 곳이 아무 데도 없다는 걸요. 그런데 어디로 돌려보내라고요!"

준형은 평소의 저답지 않게 강회에게 맞섰다. 언제나 강회가 하는 말이면 뭐든 순하게 따랐지만, 앞으로도 물론 그럴 것이었지만, 이번 일만큼은 그러고 싶지 않아서였다.

"준형아, 이 사실이 밝혀지면 사람들이 무어라 할 것 같으냐? 금자도의 막내공자가 빚을 담보로 양반 여인을 잡아다 소금밭 일을 시킨다, 그리 수군댈 것이다. 그 모든 게 아버님께 폐가 되고 누가 되는 일임을 왜 몰라! 게다가 넌……. 아니, 아니다."

무슨 말인가를 하려다 말고, 강회가 금세 이야기를 돌렸다.

"아무튼 당장 돌려보내도록 해. 괜한 구설수를 살 필요가 없어."

"왜요? 제가 보통 사람이 아니라서요!"

준형이 울컥하여 강회가 하려다 만 이야기를 입에 담았다.

"준형아!"

반회가 얼굴이 굳어진 강회의 눈치를 보며 그만하라는 듯 준형에게 눈치를 주었다. 하지만 준형에게는 이미 그것이 보이지 않았다.

"네에! 저도 잘 압니다! 온전한 사람도 아닌 제가 여인을 가까이 두는 것이 얼마나 말 안 되는 짓인지요. 혼인도 할 수 없고 아이를 낳아서도 안 되는 것이 바로 저라는 것도요! 형님이 걱정하시는 게 바로 그거 아닙니까."

준형이 빠르게 말을 쏟아내다 말고, 잠시 입술을 깨물었다. 새삼 분하고 새삼 서러웠다. 다 아물었다 생각한 제 오래된 상처에서 다시 콸콸, 피가 뿜어져 나오는 기분이었다.

"그러게 무섭습니까? 제가 그 여자와 서로 연모라도 하게 될까 봐. 그 때문에 꿈꿔서는 안 될, 이룰 수 없는 꿈을 꾸게 될까 봐. 또한 그 때문에 아버님과 형님들께 누를 끼치게 될까 봐!"

준형이 악다구니를 쓰는데도 강회는 옳다 그르다 말도 없이 가만히 눈을 감았다. 그 모습을 보는 게 싫어 준형은 옷자락을 떨치며 일어섰다

"그런데 형님 그거 아세요? 형님이 뭐라 안 하셔도 그럴 일은 없을 겁니

다. 절대로요. 왜냐고요? 그게 얼마나 절 비참하고 짜증나게 만들지 너무 잘 알거든요! 제가 그 짓을 왜 합니까? 죽어도 안 해요. 죽어도요!"

뿔이 난 어린아이처럼 준형이 거칠게 방문을 걷어차고 나가선 부러 소리가 나게 쾅 하고 방문을 닫아버렸다.

"좀 살살 하지 그러셨어요? 그 낭자도 슬쩍 보니까 제법 참하고 귀엽던데요. 준형이도 아주 마음이 없진 않은 것 같고요. 잘되면 혹시 또 압니까? 기꺼이 우리 제수씨가 되어주겠다고 나설지?"

준형의 발소리가 멀어진 뒤에야 반회가 강회에게로 불평 아닌 불평을 늘어놓았다.

"어림도 없는 소리!"

"형님, 그렇다고 준형이를 지 말대로 쌩 총각으로 혼자 늙혀 죽일 순 없지 않습니까? 언제고 짝을 맞아야 할 터이니 이왕이면 마음이 통하는 상대를 찾아주는 게……."

"우리 마음대로 사사로이 정할 수 있는 일이 아님을 왜 몰라!"

강회가 버럭 소리를 지르며, 말 많은 제 아우의 입을 막았다. 그래놓고선 제 기세에 눌려 입을 다문 반회를 보곤 머쓱하여 사과의 말을 입에 담았다.

"미안. 네게 큰소리를 낼 일이 아닌 것을."

"……흐흐훗. 아닙니다."

반회가 짐짓 가볍게 웃어 보이며 무거워진 형의 마음을 가볍게 해주려 하였다.

"형님 마음을 제가 왜 모르겠습니까? 저한테까지 신경 쓰지 마세요. 왜요. 이 반회가 고작 이만한 일로 형님께 서운함이라도 느낄까 봐요?"

"으응." 하며 강회가 고개를 저었다. 그러곤 미안함과 고마움이 뒤섞인 눈빛으로 반회를 보며 말을 돌렸다.

"신소리는 그쯤 해두고. 그 여인은 지금 안채 손님방에 있느냐?"

"아니요. 자신은 손님이 아니라고 굳이 마다하며 안 행랑채를 쓰게 해달라기에 그리로 데려다 줬습니다."

　반회의 대답에 강회가 막 자리에서 일어나려는데, 반회가 "에헤, 에헤."
하며 그런 강회의 어깨를 눌러 도로 주저앉혔다.

　"아서요. 가서 뭐라 하시게요. 내 동생하고 엮이면 곤란하니 이 섬에서 떠
나달라고요? 에이, 아무리 뭐래도 그건 좀 아니지요. 아직 그쪽에서는 준형
이한테 딱히 이렇다 할 관심 같은 건 안 보이는 것 같던데, 괜히 넘겨짚어서
망신당할 건 없잖습니까. 하하하하."

　반회는 그리 길게 일장연설을 했지만, 아쉽게도 반회의 말은 틀렸다.

　그때 본채, 안 행랑채에 든 당이의 머릿속에는 온통 준형에 대한 생각밖
에 없었기 때문이었다.

　-어떻게 나를 몰라봐!

　얼굴도 한 번 안 본 사인데 자신을 못 알아봤다고 그리 화를 낸 이상한 남
자였다. 사흘 전에 겨우 두어 마디 말을 섞은 게 전부인데 목소리를 못 알아
봤다고 진심으로 삐친 이상한 남자였다. 비에 젖었다고 양반집 여인인 자신
을 앞에 두고 술렁술렁 잘도 옷을 벗은 이상하기 짝이 없는 남자였다.

　'저, 저 사람 뭐 하는 거야?'

　그땐 정말 눈앞의 광경에, 어디로 눈을 둘지 모르게 하는, 그 살색의 풍경
에 기절이라도 할 것처럼 놀랐다. 눈앞에 보이던 흐트러진 농기구들만 아
니었다면 아마 그 자리에서 스르르, 주저앉았을지도 몰랐다. 일부러 아무렇
지 않은 척 일을 찾아 하였지만 그러는 중에도 내내 가슴은 쿵쾅쿵쾅 거칠
게 달음박질하고 있었다.

　무서워 그런 게 아니었다. 정말 이상스럽게도 반 벌거벗은 남자랑 외진
곳에 단둘만 있는데도 무섭다는 생각은 조금도 들지 않았다. 그저 이유 없
이 뛰는 가슴이, 자꾸만 그에게로 향하는 눈이 민망해 억지로 일을 찾아 했
을 뿐이었다. 그 이상한 남자가 당이 제 어머니가 밖에서 방문을 걸어 잠근

사실을 알고 있는 걸 알았을 땐 그 자리에서 창고 바닥이 꺼졌으면 좋겠다고 생각할 정도로 부끄러웠다.

수치스러웠다.

울음이 터질 것 같았다.

새삼 어미와 동생에게 버림받은 제 처지가 서럽고 부끄러이 여겨져, 어제부터 내내 참고 있던 눈물이 북받쳐 오르는 것 같았다. 그래도 울지 않았던 건 그가, 그 이상한 남자가 아예 대놓고 울라고 면포를 뒤집어씌웠기 때문이었다. 울음을 참는 얼굴이 못생겼다며 버럭버럭 화를 내는 게, 자신이 재수 없지 않느냐며 화가 나면 울라고 재촉하는 게 그 나름의 위로란 걸 알고 나니 울음을 참을 수 있었다.

"이제 그만!"

당이는 고개를 흔들어, 제 머릿속을 가득 채운 준형을 쫓아내려 하였다. 그런데도 준형은 쉽게 떨쳐지지 않았다. 빗속에서 자신을 낚아채던, 창고에서 고개를 들이밀던, 옷을 벗어 던지고 물기를 닦아내던, 제 머리 위에 면포를 뒤집어씌우던, 준형의 모습 하나하나가 눈꺼풀에서 떨어지지가 않았다.

"나, 미쳤나 봐."

어느새 화끈 달아오른 뺨을 감싸며 당이가 혼잣말을 하였다. 어찌나 열이 오르는지, 머리까지 어질어질한 것 같았다.

"후우. 후우……."

당이는 크게 숨을 내쉬며 손부채질을 하여 달아오른 얼굴을 식히려 하였다. 바로 그때, 방문 밖에서 자신을 심란하게 하는 바로 그 남자의 목소리가 들려왔다.

"그 여자, 여기 있지? 들어가서 좀 나와 보라고 해."

"예, 도련님."

낯선 여인의 목소리가 들렸고 이내 누군가 "아가씨, 들어가겠습니다." 하며 조심스레 방문을 열었다.

"어머나, 아가씨!"

방에 들어온 누군가가 소리를 지르며 당이 곁으로 다가왔다. 당이는 그게 누구인지, 왜 이렇게 호들갑을 떠는지 알지 못했다. 온 세상이 일렁이듯 그 형체를 찌그러뜨리더니 이내 천장과 바닥이 서로의 자리를 교환하며 빙글 빙글 돌고 있었던 탓이다.

그날 밤, 당이는 현실과 쉽게 구분이 가지 않는, 지나치게 생생한 꿈을 꾸었다. 꿈속에서 당이는 보름날 밤에 보았던 늑대와 재회하고 있었다.

"이리 와."

당이는 저만치 물러서서 저를 보고 있는 늑대를 향해 손짓을 하였다.

신비한 눈빛을 가진 낯설지만 아름다운 이 짐승이 '늑대'라고 불린다는 것은 용이가 가르쳐주었다. 늑대에게 끌려가 잡혀 먹을 뻔한 당이를 자신이 구해주었다며, 자신이 민첩하게 사냥꾼들을 불러오지 않으면 당이는 이 미 이 세상 사람이 아닐 거라며 실컷 으스대고 난 후였다. 그때 불려온 사냥 꾼 중 한 명이 아주 오래전에 한동안 중국 사냥꾼들을 따라다닌 적이 있었 는데 그날 밤의 짐승이 그때 본 늑대와 같은 종류가 틀림없다고 했다.

"이리 와, 어서."

당이가 다시 다정한 손짓을 하였지만 무엇 때문에 화가 난 건지, 늑대라 는 이름의 아름다운 존재는 낮게 몸을 낮추고 날카로운 송곳니를 드러내 보 이며 으르렁거리고 있었다.

"크르르."

"……착하지?"

당이는 무릎을 꿇고 상대와 눈을 맞춘 후 천천히 손을 내밀었다.

"크르르-"

윤기가 자르르 흐르는 풍성한 털로 감싸인 눈동자가 파랗게 빛을 발했고, 경계를 하듯 두어 걸음 뒤로 물러섰다.

"괜찮아. 널 해치지 않아. 너도 날…… 해치지 않을 걸 알고."

간지러운 속삭임에 이어 당이가 이번엔 두 팔을 활짝 벌렸다. 그러자 비로소 늑대의 등이 우아하게 출렁거리기 시작하였다. 앞발과 뒷발의 움직임에 의해 물결치듯 움직이는 그 등의 유려한 모습에 시선을 뺏기고 있자니 어느새 손앞까지 다가온 늑대가 할짝, 당이의 손바닥을 핥았다.

"후훗. 간지러워. 간지럽다니까? 후후훗."

깃털로 간질이는 것 같은 몽글몽글한 느낌에 당이가 어깨를 움츠리며 웃을 때였다. 늑대는 갑자기 처음 만난 바로 그 보름날 밤처럼 당이를 등에 업고서 바람처럼 달리기 시작했다. 천지사방이 제대로 구분이 가지 않을 정도로 빨랐다. 눈에 보이는 것이 핑핑 빨리 스치고 지나가 어질어질할 정도였다.

"잠시만. 얘! 지금 어디로 가는 건데……. 어?"

당이는 눈을 꼭 감고서 그날 밤처럼 늑대의 등에 바짝 엎드려, 그 목을 꽈악 끌어안았다. 그 순간, 당이는 깜짝 놀라 저도 모르게 입을 벌리고 말았다. 왜냐하면, 자신이 끌어안은 건, 목을 껴안은 제 손에 와 닿은 건, 늑대의 새카만 털이 아니라 소금창고 안에서 당이의 눈을 둘 곳 없게 만들던 그 벌거벗은 남자의 맨살이었기 때문이었다.

"다, 당신이 왜? 읍…… 으읍!"

의아해하던 당이는 무슨 까닭에서인지 갑자기 목구멍 안으로 강제로 파고들어오는 바닷물에 더는 참지 못하고 구역질을 하고 말았다.

"우욱…… 윽…… 우욱! 콜록, 콜록콜록! 이, 이게 다 뭐…… 콜록콜록!"

강제로 당이의 입에 넣어졌던 뜨끈한 소금물들이 다시 입을 통해 바깥으로 나왔다. 동시에 당이는 달콤한 꿈에서 강제로 끌어내어지고 말았다.

"콜록. 콜…… 하아. 하아. 무, 무슨 짓이에요?"

거센 기침과 함께 잠에서 깨어난 당이는 누군가 가져다 댄 대야에 실컷 소금물을 토하고 난 후, 제게 이런 고역을 준 이에게 물었다. 억지로 소금물을 삼키고 토하느라, 눈에는 글썽글썽 눈물까지 맺혀 있었다.

"조금 더 마셔. 이번에는 토하지 말고 그대로 마셔봐."

다시 물그릇을 입에 가져다 대며 강제로 소금물을 마시게 한 이는 조금 전 꿈속에서까지 당이를 당황시킨 그 이상한 남자, 준형이었다.

"웁……! 으읍…… 웩!"

준형에 의해 억지로 들이켠 소금물은 이내 역류하여 다시 입 밖으로 튀어나왔다. 물론 이번에도 준형은 재빠르게 대야를 가져다 대어 그 토사물을 받아내었다.

"뭐, 뭐 하는 거냐고요. 콜록, 콜록!"

"여기가 어딘지 알겠어?"

준형이, 이상한 남자가 미간을 잔뜩 찡그린 얼굴로 식은땀을 흘리는 당이에게 물었다.

"금자도! 당신 집이잖아요."

"그럼 난 누군데?"

"……콜록. 빚쟁이요."

입안에서 가득 느껴지는 짠맛에 잠깐 헛기침을 하며 당이가 순순히 답했다.

"하아……."

당이의 대답에 맥이 풀린 것처럼 준형의 입에서 작은 한숨이 터져 나왔다. 그와 함께 찌푸려져 있던 미간이 펴지는 걸 아직도 조금은 어질어질한 눈으로 보고 있던 당이는 문득, 그의 눈썹 위 망건의 안쪽에 채 아물지 못한 상처가 남아 있는 걸 보았다.

"늑대하고……."

멍하니, 당이는 저도 몰래 소리 내어 중얼거렸다. 그리고 그것을 들은 준형의 몸은 예상치 못한 날카로운 무엇인가에 찔린 것처럼 크게 움찔거렸다.

"뭐?"

"아, 아니, 아무것도 아니에요."

퍼뜩, 제정신이 든 당이는 서둘러 입을 다물었다. 아직 이 이상한 남자가 어떤 사람인지도 모르는데 섣불리 그날 밤의 늑대 이야기를 할 순 없다 싶었다. 만약 이 이상한 남자가 사냥 광이라면? 그날 보았던 그 희귀하고 아름다운 짐승을 잡아 그 털과 가죽을 벗기고 고기를 취할 인간이라면?

용이가 말하길, 그날 밤의 용이와 당이가 본 늑대는 사냥을 좋아하는 이들이라면 누구나 군침 흘릴 수밖에 없는 희귀한 사냥감이라고 했다. 하여 사냥꾼들이 물에 빠진 당이를 구해내느라 그 늑대를 놓친 걸 땅을 치고 후회하더라고 하였다. 이제는 조선 땅에서 거의 볼 수 없는 짐승이니만큼 잡히기만 하면 그 가죽이나 고기값으로 웬만한 기와집 한 채 값은 너끈히 벌고도 남을 것이라고 했다.

'그래. 이 남자는 양반 자제이면서 돈놀이를 할 정도로 탐욕스러운 사람이니, 그 늑대에 대해 알게 되면 당장이라도 부하들을 모아 사냥을 하러 나설지도 몰라.'

그러니 입을 다물어야 했다. 누구도 그 신비하고 아름다운 존재를 해치는 걸 원하지 않았다.

"……그러고 보니 당신, 늑대한테 쫓기다 물에 빠졌다며?"

입을 다문 당이를 대신해 준형이 제 쪽에서 먼저 늑대의 이야기를 꺼냈다. 이번엔 당이가 흠칫 어깨를 떨었다.

"누가…… 그래요? 내가 본 게 늑대라고. 난 몰라요. 그게 늑댄지 뭔지."

조금 전 자기 입으로 엄연히 늑대라는 말을 꺼내놓고 이제 와서 모르는 척, 안 그런 척, 당이는 시침을 떼었다.

그 모습을 보자, 조금 전까지 혹시 제 정체가 탄로 난 게 아닐까 걱정하던 준형은 조금 안심이 되면서도 못내 궁금해졌다. 이 여자는, 당이는 왜 이렇게 늑대였던 준형을 보호해주려 하는 것일까? 왜 위험할 걸 뻔히 알면서 계곡물에 뛰어들기까지 하면서 준형을 무사히 도망치게 해주었던 것일까? 무섭지도 않았던 것일까?

"흉측했겠지?"

준형이 당이를 슬쩍 떠보았다.

"그…… 더러운 짐승 말이야. 늑대라는 놈. 아주 흉측하게 생겼겠지? 한밤중에도 기묘하게 눈을 빛내고, 입가에선 더러운 침이 줄줄 흘러내리고, 온몸엔 뻣뻣한 털이 가득하니, 가까이 닿는 것만으로도 소름이 끼쳤을 거야. 오죽 싫었으면 스스로 물에 뛰어들었겠어. 안 그래?"

"당신이 뭘 안다고……."

당이가 분노로 새파랗게 눈을 빛낼 때였다. 방문 밖에서 준형네 집 여종이 조심스럽게 알려왔다.

"도련님, 의원 나리 당도하셨습니다."

"알았어."

준형이 벌떡 자리에서 일어섰다. 그러곤 누운 채 여전히 저를 노려보고 있는 당이에게 물었다.

"일어설 힘은 있어? 없지?"

"무슨 뜻이에요?"

"망신당하고 싶지 않으면, 잠자코 얌전히 있으라는 뜻."

그 말이 끝나자마자 준형은 덥석, 당이를 덮고 있던 이불째로 감싼 후 그대로 어깨에 둘러메었다.

"이봐요! 지금 무, 무슨 짓을!"

"어어, 어!"

자신의 어깨 위에서 몸부림을 치는 당이를 준형이 일부러 무거운 척 비틀대며 떨어뜨리려 하자 "꺄!" 하는 짧은 외침과 함께 당이의 요란스러운 반항의 몸짓이 잠잠해졌다.

"보쌈 같은 건 취미 없으니까 걱정 마. 굳이 하란다고 하면 당신보단 훨씬 내 취향의 여인을 찾아서 할 테니까. 이렇게 둘러업어도 가뿐할 수 있는 그런 여인 말이야.”

웃는 기색을 들키지 않으려 소리 없는 미소를 지은 뒤, 준형이 짐짓 정색을 하고 말했다.

“내 처소 쪽에 의원이 왔다 하니 데려가려는 것뿐이야. 당신 좀 전에 혼절했었던 건 기억나지?”

‘아, 그래서……’

당이는 그제야 준형이 자신에게 소금물을 억지로 먹인 이유를 알았다. 당이도 예전에 얼핏 들은 적이 있었다. 독초를 잘못 뜯어먹거나, 배가 급탈이 나거나, 갑작스레 혼절을 했을 때 각각 소금을 써서 당면한 위험에서 벗어나게 한다고. 조금 전 준형이 당이 자신에게 억지로 소금물을 먹인 것도 당이를 무사히 깨우기 위해서였던 것이었으리라.

“기억나는 모양이군.”

준형이 당이의 침묵을 긍정으로 받아들였다.

“뭐, 얼마 전엔 물에도 빠졌다 하고, 오늘은 장대비까지 맞았으니 아무래도 탈이 난 것 같아 의원을 불렀으니 조용히 가자고. 뭐, 고마워한다면 내 기꺼이 감사 인사를 받기는 하지.”

준형이 성큼성큼 긴 다리를 움직여, 방문 앞으로 다가가 손잡이에 손을 대었다.

“근데 왜 의원을 이 방으로 부르면 안 되었던 거죠?”

여전히 떠메어가는 게 불만인 당이가 물었다.

“의원이 진맥을 얼마나 오래 할지, 또 침이나 뜸이라도 쓰게 된다면 제법 시간이 걸릴 텐데, 이 방을 쓰는 이들에게 폐가 된다는 생각은 안 해? 하루 종일 종종거리며 일하느라 정신없이 바빴을 우리 집 사람들이 쉴 시간과 방을 지금 당신과 내가 계속 빼앗고 있었는데?”

준형이 방문을 열었을 때, 당이는 준형의 말이 한 치의 그름이 없음을 알았다. 당이가 들어 있던 안 행랑채 방의 본래 주인이었을 여종 서넛이 피곤에 지친 얼굴로 마루 벽에 머리를 기대고 쉬고 있다 말고 얼른 허겁지겁 일어나 허리를 숙였던 것이다.

"미안하다. 내 손님 때문에 너희에게 폐를 끼쳤어. 내 다음에 톡톡히 보상하마."

"아, 아닙니다요, 도련님."

준형네 집 여종들은 주인 도령이 여인을 품에 안고 있는 모습에 괜히 저들이 부끄러워 얼굴을 붉히며 쥐구멍에라도 기어들어갈 듯한 작은 목소리로 답을 하였다.

얼마 후.

탁! 진맥과 치료를 마친 의원이 안채 손님방에서 침통이며 진료 기구들을 바리바리 싸안고 나왔다. 마당에서 달빛을 받으며 거닐고 있던 준형이 의원을 보자마자 가까이 오라 손짓을 하였다.

"어때?"

"크게 걱정하지 않으셔도 될 듯합니다. 수발을 들 약방 아이를 남겨두고 가겠사오니, 공자님께서는 아무 걱정 마시지요."

"갑자기 의식을 잃었었어. 급한 대로 소금물을 마시게 해 깨우긴 했지만…… 정말 괜찮은 거야?"

"뱃멀미에 고뿔 기운이 겹쳐 갑자기 열이 심하게 오른 것뿐입니다. 본래대로라면 혼절할 정도까진 아니었을 텐데…… 들어보니 무슨 이유인지는 몰라도 어제 낮부터 지금까지 먹은 것이 거의 아무것도 없다 하더군요. 그 때문에 열을 감당치 못하고 기력이 소진한 것입니다."

늙수그레한 의원이 동정심을 감추지 못한 얼굴로 쯧쯧 혀를 찼다.

"굶어? 왜!"

"……가진 돈을 탈탈 털어 간신히 금자도로 오는 배를 탔다 합니다. 뱃삯을 내고 나니 따로 요깃거리를 마련할 형편이 안 됐다고요. 쯧쯧. 가엾기도 하시지. 하여간 한 사나흘 충분히 쉬고 섭생에 유의하면 별다른 문제는 없으실 것입니다.”

의원의 말이 끝나기가 무섭게 준형은 당이가 들어 있는 제 방으로 들어가려 하였다. 하지만 의원의 말이 그런 준형의 걸음을 멈추게 하였다.

“침을 맞는 동안 잠이 들었습니다. 그대로 잠시 깨우지 마시지요.”

그러고서 의원은 마당 한구석에서 탕약을 달이느라 여념이 없는, 제가 데려온 약방의 아이에게 다가가, 밤 동안 해야 할 일을 찬찬히 일렀다.

중간중간 열이 오르진 않는지, 또는 갑자기 몸이 차지진 않았는지 확인하라며, 지나치게 몸이 차다 싶거든 부지런히 손발을 주물러 혈기가 돌게 하라는 이야기 등이었다. 그런 의원의 당부를 귓등으로 들으며, 준형은 당이가 들어 있는 제 방 방문만 뚫어져라 쳐다보았다.

당장이라도 뛰어 들어가 “도대체 뭐 하는 여자냐!”며 고래고래 소리 지르고 싶은 걸 꾹 참느라, 어금니가 으스러지지 않은 게 용할 정도로 꽉 깨문 채였다.

그로부터 얼마의 시간이 지났을까?

준형은 당이가 잠들어 있는 손님방과 담장 하나를 마주하고 있는 작은방에 들어 잠을 청하려 애쓰고 있었다. 멀쩡히 넓고 큼직한 제 방을 두고, 안 쓴지 제법 오래되어 퀴퀴한 냄새가 나는 이 방에 자리를 마련하고 누운 것은 어디까지나 조금이라도 더 당이와 가까운 곳에 있고 싶은 마음에서였다.

‘자다가 무슨 일이라도 있으면 어떡해. 갑자기 열이라도 치솟으면 업고 뛸 사람은 나밖에 없는데. 그래, 저 여자한테 무슨 일이 생기면 다 내 책임이야. 그러니 내가 곁에 있어야지.’

제가 생각해도 참 서툰 변명이다 싶었다. 그래도 하는 수 없었다. 제 마음이 그리 시키는 걸 거부할 방도가 없었다. 그리 한참 생각에 잠겨 있자니 문득 바스락, 하는 소리가 들려왔다. 누군가 준형의 방 앞 뒷마루에 올라오는 소리인 것만 같았다.

"누구냐?"

벌떡, 몸을 일으켜 앉은 준형이 서둘러 머리맡의 호롱에 불을 댕겼다. 당이에게 무슨 일이 있어, 약방 아이가 저를 부르러 온 것인가 싶어서였다.

"왜, 그 사람한테 무슨……. 당신!"

호롱에 불을 붙인 후 돌아본 준형의 눈이 휘둥그레졌다. 방문을 여는 소리도, 방 안으로 들어오는 소리도 못 들었는데 어느새 준형의 눈앞에는 당이가 서 있었던 것이다.

"여긴 어떻게 온 거지? 여길 당신이 왜……?"

"왜요, 내가 해치러 온 걸까 봐 겁이 나요? 홋. 당신은요? 당신은 날 해칠 건가요?"

묘한 목소리였다. 처음 들었을 때 그랬듯이 이상하게 듣고 있으면 자꾸만 귀 안이 간지러워지는 목소리였다. 목소리가 구체적인 형체를 지니고 귀 안의 솜털을 간질이는 것 같은 느낌이었다.

"해친다고? 내가, 당신을?"

당이가 전해준 말의 충격을 감당치 못하고 멍하니 일어서자니, 당이가 더는 기다리지 못하겠다는 듯 살짝살짝 마치 춤이라도 추는 것 같은 가벼운 발걸음으로 준형에게로 다가왔다.

"후후훗."

유혹적인 웃음소리와 함께 당이가 준형에게로 손을 뻗어 왔다. 그 손은 하늘하늘한 움직임으로 준형의 어깨에서 팔을 타고 내려갔다. 그제야 준형은 자신이 낮에처럼 위에는 아무것도 걸치고 있지 않음을 깨달았다.

'잠깐, 내가 언제 옷을 벗었더라?'

생각해내려 했지만 별 소용이 없었다. 당이의 손이 준형의 팔뚝과 팔목, 손목을 타고 내려가 준형의 손바닥에 제 손바닥을 마주 대어 왔기 때문이었다. 그 움직임을 좇느라 준형의 눈은 분주하였고, 입술은 바짝바짝 말랐다. 그러니 생각이란 게 온전히 될 리 없었다.

"뭐…… 하는 거야?"

"후후후훗."

당이가 비밀스러운 웃음을 흘렸다. 그러고선 좀 더 바짝, 준형에게로 가까이 다가섰다.

"왜, 왜 이러는 건데?"

이제는 저를 향해 고개를 젖히는 당이를 보며 준형은 제 의지와는 상관없이 말까지 더듬었다. 그런데도 그 말이 들리지 않는 것인지 당이는 발뒤꿈치를 바짝 세운 채 준형의 얼굴을 향해 제 얼굴을 좀 더 가까이 가져다 대었다. 가까워도 지나치게 가까운 거리였다. 당이가 숨을 내쉬고 들이마실 때마다 그 하늘하늘한 꽃잎 같은 숨이 준형의 입술을 간질일 정도였다.

"당신……."

"하아. 너 정말 예쁘게 생겼구나."

마치 무엇인가에-정확히 말하면 준형이겠지만- 홀린 듯한 눈빛을 하고 당이가 감탄에 찬 한숨 섞인 속삭임을 흘렸다.

"누, 누구더러 예쁘다는 거야!"

정말 사내한테는 어울리지 않는 칭찬인데도, 그 칭찬에 제 귀밑이 뜨끈해지는 걸 느끼며 준형이 버럭, 소리를 질렀다. 그런데도 그 큰 소리가 전혀 들리지 않는 것처럼 당이가 또 한 번 나직한 속삭임을 들려주었다.

"눈빛이…… 어쩌면 이렇게 고울 수가 있지?"

당이는 어느새 몽롱한 눈빛을 하고 슬그머니 반쯤 눈을 내리깔았다. 유난히 새빨간 입술은 무언가를 기대하듯, 조금 앞으로 내민 채였다. 준형은 그 모습이 무엇을 의미하는지 알았다. 제 타고난 운명 때문에 이제껏 여자를 멀리해온 준형이었지만, 그렇다고 해서 당이가 지금 무엇을 기다리고 있는 모를 정도로 둔하지는 않았다.

"하아……."

눈앞에 드리워진 유혹에 준형이 더는 참지 못하고 좀 전의 당이가 그랬듯, 달짝지근한 한숨을 내쉬었다. 이어 입술을 내밀어 저를 기다리고 있는 입술과 맞닿으려는 순간, 준형의 눈에 보여서는 안 될 것이 보이고 말았다.

"왜지?"

달이었다.

준형에게 입술을 내밀고 있는, 준형의 입술을 기다리고 있는 당이의 조그만 머리통 뒤로, 활짝 열린 방문 사이로 하늘을 가득 채우고 있는 커다랗고 둥근 달이 보였다.

"보름달이잖아? 보름달인데 왜 나는……?"

준형은 얼른 제 손을 내려다보았다. 순간, 터져 나올 것 같은 비명을 참느라 급히 숨을 들이마셨다.

"흐억!"

준형의 손은 준형의 손이 아니었다. 새카만 털과 날카로운 손톱으로 이루어진 야만의 손이었다. 혐오스럽기 그지없는 짐승의 손이었다.

"아, 안 돼……. 안 돼! 안 돼에엣!"

준형은 목이 터져라 비명을 질렀다. 악몽, 악몽일 게 분명한 환상을 쫓기 위해 베개 위에서 거세게 고개를 흔들었다.

'잠깐? 나는 분명히 서 있는데 베개가 왜?'

뺨에 와 닿는 베개의 감촉이 말이 안 된다는 걸 깨달은 순간, 준형이 어둠 속에서 번쩍 눈을 떴다.

"……꿈?"

허둥지둥 일어나 앉아 머리맡의 호롱에 불을 붙였다. 방 안에 희미한 호롱불빛이 번지자마자 제일 먼저 확인한 것은 자신의 두 손이었다. 여느 사내들보다 섬세하게 생긴 하얗고 긴 손가락들을 하나하나 곱았다가 다시 폈다. 아직도 꿈속에서의 당이 손길이 생생히 느껴지고 있는 준형의 손은 틀림없는 사람의 손이었다. 절대 짐승의 손 따위가 아니었다.

"허억, 헉."

불안함과 두려움에 거칠게 숨을 몰아쉬던 준형은 그것으로도 부족한지 얼른 방문을 열고 뛰쳐나갔다. 마루 위에 서서 아직 홀쭉한 달을 보고 나서야 깊고 깊은 안도의 한숨이 터져 나왔다.

'이 꿈도 다 당신 때문인 거지? 그런 거지?'

준형이 원망을 담고 담 하나를 사이에 두고 있는 손님방을 노려보고 있자니 때마침 조심스럽게 방문이 열리고 당이가 방에서 나왔다.

더운지 손 부채질을 하며, 밤바람이라도 쐬려는 듯 마당으로 내려서는 당이를 보며 준형은 충동적으로 자신과 당이를 가로막고 있는 야트막한 담벼락을 단번에 훌쩍 뛰어넘었다.

"읏!"

갑작스러운 준형의 등장에 놀라 숨을 들이켜는 당이를 준형이 거칠게 노려보았다.

"당신!"

"……무슨 일이죠?"

놀라기는 했지만 두려운 기색 하나 없이 당이가 한껏 턱을 치켜들어 준형과 눈을 마주쳤다. 마주친 그 눈빛은 당이가 이해할 수 없는 감정들로 일렁이고 있었다.

"할 말이 없다면 저는 그만."

무언가를 말할 듯, 그러나 쉽게 말하지 못한 채 저만 뚫어져라 보고 있는 준형의 눈빛을 감당하기 어려워진 당이가 방을 향해 돌아서려 할 때였다.

"안 돼!"

준형이 급히 손을 뻗어 당이의 손목을 잡아당겼고, 준형이 미처 조절하지 못한 그 강한 힘에 못 이겨 당이는 그만 준형의 품으로 와락, 끌어 안겨지고 말았다.

"윽!"

둘 중 누구의 입에서 터져 나온 신음인지 몰랐다. 다만, 확실한 건 당이가 준형의 품에 얼굴을 박다시피 하여 안긴 순간, 두 사람의 몸에 전해진 그 둔탁한 충격에 두 사람 모두 적잖게 놀랐다는 점이었다.

"……괜찮아?"

충격에 뜨거웠던 피가 단번에 식은 준형이 자신의 가슴에 얼굴을 묻고 있는 당이에게 물었다. 제법 큰 소리를 내며 부딪쳤으니 얼굴이 아플 것 같았다. 그런데도 당이는 준형의 물음에 별다른 답을 하지 않았다. 다만, 여전히 준형이 굳게 잡고 있는 당이의 손목이 가늘게 떨리고 있을 뿐이었다.

'젠장!'

준형은 속으로 욕설을 중얼거렸다. 이럴 생각은 아니었다. 그냥 당이가 자신에게서 등을 돌리는 게 싫어서, 못 가게 잡을 셈으로 손목을 잡아당긴 것뿐이었다. 그 정도로 설마하니 당이가 그렇게 손쉽게, 갑작스럽게 자신의 품으로 딸려 들어올 줄은 몰랐다. 당장 당이에게서 떨어져 사과를 해야만 했다. 지난밤 당이를 둘러메긴 하였지만 그건 어디까지나 병자니까-의원이 들어 있을 준형 자신의 거처로 옮겨야 하니까-란 핑계를 댈 수 있었다.

하지만 이번은 달랐다.

지금의 행동은, 한밤중에 담을 넘고, 다짜고짜 윽박지르고, 강제로 끌어안은 이 일련의 행동들은 무어라 변명의 여지가 없었다. 저자의 무뢰배나 할 법한 짓을 저지른 데 대해 당이에게 잘못을 빌어야만 했다. 그런데 좀처럼 미안하다는 말이 나오지 않았다. 이제껏 살면서 잘못했다는 소리를 해본 적이 없기 때문만은 아니었다.

그냥 그리하고 싶지가 않았다. 마음에서부터 그래지지가 않았다.

"……요."

준형이 망설이는 사이 짧은 침묵을 깨고, 마침내 당이가 입을 열었다.

"뭐?"

"이거 놓으라고요."

자신의 몸에 가로막혀 제대로 들리지 않은 당이의 말을 제대로 듣기 위해 준형이 반걸음쯤 물러나며 몸을 떼자, 당이가 준형에게 잡혀 있는 자신의 손목을 턱짓으로 가리켰다.

"당장 놔요."

이를 악문 당이의 단호한 명에 반사적으로 당이의 손목을 잡고 있던 준형의 손에서 힘이 빠졌다. 허나 당이가 그대로 돌아서 다시 준형에게서 멀어지려 하는 것을 안 순간, 준형은 또다시 당이의 손목을 강하게 붙잡았다. 의식이 시킨 일이 아니었다. 무의식이, 본능이 그리 시킨 것이었다.

"잠깐만. 조금만 더 나한테…… . 읏!"

그저 당이와 함께 있는 순간을 조금이라도 더 늘리고 싶은 마음에 무슨 핑계라도 대려던 준형은 신음과 함께 이맛살을 찌푸리며 인상을 썼다. 당이가 재빨리 허리를 숙여 제 손목을 잡고 있는 준형의 손을, 정확하게는 준형의 손등을 강하게 물어버린 때문이었다.

"윽!"

살점을 뜯어낼 듯 깊숙이 파고드는 이를 피해 준형이 당이의 손을 놓고 얼른 제 손을 거둬들였다.

"당신!"

"저를 걱정하여 의원을 불러주고, 이리 방을 내어준 은혜를 생각해서, 이밤의 무례는 이 정도로 용서해드리죠."

조금 전까지 떨고 있던 사람의 것이라고는 생각되지 않는, 어쩐지 의기양양하게도 보이는 태도로 차분히 말한 후 당이가 방으로 향했다.

"하!"

천천히 마당을 지나, 마루 위로 올라가 방 안으로 향하는 당이의 뒷모습을 보고만 있던 준형은 탁, 방문이 닫히는 소리가 나고 나서야 제 손을 들어 자세히 보았다. 아직도 얼얼한 아픔이 가시지 않은 준형의 손등에는 그 형태도 또렷하게 당이의 잇자국들이 나 있었고, 그 파인 자국 중 몇 군데에서는 슬쩍 핏물도 비치고 있었다. 말 그대로 '물어뜯긴' 상처가 역력하였다.

"홋. ㅎㅎㅎ. ㅎㅎㅎㅎ."

손등의 상처를 보는 준형의 입가에서는 웃음이 새어나왔다. 실소에서 시작된 웃음은 점점 더 커져, 너털웃음이 되었다.

"하하하하! 하하하하하하!"

허리까지 뒤로 젖혀가며 크게 웃던 준형이 한참 만에 웃음을 거두었을 때 준형의 눈가에서는 맑은 눈물 한 방울이 또르륵, 흘러내렸다. 사내답지 못한 그 눈물을 닦을 생각도 않고, 준형은 당이가 남긴 흔적 위에 입술을 가져다 대었다. 그러고선 그 잇자국 위에 꾸욱, 제 이를 눌러 박았다.

"윽!"

그 밤, 도성의 궁궐 안 동궁전에서는 깊은 잠에 빠져 있던 세자 현이 낮은 비명과 함께 이부자리에서 몸을 일으켰다.

"저하!"

방 안에서 들려온 세자의 심상찮은 기척에 세자의 방문 앞에 대기하고 있던 감 내관이 얼른 문을 열고 종종걸음으로 들어와 초에 불을 붙였다.

"저하, 무슨 일이시옵니까? 저하? 어찌 옥루(玉淚, 눈물)를……. 어디가, 어디가 미령하시옵니까?"

세자의 눈가가 눈물로 젖은 것을 본 늙은 내관의 얼굴은 걱정으로 하얗게 질렸다.

"아, 아무것도 아니다. 나쁜 꿈을 꾼 것뿐이야."

현은 손등으로 눈물을 닦아내다 말고 보일 듯 말 듯 미간을 찌푸린 후, 얼른 슬그머니 이불 속으로 오른손을 밀어 넣었다.

"안색이 창백하시옵니다. 급히 의관을 들라 할까요?"

"소란 떨 거 없대도. 창백하기로 치자면 지금 자네의 얼굴만 하랴."

"저하!"

현이 괜찮다고 하는데도 감 내관의 얼굴에서는 근심이 가시지 않았다. 그도 그럴 게 세자 현은 어려서부터 유난히 잔병치레가 잦았던 데다, 특히 여섯 달 전에 세자빈을 잃고 상심하여 큰 열병을 앓은 후부터는 부쩍 더 몸이 쇠약해져 있는 터였다. 하여 가뜩이나 임금께서 중히 편찮으신 지금 세자인 현의 몸에 이상이 생기게 된다면, 이는 나라 전체에 커다란 파장을 미칠 수 있는 일이었다. 그런 세자가 한밤중에 비명을 지르며 꿈에서 깬 일이 어떻게 아무렇지 않을 수 있겠단 말인가?

"하아암, 피곤하다. 나는 좀 더 자야겠어."

영 걱정을 떨치지 못하는 늙은 내관을 위하여 현은 부러 가짜 하품까지 하며 걱정을 덜어주려 하였다.

"예, 저하."

하는 수 없이 고개를 숙인 감 내관이 초의 불을 끄려고 다가갔지만 세자가 손을 저어 그것을 말렸다.

"내 알아 할 터이니, 나가보거라."

"……예, 저하."

감 내관은 보일 듯 말 듯 고개를 갸웃거렸지만 세자의 명에 따라 이내 허리를 숙인 후, 뒷걸음질로 서둘러 방을 나갔다.

스르륵, 조심스럽게 방문이 닫히고 나서야 현은 이불 속에서 감춰두었던 오른손을 꺼내 들었다. 아직도 욱신거리는 손등을 자세히 살펴보았다.

"……하긴 있을 리가 없지."

세자 현이 허탈한 마음으로 중얼거렸다.

또다. 이번에도 또, 손등에는 티끌만 한 상처 하나 없었다. 그런데도 아픔은 선명하기만 했다. 꿈속에서 자신의 손등을 깨물었던 여자의 이가, 그 상처를 다시 물어버린 새카만 짐승의 이 느낌이 생생하기만 하였다.

"어인 조홧속이려나? 정말 몽마(夢魔, 꿈에 나오는 악귀)의 사술이런가?"

세자 현이 새삼 자신의 눈꺼풀 위를 어루만졌다. 지난 보름날, 꿈에서 돌을 맞은 이후 상처도 없는데 며칠 동안 계속 욱신거린 곳이었다.

"도대체 그 여인은 누구란 말인가? 그 낯선 짐승은 또 뭐란 말인가?"

보름날에 이어 또다시 꿈에 나타난 낯선 여인과 낯선 짐승에 대한 생각에 사로잡힌 세자 현은 그 밤이 다 가도록 다시 잠을 이루지 못했다.

그 밤이 새도록 잠 못 이룬 건 금자도의 당이 역시 마찬가지였다.

한밤중에 갑자기 마당으로 뛰어 들어온 준형을 봤을 때부터 미친 듯 뛰기 시작한 가슴이 영 진정되지가 않아서였다. 아직도 준형이 자신의 손목을 잡고 있는 것 같았다. 아직도 준형의 가슴에 안겨 있는 것만 같았다. 따지고 보면 어제 처음 본 거나 다름없는 남잔데, 그와 하루 동안에 너무 많은 일이 있었다.

'그 웃음은, 그 눈물은 다 뭐였을까?'

지난밤 떨리는 마음을 감추려 부러 더 세게 준형의 손목을 물어뜯었던 당이는 태연한 척 방에 들어와서도 정신은 온통 마당에서 너털웃음을 터트리고 있는 준형에게 향해 있었다. 그 웃음소리가 어쩐지 예사롭지 않게 느껴진 당이는 밖에서 눈치채지 못하도록 살그머니 방문을 열고 마당을 내다보았고, 그때 준형의 눈에서 흘러내리는 눈물을 보았다. 당이 제가 물어뜯은 손등 위에 입을 맞추는 모습을 보았을 땐 마치 자신이 입맞춤을 당하는 것 같아 얼굴이 새빨개졌다.

'저 사람이 혹시 나를……? 근데 왜? 나를 언제 봤다고? 에이, 아냐. 아닐 거야.'

아닐 거라고 생각하면서도 생각은 자꾸 한 방향으로만 치달았다. 당이 자신을 보던 준형의 일렁이던 눈빛은 아무리 생각해도 연모라고밖에 해석되지 않았다.

'……그래도 달라지는 건 없어. 괜히 엉뚱한 일에 휘말릴 필요 없어. 나는 여기서 일만 하면 돼. 용이와 어머니 행방을 알 수 있을 때까지, 괜한 생각 말고 일만 열심히 하면 돼.'

간신히 당이가 마음을 추스를 수 있었던 건 아침이 다 되었을 때였다. 자신을 방에 가두고 도망친 용이와 어머니에게로 생각이 미친 다음이었다.

사실 당이가 금자도로 온 이유는 딱 한 가지였다.

그건 바로 용이와 어머니를 찾기 위해서였다. 당이 혼자 몸으로는 도저히 도망친 아우와 어머니를 찾을 수 있는 방법이 없었다. 집까지 팔고, 당이의 땅문서까지 가지고 빚쟁이를 피해 도망친 이들이니 뻔히 잡힐 수 있는 친인척 집으로는 가지 않았을 것이었다. 일단 손에 쥔 돈이 적지 않으니 말을 빌려 탔을 수도 있고, 수레를 빌려 탔을 수도 있고, 아니면 아예 배를 타고 타국으로 도망갔을 수도 있을 것이었다.

그러니 가진 거 하나 없는 당이가, 그것도 혈혈단신인 여자의 몸으로 어머니와 동생을 찾거나 따라잡을 수는 애초부터 불가능한 일이었다.

'어쩌지? 어디서, 어떻게 어머니를 용이를 찾지?'

고민하던 중에 떠올린 것이 바로 빚쟁이로 찾아왔던 금자도의 공자였다.

'그래! 그 사람이라면 빚쟁이니까 당연히 도망친 용이를 찾으려고 할 거야. 내가 직접 찾아 돌아다니지 않아도 그 사람 근처에 있으면 용이와 어머니의 행방을 알 수 있어!'

그래서 금자도로 왔다. 도망간 두 사람을 찾아서 뭘 어쩔 것인지는 생각하지 않았다. 왜 자신만 버리고 갔냐고 따지고 원망할 것인지. 걱정돼서 죽을 것 같았다고 하소연할 것인지. 다시는 자신만 버리고 가지 말라고 사정할 것인지 당이도 제 마음을 몰랐다. 그저 찾아야 한다는, 다시 만나야 한다는 생각밖에 없었다. 아무리 원망스러운 이들이라 할지라도 동생은, 어머니는 당이가 가진 전부였으니까.

"사정은 알겠소. 하지만 역시 내 뜻은 어제와 같소."
아침 일찍 사랑채로 당이를 불러들인 강회의 뜻은 여전히 강경하였다.
"낭자의 사정은 딱하오나, 그렇다고 해서 양반 댁 규수인 낭자를 소금밭
에서 일하게 할 수는 없는 노릇이 아니오? 그러니 오늘 중으로 이 섬을 나
가주기를 바라오."
"형님, 그렇다고 꼭 당장 나가라는 건 좀. 듣자 하니 낭자가 어제 혼절을
했다하니 며칠이라도 몸을 추스를 시간을……."
가만히 고개를 숙여 강회를 이야기를 듣고 있는 당이를 딱하게 여긴 반
회가 당이의 편을 들어주려 하였다. 그러면서도 반회의 시선은 준형이 오지
않는지, 창 너머 마당을 살피기에 바빴다.
'준형이 이 녀석은 어딜 가서 코빼기도 보이지 않는 거야?'
"하여간 형님, 들어보니 낭자의 사정도 딱하질 않습니까? 그러니 무작정
섬 밖으로 내보내기보다는 차라리 뭍에 조그만 거처 하나 내어주고, 살게
하는 건 어떻겠습니까?"
반회는 자신의 말에 움찔하는 당이를 보고선 한층 더 신이 나 제 의견을
밝혔다.
"그리하면 낭자는 낭자대로 험한 소금밭 일을 아니해서 좋고, 우리는 우
리대로 낭자에 대한 미안함을 덜 수 있어 좋지 않습니까? 물론, 낭자의 가족
들에 대한 소식을 알게 되면 바로 낭자에게 연통을 줄 터이니 그에 관해선
걱정하지 않아도 될 테고요."
반회의 말에 굳게 굳어 있던 강회의 입매가 조금 느슨해졌다. 반회 의견
이 딴에는 제법 그럴듯했던 것이다.
"낭자의 생각은 어떠하오?"
거의 반쯤 마음이 돌아선 강회가 당이의 의견을 물었다.

"낭자가 이 섬에 온 이유에 대해 다른 사람들에게 끝까지 함구하겠다는 약속만 해준다면 섬 밖에 거처를 내어주고, 당분간 사는 데 불편함이 없도록 보살펴 주겠소만……."

"동정은 싫습니다."

당이가 내내 숙이고 있던 고개를 들어, 두 형제의 얼굴을 마주 보았다.

"공자들께 이유 없는 동정을 받을 까닭이 없습니다. 비록 양반 가문에 태어나긴 했지만 어려서부터 집안 형편이 여의치 않아 제 손으로 직접 일을 하여 호구지책하며 살아온 저입니다. 사지육신이 멀쩡한데 이유 없이 공자들께 신세를 질 수는 없지요."

허리를 꼿꼿이 세운 채 단호한 얼굴로 말하는 당이를 보는 강회의 눈에는 내심 감탄의 빛이 어렸다.

'제법 강단 있는 여인이 아닌가?'

"준형이, 내 동생이 빚을 담보로 낭자의 가족을 괴롭힌 것을 함구해주는 조건이라 하지 않소. 그러니 이건 동정이 아니라 이유 있는 합당한 거래가 아니겠소?"

반회가 답답하다는 듯, 강회를 대신하여 당이를 설득하려고 나섰다.

"애초에 거래가 되지 않을 조건이라 그럽니다."

당이는 반회나 강회가 저를 위해 하는 말임을 알기에 한결 부드러운 시선으로 형제들을 보며 말을 이었다.

"비록 저를 버리고 도망쳤다 하나 동생과 어머니는 천륜으로 이어진 제 피붙이들입니다. 동생이 이 댁 공자의 빚을 두려워 도망갔다는 그 수치스러운 사실을 제가 어찌 제 입으로 밝히고 다니겠습니까?"

당이가 갇혀 있었다는 사실을 알고 있는 몇 안 되는 동네 사람들도 당이 어머니와 용이가 당이만 버리고 집을 떠난 줄만 알지, 자세한 사정은 알지 못하고 있었다. 당이는 동네 사람들에게 동생과 어머니가 다른 볼일이 있어 먼저 떠난 것이고 자신과는 따로 약속한 곳에서 따로 만나기로 했다고, 아무도 쉽게 믿지 못할 거짓말까지 해둔 상태였다.

"그러니 함구하겠다는 것만으로 공자들의 후의에 기댈 수는 없지요."

"대신 다른 이유가 있잖아?"

"준형아!"

반회가 어느새 기척도 없이 방문 앞에 서 있는 제 동생을 반가이 맞았다.

"조반도 아니 먹고 어디 갔다 온 거야?"

"다른 이유란 게 무엇이냐?"

마치 어딘가를 한참 달렸다 온 듯 온통 땀투성이에 머리도 헝클어져 있는 준형을 나무라는 눈빛으로 보며 강회가 물었다.

"당신이 말할래? 아님 내가 말할까?"

준형이 보란 듯이 털썩, 당이 앞에 주저앉고는 당이에게 물었다.

"뭐를?"

"뭘요?"

반회와 당이가 똑같은 걸 물었다.

"어제저녁만 해도 멀쩡했던 이 손이 왜 이렇게 됐는지 말이야."

준형이 손등까지 내리고 있던 긴 소매를 걷어 올려 누가 봐도 잇자국이 분명한, 피가 굳어 맺혀 있는 손등 상처를 당이는 물론이요, 제 형님들에게까지 보였다.

"준형아!"

"너…… 무슨 일이야!"

강회와 반회가 누가 먼저랄 것도 없이 준형에게 달려들어 손의 상처를 살폈다. 그 모습을 보며 준형은 당이에게 슬쩍 눈썹 하나를 들어 올려 보였다. '네가 낸 상처가 이 정도로 난리 날 일이다'라고 으스대기라도 하듯.

"의원에게는, 의원에게는 보였어?"

"어쩌다 이런 거야?"

강회와 반회가 걱정하는 소릴 귓등으로 넘기며 준형이 당이에게 물었다.

"형님들이 물으시는데?"

"도대체 무슨 소리를 하는 거야!"

알 수 없는 소리를 거듭하는 준형과 당이를 번갈아 보며, 반회가 답답하다는 듯 소리를 높였다.

"이 상처가 다 뭔데? 이거랑 저 낭자가 우리 제의를 받아들여야 하는 이유랑 무슨 상관이 있는데!"

"당신은 말할 생각 없어 보이니, 내가 말할게."

아무 말 없이 자신을 노려보는 당이에게 준형이 씁쓸한 미소를 지어 보이고선 아직도 제 손을 잡고 있는 형님들에게 말했다.

"큰형님, 반회 형님, 죄송합니다. 사실은 제가 어젯밤에 저 여자를 추행하였습니다. 이 손등의 상처는 어젯밤 저 여자가 물어뜯은 것으로, 제 추행을 증명하는 증좌이고요."

"하아!"

너무도 어이없는 자백에 반회가 꽃 같은 미모에 어울리지 않는 바보 같은 표정으로 입을 딱 벌렸다. 강회 또한 저답지 않게 어찌나 놀랐는지 상처를 살피느라 들고 있던 준형의 손을 떨어뜨렸을 정도였다.

"……지금 뭐 하는 거예요?"

당이가 분노로 눈가를 발갛게 물들이며, 어금니를 꽉 깨물면서 준형에게 물었다.

"자백하고 있잖아. 간밤에 내가 당신에게 한 짓에 대해서."

당연한 걸 왜 묻느냐는 얼굴로 준형이 퉁명스레 답했다.

"말씀드린 대로입니다, 형님들. 제가, 이 아우가 어젯밤 해서는 안 될 짓을 저질렀습니다."

강회와 반회에게 고백을 하면서도 준형의 시선은 흔들림 없이 당이에게 못 박혀 있었다.

"어제 저 여자가 묵고 있는 제 처소로 뛰어들어, 마당을 산책 중이던 저 여인을 강제로 안아버렸습니다."

"야, 너. 너어!"

"……저 아이의 말이 사실이오?"

놀라 저도 모르게 목소리가 높아지는 반회를 저지하고, 강회가 분한 듯 준형을 노려보고 있는 당이에게 물었다.

"과장입니다! 공자가 저를 억지로 안거나 한 일은 없습……."

"그렇다고 나랑 당신이 연분이 나서 껴안은 건 아니잖아. 안 그래? 아니면 어젯밤의 일을 아예 부정이라도 할 셈인가?"

준형이 당이의 말을 가로막으며 빈정거린 후 다시 강회에게 말했다.

"제 자백과 이 손등만으로 증좌가 부족하다면 증인도 댈 수 있습니다. 어젯밤 이 여자를 돌보려 남았던 약방의 하녀가 모두 숨어서 보았으니까요."

말이 끝남과 동시에 준형이 딱, 손가락을 튕겼다. 그러자 아침 일찍 당이에게 작별인사를 고하고 약방으로 되돌아갔던 하녀 아이가 방으로 들어와 방문 앞에 무릎을 꿇고 앉았다.

"말해. 지난밤, 네가 본 게 무엇인지."

준형의 명에 하녀 아이는 괜히 제가 볼을 붉히며, 자신이 어젯밤 본 광경에 대해 털어놓기 시작했다.

"예. 사실은 쉰네가 지난밤 자다 말고 소피가 마려워 뒷간에 갔다 오다가 마당에 서 계시던 공자님께서 싫다고 마다하시는 아가씨의 손목을 잡고 억지로 끌어안으시고는……."

"그만! 되었다!"

좀 전에 준형이 당이에게 그러했듯 이번엔 강회가 소리를 높여 하녀의 말을 막았다.

"이젠 믿으시겠지요?"

"그래."

강회가 이를 갈 듯 답을 내어놓자, 준형이 하녀에게 손을 저어 방에서 나가게 하였다.

"저대로 그냥 보내면 어떡해, 소문이라도 나면!"

하녀가 방에서 나가자마자 반회가 혹시나 목소리가 바깥에 새어나갈까 걱정하며 목소리를 낮추고선 준형에게 따졌다.

"걱정 마세요. 소문을 내진 않을 것입니다. 이미 거금을 써서 입막음을 해두었으니까요. 약방의 의원도 마찬가지고요."

준형은 반회의 걱정을 덜어준 다음 하얗게 굳어 있는 당이에게 빈정대듯 말했다.

"봤지? 그러니까 이젠 당당하게 형님들의 후의에 기대든 돈을 뜯어내든 집을 얻어내든 마음대로 해."

준형이 어깨를 으쓱했다. 말과 행동은 비꼬는 것처럼 해도, 그 속내는 진심이었다. 차라리 당이가 형님들에게 자신이 어젯밤에 저지른 일을 함구해준다는 조건으로 큰돈이라도 뜯어내길 바랐다. 굶어서 쓰러지는 일 따위는 다시는 없기를 바랐다. 평범한 양반집 여인네들처럼 좋은 옷 입고, 예쁜 댕기 들이고, 고운 신 신고 자신과 처음 만났던 그 보름밤처럼 환히 웃으며 살기를 바랐다.

하지만 준형이 그리해주겠다고 해도 당이는 쉽게 받아들이지 않을 터였다. 자신이 왜 그런 호의를 받아야 하는지 결코 알 수 없을 것이었다. 처음 만난 그날 밤에 준형을 괴물 취급하지 않은 게, 어젯밤에 준형의 손을 물어뜯은 것이 준형에게 어떤 의미를 가지는지 알 리 없으니 준형의 제안을 순순히 받아들일 리가 없었다.

"사양할 것 없어. 내 추행 사실을 숨기기 위해서라면 형님들은 기꺼이 무엇이든 하실 테니까. 아, 아니다. 당신은 돈이나 집보다 내 목을 더 원하려나? 그럼 그것도 내어주고."

진심을 감춘 채 준형이 다시 당이에게 순순히 형님들의 후의를 받아들일 것을 권했다.

"그깟 거 받아서 뭐하게요? 살아서도 이리 밉상인 얼굴이니, 죽은 후엔 더더욱 꼴불견일 텐데요. 돼지 오줌보나 되면 아이들에게 놀이감으로 던져 줄 수도 있겠……. 아!"

당이는 제 뜻과는 아무 상관 없이 뭐든 제멋대로 일을 벌이는 준형이 얄미워 울컥하는 마음에 신랄한 말을 내어 뱉었다가, 금세 아차 싶어 아랫입술을 깨물었다.

"……죄송해요. 말이 심했습니다."

막말을 한 준형이 아닌 자신과 강회를 향한 당이의 사과에 반회가 이내 푸훗하고 웃음을 터트리며 손을 내저었다.

"하하하하. 괜찮소, 괜찮소. 다소 말이 험하긴 했으나 준형이 이 녀석이 한 짓이 있으니 더한 말을 들어도 싸지요. 그보다……."

반회가 단단히 굳어버린 강회의 얼굴을 흘깃 쳐다본 후 다정한 미소를 얼굴 가득 띠고 당이에게 물었다.

"이젠 정말 칼자루는 낭자의 손에 쥐어진 것 같은데, 어쩔 생각이시오? 뭐, 우리 마음 같아서야 낭자가 우리 제안을 받아들여……. 형님?"

반회가 말을 하다 말고 놀란 눈을 하고 강회를 보았다.

"형님!"

준형 역시 경악한 얼굴로 강회를 보고선 얼른 강회에게로 달려들었다. 강회가 당이 앞에 무릎을 꿇고 앉으려 하고 있기 때문이었다.

"혀, 형님. 왜 이러십니까? 이러지 마십시오. 얼른 일어나 앉으세요."

반회 역시 준형을 도와 강회를 일으켜 앉히려 하였지만, 강회는 완강하게 두 아우의 손을 뿌리친 후 기어이 방바닥에 무릎을 꿇고 앉았다. 그리고선 당황해 자리에서 일어난 당이에게 깊이 고개를 숙여 보이기까지 하였다.

"아우의 죄를 대신하여 내가 낭자께 백배 사죄를 올리겠소."

"형님!"

준형이 다시 강회에게로 덤벼들었지만 세게 내젓는 강회의 팔에 내처지고 말았다.

"가만히 있어!"

"형님!"

"둘 다 그 자리에 꼼짝 말고 앉아 있어. 입도 뻥긋하지 마."

항상 매사에 조심하고 경계시키느라 엄하기 그지없는 강회였지만 이번은 특히 더했다. 그 목소리에는 자못 비장함까지 담겨 있어 반회도 준형도 뭐라 한마디 대꾸도 못 하고 시키는 대로 따를 수밖에 없었을 정도였다.

"왜 이러십니까?"

입을 봉인당한 두 형제 대신 당이가 강회에게 물었다.

"제가 뭘 어쩌길 바라시는지요?"

당이의 물음에 그제야 강회가 고개를 들고, 여전히 일어선 채인 당이를 올려다보았다.

"준형이를 어찌 처결하면 좋을지 낭자가 말씀해주시오. 관아에 가 발고를 한다면 그 또한 낭자의 수치가 될 것이오니, 차라리 지금 이 자리에서 낭자가 원하는 바를 말해준다면 내 기꺼이 그 처결에 따를 것이오."

"어떤 처결이든…… 요?"

"어떤 처결이든."

"……그럼 이런 건 어떨까요?"

강회의 표정에 담긴 각오를 읽은 당이가 잠시 망설이는 듯하다, 무언가를 결심하듯 보일 듯 말 듯 고개를 끄덕인 후 세 형제에게 자신이 원하는 바를 말하였다.

그 직후였다. 방 안에 너무도 선명하고 찰진 짝, 소리가 울려 퍼진 것은.

"읏!"

세자 현은 동궁전에서 어머니 소빈과 함께 아침 다과를 들다 말고 작은 신음과 함께 왼뺨을 감싸 쥐었다.

"왜요? 돌이라도 씹으셨습니까?"

"아닙니다, 어머님."

현은 어머니가 걱정하실까 일부러 아무렇지 않다고 고개를 저어 보였지만 사실은 지금 당황스럽기 그지없었다.

방금 막 누군가에게 뺨이라도 얻어맞은 듯, 손으로 감싸 쥔 뺨이 얼얼하고 제법 뜨거웠던 것이다. 그런 세자의 심상치 않은 기색에 소빈은 당장에 동궁전의 내관과 상궁 나인들에게 불호령을 내렸다.

"당장 소주방의 엄 상궁을 불러오너라! 세자가 드시는 음식에 돌이라니! 이 무슨 발칙한!"

"아, 아닙니다, 어머님. 정말, 정말로 돌을 씹어 그런 것이 아닙니다."

"……아니에요?"

소빈은 답답할 정도로 착하기만 한 세자가 아랫것들을 두둔하려 이러는 건가 싶어 다시 한 번 물었다.

"정말 돌이 아니에요?"

"정말 아닙니다. 음식을 씹다 그만 혀를 잘못 씹어 그리한 것뿐입니다."

현은 소빈의 화를 누그러뜨리기 위해 본의 아닌 거짓말을 하였다. 이미 쉰에 가까운 나이임에도 아들인 현과 그리 나이 차이가 나 보이지 않는 어머니 소빈은 그 작은 들꽃 같은 가녀린 겉모습과 달리 불같은 성정을 지닌 이였다. 어린 시절 현이 감 내관과 함께 놀이를 하다 제 탓에 넘어져 무릎이 깨졌을 때에도 보필을 제대로 못한 죄로 감 내관을 찢어 죽여야 한다며 목소리를 높였을 정도였다.

'그때 갑자기 심한 고뿔에 걸려 크게 앓아눕지만 않았다면 어머님은 정말 감 내관을 죽였을지도 몰라. 가만…… 그러고 보니 그때도?'

옛 생각을 더듬던 현은 문득 떠오른 기억에 이맛살을 찌푸렸다.

'그래……. 분명 그때도 그 꿈을 꾸었어.'

"세자……?"

'그때도, 그때도 그 새카만 짐승이 꿈에 나왔었어!'

오래된 기억을 더듬기 위해 세자 현은 실눈을 뜨고, 손가락들을 세워 이마 가장자리를 힘주어 눌렀다.

'그래. 분명 그때…… 물에 빠졌다 나온 것처럼 온몸이 흠뻑 젖은 작은 짐승이 있는 대로 목을 젖히고 보름달이 뜬 하늘을 향해 울부짖었지.'

현은 새삼 부르르 몸을 떨었다. 어린 시절, 그 꿈을 꾸었을 때 그 울부짖음을 들었을 때 생살을 후벼 파는 것만 같던 그 처절한 울림에 몸을 떨었던 것처럼.

"세자, 어인 일이십니까? 편찮으신 겝니까?"

어머니 소빈이 심상치 않은 현의 행동에 이마를 짚어본다, 뺨을 만져본다 소란법석을 떨었지만, 현은 제 생각에만 골똘히 잠겨 있을 뿐이었다.

'왜지? 왜 이제야 떠오른 거지? 그리고 그 짐승은 왜 이제 와 또다시 내 꿈에 나타난 거지?'

"뭣들 하느냐? 감 내관, 어서 어의를 불러오너라. 어서어! 정 상궁은 무엇을 보고 앉아 있어? 얼른 자리를 펴거라. 세자를 눕혀야 하질……. 세자?"

부산을 떨던 소빈이 정색을 하고선 갑작스레 자신의 소매를 잡는 아들을 놀란 눈으로 바라보았다.

"세자, 괜찮소? 어지럽지는 않소?"

"어머님, 혹시 제가 어린 시절에 아바마마의 사냥에 따라간 적이 있사옵니까?"

"……사냥이요? 아니, 내가 아는 한 그런 일은 없었소."

"허면 혹시 옛날에 동궁전에서 개를 키운 적이 있사옵니까? 아니면 동궁전에 들개가 숨어들어온 적이라도……."

세자의 물음에 답을 알 리 없는 소빈이 어려서부터 세자의 지근에서 세자를 보살펴 온 정 상궁을 향해 고개를 돌렸다.

"세자저하, 동궁전에 단 한 번도 짐승을 들인 적이 없사옵니다. 감히 뉘께서 거처하시는 곳이라고 털 달린 짐승을 들이겠나이까?"

"무슨 일이십니까? 세자, 말씀해보세요. 갑자기 사냥은 또 무엇이며 개는 또 무슨 소리란 말입니까?"

"……아닙니다. 그저 근자에 자꾸 꿈에 낯선 짐승이 보이는 게 신경이 쓰여……. 제가 괜한 말씀을 드렸나이다. 마음 쓰지 마시옵소서."

현은 어머니 소빈을 안심시키기 위해, 또 다 큰 사내가 꿈 타령이나 하는 것이 객쩍어 엷은 웃음을 지으며 말을 얼버무렸다. 그럼에도 불구하고 어쩐 일인지 이번엔 소빈의 얼굴에서 점점 핏기가 사라지고 있었다.

"별일 아닐 겁니다. 그런다고 이제껏 무탈하셨던 세자께 이제 와 무슨 변고가 있겠습니까?"

그날 낮. 소빈의 처소 양의당에는 소빈의 아우인 훈련원부정(무관 종삼품) 강일산이 누이의 급한 부름을 받고 들어 있었다. 주위를 모두 물린 채 소빈이 초조한 기색으로 방 안을 서성이는 데 반해, 강일산의 기색은 느긋하기만 하였다.

"아니면? 지금껏 잠잠하다 이제 와 그런 꿈을 꾸는 이유가 뭐야!"

"그야 뻔하지요."

방 안을 서성이다 말고 소빈이 방 한중간에 우뚝 섰다.

"뻔해? 뭐가?"

"누님도 참. 예전엔 지나치다 싶게 예민하고 영민하시던 분이 어찌 이러십니까? 궁 생활이 오래되셔서 많이 무뎌지신 겝니까?"

소빈이 매서운 눈초리로 노려보는 것에도 아랑곳하지 않고 일산은 태평스레 말을 이었다.

"누님께서 일전에 세자께 곧 다시 세자빈을 들일 거라 말하셨다면서요. 이래도 모르시겠습니까?"

"……그럼?"

그제야 짚이는 게 생긴 소빈이 서둘러 일산의 맞은편에 가 앉았다.

"그럼, 세자가 반려몽을 꾼 것이란 말이냐?"

"다음에 한번 세자께 넌지시 물어보십시오. 꿈에 짐승 외에 여인이 나타나지 않았는지. 그럼 더욱 확실해지지 않겠습니까?"

"반려몽…… 세자가 반려몽을 꿨다?"

소빈이 잠시 생각을 하더니 이내 고개를 저었다.

"아니야. 그럴 리 없어. 지난번 세자빈 때도 그런 소리는 없었어."

"그야 그때의 세자빈이 세자의 진정한 반려가 아니었던 모양이지요. 앞날이 창창했던 젊디젊은 세자빈이 그리 먼저 죽은 것만 봐도 알 수 있지 않습니까?"

반려몽이라는 걸 확신하는 일산의 얼굴엔 흐뭇한 기색이 가득하였다. 보고 있는 소빈이 속이 쓰릴 정도로 기분 좋아 보이는 얼굴이었다.

"세자가 꾼 꿈이 반려몽일지도 모른다는 게 그리도 기분이 좋으냐?"

"하하하. 그리 보이십니까? 네에, 기분이 좋습니다. 아주 좋고말고요. 누님께서도 아시지 않습니까? 반려몽이 가지는 의미를."

반려, 즉 운명이 정해준 자신의 진짜 짝을 보여는 꿈인 반려몽은 소빈과 소빈의 친정일족들만이 꾸는 아주 특별한 꿈을 일컫는 것이었다.

"실제로 누님도 반려몽을 통하여 주상전하를 만나 뵙지 않으셨습니까? 하여 지금 이만한 지위에 오르신 거고요."

일산의 말이 맞았다. 실제로 소빈 역시 오래전, 사냥 나온 임금을 우연히 만나기 그 훨씬 이전부터, 꿈에서 늑대의 모습을 하고 임금을 만나왔다. 그러기에 임금이 자신의 신분을 숨기며 접근했음에도 불구하고 기꺼이 그를 자신의 남자로 받아들일 수 있었던 것이다.

"그러니 걱정 마세요. 진짜 세자께서 반려몽을 꾸신 것이 맞다면 이는 걱정해야 할 일이 아니라 축하해야 할 경사스러운 일이 아닙니까? 암요, 경사스럽고말고요. 하하하하!"

"웃음소리가 크다."

소빈이 정색을 하고 주의를 주자 일산이 찔끔하여 입을 다물었다. 그러곤 괜히 민망하여 얼른 화제를 다른 데로 돌렸다.

"참, 그런데 말입니다. 또 나타났다 합니다."

"뭐가?"

"일전에 말씀드리지 않았습니까? 삼남 지방에서 늑대에 관한 소문이 돌고 있다고. 이번엔 직접 본 자들도 있다 합니다."

"보았다?"

좀 전과는 다른 의미의 두려움으로 소빈이 마른침을 삼켰다.

"그게 '진짜'이겠느냐?"

"모르지요. 다만 이번에도 보름에 나타났다 하니, 심상치가 않질 않습니까? 왜 하고많은 날 중에 보름밤에만 그 모습을 드러내는 것이냥 말입니다. 하여 은밀히 아랫것을 시켜 수소문해보고 있는 중입니다."

"만약 진짜라면?"

"그러기야 하겠습니까? 만약 그렇다면……."

말을 하다 말고 일산이 의미심장하게 눈을 빛냈다.

"그에 맞는 대비를 해야겠지요."

제3장. 휘영청 밝은 달밤

각자의 사연을 안고, 시간은 누가 그리하라고 시킨 것도 아닌데 부지런히 흘렀다. 그리하여 달은 어느새 완전히 영글어, 또다시 만월이 되었다.

"하아……."

그날 밤, 염막(소금 굽는 가마) 뒤의 일꾼들 살림채 방에 피곤한 몸을 누인 당이는 온몸이 소금에 절인 채소라도 된 양 축 늘어져 있었다.

고단했다.

벌써 소금밭 일을 거들기 시작한 지 스무 날이 넘었지만, 일은 전혀 익숙해지지 않았고 매일 완전히 해소치 못한 피곤은 점점 더 무겁게 어깨를 짓눌러왔다. 매일매일 아침 일찍 일어나 물을 길어 와야 하고, 사내 일꾼들의 아침 준비는 물론 하루 종일 소금을 구워대는 소금가마 일을 번갈아 가며 해야만 했다. 낮에는 펄에서 일하는 사내 일꾼들의 점심 준비, 새참 준비, 그리고 구워진 소금을 나르는 일, 산에 가서 가마에 넣을 땔감용 솔가지를 주워 오는 일 등 일은 하루 종일 끊이지 않고 있었다.

그뿐만이 아니었다.

"저기 저 신입 말이야. 양반집 딸이라며? 아니, 멀쩡한 양반 딸이 왜 이런 험한 일을 해?"

"뭐, 요즘 세상에 양반이 대순가? 돈 없으면 백정 놈 밑이라도 기는 게 요즘 가난한 양반네 팔잔걸."

"에이그. 쯧쯧. 저 처자도 엔간히 집이 궁핍했나 보네. 예까지 와서 이런 일까지 하는 걸 보면."

당이를 보며 한 소리씩 해대는 사람들의 수군거림도, 무슨 꼬투리라도 잡으려 세모눈을 하고 노려보는 다른 일꾼들의 눈 흘김도 아무렇지 않은 척 그냥 견뎌내야 했다.

'괜찮아. 아직이야. 아직은 견딜 수 있어.'

고단하고 힘들어 제자리에 주저앉아 뻗어버리고 싶을 때마다 당이는 스스로를 그렇게 달랬다. 힘든 하루하루가 지나갈 때마다 쌓여 가는 일삯만이 유일한 희망이었다. 매일 잠들기 전에 그날 번 일삯을 머리와 가슴에 새겨 고단함을 달랬다.

당연히 이 밤도 그럴 예정이었다. 그러려고 했다. 그런데 무슨 까닭인지, 가슴이 소란스러웠다. 온몸에 열이 올라, 후덥지근하여 견딜 수가 없었다.

좁은 방이었다. 서너 명이 기거하면 딱 알맞을 방에 열 가까운 여인들이 다닥다닥 붙어 누워 있으니 답답하고 후덥지근한 건 거의 일상이었지만 이 밤은 더했다. 만월이 뜬 밤이어서 그런지, 방문을 통해 스쳐 들어온 달빛이 뜨겁게 여겨질 정도였다.

"하아……."

후끈후끈 달아오르는 뺨에 손부채질을 하며, 당이는 달빛을 피해 돌아누웠다.

"아유, 참! 도통 잠을 못 자겠네. 왜 이렇게 부스럭거려!"

당이의 바로 곁에 누웠던 아낙 하나가 빽, 소리를 질렀다. 그러자 동시에 방 여기저기에서 불평이 터져 나왔다.

"잠 좀 자자. 잠 좀!"

"여편네야. 너나 코 골지 말어! 자네 코 고는 소리에 내 귀가 다 먹먹할 정도여!"

"아따, 이놈의 여편네 말본새 좀 보게. 내 코골이가 암만 심해도 자네 이 가는 소리만 할겨!"

"다들 닥치고 잠 좀 자요! 피곤하지들도 않아요? 하여간 여편네들, 기운도 좋아!"

방에 누운 여인들이 한 소리씩 거드는 것을 뒤로하고, 당이는 살그머니 일어나 방을 나섰다. 저 때문에 소란이 시작된 것 같아 미안한 마음에서였다. 차라리 조금이라도 시원한 밤바람을 쐬며 툇마루 기둥에 기대 쪽잠을 청하는 게 나을 성도 싶었다.

그때였다.

"하우우우."

낯선 것 같기도 하고, 어디서 들어본 것 같기도 한 희미한 울음소리 하나가 멀리에서 희미하게 들려오고 있었다.

'뭐지?'

당이는 얼른 마당으로 나서 사방을 두리번거렸다.

"하우우워!"

또다시 들릴 듯 말 듯, 희미하게 짐승의 울음소리가 들려오는 듯하였다.

'이건?'

당이는 정신없이 주변을 두리번거리다 마루 밑에 놓인 낡은 등롱에 허둥지둥 불을 붙인 후 급히 살림채를 나서, 소리가 이끄는 대로 뛰어가기 시작했다.

"헉…… 헉……."

당이는 거친 숨을 내쉬며 산길을 올랐다. 염막 살림채에서 뛰어서 두 식경(한 시간) 정도 걸리는, 거의 섬 반대쪽에 위치한 산이었다. 달빛은 밝았지만 밤새 소금을 구워야 하는 소금가마 앞에 앉은 이들을 제외하면 금자도의 사람들은 모두 잠든 시간이었기에 아무도 당이의 모습을 보지 못한 게 다행이었다. 안 그랬다면, 한밤중에 산길을 거슬러 올라가는 당이의 모습을 꽤나 수상쩍게, 미친 게 아닐까 의심스러운 눈으로 봤을 테니 말이었다.

"어디지? 이 근처 어디일 텐데?"

중간에 멈춰 선 당이는 나무들로 가득 찬 사방을 두리번거렸다. 그때 또다시 "하우우" 하는 귀에 익은 울음소리가 희미하게 들려왔다.

"저긴가?"

당이가 얼른 울음소리가 들리는 방향으로 몸을 틀었다.

신기했다. 길을 잃고 멈춰 서 있으면 울음소리가 들려왔다. 그 울음소리가 당이에게 지도이자, 길 안내자였다.

이상했다.

아무리 생각해도 이만큼 떨어져 있는 산에서 시작된 울음소리가 당이가 있는 염막 살림채에까지 울음소리가 닿을 리 없었다. 어쩌면 처음부터 당이가 헛것을 들었는지도 몰랐다. 그 증거로 울음소리가 이끄는 대로 산을 올랐지만 울음소리는 더 크게도, 가깝게도 들리지 않았다. 살림채 마루에서 처음 들었던 때와 똑같은 크기의 소리였다.

'도대체 어디야? 어디 있는 거니?'

이상한 건, 당이 제 스스로도 마찬가지였다. 그럴 리 없다고 생각하면서도 당이는 어느새 그 울음소리가 제가 아는 울음소리라고 확신하고 있었다.

그날 밤, 지난달 만월의 밤에 만났던 그 신비하도록 낯설고 아름답던 늑대의 울음소리라 단정 짓고 있었다.

"어, 저기는?"

울음소리를 좇아 사방을 두리번거리던 당이의 눈에 무언가가 띄었다. 숲의 가장 맨 끝 가장자리에 은밀히 자리 잡고 있는 동굴 하나였다.

사박사박, 발소리를 죽이며 당이는 조심스레 동굴로 가까이 다가갔다. 동굴의 입구에는 나뭇가지들이 잔뜩 쌓여 그 입구를 가리고 있었다. 어느새 당이를 이끌던 울음소리는 들리지 않고 있었지만, 당이의 본능이 그곳에 당이가 찾던 그 무엇이 있음을 가르쳐주고 있었다.

"크르르."

그때 늑대로 변한 준형은 특별히 준형을 위해 만들어진 굵은 사슬에 손과 발은 물론이요, 온몸이 묶인 채 동굴 안에 엎드려 있었다.

그렇게 온몸을 꽁꽁 휘어감은 사슬은 조금 떨어진 동굴 바닥에 깊숙이 박힌 수십 개의 장대 못들에 연결되어 있어 준형 혼자의 힘으로는 절대 풀 수 없도록 되어 있었다. 만월의 밤에 섬을 나갈 수 없을 때, 금자도 사람들의 눈에 띄지 않게 보름날 밤을 넘기기 위해 예전부터 준비되어 있던 것들이었다. 해가 지고 달빛이 닿아 몸이 변하기 전에 인간의 몸으로 묶인 후, 다시 해가 뜨고 인간의 몸으로 돌아올 즈음 강회나 반회가 와서 준형을 풀어주게 되어 있었다.

"꼭 이렇게까지 해야 돼요? 아직 여독도 안 풀렸을 텐데……."

반회는 준형을 다시 묶는 걸 영 마뜩찮아 했다. 아버지 김 부사의 부름을 받고 도성에 다녀온 준형이 금자도에 돌아온 건 바로 이날 낮이었다.

"차라리 내일 돌아오지 그랬어."

반회는 준형에게도 싫은 소리를 하였다. 하지만 준형도 어쩔 수 없었을 것이라는 걸 반회도 알고 있었다. 원래대로라면, 준형은 결코 금자도에서 만월을 맞지 않을 것이었다.

어렸을 때는 종종 이 동굴에서 사람들에게 들키지 않도록 몸을 숨기곤 하였지만 때때로 달빛에 미쳐, 달빛에 이끌려 본능을 이기지 못하고 동굴 밖으로 뛰쳐나가는 일이 있었다. 어떤 땐 섬사람들에게 들개 새끼로 오인받아 쫓기기까지 하였다. 그래서 준형이 성장하면서부터는 부러 만월이 뜨는 밤이 가까이 오면 뭍으로 나가 밤을 지새운 뒤 다시 온전한 사람의 몸으로 섬으로 돌아오도록 하였다.

하지만 이젠 더는 그럴 수가 없었다.

지난번 당이와 처음 만난, 용이와 사냥꾼들에게 쫓긴 그날 밤 이후 금자도 인근 뭍에는 이미 만월에 나타나는 늑대에 대한 소문이 파다하게 퍼졌기 때문이었다.

"작정하고 쫓는 사냥꾼들도 있다고 들었다. 아무리 생각해도 당분간은 섬 안에 있는 게 더 안전해."

강회도 내키진 않았지만 그럴 수밖에 없음을 설명하고 준형의 몸에 족쇄를 채우고, 사슬을 감았다. 준형은 순순히 족쇄를 찼고, 사슬에 묶였다.

반회는 그 잔인한 모습을 끝까지 보지 않고 중간에 동굴을 뛰쳐나갔다.

"……미안하다."

"죄송합니다, 형님."

남은 두 형제는 서로가 서로에게 못할 짓을 하는 것에 대해 진심으로 사과한 후, 잠깐 동안의 작별을 맞이하였다.

그 뒤 얼마나 시간이 흘렀는지 몰랐다.

준형이 기억하는 건, 저주스러운 변화의 순간과 그 후에 이어진 길고 지루한 기다림의 순간들뿐이었다. 긴 지루함이 깨진 건, 동굴 바로 앞에서 들려온 바스락하는 소리 때문이었다.

"크르르!"(누, 누구?)

준형이 긴장감에 눈을 빛내며 몸을 긴장시켜 만약의 침입자에 대비할 때, 동굴 입구를 막아놓은 나뭇가지들이 헤쳐지고, 등롱을 든 그림자 하나가 동굴 안으로 들어왔다.

"……여기 누가 있어요?"

조심스럽게 물으며 어두운 동굴 안으로 빛과 함께 들어선 이는 바로 당이였다.

"크르르."

예상치 못한 당이의 등장에 당황한 준형은 저도 모르게 주춤, 동굴 안쪽을 향해 뒷걸음질 쳤다. 그 순간 사슬들끼리 부딪치며 나는 철컹철컹 소리가 유난히도 크게 동굴 안에 울려 퍼졌다.

"이게 다…… 뭐야?"

등롱 빛에 환하게 비쳐진 동굴 안의 모습에 당이는 믿기지 않는다는 듯 눈만 끔뻑끔뻑하고 서 있다, 이내 얼른 준형을 알아보고선 준형에게로 다가왔다.

"너어? 너 그때 그 애…… 맞지?"

"크르르르르!"

"진정해. 놀라지 마. 나야, 나! 모르겠어? 우리 지난번에 봤었는데. 기억 안 나?"

위협적으로 으르렁거리는 준형을 알은체하며 당이가 조심스럽게 한 발을 내디뎠다. 그런 당이를 향해 준형은 사나운 이빨을 들이대며 위협하였다.

"크아아악!"(꺼져! 당장 나가!)

다가서면 당장에 물어뜯어 죽이고 말겠다는 듯 눈을 부라리며 일부러 몸을 낮추어 곧 덤벼들 듯 위협적인 자세까지 취했다.

거짓 협박이 아니었다.

좁은 동굴 안에 당이가 들어서자마자, 당이를 보자마자 알았다. 이 밤, 당이가 자신을 미쳐버리게 하고 말 것이란 걸. 밤을 비집고 나타난 당이의 새하얀 살빛은 은색의 달빛을 닮았다. 짠 바다 냄새와 달짝지근한 꽃향기가 뒤섞인 것만 같은 당이의 체취는 한 번도 맡아본 적이 없는 달의 냄새를 연상케 하였다.

지나치게 유혹적이고, 또한 지나치게 위험하였다. 준형을 미치게 하기에 충분할 정도였다. 기어이 이성을 잃고, 사람인 자신을 잃고 짐승이 되어 늑대가 되어 미쳐 날뛰게 하기에 충분할 정도였다. 그렇게 되면 위험해지는 것은 당이였다. 미친 늑대에게 목을 물어뜯겨 죽을지도 모를 일이었다.

"……괜찮아. 자, 여기 내 냄새 맡아봐. 그럼 너도 기억날 거야. 너같이 똑똑한 애들은 한번 맡은 냄새는 절대 안 잊는다면서?"

준형의 속내도 모르면서 당이가 등롱 빛을 반사하여 유난히 더 하얗게 반짝이는 손을 내밀어 준형의 코에 가져다 대려 하였다.

"크아아아아악!"

순간, 준형은 동굴이 떠나가라 크게 울부짖었다. 수치스러운 짐승의 울음을 내짖으며, 사납게 몸부림쳤다.

굴욕적인 사슬을 끊고 족쇄를 뿌리치고 당장에라도 이 자리에서 도망치고 싶었다. 아무에게도 보이고 싶지 않은 장면을 들켜버린 것에 좌절했다.

하지만 도망가고 싶어도, 사라지고 싶어도 몸에 휘감긴 사슬이 손과 발에 채워진 족쇄가 방해가 되었다. 어떻게든 사슬과 족쇄를 끊어내려 제자리에서 펄쩍펄쩍 뛰기까지 하였지만, 원망스러운 사슬과 족쇄는 꿈쩍도 하지 않았다. 오히려 몸을 뒤틀면 뒤틀수록 긴 사슬 줄이 엉키어 더 깊게 몸으로 파고들었고, 족쇄는 준형의 손목과 발목에 상처를 남길 뿐이었다.

"하지 마! 그만해! 다치잖아. 아프잖아!"

당이가 안타까워 소리치는데도 준형은 몸부림을 멈추지 않았다. 도리어 그대로 바로 옆의 동굴 벽을 향해 머리를 휘둘렀다. 차라리 벽에 머리를 박아 정신을 잃을 생각이었다. 그렇게 되면 최소한 자신이 이성을 잃어 당이를 해치는 일은 없을 테니까.

그 순간. "안 돼!" 하는 비명과 함께 당이가 정신없이 몸을 날렸다. 이어, 동굴 안에는 퍽 하는 둔탁한 소리가 울려 퍼졌다. 준형의 머리를 끌어안은 당이의 등이 동굴 벽과 부딪히며 난 소리였다.

"하아. 하아……."

"으……. 괜찮아? 안 다쳤어?"

순간적인 일에 놀라 거친 숨만 몰아쉬는 준형을 보며, 당이가 준형의 안부를 살피더니 버럭 소리를 질렀다.

"이 바보야! 그러다 죽으면 어쩌려고!"

"……크르르."

잘못했다는 말을 준형은 작은 신음으로 대신하였다. 당이와 눈을 마주치자, 자신을 진심으로 걱정하는 당이의 눈과 마주치자, 조금 전까지 몽롱했던 것이, 그렇게 흥분했던 자신이 믿겨지지 않을 정도로 눈도 머리도 또렷해지는 기분이었다. 뜨겁게 달아올랐던 피가 확, 식은 기분이었다.

"다시 그러지 마. 또 그러면 혼내 줄 거야?"

벽에 부딪힌 충격으로 아직 조금 떨리는 손으로 당이가 준형의 뺨을 토닥였다. 그러고선 몸에 여기저기 감겨 있는 사슬과 발에 채워진 족쇄를 자세히 살피기 시작하였다.

"이것 봐. 쓸려서 상처가 다 났잖아. 다행히 다른 큰 상처는 안 보이는 것 같은데……. 어쩌다 잡힌 거야? 이 족쇄랑 사슬은 또 다 뭐고."

속상한 듯 혼잣말을 한 당이는 혹시 족쇄를 풀 수 있는 방법이 없는지, 사슬을 풀 수 있는 방법이 없는지 다시 한 번 꼼꼼히 족쇄나 사슬의 이음새 등을 살폈다.

"족쇄 쪽은 열쇠가 없음 안 될 것 같고…… 사슬은 어떻게 해도 잘릴 것 같지 않고, 어쩌지?"

족쇄며 사슬을 움직여본다, 흔들어본다 하며 열심히 궁리를 하던 당이의 눈이 문득 사슬들을 땅과 연결하고 있는 장대 못들에 가 닿았다.

"일단 이 못들만 빼내면? 이렇게 이걸! 으읏! 힘주어 당기…… 윽!"

당이가 땅바닥에 몸체의 절반 이상 굳건히 박힌 장대 못의 기둥을 잡고 힘주어 당기다 말고 고통에 찬 신음을 흘리며 몸을 웅크렸다.

"으…… 윽!"

당이는 아예 땅바닥에 고개를 박은 채 고통스러워하고 있었다.

"크르르……."(이, 이봐! 왜 그래?)

준형이 대답 없는 당이의 등허리를 슬쩍 제 머리로 밀었다. 고개라도 들게 해 제대로 상태를 보려 함이었다.

"으악!"

당이의 입에서 조금 전 준형의 울부짖음을 닮은 비명이 튀어나왔다.

"미, 미안. 걱정하지 마. 좀…… 그냥 좀…… 등이 결린 것뿐이야. 그래서 그냥……."

당이는 땅바닥에 얼굴을 박은 그대로 준형을 달랬다. 아무래도 아까 준형의 머리를 안고 벽에 부딪힌 순간 크게 놀란 등이 못을 당긴다고 억지로 젖히는 바람에 더 놀란 듯싶었다.

"아…… 흐…… 일어날 거야. 일어날 수 있……. 하윽!"

머리 양옆에 손을 짚어, 억지로 등부터 올리려던 당이는 다시 엄습하는, 등이 터질 것 같은 고통에 비명을 지른 후, 쿵 소리를 내며 다시 땅바닥에 고개를 처박았다.

"끄응. 끄응."(이봐. 이봐! 많이 아픈 거야? 어이! 이봐!)

준형은 이번엔 코끝으로 살며시 당이의 어깨를 문질렀다. 하지만 당이에게선 어떤 반응도 없었다. 조금 더 힘주어, 머리로 부드럽게 당이의 어깨를 밀어봐도 마찬가지였다. 윽 하고 짧고 거친 숨소리가 들리는가 했으나, 단지 그것뿐이었다. 그 어떤 순간보다 준형을 무섭게 하는 침묵이 동굴 안을 가득 채웠다.

"별일은 없겠지요?"

그때, 반회는 강회의 방에 앉아 빨리 밤이 가기만을 기다리고 있었다.

준형에게만 만월의 밤이 고통스러운 밤은 아니었다. 강회와 반회 역시 이날 이때껏 단 한 번도 편한 마음으로 보름날의 밤을 지낸 적이 없었다. 준형의 마음이 편할 있도록, 다음 날이면 일부러 아무렇지 않은 얼굴로 준형을 맞으러 가긴 했지만 보름날의 밤, 만월의 밤은 강회와 반회에게도 늘 힘든 밤이긴 마찬가지였다. 해서 이날 밤도 반회는 굳이 멀쩡한 제 방을 두고 강회의 곁에서 자겠노라 고집을 부리며 강회를 찾아온 터였다.

"새삼스러울 거 있느냐?"

막 정갈히 몸을 닦고 온 강회는 미리 반회가 펴놓은 이부자리에 들며 반듯이 누워 가슴 위에 두 손을 포갠 채 눈을 감았다.

"섬 바깥에 만월에 나타난 늑대 소문이 파다하다 하지 않습니까? 이러다 정말 준형에 대한 걸 섬사람들이라도 알게 되면…….."

"안다 해도 어쩔 수 없지."

눈을 감은 채 강회가 무심히 답했다.

"형님!"

"닥칠 일이라면 걱정한다고 피할 수 있는 게 아니잖아. 그러니 얌전히 잠이나 자. 잘 생각 없으면 네 방으로 돌아가고."

"알았습니다. 조용히 할게요. 아, 그런데 말입니다. 아버님께서 전에 없이 도성에 이토록 오래 머무시는 것도, 갑자기 준형이를 도성에 불러들였던 것도, 또 갑자기 그냥 돌려보내신 것도 모두 그 소문 때문인 걸까요?"

반회가 내친김에 전부터 궁금했던 것들을 물었다.

"이상하지 않습니까? 전에는 준형이라면 도성 근처에도 못 오게 하셔놓고 이제 와 갑자기 준형이만 도성으로 불러들이신 것도 그렇고, 기껏 불러들여서는 잠깐 얼굴만 보시고서는……. 형님?"

강회의 코에서 도로로, 작게 코 고는 소리가 나는 걸 듣고서 반회가 쓴웃음을 지으며 입을 다물었다. 진짜 잠들었거나, 혹은 자는 체를 함으로써 강회가 반회 저의 질문에 답하지 않겠다는 뜻을 분명히 했기 때문이었다.

"헉…… 헉……."

제 형들이 억지로 잠을 청하고 있을 그 즈음, 늑대의 모습을 한 준형은 밤을 달리고 있었다. 고통에 의식을 잃고 축 늘어진 당이를 등에 업고서였다.

그런 준형의 온몸에는 상처가 가득하였다. 손목과 발목-엄밀히 말하면 지금으로선 네 개의 발목에 해당하는-에서는 억지로 족쇄를 뜯어내며 생긴 상처에서 핏물도 흘러내리고 있었다.

'젠장, 젠장, 젠장!'

준형은 연신 속으로 욕설을 내뱉으면서도, 당이가 걱정돼 죽을 것 같았다. 왜 자신과 이 여자가 만나기만 하면, 함께 있기만 하면 꼭 이렇게 누군가가 상처 입거나 아파하고 피를 흘려야 하는지, 그러면서도 왜 그렇게 못 견디게 끌리고 마는지 이해할 수 없었다.

당이와 자신에게 도대체 무슨 일이 일어나는 것인지, 왜 만월의 밤에 또다시 당이가 제 앞에 나타난 것인지 이해할 수 없었다.

처음 만났을 때도 그랬다.

왜 당이는 하필 그날, 그 시간, 그 산길을 걸어온 것일까? 왜 자신은 그날 헤어진 당이를 완전히 잊지 못하고 기어이 다시 찾아가고 만 것일까? 또 당이는 왜 금자도로 오고 만 것일까?

이 밤도 마찬가지였다.

사람들의 눈에 띄지 않게 일부러 족쇄까지 차고서 산속 깊은 곳, 동굴 안에 꽁꽁 숨은 보람도 없이 당이는 처음부터 알고 온 것처럼 준형의 앞에 나타났다. 그리고 또 아프게 되었다. 또다시 자신 때문에. 마치 누군가가 억지로 준형과 당이의 등을 떠밀고 있는 것 같았다. 억지로 만나라, 만나라, 주문을 하고 다쳐라, 다쳐라 저주를 거는 것 같았다.

'바보같이!'

어지러운 생각을 거듭 하는 동안 마침내 목적한 곳에 당도한 준형은 숨을 몰아쉬며 급히 달려오느라 부족했던 숨을 보충했다. 준형이 도착한 곳은 뜨끈뜨끈한 김이 피어올라 시야를 가리고 있는 산속 노천온천이었다.

아버지 김 부사의 신경통과 무예훈련을 자주 하는 강회의 근육통에 꽤 효과가 있어 종종 부자끼리, 혹은 형제끼리 수시로 찾는 곳이었다.

늑대의 몸으로 약방에도, 그렇다고 하인들이 있는 집으로도 갈 수 없는 준형이 쓰러진 당이를 위해 해줄 수 있는 최선의 것이었다.

'괜찮아질 거야. 걱정 안 해. 의심 안 해. 당신은 분명 괜찮아질 거야.'

준형이 당이를 등에 업은 채 그대로 온천 속으로 뛰어들었다. 첨벙, 온천물이 사방으로 튀었다.

'읏!'

온천물은 적당히 따끈하게 느껴지던 사람일 때와 달리 지금의 준형에겐 훨씬 더 뜨겁게 느껴졌다. 늑대일 때와 사람일 때의 통각의 정도가 다른 건 그간의 경험으로 잘 알고 있었지만, 설마하니 이렇게까지 뜨겁게 느껴질 줄은 꿈에도 예상 못 한 만큼 놀라움도 컸다.

'으……'

살이 데이는 것 같았다. 온몸을 뒤덮고 있는 검은 털이 죄다 빠질 것같이 아팠다. 당장 뛰쳐나가고 싶었다.

그래도 참았다. 몇 번이나 고개를 돌려 등에 업힌 당이의 상태를 살피며 당이의 몸이 적당히 온천물에 잠길 때까지 몸을 낮추고 무릎을 굽혀 뜨거운 물속에 저를 가라앉혔다.

"크르르르르르."(젠장! 내가 왜! 왜 이런 여자 때문에!)

뜨거움을 참는 준형이 진심과는 다른 원망 섞인 으르렁 소리를 내며 고개를 돌렸다. 등에 업힌 당이의 얼굴이 물에 잠기지 않았는지 확인하기 위해서였다. 그러나 준형은 얼른 다시 고개를 돌렸다. 언제 정신을 차린 것인지 당이가 반만 뜬 몽롱한 눈으로 준형을 보며 웃고 있었던 것이다!

"귀여워……."

달콤한 눈웃음을 지으며 당이가 준형의 목을 껴안았다. 그 순간, 준형은 사람의 심장이-그래, 늑대의 심장도- 쿵 소리를 내며 떨어진다는 게 뭔지 알 것 같았다.

"하아…… 좋다."

늑대의 목을 끌어안은 채 당이는 기분 좋은 한숨을 내쉬었다.

언제 아팠나 싶었다. 익숙지 않은 소금밭 일로 쌓였던 피곤함과 고단함도 씻은 듯 사라져버렸다. 적당히 따끈따끈한 물에 제 온몸이 사르르 녹아내리는 것 같았다. 그래서 자꾸만 눈이 감겼다. 늑대가 어떻게 그 단단한 족쇄와 사슬들을 풀어낸 건지 묻고 싶었는데, 귀한 보석같이 예쁜 눈동자를 좀 더 자세히 오래 보고 싶은데 따끈한 물이 주는 나른함에 자꾸 눈이 감겼다.

첨벙첨벙.

온천을 뺑 둘러싸고 있는 나무들 중 하나에 기대어 눈감고 있던 당이가 여전히 천근만근 무겁게 느껴지는 눈꺼풀을 힘겹게 들어 올린 건 마치 헤엄이라도 치는 듯 요란한 물소리가 들려온 때문이었다.

"······너니?"

눈을 비비며 일어난 당이가 온천으로 가까이 다가서며 물었다. 늑대가 물장난이라도 치는가 싶었다. 그게 말도 안 되는 생각이었던 걸 알아차린 건, 모락모락 피어오르는 뜨거운 김 사이로 어렴풋이 보이는 사람의 형상과 살색을 보고 화들짝 놀라 돌아섰을 때였다.

"누, 누구세요?"

"하!"

상대에게서 코웃음 소리가 전해져 왔다. 당이는 그제야 제 등 뒤에 있는, 민망하리만큼 살색을 많이 노출하고 있는 남자가 누구인지 알아차렸다.

"왜, 당신이 여기 있어요? 그 애는요?"

"무슨 애?"

첨벙첨벙. 당이의 등 뒤에서 물소리가 더 커졌다. 아무래도 상대가 당이에게 가까이 다가오는 모양이었다. 해서 당이는 황급히 외칠 수밖에 없었다.

"다, 다가오지 마요!"

"왜?"

소리로 봐선 점점 가까이 다가오고 있는 게 분명한 준형이 물었다.

"당신 지금 벗고 있잖아요!"

"벗고 있으면 뭐, 어때서? 여기는 원래 벌거벗고 몸을 담그는 곳인데?"

준형의 말소리는 이제 당이의 뒤통수 바로 뒤에서 들려오고 있었다.

"저리 썩, 꺼져요. 당장!"

"왜 이렇게 화를 내는 거지?"

준형이 정말 모르겠다는 듯, 천연덕스러운 말투로 물었다.

"우리 집 남자들이 몸을 담그는 온천에 허락도 없이 들어온 건 당신인데, 왜 내가 혼나야 하는 거지? 벗는 게 당연한 곳에서 벗고 있었던 것뿐인데?"

"그건……."

당연한 말에 당이가 할 말을 잃은 동안 준형의 말은 계속되었다.

"근데 그 애란 게 누구야? 누구랑 같이 왔기에 나한테 행방을 묻는 거지?"

"참! 당신이죠?"

늑대 이야기에 당이가 화나 따지려고 돌았다가 "어맛!" 하고 소릴 지르며 얼른 다시 뒤돌아섰다. 준형이 거의 벌거벗고 있다는 사실을 깜빡한 자신의 부주의함을 원망하면서.

실제로 준형은 지금 물에 젖어 몸에 찰싹 달라붙어 있는, 그래서 제대로 몸을 가려주는 역할을 하지 못하고 있는 바지를 제외하면 아무것도 입고 있지 않았다.

"봤지?"

준형이 놀리듯 물었다.

"뭐, 뭘 봐요!"

"보려고 뒤돌아섰던 거 아니었어?"

"아니거든요!"

'무엇'을 본 것인지, '무엇'을 안 보았다는 것인지 두 사람 다 직접 입에 담지는 않았다. 하지만 둘 다 무엇을 말하는 것인지는 빤히 알고 있었다. 그래서 당이는 괜히 준형에게 화풀이하듯 신경질을 부렸다.

"계, 계속 그렇게 벗고 있을 거예요? 좀 뭐라도 걸치면 안 돼요!"

"내 옷을 입으라고?"

"그래요!"

"후회할 텐데?"

"내가 왜요?"

"후회 안 한댔다?"

다시 한 번 당이에게 확인한 후, 준형이 뒤돌아서 있는 당이의 어깨와 허리 쪽을 통해 가슴 쪽으로 두 손을 뻗어왔다. 모르는 사람이 보면 뒤에서 다정하게 껴안는 것처럼 충분히 오해할 수 있는 동작이었다.

"뭐, 뭐, 뭘!"

당이가 당황하여 말을 더듬는 동안 준형은 아주아주 길고 느린 움직임으로 당이에게서 두루마기를 벗겨냈다. 당이 자신은 미처 입고 있는지도 모르고 있었던 준형의 두루마기였다.

준형이 새벽빛을 받아 몸이 다시 사람으로 돌아오자마자 산 여기저기에 숨겨놓은 옷들 중 하나를 찾아 가져온 것이었다. 만월의 밤을 이 산에서 보내게 될 때를 대비해 반회와 강회는 이미 예전부터 산 여기저기에 보자기에 곱게 싼 준형의 옷들을 묻어두곤 했기 때문이었다.

"내, 내가 왜 당신 옷을 입고 있었던 거죠?"

얼굴이 빨개진 당이가 물었다.

"내가 입혀줬으니까."

"당신이 왜요?"

당이가 고개를 돌려 흘깃 뒤를 보고, 준형이 두루마기를 몸에 꿰고 있는 것을 확인한 다음, 그제야 조심스레 준형을 향해 돌아섰다.

"내가 여기 왔을 땐, 당신이 저 나무 밑에 앉아 벌벌 떨고 있었거든. 아마 밤에 여기서 온천욕을 즐기다 깜빡 잠이 든 거겠지. 그래서 입혀줬던 거야.

그대로 덜 마른 옷을 입고 있으면 고뿔에 걸릴 것 같았으니까."

"상관하지 말지 그랬어요? 고뿔에 걸리든 말든. 얼어 죽든 말든."

밉살스러운 말은 없던 심술도 불러일으킨다. 지금 준형이 딱 그랬다.

"왜에? 난 원래 동정심이 넘치는 사람인데? 아무리 소금밭에서 일하는 '하찮은' 사람이라고 해도, 눈앞에서 벌벌 떨고 있는 걸 무시하는 나쁜 사람은 아니거든."

"하찮은?"

당이의 눈에 작은 불꽃이 일었다.

"아, 하찮은 사람이란 말이 마음에 걸렸나? 그럼 다시 정정하지. 소금밭에서 일하는 아주 귀한 일꾼이 고뿔에 걸리는 걸 원치 않았어. 왜냐하면 일꾼 한 사람이 고뿔에 걸리면 다른 일꾼들도 금세 옮고 말 것이고, 그렇게 되면 소금밭 일에 큰 차질이 생길 테니까. 됐어!"

화는 당이만 난 게 아니었다. 준형도 화가 났다. 심술도 났다. 늑대였을 때는 그렇게 다정한 눈빛을 보내던 당이가 사람인 자신에게는 매정하고 밉살스럽게 구는 것이, 자신의 호의조차도 경계하는 것이 마음에 들지 않았다.

자세히 보면 제 손목에 지난밤의 족쇄로 인한 상처가 남아 있는 것이 보였을 텐데, 얼마나 관심이 없었으면 바로 눈앞에서 뻗었던 그 손의 상처조차 못 본 것인가 싶어 서운하고 미웠다. 몹시도 미웠다. 그래서 보란 듯이 당이를 뒤에 남겨두고 저 혼자 먼저 성큼성큼 걸어가기 시작했다.

"당신이 왜 화를 내요? 정작 화를 내야 하는 게 누군데요?"

"당신이 왜!"

두루마기를 펄럭이며 준형이 돌아섰다.

"당신이 왜, 뭐가 화가 나는데? 나는 당신을 위해서 뽀송뽀송한 마른 옷을 입혀줬고, 그 덕분에 지금 나는 이렇게 물기가 덜 마른 후줄근한 옷을 입고 있는데! 그것도 당신이 옷을 입으라고 해서 입어준 건데, 왜! 왜 당신이 화를 내는데!"

준형은 자신이 생각해도 참 어이없는 핑계인 줄은 알았다. 그래도 화가 났다. 왜 화가 나는지도 모르면서 자꾸만 화가 났다. 그래서 또 빽! 소리를 질렀다.

"말해!"

"당신이죠?"

순간, 준형은 제 정체가 들킨 것인가 움찔하였다. 그런 준형에게로 좀 전의 준형 걸음에 못지않게 당이가 성큼성큼 다가와 준형의 바로 턱 밑에 섰다.

"뭐, 뭐가?"

"그 애 말이에요! 동굴에 그 애를 가둬놓은 거, 당신 맞죠?"

"……일단 그 애가 누구인지부터 설명해야 할 것 같지 않아? 난 그 애가 누구를 말하는지 모르겠고, 또 누구라도 동굴에 가둬놓는 취미 같은 건 없거든."

몰래 안도의 숨을 쉰 준형이 시침을 떼었다.

"정말 몰라요?"

당이가 조금 의심스럽다는 눈으로 준형을 올려다보며 물었다.

"정말 확실해요?"

"그 애가 누구인지부터 말하라고 했을 텐데."

상당히 기분이 나빠 보이는 준형을 보며 당이는 잠시 망설였다. 준형에게 늑대에 대한 이야기를 해도 되는지. 하지만 이전과 같았다. 아직 확실한 건 아무것도 없는데 '늑대'라는 말을 할 수는 없었다.

만약 정말 준형이 늑대가 동굴에 갇혔던 일을 알지 못하고 있다면, 늑대가 이 섬에 있는 것을 알지 못하고 있다면 괜히 자신이 먼저 나서서 말해 늑대를 위험에 빠트리면 안 되니까. 아직 그 존재에 대해 모르고 있으니 망정이지, 준형이 그 늑대에 대해 알게 되면, 그 늑대를 한번 만나게 되면 분명 준형도 늑대를 가지고 싶어 할 게 분명했다.

그토록 아름다운 존재를 욕심내지 않을 사람은 없을 테니까.

'아님, 어쩌면 정말 이 사람이 그 늑대를 잡아 가둔 장본인일지도 몰라.

그게 아니면 분명 뭍에 있었던 그 애가 어떻게 이 섬에 있을까? 혼자 배를 타고 왔을 리는 없잖아? 그럼 분명 사람의 손에 의해 이곳까지 왔고, 그 동굴에 묶여져 있었다는 건데……. 누굴까? 누가 그런 걸까?'

하필 늑대가 데리고 온 이 온천에, 늑대가 사라지고 난 이곳에 준형이 나타난 것도 이상하긴 마찬가지였다.

'거기다 하필 왜 이때, 이 사람이 나타난 거지? 그리고 그 애는 어디로 사라진 거지?'

당이가 그렇게 한창 제 생각에 빠져 있는 동안 준형은 점점 더 짜증이 치밀고 있었다. 당이가 늑대를 찾고 있다는 이야기를 굳이 안 하려고 하는 이유를 알 것 같아서였다. 준형에게서 그 늑대를 보호하기 위해서, 혹은 준형이 늑대를 잡아갔다는 의심을 하고 있어서 일 게 뻔했다.

'그래, 당신에겐 내가 그 늑대만도 못한 존재라는 거지? 그 늑대 놈을 신경 쓰느라 나는 안중에도 없다는 거지!'

"끝까지 말 안 할 모양인가 보군. 알았어. 그럼 당신 마음대로 해. 그 잃어버린 애가 누구인지 모르겠지만 잘 찾아봐."

'찾을 수 있으면.'

마지막 말은 입 밖에 내지 않고 준형이 돌아섰다.

불쑥, 다 때려치우고 싶은 마음이 들었다. 다 그만두고 싶었다. 더는 이 귀찮은 여자한테 휘말리고 싶지 않았다.

툭하면 기절이나 하는 여자. 툭하면 대들기나 하는 여자. 툭하면 싸우자고 드는 여자. 그리고 툭하면…… 걱정하게 만드는 여자.

지겹고 피곤하고 싫증났다. 딱 질색이었다. 무신경하고, 무뚝뚝하고, 무심한 당이 같은 여자는 정말, 딱, 죽도록 싫었다. 다시는 얼굴도 마주하고 싶지 않았다.

'왜 저러지?'

씩씩대며 걸어가는 준형의 뒷모습을 보며 당이는 살짝, 보일 듯 말 듯 고개를 갸웃거렸다. 준형이 왜 화를 내는지 이해가 가지 않았다. 단지 묻는 말에 대답을 안 했다고 저렇게 뿔난 아이처럼 퉁퉁대며 걸어가는 게 영 이상하기만 했다.

'그런데, 손목엔 어쩌다 그런 상처가 난 거지?'

성큼성큼 걸어가는 보폭에 맞춰 그만큼 열심히 앞뒤로 흔들리는 팔을 보며, 당이는 조금 전 준형이 옷을 벗겨갈 때 보았던 상처를 생각했다.

안기는 줄 알고 놀라 숨을 삼키고, 온몸을 뻣뻣하게 긴장시키느라 자세히 보진 못했지만, 준형의 양 손목에는 날카로운 무엇인가에 긁힌 것 같은 자국들이 선명하게 새겨져 있었다. 예를 들면 족쇄 같은 것에 긁혀 생긴 듯한.

'설마. 아닐 거야.'

뇌리를 스치는 망상을 쫓으려 당이는 크게 고개를 흔들었다.

족쇄라니 그럴 리 없었다. 죄인들이나 짐승들에게 채우는 족쇄 같은 걸 준형이 찼을 이유가 없었다. 어쨌건 이 섬에서는 임금도 부럽지 않은 집의 아들인데, 족쇄라니 말도 안 됐다.

"왔어. 왔어!"

한편, 그날 아침 준형과 헤어지고 난 뒤에도 한참이나 늑대를 찾다 산을 내려온 당이를 맞은 건 사람들의 수군거림과 따가운 눈초리들이었다.

"세상에. 아무리 요즘 젊은것들, 요즘 젊은것들 한다지만 설마하니 고상한 양반 처자까지 그럴 줄은 몰랐네. 아니, 섬에 들어온 지 한 달도 채 안 됐는데 벌써부터 밤마실을 다니기 시작하면 어쩐대?"

"옷 꼬라지는 또 저게 뭐람? 도대체 뭔 짓을 하고 왔기에 저렇게 온통 흙칠, 물칠이야?"

"모르지. 우리도 모르는 어디 산중 물레방앗간에서 실컷 뒹굴다 왔는지. 흐흐흐."

"쉿. 입 다무세. 하마터면 듣겠네!"

쑥덕거리는 건 같은 살림채에서 기거하는 염막의 여인들만이 아니었다. 당이가 몰래 밤에 빠져나가 아침 늦게 돌아왔다는 이야기를 전해 들은 소금밭의 일꾼들 역시 당이의 일을 아침 밥상의 반찬거리로 올려 신나게 씹고 뜯어댔다.

그로부터 며칠이 지난 후에도 마찬가지였다.

"어떻게 이번 참에 나도 한번 슬쩍. 응? 응? 흐흐흐."

"에라이. 꿈 깨게. 아무리 집안이 망해 이런 소금밭까지 흘러들어왔다 쳐도 타고난 핏줄은 양반인데 우리 같은 것들일랑 거들떠나 보겠어?"

"양반이면 뭐. 행실 나쁜 계집이 언제 양반 상놈 족보 따져가며 뒹굴던가? 뭍에 있는 귀한 마님들도 천한 은쟁이랑 놀아나는 세상인데?"

일꾼들 중 몇 놈들은 당이의 일로 실없는 말싸움도 자주 벌였다.

"멍청하긴. 그러다 제명대로 못 살지. 쯧쯧."

"뭐야? 멍청하다니! 이놈이 누구더러……."

"그날 새벽에 그 처자가 누구랑 같이 있었는지 알기나 하고 이래?"

"그게 누군데?"

당이의 밤마실 상대에 대한 소문은 분분했다.

누구는 강회라 하고, 누구는 반회라 하고, 누구는 또 준형이라고 했다. 어찌 됐건 부사 댁 삼공자 중 한 명인 건 분명하다고들 했다.

왜냐하면 당이가 밤마실을 한 후 아침에 돌아온 날, 갑자기 약방 의원과 약방 하녀가 염막에 찾아와 염막의 여인 일꾼들을 상대로 전에 없던 단체 진맥을 하고 갔기 때문이었다. 그중 당이를 비롯한 몇 명에게는 특별히 침과 뜸을 놔주며 며칠간은 소금밭 일을 하지 말라는 처방을 내리고 가기도 했다.

"의원 선생은 아니라고 딱 잡아뗐지만 우리 섬에서 그런 일을 시킬 사람이 또 누가 있어? 부사 어르신 댁밖에 없지."

"괜히 그 양반 처자 혼자 챙기기는 눈치 보이니까 다른 여편네들까지 같이 챙기는 척하면서 진맥받게 한 거 누가 모를 줄 알고?"

"근데 그 얘긴 들었어? 글쎄, 그 양반 처자가 옷 갈아입을 때 누가 봤다는데 등이 멍이 들어서 시커멓더래."

"등에 멍이? 푸흐흐. 아니, 도대체 어디서 뭔 짓을 얼마나 열심히 하면 등에 멍까지 다 든다는 거야?"

밤에 몰래 빠져나갔다 아침에야 흐트러진 꼴로 돌아온 처자의 등에 멍이 들어 있었다, 온갖 해괴망측한 소문이 돌기에 그보다 더 좋은 이야깃감이 또 있을까? 하여 날이 지나면 지날수록 당이에 대한 소문은 조금도 식을 줄 모르고 점점 더 많은 오해와 억측을 안고 활활 불타올랐다.

그렇게 섬의 시간들은 숨 가쁘게 흘러갔고, 소문들이 한창 무르익어가던 어느 날의 늦은 오후였다.

요 며칠 계속 갑갑했던 마음에 장 서방과 함께 말을 타고 섬을 누비던 준형은, 막 산에서 내려오는 염한이(소금 만들 때 필요한 땔감이나 다른 재료들을 준비하는 일꾼)들을 보고 쓰윽, 눈을 비볐다. 혹시 자신이 잘못 본 건 아닐까 해서였다. 하지만 몇 번을 눈을 비비고 감았다 떠봐도 똑같았다.

예닐곱 명의 덩치 큰 사내들과 사내들 못지않게 우락부락한 여인네들 사이에 끼어 있는 작달막한 여자는 당이가 틀림없었다. 제 몸집보다 두 배는 더 커 보이는 지게에 솔가지들을 잔뜩 진 채 비틀비틀하며 산을 내려오고 있는 중이었다.

"장 서방!"

준형이 뒤에서 말을 타고 따라오고 있는 하인을 불렀다. 그러자 장 서방이 얼른 말을 달려 준형의 곁에 나란히 섰다.

"예, 공자님."

"저 여자가 왜 저기서 저러고 있는 거야!"

"저 여자라면 누구……? 아!"

준형의 손끝이 가리키는 곳을 본 장 서방은 준형이 누구를 말하는 건지

금방 알아차렸다.

"왜요? 소금밭 일을 시키라고 공자님이 명을 내리셨지 않습니까?"

장 서방은 준형의 뿔난 모습에 네가 시켜놓고 이제 와서 왜 딴소리냐는 듯, 뚱한 표정으로 답했다.

"일을 시킬 것이면 얌전히 가마에 불 때는 염막 일이나 시킬 것이지, 왜 저런……. 아, 씨!"

괜히 애먼 장 서방에게 화를 내다 말고 준형은 욕설을 뇌까렸다. 장 서방을 향한 욕설이 아니라 저 자신을 향한 욕설이었다.

만월의 밤 바로 다음 날, 당이와 헤어져 집에 돌아오자마자 홧김에 장 서방에게 일렀던 말이 생각난 것이다.

-알겠어? 염막 사람들한테 단단히 일러둬. 괜히 양반 딸이라고 인정사정 봐주지 말고 짠맛 한번 제대로 보여주라고. 당장 나 살려 하고 도망가고 싶을 정도로 빡세게, 어! 괜히 밤늦게 돌아다니는 일 없게 말이야!

그랬다. 준형은 분명 제 입으로 분명 그리 말했다. 누구라도 그때 그 준형의 말을 들었다면, 당이에게 험하게 일을 시키라- 그리 받아들였을 것이었다. 그리고 장 서방도 분명 그리 알아들었던 모양이었다.

'젠장! 그렇다고 저렇게 힘든 일을 시켜! 저러다가 사람 잡겠네. 등도 아직 아플 텐데, 왜 하필이면 지게질이냐고!'

준형은 짜증스럽고 걱정스러운 마음을 감추지 못한 채, 비틀비틀하며 솔가지 짐을 지게에 이어 나르고 있는 당이를 보았다.

그때였다. 준형의 눈에 묘한 광경 하나가 들어왔다. 당이의 바로 뒤에 바짝 붙어 쫓아오고 있던 중년의 여인네 하나가 일부러인 게 분명한 어색한 몸짓으로 비틀비틀하다가 당이의 지게를 힘껏 밀어버리는 모습이었다.

'저, 저게!'

갑작스러운 습격에 비틀거리던 당이가 나뭇짐의 무게를 이기지 못하고 앞으로 고꾸라지듯 넘어졌다. 또한 그런 당이의 머리 위로 등에 지고 있던 솔가지들이 와르르 쏟아져 버렸다. 준형이 참을 수 있었던 건 거기까지였다.

"뭐 하는 거야!"

준형이 우레 치듯 소리를 지른 후, 말의 옆구리를 거세게 걷어찼다.

"아휴. 깜짝이야! 이게 웬 난리래? 하여간 뭐 하나 마음에 드는 구석이 없다니까?"

뒤에서 당이를 밀었던, 얼굴이 여기저기 흉하게 얽은 곰보 여편네가 저는 모르는 일인 양 쌜쭉한 얼굴로 투덜댔다.

"아, 빨리 안 일어나고 뭐 하오? 이래서 양반 나부랭이랑은 일하는 게 싫었다니까?"

"그러게 말이야. 양반 딸입네 얌전만 떨고 약한 척을 하니 저 사달이 난 거지. 저, 저, 저것 좀 봐. 넘어졌음 퍼뜩 일어날 일이지 저러고 약한 척하는 꼴이람!"

곰보 여편네에 이어 다른 여편네 두엇도 싫은 소리를 거들며 엉거주춤 서 있는 일행에게 당이를 내버려두고 먼저 가자며 껌뻑껌뻑 눈짓을 해댔다.

비단 여인네들만이 아니었다. 산만 한 덩치를 가진 다른 염한이들도 마찬가지였다. 넘어져 솔가지들에 깔린 당이를 동정하거나, 일어나라고 부축하려는 사람은 하나도 없었다. 모두들 조금씩 짜증 섞인 얼굴로 당이를 한심하게 볼 뿐이었다. 소금가마가 있는 염막에서 땔감을 주울 수 있는 산까지의 거리가 제법 되다 보니 두 번 걸음 하지 않기 위해 저마다 제 한계까지 나뭇짐을 지고 있는 때문이었다.

또한 그들 대부분 뭍에서 이런 저런 사연들로 험하게 구르다 온 자들인지라 애초에 자기보다 약한 자에 대한 동정심이나 연민 같은 게 부족한 자들이기 때문이기도 하였다.

거기다 상대는 온갖 소문이 가득한, 그러면서도 차마 함부로 굴 수만은 없는, 소문도 자자한 양반 처자이었기에 짜증은 더했다.

"넘어졌다는 핑계로 괜히 게으름 피우지 말고 부지런히 쫓아오슈. 염막에도 지금 손이 부족해 죽을 지경이니까."

겨우 정신을 차리고 일어나 주섬주섬 솔가지를 주워 담는 당이에게 소금밭 일꾼들의 우두머리 격인 중년의 사내 장괴가 차갑게 말했다. 그러고선 고소해 죽겠다는 표정으로 마주 보며 킬킬대는 심술궂은 여편네들과 염한이들을 이끌고 염막을 향해 부지런히 걸음을 옮겼다. 하지만 당이가 넘어진 장소에서 채 열 걸음도 떼기 전에 그들은 일제히 다시 멈춰 설 수밖에 없었다. 거친 흙바람을 일으키며 달려온 말 한 마리가 장괴 무리의 바로 앞을 가로막고 섰기 때문이었다.

"……공자님! 여기는 어쩐 일로?"

준형은 자신에게 고개를 숙여 인사를 아뢰는 장괴를 본 척 만 척 하고 그대로 말에서 뛰어내려, 조금 전 당이의 등을 밀었던 곰보 여편네 앞으로 사납게 다가섰다.

"너!"

"예? 예?"

곰보 여편네가 장괴와 함께 고개를 숙이고 있다 말고 눈만 치떠서 준형을 보았다.

"왜, 왜…… 그러십니까요?"

"너, 뭐야?"

"예? 저는 염막에서 일을 하는……."

"공자님, 무슨 일로 그러십니까?"

장괴가 얼른 곰보 여편네와 준형 사이에 파고들며 물었다.

"이녀에게 무슨 볼일이신지 제게 말씀하시면……."

"껴들지 마!"

준형이 거친 손놀림으로 장괴의 어깨를 밀며, 장괴의 등 뒤에서 오들오들 떨고 있는 곰보 여편네에게 한 발 더 가까이 다가섰다.

"말해. 왜 밀었어?"

"예?"

곰보 여편네가, 아니 예닐곱 명에 달하는 무리의 전부가 일제히 준형이 턱짓으로 가리키는 쪽을 돌아보았다. 그곳에는 흩어진 솔가지들을 다시 지게에 싣다 말고, 엉거주춤 서서 멍한 얼굴로 이쪽을 보고 있는 당이가 있었다.

"네가 좀 전에 저 여자를 밀어서 넘어뜨렸잖아. 왜 밀었냐고."

"아, 아니 쇤네는 그런 적이……. 안 그랬습니다요."

곰보 여편네가 얼굴이 사색이 되어 일단 제가 한 일을 잡아떼기부터 하였다.

"안 했어?"

준형의 한쪽 눈썹이 비틀려 올라갔다. 그러더니 눈 깜짝할 사이에 덥석, 곰보 여편네의 멱살을 잡아 올렸다.

"아, 아이고, 나 죽네!"

곰보 여편네의 몸은 발가락이 간신히 땅에 붙어 있을락 말락 할 정도로 공중으로 떴다. 그와 동시에 여편네가 등에 지고 있던 지게에서 솔가지들이 우르르 땅바닥으로 떨어져 내렸다.

"공자님! 왜 이러십니까!"

"어구구. 이게 무슨 일이래?"

차마 준형의 팔을 붙들어 말리지는 못하고 염한이 무리들은 그저 "어구구구." 소리를 내며 난데없이 나타나 계집에게 행패를 부리는 준형을 미친 게 아닌가 하는 눈으로 볼 뿐이었다.

"안 했다? 모른다? 네가 한 짓이 아니다?"

멱살을 쥔 준형의 손에 한층 더 바짝 힘이 들어갔다.

"아구구구. 아구구구. 수, 숨 막힙니다. 이, 이러다 쇠, 쇤네 숨넘어갑니다요!"

목이 졸린 여편네는 얼굴이 새하얗게 질린 채, 자기를 살려줄 사람을 찾아 애타는 눈길로 주위를 둘러보았다. 허나 염한이 무리의 우두머리인 장괴를 비롯하여 덩치가 산만 한 염한이들 모두 그 눈길을 외면한 채 어느 누구 하나도 나서서 준형을 말리려 하는 이가 없었다. 준형보다 조금 뒤늦게 말을 달려 쫓아온 장 서방 역시 마찬가지였다. 놀란 기색이긴 했지만 나서서 준형을 말릴 생각을 못 하고 있었다.

"놓아주세요!"

당이만이 흐트러진 귀밑머리를 날리며 달려와 쇳소리를 내며 준형의 팔에 매달렸다.

"그 손 놓으세요! 공자께서 뭔가 오해를 하신 것 같······."

"다쳤잖아!"

넘어지는 바람에 땅바닥에 이마를 조금 긁힌 당이의 얼굴을 본 준형이, 멱살을 잡고 들어 올리고 있던 곰보 여편네를 땅바닥으로 팽개친 후 커다란 두 손으로 당이의 얼굴을 감쌌다.

"고······ 공자님!"

장 서방이 많은 눈들을 의식하여 준형을 불러 눈치를 주었지만, 준형의 귀에는 그런 부하의 목소리가 전혀 들어오지 않았다. 오직 제 두 손에 뺨이 감싸인 채, 동그랗게 눈을 뜨고 저를 보고 있는 당이의 얼굴 여기저기에 생긴-땅바닥과 솔가지들에 미세하게 긁힌- 상처들에 정신이 팔린 때문이었다.

"······죽여버리겠어."

어금니를 부드득 갈고서 준형이 이제 막 장괴의 부축을 받으며 몸을 일으키고 있는 곰보 여편네에게로 다시 돌아섰다.

"악!"

곰보 여편네가 숲이 떠나가라 비명을 지르며 얼른 장괴의 등 뒤로 돌아가 몸을 숨겼다.

"너!"

"공자님!"

"이러지 마십시오!"

준형이 또다시 곰보 여편네를 향해 달려들려 하자 이번에는 주위의 모든 사내들이 일제히 준형의 앞에 끼어들어 말리고 나섰다. 그냥 놔뒀다가는 정말로 준형이 그 여편네를 죽이고 말 것 같아서였다.

"저리 비키지들 못해!"

이젠 정말 눈에 보이는 것이 아무것도 없는 준형이 제 앞을 막아서는 사내들을 밀쳐냈다. 그저 가볍게 밀쳐낸 것만으로 무슨 조홧속인지 산만 한 덩치의 사내들이 마른 지푸라기처럼 붕붕 하늘을 날아 땅바닥으로 처박혔다.

"아구구구!"

"으악!"

나뒹구는 사내들의 입에서 터져 나온 비명소리에 장괴의 등 뒤에 몸을 숨긴 곰보 여편네, 그리고 그 주위의 여편네들까지 죄다 두려움에 벌벌 떨었다. 그리하여 어느덧 준형에게서 곰보 여편네를 보호해줄 수 있는 건 덥수룩한 수염들로 가려진 입술을 깨물고 있는 장괴밖에 남지 않았다.

"상처를 입혀? 감히 네깟 게 ……를 다치게 해!"

준형의 목소리는 분노로 잔뜩 가라앉았다. 거기다 이를 갈 듯 말했기 때문에 그 발음도 불분명하였다. 오직 가장 가까이에 선 장괴만이 준형의 말을 똑바로 알아들을 수 있을 정도였다.

'내…… 여자? 지금 이 공자가 내 여자라고 한 게 맞지? 그럼 결국, 그 소문의 상대가!'

장괴가 준형의 말을 곱씹을 동안 어느새 준형이 자신을 막고 있는 장괴의 멱살을 잡았다.

'웃!'

장괴가 본능적으로 눈을 감고 곧 땅바닥으로 나가떨어질 것을 대비하여 어깨를 움츠렸지만, 무슨 까닭인지 장괴의 몸은 그대로 땅에 얌전히 잘 붙박여 있었다. 대신 땅바닥에 나뒹구는 사내들의 신음소리에 섞여 타박타박

멀어져가는 발소리들만이 들려왔을 뿐이었다.

'뭐…… 지?'

장괴가 조심스레 눈을 뜨자, 조금 전 눈앞에서 미친 듯 날뛰던 준형이 당이의 손에 얌전히 손목을 잡힌 채 산 위로 끌려가고 있는 뒷모습이 보였다.

"……어디로 가?"

준형이 제 손목을 잡고 씩씩대며 앞서 걸어가고 있는 당이에게 물었다. 힘으로 치면 당이가 제 상대가 될 리 없으니, 이대로 멈춰 서면 안 끌려 갈 수도 있을 것이었다. 하지만 준형은 싫은 기색 없이 순순히 당이에게 끌려가 주고 있었다.

"어디 가는데?"

준형이 소란을 피우는 동안 어느새 날은 많이 어둑어둑해져 있었다. 저녁과 밤의 경계는 눈 깜빡할 사이에 사라지는 섬 마을 특성상, 또한 어둠이 일찍 나리는 산의 특성상 곧 완전한 밤이 시작될 게 뻔했다. 그런데도 쌕쌕, 거친 숨을 내쉬며 준형의 손목을 끌고 산을 올라가고 있는 당이의 걸음은 쉽게 멈출 생각이 없어 보였다.

"앞 잘 보고 걸어. 또 넘어지면 어떡하려고."

준형이 걱정되어 한 소리를 더 하자 잠시 당이가 순간 멈칫하며 섰다가 다시 부지런히 발을 옮겨갔다. 마침내 당이가 걸음을 멈춘 곳은 쏴아아 하고 내리붓는 물줄기 소리가 귀가 아플 정도로 시끄러운 폭포 앞이었다.

"여기면 되겠네요."

"뭐가?"

"당신한테 실컷 소리 질러도 되는 곳이라고요!"

말 그대로 당이는 폭포 소리에 지지 않을 작정으로 빽, 소리를 질렀다.

"도대체 정신이 있어요? 혹시 미친 거 아니에요! 당신이 왜!"

"괜찮아? 세게 넘어진 것 같던데……."

당이의 말을 끊으며 준형이 물었다. 그의 두 눈썹은 전과 달리 힘없이 팔자 모양으로 누그러져 있었다. 어둑어둑한 가운데에서도 유난히 준형의 눈에만 크고 선명하게 보이는 당이 얼굴의 상처들 때문이었다.

"아프진 않아? 이것들 설마…… 흉 지진 않겠지?"

준형이 손을 들어 아스라이 피가 맺힌 상처를 쓰다듬으려 하는데 당이가 찰싹, 그 손을 쳐냈다.

"건드리지 말아요!"

"……알았어."

준형이 순순히 시키는 대로 하겠다는 듯 두 손을 치켜들고 어깨를 으쓱하곤 다시 물었다. 좀 전에 미쳐 날뛰던 남자라고는 생각되지 않는, 완전히 풀 죽은 모습이었다.

"안 아파? 놀랐지?"

"아파요. 놀랐어요. 그래서 뭐요."

당이가 빠른 말투로 준형의 물음에 숨도 쉬지 않고 답한 후, 이번엔 제 쪽에서 질문들을 던졌다.

"그런데 뭐요. 뭐가 어떤데요! 다치면 어떻고 놀라면 어떤데요? 당신이랑은 아무 상관도 없는 일이잖아요. 그런데 뭐요!"

"그 여자가 당신을 밀었잖아. 이렇게 상처도 났고……."

준형이 억울한 듯 조금 목소리를 높였다. 하지만 따지는 당이의 기세는 조금도 누그러지지 않았다.

"그래서요? 누가 당신한테 앙갚음해달랬어요? 대신 혼내달랬어요? 안 했잖아요. 그런데 왜요!"

"순전히 내 마음이야, 내 마음이 시켜서 그런 거야. 그러는 당신은 왜 칠칠맞지 못하게 당하고만 있었는데? 바보야? 등신이야? 잡초야? 왜? 이제는 밟으면 밟는 대로 순순히 밟혀주기로 했어?"

또다시 제 진심을 몰라주는 당이가 섭섭하여 준형의 목소리가 높아졌다.

"네, 밝혀주기로 했어요. 그 편이 훨씬 덜 피곤한 일인 걸 잘 아니까요. 그러니까 부탁인데, 제발 내 일에 상관하지 말아줄래요?"

당이도 질세라 목에 핏대까지 세우며 준형을 몰아세웠다.

"당신은 귀한 공자 나리라서 그렇게 기분대로, 성질을 피웠다, 짜증을 부렸다, 화를 냈다, 난동을 피웠다 할 수 있지만, 그렇게 해도 되지만, 난 아니거든요! 난!"

준형에게 있는 대로 성질을 내던 당이가 갑자기 폭포 쪽으로 돌아서더니 허리를 굽히고는 "악!" 하고 소리를 질렀다. 발까지 동동 굴렀다. 지난 며칠 동안 소금밭 일꾼들에게서 받았던 그 무례한 시선들과 수치스러운 이야기들이 커다란 돌덩이가 되어 어깨를 짓눌렀었다. 안 그래도 화가 쌓여, 누구라도 걸리기만 하면 치받고 싶은 심정이었다. 그야말로 폭발하기 일보 직전이었다. 그런데 그런 속도 모르고 황당하기가 뿔난 망아지 같은 남자가 또 한바탕 거하게 사고를 쳐주었다. 안 그래도 당이 자신과 부사 댁 공자들을 두고 더러운 소문들이 끊이지 않는데, 오늘 준형이 자기를 위한답시고 난동까지 부렸으니, 앞으로 어찌 될지는 눈에 훤했다.

도대체 이 남자는 왜 이렇게 사사건건 자신을 피곤하게 만드는지 몰랐다.

그만 내버려줬으면 좋겠는데, 자꾸 생각 안 나도록 해줬으면 좋겠는데 자꾸만 불쑥불쑥, 그것도 하필 제일 약해져 있을 때 나타나 매번 있는 대로 자신의 마음을 헤집었다. 자꾸만 마음을 흔들려 하고 있었다.

"바보, 멍청이, 지렁이, 멸치 똥!"

"뭐? 며, 멸치 뭐……!"

준형이 당이의 어깨를 잡아 자신에게 돌려세웠다.

"설마 그거 지금 나한테 하는 소리야?"

"왜, 아닌 것 같아요?"

"난 그 여자가 당신을 괴롭히니까, 당신을 밀어서 다치게 하니까!"

"그러니까, 그러든 말든 상관 말라고요……. 내 일이에요. 당신하고는 아무 상관도 없는 내. 일!"

"그럴 거면 아예 내 눈에 보이질 말든가! 왜 내 눈에 띄는 데서 그런 꼴을 당하는 건데!"

"하아."

당이가 말이 안 통해 답답하다는 듯 이마에 손을 짚었다.

"지금 말 안 되는 소리 하며 억지 부리고 있는 거 그쪽도 알죠? 내가 일부러 그쪽한테 보이기 위해 당하는 게 아니잖아요. 그쪽이 어디서 어떻게 보고 있는 줄 알고 당하고 말고 해요. 정 그런 내 모습이 보기 싫으면 그쪽이 안 보면 돼요. 봐도 무시하면 그만이고요."

"그걸 누가 몰라? 근데 그럴 수가 없잖아!"

하는 말마다 족족 맞는 말인 당이에 비해 말로는 제 심정을 다 표현할 수 없어 답답해진 준형이 쾅 하고 발을 굴렸다.

"억지인 거 아는데, 나도 내 꼴 우스운 건 아는데, 그래도 할 수 없어. 당신만 보면 미친놈 같아지는 걸 어떡해! 싫을 정도로 유치해지고 마는 걸 어떡해! 두 번 생각할 여유가 없어지는데! 무작정 몸부터 움직여지고 마는데 어떡해! 당신이, 당신이 날 그렇게!"

준형이 말을 멈췄다. 당이는 끈기 있게 준형의 다음 말을 기다렸다.

쏴아아!

끊임없이 내리붓는 폭포 물줄기 소리가 두 사람의, 각자 다른 의미에서, 가쁜 숨소리를 지워주었다.

"내가 뭘요?"

당이의 인내심이 먼저 바닥이 났다.

"내가 당신한테 뭘 어쨌는데요?"

당이가 제 얼굴보다 훨씬 더 높은 곳에 있는 준형의 얼굴을 좀 더 자세히 보기 위해 고개를 한껏 뒤로 젖히며 물었다.

"……봐. 또 이러잖아."

준형은 괜히 당이 탓을 하였다. 아니, 괜히가 아니었다. 실제로 모든 것은 당이 탓이었다. 보고 싶지 않은데도 저절로 보게 하고, 가만히 있고 싶은데도 자꾸만 저를 움직이게 하는 건 당이 탓이었다.

귀찮은 여자.

성가신 여자.

그런데 가만히 놔둘 수 없는 여자였다. 그냥 내버려두자니 준형의 눈에 안 띄는 곳에서 무슨 짓을 당할까 걱정스럽기만 하였다. 또 무슨 짓을 저지를지 몰라 아슬아슬하기만 하였다.

그런 반면, 가까이 다가서면 자꾸만 이성을 잃게 만드는 여자였다. 준형 자신을 자신으로 있을 수 없게 하는 여자였다. 자꾸만 욕심을 불러일으키는 여자였다. 자꾸만 다른 생각을 불러일으키는 여자였다.

특히 하얗고 조그만 턱을 들어 자신을 올려다볼 때면, 한껏 목을 뒤로 젖혀 고개를 들어 올리면, 그것이 키가 훨씬 더 큰 준형의 얼굴을 보기 위해서임을 알면서도, 자꾸만 딴생각이 들었다.

화를 내거나, 신경질을 낼 때도 그랬다.

유난히 크고 동그란 눈을 반짝이는 모습을 보면, 그 눈 안에 자신의 모습만 가득 채우고 싶다는 생각만 들었다.

그런데도 당이는 매번 아무것도 모르고 준형을 괴롭힌다. 제 스스로가 얼마나 유혹적인 존재인지 알지 못한 채 매번 준형을 도발한다. 그러다 보니 준형은 자꾸 원망스러운 마음이 들었다. 어쩌면 당이가 다 알고도 일부러 자신을 시험하는 것처럼, 괴롭히는 것처럼 여겨졌다.

"또 뭘요?"

당이가 또 한 번 대답을 재촉하기가 무섭게, 눈 깜짝할 사이에 당이 바로 앞으로 다가온 준형이 당이의 두 뺨을 감쌌다.

"난 정말 당신이 싫다고. 짜증나고 귀찮고 번거로워 죽겠어. 그런데 왜……."

말을 멈춘 준형의 입술이 당이의 얼굴을 향해 빠르게 내려왔다.

'읏.'

당이는 눈을 감을 생각도 없이 자신을 향해 탐욕스럽게 다가오는, 잘생긴 공자의 얼굴을 빤히 보고만 있었다.

"하아……."

준형의 입술이 막 당이의 입술에 닿기 직전에 아슬아슬하게 멈췄다. 그의 뜨거운 숨결이 그녀의 오뚝한 코와 도톰한 입술 사이 어디쯤을 간질였다.

"당신은 왜……."

준형의 입술이 움직이며 당이의 입술을 닿을락 말락 스치고 지나갔다. 그 바람에 숨 쉬기 어려워진 당이가 보드라운 입술을 살짝 열었다.

"내가 뭘요?"

하아, 당이의 입술 사이에서 지나치게 달콤한 숨이 새어나왔다. 살짝 가라앉은 나른한 목소리에는 분명 어떤 기대감이 숨어 있었다.

"제길!"

잔뜩 쉰 목소리로 욕설을 중얼거린 후, 준형이 당이를 떠밀다시피 제게서 떼어놓았다.

"……가."

무엇인가를 억누르는 목소리로 준형이 말했다.

"이대로 도망쳐."

준형이 사정하듯 속삭였다.

여기서 조금만 더 하면, 조금만 더 흔들리면 자신을 통제할 수 없을 것 같았다. 기어이 자신을 향해 열려 있는 그 유혹적인 입술을 탐하고 말 것 같다. 들어가선 안 될 덫 안에 스스로 발을 들이밀고 말 것 같았다. 그래서 사정하였다. 애원하였다.

"후회하지 않으려면 도망쳐."

그런데도 무얼 어쩔 작정인지, 눈앞의 무심한 여자는, 둔한 여자는, 원망스러운 여자는, 쪼그만 여자는, 당이는 움직일 생각을 하지 않았다. 아니, 오히려 더 빤히 준형의 얼굴을 올려다볼 뿐이었다.

쨍그랑!

세자 현이 저녁을 들다 말고 입으로 가져가던 중인 숟가락을 떨어뜨렸다.

"저하!"

"내, 내가 왜 이러지?"

방금까지 멀쩡하게 감 내관과 담소를 나누며 저녁을 들고 있던 현은 갑자기 오한이 든 것처럼 온몸을 부들부들 떨기 시작했다.

"어서 어의를, 어의영감을 불러라!"

감 내관이 밖에다 대고 크게 외친 후, 다닥다닥 소리까지 내며 이를 부딪치고 있는 세자의 어깨를 감싸 안았다.

"저하! 괜찮으시옵니까?"

"감 내관. 춥다. 추워……. 으으으! 추워서 견딜 수가 없다."

"어서 이불을! 이불을 내어오너라."

감 내관의 불호령에 동궁전의 궁녀들이 저마다 바쁘게 움직였다. 얼른 저녁상을 내어가는 이, 침구를 까는 이, 중전과 소빈에게 각각 알리러 가는 이 등 모두 일사불란하게 제가 할 일을 하고 있었다.

"이리 다오!"

감 내관은 이불을 가져오는 궁녀에게서 거친 손길로 이불을 빼앗은 뒤 세자를 안고 있는 제 등 위에 그대로 이불을 덮었다.

"으으으…… 감 내관, 내가 왜 이러느냐? 이렇게 추운데…… 이 안은, 이 안은……."

늙은 내관의 품에 안긴 세자가 여전히 부들부들 떨면서도 힘없는 손길로

116

제 가슴을 콩콩 두드렸다.

"뜨거워서, 뜨거워서 견딜 수가 없다. 내가 왜 이러느냐? 내가 왜……."

아프고, 두렵고, 흥분되는 제 괴로움을 토로하다 말고 현의 눈이 허옇게 뒤집혔다. 까무룩, 혼절을 하고 만 것이었다.

"저하?"

"저하!"

방 안의 궁인들 입에서 일제히 비명이 터져 나왔다,

그때, 도성의 궁 안에서 무슨 일이 벌어지고 있는 줄은 꿈에도 모르고, 산중의 두 남녀는 한참 동안 말없이 마주 보고만 서 있었다.

"전부 당신 탓이야."

오랜 침묵을 깨고, 준형이 원망 어린 눈빛으로 당이를 탓하였다.

"……뭐가요?"

"난 계속 경고했어. 당신에게 도망칠 기회도 시간도 충분히 줬어. 그런데도 안 간 건 당신이야. 그러니 다, 이 모든 게 다 당신 탓이라는 거야."

숨 막히게 뜨거운 눈빛을 한 준형이 말했다.

그러고선……. 더 이상의 시간도 기회도 주지 않겠다는 듯, 순식간에 뜨거운 눈빛만큼이나 뜨거운 준형의 입술이 당이의 입술로 찾아들었다.

'어지러워.'

작고 보드라운 당이의 입술을 탐하는 준형의 입맞춤은 길고 끈질겼다. 어쩌면 찰나 같고 어쩌면 영원 같기도 한 그 시간 동안 당이는 자신이 어떻게 숨을 쉴 수 있는지 생각도 안 났다.

끝날 듯 끝날 듯 끝나지 않고 이어지는 긴 입맞춤이었다.

해서 당이는 문득 디디고 있는 땅이 훅, 꺼지는 듯한 느낌이 들었을 때에야 본능적으로 준형의 어깨를 꽈악 움켜잡았다. 지금 당이의 온 신경은 준형에게, 준형과의 입맞춤이 전해주는 낯선 느낌에 쏠려 있었다.

난생처음 경험하게 된 입맞춤이란 건 이전부터 수없이 상상하고 기대했던 것보다 훨씬 더 당황스럽고, 두렵고, 놀랍고 그러면서도 신기하기만 하였다. 그 신기한 느낌에 사로잡히는 바람에 당이는 그만 준형의 입술을 밀쳐낼 기회를, 준형을 밀쳐내야 할 이유를 놓치고 말았을 정도였다.

맞닿아 있는 준형의 입술은 오래 불을 머금고 있었던 양 후끈거렸다.

아니다. 틀렸다.

준형이 머금고 있었던 건 불이 아니라, 어떤 이름 모를 과실이었다. 달짝지근한 향과 부드럽고 다디단 과즙을 지닌 신묘한 맛의 과실이었다.

누구라도 한 번 맛보면 더 이상 거부할 수 없을 만큼, 설령 그 끝에 파탄이 기다리고 있다하더라도 기꺼이 스스로 중독되고 말 그런 유혹적인 맛의 과실이었다. 그래서 당이는 부끄러움도 잊고 조심성도 잊은 채 부지런히 그 달콤함을 탐닉하였다.

"하아……."

서로의 부족한 숨을 보충하기 위해 잠시 입술을 떼었을 때 당이의 입에서 녹을 듯 아쉬운 듯 달짝지근한 한숨이 터져 나온 것도 바로 그래서였다.

"……이것도 다 내 탓이라고요?"

당이가 여전히 제 뺨과 턱을 감싼 채 저를 내려다보고 있는 준형에게 물었다.

"당신은 날 자꾸 이상하게 만들어. 날 자꾸 상상하게 해. 자꾸 욕심내게 해. 당신과 입 맞추면……."

당이의 입가에 머물러 있던 준형의 엄지가 서툴고 거친 입맞춤에 조금 부풀어 있는 당이의 아랫입술에 가 닿았다.

"흐읏."

그 아찔한 유혹에 당이가 가슴을 크게 부풀리며 숨을 들이마셨다. 그런 제 모습이 준형의 눈을 얼마나 도발하는지는 미처 알지 못하였다.

"당신을 만지면, 당신을 안으면 어떤 느낌이 들까, 어떤 기분이 들까 자꾸만 궁금하게 만들어. 그래선 안 된다는 걸 알지만, 자꾸만 당신이 날 건드려. 날 자극해.”

방금 막 달콤한 입맞춤을 끝낸 뒤인데도, 제 두 손 안에 당이를 담고 있는 데도 고백을 하는 준형의 얼굴은 어쩐지 괴로워 보였다.

‘왤까?’

“왤까?”

준형의 입에서 당이의 생각과 같은 말이 튀어나왔다.

“왜 당신일까?”

‘왜 나죠?’

묻고 싶은 건 당이도 마찬가지였다.

왜 이토록 자신을 괴롭히는지, 왜 자신을 내버려두지 않는 건지 분명한 답을 듣고 싶었다. 또한 자신은 왜 좀 더 적극적으로 준형을 밀어내지 않는지 궁금해졌다. 따지고 보면 준형의 말이 다 맞았다. 입을 맞춘 건 준형이었지만 그렇게 되는 데는 당이도 일조를 했다.

애당초 이런 곳에 준형을 데리고 오지 말았어야 했다. 아무리 준형을 말리고 싶었더라도, 아무리 준형의 체면이나 위신을 생각해 사람들이 보지 않는 곳에서 소리를 지르고 싶었더라도 이렇게 은밀한 곳에 단둘이 있는 게 아니었다. 자꾸만 자신의 허락도 없이 불쑥불쑥 머릿속으로 쳐들어오는 준형 때문에 잠을 설친 게 한두 번도 아니면서, 이렇게 빌미를 주고 말았다.

좀 전에도 마찬가지였다. 준형은 자신을 붙잡지 않았다. 오히려 도망갈 기회를 주었다. 시간도 주었다.

그때 도망쳤어야 했다. 날다람쥐처럼 뛰어 도망가야 했다. 야수 앞의 토끼라도 된 듯, 필사적으로 도망가야 했다. 그런데 그러지 않았다. 충분히 그럴 수 있었는데 그러지 않았다. 그런 자신이 당황스럽고 혼란스러웠다.

‘입맞춤도 그래.’

당이는 씁쓸한 마음으로 인정할 수밖에 없었다. 조금 전에도, 그 뜨거운 입맞춤에도 당이는 조금도 저항하지 않았다. 저항은커녕 입술을 떼기 직전에는 오히려 당이 자신이 더 적극적이었다. 준형의 입술이 주는 기쁨에 탐닉했고 그 기쁨에 즐거이 화답했다. 준형의 입술이 움직이는 대로 따라 움직였다. 준형이 입을 벌리면 당이 자신도 더 크게 입을 벌렸고, 준형이 고개를 틀면 당이 또한 고개를 틀었다. 입안으로 밀고 들어오는 준형의 혀를 반가이 맞았다. 서툴면 서툰 대로 그 혀의 움직임에 스스로를 맞췄다.

지금도, 지금도 마찬가지였다. 정숙한 양반 여인이라면 절대 하지 않을 일을 하고 있었다. 외간 남자의 품에 안겨 외간 남자의 손에 얼굴을 맡긴 채, 무엇인지는 모르지만 하여간 더 이상의 무엇을 기대하고 있는 자신이 당이는 도통 이해가 되지 않았다.

"나한테 반한 건가요? 날 연모하나요?"

'그래서 날 이렇게 원하는 건가요?'

당이는 절반의 질문을 했다. 말을 잇지 못하고 괴로운 표정을 짓고 있는 준형을 도와주기 위해서였다. 또한 제 안의 답을 분명히 하기 위해서였다.

"내가…… 당신을 연모하느냐고?"

당이의 물음에 무슨 까닭인지 깊은 어둠이 자리한 준형의 눈동자는 눈에 띄게 흔들리고 있었다. 그리고 그 눈은 아직 달뜬 기색을 감추지 못하고 있는 당이의 얼굴이 아닌 그 뺨을 감싸고 있는 제 손등으로 향했고, 이내 경악에 가까운 빛을 띠게 되었다.

"모르겠다!"

이불을 덮어쓴 채 끙끙 앓고 있는 세자 현의 머리맡에 앉아 있던 중전 김씨가 조금 전 진맥을 마친 의원들에게 다시 물었다.

"병의 원인을 알 수 없다면 그럼 지금 세자가 이유도 까닭도 없이 그냥 생병을 앓고 있다, 이 뜻이란 말인가!"

"송구하옵니다."

내의원에서 긴급히 불려온 의원들이 모두 사색이 되어 머리를 조아렸다.

"하오나 분명 진맥을 해보아도 별다른 이상 정황이 없으시옵니다. 전형적인 고뿔 증상을 보이고 계시긴 하나, 분명 고뿔도 아니시옵니다. 맥이 지극히 편안하신 것을요."

"그럼 세자가 꾀병이라도 부리고 있다는 소리냐!"

중전 김씨가 버럭 소리를 질렀다. 그러고선 흘낏 제 곁에 나란히 앉은 소빈을 곁눈질하였다. 궁녀들을 모두 뿌리치고 직접 현의 이마에 물수건을 올려두고 연신 얼굴을 쓰다듬고 있는 소빈의 얼굴은 그 자신이 중병을 앓는 사람이기라도 한 양 해쓱해져 있었다.

"꾀병이라니오. 천부당만부당하신 말씀이옵니다. 다만 저희의 소견이 지극히 부족한지라 아직은 정확한 병증의 원인을 알 수 없다, 그리 고하는 것입니다."

조금 전까지 대전에 들어 임금의 병세를 살피고 있던 어의가 근심 가득한 얼굴로 진중히 아뢰었다. 원래 어의는 임금의 곁에서 한시도 떨어져서는 안 되는 상황이었으나, 세자가 급병이 났다는 소식을 전해 들은 임금이 어의를 직접 동궁전으로 보내 병세를 살피라 어명을 내린 터였다.

"몸에서 병증의 원인을 찾을 수 없다. 허면 심병(心病, 마음에 드는 병)이나 신병(神病, 귀신 들림)일 수도 있다는 소린가?"

"중전마마!"

동궁전에 들어온 이후 방 안의 어떤 소리에도 반응을 하지 않고 있던 소빈이 홱 고개를 돌려 제법 매서운 눈빛으로 중전 김씨를 노려보았다.

'저년이!'

감히 후궁 주제에, 어디서 굴러먹다 온지도 모르는 천한 신분인 주제에 세자의 생모라는 이유로 자신에게 눈을 부라리는 소빈을 보며 중전 김씨는 이를 갈았다. 허나 사람들 앞에서 그런 속내를 드러낼 순 없었다.

"그리 서운한 눈빛으로 볼 것 없네. 내가 바로 세자의 어미가 아닌가? 어미가 자식의 병이 걱정되어 만약을 대비하려 그러는 것이 아닌가?"

"으……!"

마음 같아서는 당장이라도 달려들어 머리채를 뜯어도 시원치 않을 판이었지만 소빈은 애써 자신을 누르고 또 눌렀다. 아직은 자신이 참아야 하는 싸움이었다. 아직은 자신이 져야 하는 싸움이었다.

"제가…… 제가 어찌 감히 중전마마께 서운함을 비치겠나이까? 다만 단순한 고뿔일 뿐이시온데 걱정이 과하신 듯하여…… 저는 오히려 그것을 근심한 것뿐이옵니다."

"그래. 그런 거겠지? 설마하니 내가 세자의 병증을 걱정했다는 이유로 자네가 내게 눈을 부라리지는 않을 것이야. 암. 자네가 그리 위아래도 모르는 방자한 이는 아닐 것이니 말이야."

방자하게 감히 내게 눈을 부라리지 말라는 말을 돌려서 한 후에, 중전 김씨는 자기들 두 사람의 눈치를 보며 불편하게 앉아 있는 의원들과 감 내관과 궁인들에게 엄명을 내렸다.

"모두 각별히 세자를 보살펴야 할 것이니라. 또한 병이 낫는다 하여 성급하게 움직이게 하지는 말 것이며, 병증의 원인을 완전히 알아내고 그 뿌리를 뽑을 수 있을 때까지 당분간은 일체의 활동을 중지하고 극히 안정을 취하게 하라. 알겠느냐?"

중전의 엄명에 "예이." 하고 방 안의 모두가 머리를 조아렸다. 그중에는 빨갛게 충혈된 눈으로 아랫입술을 질끈 깨문 소빈도 포함되어 있었다.

"세자가 급병이 났다고요? 그래, 병세는 어떠하옵니까?"

그 밤, 일찌감치 중궁전으로 돌아온 중전 김씨를 맞은 것은 임금의 배다른 아우 영천군이었다.

"영천군께서도 들으셨습니까? 하긴 이 궁에서 일어나는 일 중에 영천군이 모르시는 일은 없겠습니다만…… 호호호호."

"중전마마께서 걱정이 크시겠나이다. 전하의 옥체도 편치 않으신데 이제는 세자까지 저리 몸져누웠으니 중전마마의 어깨가 천근만근이시겠나이다."

"영천군께서라도 알아주시니 그저 감사할 따름입니다. 하루가 지나면 하루만큼의 걱정이, 이틀이 지나면 이틀 치의 걱정이 나날이 늘어나니 이 궁궐에 한숨이 끊일 날이 없지 않습니까? 에휴……."

"그래, 의원들은 무어라 합니까?"

영천군이 음험한 기대로 눈을 빛내며 조용히 물었다. 만약 세자의 신변에 문제가 생긴다면, 다음 대의 보위는 영천군의 장자 원이 잇게 될 것이었다. 지난해 중전의 조카딸을 며느리로 맞아들인 것은 그 약속의 증표였다.

"몸에는 특별한 이상이 없다 합니다."

"그것 보십시오. 제가 그럴 거라 하지 않았습니까? 신병이에요. 신병이 확실합니다."

"아직은 섣부른 판단이 아닐까요? 저러다 아무 일 없었던 듯 또 훌훌 털고 일어날 텐데요."

"그러니 신병이라 하지 않습니까? 하하하하."

영천군이 너털웃음을 웃다 말고 중전이 주는 눈치를 보고서는 얼른 손으로 입을 가리며 웃음소리를 줄였다. 아무리 중궁전이라 하더라도 임금과 세자가 모두 병중에 있는데 영천군이 통쾌히 웃었다는 소문이 돌기라도 하면 구설수에 오를 게 분명했기 때문이었다.

"흐흐흐. 하여간 중전마마도 아시지 않습니까? 동궁전이나 소빈은 죽어라 숨기고 있지만 세자가 어린 시절부터 별다른 이유 없이 병증을 나타낸 게 한두 번이 아닌 것을요."

그랬다. 자라면서는 점점 뜸해지긴 했지만 세자의 이유 없는 병증은 그 역사가 깊었다. 포대기 안에서 멀쩡히 잘 놀다가도 갑자기 찢어지는 목소리로 우는가 하면, 바깥바람 한 번 쐬지 않고 고뿔에 걸리기도 했고, 먹은 것 없이 체하기도 일쑤였다.

기기 시작하고, 말을 하고, 걷기 시작하고 성장함에 따라 점점 그 빈도수가 낮아지긴 했지만, 그 뒤에도 종종 그런 일들은 비슷하게 있어 왔었다.

"그때마다 사람들이 무어라 수군댔습니까? 태어난 지 삼칠일도 되지 않아 죽어버린 쌍둥이 아우의 혼이 쓰여 그런 것이라고들 수군댔지요."

영천군의 말에 중전 김씨도 고개를 끄덕이며 수긍했다. 만약 그 이후에라도 중전이 아들만 생산했다면 그 일을 핑계로 원자가 되고 세자가 되는 것은 중전의 소생이 되었을 것이었다. 그만큼 어린 시절 세자의 급병은 수상쩍기 짝이 없었던 것이다.

"게다가 지금은 또 어떻습니까? 세자빈이 죽은 후예요. 세자빈이 죽고, 또다시 이유 없는 급병이 들었습니다. 이게 신병이 아니면 무어라 하겠습니까? 신병이에요. 신병이 맞습니다! 반드시 신병이어야 합니다!"

영천군의 말에는 점점 더 확신이 실렸다. 설령 세자가 신병이 아닐지라도 신병으로 몰아붙여야 한다는 의지를 담고 있었다.

"세자가 신병이라면…… 그야말로 큰일이 아닙니까? 신병에 걸린 임금이라니 당치도 않은 말인 것을요. 그런 일은 없어야 할 것입니다. 있어서는…… 곤란하지 않겠습니까?"

짐짓 걱정스러운 기색으로 중전 김씨가 영천군의 말을 받으며 들릴 듯 말 듯 한 소리를 덧붙였다.

"……그때는 소빈이 무어라 할지, 그 얼굴이 참으로 보고 싶군요."

제4장. 고백

"아니…… 라고요?"

당이는 자신이 잘못 들은 건 아닌지 귀를 의심하며 준형에게 물었다.

"응. 아니야."

침통한 어조로 준형이 답했다.

"자, 잠깐만요."

당이가 펄쩍 뛰듯이 뒤로 물러났다. 당이의 얼굴을 감싸고 있던 준형의 손은 이미 거둬진 지 오래였다.

"반한 게 아니라고요? 연모하지도 않는다고요? 그럼, 그럼…… 왜 나한테 왜……."

당이는 실로 당황스러웠다. 조금 전 준형이 한참 대답을 망설이는 걸 보면서도 당이는 준형이 할 답을 알고 있다 생각했었다. 내심 그 답을 기대하였다. 널 연모한다 말하면, 나도 당신을 연모한다 고백하려 하였다.

이렇게 급작스럽게, 이렇게 빠른 시간에, 혼란스럽기 그지없지만 아무래도 우리가 서로 연모라는 걸 하는 모양이다, 그리 말하려 하였다. 여자 된 몸으로 먼저 말하기 창피하고 쑥스럽지만 이 섬에 온 이후 당신 생각을 떨쳐낼 수 없었다, 그리 말하고 싶었다.

그런데 설마, 설마하니 준형의 입에서 아니라는 답이 나올 줄은 몰랐다. 그렇게 뜨거운 눈빛으로 자신을 봐놓고, 그렇게 갈망하듯 애타는 입맞춤해놓고 아니라고 할 줄은 꿈에도 몰랐다. 그럼 왜 그런 눈으로 나를 봤느냐, 그럼 왜 그렇게 입을 맞추었느냐, 따지고 싶었다. 묻고 싶었다.

"날…… 희롱한 건가요? 그냥?"

"그런 건 아니야. 난……."

준형이 성큼 당이 앞으로 다가섰다.

"오지 마요!"

당이 말에 준형이 주춤, 제자리에 멈춰 섰다.

"아, 알았어요. 후우……."

떨리는 목소리를 가다듬기 위해, 말하다가 눈물이 터질 것 같아 당이는 잠시 말을 멈추고 완전히 새카매진 땅바닥을 보며 깊은 숨을 쉬었다.

"그래요. 당신 말이 다 맞다고 쳐요. 당신을 자극한 것도 나고, 뿌리치고 갈 수 있는데 뿌리치지 않은 것도 나예요. 그러니까 오늘 일은…… 당신한테 책임전가 같은 건 하지 않을게요. 당신도 없었던 일로 여기면 돼요. 대신 한 가지만 알아둬요. 당신은……."

당이가 젖은 눈을 들어 준형을 보았다. 뻔뻔스레 자신과 그런 입맞춤을 해놓고 연모하지 않는다고 발뺌한, 그래놓고서 오히려 자신이 더 상처받은 양 고통스러워하고 있는 준형의 얼굴을 보았다.

"당신은 정말 개자식이에요!"

그 말만 남기고 당이는 뒤로 돌아 뛰기 시작했다. 자신을 쫓아오지 않는 준형을 원망하며, 그런 무정한 남자에게 잠시나마 마음을, 입술을 허락했던 부정한 자신을 저주하며 캄캄해진 산길을 뛰어 내려갔다.

"하아, 하아, 하아."

숨이 턱 끝까지 찼다. 그런데도 당이는 뛰는 걸음을 늦출 수 없었다. 자신이 준형을 기다리는 마음을, 준형이 자신을 잡아주기를 기다리는 마음을, 준형이 거짓말이었다며, 그냥 널 놀리느라 그랬다고 말하기를 기다리는 제 마음을 인정하고 싶지 않았다.

"앗!"

그때였다. 돌인지, 나뭇가지인지 뭔지 모를 것을 잘못 밟은 것 같았다. 당이가 발목에 극심한 고통을 느끼며 주저앉았다.

"아파! 윽⋯⋯!"

눈앞이 뿌옇게 변하는가 싶더니 갑자기 왈칵, 눈물이 쏟아졌다.

"윽⋯⋯ 윽⋯⋯ 흐윽⋯⋯!"

발목이 아파서였다. 마음이 아파서였다. 넘어진 자신이 너무 우스꽝스러워서였다. 넘어간 자신이 너무 우스꽝스러워서였다.

절대로 절대로 맹세코 준형 때문이 아니었다.

자신 때문에, 준형 때문에 잠 못 이뤘던, 준형의 입맞춤에 잠시나마 달콤한 기대를 가졌던 바보 같은 자신이 미워 펑펑 눈물이 났다. 이 섬 어딘가에 있을 늑대가 보고 싶어 견딜 수 없어서 눈물이 났다.

"너, 어디 갔다 온 거야! 형님 화나셨어! 너, 염막 일꾼들한테 행패 부렸⋯⋯. 준형아!"

강회한테 혼날 것이라는 귀띔을 해주기 위해 대문에서 준형을 기다리고 있던 반회는 터덜터덜 힘없이 걸어오는 준형을 보고 놀랐다. 마치 넋이 나간 사람 같았다. 반쯤 입을 벌린 채 뜨거운 눈물을 철철 흘리고 있었다. 눈물을 닦을 생각도 없이 온 얼굴을 눈물로 흥건히 적시고 있었다.

"도대체 무슨 일이야? 얼굴은 이게 뭐고. 꼴은 이게 다 뭐야?"

"반회 형⋯⋯."

준형이 초점을 잃은 희미한 눈길로 반회를 보았다.

"일단 집에 들어가자. 어서 좀 누워야겠어. 너 얼굴이 시퍼레, 인마!"

반회가 준형의 어깨에 팔을 둘러 걸음을 부축하려 하였다. 준형은 금세라도 쓰러질 것처럼 어딘가 아슬아슬해 보였기 때문이었다.

"형……!"

준형이 반회에게 손을 들어 보였다. 옷자락 사이로 내보여진 손은 심하게 떨고 있었다.

"이게 무슨……! 준형아!"

반회가 황급히 주변을 두리번거려 누군가 보고 있는 이가 없음을 확인한 후 서둘러 준형의 손을 제 두 손으로 감쌌다. 준형의 손은 이미 평범한 사람의 손이 아니었기 때문이었다. 보름달이 뜨지 않은 이 밤. 절대 날 리 없는 새카만 털이 손등을 가득 덮고 있었던 것이다.

"우, 우선 몸부터 좀 녹이자. 온몸이 싸늘해, 너."

집안 하인들의 눈을 신경 쓰며 조심조심 준형을 준형의 방까지 데려간 반회는, 방에 들어서자마자 일단 이불부터 꺼내 준형의 어깨를 덮어주었다.

준형은 어느새 눈물을 그치고 있었지만, 대신 온몸은 땀에 흠뻑 젖어 있었다. 대문 밖에서 준형의 처소까지 데려오는 동안 준형은 내내 덜덜 떨었다. 땀에 젖은 옷을 입고 산에서 내려온 때문인지, 아니면 있을 리 없는 일이 일어난 것에 대한 충격 때문인지 준형은 이까지 다닥다닥 맞부딪치며 떨고 있었다. 아무튼 땀에 젖은 옷을 먼저 벗겨야 하긴 했지만 준형도 반회도 선뜻 그것을 실행에 옮기지는 못했다. 손등만이 아니라 몸의 다른 부분에도 있어서는 안 되는 '변화'가 일어난 것인지 확인할 용기가 없어서였다.

"으…… 읏……."

하지만 반회가 머뭇거리는 중에도 준형의 입에서는 본인의 의지와 상관없는 앓는 소리가 연이어 터져 나왔다.

"안 되겠어. 일단 형님, 형님을 모셔올게."

보다 못한 반회가 얼른 일어나 방을 나갔다. 아무래도 저보다는 언제나 침착하기 그지없는 강회가 이 사태를 제대로 해결할 수 있을 것 같았다.

"준형 공자님이 어디 편찮으신 겁니까? 의원을 부르러 갈까요?"

반회가 준형의 방을 나서자, 집안 하인 중 한 명이 반회가 준형을 부축하고 들어오는 모습을 본 건지, 아니면 눈에 띄게 당황한 반회의 모습을 보고 미루어 짐작한 건지, 시키지도 않은 일을 하겠다고 나섰다.

"아니다! 술에, 그래, 술에 취해 그러는 것이니 신경 쓰지 말거라."

반회가 하인을 떨치고 서둘러 강회가 있는 사랑채로 가려다 말고 방금 자신에게 말을 시킨 하인의 어깨를 강하게 움켜쥐었다.

"강회 형님이 오셔서 준형이 놈을 크게 혼낼 것 같으니, 모두 이 근처에서 물러나 있거라. 알겠느냐? 모두 준형이 방 근처에는 얼씬도 말란 말이다! 내가 돌아왔을 때 누구라도 눈에 띄면 치도곤을 면치 못할 것이니!"

아랫것들한테도 언제나 상냥하고 다정하게 대하는 둘째 공자가 웬일로 무섭게 윽박을 지르는 모습에 하인은 "예." 소리도 못 하고 끄덕끄덕, 열심히 고개만 아래위로 흔들어댔다.

"형님! 형님!"

반회가 미리 고하지도 않고 벌컥 사랑채의 방문을 열고 들어섰다. 어떤 서찰을 펴서 읽고 있던 강회는 그 요란스러운 등장에 눈살을 찌푸리긴 했지만 따로 고개를 들어 반회를 보지 않았다.

"형님, 저기……. 어, 자넨 공 서방이 아닌가?"

"그간 안녕하셨습니까?"

강회를 재촉하려다 말고 반회는 방문 쪽에서 서서 자신을 맞는 패랭이 모자에 등짐을 멘 차림의 사내를 보고 알은체를 하였다. 공 서방은 도성에 김 부사를 따라갔던 집의 하인 중 한 명이었다.

"아버님이 전갈을 또 보내셨습니까? 왜요, 더 늦어지신다는 겁니까?"

"……고생스럽겠지만 내일 아침 일찍 떠나게. 아버님은 시키신 대로 하겠다 그리 말씀 올리게. 장 서방에게 일러둘 터이니, 가기 전에 노잣돈 받아 가는 거 잊지 말고."

마침내 서찰에서 눈을 뗀 강회가 공 서방에게 이른 후 받은 서찰을 그대로 촛불에 태워 없앴다.

"예, 공자님."

공 서방이 싹싹하게 답한 후 반회에게도 고개를 숙여 보인 후 방을 나갔다. 그제야 강회가 반회에게 물었다.

"무슨 일이야?"

"……준형이에게 가보셔야겠습니다. 지금 자기 방에 있습니다."

그리 말하는 반회의 기색이 어찌나 심상치 않던지, 강회는 따로 두말도 하지 않고 그대로 방을 나서 준형의 방으로 향하였다.

"준형아! 너어……. 지금 뭘 하는 거야!"

방문을 박차고 뛰어 들어간 강회의 눈에 제일 먼저 보인 건, 준형이 평소 장식용이자 호신용으로 방 벽에 걸어두고 있던 장검을 왼손으로 들고 부들부들 떨고 있는 모습이었다. 그 장검의 바로 아래, 서탁 위에는 새카만 털로 뒤집힌 준형의 오른손이 놓여 있었다.

"뭐 하는 짓이야!"

강회에 이어 방에 들어섰던 반회가 그 모습을 보곤 기겁하여 얼른 달려 들어 준형의 손에서 검을 뺏으려 하였다.

"놓아요! 형님! 놓으란 말입니다."

준형은 검을 뺏기지 않으려 잠시 몸을 뒤틀었지만 평소 쓰는 손이 아닌 왼손 하나로 두 손을 가지고 덤비는 반회를 이겨낼 수는 없었다.

"돌려주세요! 이까짓 손 없애버릴 겁니다. 없애버리면 그만이에요!"

들고 있던 검을 뺏긴 준형이 제 검을 등 뒤로 돌려 씩씩대고 있는 반회에게 덤벼들어 다시 검을 뺏으려 용을 썼다.

"진정해! 이런다고 뭐가 해결돼. 형님! 도와주십시오. 형님! 어서요!"

반회가 준형에게서 계속 검을 사수하며 방 문간에 서서 멀뚱히 보고만 있는 강회에게 안타까운 눈길로 도움을 호소하였다. 하지만 강회의 태도는 뜻밖이었다.

"주려무나."

너무나 태연한 목소리로 강회가 반회에게 말했다.

"형님!"

"그렇게 없애고 싶은 게 소원이라면 들어줘야지."

"형님. 정말 형님까지 왜 이러십니까! 준형이 너 물러서. 좋아! 네가 정 그 손이 싫다면 내가 없애줄게. 그러면 되지? 어!"

말리기는커녕 부추기는 듯한 강회의 말에 서운해하며 반회가 준형에게 경고한 후 강회에게 물었다.

"이것도 또한 당연히 허락해주시는 거요? 네? 형님!"

허나 이번에도 강회의 답은 반회의 예상과 완전히 달랐다.

"아니. 그건 안 돼."

"왜요!"

'그건 대역죄가 되니까.'

강회가 할 수 없는 말을 심중에 가둔 채 그대로 반회에게 가까이 와 반회의 손에서 장검을 뺏어 들었다. 그러고선 낙담하여 고개를 떨어뜨리고 있는 준형을 무표정한 얼굴로 내려다보았다.

"아버님이 널 다시 도성으로 부르셨다. 손을 없애면, 아버님껜 네 꼴에 대해 어찌 설명할 참이야?"

"또…… 다시요?"

"준형일 다시 도성으로요?"

준형과 반회의 입에서 똑같은 말이 튀어나왔다.

"닷새 후다. 이번에는 반회 너도 함께 오라고 하시는구나."

강회는 대수롭지 않다는 듯 말했지만, 대수롭지 않은 일이 아니었다. 전혀 김 부사답지 않은 처사였던 것이다. 따지고 보면 지난번에 준형을 갑자기 도성에 불러들인 것부터가 이상했다. 강회나 반회와 달리 지금껏 준형에게 도성은 절대 허락되지 않은 곳이었기 때문이었다.

김 부사는 일 년이면 두세 차례씩 금자염을 진상하러 도성에 갈 때마다 강회나 반회를 더러 데리고 간 적도 있었지만, 준형과 함께한 적은 지금껏 단 한 번도 없었다. 강회나 반회가 일찌감치 과거에 급제했던 것에 비해 지금껏 준형이 그 어떤 과거에 응하지 못한 것도 그 때문일지도 몰랐다.

준형이 절대 가까이 가서도, 가까이 가려 해서도 안 되는 곳. 그게 바로 도성이었다. 다른 누구도 아닌 김 부사가 그렇게 준형에게 각인시킨 곳이었다. 그런 김 부사가 지난번에 이어 또다시 갑작스레 준형을 도성으로 부른다 하니 준형도 반회도 아니 놀랄 수가 없었다.

"아버님이 이제 와서 왜…… 하필 이렇게 됐을 때…… 이 꼴을 하고 어떻게요."

준형이 강회에게 손을 들어 새카만 털이 가득한, 지극히 짐승스러운 손등을 보이며 부들부들 떨었다.

"이 모양을 하고, 어떻게 도성엘 가냔 말입니다!"

"목소리 낮춰라. 성급하게 굴 거 없어."

강회의 목소리에는 당황스러움이나 놀라움이 하나도 묻어 있지 않았다. 보름날이 아닌데도 털로 가득한 준형의 손등을 보는 눈빛도 마찬가지였다.

'형님……?'

반회가 그런 강회를 수상쩍은 시선으로 보았다. 아무리 모든 일에 담대한 강회라 해도 이번 일을 대하는 태도는 도저히 곧이곧대로 믿기지 않았다.

"전에도…… 전에도 이와 비슷한 일이 있었습니까?"

반회가 물었다.

"형?"

무슨 소린지 돌아보는 준형을 무시하고 반회가 다시 강회에게 물었다.

"형님은 무언가 알고 계시는 거지요?"

"……소란 피울 거 없다. 내일이 되면 좀 더 확실해질 것이야."

강회가 말을 마친 후, 손수 몸을 움직여 반회와 준형이 뒤엉켜 싸우느라 엉망이 된 방 안을 정리하기 시작했다. 굳이 마다하며 몸부림치는 준형에게서 엉망이 된 옷을 벗긴 것도, 대야에 물을 떠 와 준형의 얼굴과 손을 깨끗이 닦아준 것도 모두 어른스러운 강회의 손길이었다.

"살다 보면 하늘이 땅이 되고, 땅이 하늘이 되는 놀라운 일도 겪게 마련이다. 이만한 정도에 땅이라도 꺼진 것처럼 야단법석 떨 거 없어."

물에 적신 수건으로 손등의 털까지 닦아주며 강회가 나직한 목소리로 일렀다.

"넌 너무 매사에 감정적이야. 이젠 의젓해질 때도 됐거늘. 막내라고 너무 오냐오냐 대했던 것이 네 버릇을 망친 건 아닐지 걱정이 되는구나. 점잖아져라. 마음에 중심을 잡아. 도성에 가면 아버님의 체면을 봐서라도 경거망동해서는 안 될 것이야. 알았느냐?"

당장 떠날 것도 아닌데, 영영 떠날 것도 아닌데 강회는 꼭 그런 것처럼 당부를 했다. 그 등 뒤에서는 반회가 여전히 풀리지 않은 의혹에 가득 찬 눈으로 강회를 보고 있었다.

"흥! 그걸 꼭 말로 해야 아나? 계집이랑 사내랑 손잡고 산에 들어가서 아직도 안 내려왔으면 뻔하지. 이번에도 등에 멍깨나 들이나 보지, 뭐."

한편, 그때 염막에서는 소금가마에 연신 부채질을 하며 불을 때고 있던 여편네 하나가 우렁찬 목소리로 옆에 멀찌감치 떨어져 앉은 여인들에게 말하고 있었다. 여인들의 앞에는 커다란 무쇠솥을 올려놓은 불가마들이 한 채씩 들어앉아 있었다. 웬만한 머리 굵은 애놈 하나가 들어가 눕고도 남을 그 무쇠솥에는 펄펄 끓는 소금물이 가득 들어 있었다.

염막에는 그런 소금가마가 일곱 채가 들어차 있었고, 그 일곱 채는 각각 일정한 간격으로 떨어져 나란히 줄 세워져 있었다. 그리고 그 앞에서 앉은 염막의 여인들은 온몸에서 비 오듯 땀을 흘리며 연신 불가마에 부채질을 해대고 있었다. 염막의 여인네들은 밤새 번갈아가며 소금가마 앞을 지켜야만 했다. 가마의 불이 꺼져서도 안 되고, 너무 과해서도 안 되고, 가마솥의 소금물이 끓어 넘치게 내버려둬서도 안 됐다. 불 중에서도 가장 어렵다는 은근한 불을 밤새 유지해야만 했다.

거기다 중간중간 계속 뽀글뽀글 올라오는 거품들이며 눈에 보이는 불순물들을 주걱으로 건져내기까지 해야 했다. 그렇게 하룻밤 내내, 솔가지 몇 짐을 떼야 겨우 한 솥의 소금을 얻을 수 있을까 말까였다. 때문에 염막의 여인네들은 중노동의 지루함과 고단함을 잊기 위해 밤새 한바탕 수다판을 벌이곤 했다. 이 밤의 수다판에 화젯거리로 올라온 건, 밤이 되어도 돌아오지 않는 당이와 부사 댁 막내공자였다.

"세상에 그새 언제 봤다고 김 부사네 공자를 꼬셔놓은 건지, 그 새파랗게 어린 공자가 아주 눈을 허옇게 뒤집고서는 정신을 못 차리더라니까?"

저녁 무렵 곰보 여편네가 준형에게 봉변을 당하는 걸 본 여편네가 혀를 내두르더니, 염막 바깥에 세워져 있는 일꾼들의 간이 살림채 쪽을 흘낏 돌아보았다.

"근데 곰보 성님 어쩐대? 이번엔 진짜 단단히 혼나는 모양인데?"

당이와 다툰 일로 장괴에게 불려간 곰보 여편네를 걱정하는 것이었다.

하지만 살림채 안에서는 모두의 예상과는 전혀 다른 일이 벌어지고 있는 중이었다.

"잘했다."

툭, 장괴가 곰보 여편네 앞에 제법 두둑해 보이는 돈주머니를 던졌다.

"흐흐흐. 뭘요. 어린 놈 손목 비틀기보다 쉬운 일이었는걸요."

곰보 여편네가 히죽, 누런 이를 드러내 보이며 얼른 돈주머니를 챙겨 품 안에 쑤셔 넣었다. 사실 저녁 무렵, 곰보 여편네가 당이를 그리 우악스레 밀었던 것은 모두 슬쩍 다가온 장괴가 시킨 일이었다.

-막내공자가 저기서 지켜보고 있어. 정말 저 공자가 소문의 당사자인지, 어떻게 반응할지 보자고.

장괴는 반드시 당이와 준형의 관계를 확인해야만 한다고 했다. 잘은 모르지만 장괴가 하는 일에 꼭 필요해서라고도 했다. 무슨 일을 꾸미는 것인지는 자세히 알려주지 않았지만, 곰보 여편네는 장괴의 말을 믿어 의심치 않았다. 장괴 말만 잘 따르면 자신도 이 지긋지긋한 소금밭 일에서 벗어나 한몫 단단히 잡을 수도 있을 것이라고 생각했다. 실제로 많은 소금밭의 사내들이 장괴의 도움으로 한 주머니씩 든든히 꿰찼다는 건, 양반들은 모르는, 소금밭 일꾼들만의 비밀이었으니까.

"그나저나 내 이번에 또 한 번 장괴 어른의 비상함에 놀라 까무러칠 뻔했지요. 고 계집앨 건드리면 그 공자가 한달음에 달려올 걸 어떻게 그렇게 미리 본 듯이 딱 알아맞히셨수?"

"……자세한 건 알 거 없고. 시킨 대로 내일 아침 일찍 뭍으로 나가. 공 서방이 마침 새벽 첫 배로 나간다 하니 같은 배를 타고 나가면 될 것이야."

장괴는 염전과 부사 댁에는 저녁의 일을 빌미로 일꾼 사이에 분란을 일으킨 곰보 여편네를 뭍으로 쫓아내는 것으로 일러두겠다는 말을 덧붙였다.

"그러니 그 웃는 낯 좀 어떻게 해. 낼 당장 쫓겨나는 사람이 그렇게 희희낙락하면 사람들이 의심하지 않겠어!"

장괴의 지적에 그제야 곰보 여편네는 히죽대고 있던 웃음을 멈췄다. 하지만 품속의 돈주머니를 생각하니 자꾸만 실실 다시 웃음이 나오려 하고 있었다. 이 모두가 다, 얄미워 어쩔 줄 모르던 그 양반 계집을 시원하게 밀친 덕분이라고 생각하니 여간 고소한 게 아니었다.

"어디 있니? 늑대야. 늑대야!"

그리 염막에서 음모가 피어나는 그 순간에도 당이는 늑대를 찾아 산을 뒤지고 다니고 있었다. 지난 보름날 밤 이후 벌써 며칠째 계속 하고 있는 일이었다. 하지만 이 밤의 당이는 유독 더 간절하였다. 늑대를 부르는 목소리도 한층 더 애절하였다.

보고 싶었다. 준형이 미운 만큼, 미워 죽겠는 만큼, 늑대가 보고 싶어 견딜수가 없었다. 그 황홀할 만큼 보드라운 털에 얼굴을 묻으면, 속이 문드러지는 것 같은 이 고통이 없어질 것만 같았다. 그 신비로운 금색과 자색이 어우러진 눈동자를 보면 끝없이 흘러내리는 이 바보 같은 눈물을 멈출 수 있을 듯했다.

"어디 있니? 나와봐. 좀 나와봐!"

자꾸만 흘러내리는 뜨거운 눈물을 닦을 생각도 않고, 당이는 어디에 있는지도 모를 늑대를 향해 목청껏 소리쳤다.

"너도 내가 싫어졌니? 너도 지금껏 날…… 놀린 거니? 이럴 거면 왜 그랬어?"

아무도 없는 텅 빈 산속에서 당이는 억울함에 소리쳤다.

"왜 그렇게 다정하게 대해준 건데! 왜 그렇게 따뜻하게 대해준 건데…… 바보, 멸치 똥! 다시 내 앞에 나타나기만 해봐. 다시 나타나면 그땐, 그땐…… 흑…… 흐으윽."

제자리에 우뚝 선 채 당이는 탕탕 발까지 구르며 울었다. 두 팔을 힘없이 늘어뜨린 채, 아이처럼 엉엉 소리를 내어 울었다. 자신을 농락한 준형 때문인지, 감쪽같이 모습을 감춘 늑대 때문인지 잘 몰랐다.

하지만 만나기 전에는 결코 알지 못했던 외로움이, 결코 느낀 적 없던 외로움의 싸늘함이 당이를 자꾸만 서럽게 만들었다.

"아니야…… 그런 게 아니야……! 나는, 나는!"

형들이 일부러 독한 술을 먹여 재웠는데도 준형은 거친 잠꼬대를 계속하고 있었다. 그 손에는 흉한 모습을 감추려 붕대가 둘러매어져 있었다.

"준형이 손은 본래대로 돌아올 수 있나요?"

이 밤, 강회와 반회는 준형이 걱정돼 준형의 처소인 동인당에서 머물고 있는 중이었다. 잠들려 노력했지만 좀처럼 쉽게 잠들지 못한 반회는 강회와 함께 마루에 걸터앉아 길고 긴 이 밤이 새기만을 기다리고 있었다.

"날이 밝으면 알게 되겠지."

괴물의 것이 된 제 손을 보고 좀처럼 진정치 못하는 준형에게도 강회는 그리 말했다. 일단 날이 밝기를 기다리자고 했다. 보름날 밤이 지나고 아침 햇살이 몸에 닿으면 다시 준형이 본래의 몸으로 되돌아오듯이 이번에도 어쩌면 날이 밝으면 변했던 몸이 본래대로 되돌아올지도 모른다는 것이었다.

"형님, 저는 언제쯤 형님에게 미더운 아우가 될 것입니까?"

방 안에서 여전히 들려오는 잠꼬대 소리를 들으며, 반회가 오래 품고 있었던 질문을 내놓았다.

"반회야."

"준형의 일은 왜 항상 형님과 아버님만의 비밀이 되는 것이옵니까? 저 또한 아버님의 아들입니다. 형님의 아우입니다. 언제까지 저만 몰라야 하는 것입니까?"

그런 거 없다고, 강회는 그렇게 말하지 않았다.

그것에 용기를 얻고 반회가 다시 물었다.

"이번에도 형님은 조금도 당황치 않으셨습니다. 보름이 아닌 날에 준형의 몸이 변했는데도 형님은 너무도 태연하셨습니다. 형님은 알고 계셨던 거지요?"

"……."

"지금도 보십시오. 정말 날이 밝으면 준형의 몸이 되돌아올 것인지 초조한 저와 달리 형님은 너무도 평안하지 않으십니까? 이건 형님은 알고 계신다는 뜻이지요."

"……."

화난 기색도 없이 고요히 침묵을 지키는 강회에게 반회가 재차 물었다.

"준형이의 손은 이번에도 햇빛만 받으면 정말 본래대로 돌아옵니까?"

"그래."

마침내 강회가 답을 하였다.

"어떻게 아십니까?"

"……예전에도 이런 적이 있었으니까."

"예전이요? 언제요?"

반회는 이해할 수 없었다. 자기가 아는 한 이런 일이 있었던 적은 단 한 번도 없었으니까.

"넌 기억 못 할 거야. 그때는 너도 갓 걸음마를 시작한 어린아이였으니까. 준형이 네가 우리 집에 온 지 사흘도 안 되어서였고."

강회가 방 안에서 자신들의 이야기를 엿듣고 있는 준형에게 말했다. 그제야 반회는 준형의 잠꼬대가 조금 전부터 들리지 않고 있었음을 깨달았다.

"깼거든 나오너라. 너 혼자 따돌리는 건 형제의 의리가 아닐 터이니."

강회가 방문 안에서 자신들의 말을 엿듣고 있는 준형을 불러내었다.

"아직도 기억이 나. 하늘에 구멍이라도 난 듯, 비가 억수같이 쏟아져 내리는 날이었지."

강회가 무거운 목소리로 고백을 시작하였다.

"아버지께선 한밤중에 어머니와 우리 두 형제가 나란히 잠들어 있던 안채로 웬 아기 포대기를 품고 오셨어."

"아기 포대기라니, 그럼……?"

반회가 준형의 얼굴을 쳐다보았다. 준형은 눈도 깜짝이지 않고 강회만 빤히 보고 있었다.

"아버님은 포대기 속의 너를 보여주시며, 막냇동생이라며 반회와 똑같은 내 아우라고 일러주셨어. 어머니껜 당신이 밖에서 낳아 온 아이라며 용서를 비셨고……."

"자, 잠깐만요!"

반회가 당황스러운 마음에 강회의 말을 중간에서 잘랐다.

"잠깐만, 잠깐만요. 그러니까 지금 형님 말씀은 준형이가…… 아버님이 밖에서 낳아 온 우리 이복동생이란 뜻이에요? 준형이가요?"

반회는 놀랐다. 난생처음이라 해도 좋을 정도로 크게 놀랐다. 준형이 제 친동생이 아니라는 점에서 놀랐고, 아버지 김 부사가 돌아가신 어머니 이외에 다른 여인과 서로 연모하고 그 여인에게서 자식까지 낳았다는 점에 놀랐다. 도덕군자 중의 도덕군자, '인 의 지 예 신'의 살아 있는 화신이라 믿었던 아버지 김 부사가 어머니에게 당신이 밖에서 낳아 온 자식을 기르게 하는 잔인한 일을 했다는 점에 소스라치게 놀랐다.

"네 어머닌 너를 낳고 며칠 안 돼 돌아가셨다고 했어. 그래서일까, 우리 집에 온 이후 넌 몇 날 며칠을 끊임없이 울기만 했지."

반회의 충격에는 아랑곳하지 않고 강회는 이야기를 계속하였다.

"어머닌 어미를 잃어 서러워 그리 운다고 너를 불쌍해하셨어. 그러다 발견하셨지. 마치 고양이 손발같이 조그마하던 네 손등을 새카만 털이 뒤덮게 된 걸. 마치 지금처럼 말이야."

강회의 시선이 붕대로 감싸 숨긴 준형의 손등으로 향했다.

"그런데 신기하게도 다음 날 의원을 찾아가려고 보니까 손등에 가득했던 털은 사라지고 없었다고 해. 그 뒤에도 두세 번 비슷한 일이 있었고."

첫날 준형을 감싸고 있던 포대기가 낡고 해져 새것으로 바꾸려 했을 때도, 잠깐 며칠 동안 젖을 물렸던 유모와 헤어지게 되었을 때도 비슷한 일이 있었다고 했다.

"물론 그때마다 다음 날이 되면 언제 그랬냐는 듯 손등이나 발등을 뒤덮었던 털들은 말끔히 사라졌지. 그래서 이번에도 그러지 않을까 예상해볼 뿐이야."

강회가 아무 말도 못 하고 있는 두 아우를 아주 잠깐 안쓰러운 동정의 빛으로 보았지만 이내 그 기색을 감추고, 마루에서 일어섰다.

"피곤하구나. 나는 이만 돌아가야겠다."

준형도 반회도 조금은 멍하니, 아직도 강회가 전해준 말의 충격을 완전히 감당치 못하고 마루에서 내려서 준형의 처소를 나가는 강회의 뒷모습을 보았다.

"……형."

간신히 먼저 마음을 추스른 건 준형 쪽이었다. 준형은 자신만큼, 아니 어쩌면 자신보다 더 충격을 받은 게 분명한, 어깨를 늘어뜨리고 앉아 있는 반회를 일으키기 위해 반회에게 가까이 다가가 툭, 어깨를 건드렸다.

"형……."

"건드리지 마!"

반회가 놀라 펄쩍 뛰며 준형의 손을 뿌리쳤다.

"반회 형……?"

"미, 미안."

반회가 차마 준형의 눈을 마주 보지 못하고 허둥지둥 일어섰다.

"아직은…… 내가…… 머릿속이 정리가 덜됐어. 나한테 조금만, 이 모든 걸, 정리하고 받아들일 시간을 조금만 줘."

말을 마치자마자 반회가 바람처럼 뛰어나갔다. 마치 더는 준형과 한자리에 있을 수 없다는 듯 괴로운 표정을 하고서.

"그래서였어요?"

강회를 쫓아 강회의 처소로 뛰어든 반회는 옷을 벗으려는 강회의 소매를 잡고 따져 물었다.

"어머님이 편찮으신데도 굳이 이 바람 사나운 금자도로 오게 된 것이 다 그 때문이었어요? 준형이…… 준형이를 위해?"

"너도 진작부터 알고 있던 일이잖아."

"단지 준형이 몸 때문에, 몸이 변하는 것 때문에 사람들의 시선을 피하기 위해 그런 건 줄만 알았죠. 그런데 아니잖아요!"

"목소리가 크다. 여긴 귀들이 많은 곳이야."

강회가 엄한 눈빛으로 하인들이 듣지 않게 조심하라는 듯 경고를 하였다.

"아버님께서는 다른 생각이 있으셨던 거죠? 그래서 부랴부랴 이 금자도로 내려오신 거잖아요."

"반회야……."

"왜냐하면 그래야 준형이를 어머님이 직접 낳은 것으로 속일 수 있을 테니까요. 도성에 있으면 우리를 아는 사람들이 너무 많으니까. 준형이가 밖에서 낳아 온 자식이란 게 금방 들통이 날 테니까, 준형이를 서자로 키울 수밖에 없으니까!"

"……맞아."

강회가 침통한 어조로 답했다. 아직 완전한 진실을 말할 수는 없지만, 최소한 거짓은 아니었다. 준형을 데리고 도성을 떠나야 하는 진짜 중대한 이유는 따로 있었지만, 김 부사의 정실 소생으로 신분을 위장하기 위해서인 것도 맞았다. 준형은 절대 서자와 같은 천한 신분이어서는 아니 되었다.

그래서 김 부사는 준형을 집에 들인 지 며칠도 안 돼 부사직을 반려하고, 스스로 자원하여 이 금자도로 내려왔다. 이미 병중에 있던 아내와 어린 두 아들, 준형까지 세 아들을 데리고.

"그래서였군요. 그래서였어요."

항상 만개한 꽃 같던 반회의 얼굴이 고통으로 보기 흉하게 일그러졌다.

"늘 궁금했거든요. 항상 기침을 달고 사시는 어머닌데, 항상 병치레가 잦으시던 어머닌데 왜 우리는 이 섬에서 살아야만 하는 것일까? 차가운 바닷바람만 아니면 어머니도 좀 덜 괴로우셨을 텐데. 도성의 큰 약방에서 제대로 치료를 받으셨다면 어쩌면 좀 더 오래 사셨을 수도 있을…… 텐데."

가슴이 에이는 고통을 참지 못한 반회가 제 옷깃을 움켜쥐었다.

"그런데 그 모두가 준형일 서자로 만들지 않기 위해서였군요. 준형이를 지키기 위해서…… 아버지는 어머닐 희…… 생시킨 거군요."

"아버님을 이해해드려야 해. 그러실 수밖에 없는 사정이 있었어."

"예에, 형님은 그러시겠지요. 형님은 그러세요. 속 좁고 머리 나쁜 저는 그게 쉽게 될 것 같지가 않습니다."

그 말을 끝으로 반회가 터덜터덜 힘없이 강회의 처소를 나갔다.

이후 사흘 동안, 김 부사의 집은 쥐 죽은 듯 내내 고요하기만 했다. 반회가 어디를 간다는 연통도 주지 않고 집을 나간 후 사흘 동안 집에 돌아오지 않았던 것이다.

준형 또한 제 방 안에 틀어박혀 두문불출하였다.

변해버린 손 때문이 아니었다. 저주스럽기 그지없는 야만의 손은 다행히, 강회가 말한 그대로, 다음 날 아침이 되자마자 본래의 매끈한 사람 손으로 되돌아왔으니까. 그보단 쑥대밭이 된, 지옥이 되어버린 마음이 문제였다. 온통 있는 대로 헝클어져 버린 마음이 문제였다.

'왜 만월이 아닌데도 몸이 변한 거지?'

'내가 원래는 서자였다고?'

'강회 형님은 왜 여태 지켜왔던 비밀을 갑자기 털어놓은 거지?'

'앞으로도 몸이 그렇게 변해버리면, 만약 다른 사람들 앞에서 갑자기 변해버리면 난 어떡해야 하지?'

'가만. 그럼 여태 보고 싶었던 그분이 내 친어머니가 아니란 말이야?'

'반회 형님은 어딜 가신 걸까?'

'아버님께선 왜 또 날 도성으로 부르신 거지?'

'도망칠까? 중국! 그래, 중국으로 가자! 거긴 땅도 넓고 사람도 많으니 잘 찾아보면 나 같은 사람도 어딘가 분명 있을 거야.'

'내 어머니도 나 같은 몸이었을까?'

동시에 여러 가지 생각이 들었다. 이 생각에서 저 생각으로, 생각이 사방 팔방으로 튀었다. 생각이 서로 한데 얽히고설켜 한 가지 생각이 다음 생각으로 쉽게 진전되지 못했다. 뒤죽박죽된 물음들이 쉴 새 없이 연이어져 머리가 터질 것 같았다. 그렇게 괴로움 속에 설핏 잠이 들면 가위에 눌렸다. 보이지 않는 무엇인가가 온몸을 짓눌러 숨을 콱, 막히게 하였다.

'웃…… 웃……! 누, 누가! 누가 좀!'

용을 쓰고 싶었다. 비명이라도 지르고 싶었다. 하지만 동굴 안에 있을 때처럼, 족쇄에 손과 발이 묶인 듯 도통 꼼짝일 수가 없었다. 누구라도 와서 그저 툭, 건드려 주기만 해도 가위에서 벗어날 수 있을 것 같은데, 아무도 그래 주는 이가 없었다. 방문 밖에선 때가 되면 분주히 움직이는 하녀들의 소리가 윙윙대는 소리로 들리기는 하는데, 그들에게 구조를 요청할 신음 하나가 입 밖에 내어지지가 않았다.

"……당……."

그렇게 가위에 눌려 얼마나 많은 시간이 지났을까?

웅얼거리는 소리로만 들리는 하녀들의 속닥거림 중에 소리 하나가 선명한 울림으로 준형에게로 다가왔다.

"……'당' 하면 그리하……."

하녀 중 누군가의 말 중에서, 오직 '당'이란 소리 하나가 준형의 정신을 또렷하게 만들었다. '당'이란 소리에서 연상되는 얼굴 하나가 꽉 막힌 준형의 숨길을 해방시켜주었다.

"윽!"

당이의 얼굴을 떠올리는 순간, 거짓말처럼 눈 깜짝할 사이에 준형은 며칠 내내 자신을 괴롭혔던 악몽과 가위에서 벗어날 수 있었다.

"하아…… 하아……."

"정말 웃기네? 누가 봤는데? 내가 만식이 놈한테 꼬리 치는 걸 누가 봤냐고."

"그렇게 '당' '당' 하면 밝히라니까? 그 가락지 누구한테 받았냐고!"

몸을 일으킨 준형이 거친 숨을 몰아쉬는 동안에도, 밖에서는 의도치 않게 준형을 깨워준 하녀 아이들의 말싸움이 계속되고 있었다.

"황'당'하네. 진짜! 내가 그걸 너한테 왜 밝히냐고! 신경 꺼!"

"황'당'? 황'다앙'? 황'당'한 게 진짜 누군데!"

"아, 이년들아. 조용히 안 해! 공자님 깨면 어쩌려고 여기서 쌈박질이야, 쌈박질이? 둘 다 '당'장 이리로 안 튀어와? 얼른!"

준형의 잠을 깨운 어린 계집아이들에 이어 언제 왔는지, 부엌살림을 돕는 하녀의 말에서도 '당' 자 하나가 동동 떠서 준형의 귀로 흘러들어왔다.

순간, 준형은 며칠 내내 제 온몸을 휘감고 있던 이부자리를 박차고 일어났다. 지금 당장 해야 할 일이, 반드시 해야만 하는 일이 떠올랐던 것이다.

"앗!"

철퍼덕, 당이가 갯벌에 얼굴을 박고 넘어졌다. 소금밭 일꾼들이 먹을 새참을 들고 가던 중이었다. 물론 들고 있던 새참 광주리는 갯벌 바닥에 처박혀 안에 들었던 주먹밥들을 반 이상이나 쏟아내었다.

"하여간 넘어지기도 잘한다니까? 또 넘어졌어?"

"냅둬, 냅둬. 사내들 앞이라 관심받고 싶어서 일부러 더 그러는 거 아녀. 아직도 몰라?"

각각 광주리에 새참거리들을 담아 들고 줄을 지어 가던 염막의 여편네들이 꼴불견스럽게 넘어진 당이를 보며 싫은 소리를 해댔다.

"그러지들 말어. 괜히 그러다가 곰보 형님처럼 밉보여 쫓겨나면 어쩌려고? 귀하신 몸인데 귀한 대접을 해드려야지."

이틀 전, 눈물바람으로 곰보 여편네를 떠나보낸 젊은 여편네 하나가 자신이 당이의 발을 건 사실은 시침을 뚝 뗀 채 눈을 세모꼴로 떴다.

"어이, 거기 뭣들 해! 빨리빨리들 안 오고! 누구 배고파서 넘어가는 꼴 보려고 그래!"

바닷물이 빠진 갯벌에서 소 등에다 써레를 달고 진흙을 고르고 있던 염전 일꾼이 멀리서 버럭버럭 소리를 질렀다. 빨리 안 오냐고 눈을 부라리며 멀리서 주먹질을 해대는 일꾼도 있었다.

"어이고, 저놈의 성질머리들하고는. 얼른 가세. 괜히 또 욕만 푸짐하게 먹게 생겼네."

여편네들은 넘어진 당이를 뒤로하고 걸음을 서둘렀다. 소금밭 일은 어느 것 하나 힘들지 않은 일이 없었던 만큼 소금밭 일꾼들은 쉽게 화를 내고, 그 화풀이를 엄한 사람들에게 해대곤 하는 것으로 유명했다.

그러니 괜한 불똥 맞지 않으려면 꾸물거릴 새가 없었다. 당이 또한 얼굴과 온몸에 묻은 진흙들을 닦아낼 새도 없이 얼른 추스를 수 있는 새참들만 추슬러 광주리에 담았다.

"잠시만요."

일꾼들이 다 먹기를 기다려 새참 그릇들을 들고 다시 갯벌 길을 걸어 나오는 중이었다. 머리며 옷, 얼굴에 흙이 말라붙어 우스꽝스러운 꼴이 된 당이가 제 앞에 걸어가는, 좀 전에 자신의 발을 걸어 넘어뜨린 여편네를 불러 세웠다.

"뭐!"

당이가 정색을 하고 불러 세우자 덜컥 겁이 나긴 했지만, 주변 여인들에게 저가 꿀리는 모습을 보여주고 싶지 않았던 여편네가 턱을 높이 들며 센 척을 해 보였다.

"다시는 이러지 말래요?"

"뭘? 뭘 이러지 마!"

"내가 밉고 고깝거든 차라리 내 앞에서 욕을 해요. 당신 심술 때문에 왜 저 애들이 배고파야 하는데요."

당이가 말하는 '저 애들'이란 소금밭 일꾼들 중에서도 가장 어린 축에 속하는 더벅머리 사내애들을 일컬었다. 소금밭에 일하러 온 지 얼마 안 된 어린것들이라 천대받는 소금밭 일꾼들 중에서도 가장 하찮게 취급되는 존재들이었다. 그러기에 당이가 넘어진 바람에 새참으로 준비해 온 주먹밥들의 반 이상이 못쓰게 되어버리자 그 아이들에게는 평소보다 훨씬 적은, 찌그러진 주먹밥 한 덩이씩밖에 주어지지 않았다.

"이제 저 애들은 일을 마칠 때까지 계속 배고픔에 시달려야 해요. 고작 나 하나 괴롭히자고 당신이 부린 심술 때문에요. 가엾지도 않아요?"

"내, 내가 언제! 생사람 잡고 있네!"

진저리를 치듯 머리까지 흔들며 자신이 한 일을 부정해대던 여편네가 주변 여인들이 저를 의심하는 눈으로 보자 안 되겠다는 듯 들고 있던 광주리를 팽개치고 당이에게 덤벼들었다.

"에라!"

그 달려드는 힘을 이기지 못하고, 당이가 여편네를 안은 꼴이 되어 갯벌로 나자빠졌다.

"양반 딸이라고 오냐오냐 봐줬더니, 누구한테 시비야! 왜에, 곰보 형님에 이어 이제는 나까지 쫓아내려고? 아주 누명 씌우는 데는 도가 텄구만? 누가 쉽게 당할 줄 알고! 내가 그렇게 만만할 줄 알아!"

여편네가 갯벌로 넘어진 당이를 타고 앉아 본격적으로 당이의 머리를 잡고 갯벌 바닥에 쿵쿵 박아댔다.

"어이구. 그러다 사람 잡겠네."

"대충 해, 대충!"

다른 여인들은 말로만 그러지 딱히 말리려 들지도 않았다.

"오냐. 오늘 너, 날 제대로 잡았다. 안 그래도 언제 손 한번 봐줄 생각이었거든. 명색이 양반집 딸이라면서 사내새끼 후려서 팔자 한번 고쳐보려고 눈이 벌게져 있는 거 누가 모를……. 아야야얏!"

당이의 머리채를 잡아 흔들며 악다구니를 쓰던 여편네가 갑자기 비명을 질렀다. 당이가 손톱을 세워 자신을 타고 걸터앉은 여편네의 허벅지를 있는 힘껏 할퀴었기 때문이었다.

"이년이!"

여편네는 다시 한 번 눈을 부라려봤지만, 센 척할 수 있었던 건 거기까지였다. 여리여리한 몸 어디에 그런 힘이 숨어 있었는지 당이가 눈 깜짝할 사이에 몸을 일으키며 여편네를 밀친 것이다.

"너어!"

여편네가 다시 일어나려 끙차, 힘을 주었다. 하지만 반쯤 몸이 일어났을 때, 당이가 다시 밀치자 다시 머리가 땅바닥에 닿고 말았다.

"놔, 안 놔? 으윽!"

여편네가 다시 몸을 일으켰지만 이번에도 당이의 힘을 이기지 못하고 다시 쿵, 머리를 갯벌 바닥에 찧고 말았다.

"어구구구, 나 죽네. 뭣들 해! 전부 서서 구경만 할 거야!"

몇 번이고 당이에 의해 처박혀진 여편네가 놀란 눈을 하고 구경만 하고 있는 다른 여인들에게 바락바락 악쓰며 도움을 청했다.

하지만 아무도 쉽게 그녀를 도와주려고 나서지 않았다. 아니, 나서지 못했다. 그들로부터 멀지 않은 곳에서 준형이 여인들을 보고 있었던 것이다.

그 때문인지 몰라도 다른 어느 누구의 개입 없이 두 여자의 싸움은 의외로 싱겁게 끝이 났다. 계속되는 당이의 옹골찬 공격에 먼저 시비를 걸었던 여편네가 먼저 두 손을 들고 항복을 외쳤다.

갯벌에서 엎치락뒤치락하던 중 입안까지 시커먼 흙들이 들이찬 후였다.

"헉…… 누구라도, 내가 마음이 안 들면 헉…… 앞에서…… 내 앞에서 말해요. 헉…… 언제든 상대해줄 테니까."

당이가 바닥에 주저앉은 채 거친 숨을 몰아쉬며 여인들에게 경고하였다.

함께 염막에서 일하는 여인들은 그런 당이의 말을 듣느니 마느니, 누군가들은 기진맥진해 엎어져 있는 여편네를 억지로 일으키고 또 누군가는 갯벌에 쏟아진 광주리들을 챙겨 급하게 걸음들을 옮겼다.

"하아…… 하아…… 읏!"

저만 남겨두고 가는 여인들의 뒷모습을 보며 갯벌 바닥에 손을 짚어 몸을 일으키려던 당이는 손이 미끄러지는 바람에 또 한 번 바닥에 얼굴을 부딪히고 말았다.

"으…… 어어!"

아픔을 무릅쓰고 또다시 일어나려 용을 써봤지만 이번에는 일어서다 말고 발이 미끄러져 쿵, 엉덩방아를 찧고 말았다.

"아, 진짜!"

당이는 짜증을 참지 못하고 바닥을 두 손으로 내리쳤다. 철퍽 소리를 내며 진흙을 튀겼다.

"도와줄까?"

얼굴과 머리는 물론이요, 옷이며 신발에 이르기까지 온통 시커먼 진흙 범벅인 당이에게 눈부실 정도로 하얀 손이 내밀어졌다. 굳이 고개를 들고 보지 않아도, 목소리만으로도 그 손의 임자가 누구임을 알 것 같기에 당이는 그 손을 못 본 척했다.

하지만 보란 듯이 발딱 일어나고 싶어도, 고된 일과 싸움에 지친 몸과 진흙을 머금어 한층 더 무거워진 옷은 자꾸만 당이를 갯벌 바닥에서 바르작거리게만 했다.

"고집 피우지 말고 내 손 잡아. 일단 일어서기는 해야 하잖아."

눈부실 정도로 하얀 옷소매를 흔들며 준형이 다시 말했다.

"꺼져요."

"응?"

"꺼지라고요."

당이가 더러워진 얼굴을 들어 밉고 미운 남자에게 말했다.

"귀먹었어요? 가라는 말 안 들려요? 못 알아들어요? 다르게 말할까요?

제발 내 앞에서 알짱거리지 말라고요!"

당이는 며칠 만에 마주한 준형의 얼굴을 보고 더 속이 뒤집혔다. 평소 때보다 해쓱해진 얼굴도, 눈 밑에 퀭한 그림자가 진 것도 다 미웠다. 자신한테 그런 수모를 주고도, 정작 괴로웠던 것은 자신인 양 초췌해진 얼굴 꼴로 나타난 준형이 미웠다. 있는 대로 얄밉고, 한없이 꼴미웠다.

'밉살스러운 작자.'

"원래 이래? 원래 이렇게 싸움도 잘하고, 막말도 잘해?"

"나한테서 고운 말이 나올 줄 알았다면 그거야말로 멍청한 거죠."

끙, 이번에야말로 있는 힘을 모두 쏟아부은 덕분에 비로소 당이는 제자리에서 몸을 일으킬 수 있었다. 철벅철벅 진흙 튀기는 소리를 내며 무거운 옷과 몸을 이끌고 염막이 있는 곳을 향해 부지런히 걸음을 옮겼다.

"화…… 많이 났어?"

밉살스러운 남자가 당이 뒤를 따라오며 밉살스러운 말만 해댔다.

'화났냐고? 뻔뻔스럽기는.'

당이는 준형의 얼굴을 본 후부터 괜히 입술이 간지러워져 손등으로 거칠게 입술을 쓱쓱 문지르다 말고 "퉤!" 하고 침을 뱉었다. 손등에도 흙이 잔뜩 묻어 있는 걸 깜빡하고 문지른 바람에 입술 안쪽 보드라운 살에 흙들이 묻고 만 때문이었다.

"퉤!"

당이는 또 한 번 침 뱉는 시늉을 했다. 손이며 옷이며 죄다 흙투성이니 입술 안쪽에 달라붙은 이물질들을 떼어내려면 연신 침이라도 뱉어내는 수밖에 없었다. 그 모습을 뒤에서 계속 지켜보고 있던 준형이 성큼성큼 긴 다리를 움직여 당이 앞으로 돌아와 섰다.

"입에 뭐 들어갔어? 어디 봐."

'됐다'고 '꺼지라'고 '건드리지 말라'고 말하기도 전에, 새하얀 준형의 손이 온통 흙 범벅인 당이의 턱을 잡고 자신을 향해 치켜들었다.

"이봐……."

이전날 밤을 연상케 하는 지나칠 정도로 친숙한 손짓에 당이가 항의하려고 입을 열었지만 그와 동시에 준형의 손가락이 당이의 아랫입술을 잡고 바깥으로 뒤집었다.

"지금 뭐……!"

"가만있어. 닦아내 줄게."

준형이 턱을 잡고 있던 손을 움직여 재빨리 입술을 잡고 있는 손의 소맷자락 안에서 명주 손수건을 꺼내 들고선 흙이 묻은 입술 안쪽을 부드럽게 문질러 닦아내었다. 까만 흙이 묻었던 입술 안쪽이 본래의 선홍빛으로 되돌아올 때까지.

"다 됐어. 이젠 개운할 거야."

그렇게 말하고 손수건을 뗀 후, 뒤집었던 입술을 본래대로 놓아줬으면서도 준형의 손은 당이의 도톰한 아랫입술에 여전히 닿아 있었다.

아니, 단지 닿아 있을 뿐 아니라, 아랫입술의 윤곽을 따라 은밀함을 담고 움직이고 있었다. 그 손짓에서, 사내답지 않게 지나치게 긴 속눈썹을 아래로 내리깐 그 시선에서 당이는 준형이 지금 이전날 밤의 입맞춤을 떠올리고 있음을 알았다. 지나치게 뜨겁고, 끈질기고, 자극적이면서도 또한 지극히 자연스러웠던 둘의 입맞춤을.

"꿈 깨요."

당이가 준형의 손을 뿌리치고 다시 철벅철벅 소리를 내며 걸어 나갔다.

"……무슨 꿈?"

준형이 당이의 뒤를 졸졸 따라오며 물었다.

"꺼져요. 당신 같은 인간하곤 말 섞기도 싫으니까."

"……보고 싶었어."

"하!"

당이가 어이없다는 듯 코웃음을 쳤다. 상대할 가치도 없는 작자와 대거리를 해주고 있는 제 자신에 대한 한심함과 경멸까지 담은 코웃음이었다.

"정말이야. 많이 보고 싶었어."

고개를 돌리고 좀 더 씩씩하게, 그러나 마음처럼 쉽게는 아닌, 걸어가는 당이 뒤에 바짝 붙어 쫓아가며 준형이 말했다. 풀이 죽어도 한참 죽은, 어쩌면 어리광 부리는 것 같기도 한 힘없는 말투였다.

"있지, 나…… 며칠 동안 내내 방에만 틀어박혀 있었어. 말도 못 하게 끔찍한 일이 있었거든. 그런데 말이야. 정말 눈도 제대로 못 뜰 정도로 어지럽고, 죽을 것처럼 아프고, 가위에 눌려 콱 숨이 막혔는데…… 당신 생각을 하니 살 것 같더라. 신기하게 숨이 막 쉬어지더라."

우뚝, 당이가 멈춰 섰다. 준형도 바로 당이 등 뒤에 멈춰 서서 제 이야길 계속했다.

"방 안에 틀어박혀 아무도 보고 싶지 않았거든? 더는 아무것도 생각하고 싶지 않았거든? 그런데 갑자기 당신이 보고 싶어. 당신 생각밖에 안 났어."

천천히 당이가 뒤로 돌았다. 그제야 자신을 돌아봐 준다는 안도감에 눈을 반짝이며 준형이 말을 이었다.

"이상하지? 더 이상한 건…… 지금 당신 꼴은 정말 말도 못 하게 우스꽝스러운데, 흙탕물에 빠졌다 나온 뿔난 망아지 같은데…… 왜 내 눈엔 이렇게 반짝반짝 예뻐 보이는 걸까?"

"그 답이 궁금해요?"

당이가 물었다. 아까까지의 성난 기색은 온데간데없이 평온하기 짝이 없는 목소리였다.

"응."

"가르쳐주길 원해요?"

"……응."

너무도 절실한 얼굴로, 준형이 고개까지 끄덕였다.

"그럼…… 가르쳐줄 테니까 눈을 감을래요?"

나직한 명령, 그러나 절대 거부할 수 없는 명령에 따라 준형은 천천히 눈을 감았다.

잠시 후, 준형은 아주 기분 좋게 놀랐다. 당이가 스윽, 준형의 품을 파고드는 것이 느껴졌기 때문이었다.

"당신이 이럴 줄……. 어?"

슬며시 눈을 뜨며 당이의 등을 감싸려던 준형은 자신의 발 한쪽이 무엇인가에 의해 거칠게 들어 올려졌다는 것을 느낌과 동시에 제 몸이 기우뚱 뒤로 넘어가기 시작한 것을 느꼈다.

"어, 어, 어, 어!"

넘어가지 않으려고, 흐트러진 몸의 균형을 잡으려고 날갯짓처럼 팔을 파닥거려보았지만 소용없었다. 방금 준형의 두 발 사이에 깊숙이 제 발을 집어넣어 다리를 걸어 넘긴 당이가 악동 같은 미소를 지으며 허우적거리는 준형의 가슴 한복판을 손가락 하나로 가볍게 밀었기 때문이었다.

"엇!"

철퍼덕, 소리도 요란하게 마침내 준형이 갯벌 위에 엉덩방아를 찧었다.

하지만 당이의 복수는 거기에서 그치지 않았다. 당이는 허리를 굽혀 갯벌의 흙을 양손 가득 집어 올린 다음, 당이가 넘어뜨렸는데도 화도 성질도 내지 않고 가만히 당이를 보고 있는, 그래서 더 얄미운 준형을 향해 그것들을 집어 던졌다.

"보고 싶었다고요? 그럼 똑똑히 잘 봐줘요. 다시는 보고 싶다는 생각이 안 들 테니까."

준형이 본능적으로 고개를 돌렸지만 흙들은 그대로 준형의 왼뺨을 맞고 목으로, 눈부시게 번쩍이는 도포 위로 추적추적 흘러내렸다.

"속 시원해?"

제 뺨에 묻은 흙을 닦아내리다 말고 제 손 또한 조금 전 넘어지면서 땅을 짚느라, 흙 범벅인 걸 본 준형이 두 손을 들어 올려 보이며 당이에게 물었다.

그런데도 당이의 진흙 공격은 계속되었다. 연달아 허리를 굽혀 진흙을 집어 던지더니, 급기야는 아주 허리를 펴지도 않은 채 연신 진흙을 들어 올려 준형에게로 던졌다.

"감히 나한테 그런 짓을 해놓고 뻔뻔스럽게 다시 얼굴을 들이밀어! 나를 농락하고!"

철퍼덕, 진흙이 이번엔 준형이 두르고 있는 두건에 맞고선 그대로 얼굴 위로 쏟아져 내렸다.

"희롱하고!"

철퍼덕, 이번엔 길고 사내답게 뻗은 목이 진흙을 맞았다.

"우롱한 주제에!"

눈에 눈물이 그렁그렁한 채로 당이는 정신없이 진흙을 던져대며 악다구니를 써댔다. 아까부터 멀리서 두 사람의 모습을 흘낏거리던 일꾼들이 준형을 구하기 위해 허겁지겁 달려와 어느새 대여섯 걸음 뒤까지 와 있는 것도 모르고 연신 진흙만 던져댔다.

"그런데 낯짝도 두껍게 다시 나타나서 뭘! 보고 싶었어? 예뻐 보여? 당신이란 사람은 어쩌면! 어디까지 날 욕보여야 직성이 풀……."

"건드리지 마!"

준형이 이제 막 당이에게 달려들려 하는 일꾼들에게 벼락같이 소리를 쳤다. 그제야 또다시 갯벌의 진흙을 줍던 당이가 엉거주춤 서서 뒤를 돌아보곤 상황을 파악했다.

"이 여자 몸에 손끝 하나 댈 생각 마."

준형이 맹수가 으르렁거리는 것인 양 어금니를 드러내며 일꾼들을 위협하였다.

"고, 공자님? 괜찮으십니까?"

소금밭 경력이 제일 오래된 일꾼이 허리춤에서 주섬주섬 땀수건을 꺼내 준형에게 다가오려 하였다.

"괜찮으니까 상관 마!"

준형의 서슬이 너무나 퍼렇기에 소금밭 일꾼들은 기묘한 한 쌍의 남녀를 연신 흘낏대며, 서로의 옆구리를 쿡쿡 찔러가며 본래의 자리로 돌아서들 갈 수밖에 없었다.

"하아…… 하아……."

방해자들에 의해 강제로 중지된 때문에, 당이의 분노는 완전히 쏟아부어지지 못한 채 애매하게 공기 중에 흩어지고 말았다. 그와 동시에 좀 전의 여편네에 이어 준형과의 싸움으로 인한 피곤이 한꺼번에 몰려 들어왔다.

"더할 거야? 꽤 지쳐 보이는데?"

"닥쳐요!"

당이는 준형의 물음이 조롱이 아니라 염려와 걱정을 담고 있음을 알았다. 그런데도, 아니 그래서 더 당이는 더 속이 부글부글 끓는 것만 같았다.

"그럼, 속 풀릴 때까지 더 해."

준형은 질끈 눈을 감고 이미 엉망이 되어버린 제 얼굴을 앞으로 쭈욱 내밀었다. 당이는 잠시 더 그 미운 얼굴을 보며 씩씩대다 돌아서 버렸다.

"끝내요, 그만."

"……뭘 끝내?"

"이런 의미 없는 푸닥거리도, 쓸데없는 유희도 다 끝내자고요."

"유희?"

"날 갖고 노는 거잖아요. 내가 이렇게 파르르, 떨며 반응하는 걸 즐기는 거잖아요. 제발 그만해줄래요? 또 이러면 차라리 빌어먹는 한이 있어도 뭍으로 나가는 게 낫겠어요."

이딴 게 협박거리도 안 되는 것쯤은 당이도 잘 알고 있었다. 그래도 달리 준형의 마음을 돌릴, 제게서 준형을 떼어낼 방법이 없었다.

매번 똑같이 반복되는 이 피곤한 신경전을 끝낼 방법이 없었다.

"진심으로 부탁할게요."

뒤돌아선 채 마지막 당부의 말을 남기고 당이가 지칠 대로 지쳐버린 다리를 움직이려 들었다. 그때, 준형에게서 터져 나온 급한 외침이 당이의 발목을 무겁게 붙잡았다.

"······내가 잘못했어!"

당이는 힘겹게, 정말 힘겹게 그것을 뿌리치고 걸음을 내딛기 시작했다.

"우유부단해서 당신한테 상처 입힌 거 알아. 그래선 안 됐다는 것도 알아! 안다고······."

준형은 힘들게, 아주 어렵게, 제 속에 있는 진심을 털어놓았다.

이대로 당이를 보내면, 정말로 당이가 다시는 저를 보지 않을까 덜컥, 겁이 난 때문이었다.

"화내는 건 당연해. 나라도 분해서 견딜 수 없을 테니까. 그런데 변명 같지만······ 그럴 수밖에 없었어."

준형이 별로 어려운 기색도 없이 갯벌에서 일어나 섰다. 그러곤 미끄러지지도 않고 능숙하게 갯벌을 뛰어 당이 앞으로 갔다.

"모르겠는걸. 나를 모르겠는 걸 어떡해. 이렇게 터질 것 같은 가슴이 무슨 의민지 모르겠는데 어떡해. 이게 당신이 말한, 반했다는 거야? 이렇게 혼란스러운 마음이 연모라는 거야?"

준형의 얼굴은 묘하게 찡그리고 있어서, 얼핏 보면 무작정 떼를 쓰며 울먹이는 아이처럼 보이기도 했다.

"나는 몰라. 아무한테도 배운 적이 없어. 한 번도 겪어본 적도 없어. 그런데 어떻게 답해? 반했냐고 묻는 당신 말에 뭐라고 말해? 나는······ 나한테는 어쩌면······ 그럴······."

"하······ 참."

당이는 어이가 없었다. 울고 싶은 건 오히려 당이 쪽이었다. 그러면서 또한 답답한 이 사내의 멱살을 잡고 한바탕 흔들어주고 싶었다. 뭐, 이런 모자란 인간이 다 있나 싶었다. 그게 반한 거지, 그게 연모가 아니면 뭐라는 건지 준형의 아둔함에 화가 났고, 그러면서도 준형의 고백에 가슴 떨리는 지금의 자신에게 화가 났다.

"사람들이 그러더군요, 죽은 사람도 살리는 천하의 명의인 화타일지라도 그 사람의 멍청함까지 고쳐주지는 못한다고."

"내가…… 멍청하다는 거야?"

"천하제일로요."

말을 마친 당이가, 자신도 자신이 무얼 하려는지 알지 못하는 사이, 제 눈 위에 있는 준형의 멱살을 잡고, 제게로 끌어당겼다.

"웃…….."

강제로 입술과 입술이 맞부딪치는 순간, 준형의 눈이 커다래졌다.

놀라 제대로 대처하지 못하고 어정쩡하게 서서 수동적인 태도로 입맞춤을 당할 뿐인 준형의 목에 당이의 팔이 감겨왔다.

"무슨 뜻이야?"

잠시 후, 흙내 가득 나는 묘한 입맞춤에서 해방된 뒤 준형이 아무 일 없었다는 듯 등을 돌리고 걸어가는 당이에게 물었다.

"뭐가요?"

당이가 무슨 일이 있었냐는 듯 시침을 떼었다. 그러고선 들릴락 말락 혼잣말 같은 한마디를 덧붙였다.

"이번에도 어디 한번 실컷 궁금해보라지. 가르쳐주지 않으면 아무것도 모르는 멸치 똥 같으니!"

그 무렵, 도성의 동궁전에서는 세자 현이 감 내관의 품에 기대앉은 채로 조금 전 의녀가 가져온 탕약을 겸한 현삼차를 마시고 있었다.

며칠 내내 이유 없는 고열에 시달리느라 현은 잠과 현실의 세계가 쉽게 구분이 가지 않는지, 몽롱한 눈을 하고 있는 중이었다.

"조금만요. 조금만 더요. 네, 잘하셨습니다. 저하. 자알, 마시셨습니다."

이젠 그나마 자신의 힘으로 탕약을 넘길 수 있게 된 것이 기뻐 감 내관은 좀 과장되다 싶을 정도로 현을 아이 취급하고 있었다.

"으……."

현삼차 특유의 쓰디쓴 맛에 현이 반 무의식 상태에서 입맛을 다시며 미간을 찌푸리는 걸 본 감 내관이 의녀에게 급히 손짓을 하였다.

의녀가 현삼차 특유의 쓴맛을 달래주기 위해 마련한 한과를 곱게 잘라놓은 한지에 싸서 감 내관에게 전해주려 팔을 뻗었다. 그 순간 뜻하지 않은 상황이 벌어짐과 동시에 의녀의 입에서는 "엄마얏!" 소리가 터져 나왔다. 감 내관의 품에 기대 눈을 감고 있던 세자 현이 의녀의 가는 손목을 잡고 힘껏 자신에게로 잡아당긴 때문이었다.

"저, 저하?"

감 내관을 비롯해 방 안의 궁인들이 모두 놀라 보는 가운데, 현이 의녀의 목에 얼굴을 묻었다.

"가지 마라. 아무 데도 가지 말고 내 곁에 있어라."

말이 끝남과 동시에 현이 바쁜 손길로 의녀의 옷을 헤집기 시작했다.

"저하. 저하…… 이러시면…… 이러시면…… 소녀는…….."

의녀가 당황한 얼굴로, 하지만 못내 기쁘고 감격한 기색을 감추지 못하고 방 안 사람들의 눈치를 살폈다. 그 방 안 사람들 중에는 너무도 갑작스럽게 벌어진 지금의 일을 제대로 이해하는 사람들은 아무도 없었다.

단지 감 내관이 재빠른 판단으로 방 안의 사람들을 모두 방 밖으로 내몰았다. 오직 의녀와 세자 현만을 남겨두고.

"감 내관 어른, 이런 일……."

"쉿."

방문 밖에서 방 안의 동정에 귀를 기울이며 감 내관은 제 옆에서 궁금해하는 모든 궁인들의 입을 닫게 하였다. 비록 세자를 위해 방을 비우긴 했지만 또한 세자의 안위를 위해 방에서 들려오는 소리에 한시도 귀를 떼서는 안 되었다. 그 밖의 일은 어디까지나 이다음의 문제였다.

의녀 화정이 동궁전의 내실 문을 스스로 열고 나온 건, 세자의 돌발 행동이 있고 채 반 식경도 지나지 않아서였다.

"잠이 드셨네. 깨우지 마시게."

흐트러진 머리들을 쓸어 올린 화정은 감 내관에게 하대를 하였다. 그 달라진 태도에 감 내관은 물론이요, 동궁전의 상궁 나인들 모두가 내심 놀람을 금치 못했다. 조금 전까지만 해도 "상궁마마님." "감 내관 어르신." 하며 제 신분에 맞게 깍듯이 존대를 하며 어려워하는 태도를 취하던 의녀가 손바닥 뒤집듯 순식간에 태도를 바꾸었으니 말이다.

"그래, 나는 이제 앞으로 어찌하면 되는가?"

모두가 자신을 놀란 눈으로 보고 있음에 아랑곳지 않고 의기양양한 얼굴로 턱을 치켜세우며 화정이 감 내관에게 물었다. 그러자 감 내관이 얼른 조금 허리를 숙여, 세자가 품은 화정에 대해 예의를 차렸다.

"일단 내의원으로 돌아가 계시면 저하와 웃전마마들께 여쭈어 합당한 절차를 밟아 따로 기별을 드리겠습니다."

"부디 너무 늦지 않게 해주시게나. 지금 기거하는 방이 낡고 협소하여 갑갑증이 일려 할 것 같아서 말일세."

"그리하겠습니다. 정 상궁이 모셔다 드릴 것이니 부디 살펴 가시지요."

늙은 내관의 깍듯한 태도에 화정은 만족스러운 듯 고개를 끄덕였다. 그러곤 감 내관의 명을 받은 정 상궁의 안내로 동궁전을 나갔다.

동궁전에 들 때는 한낱 천한 의녀였던 자가 동궁전을 나갈 때는 세자의 후의를 입은 귀한 여인이 되어 나간 것이다.

"……중전마마와 소빈마마께 알려야 하겠지요?"

김 상궁이 낯빛이 어두운 감 내관에게 물었다.

"아직. 일단 저하의 뜻을 여쭤본 후에."

감 내관이 짧게 답했다. 쉽게 경거망동할 수 없는 일이었다. 세자빈이 죽은 이후 지금껏 궁궐의 어느 여인에게도 눈길 한 번 보내지 않은 세자였다. 당연히 아직 자손도 보지 못한 상태였다.

그런 세자가 갑자기 여인을 취했다. 여인을 품었다. 이 일이 장차 어떤 큰 바람을 불러일으킬지, 늙은 내관은 감히 어떤 짐작조차 할 수 없었다.

태도가 달라진 건 금자도의 소금밭 일꾼들도 마찬가지였다. 준형과 헤어져 샘물가에서 간단히 몸을 씻고 돌아온 당이를 모두가 없는 사람인 체하였다. 정해진 일과대로 저녁이 되기 전 솔가지들을 주워 오기 위해 언제나 지던 지게를 가지러 갔을 때에도 마치 당이가 눈에 안 보이는 양 다른 여자 일꾼이 당이가 질 지게를 가져가 버렸다.

"누가 이 솥 좀 같이 들어주지 않을래요?"

부러 일거리를 찾아 소금물을 끓일 솥을 닦으려 해도 아무도 함께 솥을 옮기려 하지도, 아니 아예 들은 체도 하지 않았다.

워낙 커다란 무쇠솥이다 보니 혼자 힘으로는 도저히 물가까지 옮길 수 없어, 결국은 그 일조차 할 수 없었다. 하다못해 소금 가마니라도 옮기려고 하면 금세 어디서 나타난 것인지 다른 일꾼들이 나타나 가마니를 낚아채 갔다. 그렇게 어영부영 시간을 보내고, 저녁 준비를 하려 하니 이번엔 아예 부엌에 들어오지 못하도록 문을 닫아걸었다.

냉대가 아닌 무시였다. 해코지가 아닌 무대응이었다.

"왜들 이러는 거예요?"

어느 누구 하나를 잡고 물어봐도 일꾼들은 눈도 안 마주치고, 아무것도 안 들리는 양 자기 일만 하기에 바빴다. 어떤 일도 시키지 않고, 어떤 일도 하게 하지 않고, 어떤 말도 시키지도 듣지도 않았다. 밤에도 마찬가지였다.

소금가마 앞을 누구도 비켜주지 않아, 당이는 결국 아무 일도 못 하고 좁은 방에 머무를 수밖에 없었다.

"너무 심한 거 아냐? 풀이 팍 죽었던데?"

"심하긴. 갯벌에서 있었던 일 못 들었어? 대놓고 부사 댁 공자한테 꼬리 쳤다는? 저런 게 우리 염전 계집들 평판을 다 해치는 거라고."

"세상에. 명색이 양반 핏줄이라면서 먼저 입까지 맞췄다면서? 어이구. 남세스러워."

"대낮이었으니 망정이지, 한밤중이었으면 치마끈 풀고 덤벼들었을걸?"

소금가마 앞에 앉은 여자들은 일제히 당이를 성토하느라 바빴다. 저들의 동료인 곰보네가 당이 때문에 쫓겨난 것 같아 속이 쓰린데, 오늘의 일로 당이가 부사 댁 공자와 심상치 않은 관계임이 확실히 드러나다 보니 모두 품은 앙심이 만만치 않았다. 개중에는 아예 제 사내를 뺏긴 양 시샘하는 여인도 있었다.

"막내공자도 참 계집 보는 눈도 없지. 아, 걔 뭐 볼 거 있어? 얼굴만 허옇지, 빼빼 말라서는. 계집이라면 자고로 나처럼 들어갈 데 들어가고 나올 데 나오고 해야 품는 맛도 있는 건데. 안 그래요, 형님?"

"딴은 그렇지. 그래서 섬 사내들 중에 자네 안 품어본 놈이 없잖아."

"까르르르!"

여인의 헤픈 행실을 지적하는 놀림에 가마들 앞에 앉은 여인들이 일제히 웃음을 터트렸다. 그러느라 다른 여인들은 모두 알지 못했지만 그들 한 명은 그 웃는 표정 뒤에 지난밤 장괴에게 몰래 받은 지령을 떠올리고 있었다.

-곧 공자 둘이 도성으로 떠날 것이다. 그 후에 그 계집이 스스로 섬을 도망치게 해야 해. 아니면 적어도 자진해서 도망쳤다고 사람들이 믿게 만들거나. 이 일만 무사히 잘- 끝내면 뭍에 있는 네 아들놈 약값 정도는 당분간 걱정하지 않고 살 수 있을 게다.

장괴는 분명 약속을 지킬 것이었다. 그러니 자신도 무슨 짓을 해서건 장괴가 시킨 대로 당이를 이 섬에서 내쫓아 낼 생각이었다.

"형님……!"

그 밤, 준형은 섬 곳곳을 이 잡듯이 뒤져 섬에 몇 없는 주막 뒷방에 콕 처박혀 술에 곯아떨어진 반회를 찾아냈다. 벌써 사흘째 낮밤 가리지 않고 술을 마신지라 반회는 자신을 흔들어 깨우는 이가 누군지 알아볼 수 있는 상태가 아니었다.

"제가 업을까요?"

준형을 따라온 장 서방이 반회에게 성큼 다가섰다.

"아니. 내가 업을 거야. 자네는 등롱 들고 앞장이나 서."

준형은 도와주겠다는 이들을 마다하고 오로지 혼자 힘으로 축 늘어진 반회를 등에 업었다. 주막을 나서 집으로 향할 때까지 준형은 힘들다 소리 한마디 안 하고 묵묵히 밤길을 걸었다.

집으로 돌아와 반회의 방에 든 후에도 마찬가지였다. 전에 없던 반회의 모습에 놀라 달려든 하인들을 모두 물리고 직접 반회의 시중을 들었다.

물을 따뜻이 데워 오라고 한 후, 수건을 물에 적셔 지저분하고 초췌해진 형의 얼굴을 정성스레 닦았다. 얼굴만이 아니었다. 연신 깨끗한 새 수건을 물에 적셔 손도 발도 정성스레 닦아주었다. 옷도 갈아입혔다.

"으…… 으흐……."

술로도 가시지 않은 마음의 고통 때문인지, 지나친 술기운에 부대끼는 몸의 고통 때문인지 반회는 연신 괴로운 신음을 내며 뒤척였다.

그때마다 준형은 물수건으로 반회의 이마에 밴 진땀들을 닦아주며 "괜찮습니다. 다 괜찮아질 거예요." 하고 나직하게 속삭여주었다.

어렸을 때부터 종종 반회가 자신에게 그리해주었던 것처럼.

"……다시는 널 보고 싶지 않다."

준형이 새 수건을 물에 적셔 다시 반회의 이마를 닦아주려 할 때, 어느새 정신을 차린 반회가 힘없이 입을 열었다.

"다시는 너를 예전과 똑같은 눈으로 볼 수도, 똑같은 아우로 대할 수도 없을 테니까."

반회의 말은 이미 준형이 두려워하며 예상했던 그대로였다. 그만큼 준형의 마음을 다치게 하기에 충분했다. 그래도 준형은 받아들일 수밖에 없었다.

"네에…… 괜찮습니다."

준형이 할 수 없다는 듯, 조금은 체념한 듯 풀기 없는 목소리로 답하려는데 반회의 말이 준형의 말을 중간에서 싹둑, 잘랐다.

"뭐, 그렇게 말해버리면 잠깐은 속이 시원하겠지만……."

"형님……?"

"아무리 생각해봐도 그럴 수는 없을 테니 어쩌겠느냐. 지나치게 잘생기고, 잘생긴 것치고는 마음씨도 좋은 이 형이 이번에도 또 참고 넘어갈밖에."

반회가 여전히 힘없이, 하지만 평소의 반회 때처럼 가벼운 투로 말했다.

"형님!"

준형이 감격하여 반회를 부르며, 누워 있는 반회의 목을 덥석 끌어안았다. 반회가 그런 준형이 귀여우면서도 괜히 싫은 척 밀어내며 앓는 소리를 하였다.

"야야. 징그럽다. 징그러! 다 큰 사내자식이 어딜 매달려. 끄응. 무거워…… 무겁다고. 나 아직 술도 덜 깼거든? 준형아. 야, 김준형…… 너 정말 안 일어나?"

하지만 준형은 밀어내는 반회의 손을 무시하고 밀려나지 않으려 더욱더 힘주어 꼭, 반회의 목을 끌어안았다.

"싫습니다. 싫어요! 형님. 형니임!"

나이에, 심지어 덩치에도 맞지 않는 낯간지러운 어리광이라는 것쯤은 알았다. 그래도 지금은 어리광을 부리고 싶었다.

정말 무서웠다.

집을 나간 반회가 어떤 모습으로 돌아올까. 어떤 얼굴로 자신을 볼까. 아니, 다시는 자신을 보려 하지 않으면 어떡할까. 다시는 예전처럼 아우로 대해주지 않으면 어떡할까.

-건드리지 마!

그날 밤 자신의 손이 닿았을 때 소리치던, 경멸과 혐오, 그리고 미안함이 뒤섞여 있던 반회의 얼굴이 계속 떠올라 두렵고 겁이 났다. 그만큼 준형에게 형제는, 가족은 특별한 존재들이었다.

아주 오래전부터, 준형이 아주 조그만 아이였을 때부터 강회와 반회는 준형의 보호자이자 이해자이자 마음의 안식처였다.

-바보야! 괴물은 누가 괴물이야? 네가? 말도 안 돼. 이렇게 잘생긴 반회의 아우가 괴물일 리 있어? 걱정 마, 김준형. 지금이든 앞으로든 누구라도 널 괴물 취급하는 인간들이 있으면 이 형이 가만두지 않을 테니까? 강회 형은 어떻고! 안 그래요, 형?

-반회 말이 맞아. 너무 연연할 것 없어. 세상 사람들은 누구나 남에게 말할 수 없는 비밀 한 가지쯤은 안고 사는 법이다. 네 비밀이 다른 사람들의 비밀보다 더 특별할 거란 생각은 네 오만이야.

어렸을 때부터 그렇게 말해준 강회와 반회가 있었기에 준형은 자신다움을, 사람다움을 잃지 않고 살 수 있었다. 만약 형들이 없었다면 준형은 진작 미쳐버리거나 폭주해버렸을지 몰랐다.

한 달에 한 번, 사람이 아니게 되는, 짐승이 되어버리는, 기막힌 자신의 운명을 저주하며 진작 제 손으로 제 기막힌 운명을 끝내버렸을지도 몰랐다.

때문에 반회를, 제 다정한 둘째 형님을, 반회의 그 장난스러운 미소를 다시 못 보게 될지도 모른다는 섣부른 예감이 세상에 달리 무서울 게 없던 준형을, 무서움에 떨게 만들었다.

그럴 때 당이를 떠올린 건, 당이 생각으로 치달은 건 그 무서움을 외면하기 위한 본능이었을는지도 몰랐다. 하여 만약 낮에 당이와 있었던 일이 아니라면, 당이가 제 쪽에서 먼저 입을 맞춰오지 않았다면 준형은 다시 방에, 제 고민과 괴로움에 틀어박혔을지도 모르는 일이었다.

'이 답답한 사내야! 백날 생각하고 고민해봐야 아무도 답을 가르쳐주지 않아. 답은 자기 스스로 찾는 거지!'

당이의 입맞춤은 준형에게 그리 말해주는 것 같았다.

아녀자 된 몸으로 먼저 입을 맞추고, 스스럼없이 자신의 마음을 표현하는 그 용기가 준형에게 반회를 찾아 대면할 수 있는 용기를 불러일으켰다.

그 용기가 만약 반회가 다시는 저를 아우로 받아들이지 않겠다고 한다면, 대단히 슬프고 쓸쓸한 일이겠지만 그것조차도 형을 위해 받아들여야겠다는 마음을 먹을 수 있게 해주었다.

'당신이 맞았어.'

다시 잠에 빠져든 반회 곁에서 쉽게 오지 않는 잠을 청하며 준형은 당이를 떠올렸다. 당이의 그 달짝지근하고 폭신했던 입술을 떠올렸다. 쓸쓸하고 비릿한 흙맛이 났던 그 입맞춤을 떠올렸다. 해서 날이 새자마자, 반회와 아침 안부 인사를 나누는 둥 마는 둥 한 후 준형은 급히 집을 나섰다. 당이의 입맞춤에 자신의 답을 들려주기 위해서였다.

그때, 새벽 일찍 일어난 당이는 염막 살림채 한쪽에 달린 창고에 부지런히 더운 물을 옮기고 있는 중이었다. 밤새 소금가마 앞을 지킨 여자 일꾼들은 그 창고에서 땀과 소금기에 전 몸을 닦고는 했다.

그럴 때를 위해서 그날 밤을 새우지 않은 일꾼들 중에서 순번을 정해 돌아가며 물을 덥혀 창고 안으로 날라주곤 했다.

엄밀히 따지면 이날은 당이의 순번도 아니었다. 하지만 전날 저녁부터 아무도 당이에게 일을 할 기회를 주지 않았기에, 당이 스스로 나서서 먼저 물을 덥혀 창고로 날랐다.

"어휴. 짠 내! 짠 내! 도대체 언제쯤 이 소금 일 좀 벗어나려나."

"어? 점분네가 벌써 일어났나 보네? 목간 준비가 다 되어 있는데?"

"그 게을러터진 여편네가 웬일이래? 오늘은 그 여편네가 물 당번이라기에 또 한참은 기다려야 될 줄 알았더니."

힘든 밤일을 마치고 창고에 들어온 여인들이 따끈따끈하게 김이 오르는 물통을 보며 반색을 하고 있을 때였다.

"저게 누구야? 저 양반 딸이 왜 물 당번을 하고 있어!"

여인들 중 한 명이, 양손에 커다란 나무 물통을 들고 창고 쪽을 향해 뒤뚱뒤뚱 다가오고 있는 당이를 보며 눈살을 찌푸렸다.

"징그러운 계집애. 또 누굴 욕 먹이려고 아침 댓바람부터 시키지도 않은 일을 한다고 저 난리야!"

"아니, 어제 그 꼴을 당해놓고 또 저래? 좀 불쌍한 척 국으로 자빠져 있으면 어련히 잘 대해줄까. 고새를 못 참고 꼭 이러지. 꼭!"

"흥! 이런다고 누가 고마워할 줄 알고? 아 나, 떡이다!"

눈에 쌍심지를 켜고 노려보던 여인들 중 한 명이 모락모락 김이 피어오르고 있는 물통 속에 바가지를 집어넣어 물을 퍼 올렸다.

"뭐 하려고?"

"말로만 해서는 모르잖아. 그러니까 된통 뜨거운 맛을 봐야 정신을 차리지."

"크크큭. 그거 재밌겠는데? 그럼 어디 물에 빠진 생쥐 꼴 좀 볼까?"

여인들이 쿡쿡대며 너도 나도 바가지를 집어 들고 물통 속의 물을 한 바가지씩 퍼 올렸다. 그러고선 얼른 창고 문 뒤에 몸을 숨겼다.

당이가 창고에 가까워지는 즉시, 물바가지를 끼얹어 줄 심산들이었다. 못된 장난을 칠 생각에 밤새 쌓인 피곤함이 한 번에 가시는 것 같아 다들 얼굴에는 즐거운 기색이 가득하였다.

"쉿!"

"온다, 와!"

창고 문 뒤에 몸을 숨긴 여인들이 점점 가까이 오는 발소리에 귀를 기울이며, 입 모양으로 하나, 둘, 셋을 외친 뒤 일제히 문밖으로 뜨거운 물을 퍼부었다.

"아이구머니!"

"으아악!"

그러나 비명이 터져 나온 건 그녀들이 바라던 당이가 아니라, 그녀들 자신에게서였다. 왜냐하면 그들이 퍼부은 뜨거운 물을 맞고 온몸에서 풀풀 김을 내뿜고 있는 건 당이가 아니라, 그 뒷모습만으로도 충분히 누군지 알 수 있는, 부사 댁 막내공자, 준형이었기 때문이었다.

"고, 공자님!"

"아니, 공자님이 새벽부터 여긴 왜?"

"우리는 그냥 장난, 그래요, 장난으로다…….."

여자들이 얼른 창고 밖으로 나와 흙바닥에 머리를 조아리며 우는 소리를 하였다. 허나 준형은 그들에게 등을 돌린 채로 돌아보지도 않았다.

대신 저보다 서너 걸음쯤 앞에 있는, 그래서 덕분에 물 한 방울 묻지 않은 당이에게, 이 새벽 자신이 당이를 찾아올 수밖에 없었던 이유를 말했다.

"당신…… 나와 혼인하지 않을래?"

"허억!"

준형의 고백을 엿들은 여편네 중 누군가가 급히 숨을 들이마셨다. 그러고선 "어버버" 하며 입을 벙긋벙긋하였지만 옆의 여편네가 황급히 입을 틀어막았다. 그러는 중에도 준형의 고백은 계속되었다.

"나는 당신한테 반한 남자야. 당신을 연모하는 남자야. 당신을 안고 싶은 남자고."

제 나름의 뜨거운 고백을 마친 준형이 당이의 답을 기다렸다.

준형만이 아니었다. 준형의 등 뒤에서 흙바닥에 엎드려 있는 여인들조차 자신들이 여태 당이를 괴롭혀왔다는 사실과 조금 전까지 뭘 하려고 했는지를 까맣게 잊고선 두근두근한 마음으로 당이의 답을 기다리고 있었다.

"뜨겁지 않아요? 안 다쳤어요?"

그런 모두의 기대를 배반하고, 당이가 준형의 안부부터 살폈다. 준형은 물이 뚝뚝 흘러넘치는 고개를 끄덕였다. 그제야 당이가 다시 물어왔다.

"정말 나한테 반한 거 맞아요?"

준형은 또다시 물이 뚝뚝 흘러넘치는 고개를 끄덕였다.

"나를 연모한다고요?"

속삭이는 목소리로, 매번 마주 보는 준형을 설레게 하는 당찬 눈빛으로 당이가 또 물었다. 준형이 이번엔 좀 더 세차게 고개를 끄덕였다.

그러자 당이가 내내 양손에 무겁게 들고 있던 물통을 땅바닥에 내려놓은 후, 활짝 두 팔을 벌리며 말했다.

"그럼, 뭐 해요? 어서 오지 않고."

그 말을 기다리기라도 한 것처럼, 준형은 단숨에 두 사람의 거리를 좁혀 달려가 와락, 당이를 품에 안았다. 당이의 가는 허리가 그런 준형의 격한 포옹을 못 이겨 버드나무 가지처럼 크게 휘었다.

"하아."

숨죽이고 지켜보던 소금밭 일꾼들의 입에서 일제히 부러움에 찬 한숨이 새어나왔다.

그리고 또다시 날이 바뀌었다.

-도성에 가서 아버님께 정식으로 말씀드릴게. 기다려줘. 돌아오면 빨리, 가능한 한 빨리 혼례를 올리자. 물론, 그 전에…… 당신한테 꼭 해야 할 말도 있고.

도성으로 떠나기 위해 반회와 하인들과 함께 뭍으로 나가는 배 위에 몸을 실은 준형은 당이와의 아쉬운 작별 순간을 떠올리고 있었다. 그때 무심히 시선을 돌리던 준형은 무엇인가를 보고서 잘생긴 얼굴을 찌푸렸다.

'잠깐…… 저게 누구지?'

뭍으로 가는 배와 섬으로 가는 배가 잠시 스치는 중이었다. 뭍으로 가는 준형의 배와는 정반대로 섬으로 가는 배 안에서 준형은 어쩐지 낯이 익은 얼굴 하나를 본 것 같았다.

배 가장 끝 부분, 구석에 잔뜩 몸을 웅크리고 앉아 있는 통에 자세히 보이진 않았지만, 그 얼굴은 분명 당이를 버리고 도망간 동생, 용이를 많이 닮아 있었다.

'설마……. 그럴 리가.'

준형은 고개를 저었다. 아무려면 빚에 쫓겨 제 누이까지 팽개치고 도망간 인간이 제 발로 금자도로 올 까닭이 없지 않은가?

"왜에?"

조금 떨어져 앉아 있던 반회가 준형의 심상치 않은 기색을 보고선 무슨 일인지 물어왔다.

"아, 아무것도 아닙니다. 좀 심란하여."

준형은 짧은 답으로 제 마음을 숨겼다.

둘러대기 위한 거짓말만은 아니었다. 실제로도 내내 심란하였으니까.

배가 보령에 닿고서도, 준형이 반회와 함께 말로 바꿔 타 도성을 향해 달리는 중에도 자꾸만 준형의 마음속은, 머릿속은 어지럽기 그지없었다.

금자도에서, 금자도에 있는 당이에게서 멀어지면 질수록, 당이에 대한 그리움이 점점 커져갔다. 그와 동시에 불안감도 커졌다. 아버지 김 부사가 당이와 저의 혼인을 허락해줄지 말지가 고민돼서가 아니었다.

문제는 그다음이었다. 설령 아버지가 혼인을 허락해준다 하여도, 자신이 모든 사실을 고백했을 때 당이가 어떻게 받아들일지 자신이 없어졌다. 그래서 더 불안하고 두려웠다. 말하지 않을 순 없었다. 당이와 혼인하려면 당연히 자신의 비밀을 말해야만 했다. 자신은 아버지의 정실 자식이 아닌, 서자라고. 당이와 같은 양반이 아닌 서얼(庶孽)이라고.

"그게 뭐, 어때서요?"

당이라면 분명 그리 말해줄 것이었다. 스스로 신분의 굴레를 벗어던지고 소금밭 일을 자처하는 당이 만큼은 자신이 서자라고 해도 연모하는 마음이 달라지진 않을 것이었다.

그러나 출신이 아닌 몸에 대한 비밀은 달랐다. 만월의 밤에 대한 비밀을 털어놓는다면, 그땐 당이가 어찌 받아들일지, 가늠할 수 없었다.

어쩌면, 그래, 어쩌면, 늑대조차 그리 아꼈던 당이니, 준형의 처지를 이해해줄 수도 있을 것이었다.

하지만 또한 어쩌면 그런 끔찍한 비밀을 가진 사내와는 평생을 함께할 수 없다, 그리 말할지도 모르는 일이었다. 거기다 자신과 같은 저주받은 몸으로 태어날지 모르니, 평생 자식을 낳지 않겠다는 결심을 전하면 더더욱 당이가 어찌 받아들일지 몰랐다.

싫다고, 자신은 그런 끔찍한 사내와 혼인할 수 없다고, 평범한 사내와 혼인하여 평범하게 아들 딸 낳고 사는 소박한 삶을 꿈꾼다고, 그리 말할지도 모르는 일이었다.

'그땐 어떡해야 하지? 내가 당신을 놔줄 수 있을까? 포기할 수 있을까?'

포기할 자신이 없었다. 아니, 포기 못 할 게 뻔했다. 이미 한번 알게 된, 경험하고 만 느낌은 너무도 중독성이 강하였다.

당이를 안고 있으면, 허전했던 무엇인가가 꽉 메워지는 그런 기분이 들었다. 당이와 마주 보고 있으면, 발끝에서부터 머리끝까지 짜르르 울리는 무엇이 있었다. 제 품에 쏙 들어오는 당이를, 그런 당이의 허리를 휘게 하며 입을 맞추는 기분은 이날 이때껏 맛본 적이 없는 충만감이자 쾌감이었다.

몰랐으면 모르랴. 이미 한번 맛본, 이미 알게 된 그 기분을 느낌을 잊고 살아갈 자신 따윈 눈곱만치도 없었다. 오히려 더 지옥일 것이었다. 알고 난 후의 상실감은 더욱더 지독한 고통이 될 것이었다.

'벌써 당신이 이렇게 그리운데, 이렇게 당신에게 목이 마른데, 난 어쩌지? 어떡하면 좋지? 당신이 나를 거부하면 난 어떻게 살지?'

준형은 두려웠다. 끔찍하였다. 어쩌면 모든 사실을 알게 된 당이가 자신을 거부할지도 모른다는 생각에, 금자도에서 멀어지면 질수록 준형은 점점 더 무서워지고 있었다.

"다 당신 탓이야. 당신이 너무 욕심나서, 당신이 너무 가지고 싶어서, 난 점점 겁쟁이가 되어가고 있어."

준형이 달리는 말 위에서 가쁜 숨을 내뱉으며 혼잣말을 하였다. 시간이 갈수록 제 안에서 점점 더 존재감이 커져가는 여인을 향한 혼잣말이었다.

"저기…… 누가 찾아왔는데요?"

준형을 보낸 후, 한창 땀을 뻘뻘 흘리며 무쇠솥을 닦느라 몰두해 있는 당이에게 소금밭의 사내 일꾼 중 하나가 조심스럽게 말을 걸어왔다. 준형이 여인들의 앞에서 청혼을 하고 간 후, 또 그 소문이 삽시간에 금자도 전체에 퍼진 후 소금밭 일꾼들이 당이를 대하는 태도는 현저하게 달라져 있었다.

양반의 딸이기는 하나 소금밭에까지 일하러 온 가난한 집 딸이라는 것 때문에, 또한 명색이 양반 딸이면서도 부사 댁 공자를 몸으로 꼬시려는 것만 같아 계속 무시하고 따돌리던 이들이 이제는 당이를 어려워하고, 조심스럽게 대했다. 방금 말을 전한 일꾼 역시 차마 당이의 얼굴을 똑바로 보지 못하고, 옆으로 돌아서 내외 아닌 내외를 하며 말을 전했을 정도였다.

"나를…… 누가요?"

솥을 닦다 말고 그대로 일어서 일꾼이 가리키던 곳을 쳐다본 당이의 얼굴이 일순 하얗게 변했다가 다시 빨갛게 달아올랐다.

솥을 씻는 샘가에서 열댓 걸음 떨어진 곳의 아름드리나무 그늘에 서 있는 건, 연신 갓으로 얼굴을 가렸다 말았다 부산을 떨며 주변을 두리번거리고 있는 건 당이가 아는 얼굴이었다.

당이를 속이고 떠난 미운 동생 놈이었다. 당이만 버려두고 어머니와 함께 떠났던 원망스럽기 그지없는 동생 놈이었다.

"너!"

당이가 한달음에 뛰어가 용이 앞에 섰다. 그러고선 솥을 씻느라 들고 있던 뭉친 행주 덩이로 퍽퍽 소리가 나도록 용이의 머리를, 등을, 어깨를 사정없이 내리쳤다.

"너! 너! 너, 이 자식……."

"아야, 아얏! 누님, 누님! 제발, 제발 좀 진정해요. 내 이야기 좀 우선 들어보고, 아! 아파요! 아프다고요!"

처음 몇 대는 미처 방어할 틈이 없어서, 그다음 몇 대는 저도 찔리는 구석이 있어서 순순히 맞아주던 용이가 더는 못 참겠는지 계속 정신없이 휘둘러대는 당이의 손목을 잡았다.

"하아, 하아."

"누님, 진정해요. 진정하고 내 얘기 좀 들어봐요. 그게 어떻게 된 거냐면……."

"어머닌? 별일 없으시고?"

거친 숨을 몰아쉬며 애써 스스로를 진정시킨 후, 어머니의 안부부터 묻는 당이를 보며 용이는 "헤헤." 하고 객쩍은 웃음을 지었다. 저가 아쉬울 때, 당이에게 원하는 것이 있을 때, 당이를 이용해 먹을 일이 있을 때면 늘 짓곤 하던 바로 그 웃음이었다.

제5장. 거짓의 시작

용이에게 갑작스러운 횡재의 기회가 찾아온 것은 나흘 전 밤의 일이었다.

"아우, 맛나다! 도대체 이게 무슨 술입니까요? 소인도 술을 마셔봤다면 마셔본 놈인데 이렇게 목 넘김이 부드러운 술은 처음입니다."

술잔을 비워낸 용이는 옷소매로 술에 젖은 입가를 닦아내며 쩝쩝 입맛을 다셨다.

"얼마 전 중국 사신으로 갔다 온 친구가 가져다준 술인데, 마음에 들면 내 집에 갈 때 자네에게 한 동이 넘겨줌세."

맞은편에 앉아 좀 전부터 용이가 신 나서 해대는 늑대 이야기에 "어이 구!" "그런!" "호오." 하며 연신 장단을 맞춰주며 이야기를 부추기고 있던 강 일산이 용이에게 약속을 하였다.

"정말이십니까요? 아이고, 이런 광영이. 감사합니다요. 두고두고 아껴 잘 마시겠습니다!"

용이가 술상에 고개를 처박을 기세로 꾸벅꾸벅 고개를 숙여 보였다. 그러 면서 술상 아래에선 슬쩍 제 허벅지를 꼬집어보는 용이였다.

제가 지금 꿈을 꾸는 게 아닌지 확인하기 위해서였다.

사실 늦은 저녁 무렵 자주 다니는 주막에서 갑자기 저를 찾아온 이들을 봤을 땐 가슴이 덜컹하였다. 혹시나 김 부사네 공자가 사람들을 보낸 게 아닐까 하고 놀라서였다. 하지만 용이를 찾아온 이들의 입에서 나온 건 전혀 뜻밖의 이름이었다.

훈련원부정 강일산.

처음엔 그 이름을 듣고도 일산이란 자가 누구인지 알지 못했으나, 주막의 술동무 중 한 명이 세자저하의 생모 되시는 소빈마마의 아우라고 친절히도 알려주었다.

'그럼, 세자저하의 외숙? 외숙이시라고? 이, 이런 귀한 분과 독대를 하다니, 함께 술잔을 기울이게 되다니 이게 꿈이야, 생시야?'

"그래서 그 늑대가 다음엔 어찌했는가? 자네 이야기가 어찌나 재미진지 내 뒤가 궁금해 견딜 수가 없구먼."

일산이 슬며시 용이를 재촉하였다. 밤이 다 가기 전에 빨리 '그' 늑대에 대한 이야기를 마저 듣고 싶어 몸이 달았다.

"예? 아, 그러니까 그 늑대가……. 근데 소생이 어디까지 얘기했습지요?"

용이가 술에 취해 흐려진 눈을 끔뻑끔뻑하다가 "아!" 하고는 철썩, 제 무릎을 내리쳤다.

"그렇죠. 그 늑대가 제 누이를 업어 갔다는 이야기를 하던 중이었지요."

"자네 누이를?"

드디어 기다리던 대목이 나온 것에 반색하며, 일산이 주안상에 바짝 붙어 앉았다.

"정말로 그 늑대가 자네 누이를 업어 간 것이 맞는가?"

"그럼요. 제 눈앞에서 일어난 일인 것을요. 아직도 그때 생각만 하면 등골이 오싹합니다요. 그때는 딱, 누이가 이제는 죽었겠구나, 죽은 목숨이구나 그 생각밖에 안 들었지요."

제대로 흥이 난 용이가 한껏 과장을 섞어 그날 밤의 이야기를 했다. 이미 주막에서도 수십 번은 더 했던 이야기였다.

"사냥꾼들을 모아 산을 뒤지던 중에 드디어 그놈을 찾았지요. 그길로 미친 듯이 산길을 뛰어 내려가……."

용이는 말라가는 입술에 연신 침을 발라가며 이야기에 흥을 더했다. 이제 이야기는 절정에 달할 것이었다. 가련한 제 누이가 그 괴물 같은 놈한테서 도망치다 물에 빠진 일이며, 자신이 그런 누이를 구하기 위해 얼마나 용감하게 물로 뛰어들었는지 등이었다. 하지만 정작 이야기를 듣고 있는 일산은 형식적으로 고개를 주억거리면서도 머릿속에선 딴생각이 한창이었다.

'젊은 여인을 업고 갔다? 늑대가 사람 여자를…… 여인을 업고 가?'

"물은 또 얼마나 차고, 물 먹은 누이는 또 어찌나 무겁던지. 저뿐만 아니라 사냥꾼 셋이 모두 달려들어서야 간신히……."

"자네 누이가 올해 몇이라 하였지?"

일산이 용이의 말을 중간에서 잘랐다.

"예? 아, 예. 올해 스물입니다요."

"그렇게 과년한 나인데 아직 혼인을 아니 하였단 말인가?"

"그것이…… 아버지께서 돌아가시고 갑자기 집안이 기우는 바람에……."

아비가 남겨준 땅문서를 든 채 시집을 갈 것이 두려워 어미가 일부러 혼인을 시키지 않았단 이야기를 감춘 채 용이가 짐짓 눈물이 치미는 척 우물우물 말을 흐렸다.

"딱하게 되었군. 흐음. 이 일을 어쩐다. 그래! 이리하면 어떻겠는가?"

일산이 짐짓 사람 좋은 웃음을 띠며 꽤나 솔깃한 제의를 해왔다.

"가까운 시일 내에 자네 누이를 데리고 내 집으로 오게. 내 사촌 아우들 중에 마침 얼마 전 아내를 잃은 이가 있는데, 그이와 혼담을 주선해봄세. 일이 잘만 되면 자네 누이가 내 제수씨가 되겠구먼."

"예에? 부, 부정 나, 나리의 제, 제수씨요?"

용이가 흥분하여 말을 더듬으면서 눈알을 떼굴떼굴 굴렸다. 머릿속으로는 복잡한 촌수 계산을 하느라 분주하였다.

'잠깐. 부정 나리의 사촌 아우라면 소빈마마에게도 사촌 아우가 되는 셈이잖아! 그럼 당이 누님이 세자저하의 외척이 될 수 있다는 얘긴가?'

"어, 언제, 언제 찾아뵈면 될까요? 아, 지금 누이가 고향집에 있기는 하나 금방, 금방 데리고 올 수 있습니다!"

욕심에 이미 눈이 멀어버린 용이는 왜 일산이 자신에게 이런 꿈같은 제의를 해온 것인지 따져볼 생각도 못 했다. 당장이라도 보령에 가서 당이를 데려올 생각에 몸이 달았다.

이제는 빚이 문제가 아니었다. 그깟 빚이야 온 일가친척 집을 찾아가 대문에서부터 무릎 꿇고 기어들어가 비는 한이 있더라도 돈이란 돈은 다 끌어모아 갚아주면 그뿐이었다.

"글쎄, 빠르면 빠를수록 좋겠네만. 그렇지. 늦어도 보름날 전에는 규숫감을 보고 싶은데 가능하겠는가?"

"보, 보름날이요? 가능하지요. 암요, 가능하고말고요!"

용이가 믿어달라는 듯, 열심히 고개를 주억거렸다.

그리해서, 용이는 금자도로 들어오는 배를 탔을 때만 해도 있는 그대로를 말하고 당이를 설득해서 도성으로 데리고 갈 참이었다. 하지만 금자도에 도착하고 보니 생각도 못 한 상황이 용이를 기다리고 있었다.

"여보게, 자네들 들었는가? 세상에 부사댁 막내공자가 그 처자한테 청혼을 했다는구먼?"

"누구? 그 당희인가 당인가 하는 양반 처자?"

"뻔질나게 그 낭자 있는 곳을 드나든다 했더니, 기어이 청혼을 하셨대?"

"그럼 그게 사실이야? 막내공자랑 그 처자가 산에 가서 어쩌구저쩌구 이미 볼 짱 다 봤다는 게?"

"아, 쉿! 저기 듣는 귀도 있구먼!"

용이와 같은 배를 타고 섬으로 들어온 일꾼들을 반기는 동료들이 수군대는 소리를 듣자 하니, 이전 날 용이 자신에게 빚 문서로 협박했던, 바로 그 김 부사 댁 막내공자가 당이에게 청혼을 했다는 것 같았다.

'뭐, 뭐야. 그새 그 공자 놈이랑 눈이라도 맞은 거야? 그럼, 부정 어른 댁과의 혼사는 어떡하고? 안 돼, 안 되지. 암, 안 될 일이야.'

당황스럽기 짝이 없었지만 용이는 재빨리 작전을 바꾸기로 했다. 이미 준형과 혼인을 약속한 사이라면 도성으로 가서 혼인시켜주겠다는 말에 당이가 순순히 따라나설 것 같지가 않아서였다.

"왜 말이 없어? 어머닌 어쩌고 너 혼자 온 거야! 그리고 그렇게 버려두고 도망갔으면서 네 발로 여기는 무슨 일이야? 금자도에 끌려오는 게 싫어서 줄행랑친 거 아니었어!"

지난 생각에 빠져 있는 용이를 당이가 다시 한 번 닦달하였다.

"어머닌? 어머닌 어디 계시는데?"

"헤헤. 누이, 그게 있잖아……."

다시 한 번 멋쩍은 웃음을 흘린 용이는 짐짓 고개를 외로 꼬고선 긴 도포 옷소매로 얼굴을 가린 후 재빨리 두 손가락을 세워 쿡, 눈 밑을 찔렀다.

'윽!'

비명이 터져 나오려는 걸 용이는 입술을 깨물며 꾹 참았다. 이어 빨갛게 물든, 아픔 때문에 그렁그렁한 눈을 했다. 웃으려는데 입술이 안 올라가는 것처럼 힘든 척 입술까지 바르르 떨며 당이에게 거짓 표정을 지어 보였다.

"어머니는 누님 걱정 때문에 내내 끼니를 제대로 드시지 못했어요. 그 무서운 빚쟁이가 빚 대신 누님을 끌고 가면 어떡하느냐고. 입으로 밥이 넘어가시지 않는다고. 흑……."

눈을 찌른 보람이 있어 비로소 터져 나오는 눈물을 일부러 닦아내지 않고 그냥 둔 채 용이는 거짓 사정을 고했다.

"얼마 전부터는 시름시름 앓으시더니 끝내는 몸져누우셨지 뭡니까? 열이 펄펄 끓는 가운데 헛소리까지 하시는데…… 당아, 미안하다. 그렇게 널 버리고 오는 게 아닌데. 당아! 하며 어찌나 애달프게 우시던지…… 흑."

"……의원은 뭐래? 의원한테 보였을 거 아냐."

떨리는 목소리로 당이가 물었다.

"마음에서 오는 병 같다며, 맺힌 응어리를 풀어주지 않으면 안 된다고……. 다, 제 잘못이에요."

용이가 흙바닥에 무릎을 꿇으려다가 옷에 흙이 묻는 게 싫어 엉거주춤 다시 일어나며 당이의 어깨를 잡고선 통사정을 시작했다.

"어머닌 끝까지 누님과 함께 가야 한다고 하셨어요. 근데, 제가 우겼어요. 사람이 많아지면 도망치는 걸음이 늦어질까 걱정해서, 그럼 금방 빚쟁이가 눈치채고 뒤를 쫓을 것 같아서 우리 먼저 가자고요. 누님은 나중에 따로 연락해서 데리고 오면 된……."

"그래서 지금 어머니는 어디 계시는데?"

타령이 늘어지려 하는 용이 말을 끊으며 당이가 다급하게 물었다.

"도성이요. 일단 약방에 눕혀드렸어요. 흑…… 아무래도 누님을 데려가야 일어나실 것 같아요. 그래서 부랴부랴 보령에 갔더니, 누님이 안 보여서 얼마나 놀랐게요? 다행히 누가 누님이 여기 오는 배에 탄 걸 봤다고 해서 여기까지 쫓아온 거지요."

"그래서, 가자고? 도성에?"

"그럼요. 처음부터 제가 잘못 생각한 거예요. 빚이니 뭐니 해도 식구는 일단 모여 살아야 하는데 괜히 딴마음 먹어서. 아, 빚 걱정은 말아요. 누님이 주신 땅문서들 팔아서 여기 이렇게 갚을 돈 가져왔으니까요."

용이가 허겁지겁 도포자락을 젖혀, 허리춤에 매달린 주머니를 내보였다. 먼 친척들을 찾아가, 이제 곧 세자의 외척이 될 수 있을 것이라 사정사정하며 꾸어 온 돈이 들어 있는 주머니였다.

"이럼 된 거지요? 도성으로…… 어머니한테 함께 갈 거지요?"

'망설여지겠지요. 암요, 그 공자를 어찌 꼬여냈는지 모르겠지만 청혼까지 받았으니 더욱 그렇겠지요. 그런데 누님, 망설일 것이 없습니다. 이런 소금 밭이나 관리하는 부사 집 따위와는 상대도 안 되는 어마어마한 집안에서 누님을 며느리로 받아들이려 하고 있으니 말입니다!'

당이도 나중에 사실을 알게 되면 딱히 싫다고는 못 할 것이었다. 아니, 오히려 무너진 집안을 다시 일으킬 기회를 얻게 된 것에 기뻐해줄 것이었다. 용이는 진심으로 그리 믿고 있었다.

"……근데 왜 난 네 말이 사실처럼 들리지 않을까?"

당이가 서글픔을 안은 눈빛으로 동생을 보았다.

"왜 내 귀에는 네가 또 거짓말을 하는 것처럼 들릴까?"

"누님!"

"근데 그러면서도 왜 난 네 거짓말에 속아 넘어갈 수밖에 없는 것일까?"

"누님, 그러면?"

용이가 반색을 하며 덥석, 당이의 손을 잡았다. 당이는 오랜만에 잡아보는 아우의 손을 쓸쓸한 눈으로 내려다보며 말을 이었다.

"그래, 나는 또 속아 넘어가야겠지. 만에 하나, 네 말대로 정말로 어머니가 편찮으실지도 모르는 거니까. 하지만 만약 그렇지 않다면 용아, 넌 각오해둬야 할 거야. 그때는 정말 널 용서하지 않을 테니까."

용이의 손을 마주 잡은 당이의 손에 꽈악, 힘이 들어갔다. 용이는 그것으로 제 누이가 진심에서 우러나온 협박을 하고 있음을 알게 되었다.

"내가? 누구를!"

한편, 도성의 궁궐에서는 거의 하루 반나절을 달고 단잠을 잔 덕분인지 모처럼 개운한 몸과 마음으로 차를 마시다 말고, 현이 찻잔이 깨지지 않은 게 용할 정도로 거칠게 내려놓았다.

"하나도 생각이 나질 않으시옵니까?"

감 내관의 물음에 현은 이마에 손을 대고 곰곰이 생각에 생각을 거듭하였지만, 떠오르는 것이 하나도 없었다. 꿈을 꾸기는 하였다. 허나 그건 어디까지나 늘 꾸는 꿈일 뿐이었다. 새카만 짐승이 나오고, 낯선 여인이 나오고, 가슴이 저도 어쩌지 못할 정도로 벅찬…….

"하면 되었사옵니다. 정 저하께서 생각이 나지 않으신다면 이대로 조용히 마무리하겠나이다."

어쩐지 조금은 안심이 되는 것 같은 얼굴을 하고, 감 내관이 아뢰었다. 세자의 후의를 입은 여인이라 해서 반드시 세자의 후궁이 될 수 있는 건 아니었다. 상궁이라는 자리 하나 내어주고, 누구의 눈에도 쉽게 띄지 않는 궐 한편에 작은 방 한 칸 내어주면 그뿐인 일이었다. 그조차도 한낱 의녀로 살던 이에겐 분에 넘치는 광영이 될 터였다.

그런데 현이 뜻밖의 명을 내렸다.

"데려오너라."

"저하?"

"그 여인을 봐야겠다. 지금 당장 데려오너라."

현은 확인하고 싶었다. 혹시 그 화정이라는 의녀가 꿈에서 늘 보던 그 낯선 얼굴의 여인이 아닌지. 만약 그 여인이라면 생각하고 자시고 할 것도 없었다. 당장 후궁의 직첩을 내려달라, 제 여인으로 삼게 해달라 중전과 소빈에게 그리 청할 것이었다. 의심할 것도 없이 그 여인이야말로 자신의 운명의 짝일 테니까.

"의녀 화정, 저하께 인사 드리…… 옵……. 흑…… 저하!"

하지만 감 내관에 의해 불려온 화정을 본 순간, 현은 알았다.

인사를 하다 말고 눈물부터 터트리는 눈앞의 경박한 여인은 절대, 절대로 자신이 오랫동안 찾아 헤매던 꿈속의 여인이 아니라는 것을.

"생전 처음 밤이 길고 잔인하다는 사실을 깨달았습니다. 아무리 잠을 청하려고 해도 나를 두고 가지 마라— 하시던 저하의 음성이 귓전에서 떨어지지 않는지라, 마음 같아선 당장에라도……."

"감 내관."

화정의 말을 듣는 둥 마는 둥 현이 방문 옆에 선 늙은 내관을 불렀다.

"예, 저하."

"피곤하구나."

"저, 저하?"

자신에게서 돌아앉으며 눈길도 주지 않으려 하는 세자의 모습에 당황한 화정이 급히 세자를 불렀지만 차갑게 돌아앉은 현은 다시 돌아앉지 않았다.

대신 귀찮다는 듯 손목을 스윽, 돌렸을 뿐이었다.

"내보내시게."

감 내관이 현의 손짓이 가지는 의미를 알아듣고는 얼른 제 옆에 나란히 섰던 나인들에게 조용히 속삭였다. 그러자 나인 두셋이 내심 고소함을 금치 못하며 얼른 화정에게 덤벼들어 어깨를 붙잡아 강제로 일으켰다.

"저하? 저하! 어찌 이러시옵니까? 소녀가 무얼 잘못한 건지…… 저하!"

현이 다시 한 번 손목을 스윽, 돌렸다. 그러자 나인들은 이번엔 화정의 입을 손으로 가로막고선 화정의 몸을 질질 끌다시피 하여 동궁전 밖으로 데리고 나갔다.

"감 내관."

화정이 끌려 나간 뒤, 방이 조용해지고 나서야 현이 쓸쓸한 얼굴을 하고 본디대로 돌아앉았다.

"예, 저하."

"저 아이가 아니다."

"……예, 저하."

더는 말하지 않아도 알겠다는 듯, 감 내관이 깊이 허리를 숙였다. 그러고선 조금 방문을 열고 문 앞에 대기해 있던 정 상궁에게 무엇인가를 속삭여 밖으로 내보내었다. 화정은 이제 동궁전에서 가장 멀리 떨어진 어느 외진 전각으로 데려가질 것이었다. 하여 앞으로 영영 다시는 세자를 보지 못한 채, 특별상궁이란 이름만 가진 채 평생 유폐당하는 것이나 다름없는 삶을 살게 될 것이었다. 역사 속의 수많은 궁녀들이 그리 살아간 것처럼.

"내가 너무한 것 같으냐?"

방문이 닫힌 후, 감 내관과 단둘이 남게 된 세자 현이 물었다.

"아닙니다."

감 내관은 그리 말한 후 평소처럼 꾹, 입을 다물었다. 그런 감 내관에게 현은 자신의 허망하기 그지없는 감정을 털어놓았다.

"그 여인인 줄만 알았다. 꿈에서 본 여인이기를 바랐다. 하지만 아니야. 아니었어. 내가 아는 여인은, 내가 품고 싶었던 이는 저런 아이가 아니었! 쿨럭쿨럭! 쿨럭쿨럭쿨럭!"

현이 급하게 허리를 숙이고 밭은기침을 내뱉자, 감 내관이 소스라치게 놀라 현에게 달려들어 몸을 부축하였다.

"저하, 고정하시옵소서. 말씀을 아끼시옵소서."

"하아…… 콜록. 감 내관, 그 여인은 말이다. 내가 꿈에서 보았던 그 여인은 말이다. 내가 세자가 아니라 그저 평범한 사내임을 느끼게 해주었다."

늙은 내관에 힘없이 기댄 현의 눈에서는 어느새 눈물이 가득 고였다.

"이렇게 쓸모없는 몸을 가진, 온몸에 사슬이 가득 매인, 세자가 아니라 온 조선의 산천을 훨훨 날아다니는 자유로운 사내로 여기게 해주었다. 그런데…… 그 여인이 아니었어. 아니었어."

"저하……."

혹시나 했던 기대가 깨어진 실망감과 자신이 아무 의미 없는 여인을 안았다는 혐오감에 현은 입술을 깨물었다. 감 내관은 그런 현의 어깨를 감싸

줄 뿐, 무슨 말로 위로해줘야 할 줄을 몰랐다.

어렸을 때부터 병치레가 잦았던 것이 그러면서도 임금의 단 하나밖에 없는 자식이라는 사실이 현 스스로에게 얼마나 큰 심적 고통이었는지, 그런 현에게 꿈속에서 만난 여인이 얼마나 큰 위안이 되었는지 세상사람 아무도 몰라도, 항상 곁을 지켜왔던 감 내관은 너무나 잘 알고 있기 때문이었다.

그리 동궁전 안의 세자가 좌절감에 빠져 또다시 몸져누운 동안에도 시간은 쉼 없이, 게으름도 피우지 않고 흘러 어느새 준형과 반회가 도성에 당도한 지도 사흘이 지났다.

"끄윽."

준형은 길게 트림을 하며 달빛이 쏟아지는 마당 안을 왔다 갔다 거닐고 있었다. 그곳은 김 부사의 도성 본채 집이 아니었다. 반회와 준형이, 정확히는 준형이 사람들의 시선을 피해 드나들 수 있게 하기 위해 도성 외곽에 마련해 준, 작은 집이었다. 준형과 반회는 도성에 올라온 직후부터 쭈욱 이 집에서 머무는 중이었다.

"끅, 끄윽."

시원하게 터지지 않는 트림이 갑갑하여 준형은 주먹을 들어 제 가슴을 턱턱 내리쳤다. 영 소화가 되지 않았다. 금자도를 떠나온 후부터 무엇을 먹든 얹히기만 하였다. 별로 먹은 것도 없이도 늘 배 속은 더부룩하고 불편하기만 하였다.

"끅, 끄윽."

"자, 여기. 얼른 한 숟가락 꿀꺽 먹어."

다시 한 번 준형이 트림을 하고 있자니, 어느새 다가온 것인지 반회가 부토하젓을 넘칠 기세로 한가득 푼 숟가락을 준형에게 내밀었다.

토하젓은 민물새우를 소금에 절여 양념을 한 뒤 여섯 달 이상을 삭혀 만든 젓갈로, 소화가 안 되는 체기에는 아주 그만인 젓갈이었다. 특히 금자염으로 버무려 삭힌 토하젓은 소금의 질이 남다른 만큼, 도성의 의원들마저 비싼 값에 구하려 들 정도로 그 효과가 탁월하였다.

"괜찮아요. 곧 내려갈 것입니다."

준형이 가슴을 턱턱 치며 토하젓 삼키기를 마다하였다. 짜고 비리기만 하여 예전부터 준형은 토하젓을 별로 좋아하지 않았던 것이다.

"잠자코 시키는 대로 해."

응석을 받아주지 않겠다는 듯 나무란 반회가 한사코 마다하는 준형의 코를 잡고 강제로 입을 벌리게 한 다음, 토하젓 한 숟가락을 그대로 입안으로 쑤셔 박았다.

"형…… 님. 우읔!"

"토하지 말고, 그대로 삼켜."

반회가 준형의 입에서 숟가락을 빼낸 다음 재빨리 손바닥으로 입까지 틀어막는 바람에, 결국 준형은 비리고 역한 젓갈 한 숟가락을 그대로 씹지도 않은 채 목 안으로 넘기고 말았다.

"아, 형님!"

비린 맛에 잔뜩 인상을 쓴 채로 반회를 부른 준형이었지만, 금세 입을 다물고 말았다. 예전 같으면 장난기 가득한 눈으로 빙글빙글 웃으며 "비리냐? 거참, 이상하다. 네 입이 비린데 나는 왜 이렇게 고소한 거냐? 하하하하!" 하며 놀렸을 반회가 말없이 방 안으로 들어가 버린 때문이었다.

지난 사흘 내내 반회는 계속 그랬다.

얼핏 전과 다름없어 보이는 다정한 태도를 취하는 듯했지만, 문득문득 반회의 눈빛에서는 보일 듯 말 듯 거리감이 느껴졌다. 아직도 반회의 마음속에는 채 풀리지 못한 응어리가 남아 있는 게 분명했다.

'당연한 일이다.'

허허실실 웃으며 없었던 일로 하마, 한다 해도 사람 마음이란 그런 게 아닐 테니까.

"하아……."

준형은 한숨과 함께 갑갑한 가슴을 다시 한 번 퍽퍽 내리치면서 아직 반밖에 차지 않은 밤하늘의 달을 올려다보았다.

달은 나흘 전에 비해 아주 조금 살집이 붙어 있었다.

그때, 준형은 당이와 함께 한 몸인 양 붙어서 달을 보았더랬다. 당이는 준형의 가슴에 등을 기대고, 머리를 기대고 한껏 목을 젖혀 달을 보았더랬다. 준형은 당이의 허리에 손을 둘러, 한 치의 틈도 없이 제 몸에 딱 달라붙게 하였더랬다. 그래서 자신이 얼마나 당이를 원하는지, 얼마나 당이에게 굶주려 있는지 당이에게 역력히 알려주었더랬다.

-사람들이 그러는데, 사랑은 달에 맹세하는 것이 아니래.

-왜요?

-한 달에도 몇 번씩 얼굴을 바꾸는 것이 바로 달이니까. 그런 변덕스러운 달에게 어찌 맹세를 하느냐고.

-바보 같아.

-응?

-어떤 얼굴로 변하건, 달은 달인 걸요. 오히려 세상 어디를 가건, 밤하늘에서 저 달을 찾을 수 있으니, 맹세에 더없이 적합하죠. 안 그래요?

-그런가?

-그럴걸요? 후흐흣.

그날, 밤기운에 사르륵 녹아들던 당이의 웃음소리를 떠올리자 준형의 가슴 밑바닥이 뜨끈해졌다.

"맹세해."

준형은 소리 내어 혼잣말을 하였다.

"내게 어인은 평생, 일평생 오직 당신 한 사람뿐이야."

어쩌면 지금쯤, 금자도에서 자신과 같은 달을 보고 있을지 모를 여인에게 제 마음이 가 닿길 바라며 한 맹세였다. 그 여인이 설마 지금 자신과 같은 도성 땅에 있을 줄은 꿈에도 모르고 한 맹세였다.

"이름이 어찌 되는가?"

일산은 제 앞에 얌전히 고개를 숙이고 있는 여인에게 물었다. 조금 전, 밤늦게 용이의 손에 이끌려 일산의 집에, 사랑채에 들어온 낡은 옷차림의 여인이었다.

"당이라 합니다. 외자 이름입니다."

고개를 숙인 당이 대신 당이 곁에 앉은 용이가 싹싹하게 제 누이의 이름을 알려주었다.

"당이라. 그럼 빼어날 당 자를 쓰시는가?"

"아닙니다. 팥배나무 당(棠), 그러니까 해당화 할 때의 당 자를 씁니다."

이번에도 용이가 대신 답을 하였다.

"해당화라…… 흐음."

일산은 다시 한 번 눈앞의 당이를 꼼꼼히 살폈다. 방에 들어온 이후부터 계속 고개를 숙이고 있어 얼굴을 잘 보지 않았지만, 얼핏 보기로는 평범한 여인에 불과한 듯하였다. 해당화에서 따온 이름이 과하다 싶을 정도였다.

'정말 그날 밤의 늑대가 이 여인을 업어 갔었다고? 고작 이런 별 볼 일 없는 계집을?'

일산은 조금 낙담하였다. 이번에야말로 만월의 밤에 나타난다는 늑대에 대한 단서를 찾는가 기대를 하였던 것에 대한 낙담이었다.

처음에 부하가 여기저기 주막을 오가며 늑대에 대한 이야기를 해주고 술잔이나 얻어먹는다는 용이에 대한 정보를 가져왔을 때만 해도 딱히 큰 기대는 없었다. 그저 어디서 들은 풍월을 지껄이겠거니 하였다.

허나 별 기대 없이 불러들인 용이가 제 누이에 대한 이야기를 한 순간, 늑대가 용이의 누이를 갑자기 납치해 물가로 데려갔었다는 이야기를 한 순간, 일산은 내심 소스라치게 놀랐다.

일산이 아는 한, 만약 그 늑대가 만월의 밤에만 나타나는, 일산이 의심하는 '그 늑대'가 맞다면 그것이 의미하는 건 단 한 가지였다.

용이의 누이가 늑대에게 선택된, 운명적으로 정해진, '늑대의 반려'라는 것이었다.

'정말 이 계집이 늑대의 반려라고?'

너무나 작고, 마르고, 평범한 모습에 일산은 거의 실망감까지 느꼈다. 겉으로 보이는 당이의 모습은 절대 '늑대의 반려'라고는 생각되지 않는 모습이었던 것이다.

일산과 같은 늑대 혈족들은 일평생 단 하나의 반려를 가진다. 반려가 죽으면 늑대혈족들은 다시는 다른 반려를 찾지 아니한다. 그런 만큼 늑대혈족에게 있어 반려를 선택하는 일이란 평생에 걸친, 가장 중요한 일이라 할 수 있었다. 또한 그 때문에 늑대혈족의 일원이라면, 제 운명의 짝을, 평생의 반려를 대부분 첫눈에 알아볼 수 있다. 단순히 반려몽으로 그 상대를 먼저 꿈에서 만나기 때문만은 아니었다. 아무리 외면하고 싶어도 본능이 먼저 제 반려를 먼저 알아보기 때문이었다. 반려를 만나면 심장이, 눈이, 호흡이, 온몸의 털이 반려를 향해 극단적으로 반응하기 때문이었다.

이는 달리 말하면 늑대혈족의 반려는 반드시 만월의 밤에 만난다는 뜻이기도 했다. 실제로 일산의 할아비도, 일산의 아비도, 그리고 일산 또한 반려몽을 꾸었고, 보름날 밤에 자신들의 반려를 만났다. 만난 즉시, 다른 그 무엇에게도 방해받지 않고자 오직 둘만이 있을 수 있는 곳으로 향했다. 할아비도 아비도 일산도 그리했다. 대부분은 물이 있는 곳이었다. 할아비도 아비도 일산도 그리했다.

'왜냐하면 우리 늑대혈족들은 태고부터 음(陰)의 자손들이기 때문이다. 빛보다는 어둠, 해보다는 달, 땅보다는 물, 그것이 우리 혈족들에게 가장 어울리는 장소란다.'

그것은 입에서 입으로, 아비에서 아들에게로, 어미에게서 딸에게로 전해져 내려온 이야기였다.

용이에게서 만월의 밤에 만난 늑대가 용이의 누이를 업고 계곡으로 도망쳤다는 이야기를 들은 후, 혹시나 늑대의 반려가 아닐까 생각한 것은, 그래서 직접 데려오라 한 것은 그것을 확인하기 위해서였다. 늑대의 반려라면, 설령 꼭 자신의 반려가 아니더라도 모든 늑대혈족들에게 느껴지는 기운이 남다를 테니까.

'하지만 아니다. 이 계집은 아니야. 고작해야 이런 작고 말라빠진 계집이 늑대의 반려일 리 없지 않은가?'

실망감을 억누르고 있는 일산이 입을 떼었다.

"되었네. 먼 길 오시느라 피곤하셨을 테니, 오늘은 이만 가보시게."

"저기, 저…… 안방마님께도 인사를 여쭈어야 할 텐데, 언제 다시 오면 될까요?"

하지만 일산과 달리 용이는 반짝반짝, 기대에 찬 눈으로 일산에게 물었다. 집안의 혼사란 본디 그 집 안어른이 감당할 몫이 큰 부분이니, 일산의 아내에게 당이를 선보이고자 한 것이었다.

"흠. 그런데 어쩌지? 공교롭게도 내 내자(內子)가 요즘 몸이 좀 불편해서 말일세. 몸이 좀 낫거든 내 다시 연통을 하지."

"아니, 어쩌시다가……. 예, 그럼 하는 수 없지요. 그럼 어르신의 연락 기다리고 있겠습니다."

용이가 예상외의 대답에 잔뜩 풀이 죽어 인사를 한 다음, 터덜터덜 힘없는 걸음으로 방을 나섰다. 계속 한마디 말도 없이 용이 옆에 앉아 있던 당이가 그런 용이 뒤를 따라 방을 나서며, 방문을 닫기 전 눈이 마주친 일산에게 가볍게 묵례를 한 후 방문을 닫았다.

'응?'

일산이 자리에서 벌떡 일어섰다. 순간적이었지만, 아주 잠깐 당이에게서 무엇인가를 느꼈다.

"잠깐! 잠깐만! 홍 선비!"

일산이 소리를 높여 용이를 부르며 서둘러 방 밖으로 나갔다.

"예? 부르셨습니까?"

막 사랑채 마루 아래로 내려서고 있던 용이가 놀란 눈으로 보았다.

"부정 어른?"

"아, 아니, 저기……."

마루 끝에 서 있는 당이를 보며 일산은 저답지 않게 말을 더듬었다. 조금 전 자신이 느낀 것에 대한 확신이 없어서였다.

"아, 아무 약조 없이 그대로 돌려보내는 것도 예의가 아닐 것 같아서 말이네. 내일! 내일 어떤가? 내일 오후 술시(戌時, 오후 7시 반)에 누이랑 함께 다시 오시게. 내 내자에게 그때 인사를 하게나."

낡은 장옷을 팔에 들고 선 당이의 얼굴을 흘깃대며 일산이 용이에게 다음 날의 약속을 전했다. 굳이 약속을 내일로 다시 잡은 건 다시 한 번 확인하고 싶어서였다. 지금의 묘한 기분이, 소란스럽게 날뛰기 시작한 심장이 정말 온전히 당이 때문인 것인지, 아니면 용이 남매가 오기 전 가볍게 반주를 한 때문인지 확인할 필요가 있었다.

'정말로 술 때문인가? 아니면 저이가 정말 늑대의 반려이기 때문인가?'

작별인사를 고하고 집을 나서는 두 사람의 등을 보며, 일산은 눈을 빛냈다. 답은 내일이면, 그래 내일이면 분명해질 터였다.

한편, 일산의 집을 나온 당이가 대문이 닫히자마자 용이를 불러 세웠다.

"용아."

"누, 누님."

당이의 깊게 가라앉은 목소리에 겁먹은 용이가 두 손을 들어 얼굴 앞을 가렸다. 당이가 손찌검을 할 것을 대비해서였다.

"사실은요, 누님. 다, 다 말씀드릴게요. 우선 여기 이 댁이 어디냐면……."

"어머닌 어디 계시니?"

낮게 깔린 목소리와 달리 당이의 표정은 평온하기만 하였다.

"어머니 계신 약방이 어디야?"

"예? 아, 예. 약방이 아니라…… 집에…… 저기 중촌에다가 작은 집 한 칸을 마련했거든요. 거기…….."

"앞장서."

"……예에."

용이가 당이의 눈치를 보며 얼른 등롱을 든 채 앞서 나갔다. 그러면서도 언제 당이가 뒤통수를 후려칠까 두려워 연신 움찔움찔대며 뒤돌아보았다.

"당이, 우리 당이 왔니? 아이구, 내 딸 왔구나!"

집에 들어서자마자, 당이의 어머니 송씨 부인이 마당발로 뛰어나와 반색을 하며 당이를 맞았다. 예전 같으면 오자마자 아들 용이부터 챙겼을 송씨 부인이었지만 이날의 태도는 확연히 달랐다.

"그래, 그동안 얼마나 고생 많았니? 미안하다. 미안해. 내가 입이 백 개, 천 개라 해도 할 말이 없구나. 흑…… 흐흑."

송씨 부인이 당이의 거친 손등을 두 손으로 감쌌다.

"어휴, 이 손 거칠어진 것 좀 봐. 그동안 얼마나 고생했으면……."

송씨 부인은 보령에 있을 때도 이미 거칠어질 대로 거칠어져 있었던 당이의 손등을 새삼스럽게 애잔히 어루만지며 눈에 훤히 보이는 거짓 눈물을 흘려댔다.

"……들어가세요. 인사 받으셔야죠."

"응? 그래야지. 음, 그렇고말고."

한마디 원망쯤은 늘어놓으리라 생각했던 당이가 너무도 순하게 권하자, 송씨 부인은 반색하여 당이의 손을 잡고 다정하게 방으로 이끌었다.

당이의 순한 태도는 방에 들어가서도 마찬가지였다.

용이와 송씨 부인이 놀랄 정도로 당이에게는 두 사람을 원망하는 기색이 하나 없었다. 묻는 말에 순순히 답했고, 하는 말에도 가시 하나 없었다.

거짓말을 해서 자신을 도성까지 데리고 온 용이에게도 달리 신경질 한 번 내지 않았다.

"누님이 좀 이상하지 않아요?"

먼 길을 와서 피곤하다며 당이가 먼저 잠든 후, 용이는 제 방으로 어머니를 불러 속닥거릴 정도였다.

"너무 아무 일도 없던 것처럼 대하니까…… 좀 당황스럽지 않으세요?"

"저도 이번에 혼자 떨어져 고생하면서 느낀 게 많나 보지, 뭐."

"그럴까요?"

용이는 금자도에서 화내며 저를 두들기던, 그리고 또 거짓말하면 용서 않겠다던 당이 말을 떠올리며 고개를 갸웃하였다. 섬에서의 태도와 도성에서의 태도가 달라도 너무 다른 것이 자꾸만 마음에 걸렸다.

"그래도 데리고 오는 데 큰 말썽 안 부린 게 어디니? 난 당이 저것이 삐쳐서 안 올라온다고 어깃장을 부리면 어쩌나, 은근히 걱정했거든?"

"……그나저나 내일 부정 어른께서 다시 데려오라 했는데, 누님이 쉽게 따라나설지 모르겠어요."

"괜찮아. 이번 일로 단단히 철이 든 것 같으니 내일도 순하게 따라나설 거야. 왜 안 그렇겠니? 너나 내가 없으면 저야말로 끈 떨어진 연 신세인 걸, 이번에 단단히 실감했을 텐데. 호호호. 아, 참!"

이제야 제 마음에 쏙 드는 딸이 생긴 것에 만족스레 웃던 송씨 부인의 낯이 갑자기 흐려졌다.

"쟤가 입성이 저래서 큰일이구나. 설마하니 저런 거지꼴을 하고 왔을 줄이야. 부정 어른이 우릴 어떻게 봤겠니? 혹시 부정 어른이 오늘 돌려보낸 것도 쟤 꼴이 마음에 안 드셔서 그런 거 아니니?"

"글쎄요? 아! 그러고 보니…… 어머니 말씀이 맞는 것 같아요. 맞아요! 확실히 그래 보이셨어요."

어머니의 물음에 고개를 갸웃거리던 용이가 헤어질 무렵 낭이를 살펴보던 일산의 표정이 조금 이상했음을 떠올렸다.

190

"어쩌죠? 그저 빨리 혼담을 서두르고 싶은 욕심에 바로 부정 어른 댁부터 간 것이었는데, 제가 너무 성급했나 봐요. 내가 왜 그랬지? 어휴우."

그저 빨리 데리고 오라는 일산의 말만 생각하고, 또 당이가 눈치채지 못하는 사이에 빨리 혼담을 진행시키려던 욕심에 무리수를 둔 자신을 자책하며, 용이가 푹 한숨을 쉬었다.

"괜찮아, 괜찮아. 부정 어른께서 내일 다시 보자 하신 걸 보면 아주 나쁘게만 보신 건 아닌 것 같잖니? 그러니 벌써부터 나쁘게 낙담할 건 없어."

어깨를 축 늘어뜨리고 실의에 빠진 아들에게 용이 어머니가 슬며시 희망을 다시 불어넣어 주었다.

"그런가요? 그렇겠죠?"

"그러엄. 그보단 말 나온 김에 내일은 장에 가서 옷이라도 한 벌 사 입혀 보내야겠다. 행색이 달라지면 보는 눈도 좀 너그러워지실 거야."

"누님 것만요?"

언제 풀 죽었냐는 듯 금세 뻔뻔한 본래의 제 기질을 되찾은 용이가 투정 부리듯 입술을 삐죽였다. 용이 어머니가 그런 아들을 사랑스러워 죽겠다는 얼굴로 보고선 어여뻐 못 견디겠다는 듯 토닥토닥 뺨을 다독여주었다.

"어유, 그럴 리가요. 우리 아드님도 근사하게 옷 한 벌 빼드려야지요. 내일이 어떤 자리라고."

"역시 제 마음 알아주는 건 어머니밖에 없다니까요?"

"그걸 이제 아셨어요? 우리 아드님!"

하하, 호호. 모자는 사이좋게도 웃었다. 이제 곧 귀한 댁과 혼사를 맺을 것이라는 생각에 들떠 철없는 모자는 자꾸만 흐물흐물 웃음이 나오는 걸 어쩔 수가 없었다.

그런 두 사람과 달리 옆방에 누운 당이는 새삼 배신감에 몸을 떨며, 입술을 깨물어 눈물을 삼켰다.

'안 울어.'

당이는 다짐했다. 준형이 곁에 있었다면 또 "울어도 돼." 하고 말해주었을 것이다. 단단한 가슴에 당이의 얼굴을 묻게 하고, 그 커다란 손으로 당이의 뒤통수를 감싸고선 당이의 눈물을 대신 감춰주려 할 것이었다.

'아뇨. 안 울어요. 다시는 어머니 때문에, 용이 때문에 안 울 거예요. 다시는 나를 사랑하지 않는 사람들 때문에 안 울 거예요.'

다짐에도 불구하고, 자꾸만 비적비적 새어 나오려는 울음을 참느라, 당이는 낡은 이불 속에서 조그맣게 몸을 말았다.

제 두 손으로 허리를 감쌌다.

우습게도, 한심하게도, 그러고 있자니 준형이 감싸 안아주는 것 같기도 하였다. 당이의 몸을 덮고 있는 답답하기 그지없는 낡은 이불이, 준형의 단단한 가슴팍처럼 느껴지기도 하였다.

그래서 당이는 잠이 올 때까지, 오랫동안, 아주 오랫동안 이불 속에서 계속 꼼지락대었다. 곁에 없는 연인의 다정함을 그리며, 꿈에서나마 그를 볼 수 있기를 바라며.

'금방이에요. 금방 다 끝내고 당신을 만나러 갈게요. 당신에게 하고 싶은 말도 묻고 싶은 말도 아주 많거든요.'

그렇게 밤새 제대로 잠 한숨 이루지 못한 다음 날. 당이는 낮 동안 어머니 손에 끌려 시장으로 가 새 옷 한 벌을 얻어 입었다. 용이 또한 눈부시게 푸른 도포 한 벌을 새로 사 입었다. 어머니는 집에 돌아와 나란히 새 옷을 입고 선 두 사람을 보며 괜히 눈물을 찍어댔다.

"곱다. 둘 다 너무나 고와. 아들은 헌헌대장부요, 딸은 요조숙녀니 내가 참 자식은 남부럽지 않게 두었구나."

그 요조숙녀를 혼자 버려두고 온 게 채 두 달도 되지 않았는데 당이 어머니는 이미 그 일을 속 편하게 까맣게 잊어버린 것 같았다.

"오늘 그 댁에 가면 이것저것 많이 물으실 게다. 어제처럼 너무 뻣뻣하게 입 꾹 다물고 있지 말고 양순하게 굴어, 이것아. 우리 집안에 다시없을 기회야. 알기나 알아?"

왜 그래야 하는지, 무슨 기회인지 자세히 말해주지도 않으면서 당이 어머니는 그저 잘하라면서 몇 번이고, 몇 번이고 손등을 토닥였다.

그리고 그날 저녁이었다.

"그런데 내 바깥양반에게 얼핏 전해 들었는데, 낭자는 늑대를 본 적이 있다면서요?"

퇴청이 좀 늦어졌다는 일산을 대신해 일산의 아내 양씨 부인이 사랑채에 다과상을 마련하고 당이와 용이 남매를 맞아들였다.

아버님은 언제 돌아가셨는지, 보령에서 도성엔 언제 올라왔는지, 오늘 다시 오라고 해서 마음 상하진 않았는지 몇 가지 일상적인 질문을 한 뒤, 양씨 부인은 불쑥 늑대 이야기를 꺼냈다.

"그래…… 어땠어요?"

양씨 부인이 괜히 목소리까지 낮춰가며 은근한 눈빛으로 물었다.

"아주 흉측했겠죠? 얼마나 흉측하게 생겼는지 한번 얘기해봐요. 어때요. 정말 소문대로예요? 늑대란 짐승은 막 한밤중에도 기묘하게 눈이 번쩍번쩍 빛나고, 입에서는 누런 침이 줄줄 흘러내리고 그렇다면서요? 세상에 얼마나 무서웠을까. 어휴. 소름 끼쳐."

"글쎄요, 뭐……."

당이는 말끝을 흐렸다. 문득, 준형이 전에 자신에게 똑같은 질문을 했던 것이 기억났다

-흉측했겠지?

-그…… 더러운 짐승 말이야. 늑대라는 놈. 아주 흉측하게 생겼겠지?

-한밤중에도 기묘하게 눈을 빛내고, 입가에선 더러운 침이 흘러내리고, 온

몸엔 뻣뻣한 털이 가득하니, 가까이 닿는 것만으로도 소름이 끼쳤을 거야.

그리 당이가 준형의 말을 더듬어 회상하는 중에도 양씨 부인의 이야기는 계속되고 있었다.

"도망치다가 발을 헛디뎌 물에 빠지기까지 했다는 얘길 들었을 때는 내 모골이 다 송연했다니까요? 그래도 홍 선비께서 용감하게 구해내어 천만다행이지요. 구사일생이란 게 아마 그런 경우를 보고 하는 말일 거예요."

양씨 부인은 과장스럽게 어깨를 움츠리기까지 하였다. 그때였다. 얌전히 아래로 내리깔고 있던 당이의 눈가에 보일 듯 말 듯 작게 경련이 일어났다.

'왜지? 왜…… 그 사람은?'

지금의 양씨와 거의 똑같은 말을 하던 준형을 떠올리던 당이는, 예전 그때의 준형의 질문이 뭔가 잘못되어 있었음을 깨달았다. 그때 분명, 분명 준형은 이렇게 말했었다.

-오죽 싫었으면 스스로 물에 뛰어들었겠어. 안 그래?

당시만 해도 그 말이 끝나자마자 의원이 왔다는 전갈을 받고, 준형에게 강제로 안겨 준형의 처소로 옮겨지느라 자세히 생각할 겨를이 없었다. 하지만 이제 돌이켜 생각해보면 그 질문은 너무나 이상했다.

'내가 그날, 그 보름날 밤에 스스로 계곡물에 뛰어든 걸 그 사람은 어떻게 안 거지? 용이나 사냥꾼들도 모르는 그 사실을 대체 어떻게 안 거야?'

"어제 낭자를 보고서 우리 양반이 어찌나 칭찬을 하는지 나도 한번……."

양씨 부인은 여전히 쉴 새 없이 무엇이라 떠들고 있었지만 이미 준형 생각으로 가득 찬 당이에게는 아무 소리도 들리지 않았다.

일산의 집에서 당이와 양씨 부인이 독대를 하고 있던 바로 그 시간, 궁궐에서는 병색이 완연해 보이는 임금이 김 부사와 함께 나란히 뜰을 거닐고 있었다. 궁인들은 멀찌감치 떨어뜨려 놓은 채였다.

"이제 갈 날이 머지않은 듯하네……. 그래선지 자꾸만 불안해지고 마음이 바빠진다네."

"전하, 어찌 그런 말씀을 하시옵니까? 약해지시면 아니 되옵니다. 강건하셔야지요. 아직 이 나라 종묘사직과 어린 만백성들이 전하의 보살핌을 필요로 하고 있질 않나이까?"

임금의 죽마고우이자, 금자도 삼공자의 아비인 전 도호부사 김찬은 부쩍 약해진 임금의 말과 모습에 수심 가득한 얼굴로 그 말을 부정하였다.

그러면서도 김 부사는 내심 임금의 말이 맞을지도 모른다고 생각하고 있었다. 실제로 지난 몇 해 동안 금자도의 소금을 진상하러 올 때마다 임금의 용안에 점점 더 짙은 병색이 드리워지고 있음을 보았다.

특히 이번에는 더욱 심했다. 김 부사가 금자염을 진상하고 나서도 섬으로 돌아가지 못했던 것도 임금의 상태가 심상치 않다고 느꼈기 때문이었다.

그러기에 무리인 줄 알면서도 김 부사는 임금의 억지를 들어줄 수밖에 없었다. 준형을 도성으로 데려오라는 명을 받들고 말았다.

"그 아이가 지금 도성에 와 있습니다."

임금의 우울을 조금이나마 씻어주기 위해 김 부사는 임금이 오래, 그리고 애타게 기다리고 있던 소식을 전해주었다.

"왔다고?"

임금이 걸음을 멈추고 곁에서 나란히 걷던 김 부사를 돌아보았다.

"그…… 아이가 왔다고?"

"예, 벌써 며칠이 되었습니다."

"그런데 왜 진작 알려주지 않았나? 내가 그 아이를 만나기를 얼마나 학수고대하고 있는 줄 알면서!"

임금이 김 부사에게 원망 어린 눈길을 보냈다. 사실 지난달에 준형이 처음으로 도성에 불려왔을 때, 예정대로라면 그때 임금은 이미 준형과 만났어야 했다. 그러나 준형과 만나기로 예정된 바로 그날, 임금의 쇠약한 몸은 기대와 흥분, 초조와 불안으로 날뛰기 시작하는 가슴을 차마 감당치 못했다.

결국 임금이 궐을 나오기는커녕 이불 속에서 단 한 발자국도 나오지 못하게 되자 김 부사는 준형을 다시 섬으로 돌려보내었다. 준형을 도성에서 보름, 만월의 밤을 맞게 할 수는 없었기 때문이었다.

"그때 그리 보낸 것을 내가 얼마나 후회하고 아쉬워했는지 자네도 잘 알지 않나! 그런데 왜 이제야 그 소식을 전하는 건가?"

"……소신이 겁이 많았나이다. 전하께서 또다시 몸져눕게 되시면 어쩔까 두려워하였나이다."

"그래서 요 며칠 계속 입궐하여 내 용태를 살핀 게로구먼?"

"송구하옵니다."

김 부사가 깊게 허리를 숙여 사죄를 하였다.

"그래, 어떤가? 이제 자네 보기에는 내가 그 아이를 만나도 될 성싶어 보이는가?"

"오랜만에 전하의 강녕하신 모습을 뵈오니, 그저 기쁘기 한량없을 따름이옵니다."

"흐……."

임금은 힘없이 미소를 지었다. 김 부사에게 달리 말은 안 했지만 임금은 직감하고 있었다. 이제야말로 정말 제게 남은 시간이 그리 길지 않을 것이라는 걸. 갑자기 몸의 상태가 좋아진 건 죽기 전에 마지막으로 하늘이 제게 준 선물 같은 기회란 것을. 본능이 그에게 가르쳐주고 있었다.

"당장 그 아이를 만나봐야겠네."

"전하!"

"오늘은 이렇게 일어나 돌아다녀도 내일은 또 어찌 될지 모르는 게 병자의 운명이네. 그러니 조금이라도 몸이 좋을 때, 그 아이를 만날 것이네. 막지 말게나. 그래, 일단 변복부터 해야겠구먼."

마음을 굳힌 임금이 다급하게 침전 쪽으로 걸음을 옮기려 할 때였다.

"아바마마!"

대전 뜰 바깥쪽에서 갑자기 들려온 목소리에 김 부사는 흠칫, 어깨를 떨었다. 누구에게도 들켜서는 안 될 비밀스러운 이야기를 하고 있기 때문만은 아니었다. 들려온 목소리가 궁궐 밖에 있는 제 아들 준형과 너무도 똑같았기 때문이었다.

"세자로구나. 이리, 이리 가까이 오너라. 안 그래도 네게 소개해줄 사람이 있느니."

어명에 따라 바쁜 걸음으로 동궁전의 내관과 상궁들을 거느리며 가까이 다가오는 세자를 보며 김 부사의 등허리에선 주르륵 식은땀 한 줄기가 흘러내렸다. 예상은 했었지만, 당연히 그러리라고 생각은 이미 하고 있었지만, 세자 현의 모습은 예상했던 그 이상이었다.

세자의 모습은 곧 준형의 모습이었다.

얼굴 생김새부터 어깨 너비, 걷는 품새까지 딱 준형의 모습 그대로였다!

제6장. 아버지와 아들

"그래, 내게 할 말이란 게 무엇인가?"

일산은 얌전히 고개를 숙이고 앉아 있는 당이와 황당하다는 얼굴로 제 누이를 보고 있는 용이와 함께 사랑채에 들어 있었다.

조금 전, 안채에서 물러나온 당이가 일산에게 정중하게 작별 인사를 고하는 용이의 말을 끊고 일산에게 하고 싶은 말이 있다며 잠시만 짬을 내달라고 한 때문이었다.

"부정 어른께 무슨 말씀을 드리려고요?"

용이가 당이의 허벅지를 쿡쿡 찌르며 눈치를 주었지만, 당이는 미동도 하지 않았다. 대신 고개를 숙인 그대로 일산에게 부탁을 하였다.

"죄송하지만 용이를 마루로 내보내 주시겠습니까? 말씀을 드리는 데 방해가 될 것 같아서요. 생각보다 더."

"누님!"

"……그리하게."

"부정 어른!"

"나가 있게나."

연신 불안한 눈으로 제 누이와 일산을 번갈아 보던 용이가 하는 수 없이 사랑채 방을 나갔다.

"자, 이제 해보시게. 내게 꼭 할 말이란 게 무언가?"

"일단 먼저 여쭙겠습니다. 부정 어른께서는 저나 제 아우에게 무엇을 바라고 계십니까?"

"내가? 무엇을 바란다? 무슨 말인가? 좀 더 분명히 말을 해보시게."

"그럼, 단도직입적으로 말씀드리겠습니다."

그제야 당이가 고개를 들어, 빤히 일산의 얼굴을 보았다. 올곧은 눈빛이었다. 무언가 어떤 꼼수라든가 다른 품은 마음이 없다는 걸 믿게 하는 그런 눈빛이었다.

"부정 어른께서는 왜 제게 혼담을 주선하려 하십니까?"

"……홍 선비는 자세한 이야길 하지 않았다고 하던데, 알고 있었는가? 오늘이 낭자가 선을 보이는 날이라는 걸?"

"저는 잠귀가 밝고 제 아우와 어미는 목소리가 큰 덕분이지요."

"으흠. 그렇게 된 거였구먼."

"제 아우는 아직 대과에 급제도 못한, 한량이나 다름없는 처지입니다. 저희 집안 역시 내세울 게 없는 보잘것없는 집안이고요. 보시다시피 저는 절세의 미인도 아닙니다. 그런데 왜, 제게 혼담을 주선하려 하신 것인지 여쭙고 싶습니다."

자기비하가 아닌, 있는 그대로의 상황을 이야기하며 당이는 왜 그런 악조건인 자신에게 혼담을 주선하려 하는 것인지 다시 한 번 물었다.

"홍 선비가 내 마음에 들어 그런 거였다면?"

"그럼 아직 미장가인 제 아우에게 혼담을 주선하셨겠지요."

"혼기를 넘긴 누이가 있다기에 딱해서 그런 것일 수도 있지 않은가?"

"용이가 부정 어른께 먼저 제 혼사 얘기를 말씀드렸다는 게 잘 믿기지 않는군요."

당이는 자신도 모르게 쓴웃음을 지은 후, 다시 말을 이었다.

"설령 그렇다 해도 보통은 그 인물 됨됨이를 먼저 살핀 후 혼담을 꺼내시겠지요. 상대가 눈이 삐뚤어졌는데 코가 삐뚤어졌는지 몹쓸 병을 앓고 있는지, 성격이 얼마나 괴팍한지 알지도 못하시면서 혼인 얘기부터 꺼내신 건 아무래도 이상하지 않을는지요."

"꽤나 당돌한 낭자시구먼. 그럼 내게 다른 뜻이라도 있다는 얘긴가?"

따박따박 따지고 드는 당이에게 해볼 테면 해보라는 듯, 일산이 제 앞에 놓인 작은 서탁을 짚으며 몸을 앞으로 내밀었다.

"그래, 뭐가 더 있을 것 같은가? 세자의 외숙인 내가 이렇다 하게 내세울 것도 없는 처지의 낭자와 아우에게 달리 무엇을 바라고 혼담을 주선하려 했겠는가? 순수한 동정과 자비가 아니면 달리 뭐냔 말일세."

"글쎄요. 말씀드리기 송구하지만 부정 어른께서는 순수한 동정과 자비로 이런 거추장스러운 일을 하실 만한 분이 아니신 것 같으신데요."

"낭자가 지금 나를 돌려 욕하는 건가?"

말은 그렇게 했으면서도 일산은 사실 하나도 기분이 나쁘지 않았다. 오히려 당이가 퐁당퐁당 말대답을 하는 게 흥미로웠고, 짜릿하였다.

"무례하게 들리셨다면, 정중히 사과드리겠습니다."

깍듯한 태도로 당이가 깊이 허리를 숙였지만 다시 몸을 일으킨 당이의 얼굴에는 미안함이나 송구함 같은 건 역시 조금도 찾아볼 수 없었다.

일산은 그 점 또한 마음에 들었다.

"뭐, 사과를 받아주겠네. 나는 꽤 너그러운 사람이니까."

"허면 제가 이번 혼담을 받아들이지 못하는 것도 너그러이 이해해주시길 바랍니다."

"……이유는?"

"이미 제게 혼인을 맹약한 상대가 있기 때문입니다."

일산에게 굳이 할 필요는 없는 이야기일지도 몰랐다. 그런데도 당이는 일산에게 분명히 이야기해야만 했다.

그것이 자신이 연모하는, 금자도를 떠난 이후에도 단 한순간도 저 스스로와 떼어 생각해본 적이 없는, 준형에 대한 신의라고 생각했다.

준형은 이미 당이의 남자였다. 자신은 이미 준형의 여자였다. 망설일 것도 거리낄 것도 없었다. 어젯밤 당이와 제 어머니가 하는 이야기를 엿듣고, 오늘 이 자리가 어떤 자리인 줄 알면서도 순순히 따라나선 것은 그런 제 입장을 제 입으로 분명히 밝히기 위해서였다.

"그러니 더는 제 아우에게 이번 혼담에 대한 헛된 기대나 욕심을 갖지 않게 해주셨으면 합니다. 부정 어른께서 제 아우를 마음에 들어 하신다면 이런 제 청을 거절하지 않으실 거라 믿습니다."

당이는 할 말을 마친 후, 다시 한 번 정중히 허리를 숙여 예를 표한 후 자리에서 일어났다. 방문을 열고 나서려는데 일산이 물었다.

"그런데 그 늑대는 지금 어디 있는가?"

"네?"

"자네를 업어 갔었다는 그 늑대 말일세. 이상한 일이지? 자네를 업어 갔다는 그날 이후로 다시는 그 늑대가 나타났다는 소문이 없으니."

"……왜 제가 알 것이라 생각하십니까?"

"그러게. 보통으로 생각하자면 당연히 알 리가 없을 텐데, 이상하게 나는 왠지 낭자가 알고 있을 것만 같다는 생각이 드는군. 왜일까?"

"……답을 제게 구하시는 이유도, 또한 그 답도 알 수 없으니 아무 드릴 말씀이 없습니다."

당이가 한 번 더 꾸벅, 묵례를 하고서 방을 나갔다.

"누님! 이렇게 나오시면 어떡해요?"

방문 밖에서 목소리를 억누르며 당이에게 따져 묻는 용이의 목소리가 들려왔다.

"거기 좀 서봐요. 누님, 누님! 어휴, 참! 저기…… 부정 어른?"

당이를 부르던 용이가 조심스레 방문 밖에서 일산을 불렀다.

"되었네. 자네 누이나 쫓아가 보시게."

"죄, 죄송합니다. 일간 다시 찾아뵙고 자세한 말씀 올리겠습니다."

인사를 전한 후 후다닥, 뛰쳐나가는 용이의 발소리가 들려왔다. 그러거나 말거나 일산은 신경도 쓰지 않았다.

'맹랑하고 당돌하고 무례한 계집이다.'

어여쁘지도 않고 계집다운 나긋나긋함도 없었다. 어떻게 보아도 일산의 눈에는 전혀 차지 않는 계집이었다. 그런데도 일산의 가슴은 술렁거렸다.

몹시도 소란스러웠다.

'정말 네가 늑대의 반려란 말이냐? 하여 전혀 상관없는 내 가슴까지 이리 시끄럽게 만드는 것이냐?'

문득 무엇인가를 떠올린 일산이 눈빛을 번쩍였다. 궁금해진 것이었다. 만약 세자가 당이를 보게 되면 어떨지. 세자도 자신처럼 이렇게 가슴을 두근거리게 되는지 못 견디게 궁금해졌다.

"세자가 이 밤에 여긴 웬일이더냐?"

"아바마마가 산책을 나가셨다는 소리를 듣고 기뻐 한달음에 달려 나왔나이다. 아바마마께서 이리 강녕한 모습을 뵈오니, 소자 이제 더는 바랄 것이 없습니다."

그리 말하는 세자의 눈에는 눈물까지 촉촉이 고여 있을 정도였다. 임금은 그런 세자의 등을 쓸어주며, 미안한 마음을 전했다.

뜰에 있는 대전의 궁인들과 동궁전의 궁인들이 모두 그 모습을 보고 흐뭇하고 기쁜 기색을 감추지 못하고 있을 때 오직 김 부사만이 자신만의 생각에 빠져 있었다.

'이럴 수가.'

김 부사는 온몸에 소름이 돋는 것만 같았다.

세자와 준형은 애초에 한날한시, 한배에서 난 쌍둥이니 많이 닮아 있을 것이라고는 짐작했었다. 그렇다 해도 설마하니 이렇게까지 한 틀에서 찍어낸 듯 똑같을 줄은 꿈에도 몰랐다. 아무리 쌍둥이라 하더라도 이십 년을 떨어져 살았으니, 서로 다른 환경에서 서로 다른 것을 먹고 달리 움직이며 살았으니 이제는 제법 다를 것이라 생각했었다.

하지만 두 사람은 단 한 치도 다르지 않았다. 이대로 세자와 준형을 똑같은 옷을 입히고 똑같은 관을 씌운 채 나란히 세워둔다면 자신조차도 한눈에 선뜻 두 사람을 분간해낼 자신이 없을 정도였다.

지난 이십 년간 준형을 제 자식으로서 끼고 살아온 자신이 이러할지니, 사정을 모르는 이들이라면 두 사람을 바꿔놓는다 한들, 감쪽같이 속아 넘어가고 말 일이었다.

'그러니 더더욱 위험하지 않은가?'

김 부사는 모골이 송연해졌다. 만약 누군가 세자와 준형의 일을, 이십 년 전에 있었던 그날 밤의 일을 아는 사람이 있다면 세자도 준형도 그 앞날이 어떻다 장담할 수 없게 될 것이었다.

세자는 보위를 이을 몸이었다.

유일무이, 최고 지존의 자리에 앉을 몸이었다. 헌데 다른 이와 똑같이 생긴 절대적인 존재라니, 언제라도 다른 이들이 알지 못하는 사이에 대체 가능한 지존이라니, 그런 일은 들어본 적도 없다.

결코 있을 수도 없는, 있어서도 안 되는 일이었다.

한편, 그때 당이의 뒤를 좇아 나온 용이는 대문을 벗어나자마자 그녀를 불러 세워 따지는 중이었다.

"지금 누님이 무슨 짓을 한 건지 아세요! 오늘 이 자리가 어떤 자리였는지 아시냐고요!"

"알아. 네가 날 팔려고 한 자리였잖아."

"무슨……! 팔기는 누가! 그런 거였으면 왜 따라왔어요? 아예 못 온다고 할 것이지, 왜 여기까지 와서 깽판을 치시냐고요."

"너한테만 말해서는 소용없을 거잖아. 부정 어른과 어떻게든 연을 맺으려고 눈이 벌게진 넌데 내가 싫다고 한들 알아듣겠어? 그래서 온 거야. 내가 직접 부정 어른께 거절의 뜻을 밝히려고."

"누님! 이게, 이게 나한테 얼마나 귀한 기회인지 알기나 해요?"

"몰라. 알고 싶지도 않고."

당이가 용이를 뒤로하고 성큼성큼 걸음을 옮겼다. 용이가 얼른 그런 당이에게 따라붙어 태도를 바꾸어 비굴하게 사정을 하였다.

"그러지 말고 누님, 잘 생각해봐요. 그깟 김 부사 댁 공자랑 혼인해봐야 그 좁아터진 섬에서 평생을 살아야 해요. 지겹지도 않아요? 평생 짠 소금 내나 맡으며 살 거냐고요."

"너!"

당이가 눈살을 찌푸리며 용이를 돌아보았다.

"알…… 고 있었어? 어떻게……. 아니, 그보다 알고 있으면서도 날 도성으로 데려온 거야?"

"아, 아, 아니. 누님, 지금 그게 문제가 아니잖아요. 잘 생각해요. 그 공자가 무슨 감언이설로 누님을 꼬셨는지 몰라도 그 공자랑 혼인해봤자……."

"닥쳐."

당이가 더는 들을 필요 없다는 듯, 다시 등을 돌렸다.

"누님!"

"다시는 날 누이라고 부르지 마. 나도 너를 아우라 생각지 않을 것이니."

"누님!"

"집에 가서 내 짐 챙겨 나올게. 그러니 넌 안 따라와도 돼."

당이가 이제는 정말 오만정이 다 떨어지는 아우를 뒤로하고 집으로 가는 걸음을 서둘렀다. 빨리 집에서 나오려면 빨리 집으로 가야만 했다.

그렇게 당이가 밤거리를 걷는 걸음을 서두르는 동안, 준형과 반회는 아버지 김 부사와 함께 온 손님을 맞아, 방에 들고 있었다.

"이리, 이리…… 가까이 오너라."

공손히 무릎을 꿇고 앉은 반회와 준형을 보던 손님은 준형에게로 손을 내밀었다. 보일 듯 말 듯 가늘게 떨리는 손이었다.

"나를 잘 보거라. 혹시 나를 본…… 기억이 있느냐?"

손님의 말에 준형은 무례함을 무릅쓰고 손님의 앞에 가까이 다가앉아 그 얼굴을 빤히 바라보았다. 아버지 김 부사의 죽마고우라고 소개받은 '이 생원'은 단정하고 섬세하게 생긴 얼굴을 갖고 있었다. 건강이 좋지 못한 듯, 눈빛도 탁했고 살결도 푸석푸석해 보였지만 타고난 생김새 그 자체에서는 귀태가 흐르고 있었다. 그러나 처음 보는 얼굴임은 분명하였다.

"죄송합니다."

"아니, 아니다. 너무 어렸을 때니…… 갓난아이일 때 본 것뿐이니 기억에 없는 것도 당연하겠지. 많이…… 컸구나. 잘 자라주었어."

이 생원은 준형이 무릎 위에 공손히 올려둔 손을 향해서 손을 뻗으려다 말고, 거두었다. 그 모습을 보고 있던 김 부사가 조심스레 이 생원의 얼굴을 흘끗거리고 있는 반회에게 말했다.

"반회 너는 나를 따라오거라. 여기 이 생원에게 주기로 한 서책이 있어서 말이다. 서책을 찾는 걸 네가 좀 도와주야겠다."

"예, 아버님."

"그럼 저도……?"

아버지 김 부사의 명에 잽싸게 몸을 일으킨 반회에 이어 준형도 일어서려 하였으나 김 부사가 말렸다.

"어허. 그럼 이 생원 혼자 방에 남게 되질 않느냐? 손님 모셔다 놓고 그 무슨 무례란 말이냐? 아비가 형과 함께 서책을 찾아올 동안 잠시 이 생원의 말동무를 하고 있거라. 이 생원, 괜찮으시겠나?"

김 부사가 준형에게 엄한 목소리로 이른 후, 그와 상반되는 다정한 말투로 이 생원의 동의를 구했다.

"편한 대로 하게나."

임금은, 아니 지금 이 순간은 어디까지나 이 생원이기만 한 이는 자신과 준형을 둘만 있게 해주려는 김 부사의 속뜻에 고마움의 눈빛을 전했다.

"……준형아."

김 부사가 반회와 함께 방을 나간 후, 잠시 어색한 침묵이 흐르던 중 이 생원이 준형을 불렀다.

"예, 어르신."

"내 친구의 아들이니 내가 네 손 좀 잡아봐도 되겠느냐?"

"예? 아, 예. 물론이지요."

준형이 아비의 친구에게 기꺼이 손을 내주었다.

"준형아, 네 아비는 이 세상 사내 중에 가장 훌륭한 사내란다."

이 생원이 준형의 손을 자신의 두 손으로 다정히 감싸며 말했다.

"만약 내가 이 몸이 아닌 다른 어느 곳에 내 심장을 떼어 간직해야 한다면 나는 기꺼이 그것을 네 아비에게 맡겼을 것이다. 실제로 내 목숨과도 같은 것을 네 아비가 지켜주기도 하였고."

이 생원의 목소리에는 어느새 물기가 가득하였다. 준형은 그것을 아비가 먼저 일러준 대로, 실로 오랜만에 만난 죽마고우의 아들에 대한 반가움의 표시라고만 여겼다.

"나는 진실로 네 아비에게 너무 많은 것을 빚졌다. 그 빚을 갚고 싶어도 갚을 방법을 알지 못할 정도란다."

"예에……."

"만약, 정말 만에 하나라도, 언젠가 네 아비를 원망하고 싶은 때가 오거든

단 하나만 기억해다오. 네 아비에게는 아무 잘못도 없다는 것을. 진실로 네 아비 스스로 우를 범한 적이 없다는 것을. 모든 것은 그리하게 만든 사람에 있다는 것도."

"형……!"

'형님들의 어머니가 아닌 다른 여인에게서 저를 낳은 것도요? 서자인 저를 정실 아들로 키우려고 세상을 속인 것도요?'

준형은 울컥하여 따지고 싶었지만 입을 다물었다. 이 생원이 지금 말하고 있는 것이 자신에 대한 일인지 아닌지 확실치도 않아서였다.

또한 그것을 따질 상대는 이 생원이 아니기 때문이었다.

'저는 아버님이 싫습니다. 이해할 수 없습니다! 무슨 핑계를 대건, 아버님은 자신을 연모하는 분을, 형님들의 어머니를 배신하고 상처를 주셨습니다. 저는 아버님처럼 그리 살지는 않을 것입니다. 제가 연모하는 여인을 울리지 않을 것입니다. 절대로, 무슨 일이 있어도요!'

"이것을 받으려무나."

복잡한 준형의 표정을 읽은 이 생원이 품속에서 작은 비단 주머니 하나를 꺼내어 건넸다.

"네게 주는 선물이다."

"이 자리에서 풀어봐야만 하는 것입니까?"

"후훗. 아니다. 풀어보지 말거라. 먼 훗날 네가 혼인하여 아들을 낳거든, 그 안의 것을 아들에게 주거라."

"네? 왜 그런……."

"그때가 되면 다 알게 될 것이다. 전부 다."

알쏭달쏭 수수께끼 같은 말을 전한 후에는 평범한 대화가 이어졌다. 보통 아비의 친구가 친구의 아들에게 물을 법한 질문들이었다. 섬 생활은 어떠한지, 사는 데 크게 불편함은 없는지, 형제들 간의 우애는 어떠한지 등등이었다. 준형도 그에 맞는 평범한 답을 하였다. 섬 생활은 갑갑하긴 하나 부족함

없이 살고 있으며, 형님들이야말로 자신의 가장 큰 자랑거리라는 것 등이었다. 그때마다 그 별스럽지 않은 대답들을 이 생원은 두 눈을 반짝이며, 연신 고개를 주억거리며 귀담아들었다.

"혼인은? 마음에 드는 처자는 아직 없는 것이냐?"

"……조만간 올리게 되지 않을까 생각하고 있습니다."

그렇게 말하며 준형은 조금 쑥스러운 듯 웃음을 머금었다.

"호오. 좋은 연분이라도 생긴 것이냐?"

이 생원이 반색하여 더 자세한 이야기를 들으려 할 즈음, "들어가겠네." 하는 소리와 함께 방문이 열리고 김 부사와 반회가 들어섰다.

"미안하네, 이 생원. 내 분명히 자네한테 돌려주려고 따로 챙겨둔 것 같은데 그 서책을 아무리 찾아도 찾을 수가 없구먼."

"그런가? 뭐, 그럴 수도 있지. 너무 신경 쓰지 마시게. 서책이야 다시 구하면 되지 않은가? 그보단 말일세, 여기 준형이가……."

"이 생원."

자리에 앉지 않고 방문 앞에 선 김 부사가 굳은 얼굴로 말했다.

"머물 시간이 잠깐밖에 없다면서? '집'에 늦게 가면 부인께서 문도 안 열어주실 거라며?"

갑자기 즉흥적으로 정한 잠행이라 임금에게는 밖에서 머물 시간이 별로 없었다. 세자와 함께 궁궐 뜰에서 담소를 나누느라 시간이 좀 더 지체된 때문이기도 했다. 김 부사는 그것을 지적하고 있는 중이었다.

"아니. 아직은 괜찮다네. 여기서 구…… 아니 내 집이 멀지 않으니……. 아, 알았네."

어떻게든 준형과 있는 시간을 조금이라도 더 연장하고 싶었던 임금이지만 단호한 김 부사의 표정을 보고 결국 마지못해 자리에서 일어섰다. 자신이 고집을 피워서 될 일이 아님은 임금 자신이 더 잘 알았다.

"내 자네 둘째 아들과는 변변한 말 한마디 못 섞었는데 이렇게 쫓겨나는

구면. 반회라 했던가?"

"예, 어르신."

"내 조만간, 며칠 내에 다시 옴세. 그때는 자네와도 꽤 많은 이야기를 나누고 싶구먼."

"그러십시오. 즐거운 마음으로 기다리고 있겠습니다."

반회가 꽃같이 환한 미소를 띠며 답하였다.

"화엄."

"예, 전하."

변복한 내시와 호위군사가 기다리고 있는 대문 밖에 나선 임금이 김 부사에게 작별의 인사 대신 감사의 인사를 건넸다.

"고맙네."

"별말씀을요."

"다시 와도…… 되겠는가?"

"전하……."

"한 번만이라고 약속한 거 아네. 하지만 자네도 알지 않은가? 오늘은 시간이 너무 짧았네. 이렇다 할 변변한 얘기 하나 하지 못했어. 묻고 싶은 게 많네. 저 아이에게 듣고 싶은 게 아직 너무 많아!"

그저 한 번 보기만 하겠다던 임금이 아이처럼 떼를 썼다. 그런 임금에게 김 부사는 안 된다, 위험하다 말할 수 없었다.

아들.

피와 살을 나눈 아들을 만나고 아들이라 부르지 못한, 아비라 부름 받지 못한 그 심정을 조금은 헤아릴 수 있을 것 같아서였다.

"저희는 사흘 후에 금자도로 내려갈 것이옵니다. 그러니 무리하지 마시고, 편하실 때 찾아주시옵소서."

하지만 다시 김 부사의 집에 임금이 찾아오는 일은 없었다. 반회가 이 생원을 다시 보는 일도 없었다. 그 밤이 반회가 이름도 알지 못하는 아비의 친구를 만난 마지막 날이었다.

모두들 알지 못했지만. 그날 궁으로 돌아간 임금은 며칠간 팔팔했던 것이 거짓말인 양 몸져누운 후 다시는 의식을 회복하지 못했기 때문이었다.

"전하! 전하! 이게 어인 일이옵니까? 전하, 소첩이옵니다. 전하!"

다음 날, 소빈은 전혀 중년의 나이로 보이지 않는, 지나치게 화사하고 고운 얼굴을 일그러뜨리며 임금의 침전으로 달려왔다. 아침에 일어나 세수를 하고 단장을 하던 중, 지난밤 임금이 갑자기 쓰러졌다는 소식을 전해 듣고 단숨에 달려오는 길이었다.

"조용히 하게. 여기가 어디라고, 지금이 어느 때라고 감히 자네가 소리를 높이는 것인가?"

소빈이 대전 침전의 방문을 열고 들어서자, 중전 김씨가 침착한 목소리로 소빈을 나무랐다. 침전에는 이미 모든 어의와 삼정승들이 들어 있었고, 임금의 바로 곁에는 참담한 얼굴의 세자와 중전 김씨가 나란히 앉아 있었다.

"중전마마, 왜 진작 소첩에게 전갈을 주시지 않으셨나이까? 전하께서 간밤에 쓰러지셨다는데 왜 지금까지 제게 전갈을 주시지 않으신 것입니까?"

눈물을 철철 흘리며, 소빈이 중전에게 원망의 말을 쏟아내었다.

"어허! 전하의 환후가 위중한데 자네에게까지 신경을 쓸 여력이 어디 있던가? 그러는 자네야말로 뭘 하고 있었기에 전하께서 쓰러지셨다는데 지금껏 처소에만 처박혀 있었던 것인가? 그러고도 자네가 내명부의 일원이라 할 수 있겠는가!"

"……읏!"

소빈은 당장에라도 '중전 당신이 내게 일부러 전갈을 하지 못하도록 막은 거 안다!' 하고 따지고 싶었지만, 중전의 곁에서 곤란한 얼굴을 하고 있는 세자 현의 모습을 보고 그대로 입을 다물고 말았다.

자신이 여기서 소란을 피워봐야 중전은 눈 하나 깜짝하지 않을 것이고, 세자만 더욱 난처해질 게 뻔했으니까. 대신 소빈은 임금의 상태를 물었다.

"전하는…… 전하의 환후는 어떠십니까?"

"물러가 있게. 자세한 것은 대전상궁을 보내 알려줄 터이니."

중전이 귀찮다는 듯 손을 휘휘 내저었다. 누가 봐도 자신을 하찮게 무시하는 그 말과 태도에 소빈의 뺨에는 팟, 붉은 기가 돌았다.

감히 세자의 생모인 자신을, 임금이 가장 사랑하던 총비인 자신을, 이리도 많은 사람들이 지켜보는 앞에서, 그것도 세자 앞에서 한낱 시끄러운 계집 취급하는 중전의 태도에 모욕감을 느낀 것이다.

"어허! 무엇하고 있는가? 물러가 있으래도! 이 방에 지금 근심하고 걱정할 사람이 부족한가, 의원이 부족한가! 자네 따위가 여기 있어서 전하의 환후에 무슨 도움이 돼!"

중전 김씨가 더욱 의기양양하여 눈을 부라렸다. 그러고선 소빈 따위는 안중에 없는 듯 곁에 앉은 세자의 손등을 토닥이며, 방에 있는 삼정승들에게 각별한 당부의 말을 전했다.

"곧 영천군이 들 것입니다. 당분간 크고 작은 국사는 세자가 영천군과 함께 의논하여 행할 터이니 대신들께선 흔들림 없이 세자와 영천군을 도와 국사에 매진해주길 바라오."

"뜻을 받잡겠나이다."

중신들이 일제히 앉은 채, 중전 김씨와 세자를 향해 깊숙이 허리를 숙여 보였다. 중전 김씨가 턱을 치켜들고 그런 중신들과 창백해진 소빈의 얼굴을 눈 아래로 내려다보았다.

"그 여자의 그 거만한 얼굴을 너도 봤어야 해! 모든 게 제 손 아래 있는 것처럼 턱을 빳빳이 치켜든 꼴이라니! 그래봐야 그 못생긴 들창코만 더욱 돋보이는 걸 알지도 못하는 주제에!"

자신이 당한 수모를 되새기며 소빈이 서탁을 거칠게 내리쳤다.

"전하께서는 그 여자를 단 한 번도 여인으로 보지 않았어. 전하가 은애한 건 나 하나뿐이야. 내가 전하의 아들을 낳았고, 내가 세자의 어미야! 그런데 그 여자가, 나보다 나은 것이라고는 좋은 집안에서 태어난 것밖에 없는 그런 여자가 감히 나를…… 나를!"

"진정하세요, 누님. 지금은 방법이 없지 않습니까? 전하께서 승하하셨다면 또 몰라도 저렇게 누워 계시는 동안에는 결국 이 궁궐의 실권자는 중전인 것을요."

사가에서 급하게 불려 들어온 일산이 분을 삭이지 못하고 있는 소빈을 달랬다.

"세자께서 병약한 것이 유감이지요. 나이 스물이 넘었으니, 원래대로라면 전하를 대리하여 정사를 돌보아도 될 처지지만, 언제 또 발병하여 누울지 모르니 전하의 아우인 영천군으로 하여 세자를 보좌하게 하는 건 그리 법도에 어긋난 일이 아닙니다."

"알아, 안다고!"

탕! 소빈이 또 한 번 서탁을 거칠게 내리쳤다.

"하지만 그 인간들은 호시탐탐 기회를 노릴 것이다. 세자를 그 자리에서 끌어낼 기회, 하여 영천군의 자식을 보위에 올릴 기회! 누가 모를 줄 알고!"

소빈은 이를 갈았다.

궁궐 내에 세자와 죽은 세자빈 사이에 소생이 없던 일로 세자가 사실은 아이를 낳을 능력이 없는 것이 아니냐는 흉흉한 소문이 감도는 것이 모두 중전 김씨 쪽 짓임을 알고 있었다. 세자가 잦은 발병으로 몸져누울 때마다 종친들과 걱정하는 척하면서 세자의 지위를 흔들려 하는 것도 알고 있었다.

"두고 보라지. 세자는 반드시 다음 보위에 오를 것이다. 내가 꼭 그리 만들고 말 것이야. 그때가 되면 그날만 오면 다시는 네 세상인 양 활개 치고 다니지는 못할 것이니, 흥!"

"그나저나 요 근래 전하의 상태는 매우 좋다고 하시지 않으셨습니까? 그런데 갑자기 쓰러지신 이유가 뭐랍니까?"

"너를 오라 한 이유가 그것이다."

아직도 분을 완전히 삭이지 못해 씩씩대면서도 소빈은 아우를 제 가까이에 다가앉도록 하고선 은밀한 명을 내렸다.

"어젯밤 전하께서 잠행을 나가셨다는구나. 도대체 어젯밤 무슨 일이 있었던 것인지…… 네가 거기를 좀 다녀와야겠다."

궁궐 안이 임금의 병세로 그리 소란스러울 때, 궁에서 한참 멀리 떨어진 작은 초가집도 소란스럽기는 마찬가지였다.

"가긴 어딜 간다고 이래요! 누님이 이대로 가버리면 어떡해요. 내가 왜, 섬까지 가서 그 빚을 다 갚았는데! 이렇게 가시는 법이 어디 있어요!"

바락바락 기를 쓰고 당이의 앞을 막아서고 있는 용이의 목소리가 온 동네를 쩌렁쩌렁 울리고 있었다. 동네 사람들의 시선도 아랑곳 않고. 용이가 그렇게 소란을 피우는 것은 바로 조금 전, 당이가 기어이 금자도로 내려가겠다고 집을 나선 때문이었다. 머리를 싸매고 드러누운 어미에게는 일방적인 작별인사를 건넨 후였다.

지난밤 내내 어르고 달래고 심지어 못 가게 다리를 분지르겠다는 협박까지 하고 난 후에도 가겠다는 뜻을 굽히지 않는 당이가 미워 어미는 마지막 인사를 건네는 딸을 거들떠보지도 않았다.

"못 가요. 내가 누님을 데려오려고 갚은 빚이 얼만데요!"

지금 용이가 말하는 건, 당이와 함께 금자도를 떠나오기 전에 일방적으로 강회 앞에 돈 주머니를 던져주고 온 일을 뜻했다.

"그 안에 대체 얼마나 들었는지, 내가 그 돈을 마련하기 위해 무슨 짓을 했는지 알기나 해요?"

"그래서. 그게 내가 진 빚을 갚은 거니?"

당이가 길게 말할 필요도 없다는 듯 제 앞을 막아선 용이를 밀어냈다.

"이러지 말고 좀 더 이야기 좀 해보자니까요? 그래요, 부정 어른의 혼담은 차치하고서라도 이젠 누님이 섬으로 갈 이유가 없잖아요. 내 빚도 다 갚았는데, 일부러 그 험한 일을 하러 갈 필요가 뭐가 있어요?"

"일단 자유로워질 수는 있겠지."

걸음을 늦출 생각도 없이 당이가 퉁명스레 답했다.

"이제는 알아. 어머니와 네가 날 버리고 갔던 것도, 거짓말로 날 다시 데리러 왔던 것도 따지고 보면 네 잘못이 아니란 걸."

"누님?"

"문제는 나였어. 언제까지나 두 사람에 대한 희망을 잃지 않고 있었던 내가 문제고 내가 잘못이었던 거야. 이제야 그걸 깨달았어. 그러니 너에게서, 어머니에게서 진짜로 자유로워지려고."

"누님 맘대로 이럴 수는 없어요. 나라에는 예의가 있고, 법도가 있는데 이렇게 여인인 누님 혼자 맘대로 가출을 하게 내버려둘 수는 없지요. 암요, 내가 우리 집안의 당주인 것을요!"

"그럼 행실 나쁜 누이라고 관아에다 발고라도 하려무나. 단, 그때에는 너와 어머니가 내게 한 일들도 세상에 까발려지게 되겠지."

간단하지만 무시무시한 말이었다. 빚이 무서워 도망치면서 누이를 방에 가두고 버려둔 채 도망쳤다는 사실이 세상에 밝혀지면 사람의 도리를 저버렸다며 온 세상의 사람들로부터 지탄을 받을 게 뻔하였다. 아직 채 스물도 안 된 나이에 술 먹고, 노름하면서 먹은 욕과는 차원이 다를 것이었다.

그러기에 용이는 더는 당이를 따라붙지도, 당이의 길을 막지도 않았다. 꾹꾹 참던 일이더라도 한번 안 되겠다 싶으면 기어이 뭐든 치받고 마는 당이를 잘 아는 까닭이었다.

하여 망연자실 뒤로 돌아선 용이를 두고 당이는 걸음을 서둘렀다. 마음이 급하였다. 빨리 조금이라도 더 빨리 찾아가야 할 곳이 있었다.

그러느라 당이는 웬 검은 삿갓을 깊게 눌러쓴 사내 하나가 제 뒤를 쫓고 있음을 한참이나 눈치채지 못하였다.

"어디 가?"
　검은 삿갓의 사내가 당이를 따라붙어 말을 붙여온 건, 부지런히 걸음을 서두르던 당이가 어느 외진 골목에 막 접어들었을 때였다.
　"설마 이번에도 내 목소리를 못 알아듣는 건 아니겠……!"
　검은 삿갓을 조금 들어 올려 제 얼굴을 보인 준형은 말을 마저 잇지 못했다. 저를 돌아보고, 알아본 당이의 눈이 휘둥그레지고, 그 눈에 금세 그렁그렁 눈물이 차올라서만은 아니었다. 너무도 보고 싶었던 제 여자가, 평범한 양반 여자라면 의당 가져야 할 부끄러움과 조심스러움을 버리고, 쓰고 있던 장옷과 들고 있던 보따리도 버리고 제 품으로 와락, 덤벼들어서였다.
　"와, 와!"
　준형의 입에서 조금은 방정맞은 경탄이 터져 나왔다.
　"놀라게 해주고 싶었는데, 내가 더 놀랐네? 이렇게 격하게 반겨줄 줄은 몰랐는데?"
　"그래서 싫어요?"
　"……아니."
　준형의 긴 손가락이 조그만 당이의 턱을 잡아 위로 향하게 했다.
　"좋아. 좋아서 죽을 것 같아. 당신을 도성 땅에서 만나게 될 줄은 꿈에도 생각 못 했거든."
　"당신 흠이 뭔지 알아요?"
　반짝, 눈물 어린 커다란 눈을 빛내며 당이가 속삭였다.
　"응?"
　"언제나, 항상, 쓸데없이 말이 많다는 점이에요."
　당이가 발돋움을 하기 위해 발끝으로 서서는 손을 뻗어 준형의 삿갓을 완전히 준형의 목뒤로 젖혔다. 그러고선 준형의 목을 감싸 안아, 제게로 이끌었다. 새끼 새가 모이를 기다리듯 뾰족하게 내민 자신의 입술로 이끌었다. 상대를 원하는 강한 힘에 못 이겨 두 사람의 입술이 세차게 눌렸다.

단지 입술이 맞닿은 것뿐인데 두 사람 다 무릎이 허물어질 것 같은 아찔함에, 현기증에 눈을 감아야만 했다.

눈을 감았는데도 눈 안에 준형이 있었다. 눈 안에 당이가 있었다.

당이 눈 안의 준형은 수백 수천의 빛으로 일렁였다. 준형 눈 안의 당이 역시 수만 수억의 빛으로 반짝였다.

그런 아스라한 서로를 놓치지 않기 위해, 두 사람은 더욱더 강렬하게 서로를 껴안았다. 옷 이외에는 두 사람의 몸과 몸 사이에 그 어떤 틈도 허락하지 않았다. 그렇게, 기쁘게, 짜릿하게, 황홀하게, 당이라는 이름을 가진 여인과 준형이라는 이름을 가진 사내는 환한 태양 빛이 내리쬐는 도성의 외진 골목길에서, 입맞춤이 가져다주는 모든 기쁨을 누렸다.

"도성에 온 김에 당신 동생과 어머니를 만나보려고 했어. 전부터 사람을 시켜 찾고 있었던 터라 당신 동생이 어디 사는지는 진작 알고 있었거든."

욕심껏 재회의 기쁨을 나눈 준형과 당이는 나란히 걸으며 도성의 장터를 누볐다. 두 사람 다 도성 구경은 처음이나 다름없었기에 신기한 눈으로 번잡한 장터 곳곳을 둘러보았다.

"마침 예정에 없던 손님이 아침 일찍 들이닥치시는 바람에 아버님에 의해 반은 쫓겨나는 것이나 다름없게 집에서 내몰렸거든. 그 참에 당신 동생을 찾아가 본 것인데 내가 정말로 운이 좋았던 거지. 늦었으면 당신하고 길이 엇갈렸을 테니까."

자신이 어떻게 당이와 만날 수 있었는지 이야기하면서도 준형의 신경은 자꾸만 제 곁의 사람에게 향하려 하고 있었다. 걸을 때마다 슬쩍슬쩍 마주치는 옷자락이, 옷자락이 스치며 나는 사락사락 소리가 자꾸만 준형의 등

언저리를 찌릿찌릿하게 하였다.

"왜 안 물어요?"

준형처럼 옷자락이 스치는 짜릿함을 만끽하던 중, 문득 당이가 물었다.

"뭘?"

"왜 내가 도성에 와 있는지요. 왜 행방을 모른다던 용이와 함께 있었던 건지도요."

준형이 어느새 걸음을 멈추고 저를 빤히 바라보고 있는 당이를 보았다. 불편하고 불안한 눈빛이었다. 혹시나 준형이 그런 자신을 오해하면 어쩔까 걱정하는 눈빛이었다. 하여 준형은 가볍게 어깨를 으쓱이며 훗, 웃어 보였다.

"무슨 이유건 어때. 그 덕분에 이렇게 빨리 당신을 만났고, 당신이 그렇게 격렬하게 안아주었는데."

"격…… 격렬은 누가."

당이가 빨개지려는 얼굴을 얼른 낡은 장옷 앞자락을 여며 감추었다.

"누가라는 사람이."

준형이 일부러 장옷의 앞자락을 펼쳐, 빨개진 당이의 얼굴을 확인하였다.

"그러고 보면 지난번에도 그렇고, 오늘도 그렇고 늘 시작은 당신이 먼저란 말이야. 하지만 다음번에도 그럴 거라고 생각하진 마. 다음번에는 절대 당신한테 선수를 안 뺏길 테니까."

달콤한 위협에 당이의 얼굴은 새빨간 홍시빛으로 변했다. 그 모습이 더욱 사랑스러워 견딜 수 없어진 준형이 덥석, 당이의 손목을 잡고 이끌기 시작했다.

"어, 어딜 가요? 이 손 놔요. 사람들이 보잖아요."

"보면 어때. 누가 겁날까 봐? 그것보다는 일단 당신 신부터 사자. 그다음엔 버선이랑 옷도 사고. 이 낡은 장옷도 좀 바꾸고."

"뭘 하려고요."

"그래야 아버님께 정식으로 인사드리러 가지."

"예에?"

"뭘 놀라. 우리 혼인하기로 했잖아. 잊었어? 안 그래도 아버님께 말씀드리려던 참인데, 잘됐지, 뭐. 이참에 정식으로 인사드린 후 허락받자고."

그 뒤부터 준형은 아주 거침이 없었다.

당이가 마다할 틈을 주지 않고 그대로 신발들을 늘어놓고 파는 좌판에 가서는 무조건 제일 비싸고, 제일 어여쁜 신으로 내놓으라 하였다. 그다음엔 댕기, 다음엔 장옷, 또 그다음엔 치마, 저고리였다. 장터 여기저기를 누비며 연신 비싸고 좋은, 어여쁜 것들로만 골라내었다. 오죽하면 중간쯤부터는 그런 준형의 통 큰 씀씀이를 알아챈 장사치들이 앞다투어 최고급 상등품으로만 골라 보여주기까지 했을 정도였다. 당이는 그런 준형의 모습에 잠시 당황하긴 했지만, 딱히 말리지는 않았다. 본래라면 사치라고, 낭비라고 잔소리라도 했겠지만 뭐든 자신에게 좋은 걸 해주고 싶은 마음을 알아서였다.

당이 자신도 마찬가지였으니까.

딱히 돈으로 살 수 있는 물건이 아니라, 뭐든 준형을 기쁘게 할 수 있는 것이라면 자신이 줄 수 있는 것이라면 뭐든 주고 싶었다. 해서 준형이 제게 베풀려는 것들을 굳이 사양하려 하지 않았다.

그러던 중이었다. 준형은 물론이요, 장터 사람들의 부산스러움에 시선을 뺏기고 있던 당이는 문득, 무언가를 보고 낯빛을 굳혔다.

"이것 봐. 며칠 전 중국에서 갓 들여온 비단이래. 이 은은한 청색이 당신 살빛하고 너무 잘 어울리는 것 같은데 당신 생각은……. 뭘 봐?"

준형은 상인이 건네 준 비단자락을 당이의 몸에 대어보다 말고 물었다. 당이의 눈이 준형의 등 너머로 향해 있음을 보고서였다.

"잠깐만요."

당이가 상인들에게 둘러싸인 준형을 뒤로하고 어디론가 급히 걸어갔다. 준형이 연신 물건들을 들이미는 상인들을 뚫고 당이에게 다가갔을 땐, 당이는 쫓던 것을 놓친 사람인 양 당황한 얼굴로 사방을 두리번거리고 있었다.

"뭘 찾는 건데?"

"있죠……. 금자염 말이에요."

"응."

"궁궐에만 진상되는 건가요?"

"꼭 그렇지는 않아. 왕친(임금의 친척)이나 주상전하의 인척인 외척 가문들, 그리고 일부의 고관대작들의 집에도 들어가지. 그게 왜?"

준형은 골똘히 생각에 잠긴 당이에게 물었다. 갑자기 당이가 금자염의 이야기를 꺼내는 이유를 알 수 없어서였다.

"……이상해요."

"뭐가?"

준형은 바짝 긴장하여 사방을 두리번거리는 당이에게 다시 물었다.

"무슨 일인데 그래?"

"조금 전 이 근처에서 금자염의 소금가마니를 보았거든요. 그것도 자색 띠가 둘러진 상등품의……. 당신 말대로라면 이런 저잣거리 장터에서 볼 리가 없는 물건이잖아요."

"……확실해? 혹시, 당신이 잘못 본 거 아냐?"

당이가 붕붕, 고개를 저었다. 그제야 준형의 표정도 당이처럼 긴장으로 딱딱하게 굳어졌다. 되물을 필요도 없었다.

금자도에서는 질 낮은 소금들은 금자도 내에서나 인근 뭍에서 사고팔기는 했지만 궁궐로 진상되는 특등품의 소금 가마니와, 도성으로 들어가는 소금 가마니에는 자색의 띠를 둘러 그것이 금자도에서 생산된 금자염임을 나타내곤 하였다. 그러니 다른 사람도 아닌 금자도의 소금밭에서 일했던 당이가 금자염의 띠가 매어진 소금가마니를 몰라볼 리가 없었다.

"지금 이거 큰일인 거 맞죠?"

당이의 조심스러운 물음에 준형은 무겁게 고개를 끄덕였다.

당이가 본 것이 사실이라면, 이만저만한 큰일이 아니었다. 어쩌면 아버지 김 부사는 물론이요, 자신들 삼 공자에게도 큰 화가 미칠 수 있는 일이었던 것이다. 금자도의 소금밭은 비록 김 부사의 관리하에 있다 하나, 어디까지나 임금과 왕실의 소금밭이었다. 당연히 그 소금밭에서 얻은 소금 또한 임금과 왕실의 재산이었다. 그런 것이 임금의 허락도 없이 이런 저잣거리에 나돈다는 것은 자칫 김 부사 일가를 관리소홀로 문책당하게 할 뿐 아니라, 자칫하면 나라에서 엄금하는 소금 밀매의 혐의를 받게 할 수도 있었다.

"가야겠어!"

"어디로요?"

"아버님께. 당신이 본 게 틀림없다면, 이건 우리 둘이서 어쩔 수 있는 게 아니야. 빨리 아버님과 형님들께 이 일을 고해야만 해."

준형이 당이의 손을 잡고 장터 인근의 마방을 향해 뛰기 시작하였다. 이미 값을 치른 물건들을, 값을 치르겠다고 찜해놓은 물건들을 챙길 여유는 없었다. 그런데도 준형은, 그리고 당이도 서로가 맞잡은 손을 더욱 힘주어 꽉 쥐는 것만은 잊지 않았다.

비로소 다시 만났다. 다시는 이 손을 놓지 않으리라, 그 순간, 당이도 준형도 똑같은 생각을 하고 있었다.

제7장. 귀하고 위험한 그 무엇

"어젯밤 전하께서 들르셨다지요?"

형식적인 안부 인사를 전한 후, 단둘이 마주 앉은 자리에서 일산은 김 부사에게 자신이 김 부사의 집까지 찾아온 이유를 밝혔다.

"누구에게서 무슨 소리를 들으셨는지 모르겠으나 그런 일은 없소이다."

김 부사는 태연히 거짓말을 하며 제 앞의 다과상에서 찻잔을 들었다.

"그럼 제 누님께서 제게 거짓을 일러주셨다는 말씀입니까?"

저 역시 태연한 얼굴로 찻잔을 들어 올리며 일산이 말했다. 그러면서 슬쩍, 김 부사의 얼굴을 살폈다. 소빈의 이야기에 김 부사의 낯빛이 어찌 변하는지 궁금해서였다.

"소빈마마께서는 안녕하시지요?"

일산의 기대에 어긋나게, 소빈의 안부를 묻는 김 부사의 표정은 아무렇지도 않았다.

"안녕 못 하지요. 안녕하실 턱이 있습니까? 주상전하께서 쓰러지셨으니, 지금 무슨 정신이 있으시……. 아니, 모르고 계셨습니까? 지금 그 일로 온 조정이 발칵 뒤집힌 것을. 쯧쯧."

"위중하시단 말이오? 얼마나 편찮으신 것이오?"

놀란 김 부사가 서둘러 일산에게 임금의 안부를 물었다.

"어허. 아실 만한 분이 왜 이러십니까? 전하의 환후가 어떠한지 밝히는 것은 나랏법으로 금하고 있는 걸 모르십니까?"

이제 와 국법을 따지며 시침을 떼던 일산이 슬쩍 한쪽 눈을 감았다 떴다.

"뭐, 어젯밤 주상전하께서 왜 이곳에 오셨는지, 이곳에서 도대체 무슨 일이 있었던 것인지 알려주신다면 또 모르지요."

"……오시지 않았다 하지 않았소."

그러면서 김 부사는 들고 있던 찻잔을 찻상 위에 내던지듯 하고 자리에서 일어났다. 당장이라도 입궐할 차비를 하기 위해서였다. 하지만 이어진 일산의 말에 김 부사는 도로 제자리에 주저앉을 수밖에 없었다.

"입궐하시려고요? 이걸 어쩌나. 전하께서 편찮으신 지금, 누가 영감께 입궐을 허하겠습니까?"

일산의 말이 맞았다. 현직에 있지 아니한 김 부사에게는 임금의 명 없이 입궐할 자격이 없었다. 일 년이면 두세 차례씩 금자염을 진상하러 도성에 왔을 때마다 시시때때로 입궐이 가능했던 것은 모두 임금이 친히 불러주었기 때문이었다. 그러니 임금이 부르지 않으면, 부르지 못하면 김 부사는 임금과 대면할 그 어떤 기회도 갖지 못하는 것이 당연한 일이었다.

"입궐을 허하실 수 없으실 정도면, 아예 의식이 없으시다는 거야? 얼마나…… 얼마나 많이 편찮으신 거야?"

망연자실, 김 부사가 떨리는 목소리로 일산에게 물었다. 그 표정과 말투는 세자의 외숙을 향한 것이 아니었다. 아주 오래전, 자신의 뒤를 졸졸 쫓아다니며 김 부사처럼 늠름한 무관이 되려면 어찌해야 하는지 묻던 어린 소년을 향한 것이었다.

"그러니 말하세요. 어젯밤 전하는 왜 오신 겁니까? 무슨 일을 하신 겁니까? 제게라도 털어놓으셔야 형님을, 형님 집안을 지켜드릴 수가 있어요."

일산이 예전처럼 스스럼없는 호칭으로 김 부사를 부르며 다시 한 번 회유에 나섰다.

"어젯밤 전하께서 이곳으로 잠행을 나오신 걸 만약 중전마마나 영천군이 알아보세요. 무슨 음모를 꾸며서든 형님을 금자도에서 내쫓으려 하실 겁니다. 그래야 자신들이 금자염의 이익을 독차지할 수 있을 테니까요. 말씀하세요. 어젯밤 무슨 일이 있었던 겁니까? 예?"

"어휴, 답답한 양반 같으니!"

결국은 아무 성과 없이 김 부사의 집에서 나온 일산은 말에 올라타 궁궐로 향했다. 회유와 겁박을 해도 통하지 않은 김 부사 때문에 일산의 심사는 매우 좋지가 않았다.

"벼슬자리도 없으면서 그놈의 섬에서 쫓겨나면 그길로 저나 제 집안이나 끝장이 나는 걸 왜 몰라! 쯧쯧쯧."

일산이 천천히 말을 몰며, 완고하기 그지없는 김 부사를 떠올리며 고개를 절레절레 저을 때였다. 맞은편에서 달려오던 말 한 마리가 쏜살같이 일산의 곁을 스치고 지나갔다. 검은 삿갓을 목뒤로 넘긴 젊은 양반 사내와 그 사내의 등에 얼굴을 묻은 웬 계집을 태운 말이었다.

"뭐, 뭐지?"

일산은 방금 제가 본 것이 맞는지 눈을 비빈 후 이미 제 등 뒤, 저만치 달려가고 있는 말을 돌아보았다.

"……이랴!"

점점 더 작아지는 말의 뒷모습을 지켜보고 있던 일산이 금세 말 머리를 돌리며 거세게 말의 옆구리를 걷어찼다. 그리고 이미 손가락만 한 크기로 보이는 말의 뒤를 쫓기 시작했다.

'그럴 리 없다. 그럴 리가 없어!'

"이랴, 이랴!"

허리를 깊이 숙여 가슴이 거의 말 등에 닿을 정도로 엎드린 채 연신 말에 채찍을 휘두르며 일산은 또 한 번 제 눈을 의심하였다.

헛것을 본 게 분명할 터였다. 헛것이 아니면 말이 안 되는 일이었다. 그런데도 일산의 본능은, 반드시 확인하고 넘어가라, 그리 속삭이고 있었다.

"워, 워!"

아버지 김 부사의 안가에 도착한 말에서 뛰어내린 준형이, 당이의 허리를 잡고 말에서 내려오는 것을 도왔다. 그러곤 쾅쾅쾅, 주먹으로 대문을 두드리기 시작했다.

"문 열어! 빨리! 급한 일이다!"

그러자 하인이 쫓아 나와 대문을 열었다.

"다녀오셨습니까요?"

"여기."

준형은 하인에게 거칠게 벗어 던진 삿갓과 말의 고삐를 넘긴 다음 당이의 손목을 잡고 그대로 대문 안으로 들어갔다.

'저…… 하?'

말고삐를 건네받은 하인이 말을 데리고 집 뒤편으로 돌아가고 난 후, 일산은 놀란 마음을 추스르며 다시 한 번 눈을 비볐다. 지금 일산은 김 부사의 집에서 그리 멀지 않은 곳에 말을 세우고 있는 채였다.

'저하가 왜 김 부사의 집에? 아니, 왜 이 시간에 궁궐 밖에? 아니, 아니, 그것보다 저하가 왜 저 계집이랑?'

일산은 자신이 꿈을 꾸고 있는 게 아닌가 생각하였다. 그럴 정도로 말이 안 되는 일이 눈앞에서 벌어진 것이었다. 세자가 대낮에 말을 타고 도성을 활보하고, 그것도 하필 그 당이라는 여인을 뒤에 태운 채 김 부사의 집으로 향한 것은 기묘한 일이었다.

"이보게."

말을 매어두고 와서 이제 막 대문 안으로 들어서려 하는 부사집 하인을 일산이 손짓하여 불렀다.

"부정 어른, 뭐 두고 가신 게 있으신 것입니까? 부사 어른께 다시 오셨다 아뢸까요?"

쪼르르, 달려온 하인이 왜 일산이 다시 온 것인지 의아해하며 얌전히 머리를 조아렸다.

"아닐세. 그보다 방금 저……."

방금 김 부사 집에 들어간 게 세자저하가 맞으시냐고 물으려다 말고 일산은 미간을 찌푸렸다.

그러고 보니 조금 전, 눈앞의 하인이 "다녀오셨습니까요?" 하고 익숙한 태도로 젊은 사내를 맞았던 것이 떠올랐던 것이다.

"부정 어른?"

"방금 안으로 들어간 것이 누구던가?"

"누구…… 아, 준형 공자님 말씀이십니까? 부사 어른의 막내아드님 되십니다만, 무슨 일로 그러십니까?"

'김 부사의 막내아들? 설마, 그럴 리가.'

"아니, 막내공자 말고, 함께 온 젊은 여인 말일세."

혹시나 하인이 김 부사에게 자신이 준형이라는 그 젊은 사내에 대해 물은 것을 고할까 염려하여, 일산은 어디까지나 자신이 관심이 있는 것은 당이 쪽임을 알렸다.

"나도 아는 얼굴 같은데, 어떻게 이 집에 들어가나 싶어서 말일세."

목소리가 떨려 나오지 않는 것을 다행으로 여기며 일산이 다시 한 번 당이에 대해 물었다.

"글쎄요. 저도 오늘 처음 뵙는 분이라서……."

"그런가? 알았네. 내가 나중에 직접 물어보면 되는 일인 것을 괜히 자네만 귀찮게 하였구먼."

"아, 아닙니다요. 별말씀을요."

"받아두게."

일산이 손에 끼고 있던 가락지 중 하나를 꺼내어 하인에게로 건넸다.

"어, 어이구. 웬 이런 것을 다."

하인이 허겁지겁 일산이 준 가락지를 집어 품 안으로 챙겼다.

"내가 그 여인에 대해 물어본 것을 입 다물어주겠나? 괜히 주책없이 외간 여인에게 관심을 보인 게 민망하여 그러네."

"아, 그럼요, 그럼요. 당연한 말씀을요. 걱정하지 마십시오. 이놈이 죽으려고 입을 함부로 놀리겠습니까. 흐흐흐."

하인은 저만 믿으라는 듯 제 가슴을 텅텅 쳐 보인 후, 돌아서 가는 일산을 태운 말 엉덩이에 대고 몇 번이나 꾸벅꾸벅, 감사의 인사를 전했다.

그길로 다시 열심히 말을 달려 제집으로 돌아간 일산은 수하들을 불러 모아 은밀한 명을 내렸다.

"전 도호부사 김찬의 아들들에 대해 자세히 알아 오거라. 특히 막내아들 준형이란 자에 대해서 소상히 알아 와야 한다. 나이는 몇이고, 생일은 언제인지. 그자에 대해 알아 올 수 있는 것은 뭐든 알아 오너라."

한 무리의 수하들에게는 그리 일렀다. 수하 중 몇몇은 곧장 보령으로 내려 보내기도 하였다.

"너희는 지금부터 김 부사의 집을 주시하거라. 아니, 본채가 아니다. 얼마 전에 새로 얻은 별채 쪽이다. 그집에 누가 들고, 누가 나는지, 특히 그 아들들과 오늘 그 집에 든 젊은 여인이 어찌 움직이는지 유심히 살피거라. 사람을 들여 안의 동태도 살필 수 있다면 더욱 좋고."

한 무리의 수하들에게는 그리 일렀다. 그리고 남은 한 명에게는 지금 당장 해야 할 일을 일렀다.

"너는 지금 가서 홍 선비를 잡아 오너라. 당장!"

명을 받은 수하들이 방을 나가고 난 후, 일산은 계속 방 안을 서성였다. 도무지 방바닥에 엉덩이를 붙이고 앉아 있을 수 없었다. 이게 다 무슨 일인지, 도대체 무슨 조홧속인지 궁금하여 견딜 수가 없었다.

'어젯밤 주상전하가 그 집에 다녀오고 난 후 용태가 급격히 나빠지신 것도 분명 이 일과 관련이 있을 것이다.'

그때 아버지 김 부사의 방에 든 준형은 김 부사의 이해할 수 없는 태도에 목소리를 높이고 있었다.

"당장이라도 그자들을 쫓아야 합니다!"

"정말 그런 거라면 심각한 일이 아니겠습니까? 얼른 사람들을 풀어 자세히 살펴봐야 하지 않을까요?"

반회도 준형의 말을 거들었지만, 김 부사는 눈 하나 깜빡하지 않았다.

"저잣거리에서 금자염의 가마니를 보았다. 겨우 그거 하나만으로 무엇을 의심하고 무엇을 추측한단 말이냐? 거기다 네가 직접 본 것도 아니라면서?"

"제가 믿는 사람입니다. 그 사람의 눈과 판단을 믿습니다. 허튼 것을 보고 허튼 것을 말할 사람이 아닌 것을요. 제가 본 것이나 진배없습니다."

"생각 좀 해보자꾸나."

"당장 그 장터의 사람들부터 수소문하지 않으면 그 꼬리를 잡기 어려울 수도 있습니다."

"……밖에 누가 있느냐?"

준형이 거듭하여 사람을 풀어야 한다고 조르자, 김 부사가 밖의 하인을 불렀다.

"예, 영감마님."

"손님 드시게 하여라."

"예!"

명이 떨어진 직후, 곧 방문이 열렸고 방문 밖에서 대기하고 있던 당이가 얌전한 걸음으로 방 안으로 들어섰다.

"그자들이 금자염을 밀매한다, 그리 확신하는 이유가 무엇인가?"

준형의 소개와 당이의 인사를 듣는 둥 마는 둥 한 김 부사가 당이에게 물었다.

"낭자가 본 자들이 보통의 평범한 소금장수일 수도 있지 않은가?"

"허나 그자들은, 장터 안에 있던 사람들의 관심이 저희 두 사람에게 쏠린 틈을 타서, 은밀히 움직이고 있었습니다. 혹시나 자신들을 지켜보는 눈들이 많을까 봐 거듭하여 경계를 하는 품이 예사롭지 않았고요."

김 부사의 물음에 당이는 망설이지 않고 제가 본 바를 고했다.

"그렇다고 해도 그것이 밀매의 증좌가 되지는 않네."

"의심하는 이유가 한 가지 더 있습니다."

"무엇인가?"

"실은…… 소금밭에서 저와 다툰 후, 분란을 일으킨다는 이유로 섬에서 쫓겨났던 여인이, 그 자리에 함께 있었습니다."

그랬다. 애초에 장터에서 당이가 은밀히 소금가마니를 옮기는 사내들을 주목하게 된 것은 그들 사이에서 빨리빨리 움직이라고 연신 눈치를 주고 있는 곰보 여편네를 보았기 때문이었다. 곰보 여편네는 물건들을 들이대는 상인들에 둘러싸여 있는 당이를 미처 보지 못한 것 같았지만, 당이는 어렵지 않게 그녀를 알아보았다. 금자도에 있을 때의 누추한 차림새와는 달리 제법 형편이 좋아 보이는 차림새를 하고 있었지만 그렇다고 몰라볼 리 없었다.

"알았네. 그 일에 대해선 내 알아서 조치하지. 그나저나 어찌하여 낭자는 외간사내인 내 아들 놈과 이리 허물없이 가까이 지내는 건가?"

김 부사가 다시 당이에게 물었다. 나무라는 투나 따지는 투가 아니었다. 그저 정말 궁금해서 묻는 것 같은 말투였다.

"저는……."

"저희 두 사람, 혼인을 할 것입니다."

준형은 답을 하려는 당이의 말을 가로채어 자신이 먼저 답했다. 그러고선 김 부사의 맞은편에 앉아 있는 당이 곁으로 가, 무릎을 꿇고 앉았다.

"먼저 아버님께 허락을 구하고, 혼인을 결정해야 함이 마땅한 일인 줄 알지만, 성급한 마음에 그만 낭자에게 먼저 구혼을 하고 정혼하였습니다."

"……사내란 원래 한 가지 생각에 꽂히면 앞도 뒤도 못 보는 경우가 많은 법. 하지만 낭자는 다르지 않은가? 어찌 양가에 뜻을 묻지 않고 혼인을 하자 약정한 것인가?"

제 허락도 없이 저들끼리 먼저 정혼하였다는 아들의 말에도 김 부사는 딱히 노한 기색 하나 없이 당이에게 물었다.

"아버님, 저는……."

"네게 물은 것이 아니다."

이번에도 제가 먼저 답하려는 준형을 김 부사가 엄한 말로 그 입을 다물게 한 후 당이에게 말했다.

"만에 하나 일이 틀어지면 언제나 더 큰 상처를 입는 것은 여인 쪽이라네. 그런데도 선뜻 이 천둥벌거숭이 같은 놈의 청혼에 응한 이유가 무엇인가? 낭자의 입으로 낭자의 의중을 듣고 싶네."

"연모하기 때문입니다."

"허억."

계속 놀란 얼굴로 지켜만 보고 있던 반회의 입에서 급히 숨을 들이마시는 소리가 들려왔다. 놀란 건 준형도 마찬가지였다. 새삼스레 낮도깨비라도 본 듯한 얼굴로 당이를 보았다. 사내인 저보다 당차고 때로는 대담하기까지 한 당이에 대해서는 이미 잘 알고 있다고는 생각했지만 설마하니 아버지 김 부사 앞에서 이렇게 당당하게 얘기할 줄은 몰랐던 것이다.

"공자를 연모하게 되었습니다. 예, 연모하고 말았습니다. 그래서 법도가 아닌 줄 알면서도 선뜻 공자의 청혼에 응하고 말았습니다. 집안과 가문이 중요하다고는 하나, 혼인에 있어 가장 중요한 건 혼인을 하는 당사자 두 사람의 뜻이 먼저라고 생각했기 때문입니다."

당이는 확 달라진 방 안 공기에 아랑곳하지 않고 차분히 제 뜻을 밝혔다. 그러자 수염으로 가려진 김 부사의 입가가 파르르, 작은 경련을 일으켰다. 당이를 보고 있자니 누군가가 생각나서였다.

-그분을 연모해요!

이십여 년 전에도 김 부사의 앞에서 똑같은 이야기를 들려주던 여인이 있었다.

-그래요, 연모하게 되었어요. 연모하고 말았어요. 법도요? 그게 뭐 어때서요? 그분이 임금이라는 게 뭐가 어때서요? 중전마마가 계시면 뭐 어때서요? 가장 중요한 건 우리 두 사람의 마음이 아닌가요?

"그래서 뻔뻔한 줄 알면서도 공자의 청혼에 응하였습니다. 용서해주십시오."

-입궐할 거예요. 누가 뭐라던 뻔뻔한 얼굴로 그분의 곁에서, 그분의 여자로 살 거예요.

서로 다른 두 여자가, 똑같은 말을 하였다. 준형이 배필로 맞고자 한 여인이 준형의 어머니가 했던 말을 그대로 반복하였다. 여인의 입으로 사내를 연모한다는 말을 하면서 한 치도 부끄러워하지 않는 태도 또한 같았다.

'……닮았다.'

정말 신기한 건, 닮은 건 당이의 말만이 아니었다. 감탄을 금치 못하며 자신을 보고 있는 준형에게 살짝 미소 짓고 있는 당이의 모습 또한 어쩐지 예전 소빈의 모습을 많이 닮아 있는 듯하였다.

생긴 건 분명 다른데, 이목구비는 다른 게 분명한데, 이상하게도 눈앞의 젊은 여인에게서 느껴지는 기운은 예전, 아직 입궐하기 전의 소빈에게서 느껴지던 기운과 많이 흡사하였다.

"낭자의 뜻은 잘 알았네."

당이에게서 젊은 시절 소빈의 모습을 떠올린 때문인지, 당이를 향한 김 부사의 말투는 한결 누그러져 있었다. 하지만 이어진 말의 내용은 전혀 그렇지 않았다.

"하지만 나는 낭자를 내 며느리로 맞아들일 수는 없네."

"아버님!"

준형이 김 부사의 말에 끼어들려고 했지만, 김 부사는 그럴 틈을 주지 않고 자신의 완고한 뜻을 밝혔다.

"이 혼인이 불가한 세 가지 이유가 있네. 우선, 준형의 형 둘이 모두 아직 미장가라네. 둘 다 진작 정혼은 한 몸이지만, 집안에 사정이 있어 혼인을 미뤄두고 있는 처지라 준형일 먼저 혼인을 시킬 수는 없는 일이네."

강회와 반회가 아직 혼인을 하지 않은 이유는 사실 다 준형 때문이었다. 강회와 반회가 혼인을 하면 금자도 김 부사의 집으로 며느리들이 들어와야 했다. 그러면 언제고 한 달에 한 번씩 있을 준형의 비밀이 그들에게 들통이 나고 말 것이었다. 해서 김 부사는 예법에는 어긋나지만 강회와 반회를 혼인시킨 후 모두 따로 뭍에 살림을 내어줄 생각이었다.

하지만 정혼을 하고 난 직후 강회는 김 부사의 뜻에 반대하였다.

-아니 됩니다. 장자인 제가 어찌 아버님을 두고 살림을 따로 날 수 있겠습니까? 거기다 만약을 대비해 준형이를 지키려면 제가 섬에 남아 있어야 합니다.

유일하게 준형에 대해 모든 사실을 알고 있는 강회는 적어도 세자저하가 보위에 오를 때까지만이라도 혼인을 미루고 섬에 계속 남아 있겠다고 고집을 피웠다.

-아무리 혼인이 하고 싶어 몸이 달아도 형님을 앞설 수는 없는 노릇이지요. 거기다 저 역시 아직 한 여인에게 메이기는 좀 아깝고요. 하하하.

준형에 대해 자세한 사정을 알지 못하는 반회 역시 그리 말하며 제 혼인을 기꺼이 미뤄둔 터였다. 그러니 두 형을 앞질러 먼저 혼인시킬 수는 없다는 김 부사의 말은 적어도 거짓은 아니었다.

"두 번째 이유는 집안 지체 때문이네. 우리 집안은 대대로 문무 양과에 급제하여 조정에 출사한 분들이 적지 않다네. 강회와 반회가 정혼한 집안들도 또한 지체가 남부럽지 않고. 준형 역시 그럴듯한 집안과 혼인을 시키고 싶은 것은 아비 된 자로서 당연한 욕심이 아니겠는가?"

이 또한 김 부사의 진심이었다. 아무리 준형이 사정이 있어 자신의 아들로 자라고 있다고는 하나, 어디까지나 준형은 임금의 혈손이었다. 세자의 쌍둥이 형제이자, 태생만으로 보면 엄연히 이 나라의 왕자였다.

비록 보통의 왕자처럼 간택을 하지는 못하더라도, 고르고 골라 번듯한 집안의 규수를 안사람으로 맞게 해야만 했다. 그것이 자신을 믿고 아들을 맡긴 임금에 대한 최소한의 도리라고 믿었다.

"그리고 세 번째는……."

"그만하세요!"

김 부사가 조목조목 말하는 동안 부들부들 떨면서 애써 자신을 억누르고 있던 준형이 더는 참지 못하고 김 부사의 말을 자른 후 자리를 박차고 일어섰다. 당이가 그런 준형의 옷소매를 잡고 말렸다.

"그냥 있어요."

"일어나!"

"준형아."

반회가 말리듯 불렀지만 준형은 아랑곳하지 않고 당이의 손을 잡고 억지로 자리에서 일으켰다. 그러곤 가만히 눈을 내리깔고 있는 김 부사에게 소리쳤다.

"실망입니다! 아버지께서 이 사람에게 조건을 따지시다니요. 진짜 한번 따져볼까요? 누가 더 이 혼인에 결격사유가 많은지, 진짜 한번 제대로 따져볼까요!"

"그렇다 해도 바뀔 건 없다. 네가 설령 네 두 형과 어미가 다른 자식이라 해도, 네가 설령 보름날마다……."

"아버지이이!"

"아버님!"

반회와 준형이 소스라치게 놀라 아비를 불렀다. 김 부사가 준형의 비밀을 이 자리에서 까발릴까 봐 겁에 질린 것이었다.

"아직 말하지 않은 것이냐?"

김 부사는 두드려도, 두드려도 깨지지 않을 것 같은 바위 같은 얼굴로 준형에게 말했다.

"그만한 배짱으로 감히 나를 설득하려 한 것이냐? 정 내게 혼인을 허락받고 싶다면 내가 허락할 수밖에 없게끔 만들어야지. 네가 감추고 있는 그 비밀이 이 혼인을 허락할 수 없는 세 번째 이유이니 말이다."

"그럼……."

준형이 목소리는 긴장으로 떨리고 있었다.

"그럼 제가 제 입으로 이 여인에게 그 일에 대해 털어놓는다면 그때는, 그때는 이 혼인을 허락해주실 겁니까? 네에, 차라리 그 편이 낫겠네요. 그리하면 이 사람이 제 비밀을 누설할까 걱정되어서라도 저와 혼인시키지 않고는 못 배기실 테니까요. 안 그런가요?"

준형은 김 부사의 답변을 기다리지 않고 제 곁의 당이에게 돌아섰다.

"잘 들어. 나, 당신한테 계속 숨겨온 게 있어. 이왕 이렇게 됐으니 이 자리에서 다 털어놓을게. 사실은 말이야. 나……."

"준형아!"

"나는 말이야. 내 비밀은 말이야. 보름……."

반회가 만류하는데도 불구하고 제 비밀을 털어놓으려던 준형이 말을 멈췄다. 당이가 딱 잘라, 준형의 입을 가로막은 때문이었다.

"하지 말아요."

당이는 오직 준형만 보았다. 준형의 흔들리는 눈을 보며 제 진심 그대로를 전했다.

"오래 감춰온 비밀이라면, 그럴 만한 이유가 있었겠지요. 그런 비밀을 홧김에 이렇게 털어놓지 말아요. 나중에 당신이 이 결정에 후회하는 걸 바라지 않아요. 또한……."

당이의 다음 말은 김 부사를 향했다.

"이런 식으로 어쩔 수 없이 혼인을 허락받고 싶지 않습니다. 제가 공자의 비밀을 알게 되고, 그 덕분에 혼인한다고 부사 어르신이 기꺼워하실 것 같지도 않고요."

"……준형이를 위해선가?"

"아니요."

김 부사의 물음에 당이는 제 각오를 드러내 보이듯, 조그만 턱을 팽팽하게 굳혔다.

"저를 위해서입니다."

"무어라? 자네 누이가 도성에 올라오기 전 어느 섬에 있었다고?"

그때, 일산의 집에서는 한창 일산이 용이의 대답을 재촉하고 있이었다.

"금, 금자도라는 섬에서…… 실은 그곳 소금밭에서 일을 거들었습니다."

"금자도. 금자도!"

일산이 확인하듯 제 입으로 섬의 이름을 반복하였다.

"무, 물론 말도 안 되는 일이었지요. 저도 몰랐습니다. 누이가 천것들과 어울려 그런 험한 일을 했을 줄은……. 그래요. 그게 다 그 공자 때문입니다! 그자가 빚 독촉만 하지 않으면 제가 왜 누이를 홀로 남겨두고……."

용이는 진땀을 뻘뻘 흘리며 생각나는 대로 뭐든 다 주절거렸다.

여느 때처럼 주막 노름방이나 기웃기웃하던 중에 일산의 부하에 의해 강제로 끌려온 용이에게 일산은 대뜸 당이가 도성에 오기 전에 어디에 있었냐고 물었다. 다 알고 있으니, 거짓을 말할 생각일랑 꿈도 꾸지 말라고 으름장을 놓기도 하였다. 해서 용이는 일산이 당이가 소금밭에서 일한 것을 알게 되고, 그런 당이를 자신에게 선보인 것에 노한 줄로만 알고 당이의 일을 고스란히 토해내고 말았다.

"그, 그렇습니다. 괘씸한 건 그 김 부사 댁 공자이지요. 그 공자가 어찌나 빚을 갚아라, 닦달을 해댔으면 누이가 제 발로 그 섬을 찾아가 소금밭 일을 하겠노라 했겠습니까? 흐흐흑. 제 누이는 다 이 못난 동생을 가엾이 여겨…… 부정 어른, 왜 그러십니까?"

용이는 자신의 말에 귀 기울이던 일산의 표정이 험악하게 변한 것을 보고 찔끔, 어깨를 움츠리며 물었다.

"소, 소생이 무엇을 잘못하기라도……?"

"김 부사 댁 공자라니? 지금 자네가 말하는 이가 혹여 전 도호부사 김찬의 막내아들 김준형을 말하는 것인가?"

"부정 어른도 그 공자를 아십니까? 맞습니다. 그 공자가 어느 날 갑자기 제 빚 문서를 들고 나타나 빚을 갚아라 성화를 해댄 그 공자입니다!"

"그럼, 그럼 말일세. 혹시…… 자네 누이가 이미 혼인을 약속했다는 이가 그…… 김 공자인가?"

심상치 않은 일산의 얼굴에 용이는 두려움에 꿀꺽, 마른침을 삼킨 후 겁에 질려 보일 듯 말 듯 미세하게 고개를 끄덕였다.

"그런!"

일산이 주먹으로 쾅, 소리가 나도록 세차게 서탁을 내리쳤다. 이마 한쪽에는 시퍼런 핏줄이 불뚝 튀어나왔다.

'늑대가 납치했던 계집, 그런 계집의 집에 나타나 빚을 담보로 계집을 데려간 사내가 하필이면 세자저하와 똑같이 생긴 그 공자라니?'

심상치 않은 여인이 심상치 않은 사내와 만났다.

'거기다 그게 언제라고 어느새 두 사람이 혼인을 약속했다? 하필이면 늑대가 납치했던 여인과 하필이면 세자와 똑같이 닮은, 공자가 서로 연모를 하여 정혼을 했다? 늑대혈족의 혈손인 세자라면 몰라도 왜 하필 쌍둥이처럼 생긴 김 공자와…….'

"하!"

무엇엔가 생각이 미친 일산이 입을 딱 벌렸다.

세자와 얼굴이 똑같은 공자. 그가 누구인지, 왜 하필 당이와 인연이 맺어졌는지 알 것 같아서였다.

'그래! 쌍둥이야! 이런 미련퉁이! 내가 왜 진작 그 생각을 못했지? 세자에게는 태어난 지 삼칠일도 안 돼 죽은 쌍둥이 아우가 있었지 않은가!'

생각이 거기까지 미친 일산은 조금 전 서탁을 내리쳤던 주먹을 힘껏 쥐었다. 당장이라도 손등 뼈가 살을 뚫고 튀어나올 정도로 힘껏 쥐었다.

'잠깐, 그럼 누님이 나까지 속인 것인가? 세자의 쌍둥이 아우를 죽였다고 속이고 몰래 김 부사에게로 빼돌렸다고? 아니, 아니지! 그럴 리가 없어!'

일산이 고개를 저었다. 아무래도 그건 말이 되지 않았다. 제 누이가 일산 저를 속일 이유가 없었다. 도리어 만약 소빈이 무슨 까닭에서인지 세자의 쌍둥이 아우를 죽였다고 속이고 몰래 빼돌리려 했다면, 마땅히 일산 자신에게 맡겼을 것이었다. 자신이 아닌 임금의 죽마고우이자 임금의 다시없는 친우인 김 부사에게 맡길 이유가 없었다.

'그럼, 누가. 헉, 설마 주상전하가? 왜? 무엇 때문에!'

일산이 어금니를 굳게 깨문 입안에서 "크르르." 소리가 새어 나왔다. 그 소리는 마치 짐승이 으르렁거리는 소리와도 같아서, 내내 말없는 일산의 눈치를 살피던 용이의 등에 오소소 소름이 돋을 정도였다.

"부, 부정 어른?"

"……자네, 아직도 내 집안에 자네 누이를 보낼 생각은 있는가?"

"예에? 그, 그야, 부정 어르신이 그리만 해주신다면…….."

"허면, 내가 시키는 일이라면 무엇이든 할 텐가?"

"이, 이를 말씀이십니까? 죽으라면, 이 자리에서 혀를 깨물고 죽기라도 하겠습니다. 뭐든, 뭐든 시키시지요!"

용이는 괜한 허세를 부리는 게 아니었다. 아무 뒷배도, 아무 재산도, 아무 지위도 없는, 개도 안 물어간다는 가난한 양반으로 사는 건 이제 진절머리가 났다. 자신도 한번 떵떵 소리 내어가며 살아보고 싶었다.

"그럼, 자네는 당장 자네 누이에게로 가 혼인이 결정되었다고 말하고, 내게로 데려오게나."

"정말요? 정말입니까? 아…… 근데…… 저기…… 그게…… 부정 어른. 사실은 누이가…… 화가 나서 집을 뛰쳐나갔는…… 데요."

용이는 혹시나 이 천금 같은 기회를 놓칠까 두려워서 일산의 눈치를 살피며, 당이가 가출한 사실을 알렸다.

"어디 있는지, 알고 있으니 걱정 말게. 바깥에 있는 아이가 자네 누이가 있는 곳을 알려줄 걸세. 그러니 자네는 어떻게든 자네 누이를 여기로 데려올 궁리만 하면 되네. 시간을 오래 끌어서는 아니 되네. 늦어도 수일, 그래 수일 내로는 데려와야 할 것이야."

"그렇습니까? 그럼 아무 걱정 할 것 없습니다. 제 어머니가, 어머니가 어떻게든 해주실 테니까요. 하하하!"

뭐가 그리 자신만만한지 순식간에 얼굴이 환해진 용이가 실없이 싱글벙글한 얼굴로 방을 나섰다.

'자, 이젠 기다리는 일만 남은 셈인가?'

따닥따닥, 서탁 위의 손가락을 놀리며 일산은 깊은 생각에 잠겼다. 만약 자신이 생각하고 있는 게 맞는다면, 자신이 추측하는 게 맞는다면, 오는 보름날 밤 모든 것이 분명해질 터였다.

다만, 문제는 준형이었다. 그때까지 준형이, 세자와 똑같은 얼굴을 한, 어쩌면 또 다른 자신의 조카일지 모르는 그 공자가 보름날 때까지 도성에 계속 머물러줄 것이냐였다.

'당이라는 그 여인이 실마리가 될 것이다. 그 여인이 정말 늑대의 반려가 맞는다면 절대로 그 계집을 두고 혼자 떠나지는 못할 것이니. 그나저나 누님은 이 사실을 도대체 얼마나, 어디까지 알고 계신 것인가?'

일산은 궁금해졌다. 제 누이 소빈이 죽은 줄만 알았던 자기 자식이 살아 있는 걸 안다면, 그것도 그리도 집착하는 세자와 똑같은 얼굴을 하고 있는 걸 안다면, 도대체 어떤 표정을 할 것인지 궁금하여 견딜 수가 없어졌다.

'참, 나란 놈도 악취미란 말이지.'

어쩌면 제 혈족의 운명을 좌우할 수 있는 큰일을 앞두었으면서도 두려움보다 호기심이 앞서는 제 몹쓸 성정을 비웃듯 일산의 입가에 희미한 미소가 떠올랐다.

"그런 표정 하지 말아요."

뿌루퉁한 얼굴로 좁은 방 안을 둘러보고 있는 준형을 당이가 나무랐다.

"우리 집에서 묵으라고 했잖아. 이게 다 뭐야. 이 문짝 뜯어진 벽장 꼴에다 온기 하나 없는 냉골과 다름없는 방바닥이라니. 이런 데서 어떻게 묵겠다는 거야."

두 사람이 있는, 세간이라곤 낡고 작은 서랍장 하나와 아랫목에 깔린 이부자리밖에 없는, 좁은 방은 당이가 급히 빌린 방이었다. 낮에 준형과 함께 다녀갔던 장터 인근의 주막 뒷방이었다.

"부사 어른께서 정식으로 혼인을 허락해주신 것도 아닌데 내가 어떻게 그 집에서 묵어요. 게다가 먼저 금자도로 내려가겠다고 했는데도 굳이 말린 건 당신이잖아요."

"그거야, 어차피 우리도 이틀 뒤에는 금자도로 내려가니까. 당신 혼자 먼 길 가게 둘 순 없잖아!"

당이가 계속 달래는데도 준형의 퉁퉁거리는 말투는 변하지 않았다.

연신 밖에서 들려오는 취객들의 술주정 소리며, 잔을 부딪치는 소리, 여기저기서 주모를 부르는 소리 등이 준형의 심사를 계속 거스른 것이었다.

"밖에는 술꾼들이며, 험한 장사치들도 득실한데, 정말 괜찮겠어?"

혹시나 취객이 술김에 실수로 방을 잘못 찾아오면 어쩌나, 괜히 여자 혼자 있는 걸 기회로 허튼수작이라도 부리면 어쩌나, 준형은 이 낡은 방에 묵을 당이에 대한 걱정을 끊을 수가 없었다. 하지만 당이는 준형과 달랐다.

"당신이 있는데 내가 왜 걱정해요?"

당이는 별소리를 한다는 듯 눈을 동그랗게 뜨고 준형을 올려다보았다.

"나, 나도 여기서 묵으라고?"

준형의 시선이 저절로 방 아랫목에 얌전히 펼쳐져 있는 이부자리로 향했다. 이부자리를 보면서 무얼 생각한 것인지 준형의 목덜미가 벌겋게 달아올랐다. 당이가 그런 준형의 얼굴을 본 후 그 시선 끝에 무엇이 걸려 있는지 보고선 괜히 민망한 마음에 철썩, 준형의 팔을 쳤다.

"괜한 상상일랑 말아요?"

"사, 상상은, 뭐. 내, 내가 무슨 상상?"

억울하다며 턱을 치켜들고 목소리를 높인 준형이 금세 장난꾸러기 같은 미소를 입가에 걸고선 곁눈질로 당이를 보았다.

"내가 무슨 상상을 한 것 같은데?"

준형이 은근한 목소리로 물었다.

"응? 내가 무슨 상상을 했다는 건데?"

"누가 말할까 봐서요?"

당이가 아이처럼 뾰루퉁하게 입을 내밀고선 홱, 고개를 돌렸다. 그런 당이의 뺨도 어느새 준형의 목덜미처럼 붉은 물이 들고 있었다.

"뺨은 왜 붉히는데? 이거, 이거, 이 여자 보시게. 난 아무 생각도 안 했는데 괜히 혼자 딴마음 품고선 나보고 난리네?"

당이가 엉큼한 생각을 한 건 도리어 너가 아니냐고 뒤집어씌우는 준형을 찌릿, 노려보았다.

"난 그냥 우리가 함께 자기에는 이 방이 너무 좁은 것 같아 걱정한 것뿐이라고."

딴청을 피우며 제 엉큼한 상상에 발뺌을 하던 준형이 금세 다시 엉큼한 곁눈질로 당이를 떠보며 목소리를 낮췄다.

"하긴 뭐, 좁으면 어때. 좁으면 좁은 대로 추우면 추운 대로 당신이랑 찰싹 붙어서 엉덩이 비비고 자면……. 어어!"

당이를 놀리려고, 더욱 부끄럽게 하기 위해 엉큼한 소리를 하던 준형이 다시 자신의 팔을 치려고 손을 휘두르는 당이의 손목을 잡았다.

"당신이 함께 있어달라며?"

준형의 긴 손가락이 유혹적인 움직임으로 쓰윽, 당이의 하얀 손목을 문질렀다. 그러자 그 하얗고 가는 손목 위의 맥박이, 준형의 손길을 환영이라도 하는 것처럼, 열렬히 팔딱팔딱 뛰는 것이 생생히 느껴졌다.

"있어달라 한 적 없어요. 내가 가라고 해도 당신이 안 갈 걸 알아서 한 소리죠."

당이는 제 손목을 빼려고 손을 비틀지 않았다. 대신 이제는 너무 익숙하고 자연스럽게 느껴지는 준형의 손이 전해주는 미묘한 간지러움을 즐겼다.

"그 말이 그 말이지. 어찌 됐건 내가 당신을 지키려면 이 방에서 함께 묵어야 하지 않나?"

쓰윽, 또 한 번 맥박이 뛰는 당이 손목의 오목한 부분을 준형의 손가락이 쓰다듬었다.

"어림없는 소리 말아요. 당신 잠자리는 이미 정해져 있으니까."

"그게 어딘데?"

연인은 질리지도 않고 퐁당퐁당, 말싸움 아닌 말싸움을 계속하였다.

"들어올 때보니 툇마루가 좁기는 하지만 제법 길쭉한 것이 당신 몸을 누이기에 충분해 보이던데요?"

"날 툇마루에서 재우겠다고?"

"안 돼요?"

"될 거라고 생각했어? 내가 순순히 이 낡은 주막방 툇마루에서 잘 것 같아? 내가 누군지 몰라? 이제껏 비단금침 아닌 곳에서는 잔 적이 없는 금자도 막내공자라고."

준형은 이 말싸움을 계속하기 위해 일부러 화난 표정을 지어 보려 했지만 눈이 저절로 반달꼴로 휘는 것을, 입매가 자꾸 실룩실룩 움직이려는 것을 숨기지 못했다.

"안 돼요?"

당이는 이 실없는 말싸움의 주도권을 잡기 위해 일부러 더욱 눈을 동그랗게 뜬 순진한 표정을 짓고서 살짝, 고개까지 갸웃거렸다.

"정말요?"

"이…… 요물!"

더는 참지 못하겠다는 듯, 준형이 당이의 허리에 손을 둘러 제 품으로 끌어당겼다. 까르륵, 당이의 입에서 방울처럼 청명한 웃음소리가 터져 나왔고, 서로의 몸과 몸이 맞닿았다. 서로가 몸에 걸친 얇은 옷자락들을 뚫고 따뜻한 몸의 온기가 상대에게 전해졌다.

"어디서 그런 표정을 배운 거지?"

"어떤 표정인데요?"

"사내를 홀리는 표정. 다 알면서도 속아주고 싶게 만드는 표정. 수십 수백의 사내를 홀리고도 남지만 자신은 아무것도 모른다는 표정."

"그래서 싫어요?"

"아니."

준형의 팔뚝에 좀 더 힘이 실렸다. 그와 함께 당이의 허리가 조금 더 휘었다. 준형의 입술이 어느덧 익숙해졌지만 평생 질릴 것 같지 않은 입술을 향해 빠른 속도로 낙하했다. 하지만 준형에게 잡혀 있지 않은 당이의 다른 손이 재빨리 그 입술의 진로를 막고 나섰다.

"툇마루."

탐스럽고 얄미운 입술이 입맞춤의 전제조건을 내세웠다.

"젠장!"

준형이 잔뜩 쉬고 가라앉은 목소리로 욕설을 중얼거렸다. 그러곤 숨 쉴 틈도 없이 재빨리 다음 말을 이었다.

"알았어. 툇마루."

후훗, 목적을 달성한 당이의 입꼬리가 만족스럽게 위로 향했다. 그 앙큼한 입술을 벌하기 위해 준형이 뜨겁게 입술을 맞부딪쳐왔다.

타닥타닥, 초의 불꽃이 허공에 부딪치는 소리가 났다. 파스스, 언제 방 안에 들어왔는지 나방 하나가 불꽃에 달려들었다가 날개를 태웠다. 왁자지껄, 취객들의 술주정 소리도 들려왔다. 찰그랑찰그랑, 술잔들이 마주치는 소리도 끊임없이 들려오고 있었다.

그러나 방 한가운데 서서 찰싹 달라붙은 연인의 귀에는 그 모든 소리들이 아무 의미도 갖지 못했다.

먼지 하나 끼어들어 갈 틈 없이 찰싹 달라붙어 있느라, 지나치게 생생히 전해지는 서로의 맥박과 심장고동 소리가 시끄러웠기 때문이었다. 서로의 뜨거운 뒷목에, 매끄러운 뺨에, 오목한 쇄골에 와 닿는 상대의 손을 느끼느라 온 신경이 아득해졌기 때문이었다.

더 열정적이었던 건, 당이 쪽이었다.

애써 이성을 수습하려, 떨어지려 하는 준형의 어깨를 감싸 안고 더 깊숙이 끌어당긴 것도, 촉 소리를 내며 떨어진 입술을 성급하게 다시 찾아든 것도 당이 쪽이었다.

"날…… 자꾸 부추기지 마."

한참 만에야 어렵게 입술을 뗀 준형이 당이에게 경고했다.

"계속 이러면 툇마루에서 자겠다는 약속을 못…… 지킬 수도 있어."

"바보. 멸치 똥."

당이가 욕했다. 준형은 헷갈렸다. 이성을 차리려는 자신을 욕하는 것인지, 아니면 약속을 어길 용기 없는 자신을 비웃는 욕인지 알 수 없었다. 의미가 어쨌건 자신을 도발하는 것만큼은 분명해 보였다.

"자꾸 이러기만 해. 언젠가 후회하게 해줄 테니까."

약이 오른 준형이 별로 효력도, 실행 가능성도 없을 협박을 하였다. 그러자 당이가 그 협박의 무효함을 비웃듯, 화사한 미소를 짓고는 준형의 허전한 손에 제 손을 겹쳐왔다.

"이건 또 무슨 뜻인데?"

준형이 물었다.

"당신이 좋다는 뜻. 당신과 만나서 좋다는 뜻, 당신과 이렇게 있는 게 좋……."

팔랑팔랑 가볍게 말대답을 하던 당이의 입술을, 준형이 아직도 여전히 뜨겁고 얼얼한 제 입술로 막았다. 그리고 벌써 몇 번째인지도 모를, 그런데도 매번 매 순간 처음처럼 심장을 뛰게 하고, 볼을 붉히게 하는 길고 집요한 입맞춤을 이어갔다. 입맞춤만으로 상대의 영혼을 모두 옭아매고도 남을 그런 진한 입맞춤이 끝도 없이 계속되었다.

'평생 당신과 함께하고 싶어.'

'평생 당신 곁에 있을게요.'

'나는 아마 당신에게서 영원히 자유로울 수 없을 거야.'

'당신을 평생 내 곁에 묶어둘게요.'

'당신을 연모하고 있어. 이런 건 난생처음이야.'

'당신을 연모해요. 이런 건 태어나서 처음이에요.'

당신을 연모한다.

끝없이 은애한다.

미치도록 사모한다.

두 사람은 깊고 진한 입맞춤으로 서로에게 그렇게 고백하였다.

"아, 글쎄. 안 계시다니까요!"

당이와 준형이 둘만의 시간에 흠뻑 빠져 있을 때, 김 부사의 집 앞에서는 하인이 막무가내로 떼를 쓰는 중년의 여인을 달래느라고 진땀을 흘리고 있었다. 보령에서 온 홍 선달 집의 부인이라며 자신을 소개한 중년의 여인은 하인을 보자마자 다짜고짜 준형을 불러달라고 성화를 부려댔다.

"누가 네놈 말을 믿을 줄 알고? 정 그렇다면 김 부사 어른을 나오라 하여라. 내 그 어른에게 직접 물어볼 것이니!"

"이미 모두 잠자리에 드셨습니다요. 아니, 이런 늦은 시간에 오셔서 다짜고짜 부사 어른과 공자님을 나오라고 하면 어쩌십니까요? 이러지 마시고 마님도 어서 집으로 돌아가시지요. 곧 있으면 인경(조선시대 통행금지를 알리는 종)이 칠 것입니다."

"누가 돌아간단 말이냐? 난 내 딸을 되찾기 전에는 여기서 단 한 발자국도 못 간다. 아니 가!"

당이의 어미 송씨 부인은 있는 대로 악을 쓴 후, 제 앞을 막아서고 있는 하인을 밀쳐내고서 대문을 쾅쾅! 두들겨 댔다.

"부사 어른! 이러는 법은 없소이다! 명색이 반가의 여인인 멀쩡한 처녀아이를 어미의 허락도 없이 함부로 데리고 계시다니요! 내놓으십시오. 얼른 내 딸 당이를 내놓으세요!"

"아유, 마님. 정말 왜 이러십니까요? 동네 사람들 다 깨겠습니다!"

김 부사 집 하인은 차마 양반 부인의 몸에 손을 대지 못하고, 그 곁에서 발만 동동 구르며 "그러지 마십시오.", "제발 그만 좀 하십시오." 하며 우는 소리만 하였다.

"이 놈아! 시끄러운 게 싫거든 얼른 네놈 주인을 불러오라니까! 나도 너 같은 천한 놈과는 말도 섞기 싫으니! 부사 어른! 부사 어……."

송씨 부인이 또다시 쾅쾅쾅 문을 두드리고 있을 때, 마침내 대문 안쪽에서 삐그덕, 문의 빗장이 풀리는 소리가 들려왔다. 좀 전에 하인 놈이 나온 후 다른 하인이 잽싸게 걸어 잠갔던 빗장이 비로소 풀린 것이었다.

"진작 이리할 것이지! 흥!"

의기양양한 얼굴로 송씨 부인이 대문을 밀고 안으로 들어가려 하였다. 하지만 대문 안쪽에서 등롱을 들고 선 젊은 선비의 모습에 송씨 부인은 제자리에 우뚝, 멈춰 서고 말았다.

"이 집 둘째 아들, 반회라 합니다. 죄송하지만 이 야밤에 부인께서는 무슨 볼일로 저희 집을 찾아오셨는지요?"

만면에 화사한 미소를 띠고 묻는 반회의 모습에 놀란 송씨 부인은 잠시 흠흠, 헛기침을 한 후 새침한 얼굴로 자신이 온 용건을 밝혔다.

"제 딸을 데리러 왔습니다."

"죄송하지만 따님이 누구신지?"

"당이. 보령에서 온 홍당이라 합니다."

"아아, 그렇습니까?"

늘 낡은 옷만을 입고 있던 당이와 달리 제법 비싸 보이는 옷들을 걸치고 있는 송씨 부인을 보는 반회의 눈에 작은 경멸의 빛이 반짝였다. 하지만 이내 반회는 모든 여인들이 금세 경계심을 풀고 마는 꽃미소로 자신의 본심을 감췄다.

"홍 낭자라면 저도 잘 알고 있지요. 그런데 왜 낭자를 저희 집에서 찾으시는 건지?"

"흠, 흠. 딴청 피워도 소용이 없습니다. 여기 있는 거 다 알고 왔으니 얼른 내놓으세요!"

반회의 꽃미소에 자꾸만 여인 된 본능으로 배시시 웃음이 나오려는 걸 꾹 참고, 송씨 부인은 당이를 내어놓으라 목소리를 높였다.

조금 전, 이 집 앞까지 데려다 준 제 아들 용이가 시킨 대로였다.

용이는 창피하다고, 싫다고 마다하는 송씨 부인에게 세자저하의 인척 집안이 될 수 있는 기회를 놓칠 수 있겠냐며, 김 부사의 집 앞에 가서 소란을 피우라 강권하였다.

-제가 가면 난동을 피운다고 단박에 쫓아낼지도 모릅니다. 하지만 어머

니는 달라요. 딸을 찾아온 어미를 그들이 무슨 수로 쫓아내겠습니까? 그러니 어머니가 가셔야 해요. 그들이 창피해서라도, 세상 사람들의 이목이 두려워서라도 누님을 내놓게 하셔야 해요.

말을 들으니, 딴은 용이 말이 맞다 싶었다. 아무리 당이를 며느리로 삼고 싶어도 당장 사돈 될 자신이 그리 소란을 피우면, 제 꼴이 싫어서라도 당이를 내치지 싶었다. 해서 당이 어미는 아들이 시킨 대로 이 밤 내내 소란을 피우고, 기어이 당이를 되찾아갈 생각이었다. 당이가 나올 때까지 계속 고함을 지를 참이었다. 하필 반회만 아니었다면, 그러고도 남았을 것이었다.

"이런, 어쩌나. 길이 엇갈리신 모양이시군요. 홍 낭자는 저녁 무렵에 집으로 돌아갔습니다만. 그런데 부인께서는 종자도 안 거느리시고 혼자 밤길을 오신 겁니까?"

짐짓 놀란 표정으로 묻던 반회가 다정한 눈웃음과 함께 잠시만 기다리라고 한 후, 대문 안으로 들어갔다.

"기다리시게 하여 죄송합니다."

반회가 갓과 도포를 갖춰 입고, 손에는 등롱까지 들고서 다시 나왔다.

"집에까지 모셔다 드리겠습니다. 그럼, 가실까요?"

난생처음 보는 미공자의 제의를 송씨 부인은 차마 거절하지 못했다. 길 건너 어두운 골목 안에 숨어 있는 자신의 아들이 저를 보고 발을 동동 구르는 걸 알았지만, 늙은 여심마저 두근거리게 하는 반회의 매력을 차마 거부할 수 없었기 때문이었다.

"그런데 홍 낭자가 저희 집에 온 것은 어떻게 아신 것입니까?"

"그곳이 저희 집인 줄 아는 이들은 그리 많지 않은데, 어떻게 용케 찾아오셨군요."

"밤늦게 급히 오신 걸 보면 무슨 급한 볼일이라도 있으셨던가 보지요?"

얼굴만이 아니라 목소리마저 달콤하기 짝이 없는 미공자와 함께 밤길을 걸으며, 송씨 부인은 반쯤 넋이 나간 채 자신도 모르게 미공자가 묻는 말에 제가 아는 대로 순순히 다 털어놓았다.

용이가 세자의 외숙인 일산에게 발탁되다시피 한 일, 일산이 용이의 인물 됨됨이를 어찌나 잘 보았는지 당이의 혼사를 권해온 일, 그 집의 안방마님이 당이를 직접 만난 후 당이가 마음에 든다며 혼사를 진행하자고 적극적으로 나선 일 등을 전부 다 시시콜콜 털어놓고 말았다.

'이게 다 무슨 소리야? 세자의 외숙이신 훈련원부정이시라면 아침나절에 집에 다녀가셨던 분이 아니신가? 왜 그분이 홍 낭자를? 흐음. 이상하다. 분명 뭔가 이상하게 돌아가고 있어. 도대체 그게 뭐지?'

계속 쉴 새 없이 종알대다 이제는 지칠 줄 모르고 제 아들 자랑을 해대는 중년 부인의 말을 귓등으로 들어 넘기며 반회는 고개를 갸웃거렸다. 뭔지는 모르지만, 준형과 당이의 주변에서 무언가 심상치 않은 일이 벌어지고 있는 것만 같았다.

"그게 꼭 알고 싶어요?"

방문 안쪽에서 여느 때처럼 담담한 당이의 목소리가 들려왔다. 조금 전, 준형이 죽을힘을 다해 이성을 찾고 방에서 물러날 때까지만 해도 아쉬움 가득한 뜨거운 눈으로 보던 여인답지 않게 어느새 홀로 침착함을 되찾은, 얄밉기 그지없는 목소리였다.

"정 말하기 싫으면 그만두고."

팔베개를 하고 툇마루에 누운 준형이 답했다.

눈을 감은 채였다.

잠을 청하려는 것이 아니라, 보름을 겨우 사흘 앞둔 탓에 점점 더 만월에 가까워지는 달이 보기 싫었던 것이다. 눈을 감은 탓에 방문 하나를 사이에 둔 당이의 기척이 훨씬 더 예민하고 생생하게 느껴지고 있었다.

당이의 몸에서 나는, 일부러 몸에 각별한 정성을 들여 입힌 것이라 착각할 만큼 진하고 달콤한 복숭아 향기에 취할 것만 같았다. 그 향기를 맡고 있자니 좀 전까지 자신의 손끝에 닿아 있던 부드러운 살결이 다시 만져지는 듯했다.

후우, 하아.

당이의 달짝지근한 숨결은 바로 준형의 귀에 일부러 불어넣는 것처럼, 아랫배를 뜨겁게 만들 정도로 아찔한 유혹, 그 자체였다.

그래서 준형은 어느새 이야기를 시작한 당이의 말 앞부분 몇 마디는 제대로 알아듣지도 못했다.

"……그래서 말할 수 없었어요. 혹시나 당신도 그 아이, 그 늑대를 해칠까 봐 무서웠거든요. 그래서 내가 당신을 미워하고 원망하게 될까 봐 무서웠거든요."

'늑대!'

뜻하지 않게 튀어나온 늑대라는 말에 비로소 준형은 당이의 목소리에 제대로 집중할 수 있었다. 그리고 보니 당이는 지금 준형에게 자신이 만난 늑대에 대해 이야기하고 있는 중이었다.

"당신한테…… 그 늑대가 왜 그렇게 소중한 건데? 아님, 원래 그렇게 모든 짐……."

짐승, 스스로를 그렇게 칭하는 게 죽기보다 싫었지만 준형은 할 수 없었다. 당이의 진심을 들으려면 스스로 그 말을 입에 담을 수밖에 없었다.

"그렇게 모든 짐승들한테 너그럽나? 모든 동물들한테 그렇게 잘해줘?"

"내가 그런가?"

당이가 혼잣말로 자문하더니 이내 답했다.

"아뇨. 그런 것 같진 않은데요. 그냥 그 늑대가 처음 봤을 때부터 달랐을 뿐이죠."

"……뭐가? 뭐가 달랐는데?"

"언젠가 당신이 물었죠? 늑대가 무섭지 않았냐고. 흉측하고 끔찍하지 않았냐고. 그런데 안 그랬어요. 하나도. 이상하게 들릴 걸 알지만 늑대를 처음 봤을 때부터 난 그 늑대가 좋았어요."

순간, 준형이 번쩍 눈을 떴다. 준형이 그런지 알 리가 없는 당이의 이야기는 계속되었다.

"마주 서고, 눈을 마주치고 있자니 기묘한 느낌이 들었죠. 마치 오래 기다렸던 누군가를, 무엇인가를 만난 것 같은 느낌. 애초부터, 아주 오래전부터 예정되어 있던 순간을 맞이한 그런 느낌이었어요."

준형은 벌떡 일어나 앉았다. 자신도 그랬다. 분명 자신도 그날 밤, 만월 아래서 당이를 처음 봤을 때 똑같은 걸 느꼈었다.

'당신도, 당신도 나랑 똑같은 걸 느꼈다고? 당신도?'

준형이 저도 모르게 당이가 들어 있는 방문 고리에 손을 가져갈 때였다.

"그런데 당신은 어떻게 알았어요?"

갑작스런 당이의 물음에 준형이 얼어붙었다.

"……내가 뭘?"

"내가 늑대를 도망치게 하기 위해 자진해서 물에 빠졌던 거요. 지난번에 당신이 분명 그렇게 말했잖아요. 늑대 곁에 있는 게 싫어 스스로 물에 뛰어든 거 아니냐고요."

'아차!'

준형은 그제야 당이가 금자도로 온 첫날, 자신이 했던 말을 기억해냈다.

─늑대라는 놈. 아주 흉측하게 생겼겠지? 한밤중에도 기묘하게 눈을 빛내고, 입가에선 더러운 침이 줄줄 흘러내리고, 온몸엔 뻣뻣한 털이 가득하니, 가까이 닿는 것만으로도 소름이 끼쳤을 거야. 오죽 싫었으면 스스로 물에 뛰어들었겠어. 안 그래?

그때 준형은 분명 그렇게 말했었다. 자신의 감정에 취해 있느라 말을 실수하는 줄도 모르고 있었다.

"그런데 당신은 그걸 어떻게 안 거죠? 그 일은 그 늑대와 나 둘밖에 모르는 일인데요? 당신 혹시…… 설마?"

당이의 목소리에 점점 뚜렷하게 깃들기 시작한 의심과 의혹에 준형의 등에 식은땀 한 방울이 흘러내렸다.

드디어 모든 것을 털어놓아야 할, 너무도 싫은 '그때'가 다가온 것이었다.

"나…… 당신한테 할 말이 있어."

방 안에서 준형의 목소리에 귀를 기울이고 있던 당이는 소리가 나지 않게 조심하며 조용히 일어나 앉았다. 아무래도 준형은 계속 숨겨온 그 '비밀'이란 걸 말할 모양인 것 같았다.

김 부사의 집에서와는 달리 당이는 이번엔 막지 않을 생각이었다. 다른 사람에게 보여주기 위해서가 아니라, 준형이 자신의 뜻으로 비밀을 털어놓기로 결정했다면 순순히 들어줄 생각이었다.

그래서 당이는 눈을 감고, 작게 심호흡을 하며 이어질 준형의 말을 기다렸다. 물론. 조금 겁이 나기는 했다. 준형의 비밀이 무서워서가 아니라, 자신이 놀랄까 봐, 그래서 준형이 상처 입을까 봐 조금 겁이 났다.

'……괜찮아. 괜찮을 거야.'

쉽게 뒷말을 잇지 못하는 준형을 기다리며, 당이는 자신을 달랬다. 자꾸만 조바심이 나려 하는 스스로를 달랬다.

"나는 보통의, 평범한 사람이 아니야."

한참 만에야 준형이 다시 말을 잇기 시작했다. 그 목소리는 좀 전보다 한층 더, 심하게 떨리고 있었다.

"나는…… 태어날 때부터 다른 사람들하고 다르게…… 보름달이 뜨는……. 윽!"

"왜 그래요?"

준형에게서 들려온 갑작스러운 신음에 놀란 당이가 얼른 방문을 열고 나가려 하였다. 하지만 방문은 열리지 않았다. 준형이 방문에 등을 대고, 방문이 열리지 못하도록 막고 있는 듯 했다.

"아, 아무것도 웃, 으윽! 아무것도 아니야. 으으윽!"

"지금 방문 앞을 막고 있죠? 거기서 나와 봐요. 나갈게요."

"안 돼. 거기, 거기…… 그대로…… 거기 그대로 있어. 으읏!"

또다시 준형의 목소리가 고통으로 흔들리고 있었다. 방문에 비친 준형의 등도 거칠게 출렁이고 있었다.

"왜 그래요? 어디 아파요? 아픈 거 맞죠? 나 좀 봐요. 내가 나갈게요."

"나오지 맛!"

방문을 열려는 당이의 의지를 꺾으려는 듯, 준형이 다급하게 소리쳤다.

"제발, 부탁이야. 나오지 마. 나오지 말아줘. 제발, 부탁이야!"

"……알았어요."

그 목소리에 담긴 고통을 줄여주고자 당이는 준형이 바라는 답을 주었다.

"안 나갈게요. 당신이 원하지 않으면 여기 그대로 있을게요. 그러니까 무슨 일인지만 알려줘요. 괜찮아요? 괜찮은 거 맞아요?"

"……괜찮아. 흐읏."

괜찮다는 말 뒤에 고통을 삼키는 신음이 뒤따랐다. 마음 같아선 당장이라도 뛰쳐나가고 싶었으나, 당이는 그대로 방문에 찰싹 달라붙어, 방문에 기대고 있는 준형의 등을 어루만졌다. 방문의 창호지 너머 준형에게 자신의 손길이 전해지길 바랐다. 허나 준형의 등이 금세 방문에서 떨어지는가 싶더니, 이내 후다닥, 뛰쳐나가는 준형의 거친 발소리가 들려왔다.

"힘들면…… 그렇게 힘든 거면…… 말하지 않아도 돼요."

당이는 힘없이 준형의 그림자가 사라지고 없는 방문에 뺨을 대었다. 당장이라도 방문을 열고 준형을 쫓아나가고 싶었지만 그러지 않았다. 나오지 말라고, 제발 나오지 말라고, 고통스럽게 외치던 준형의 목소리가 계속 당이의 귓전을 때리고 있기 때문이었다.

"헉! 헉!"

준형은 또다시 짐승의 손으로 변하기 시작한 손을, 살을 찢고 손톱이 튀어나오려 하고 있는 손을 겨드랑이에 낀 채 밤거리를 하염없이 내달렸다.

달리 갈 곳이 있어서가 아니었다. 다만 당이의 방 앞에 그대로 있었으면 지금의 흉측한 모습을 당이에게 들키고 말 것 같아 본능적으로 뛰쳐나오고 만 것이었다. 당이 곁에 계속 있으면 손만이 아니라 온몸이 늑대로 변하고 말 것 같아 두려워서 견딜 수가 없었다. 너무 무서워서 도저히 그 자리에 있을 수가 없었다. 하여 뛰쳐나올 수밖에 없었다.

'왜! 왜! 또 하필!'

오늘만은, 이 밤만은 온전한 사람으로 있어도 좋았을 것이었다. 어차피 당이에게 모든 걸 털어놓을 테니 변하는 건 나중에 변했어도 좋을 일이었다. 그런 것을 참지 못하고, 또다시 이렇게 변하고 만 몸을 저주하였다.

동시에 모골이 송연하였다.

만약 당이와 안고 있는 동안, 당이와 입 맞추고 있는 동안 변했다면 어땠을지, 생각하는 것만으로도 온몸의 피가 차갑게 굳는 것 같았다.

"댕! 댕! 댕!"

정신없이 달리는 동안, 어느새 인경을 알리는 종이 울리기 시작했다. 그와 함께 멀리서 딱딱, 순라군들이 치는 딱딱이 소리도 들려오고 있었다.

"핫!"

순간, 준형은 우뚝 제자리에 멈춰 섰다. 인경 소리와 함께 아버지 김 부사의 이야기가 떠올랐다.

-그만한 배짱으로 감히 나를 설득하려 한 것이냐?

-네가 감추고 있는 그 비밀이 내가 너희의 혼인을 허락할 수 없는 세 번째 이유가 아니더냐.

'지금, 도대체 내가 지금 뭘 한 거지?'

준형은 망연자실하여 겨드랑이에 끼고 있던, 이미 완연히 야수의 손으로 변해버린 자신의 손을 꺼내 내려다보았다. 저주스러운 검은 털이 손등을 가득 덮고 있었고, 길고 날카로운 손톱은 손바닥을 향해 크게 휘어 있었다.

익숙한 준형의 눈에도 소름 끼치고 징그러운 모습이었다. 잘라낼 수만 있다면 잘라내고 싶을 정도로 역겨운 모습이었다.

당이가 본다면 반드시 놀라고 말 모습이었다. 그럼에도 불구하고 당이에게 반드시 보여야 할 모습이기도 했다. 어찌 생각하면 차라리 늑대로 완전히 변해버린 모습을 보이는 것보다 더 나을지도 몰랐다.

'당이!'

준형은 방금 달려온 거리를 다시 쏜살같이 내달리기 시작했다. 무조건 피하려고만 한 나약한 자신을 욕하면서, 이제라도 당이에게 솔직해지겠다는 맹세를 안고서.

"당이!"

그야말로 눈 깜짝할 사이에 준형은 당이가 머물고 있던 주막방으로 되돌아갔다. 하지만 의당 그곳에 있었어야 할, 당이는 사라지고 없었다.

사람이 빠져나간 흔적이 고스란히 남아 있는 이부자리와 툇마루 밑에 엉망으로 밟힌 채 놓여 있는 낡은 신발만이 당이가 그곳에 있었음을 증명해주고 있을 뿐이었다.

"아가씨요? 좀 전에 그 동생이라는 분이 오셔서 데리고 가셨는데요?"

겨드랑이 깊숙이에 손을 묻고 당이의 행방을 묻는 준형에게 주모는 조금 전, 당이를 찾아왔던 젊은 선비에 대해 알려주었다.

"시커먼 사내를 셋씩이나 거느리고 와서 여기 묵고 있는 걸 안다고 얼마나 눈을 부라리든지요."

주모의 말에 따르면, 당이를 찾아온 젊은 선비는 이제 겨우 스물이 되었음 직한 청년이라 하였다. 조금 경박스러울 정도로 화려한 도포를 뻗쳐 입었다는 그 젊은 선비에 대한 말을 듣자마자 준형은 그것이 누구임을 단박에 알아들었다.

"혹시 자신이 동생이라 하던가?"

"예, 그랬지요. 실제로도 그 방 아가씨에게 누님이라 부르는 것 같기도 했고요. 무슨 일인지는 모르겠지만 엄청 화를 내는가 싶더니, 기어이 강제로 끌고 가지 뭡니까요? 근데 무슨 일이셔요?"

"됐네."

호기심 가득한 얼굴로 제 모습을 살피는 주모를 뒤로하고 준형은 용이의 집 쪽을 향해 다시 한 번 내달렸다. 늑대일 때와 다름없이 바람처럼 빠르게 밤공기를 헤집었다. 변해버린 손에 대한 건 이미 안중에 없었다. 준형의 머릿속엔 오직 자신의 여인을 되찾으려는 생각밖에 없었다.

그러나 용이의 집에 도착해서도 준형은 당이를 찾지 못했다. 그곳에 없는 건 당이만이 아니었다. 용이의 집에는 이미 용이도, 송씨 부인도 사라지고 없었다. 주막방이 그랬듯, 좀 전까지 사람이 있었던 흔적만이 고스란히 남아 있을 뿐이었다.

"어디야! 도대체 어디 간 거야!"

어디로 간 건지, 도무지 짐작도 되지 않는 막막함에 준형은 그저 소리밖에 칠 수 없었다.

"제길! 제기랄!"

주인을 잃은 텅 빈 집 마당에 연인을 잃은 가련한 사내의 욕설이 공허하게 울려 퍼졌다. 제게서 당이를 뺏어간 용이에 향한 욕이었다. 멍청하게 눈앞에서 당이를 놓치고 만 저 자신을 향한 욕이었다.

가장 중요한 시기에 또다시 변해버리고 만 제 야만의 손을 향한, 제 거지 같은 운명을 향한 욕지거리였다!

제8장. 납치

"읍, 읍!"

입에는 재갈이 물리고 두 손은 등 뒤에서 결박당한 채 당이는 한껏 몸부림쳤다. 지금 당이가 있는 곳은, 용이에 의해 강제로 끌려와 짐짝처럼 팽개쳐진 곳은 이날 밤 당이가 얻었던 주막방에서 조금 멀리 떨어진 어느 집 방 안이었다.

"이 모든 게 다 누님 탓이에요. 자업자득이니, 날 원망하지 말아요."

험악한 인상의 사내들을 시켜 당이를 옮긴 후, 용이가 말했다.

"곧 어머니가 오실 테니, 아무 걱정도 마시고요. 그냥 누님은 한 며칠 저희랑 얌전히 있다, 혼례청에 나가서 혼례만 올리시면 돼요. 아셨지요? 괜히 날뛰어봐야 누님만 힘 빠지고 손해니……. 아얏!"

으름장을 늘어놓던 용이가 갑자기 제 발목을 감싸며 비명을 질렀다. 당이가 묶인 손을 대신하여 세찬 발길질로 용이의 발목을 걷어찬 때문이었다.

"으…… 누님!"

퍽! 퍽! 퍽! 발목을 감싸고 앉은 용이의 펑퍼짐한 엉덩이를 향해 당이의 발길질은 잠시 동안 멈추지 않고 계속되었다.

"쿡, 푸흐흐흣"

용이의 뒤에 버티고 서서 그 모습을 보고 있던 사내들이 우스꽝스러운 남매의 모습에 참지 못하고 실소를 터트렸다. 그 웃음소리에 안 그래도 체면이 구겨진 용이의 얼굴은 더는 빨개지려고 해야 빨개질 수도 없을 만큼 새빨갛게 물들어 버렸다.

"아, 누님!"

한참을 애를 쓴 다음에야 용이는 드디어 누이의 발길질을 멈추게 할 수 있었다.

"하아…… 하아…….."

"누님, 제발 그만 좀 해요. 이게 무슨 추태입니까? 저 사람들 보기에 창피하지도 않아요? 이런 누님을 누가 양반집 처자라고 보겠어요? 우악스럽기도 하시지."

당이의 발길질을 진정시키느라 당이의 두 다리 위에 올라앉은 용이는 여전히 피식대는 사내들에게서 끈을 건네받은 다음, 그것으로 당이의 가는 발목을 칭칭 묶었다.

"거봐요. 누님만 얌전히 있었으면 이렇게 짐승처럼 안 묶여도 되는 일이었잖아요. 이게 무슨 꼴입니까? 어휴, 속상해서 나 참."

용이가 분해서인지, 아님 발목이 아파서인지, 것도 아님 꼴에 제 누이가 안쓰러워서인지 눈가에 맺힌 눈물을 얼른 도포 소매로 쓰윽, 닦아내었다.

"누님도 나중엔 다 이 동생 덕분이었다고 고마워할 날이 올 거예요. 그러니 지금의 원한일랑 너무 깊이 가슴에 새기지 마세요. 알았죠?"

"읍, 으읍!"

용이는 손발이 묶인 채 여전히 자신을 노려보며 바닥에서 격하게 꿈틀대는 당이를 보며 미간을 찌푸린 후 서둘러 방을 나섰다.

"읍, 으으으으읍!"(용아! 용아! 이것 좀 풀어. 용아!)

당이는 이후로도 한참이나 거칠게 몸부림쳤지만 용이는 다시 방에 들지 않았다. 대신 그로부터 얼마 되지 않아 무슨 까닭인지 볼이 조금 빨갛게 상기된 송씨 부인이 방에 들었다.

"읍읍읍읍!"

"시끄럽다. 난 아무것도 안 보이고, 아무것도 안 들린다."

송씨 부인은 눈빛으로 하소연하며 온몸을 뒤틀어대는 당이가 보기 싫은지 방에 들자마자, 들고 들어온 이불로 당이를 덮었다. 머리끝에서부터, 발끝까지. 당이의 온몸이 두꺼운 이불에 가려졌다.

그제야 당이는 알았다. 제 어미가 이 방에 들어온 것은 이렇게 묶여 있는 자신이 걱정되어서가 아니라, 제 소리가 귀찮고 시끄러웠기 때문이라는 걸.

"부정 어른에게 고맙다고 인사 전해주시오. 누님 계신 곳도 알려주시고, 또 이렇게 저희 세 식구 묵을 새 거처까지 마련해주신 것에 어떻게 다 감사의 인사를 전해야 할지 모른다고요."

당이가 든 방에서 조금 떨어진 용이의 방에서는 용이가 오늘 밤 제게 큰 힘이 되어준 일산의 부하들에게 인사말을 전하고 있었다. 이 밤, 아무 소득 없이 터덜대며 집으로 향하던 용이 앞에 불쑥, 나타나 당이가 어느 주막에 들었다는 걸 알려준 사내들이었다. 용이에게 강제로 손목을 잡혀 주막에서 끌려나온 뒤에도 기어이 안 가겠다고 고집을 부리는 당이의 뒷목을 가볍게 가격하여, 정신을 잃게 해 준 사내들이었다. 그리고 앞으로 번갈아가며 이 집을 지켜줄 사내들이기도 하였다.

"생활에 필요한 모든 걸 부정 어른께서 보내주시기로 하였습니다. 그러니 홍 선비도, 홍 선비의 어머님도 당분간은 집 밖 출입을 삼가라 하셨습니다."

"아무렴요, 아무렴요. 괜히 김 부사 집 것들에게 우리가 여기 있는 걸 들키면 어쩌려고요. 저도 그만한 눈치는 있소이다."

용이는 고개가 떨어져나가라 열심히 주억거렸다. 그러고선 이제 막 제집, 제 방이 된, 여태 단 한 번도 가져본 적 없었던, 호화 세간이 갖춰진 넓고 넓은 방 안을 감격에 찬 눈으로 둘러보았다.

'아직 혼인도 안 시켰는데 이 정도니, 누님이 혼인만 하고 나면 더 큰 부귀와 광영이 있을 거 아닌가?'

새삼 믿기지 않은 이 행운을 곱씹고 곱씹으며 용이는 제 엉덩이 밑에 깔린 비단 보료의 부드러운 감촉을 만끽하였다.

"도대체 뭐 하고 있는 것이야!"

그때, 궁궐 안에서는 소빈이 아무런 전갈도 주지 않는 중전을 원망하며 초조한 시간을 보내고 있었다.

"중전은 도대체 뭘 하는 것이냐고. 전하께서 얼마나, 어떻게 편찮으신 건지 정도는 알려는 줘야 할 것이 아니냐! 내가 전하의 총비이자, 세자의 어미란 사실을 뭘로 생각하는 것이냐고!"

"마마, 고정하시옵소서."

"너희는 무엇 하는 것들이냐. 다른 궁녀들이나 의녀들을 꼬여서라도 전하의 환후가 어찌 되었는지 알아 와야 할 것이 아니냐?"

소빈은 시킨 것도 제대로 해내지 못하는 상궁과 궁녀들을 책망하였다.

"송구하옵니다, 마마. 하지만 중전마마와 영천군 대감께서 워낙 대전의 궁인들이며 내의원의 사람들에게 단단히 입막음을 시키신지라, 소인들이 알아낼 방도가 없사옵니다."

"오냐! 알았다. 그러면 내 직접 알아보지. 비키거라."

"아니 되옵니다, 마마!"

참다못한 소빈이 임금이 있는 곳으로 가기 위해 방을 나서려 하자, 상궁과 궁녀들이 일제히 소빈의 치맛자락을 붙잡고 말렸다.

"마마, 제발 고정하시옵소서! 중전마마께서 아직 대전 침전에 계시다 하옵니다. 지금 가보셔야 괜히 중전마마의 심기만 거스르실 뿐이옵니다."

"세자는! 세자는 지금 무얼 하고 있다더냐? 중전이 내게 아무 전갈을 주지 않으면 세자라도 와서 알려줘야……!"

궁녀들을 떨치고 방문을 활짝 열어젖힌 소빈은 어느새 방문 앞에 와 서 있는 제 금쪽같은 아들을 보고 금세 표정이 누그러졌다.

"저하! 이제 오셨구려. 제가 얼마나 오래 기다린 줄 아십니까?"

소빈이 세자 현의 손을 잡고, 방 아랫목으로 이끌었다.

"오늘 하루가 일 년 같았습니다. 아니 십 년, 백 년 같았습니다. 어찌 이리 늦으셨소이까?"

"죄송합니다, 어머님. 영천군 숙부와 함께 의논해서 처리해야 할 일이 한둘이 아닌지라, 미처 어머님을 신경 써드리지 못한 점 용서하여 주세요."

"괜찮아요. 괜찮습니다. 그보다, 전하께서는…… 전하의 환후는 어떠하십니까? 아무도, 아무도 제게 전하의 환후에 대해 알려주지 않으니, 불안해 이대로 죽을 것만 같습니다."

"아직 정확히는 알 수 없으나, 아마도 앞으로 의식을 회복하는 일은 어려우실 거라고…… 마음의 준비를 해두는 것이 좋을 것이라고……. 어머님!"

세자가 어의들에게 들은 이야기를 전하는 동안 소빈의 몸이 눈에 띄게 앞뒤로 흔들리는가 싶더니, 그대로 앞으로 푹, 고꾸라지고 말았다.

"어머님! 정신 차리시옵소서. 어머님. 어머님!"

현은 급하게 어미의 몸을 안아 들며, 궁녀들에게 소리쳤다.

"빨리 어의를! 어의와 의녀들을 불러오너라! 어서! 어서엇!"

그로부터 잠시 후였다.

"어머님은 어떠하신가?"

세자 현이 떨리는 목소리로 방 안에 쳐진 발 안에서 이제 막 찰색(察色, 낯빛과 혈색을 보아 병을 진찰)과 진맥을 마치고 나오는 의녀에게 물었다. 어의의 지시를 받아 대신 소빈의 살핀 의녀였다.

"기가 허한 데다 놀라 혼절하신 것뿐이니 곧 깨어나실 것이옵니다. 다만, 아주 미세하게 주마창(종기나 부스럼이 온몸 여기저기에 돌아가면서 나는 병)의 기운이 있으셔서 당분간은 계속 약을 쓰셔야 할 것이옵니다."

의녀에게서 찰색과 진맥의 결과를 전해 받은 어의가 소빈의 상태를 공손히 아뢰었다.

이 말은 반 식경도 안 되어, 중전 김씨에게도 고스란히 전해졌다.

"내가 이래서 소빈을 마음에 들어 하지 않는 것이다. 지금 때가 어느 때라고 저리 세자에게 응석을 부리는 것인지. 쯧쯧쯧."

중전 김씨는 제 처소의 궁녀를 통해 소빈의 와병 소식을 전해 듣고는 길게 혀를 찼다.

하지만 중전에게는 알려지지 않은 사실이 있었다. 아니, 중전만이 아니라 세자 현에게도 감쪽같이 숨겨진 사실이 있었다.

실은 소빈의 혼절이 꾀병이라는 것이었다. 전부터 간간이 연통하고 있던 내의원의 의녀 금척을 제 처소로 불러들여 은밀한 이야기를 나누기 위해 일부러 세자 앞에서 혼절한 척을 했던 것이다.

-내가 시키는 대로만 하면, 앞으로 너는 물론이요, 네 가족 대대손손 분에 넘치는 광영을 누리게 해줄 것이다.

소빈은 발안에서 의녀에게 진맥을 받는 척하며, 은자 주머니를 몰래 전해준 뒤 거짓으로 찰색과 진맥의 결과를 꾸며내게 하였다. 그 결과 앞으로 당분간 소빈의 병을 살핀다는 핑계로 의녀 금척은 누구의 의심도 받지 않고 소빈의 처소에 드나들 수 있게 되었다.

-알겠느냐? 내의원 안에서 떠도는 이야기들, 특히 전하의 환후에 대한 이야기들은 자세히 들었다가 내게 전해야 한다. 전하의 병에 무슨 약을 쓰고, 어떤 치료를 하는지도 소상히 알려야 할 것이야!

소빈은 의녀 금척에게 신신당부를 하였다.

만에 하나, 중전과 영천군이 임금의 죽음을 비밀로 하고 임금의 유지를 조작하는 일을 막기 위해서였다. 만약 그들이 작정하고 조작하고자 한다면 일을 꾸미는 데는 그리 오랜 시간이 필요치 않을 것이었다.

임금께서 승하했다는 사실을 단 반 식경만 늦춰도, 그동안에 임금의 유지는 얼마든지 조작할 수 있는 일이었다. 예를 들면, 심신이 약한 세자의 후견을 영천군에게 맡긴다는 내용의 유지를 거짓으로 꾸밀 수도 있다는 얘기다. 그리되면 세자는 보위에 올라도 결국은 허수아비에 불과하게 된다.

그런 불상사를 막기 위해서, 중전과 영천군이 엄한 짓을 못하게 경계하기 위해서, 소빈은 임금의 환후에 대해서 자세히 알고 있어야만 했다. 그래서 꾀병을 부리고 의녀 금척을 회유하는 방법을 쓰기로 하였다.

'중전! 영천군! 나는 결코 너희들 뜻대로 되게 두진 않을 것이다. 내 아들의 안위를 위협하는 너희들을 잠자코 지켜만 보고 있지는 않을 것이야.'

자신이 꾀병을 부리고 있는지도 모르고, 걱정스러운 기색으로 자신의 곁에서 떠날 줄을 모르는 세자를 흘끗거리며 소빈은 다시 한 번 각오를 다졌다.

기진맥진한 준형이 김 부사의 집으로 돌아온 건 다음 날 아침 늦게였다.

혹시나 뒤늦게라도 용이의 집에 누군가가 올까 그 집 앞에서 밤새 죽치고 기다린 다음이었다. 혹시나 당이의 기척을 찾을 수 있을까 해서 아침 내내 온 도성을 싸돌아다닌 후였다.

"무슨 일이야? 밤새 어디 있다 왔어? 아버님께서 한숨도 안 주무시고 기다리신 거 알아?"

사랑채에 들었다 물러나온 길인 반회는 마당에서 서 있는 준형을 보고는 후다닥, 준형에게 달려들었다. 지난밤 쓰고 나갔던 검은 삿갓을 목뒤로 넘긴 준형의 얼굴은 온통 땀범벅이 되어 있었고, 마치 염병에라도 걸린 사람처럼 부들부들 온몸을 떨고 있었다.

"너, 꼴이 이게 뭐야? 얼굴은 또 왜 이래?"

"없어졌어."

초점 없는, 그래서 어디를 보는지 알 수 없는 눈으로 준형이 중얼거렸다.

"자리를 비운 건, 아주 잠깐이었어. 혼자 놔둔 건 정말 잠깐이었어. 내내 계속 같이 있었는데. 함께 있었는데. 평생 함께하자고 했는데…… 없어졌어. 그 동생 놈이 데리고 가버렸대. 그런데 그 집에도 없었어. 그 집엔 아무도 없었어……."

"잠깐, 잠깐. 이게 다 무슨 소리야? 홍 낭자가 동생이랑 같이 집으로 돌아갔다고? 근데 네가 가보니 집이 비었다?"

준형의 말을 다시 한 번 되풀이하며 반회가 잠시 제 생각을 정리하였다.

"이상한데? 내가 분명 간밤에 홍 선비의 어머니를 그 집에 데려다 주었거든? 네가 말하는 그 집, 중촌 버드나무 골의 그 집 말하는 거잖아. 맞지?"

"뭐?"

준형이 급히 반회의 팔뚝을 잡고 늘어졌다.

"윽!"

반회가 미처 예상치 못한 아픔에 한쪽 눈을 찌그러뜨리며 신음을 흘렸다. 아침 햇빛을 받고 다시 사람의 손으로 돌아오긴 했지만 아직 늑대의 힘을 완전히 떨치지 못한 준형의 강한 손아귀 힘이 반회의 팔뚝에 강한 고통을 준 때문이었다.

"형…… 형이 지난밤에 그 집에 갔었다고?"

준형은 자신이 지금 무슨 짓을 하고 있는지도 모르고, 더 깊이 반회의 팔뚝을 부여잡았다.

"으윽. 지, 진정 좀 해. 나한테 잠깐 시간을 좀 줘봐. 나도 짚이는 게 있으니까."

더는 고통을 참지 못할 것 같아진 반회가 반대편 손으로 준형의 손목을 잡고 억지로 제 팔뚝에서 뜯어내었다. 그 바람에 북, 소리를 내며 반회의 고운 한복 소매가 뜯어졌다.

"형!"

"홍 낭자나 그 가족들의 행방을 감춘 건 아마 강 부정 어른 때문일 것이야."

아직도 생생한 팔뚝의 아픔을 참느라, 이를 악문 채 반회가 답했다.

"강 부정이라니? 그게 누군데? 왜 그렇게 생각하는데!"

놀란 바람에 준형의 목소리가 저절로 커졌지만, 준형은 그것을 신경 쓸 계제가 아니었다. 그러느라 사랑채 안에서 막 아버지 김 부사가 나오는 것을 눈치채지 못하였다.

"강 부정이 대체 누군데! 왜 그 사람이 그 여인의 행방을 알고 있다는 건데! 누구냐고!"

"강 일 자 산 자 함자를 쓰시는 분이야. 훈련원부정이시며 또한 세자저하의 생모 되시는 소빈마마의 아우 되시는 분이시지."

"세자저하의……. 그런 분이 왜! 그 사람을 왜!"

"어젯밤 홍 낭자의 어머니가 말해주더구나. 부정 어른이 홍 낭자를 자기 사촌아우이인지 누구인지 하여튼 제 집안사람과 혼인시키기를 바란다고. 홍 낭자의 어머니나 그 동생은 아무래도 그쪽으로 이미 마음이 기운 듯했어."

"말도 안 돼. 그 여자는 이미 나랑 혼인하기로 했다고!"

"너도 알잖아. 조선의 모든 여인은 결국 그 부모와 남자 형제가 원하는 대로 혼인할 수밖에 없는 처지임을."

"그 여자는 이미 그 집안과 연을 끊었다고!"

다시 한 번 목소리를 높이다 말고 준형은 자신이 여기서 반회를 괴롭히고 있을 때가 아님을 깨달았다.

"어딜 가려고!"

정신없이 대문으로 뛰쳐나가려고 하는 준형의 소매를 반회가 잡았다.

"가야지! 가서 찾아와야지!"

준형이 반회를 밀치고 대문으로 뛰어나가려 할 때였다.

"어디를 가겠다고?"

이제껏 마루 위에서 두 형제의 이야기를 잠자코 듣고 있던 김 부사가 마루 밑으로 내려섰다. 그러고선 초조한 눈으로 대문과 김 부사 자신을 연달아 흘낏대는 막내아들에게로 다가섰다.

"네 지금 어디로 가겠다고 하였느냐?"

"잠시 다녀올 데가 있습니다. 다녀오겠습니다!"

"지금 가려는 곳이 훈련원부정 강일산의 집이더냐?"

"……들으셨습니까?"

"가지 마라."

"아버님, 부정 어른에게 물을 것이 있습니다. 잠시 다녀오겠습니다."

"가지 마라 하였다!"

김 부사의 우렁찬 고함이 마당에 울려 퍼졌다. 그 소리에 놀란 김 부사집 하인들이 부사의 부하들이 일제히 마당으로 쏟아져 나왔다.

"모두 문을 막아서라!"

몰려든 하인들과 부하들에게 김 부사의 엄명이 떨어졌다. 그제야 서로 슬금슬금 눈치만 보던 부하들과 하인들이 그 명에 따라 일제히 대문 앞으로 몸을 날렸다.

"왜 이러십니까?"

준형이 억울함과 답답함에 눈물까지 글썽이며 김 부사를 보았다.

"당장 네 방으로 들어가 있거라."

"아버지!"

준형이 김 부사를 불렀지만 김 부사의 시선은 이제 반회에게 가 닿고 있었다.

"반회는 준형이를 데리고 들어가거라. 얼른!"

김 부사의 엄명에 반회는 하는 수 없이 준형의 소매를 잡아끌었다. 하지만 단단히 버티고 선 준형은 조금도 꿈쩍하지 않았다.

"형님은 절대 저를 막지 못하실 겁니다. 그건 아버님도 마찬가지십니다. 세상 그 누구도 절대 지금의 저를 막지는 못할 겁니다!"

준형이 이글거리는 눈빛으로 김 부사를 노려보며 자신의 각오를 말했다. 그러자 김 부사가 감정 하나 느껴지지 않는 차가운 눈빛으로, 뜻밖의 말을 하였다.

"그럼 네 멋대로 하려무나. 단, 네가 내 명을 어기고 이 집을 나가는 순간, 나는 너를 막지 못하였다는 죄로 네 형을, 반회를 죽일 것이다."

순간, 마당에 있는 모든 하인들과 부하들의 시선이 일제히 반회에게로 향했다. 꽃보다 곱고, 아랫것들에게도 항시 다정하기 짝이 없는, 모두가 제일 좋아하고 진심으로 공경하는 둘째 공자에게로 향했다.

그 시선들 속에서 반회는 애써 태연한 척 미소를 짓기 위해 안간힘을 썼다. 하여 하얗고 고운 꽃공자의 얼굴은 유난히 더 서글프게만 보였지만, 준형에게는 그 모습조차 눈에 들어오지 않는 것 같았다.

"이러셔도 소용없습니다. 아버지는 저를 막을 수 없어요!"

"그으래?"

준형의 반항적인 말에 김 부사가 도포자락을 걷었다. 그리고 항상 허리에 매고 다니는 칼집에서 팔뚝만 한 크기의 칼을 꺼내 들었다.

"허억!"

대문을 막고 있는 부하들과 하인들이 일제히 숨을 삼켰다. 김 부사가 시퍼렇게 날이 살아 있는 그 칼을 반회의 목에 들이민 것이었다.

"이래도?"

김 부사의 위협에 긴장한 눈으로 준형은 김 부사에 이어 반회를 보았다. 옅은 웃음으로 씁쓸함을 감추고 있는 형을 보았다. 만약 다른 일이었다면, 지금 이 순간 무조건 아버지 김 부사의 뜻에 따랐을 것이었다. 설령 반회의 목숨을 살리기 위해 준형의 목숨을 내놓으라 한다고 해도 그 뜻에 순순히 따를 것이었다.

하지만 지금 준형은 그럴 수 없었다. 지금 준형에게 가장 중요한 건 아비도, 형도 아니었다. 세상 무엇도 아니었다.

오직 당이였다. 오직 제 여인밖에 없었다.

지금 어디에서 무엇을 하고 있는지 알 수 없는 당이를 생각하면, 준형은 오금이 저렸다. 등골이 오싹했다. 그래서 더는 미적거리고 있을 수가 없었다. 무모하다고 해도 좋았다. 우의가 없는 놈이라고 해도, 불효자식이라 해도, 형을 죽이는 나쁜 놈이라 욕을 먹어도 좋았다. 지금 준형에게 최우선의 목표는 오직 당이 하나였다. 그래서 준형은 진심을 담아 반회에게 사과의 말을 건넸다.

"미안해, 형."

"……괜찮아."

형제가 주고받은 말은 그뿐이었다.

"크읏! 모두 비켜!"

준형이 대문 앞을 막아서고 있는 부하들과 하인들 틈을 비집고 지나갔다. 모두를 밀치는 그 힘이 어찌나 센지, 준형이 손만 휘둘러도 부하들과 하인들이 휙휙 공중으로 나가떨어졌다.

"아구구구!"

"아이구야!"

"공자님!"

나가떨어진 사내들의 입에서는 일제히 비명들이 터져 나왔다. 너무도 눈 깜짝할 사이에 벌어진 일이어서, 도저히 평범한 사람이라고는 생각되지 않는 완력에 모두들 혼비백산한 얼굴이었다. 놀란 건 김 부사나 반회도 마찬가지였다. 이미 준형에 대해 다 알고 있는 두 사람이었지만, 그런 두 사람에게도 지금 준형의 모습은 낯설기 그지없었던 것이다.

"보시다시피 준형이가 갔습니다. 준형이는 준형이의 일을 하였으니, 아버님은 이제 어서 아버님의 일을 하셔요."

아직도 제 목에 칼을 들이밀고 있는 아버지 김 부사에게 반회가 말했다.

"어서 저를 베고 준형일 쫓으십시오. 준형일 그 집에 못 가게 한 특별한 이유가 있으실 게 아닙니까? 그래서 이런 무리한 방법까지 쓰신 거고요."

"……미안하다."

김 부사가 침통한 어조로 반회에게 사과의 말을 전했다.

"그러셔야 할 겁니다. 아무리 넉살 좋은 저라 해도 이번 일은 꽤나 상처가 되었으니까요."

반회가 눈을 감았다. 그러곤 아버지의 칼날이 제 목을 가르기를 기다렸다. 이미 부하나 하인들이 보는 앞에서 엄포를 놓은 일이니, 아비 된 자와 주인 된 자의 체면을 지키기 위해서라도 아버지 김 부사는 자신의 목을 벨 것이었다. 반회가 아는 제 아버지는 충분히 그러고도 남을 사람이었다. 입밖에 내민 말은, 맹세를 한 것은 무슨 일이 있어도 지키고 마는 사람이었다.

그 예상대로 이내 스윽, 옷자락들이 스치며 아비의 팔이 높이 들어 오르는 기척이 났다.

'강회 형!'

반회는 질끈, 더 굳게 눈을 감았다.

그때였다.

"악! 주인 나리!"

"부사 어른! 이러지 마십시오. 아니 되십니다."

"둘째 공자님이 무슨 죄가 있으시다고요! 차라리 쇤네들을 베십시오. 이러시는 법은 없습니다!"

몇 없는 계집종이며 부엌어멈이 김 부사를 말리며 우는 소리가 들려왔다. 이어 철컥하고 칼집에 칼을 꽂는 소리와 하인들에게 엄히 이르는 아버지의 목소리도 들려왔다.

"빨리 말을 대령하라. 어서!"

"예, 부사 어르신!"

그제야 반회가 눈을 떴다. 그러자 부사에게서 반회 저를 보호하려는 듯 반회 앞을 막고 있는 부엌어멈이며 엉거주춤, 김 부사의 도포자락을 잡고 있는 계집종들의 모습이 눈에 들어왔다. 평소 자신들에게 유난히 다정하게 대해준 반회를 살리기 위해 일제히 나선 듯하였다.

"아버님, 왜……."

왜 자신을 베지 않은 것이냐, 반회가 못다 한 말로 그리 물었다.

"너는 아우를 제대로 단속하지 못한 죄가 있으나, 이들에게는 아무 죄가 없질 않느냐."

김 부사가 반회를 베지 않은 걸 서툴게 변명한 후, 아직도 자신의 옷자락들을 잡고 있는 계집종들을 부드럽게 떨쳤다. 그러고선 서둘러 대문 밖으로 걸음을 옮겼다.

'그래도 목숨을 살려주어 고맙다고 해야 합니까? 하지만 아버지는 준형일 지키기 위해서라면 앞으로도 언제고 제 목숨 따윈 안중에도 없으실 테지요.'

반회가 여러 생각이 스치는 얼굴로 아비의 뒷모습을 보았다.

"공자님! 괜찮으셔요? 으흐흑."

김 부사가 집을 나가고 난 후, 계집종들이 눈물을 글썽이며 반회의 안부를 물었다. 저들이 생각하기에도 이 밤의 광경은 실로 참담하기만 하였다.

"부사 어른은 정말, 너무하십니다. 어떻게 이만한 일로 공자님을, 공자님을…… 흐흐흑."

반회는 저를 둘러싼 여인들의 눈물바람에 헤, 하고 실없이 웃어 보였다.

"다들 놀랐지? 아유, 이번엔 나도 좀 놀랐네. 하마터면 오줌을 다 지릴 뻔했다니까? 하하하하. 안 되겠다. 너무 놀랐더니 목이 다 칼칼하네. 나 좀 나갔다 올게. 그래도 되지? 오늘 어멈이랑 너희들의 은혜는 내 꼭 잊지 않으마. 고맙다. 너희들이 내 생명의 은인이야. 하하하하."

부러 팔랑팔랑 가벼운 어조로 집안 하인들에게 이른 뒤, 반회 또한 대문 밖으로 향했다. 어디 기루에라도 처박혀 꼭지가 돌 정도로 술이나 퍼마셔야겠다는 생각을 하면서……. 그러지 않으면 제 뒤틀린 마음이 좀처럼 제자리로 되돌아오지 못할 것 같았다.

'이쯤이면 올 때가 되었는데.'

그때, 일산은 입궐할 준비도 하지 않고 제집, 제 방 안에서 느긋하게 준형을 기다리고 있었다. 그의 계산에 따르면 지금쯤 준형이 찾아와야만 했다.

지난밤, 당이 어머니가 김 부사의 또 다른 아들에게 일산과 일산이 권한 혼인에 대한 이야기를 털어놓았다는 말을 전해 들은 후, 일산은 조금 흥분된 마음으로 아침이 오기를 기다렸다.

'설령 늑대가 아니라도 제 반려로 점찍은 여인의 행방이 묘연해지면 어느 사내든 눈이 뒤집히고 마는 법.'

그러니 준형은 반드시 자신을 찾아올 것이었다. 당이의 행방이 묘연해졌으니 자신을 찾아와 물을 것이었다. 그런 준형을 맞을 준비는 모두 끝났다.

"주인 나리! 손님이 찾아오셨습니다."

제 기다림에 답하듯, 마침내 밖에서 하인이 전하는 소리에 일산은 저도 모르게 벌떡, 자리에서 일어섰다가 다시 앉았다.

"흠흠. 누구시라더냐?"

"전 도호부사 댁 공자라 합니다."

"모셔 오거라."

바깥에 이른 후, 일산은 점점 빨리 뛰기 시작하는 가슴을 진정시키려 노력하였다. 온몸의 맥이 펄떡펄떡 뛰는 것 같은 흥분을 가라앉히려 애썼다.

'이제야 똑똑히 확인할 수 있겠구나. 그날 내가 정말 잘못 본 건 아닌지. 네가 정말 세자의 쌍둥이 아우인지 아닌지. 우리 혈족이 맞는 건지 아닌지.'

"주인 나리! 모셨습니다요."

밖에서 하인의 소리가 들려왔다. 방문을 열어도 되겠느냐는 뜻이었다.

"오냐. 드시라 하여라."

일산이 재빨리 짧게 답했다. 그 즉시 방문이 열렸고, 검은 삿갓을 쓴 젊은 사내 하나가 방 안으로 들어왔다.

"누구시라고?"

뻔히 아는 것을 일산이 다시 물었다. 그제야 준형이 삿갓을 벗어 손에 들고는 정중히 고개를 숙여 보였다.

"소생, 전 도호부사 김찬의 아들 김준형이라 합니다."

'이런!'

인사를 마친 후 고개를 든 준형의 얼굴을 유심히 살피던 일산은 새삼 놀람을 금치 못하였다.

'역시!'

"앞…… 게나."

놀란 마음을 드러내지 않으려 애쓰며 일산이 자신의 앞에 앉기를 권했다.

그러면서도 점점 자신의 앞에 다가오는 준형, 그 얼굴을, 움직이는 모양을 눈 하나 깜빡이지 않고 보았다.

딱, 세자 같았다.

세자가 곤룡포가 아닌 평복을 입고 일산의 앞에 와 앉는 것만 같았다.

"여쭙고 싶은 게 있어 찾아왔습니다."

-자주 들러주세요. 어머님이 많이 외로워하십니다.

목소리 또한 한 치도 다르지 않았다. 세자의 목소리나 진배없었다.

'이런. 이런. 이보다 분명할 수는 없지 않은가. 귀신의 조화가 아니라면 말짱 타인이 이렇게 똑같이 생길 리가 없으니, 이렇게 목소리마저 똑같을 리는 없으니!'

일산은 확신했다. 지금 자신의 앞에 앉아 있는 건, 이십여 년 전 죽은 것으로 알려진 세자의 쌍둥이 아우가 틀림없음을. 자신의 조카가, 제 늑대혈족의 일원이 틀림없음을.

"핫하! 하하하하하하!"

"부정 어른?"

준형은 까닭 모를 웃음을 짓는 일산을 못마땅한 기색으로 보았다. 일산은 뭐가 그리 통쾌한지 배까지 움켜쥐며 한참을 웃어대었다.

"하하하하. 미안, 미안하네. 내 잠깐 딴생각에 취해 있느라."

일산이 하도 웃어 눈물이 맺힌 눈가를 닦으며 준형에게 물었다.

"그래. 공자가 나를 찾아온 용건은 무엇인가?"

"제 여인을 찾으러 왔습니다."

준형이 당찬 눈빛으로 일산을 마주 보며 거침없이 말했다.

"여인? 누구를 말함인지?"

시침을 떼는 일산을 보며 준형이 뿌드득, 어금니를 갈았다. 갑자기 찾아온 낯선 청년의, 또한 갑작스러운 요구에도 불구하고 조금도 당황한 기색이 없는 걸 보면, 이번 일에 눈앞의 사내가 관련되어 있음이 분명해 보였다.

해서 준형은 이를 갈며 힘주어 또박또박, 제가 찾는 여인이 누구인지를 밝혔다.

"보령에서 올라온 홍 선비라는 자의 누이, 홍당이라는 여인입니다."

"홍…… 아! 그 홍 낭자?"

일산이 부러 과장된 표정으로 알은체를 하였다.

"홍 낭자라면 나도 알지. 잘 알고말고. 그런데 홍 낭자가 어찌하여 공자의 여인이란 말인가? 홍 낭자는 내 사촌아우와 곧 정혼할 낭자인데, 공자는 아직 모르고 계셨던가?"

"낭자와 혼인하기로 먼저 약조한 것은 저입니다!"

"그것은 공자의 말일 뿐이고. 이미 집안과 집안끼리 혼사를 하기로 정한 것을 공자가 그리 어깃장을 놓는다고 해서 오, 그런가 하고 순순히 포기할 순 없지 않은가?"

"큿!"

크르르, 준형의 목 깊은 곳에서 분노의 떨림이 묘한 소리가 되어 흘러나왔다. 그 소리에 일산의 눈이 더욱 만족스럽게 빛났다.

'이것 봐라. 겉은 순한 세자와 똑같이 생겼거늘, 안에는 사나운 짐승이 도사리고 있지 않은가. 그렇지. 그렇지! 이것이 바로 우리 혈족인 것이지!'

"어디다 숨기셨습니까? 험하게 굴고 싶지 않습니다. 홍 낭자를, 내 여인을 당장 내놓으시지요!"

준형이 반쯤 몸을 일으켜 서탁을 짚고, 일산에게로 몸을 기울였다. 충분히 자신의 존재가 위협적으로 느껴질 수 있도록. 그래서 순순히 당이가 있는 곳을 말할 생각이 나도록.

그런데도 그런 준형의 예상, 아니 기대와 달리 기분 나쁠 정도로 느긋하게 이죽거리는 일산의 태도는 조금도 변하지 않았다.

"못 내놓겠다면? 내가 끝까지 모른 체하면 어쩔 셈인가? 왜, 날 죽이기라도 할 셈인가?"

"……못할 것 같습니까?"

"아직 어리시구먼. 그렇게 있는 대로 속을 다 내보이는 건, 자신의 약점이 무엇인지 드러내놓고 다니는 꼴이랑 같은 것을."

"당신, 정말!"

준형이 일산의 멱살을 잡으려 손을 뻗으려 할 때였다.

"주인 나리! 전 도호부사 김찬 어른께서 뵙기를 청하십니다."

밖에서 하인이 아뢰는 소리가 들려왔다.

"어쩐다? 자네를 데리러 자네 부친이 오신 모양이군. 흐흐흣."

뭐가 그리 즐거운지 싱글벙글 웃는 낯으로 말한 후, 일산이 준형의 귀에 재빨리 얼굴을 가져다 대고는 무엇인가를 속삭였다.

"빼돌릴 땐 언제고 왜 이리 순순히 가르쳐주시는 겁니까?"

일산의 갑작스러운 태도 변화에 준형이 의심스러운 눈길을 보냈다.

"내 목적을 반은 이미 달성하였거든."

일산이 영문을 알 수 없는 말을 하고선 얼른 나가보라는 듯 손을 휘휘 저었다.

"밖에 놈이 뒷문을 가르쳐 줄 걸세. 그리로 가면 자네 부친을 피할 수 있을 것이네."

준형은 더는 미적거리지 않았다. 일산이 이르는 대로 서둘러 밖으로 나가서 일산 집 종놈에게 뒷문을 물었다. 그러곤 바람처럼, 아니 바람보다 더 빨리 달렸다. 당이를 만나 꽉, 으스러지는 것이 겁날 정도로 꽉, 안아줄 생각이었다.

'너무 늦잖아요.'

한편, 입에는 재갈이 물린 채, 손과 발이 꽁꽁 묶인 채 이불 속에 처박혀진 당이는 밤새 포기하지 않고 꿈틀대느라 아침이 되었을 땐 거의 기진맥진한 상태가 되어 있었다.

'혼인하자는 사내가 뭐 이래요. 연모하는 여인이 지금 어떤 꼴인지도 모르고 쿨쿨, 세월 좋게 잠만 자고 있는 거예요? 나, 여기 있어요. 나, 안 데려갈 거예요?'

당이는 밤새 마음으로 준형을 불렀다. 계속 부르고, 부르면 준형이 자신을 찾아내줄 것만 같았다. 이대로 그만 땅 밑으로 꺼져버리고 싶은 지독한 좌절감 속에서 버텨내기 위해 준형만 생각하였다.

지난밤, 준형과의 입맞춤을 떠올리며 그가 속삭여준 사랑의 밀어를 떠올리며 버텼다.

-맹세코 난 한 번도 이렇게 탐욕스러웠던 적이 없어. 그런데 당신만은 달라. 이렇게 껴안고 있는데도 부족해. 더 많은 걸 취하고 싶어. 당신의 전부를 취하고 싶어.

준형은 떨리는 손으로 저고리의 고름을 풀려 했다. 솔직히 말하자면 당이도 내심 그것을 바랐다. 법도니 예의니 규범이니 하는 모든 것들을 집어던지고 자신 또한 아낌없이 준형을 취하고 싶었다. 준형의 탄탄한 가슴을, 섬세한 근육이 느껴지는 등을 어루만지고 싶었다.

하지만 고름이 풀리고 저고리의 앞섶이 풀려나간 순간, 새하얗고 탐스러운 안쪽 살이 슬쩍 그 정체를 드러내 보이려는 순간, 여인의 본능적인 부끄러움으로 당이의 몸은 긴장으로 굳고 말았다.

준형이 그것을 보고는 이를 악물고, 참았다. 당이를 위해 참아주었다.

-알아? 지금 죽을 만큼 힘들다는 거? 그래도…… 참을 거야. 혼인도 하지 않고 당신을 이렇게 낡은 방에서 아무렇게나 취해서는 안 되니까.

바보. 지난밤, 준형의 말을 떠올리며 당이는 쓴웃음을 지었다.

'그런 건 아무것도 아닌데. 당신을 거부한 게 아닌데. 아무것도 모르고. 바보, 멸치 똥.'

준형의 생각으로 가득 차 시간이 어찌 지났는지 모르고 있을 때, 삐거덕 방문 열리는 소리가 났다.

"밥 먹자."

아침상을 들고 들어온 당이 어머니 송씨 부인이 당이의 이불을 걷고, 축 늘어진 당이를 일으켜 앉혔다. 그러고선 밤새 이불 안에서 몸부림치느라 거의 산발이 된 당이 머리를 다정히 쓰다듬어주었다.

"어휴. 내 복덩이. 밤새 고생 많았……."

당이가 머리를 흔들어, 어미의 손을 떨치자 송씨 부인이 쌜쭉한 표정을 짓더니, 밥상을 당이 턱 앞까지 가져왔다.

"우리 조용히 밥이나 먹자. 응? 알았지? 굶으면 못써. 혈색도 나빠지고 살결도 나빠지고. 혼인 앞둔 여인이 그래서야 쓰겠니? 자."

송씨 부인은 당이의 입에 물려진 재갈을 풀었다.

"왜 이렇게까지 하는 거예요?"

재갈을 풀자마자 터져 나온 당이의 목소리는 분노를 참지 못하고 덜덜 떨리고 있었다.

"굴비가 참 잘 구워졌네. 이렇게 씨알 굵은 굴비, 넌 평생 처음 먹어볼걸? 어디, 한번 먹어봐. 응?"

송씨 부인이 직접 젓가락으로 굴비 살을 바른 후, 밥 한 술을 크게 뜬 숟가락 위에 굴비 살을 얹어 당이 입가로 가져갔다.

"먹으렴. 밤새 기운 쓰느라 배고플 거 아냐."

당이가 반항적으로 입을 굳게 다물고, 홱 고개를 돌렸다.

"왜, 목이 칼칼해? 그럼 이 장국부터 한술 떠볼래? 부정 어르신이 보내준 부엌어멈이 어찌나 솜씨가 좋은지, 잔칫집 꽤나 다녀본 너도 이런 장국 맛은 한 번도 못 봤을 거야."

송씨 부인이 이번에는 진한 국물 한 수저를 떠서 당이의 입가에 들이밀었다. 물론 당이는 이번에도 굳게 입을 다물며 고개를 돌렸지만, 이번엔 송씨 부인도 가만히 보고 있지 않았다.

"잠자코 좀 처먹어!"

인내심이 바닥이 난 여인은 국물이 흐르든지 말든지 신경도 쓰지 않고 억지로 숟가락을 제 딸아이의 입안으로 힘주어 밀어 넣었다.

"읍! 하지…… 하지 마요……. 읍!"

당이는 온몸을 뒤틀며 억지로 입안에 들이밀어진 숟가락을 밀어내려 애썼지만, 아무 소용이 없었다.

"쓸데없는 기운 쓰지 마. 누가 널 생으로 굶어죽게 놔둘 것 같아?"

음식을 거부하는 당이의 배 위에 훌쩍 올라탄 야속한 어미는 밥상 위에서 국그릇을 들고는 그대로 당이의 입안에 부어넣기까지 하였다. 당이가 격렬히 몸을 뒤트는 바람에 고기 국물이 당이의 코와 입에 강제로 들이부어졌다. 천만다행으로 국물은 따끈한 정도여서 데일 만큼 뜨겁지는 않았다.

"읍…… 콜록! 콜록, 콜록, 으읍! 콜록!"

강제로 주입된 국물에 사레가 들린 당이가 고통스럽게 몸부림치는 걸 보고서야 무정한 어미는 국그릇을 내려놓고 딸아이의 몸에서 내려왔다.

"우윽, 콜록콜록콜록!"

당이가 방바닥을 뒹굴며 입안에 남은 국물 찌꺼기와 기침을 쏟아내는 동안, 송씨 부인은 밖에 나가 깨끗한 면포를 가지고 다시 들어왔다.

"그러게 얌전히 먹었으면 이런 일이 없잖아. 괜히 고집 피워서 이 꼴이 다 뭐니? 나 참. 고개나 들어봐."

잔소리와 함께 송씨 부인이 당이의 얼굴을 들고는 더럽혀진 코와 입가를 닦아내기 시작했다.

"괜한 헛심 쓰지 마. 그 섬 공자가 얼마나 잘난 인물인지 몰라도, 이쪽은 세자저하의 외숙 집안이야. 어디, 비교나 돼?"

"……연모하지도 않는 사람과 혼인하고 싶지 않아요."

"또, 또 쓸데없는 고집 피운다. 연모니 뭐니 하는 건 천한 기생 년들이나 가지는 감정이야. 반가의 여인은 그저 조신한 몸으로 집안이 정해준 대로 혼인하고 아이 낳아 그 집안의 대를 이으면……."

당이의 말을 귓등으로 들어 넘기려던 송씨 부인이 문득, 당이의 얼굴을 닦던 손길을 멈추고 의심스러운 눈으로 당이를 보았다.

"……너, 설마?"

당이는 어머니의 표정을 보고 그녀가 무엇을 생각하고 있는지 알았다. 하여 지금의 그녀가 가장 듣고 싶어 하지 않을 답을 들려주었다.

"그래요. 이미 전 그분의 여인이 되었어요. 그러니 당연하게도 지금 제 배 속에 그분의 아이가 자라고 있을지도 모르죠."

순간 당이 어머니 얼굴에서 핏기가 가셨다. 그것을 보고 당이는 한 번 더 회심의 일격을 가했다.

"무사히 혼인을 한다 한들, 때 이르게 태어난 아이가 자신을 조금도 닮지 않은 것을 알게 되었을 때 저의 남편이 된 이는 어떻게 반응할까요? 그리고 그 집안은 자신들을 우롱하고 능멸한 우리 집안을, 용이를 어찌 대할까요?"

"너! 너…… 이…… 이……."

송씨 부인이 차마 말을 잇지 못하고 거친 숨만 몰아쉬더니 당이의 뺨에 손을 휘둘렀다. 철썩 소리와 함께 당이의 고개가 세차게 옆으로 돌아갔다.

송씨 부인은 그런 당이의 멱살을 쥐고, 코가 닿도록 얼굴을 들이밀었다.

"입 닥쳐! 그 일에 대해서는 누구에게도 아무 소리도 하지 마. 만약 입 밖에 내었다간⋯⋯."

송씨 부인이 당이의 멱살을 더 세게 죄었다.

"그랬다간 봐. 나는 너를 죽이고, 김 부사네 공자를 너를 범한 죄로 금부에 고발할 것이야. 당아, 넌 날 잘 알지? 누구보다 잘 알 거야. 내가 능히 그러고도 남을 사람이란 걸. 내가 용이를 위해서라면 못 할 게 없다는 걸!"

"크윽⋯⋯."

목이 졸린 당이가 캑캑대며 힘겹게 모자란 숨을 쉬고 있을 때였다.

"누님, 밥은 다 먹었⋯⋯. 어머니!"

헤실헤실 웃는 낯짝으로 방문을 열고 들어서던 용이가 방 안에서 벌어지고 있는 참상 아닌 참상을 보고는 얼른 달려들어 당이에게서 제 어머니를 떼어놓았다.

"아, 아이쿠야!"

거친 용이의 손길에 엉덩방아를 찧은 송씨 부인이 우는 소리를 하였다.

"용아. 난 그, 그냥⋯⋯."

"제정신이세요? 도대체 무슨 짓을 하시는 거예요? 누님! 괜찮아요?"

용이가 어미는 본체만체 얼른 당이의 얼굴과 목부터 살폈다.

"어머니도 참! 잘못해서 다치기라도 했으면 어쩌려고요!"

"크큭. 호호호홋."

"누님?"

제 어머니 송씨 부인에게 따지던 용이는 갑자기 웃음을 터트린 당이를, 실성이라도 한 게 아닌가 하여 놀란 눈으로 보았다.

"얘, 저것이 이제는 혼인을 하기 싫어 아예 실성한 척을 하려는가 보다."

어머니의 소리를 귓등으로 들어 넘기며 당이는 온몸이 묶인 채 방바닥을 구르며 웃었다. 웃지 않으면 통곡이 나올 것 같아 미친 척 웃고 또 웃었다.

혼인이 틀어질까 봐 죽이겠다고 협박하는 어머니와 팔 물건에 흠이 생기면 제값을 못 받을까 봐 안달하는 동생 중에 누가 더 밉고 서러운지 몰라 배가 찢어지도록 웃고 또 웃었다.

잠시 후였다. 당이의 발작적인 웃음이 그치자, 용이는 억지로 어머니 송씨 부인을 방에서 나가게 한 후, 당이 곁에 남았다.

"입술이 터졌어요. 꼴도 말이 아니고요. 그거 알아요?"

용이가 안쓰럽다는 듯, 옆으로 쓰러져 있는 누이의 얼굴을 보며 말했다. 그 말대로 한바탕의 소란을 끝낸 당이의 얼굴은 가관이었다. 어미와 몸싸움을 하고 방 안을 뒹구느라 머리는 온통 산발이었고, 밤새 한숨도 자지 못한 탓에 커다란 눈은 퀭하게 들어가 있었다. 그리고 굳게 다문 입술에는 군데군데 붉은빛이 비치고 있었다. 먹을 것을 들이미는 어머니에게 반항해 죽어라 입술을 깨물고 열지 않아 기어이 입술이 터진 탓이었다.

"어머니 말 너무 고깝게 듣지 말아요. 틀린 말은 아니니까. 어느 양반집 처자가 집안의 허락도 없이 자신의 마음대로 혼인을 해요."

끙, 소리를 내며 당이를 일으켜 벽에 기대어 앉게 한 후 용이가 말했다.

"난 이미 너와 어머니, 그리고 이 집안과 연을 끊었어."

잔뜩 쉬어 칼칼한 목소리로 당이가 용이의 말을 힘껏 부정하였다.

"말도 안 되는 소리 말아요. 끊는다고 천륜이 끊어져요?"

용이는 당이를 기대앉힌 벽에 저도 나란히 등을 기대어 앉았다. 그러고선 얼굴을 돌려 제 누이의 옆얼굴을 조금은 측은하게 바라보았다.

"누님."

"……."

다정한 부름에도 당이는 용이 쪽으로 고개도 돌리지 않았다.

"나 때문에, 나만 아끼는 어머니 때문에 여태 누님 고생 많이 한 거 알아요. 여태 못난 나를 감싸느라 어머니가 누님 가슴에 얼마나 못질을 하셨는지도 알아요. 내가 누님에게 얼마나 몹쓸 짓을 한 것인지도 알아요. 왜 모르

278

겠어요. 그것도 모르면 짐승이지요. 그런데, 누님."

용이가 슬며시 당이의 어깨에 고개를 기댔다. 당이가 어깨를 움직여 그런 용이의 고개를 치우려 했지만 용이는 끈질기게 당이의 어깨에 달라붙었다.

"그래도…… 한 번만 더, 마지막 한 번만 더 양보해줘요. 누님만 마음을 돌려먹으면 나한테도, 우리 집안에게도 어마어마한 기회가 생기는 거예요. 나요, 누님만 그 집안에 시집가 주면 열심히 글공부해서 과거 시험도 볼 거예요. 얌전한 색시도 맞고요, 어머니한테 손자들도 듬뿍 안겨드리고 여태 못한 효도도 듬뿍 할 거예요."

"왜 지금은 안 되는데?"

여전히 정면만 보며 당이가 말했다.

"네가 말한 그 모든 건, 꼭 그 집안과 혼사를 맺지 않아도 충분히 할 수 있는 일들이야. 누구에게 기대지 않아도 할 수 있는 일들이야."

"아무 뒷배도 없는 가난한 촌놈 선비, 누가 과거에 붙여나 준대요? 가진 건 아무것도 없는 이런 날건달 같은 놈한테 누가 딸을 주기나 한대요? 이놈의 세상, 돈 없고 연줄 없는 나 같은 가난한 양반 놈한테 무슨 쥐똥만 한 기회라도 생길 줄 알……."

"누구시오?"

울컥하여 점점 더 커지고 있던 용이의 말이 중간에서 끊겼다. 마당에서 들려온 어머니 송씨 부인의 심상찮은 말소리 때문이었다.

"청년은 뉘신데 왜 남의 집에 허락도 없이 이리 막 들어오는 게요?"

"당이를 찾으러 왔습니다. 여기 있는 걸 알고 왔습니다."

"있기는 누가 있어요. 잘못 왔소. 나가요. 아, 얼른 나가라고요!"

"여기…… 읍!"

밖에서 들려온 준형과 어머니의 말소리에 당이가 반색하여 소리를 질러 자신이 이 방에 있음을 알리려 하였다. 하지만 용이가 그보다 빨리 손으로 당이의 입을 틀어막았다.

"쉿. 조용히 해요. 괜히 일 크게 만들지 말고요."

용이는 당이의 귀에만 들릴 소리로 속삭였다. 기척을 죽여 그대로 바깥의 사내를 돌려보낼 셈이었다. 그러나 소용없었다. 쾅 소리를 내며 말 그대로 방문을 박차고 준형이 뛰어 들어왔기 때문이었다.

"당이! 이, 이건……."

드디어 찾았다는 반가움에 당이의 이름을 부르다 말고, 손과 발이 묶인 채 용이에 의해 입이 틀어 막힌 당이의 모습을 본 준형의 눈에서는 불꽃이 튀었다. 그리고 그 분노의 불길은 그대로 용이에게로 향했다.

"너, 이 노옴!"

"으, 으아악!"

용이가 공중으로 날아올랐다가, 쿵 소리를 내며 마당으로 떨어졌다. 준형이 용이의 멱살을 잡고 들어 올린 후 방 바깥으로 집어 던졌던 것이다.

"용아!"

송씨 부인이 질겁하여, 마당에 팽개쳐진 아들에게로 다가왔다.

"괜찮니? 괜찮은 거야?"

"악! 허, 허리가 부, 부러진 것 같습니다. 아구구구, 어머니, 저, 저 죽어요. 저 죽습니다."

"용아! 용아!"

마당에서 죽는 소리를 하는 용이와 그 어미를 본체만체 준형은 당이의 손과 발에 묶인 줄들을 단숨에 뜯어내었다.

"괜찮아? 다친 덴, 어디 아픈 덴 없어?"

준형이 두 손으로 당이의 얼굴을 감싸 안으며 물었다. 당이가 절레절레 고개를 저었다. 입을 열면, 울음이 터져 나올 것 같아서였다.

"늦어서 미안."

이번에도 당이는 눈물로 촉촉해진 눈을 하고선 절레절레 고개를 저었다.

"안 되겠다."

준형이 속삭였다. 그런 준형의 등 뒤 마당에서는 온통 야단법석이었다.

용이가 허리를 감싼 채 "아구구구. 나 죽네!" 하고 연신 뒹굴고 있었고, 그런 용이를 보다 못한 송씨 부인이 "동네 사람들! 누가 좀, 누가 좀 와줘요!" 하고 떠들어대며 대문 밖으로 뛰쳐나가고 있었다. 하지만 준형과 당이에게는 그런 소란이 전혀 눈에도, 귀에도 들어오지 않았다. 마주 보고 있을 때면 늘 그렇듯, 또다시 온 세상은 둘로만 꽉 차 있었던 것이다.

"우린 이제 잠시도 떨어지지 말고 딱 붙어서 살아야겠다."

"……왜요?"

간신히 입을 연 당이가 뻔히 아는 답을 물었다.

"떨어져 있었던 건 아주 잠깐이었는데 그동안 벌어진 일들 좀 봐."

준형은 초췌해진 당이의 뺨을 쓰다듬은 후, 흐트러진 귀밑머리를 얌전히 귀 뒤로 넘겨주었다.

"그새 이렇게 못생겨지면 어떡해."

준형은 저 또한 그렁그렁한 눈을 한 주제에 입으로는 농담을 하였다.

"그래서 싫어졌어요?"

"아니."

"미워졌어요?"

"아니."

"못생겨졌다면서요."

"응, 너무 못생겨져서 큰일이야. 이렇게 못생겨졌는데도 이렇게 어여쁘면 어떡해."

손가락 발가락이 오그라들 것 같은 낯 뜨거운 소리를 잘도 해대는 준형을, 당이가 슬쩍 흘겨보았다.

"이런 능청스러운 말들은 누구한테 배우는 거예요?"

"우리 둘째 형. 앞으로도 기대해도 좋아. 이제껏 보고 듣고 배운 게 아주 많거든."

그렇게 두 연인이 서로만의 세계에 빠져 있을 때, 잠시 조용했던 마당이 또다시 시끌벅적해졌다. 대문 밖으로 뛰쳐나갔던 당이 어머니가 한 무리의 관졸들을 이끌고 들이닥친 것이다.

"저기 있소. 내 딸을 보쌈해 가려고, 내 아들을 패대기친 왈패 놈이 저 방 안에 있소!"

"거기! 누구요!"

관졸들 중 하나가 육모 방망이로 준형의 등을 가리키며 소리를 질렀다.

"낭자는 무사하시오?"

관졸들 중 하나가 당이의 안부도 물어왔다. 그러는 동안 당이 어미는 허리를 짚고 일어서려 하는 용이를 부축하고 있었다.

"뭣들 하는 게요. 얼른 저 왈패 놈을 끌어내지 않고!"

당이 어미가 발을 동동 구르며 당장 준형을 끌어내라고 관졸들에게 연신 옥박을 질렀다. 준형이 어깨 너머로 흘낏 그 모습을 보고선, 다시 당이에게 속삭였다.

"우리, 가야 할 것 같은데?"

"어디로요?"

"우리 둘만 있을 수 있는 곳으로."

"밖에 사람들은……."

"훗. 내가 신경이라도 쓸 것 같아?"

준형은 안심하라는 듯 당이에게 작게 눈웃음을 지어 보인 뒤, 목뒤로 넘어간 검은 삿갓을 머리 위로 고쳐 쓰고선 번쩍 당이를 안아 들고 일어섰다.

"꽉 잡아!"

준형이 경고했다. 그러곤 힘차게 발을 굴렀다. 그러자 말도 안 되게, 보고 있는 사람들이 저마다 제 눈을 의심할 수밖에 없게, 당이를 안고 있는 준형의 몸이 붕, 공중으로 날듯이 뛰어 올랐다. 그 기세로 마당에 놓인 관졸들은 물론이요, 담벼락까지 단번에 뛰어넘었다.

제9장. 감출 수 없는

준형과 당이가 어딘가로 열심히 뛰어가고 있을 그 즈음, 일산의 집에서는 관복을 챙겨 입은 일산이 김 부사와 마주 앉아 있었다.

"어서 용건을 말하고 돌아가 주시지요. 빨리 입궐을 해야 해서요."

"자네가 홍 낭자를 빼돌렸는가?"

"빼돌리긴요. 집안 형편이 곤궁하고 사정이 딱하기에 따로 살 만한 집채 하나 마련해준 것뿐입니다."

일산이 어깨를 으쓱하며 별거 아니라는 투로 가볍게 말했다.

"그게 어딘가?"

"그게 왜 궁금하신데요?"

일산이 새삼 정색하고선 김 부사를 보며 물었다.

"고작해야 그깟 조그만 계집애 행방을 알자고 아침 댓바람부터 여기까지 오신 건 아닐 테고. 따로 할 말이 있으십니까?"

"준형이가 왔다…… 갔겠지?"

김 부사가 조심스레 물었다.

"하하하하하하하하!"

대답 대신 일산이 가슴속 저 밑바닥에서 끌어 올린 듯 낮고 기괴한 웃음소리를 내었다.

"강 부정! 일산아!"

"천하의 화엄 영감께서 애써 숨겨온 비밀이 드러날까 전전긍긍하는 꼴이라니! 하긴 비밀도 어지간한 비밀이어야지요. 여기 왔었냐고요? 하하하하."

갑자기 뚝, 웃음을 그치고 일산이 서탁 앞으로 몸을 기울여 마주 앉은 김 부사에게 고개를 들이밀며 말했다.

"네에, 조금 전에 왔다 갔지요. 하여 똑똑히 보았지요. 지난번에 얼핏 봤을 땐 설마 했는데 정말 아주 똑같더군요. 세자저하와 똑같은 옷을 입고 나란히 서 있다면 설사 제 누님이라 해도 쉽게 분간하지 못……."

소빈의 얘기에 김 부사의 눈빛이 흐려지는 걸, 일산은 놓치지 않았다.

"누님은 어디까지 알고 계시는 일입니까?"

김 부사는 묵묵부답이었다.

"누님이 시키신 일이 아니지요?"

김 부사는 이번에도 침묵하였다.

"하긴 누님이 시키신 일일 리가 없지요. 만약 누님이 왕자를 빼돌린 거라면 화엄 형님이 아닌 제게 맡겼을 테니까요. 그렇다고 형님이 스스로 왕자 아기를 훔쳐내 왔을 리는 더더욱 없고."

일산은 자신과 김 부사 앞으로 가로막고 있는 제 서탁이 걸리적거리는지, 아예 그것을 거칠게 옆으로 밀어낸 후 김 부사 앞에 바짝 다가앉아 은밀히 물었다.

"전하십니까?"

김 부사가 다문 입술에 더욱 힘을 주었다. 그것으로 일산은 답을 알았다.

"그래요. 전하시군요. 전하셨어요. 왕자가 죽었다는 거짓말을 하고 형님에게 맡겨 왕자를 섬으로 보내버린 게 다 전하의 뜻이셨어요. 왜요. 준형이가 좀 남달랐습니까? 낳자마자, 늑대혈족의 특별한 무엇이라도 몸에 남겨져 있었던 겁니까?"

움찔거리는 김 부사의 눈썹이 이번에도 일산에게 답을 알려주었다. 그제야 일산은 제 말이, 제 추측이 맞음을 알았다.

본디 늑대혈족 중에서도 아주 특별한 몇몇은 태어난 지 얼마 안 돼서부터 손이나 발에 단순한 솜털로 보아 넘기기엔 어려울 정도로 무성한 늑대의 털이 자라났다 사라지곤 하였다. 늑대혈족에 대해 아는 사람들이라면, 제법 눈썰미가 있는 사람들이라면 그 남다름을 몰라볼 리 없었다.

"그래요. 십중팔구는 준형이의 손발에도 그런 흔적이 나타났겠지요. 그러기에 그것이 두려워 숨기려 하신 걸 테지요. 차마 전하의 아들이 늑대혈족의 혈손임을 세상에 드러낼 순 없었을 테니까! 기다리고 기다리던 아들을 낳아준 전하의 총비가 사실은 온전한 사람이 아닌, 늑대혈족의 계집임을 세상에 드러낼 순 없었을 테니까요? 아니 그렇습니까!"

"입…… 닥쳐라."

임금을 욕보이는 말에 드디어 김 부사의 입이 열렸다.

"당신이나 닥쳐!"

일산이 고함을 치며 튀어 오르듯이 일어나 섰다.

"일국의 왕자를, 세자저하의 쌍둥이를 빼돌린 주제에 감히 누구더러 닥치라는 것이야! 전하가 시키셨다? 그 말 한마디면 모든 것이 면죄가 될 것 같아? 하!"

일산이 콧방귀를 뀐 후, 눈 아래로 김 부사를 내려다보며 이죽거렸다.

"어차피 전하나 당신이나 왕자를 빼돌린 일에 대한 증좌는 하나도 남기지 않았을 것이야. 실제로 전하께서는 많은 목숨으로 비밀을 덮기도 하셨고. 그런데 그게 당신에게 유리하기만 할까? 알아? 그 일에 대한 증좌가 없다는 뜻은 곧 그 일을 시킨 게 전하라는 증좌도 없다는 뜻이야. 말인즉슨!"

일산의 한쪽 입꼬리가 쓰윽, 올라갔다.

"지금 당신 아들들은 아주 큰일이 났다는 거지. 아비가 대역 죄인이라, 함께 목이 뎅강 날아가게 생겼으니 말이야."

무시무시한 협박에도 미동도 없이 앉아 있는 김 부사를 보며 일산은 다시 한 번 "흥!" 하고 콧방귀를 뀌었다.

"언제까지 그렇게 대단한 척, 잘난 척 할 수 있나 두고 보자고요."

이어 일산은 방문 밖에 대고 외쳤다.

"입궐할 것이다. 말을 대령하라!"

"예."

밖에서 하인의 싹싹한 답이 들려왔다.

"형님도 그만 가보셔요."

"준형인 어디로 갔는가?"

천천히, 무겁게 몸을 일으키며 김 부사가 물었다.

"제가 그걸 순순히 알려드릴 것 같았습니까?"

"아니."

"그런데 군이 여기까지 찾아온 이유가 뭡니까? 내가 왕자를 만난 이상, 이젠 형님이 뭐라 해도 달라질 것은 없는데요."

"소빈마마께는 아무것도 고하지 말게."

마침내 김 부사는, 준형의 정체가 들통 났다는 걸 알면서도 굳이 일산을 찾아온 자신의 진짜 목적을 말했다.

"무슨 헛소리를! 누님도 아셔야지요. 스무 해 전, 죽은 줄만 알았던 자신의 아들이 멀쩡히 살아 있었다는 걸 알면 얼마나 기뻐하시겠습니까!"

"과연 그럴까?"

김 부사가 의미심장한 눈으로 일산을 보았다.

"소빈마마께서 죽은 왕자 아기씨를 단 한 번이라도 마음 아파하거나 그리워하신 적이 있던가?"

"그야……."

이번에는 일산의 말문이 닫혔다. 그러고 보니, 이제껏 지나가는 말로라도 제 누이가 죽은 아들에 대해 말한 것을 들어본 적이 없는 것 같았다.

가엾다느니, 불쌍하다느니, 보고 싶다느니.

의당 아이를 잃은 어미라면 한 번쯤은 입에 담았을 말을 단 한 번도 들어본 적이 없었다. 죽은 제 아이를 떠올리며 눈물을 글썽이는 것도 단 한 번도 보지 못한 것 같았다.

"알겠는가? 소빈마마는 절대 준형이에 대해 몰라야만 하네."

눈에 띄게 낯이 굳은 일산에게 한 번 더 신신당부 한 후, 김 부사가 먼저 방을 나섰다. 허나 제 생각에 사로잡힌 일산은 미처 그것도 알지 못했다. 그 생각이란, 준형이의 존재에 대해 알아차렸을 때부터 계속 신경 쓰이던 부분이었다.

'왜 전하는 왕자의 어미인 누님까지 속이고 왕자를 빼돌렸어야 했던 걸까? 도대체 왜?'

단순히 왕자가 늑대혈족이어서, 늑대의 피가 강하게 발현되어서만은 아닐 것이었다. 소빈이 늑대혈족의 여인이라는 것은 임금도 처음부터 알고 있는 사실이었으니까.

'그런데 왜!'

궐 사람들의 눈이 두려웠다면 의당 김 부사가 아닌 자신에게 왕자를 맡겼어야 했다. 같은 늑대혈족인 자신이 왕자를 보육하기에 가장 합당한 상태일 테니까. 그런데 굳이 소빈만이 아니라 일산마저 속이고 김 부사에게 맡겼다. 왕자를 데리고 섬으로 가서 꽁꽁 숨어 살게 하였다.

무엇을 위해서?

누구를 피해서?

아무리 생각해도 임금이 소빈의 동생이자 같은 늑대혈족인 일산 자신을 속일 이유가 없었다. 그런 데다 방금 김 부사는 왕자가 살아 있다는 사실을 소빈에게 절대 알리지 말라 하였다.

'누님이 알면 안 되는 이유가 뭐야? 왜지? 왜야? 왜…… 설마!'

생각에 생각을 거듭하던 중 문득, 말도 안 되는 생각 하나가 일산의 뇌리를 스치고 지나갔다.

"주인어른, 말 대령했습니다."

방문 밖에서 하인의 목소리가 들려왔지만 일산은 조금도 움직이지 못했다. 마침내 제 모든 의문을 풀어줄 수 있는 답이 떠오른 때문이었다.

'설마, 누님이었어? 누님이 왕자를 죽이려 한 것이었어? 그래서 전하가 왕자를 빼돌렸다고? 세상의 이목뿐만 아니라 누님에게서도 왕자를 지켜 내야 했기 때문에? 그런, 그런!'

그렇게 도성 안의 일산이 충격에 휩싸여 있을 때, 준형과 당이는 둘만의 장소에 도착해 있었다.

"안 아파?"

준형이 계곡물 앞에 쪼그려 앉아 낮을 씻는 당이에게 물었다. 두 사람이 있는 곳은 조금 전 막 도착한 북악산의 계곡이었다. 준형 자신도 놀랄 정도의 빠르기로 단숨에 다다른 곳이었다. 준형이 잠시 바위 위에 앉아 숨을 고르는 동안, 당이는 지저분해진 얼굴을 씻고 싶다며 신과 버선을 벗어두고 계곡물 앞에 가 쪼그리고 앉았다.

"안 아파?"

계곡 물 소리 때문에 묻는 소리를 못 들었나 싶어, 준형이 다시 물었다. 그 시선은 계곡 물가에 주저앉아 간단히 얼굴을 씻고 있는 당이의 가는 두 발목에 향해 있었다. 오랜만에 신과 버선을 벗어젖힌, 눈이 시릴 정도로 새하얀 두 발목에는 밤 내내 칭칭 동여매고 있던 밧줄 자국이 역력하였다.

"하아, 개운해! 뭐라고요?"

당이가 햇빛을 받은 물기 때문에 유난히 반짝반짝 빛나는 얼굴로 돌아보며 물었다. 그때 준형은 생각했다. 언젠가 자신이 마지막 숨을 거두게 될 때, 누군가 일생 본 것 중 가장 어여뻤던 것이 무엇이냐 물어본다면 아마도 바로 지금의 당이 얼굴을 떠올리게 될 것이라고.

"무어라 했어요?"

"안 아프냐고. 당신 발목에 자국이 남았어."

준형은 조금 더 목소리를 크게 했다. 그런데도 안 들리는 것인지 당이는 고개를 갸웃하더니 제 귓가에 손을 나팔 모양으로 가져다 대었다.

"뭐라고요? 하나도 안 들려요!"

계곡 물소리를 이기려는 듯 크게 외친 당이가 이리 와서 이야기하라는 듯 살랑살랑 손짓을 하였다. 당이가 오라 하니 준형은 가야 했다. 준형에게는 당이의 유혹을 물리칠 힘이 없었다. 해서 준형은 아직 고단한 몸을 일으켜 물가의 당이에게로 가까이 다가갔다.

"당신 발목 말이야. 안 아프…… 윗!"

다정히 말을 건네던 준형이 반사적으로 몸을 돌렸다. 준형이 가까이 다가서자마자 당이가 두 손으로 차가운 계곡물을 퍼 올려 끼얹은 때문이었다.

"시원하죠? 숨어서 엿본 벌이에요. 후후훗."

당이가 또다시 까르르 웃음을 터트리며 준형에게 물을 끼얹었다.

"이렇게 도발한다, 이거지?"

준형도 당하고 있지만은 않았다. 당이가 또 한 번 물을 끼얹으려 두 손을 계곡물에 담그는 순간, 그대로 당이를 향해 돌진하였다.

"꺄악!"

당이가 웃음기 가득한 비명을 질렀다. 준형이 당이의 허리를 붙잡고 번쩍, 들어 올려서는 첨벙첨벙 물속으로 걸어 들어간 때문이었다.

"놔요. 떨어뜨리기만 해 봐. 정말 화낼 거예요?"

"그러게 누가 겁도 없이 덤비래?"

준형이 쿡쿡, 웃으며 당이를 안고 있는 두 팔을 있는 힘껏 높게 띄웠다.

"자, 이제 놓는다. 하나, 둘, 셋!"

준형이 잡고 있던 당이의 허리를 놓았다. 하지만 당이는 준형의 예상과 달리 물에 빠지지 않았다. 몸이 아래로 낙하함과 동시에 고양이처럼 찰싹, 준형의 목에 매달려 달라붙은 때문이었다.

"약 올라 죽겠죠? 후후훗."

사내의 마음을 홀리는 미소와 함께 당이가 정말로 고양이라도 되기라도 한 것처럼 얄밉게 앙, 준형의 귓불을 물었다.

달콤하고 감미로운 시간이 흘렀다.

당이와 준형은 계곡물에서 그리 멀지 않은, 어느 계곡이든 하나씩 품고 있기 마련인 동굴 안에서 정신없이 서로의 입술을 탐하고 있었다.

계속되는 당이의 유혹 아닌 유혹에, 도발 아닌 도발에 참지 못한 준형이 서둘러 찾아낸 은밀한 장소였다. 앞은 트여 있으나 속이 깊은, 어둡지도 밝지도 않은 동굴이었다. 동굴에 들어서자마자 준형은 자신들을 방해할 벌레나 짐승들이 없음을 확인하고선 자신이 입고 있던 도포를 벗어 바닥에 깔았다. 산 지 얼마 안 된 값비싼 도포자락 위에서 두 정인은 질리지도 않고 끈질기게 서로의 입술을 탐닉하였다.

"당신 옷이 우리 엉덩이 밑에서 다 구겨지고 있어요."

뜨겁게 달아오른 입술들이 잠시 헤어진 틈을 타, 당이가 준형의 옷 상태를 일깨웠다.

"그럼 그만할까?"

여전히 자신을 향해 열려 있는, 아침에 터진 상처가 남아 있어 더욱 유혹적으로 보이는 분홍빛 입술에서 시선을 떼지 못하며 준형이 물었다.

"후훗."

당이가 그런 준형의 목에 팔을 둘러, 금세 쓸쓸해진 제 입술에 짝을 찾아주었다. 완벽히 맞는 제 짝을 찾은 건 입술들만이 아니었다. 격하게 뛰는 심장고동은 찰싹 맞붙어 있는 상대의 심장고동과 어울려 완벽한 한 쌍의 타악기가 되었다. 사내답게 탄탄한 준형의 가슴이 평소보다 조금 더 부풀어 오른, 지극히 여성적인 당이의 가슴을 눌러왔다. 손가락의 가장 깊고 은밀한 부분이 맞닿도록 깊이 깍지를 낀 준형과 당이의 손가락은 그 감촉만으로는 도무지 내 것과 상대의 것이 구분되지 않았다.

당이는 준형의 거울이었다. 준형은 당이의 모범이었다. 당이의 손이 준형의 목을 스치면, 준형의 손이 당이의 목을 스쳤다. 준형의 사내답게 길고 탄탄한 손이 당이의 동그란 어깨에서 자그마한 손까지 긴 선을 따라 내려가면, 새하얗고 보드라운 당이의 손이 준형의 단단한 어깨에서 잔잔한 근육이 적재적소에 맺혀 있는 사내다운 팔을 따라 내려갔다.

준형의 손이 당이의 저고리에 달린 고름을 잡아당겼을 땐, 당이의 손도 머뭇머뭇 준형의 저고리 고름을 잡아당겼다.

"하아……."

먼저 감탄의 한숨이 터져 나온 건, 지극히도 당연하게 준형 쪽이었다.

"아름다워."

노골적인 준형의 칭찬에 당이의 볼이 빨갛게 달아올랐다.

"은애하는 이는, 이리도 아름답게 보이는 거였어."

준형의 눈빛은 달달한 꿀물이었다. 목소리는 찰랑이는 비단이었다. 허나 녹아내릴 것 같은 달콤함과 부드러움과 달리 당이의 허리를 끌어안는 몸짓은 지극히 사내다웠다. 눈 깜짝할 사이에 당이는 바닥으로, 준형의 도포자락 위로 눕혀졌고, 당이는 그런 준형에게 조금의 주저함도, 방어의 몸짓도 보이지 않았다. 오히려 기다렸다는 듯, 온몸의 힘을 빼고 자신을 내맡겼다. 두 팔로 준형의 어깨를 강하게 껴안아 제 완벽한 짝을 환영하였다.

하지만 성급하게 당이의 치맛자락 안을 헤집던 준형의 손은 끝까지 가지 못하고, 멈칫하였다.

준형은 당이를 보았다.

완벽하게 자신을 내맡긴 당이를 보고 있자니, 가슴 한쪽이 뜨끔거렸다. 이대로 아무 말도 없이 당이를 안는 건 사기나 다름없는 짓이란 생각이 들었다. 당이를 속일 순 없었다. 그런 비밀을 당이에게 숨긴 채, 아무렇지 않게 당이를 품을 수는 없는 노릇이었다.

"공자?"

"당신을 연모해. 하지만 이대로는 안 돼. 나는, 당신을 안기 전에, 나는 꼭 해야 할 말이 있어. 내 비밀을 말하지 않고 당신을 안으면 그건……."

"공자."

당이의 단호한 부름이 준형의 말을 중간에서 잘랐다.

"전에 내가 말했던 거 기억나요?"

"무얼?"

"당신은 항상, 지나치게, 말이 많다고요."

당이는 자신의 지적에 입술을 깨무는 준형을 보며 "후훗." 하고 조금은 요사스럽게까지 들리는 웃음을 흘린 뒤 다시 물었다.

"혹시 정혼한 여인이 따로 있나요?"

"아니."

"혹시 숨겨둔 아이라도 있어요?"

"아니."

"당장 죽을병이라도 걸렸어요?"

"아니."

"그럼, 언젠가 나를 배신하고 다른 여인에게 갈 것 같아요?"

"무슨! 하늘이 무너져도 그럴 일은 없어!"

"그럼 됐어요."

당이가 자신에게서 애써 거리를 두고 있는 준형의 몸을 아래로 깊이 잡아당긴 후 준형의 잘생긴 귀에 대고 속삭였다.

"비밀은 내버려둬도 어디 도망 안 가요. 그러니 얼른 내게 오기나 해요."

"왜 당신은……."

"닥치라고요."

당이는 부드럽게 책망하였다. 단호하고도 적극적인 자신의 태도에 얼떨떨해하는 준형의 팔을 잡아, 주저 없이 자신에게로 당겼다. 자신의 행동이 결코 조신하게 보이지 않을 것임은 당이가 더 잘 알고 있었다.

그래도 당이는 이럴 수밖에 없었다.

당이는 알았다. 언제나 준형과 자신을 가로막는 건, 그 '비밀'이라는 것을. 이번에도 마찬가지였다.

그 빌어먹을 '비밀'이란 게 또다시 준형을 물러서게 하려 하였다.

이번에는 그렇게 놔둘 수 없었다. 비밀 따위에 지고 싶지 않았다.

그깟 비밀이 지금 준형과 함께 있는 이 순간보다 중요하진 않을 터였다.

지난밤, 재갈에 묶여 밤새 준형을 그리면서 당이는 후회하였다. 준형과 그렇게 어이없이 헤어지고 만 걸 후회하였다.

하여 맹세했었다.

다시 준형을 만나게 된다면, 다시 준형이 비밀 때문에 주저한다면, 그때는 당이 자신이 준형을 안을 것이라고. 늘 주저하고 망설이고 두려워하는 준형의 손을 자신이 이끌 것이라고.

그래서 스스로 요부가 되기로 하였다. 오직 준형만을 위해 활짝 피어난 꽃이 되어 스스로 준형을 품기로 마음먹었다.

"왜요, 겁나요?"

당이가 부러 준형을 도발하였다.

속으로는 저도 한없이 부끄러웠다. 남녀 간의 일에 대해 당이는 아는 것이 너무 없었다. 그러니 더더욱 부끄러워 죽을 것만 같았다. 한없이 떨렸다. 가슴이 사정없이 방망이질 쳤다.

또한 두려웠다. 제 도발의 끝에 무엇이 기다리고 있을지 몰라 두려웠고, 준형이 이런 자신의 두려움과 떨림을 알아차리고 또다시 주저할까 걱정되었다. 그래서 애써 아무렇지 않은 척, 떨리는 입가를 감추려 부러 더 대담하게 미소 지었다. 다시는 준형을 도망치게 만들고 싶지 않아서, 다시는 준형을 잃고 혼자 남고 싶지 않아서 일부러 더 준형을 도발하였다.

"이러지 마. 당신이 이러면 나도 더는 참을 수가 없어져."

"참지 말라고 했을 텐데요?"

더 이상 못 참겠다는 듯, 당이는 애써 부끄러움을 떨친 손으로 준형의 단단하고 매끄러운 가슴을 어루만졌다. 그 손길이 준형의 오기에, 욕심에, 본능에 불을 댕긴 것 같았다. 주저주저하던 준형의 태도가 일변하였다. 언제 망설였냐는 듯, 성급하고 바쁘게 당이에게로 다가갔다.

몸과 몸의 굴곡이 서로에게 딱 맞아떨어졌다. 서로의 살결이 상대의 살결에 찰싹 달라붙어 떨어졌다 붙기를 반복하였다.

"하아······."

"······흐읏."

누구의 것인지 도무지 구분이 되지 않는 숨소리들이 동굴 안을 가득 채웠다. 입술이 얽혔고, 손발이 얽혔고, 이제껏 서로를 열렬히 기다리던 부분들이 반가이 상대를 맞이하였다.

그리하여 마침내, 서로가 간절히 원하는 순간을 맞이하였다. 눈 안에 상대를 가득 채운 채, 오색영롱한 아련한 빛들이 눈앞에 떠올랐다 아스라졌다.

여인은 사내가 되고, 사내는 여인이 되었다.

하나가 되었다가 다시 둘이 되었고, 그 둘은 다시 억겁으로 나누어졌다 단단한 하나가 되었다.

"공자······."

"당이!"

서로를 부르는 한숨 속에서 둘은 서로가 자신이 준형인 것만 같았다. 서로가 자신이 당이인 것만 같았다.

둘이 아니었다.

완벽한 하나였다.

완전한 일체였다.

그 순간순간이, 그 과정 하나하나가 둘에게는 같은 설렘이요, 같은 떨림이요, 같은 기쁨이었다. 그 누구도 막을 수 없는, 그 어떤 비밀도 방해할 수 없는 완전한 기쁨과 희열이었다.

하여 시간이 어떻게 흐르는지도 모르고 있었다.

어느새 동굴 안에 스며들어오던 빛은 점차 옅어지고 있었다. 빛을 대신한 어둠이 점점 동굴을 잠식하고 있었다. 그런데도 두 사람은 맨살의 몸을 포갠 채로 누구 하나 움직일 생각을 하지 않았다. 서로의 온기를 느끼며, 서로의 살갗을 느끼며 고르게 숨만 쉴 뿐이었다.

'평생 이대로 있고 싶다.'

'이대로 계속 둘만 있는 세상에 남고 싶다.

바보 같은 생각인 줄 알면서도, 두 사람은 똑같은 생각을 하고 있었다.

그 무렵, 궁궐 편전에서는 영천군과 세자 현이 중신들과 함께 국정 현안에 대해 머리를 맞대고 논의를 거듭하고 있었다.

"다음은 삼남의 세금에 대한 건입니다. 근 몇 년 흉년이 거듭된지라 요즘 세금을 피하고자 각종 물자들의 밀매가 심각해지고 있사온데 그중에서도……. 영천군 대감."

참판 중 하나가 지방에서 올라온 장계를 읽어가던 중, 슬며시 영천군을 불렀다. 그러고선 곤란한 얼굴로 영천군의 바로 뒤에 앉은 세자를 보았다.

그러자 편전에 있는 모든 사람들의 시선이 세자에게로 쏠렸다.

"아이구, 저런……."

"저하께서 많이 피곤하신 모양이십니다."

"하긴 익숙지 않은 국사 일에 피곤도 하실 만하지요. 아침부터 지금까지

도합 몇 시진입니까? 잠시도 쉴 틈이 없지 않으셨소."

중신들이 목소리를 낮추고 수군대었다. 그도 그럴 게 지금 현은 앉은 채 식은땀을 뻘뻘 흘리며 고개를 푹, 숙이고 있었던 것이다.

"저하. 저하?"

애써 흐뭇한 기색을 감추며 영천군이 현을 불렀다. 그 소리에 현의 고개가 잠시 들썩거렸지만 다시 푹, 숙여졌다.

"쯧쯧쯧. 이래서는 아니 되겠구려. 오늘은 여기까지들 합시다."

영천군이 중신들에게 말한 후, 문간에서 발만 동동 구르며 애를 태우고 있는 감 내관에게 어서 현을 데려가라는 듯 고갯짓을 하였다.

"저하, 괜찮으시옵니까? 저하!"

"괜…… 찮아. 기운이…… 좀 없는 것뿐이야."

현이 눈을 바로 뜨려 애쓰며 감 내관을 보려 하였다. 하지만 지금의 현에게는 눈꺼풀을 들어 올릴 힘조차 없었다.

이상하게 계속 몸이 처졌다. 축축, 가라앉았다. 며칠 동안 해 한 번 뜨지 않은 장마 날의 어느 하루인 양, 몸이 천근만근으로 무거웠다.

머리가 어질하였다. 귀에서는 윙윙, 낯선 소리도 들렸다. 이마와 등허리는 물론이요, 겨드랑이와 사타구니 등 몸의 모든 접힌 부분에서는 기분 나쁜 진땀이 비적비적 솟아났다.

'분하구나. 슬프구나. 원통하구나!'

젊은 내관의 등에 업혀 동궁전으로 돌아가는 길에 현은 자신의 허약한 몸을 저주하였다. 중신들의 동정에 찬 수군거림이, 영천군의 만족스럽기 그지없던 미소가 현을 새삼 굴욕감에 떨게 하였다.

영천군이 일부러 이리되라고 잠시도 쉴 틈도 없이 계속 몰아붙인 걸 알기에, 그래서 더 아무렇지 않은 듯 보이고 싶었기에 현은 지금 더 분하고 서럽고 그만큼 더 굴욕적이었다.

"모두 나가라⋯⋯."

동궁전에 당도하자마자 세자는 혼자 있기를 원했다. 상궁 나인들은 물론이요, 감 내관마저 방에서 나가 있어라 명했다.

"저하, 곧 어의가 올 것이옵니다."

"와봤자, 매번 하는 소리 뻔한 거. 쓰는 약도 뻔한 거. 차도 하나 없는 것도 뻔한 거!"

신경질적으로 외친 뒤, 상궁이 펼쳐놓은 이불 위에 눕자마자 벽을 향해 돌아누운 현이 다시 풀기 하나 없는 목소리로 명을 내렸다.

"쉬어야겠다. 아무도 방해치 말고, 누구도 들이지 말거라."

이어 "읏⋯⋯." 하고 울음을 참는 듯한 소리가 새어 나왔다. 하여 감 내관은 허둥지둥 세자의 침전에서 물러나올 수밖에 없었다. 그리고 젊은 내관 하나를 불러 귀엣말로 무엇을 이른 후, 서둘러 동궁전 밖으로 내몰았다.

젊은 내관이 감 내관의 명을 받아 급히 향한 곳은 소빈의 거처인 양의당이었다. 그때 양의당에는 먼저 들어 있는 이가 있었다. 소빈의 병문안을 온 일산이었다.

"왜 이제 와? 알아는 보았어?"

대내외적으로 아픈 것으로 되어 있는 소빈이 일산을 닦달하였다. 임금이 잠행하였던 날 밤, 김 부사와 무슨 일이 있었는지를 물었던 것이다.

"오래 머무르시지도 않았다 합니다. 그저 김 부사의 아들들과 인사를 나누고, 덕담을 하시고, 다시 보자 하셨다, 그뿐이었다더군요."

"정말 그뿐이야? 김 부사 그자가 거짓을 말하는 것 같지는 않고?"

"화엄 형님이 어디 거짓을 말하시는 분입니까?"

일산이 김 부사를 두둔하며 새삼 제 누나의 얼굴을 유심히 살폈다. 준형과 닮은 구석이 없나 해서였다.

"이상하다. 그것뿐일 리가 없는데. 김 부사와 만나고 무슨 일이 있었던 것이 분명한데……. 그런데 너는 왜 그런 눈으로 나를 보느냐?"

혼잣말로 생각을 정리하던 소빈이 일산에게 물었다. 어쩐지 일산의 태도가 전 같지 않아 보였던 것이다.

"별로. 아무것도 아닙니다. 그저 전하께서 편찮으시고, 저도 편치 않으시다니, 누님 속이 어떨까 하여 걱정스러워하는 것뿐입니다."

"그래, 어떨 것 같은데?"

너무도 뻔한 걸 질문이랍시고 하는 동생에게 소빈은 가시 돋친 말로 면박을 주었다.

"그걸 꼭 내 입으로 말해야 알 것 같니?"

"이런 때이니 혹시 왕자 생각에 힘들어하시진 않나 해서요."

일산이 슬쩍, 준형의 일을 떠보았다.

"왕자라니? 누구를 말하는 것이냐?"

소빈은 딱히 시침 떼는 것 같은 얼굴도 아닌, 정말 아무것도 모른다는 얼굴로 일산을 보았다.

"스무 해 전에 죽은, 세자의 쌍둥이……. 윽!"

일산이 낮은 비명을 지르며, 머리를 감싸고 엎드렸다. 소빈이 집어 던진, 본디 서탁 위에 놓여 있던, 납작 화병에 이마를 맞은 것이었다.

"누님!"

맞은 이마를 손으로 감싸고 일산이 소빈을 향해 원망스레 눈을 부라렸다.

"그러게, 헛소리는 왜 해."

소빈도 만만치 않은 눈으로 일산을 노려보았다.

"스무 해 전에 죽은 왕자라니. 왜 지금 그것의 이야기가 나오느냐 말이야! 내가 지금 그것에 신경 쓸 틈이 어디 있다고!"

'그것이라. 그것이라 하셨습니까, 그 아이가 누님에겐 그것인 것입니까?'

해도 해도 너무하다 싶었다. 기가 막혀 저도 몰래 헛웃음이 나올 것만 같았다. 그러기에 일산은 입을 다물었다. 더 흥분하면 저도 몰래 가볍게 입을 놀려버릴 것 같아서였다.

왜 친아들을 죽이려 하였느냐. 같은 늑대혈족이면서 왜 친자식인 준형을 죽이려 한 것이냐. 어찌하여 혈족을 죽이려 한 것이냐!

그리 따져 묻고 말 것 같아서였다.

'안 되지. 안 돼. 아직은 그럴 때가 아니다.'

"……제가 잘못했습니다. 전 그냥, 이런 때이니 누님이 괜한 생각에 마음을 다칠까 걱정한 것뿐입니다. 정말입니다."

일산이 애써 자신을 억누르며, 소빈의 마음을 달래려 하고 있을 때, 바깥에서 조심스럽게 상궁이 들어와 소빈에게 귀엣말을 하였다.

"무어. 또 세자가?"

소빈이 당장 뛰어나갈 기색으로 자리에서 일어섰다.

"그 상태로 어딜 가시게요?"

일산이 소빈을 잡고 물었다. 그제야 소빈은 자신이 병자인 척하기 위해 소복 차림을 하고 있음을 깨닫고는 다시 자기 자리로 가 엉거주춤 주저앉았다. 당장이라도 현에게 뛰어가고 싶었지만, 진짜 현을 위해서는, 임금의 병 상태를 계속 확인하기 위해서는, 병자 노릇을 계속하여야만 하는 걸 알았다.

"일산아, 네가 가서 세자가 괜찮은지 좀 봐주어야겠다."

"또 편찮으시답니까?"

"모르니, 보고 오란 소리다!"

소빈은 고운 얼굴을 일그러뜨리며 짜증스럽게 소리를 질렀다. 그러고선 시퍼렇게 멍든 이마를 하고 나가는 제 동생의 등에 대고 눈을 흘겼다. 오늘따라 어쩐지 저를 보는 일산의 눈빛이 곱지 않았음에 기분 나빠하면서.

그때, 북악산에서는 서로의 마음을 확인한 두 연인이 계곡 위 커다란 바위에 앉아 보름을 하루 앞두어 유난히 둥글고 밝은 달빛을 쬐고 있었다.

당이는 준형의 곁에 나란히 앉아 그 어깨에 머리를 기대고 있었고, 준형은 그런 당이의 가는 손목을, 그 손목 위에 남은 전날 밤의 밧줄 자국을 애틋하게 어루만지고 있었다.

행복하였다. 넘치게 행복하였다. 더는 바랄 것이 없을 정도로 행복하였다.

그 행복의 한가운데에서, 당이가 준형에게 나직히 속삭였다.

"전 이제 준비가 됐어요."

"무슨 준비?"

"당신의 비밀을 들을 준비요."

순간, 준형은 제 온몸의 피가 빳빳하게 굳는 것을 느꼈다. 뒷목에 날카롭고 서늘한 무언가가 스치고 지나가는 느낌도 받았다. 단번에 차갑게 식어버린 준형의 뺨에 당이의 작고 보드라운 손이 와 닿았다.

"괜찮아요. 말해도 돼요. 어떤 비밀이라 해도, 설령 당신이 늑대라 하여도 나는 놀라지 않을 테니까."

"……당신?"

불시에 습격당한 충격에 준형은 잠시 말을 잇지 못했다. 대신 떨리는 눈으로 당이를 보았다. 그러자 당이가 준형의 어깨에 기대고 있던 제 몸을 천천히 일으켰다.

"놀랐어요? 딱하여라."

마치 겁먹어 떠는 아이를 달래기라도 하듯, 당이가 두 손으로 잘생긴 제 남자의 두 뺨을 감쌌다.

"어차피 몇 번이나 나한테 고백하려고 했던 얘기잖아요. 그런데 내가 먼저 알았다고 해서 달라질 게 뭐예요. 오히려 더 잘된 거 아닌가?"

당이는 여전히 떨리고 불안한 눈으로 자신을 보는 준형을 향해 따뜻하게 미소 지었다. 오래 살을 비비고 산 아내이기라도 하듯 그저 온화하게 웃어 보였다. 그 눈빛은, 그 따뜻한 웃음은 말하고 있었다.

모든 것을 이해한다고. 그러니 떨 거 없다고. 불안해할 거 없다고. 나는 항상 당신 곁에 있을 것이라고. 나는 항상 당신 편이라고. 당이의 부드러운 눈빛이 그리 준형을 달래고 있었다.

"어, 언제. 아, 아니. 어, 어떻게 당신이…… 아니, 그런데 왜 나랑……."

준형은 말을 더듬었다. 당황스러운 한편, 무엇부터 물어야 할지 몰라서였다. 그래도 확인은 해야만 했다.

"알고 있…… 다고? 내가…… 당신이 만났던 그날 밤의 느, 늑…… 대라는 걸, 아, 알고 있었어?"

"네."

짧게, 명확하게 똑 떨어지는 "네."가 아니었다. 당이의 "네."는 부드럽고, 다정한 울림을 주는 "네."였다. 그래서일까. 채 의식하지 못하는 사이에 준형의 눈에서는 후두둑, 눈물이 떨어지기 시작했다.

"왜…… 왜지?"

제 모습에 당황한 준형이 얼른 손등으로 눈물을 닦아내었다.

"왜, 갑자기 눈물이……."

말에도 울음기가 가득하였다. 하여, 준형은 서둘러 변명을 하였다.

"아, 아니야. 나는 울 생각이…… 울려고 하는 게……."

울먹이던 준형은 놀란 나머지 크게 눈을 떴다. 당이가 무릎으로 서더니 자신을 포근히 안아준 때문이었다.

"쉬. 괜찮아요."

"나, 나는…… 이럴 생각이……."

최소한의 사내다운 자존심을 지키기 위해 준형은 고개를 흔들어 애써 아무렇지 않은 척을 하려 했지만 당이에게 그것이 통할 리 없었다.

"그거 알아요? 비밀은 칼과 같대요. 가슴 깊숙이 묻어두려고 하면 할수록, 숨기려고 하면 할수록 정작 그 칼에 베이고 마는 건, 가장 상처받게 되는 건 자기 자신이라고요."

당이는 아이를 달래듯 가만가만, 뻣뻣이 굳은 준형의 등을 쓸어주었다.

"미안해요. 당신은 여태 몇 번이고 털어놓으려 했는데 내가 무신경해서 당신을 더욱 괴롭게 하고 말았어요. 당신을 더 깊이 상처 입히고 말았어요."

차마 상상도 못 한 그 부드러운 위로에 왈칵, 준형의 울음이 터졌다. 치솟는 눈물을 참느라 잔뜩 찌푸리고 있던 미간에서 스르륵 힘이 빠짐과 동시에 뜨겁고도 뜨거운 눈물이 콸콸 준형의 눈에서 쏟아졌다.

"괜찮아요. 다 괜찮아요……."

당이는 그런 준형을 더 힘주어 안아주었다.

보통 사람들은 꿈에도 상상 못 할 비밀을 간직하고 살아온 준형이 가엾어서, 비밀 때문에 외롭고 괴로웠을 준형이 가엾어서, 아이처럼 엉엉 울기 시작한 준형이 가엽고 어여뻐서, 온 진심을 담아, 꽈악 안아주었다.

'은애해요, 나의 공자. 내 가여운 늑대.'

"무슨 일인가? 저하께서 울음소리를 내시다니!"

동궁전에 당도한 일산은 기겁하여, 감 내관에게 물었다. 세자의 침전 안에서 세자의 울음소리가 새어 나오고 있었던 것이다.

"흐흐흑. 흐흐흐흑. 끅."

보통의 사내들도 웬만해서는 남 앞에서 눈물을 보이지 않는 마당에, 일국의 세자가 밖에까지 다 들리도록 울고 있었다. 부모가 죽은 것도 아니요, 나라가 망한 것도 아닌데, 장성한 세자가 운다는 건 예사 일이 아니었다.

하여 일산은 죄 없는 감 내관과 동궁전의 궁인들만 닦달할 뿐이었다.

"다들 명심하여라. 만약 이 일에 대해 누군가 입이라도 벙긋하면, 그게 누구든 반드시 밝혀내어 입을 찢고 혀를 잘라 죽일 것이니라. 알겠느냐!"

그냥 엄포가 아니었다. 만약 세자가 통곡을 하였다는 사실이 중전이나 영천군의 귀에 들어간다면, 세자를 공격할 또 다른 빌미를 주게 되고 말 것이었다. 그것을 가만히 지켜보기만 할 일산이 아니었다.

"내 말이 진정 사실인지 아닌지, 내가 괜히 너희를 겁박하는지 아닌지는 두고 보면 알 터!"

일산은 한 번 더 무시무시한 눈길로 동궁전의 궁인들을 한 사람, 한 사람 노려본 후 얼른 세자의 침전 안으로 들어갔다.

"저하. 세자저하. 제가 왔습니다. 강 부정이 왔습니다. 도대체 무슨 일이십니까? 무어가 그리 마음이 아파 이리 울고 계십니까?"

이불을 덮어쓰고 흑흑 어린아이처럼 소리 내어 울고 있는 현을 다독이며, 일산이 물었다.

"저하!"

"가세요. 오늘은…… 제가 외숙을 뵙지 못하겠습니다."

울음이 가득 담긴 목소리로 이불 안에서 현이 말했다.

"저하!"

일산은 조금 더 단단한 목소리로 현을 불렀다.

"무엇이 마음에 안 드시옵니까? 누가 저하의 마음을 이렇게 아프게 한 겁니까? 제게 말씀하세요. 제가 저하를 위해 무엇이든 할 것입니다!"

그런데도 이불 안에서는 계속 울음소리만 나올 뿐, 현은 얼굴 하나 보여주려 하지 않았다. 참다못한 일산이 무례한 일인 줄을 알면서도 세자의 이불을 확 걷어내고선 방 바깥에 들리지 않도록, 목소리를 억누른 채 세자를 질책하였다.

"당장 울음을 그치세요. 궁궐에 듣는 귀가 얼마나 많은데, 세자저하를 노리는 쥐새끼들이 어디에 어떻게 숨어들어와 있는지 모르는데, 이렇게 스스로 나약함을 드러내 보이셔서야 되겠습니까?"

"외숙……. 흑! 나는…… 내가 싫습니다. 윽…… 윽…… 흐윽……."

벽 쪽을 향해 돌아누워 있는 상태였던 현은 이불이 들쳐졌는데도, 돌아볼 생각을 하지 않고 누운 그대로 계속 흐느꼈다.

"동정하고 비웃는 자들을 눈앞에 두고도 어찌할 수 없이 그대로 굴욕을 감수해야 하는 이 못나빠진 몸이 미워 죽을 것만 같습니다."

"저하, 어찌 그런 말씀을……."

"하지만 더 웃긴 건 뭔지 아십니까? 흐흐흑. 그런 와중에도 내 마음은, 내 정신은 온통 다른 데 가 있었다는 겁니다. 흑…… 흐흑……."

"다른 데라니요? 저하?"

순간, 현이 벌떡 일어나 앉아 일산에게 매달렸다.

"몸은 이리 허물어져 가는데 자꾸만 이유도 없이 누군가가 막 그리워지고, 무어 소중한 것이라도 잃은 양 이리도 가슴이 저밉니다. 외숙! 내가 왜 이럽니까? 내가 왜 이럽니까? 내 가슴이 왜 이리 무너지는 것입니까!"

세자의 외침을 듣는 동안 일산의 표정은 점점 굳어져갔다. 세자가 왜 이러는지, 짚이는 구석이 있어서였다.

"내가 미쳤나 봅니다. 사람들이 수군거리는 것처럼 정말로 미쳐가나 봅니다. 미치지 않고서야, 이 상황에서 이 몸을 하고, 얼굴도 제대로 모르는 여인 때문에 울고 있으니, 이게 미친 것이 아니면 무엇입니까? 미친 내가 어찌 국사를 돌보고, 미친 내가 장차 어찌 보위에 오를 수 있습니까!"

"아니오! 그런 게 아닙니다!"

일산이 어느새 제 무릎에 매달려 울고 있는 현의 어깨를 강하게 잡았다.

"외숙?"

온통 눈물로 젖은 얼굴을 들어 현이 일산을 보았다. 속을 알 수 없이 깊고 까만 눈으로 저를 내려다보고 있는 일산을 보았다.

"내일 저녁. 보름날의 저녁. 저의 집으로 오시겠습니까?"

"외…… 숙의 집에요?"

"어쩌면, 정말 어쩌면입니다. 저하께서 찾으시는 그 누군가. 저하께서 잃었다 생각하는 그 누군가를 제가 보여드릴 수도 있을 것 같아서요."

현이 멍한 얼굴로 일산을 보았다. 자신도 알지 못하는 상대를 어떻게 일산이 안다는 건지, 지금 일산이 무슨 말을 하는지도 알지 못했다.

'외숙. 외숙은 무얼 알고 있는 것입니까? 저에게 무얼 보여주려 하시는 겁니까?'

"내일 밤이면 압니다. 제가 맞는지, 그른지. 그러니 얼른 눈물을 거두세요. 내일 밤, 제가 저하를 모시러 오겠습니다."

일산이 현의 속마음을 읽기라도 한 것처럼 다시 한 번 힘주어 말했다.

"아시겠습니까? 내일 밤입니다."

"내일 밤."

현이 제 외숙의 말을 그대로 입에 담았다.

내일 밤.

내일 밤!

현은 궁금해졌다. 그래서 어느덧 자신의 눈물이 멎은 것도 알지 못하고 있었다. 보름날 밤. 과연 자신에게는 어떤 일이 생길 것인지 궁금하여 잠도 못 잘 것만 같았다.

제10장. 늑대의 반려

"언제 알았어?"

한참 만에야 울음을 그칠 수 있었던 준형은 당이의 무릎을 베고 누워 있었다. 당이는 그런 준형의 이마 위에 내려온 잔머리를 가만가만 쓸어 올렸다. 눈가에 채 지우지 못하고 남은 눈물 자국을 다정히 닦아주었다.

"조금 전, 동굴 안에서요."

당이는 새하얀 볼을 발그레 붉혔다. 일부러 의식하지 않으려 했지만 어쩔 수 없이, 동굴 안에서 있었던 일을 떠올린 때문이었다.

바로 조금 전의 일이긴 했지만 어떻게 생각해보면 까마득한 먼 일 같기도 했다. 그런가 하면 아직도 준형에게 안겨 있는 것 같은 느낌도 들었다.

준형과 공유했던 맨살의 체온이, 구석구석 밀착되었던 살갗의 느낌이 진한 잔상으로 남아, 당이의 볼을 붉게 만들었다.

"어떻게? ……어떻게 알았어?"

준형의 물음은 조심스러웠다. 그러는 준형은 눈앞의 계곡물만 죽어라 응시하고 있었다.

차마 당이의 얼굴을 볼 용기가 나지 않았다.

아이처럼 울었던 것이 너무나 부끄러웠다.

전전긍긍하며 숨겨왔던 비밀이 드러난 것도 수치스러웠다.

사람들이 운집한 시장 한복판에 서서 실 한 오라기 걸치지 않은 나신으로 섰다 해도 이보다 부끄럽고 창피하진 않을 것 같았다. 당이가 별거 아니라는 듯, 너무나 일상적인 이야기인 양 말해주지 않았다면 견디기 힘들었을 것이다.

"눈이요."

당이는 자신이 준형을 알아본 이유를 말했다.

"눈?"

"그래요. 당신 눈이요."

당이가 손가락을 뻗어 짙은 준형의 눈썹을 가만히 덧그렸다.

"나를 안…… 을 때 당신의 눈빛이 그날, 그 만월의 밤에 만났던 늑대와 눈빛이 똑같았거든요."

꿈틀, 준형의 진한 눈썹이 작게 떨렸다. 당이는 조금 쓴웃음을 지으며, 다시 다정히 그 눈썹을 어루만졌다.

"다른 건 모두 바뀌어 못 알아본다 하여도, 그 눈빛을 내가 몰라볼 리 없잖아요."

진작 몰랐던 게 이상할 정도였다. 분명 색이나 형태는 달랐다. 하지만 그 눈빛은, 당이를 가득 담고 있는 그 깊고 깊은, 강렬한 열망을 담은 눈빛은 그날 밤의 늑대와 똑같았다.

왜였을까?

그날 밤의 늑대처럼 자신을 뚫어져라 보고 있는 그 신비하고 오묘한 아름다움으로 가득 찬 눈을 본 순간, 당이는 알았다. 그냥 알고 말았다. 저절로 깨닫고 말았다. 자신이 은애해 마지않는 이 남자가, 자신을 이토록 진한 눈빛으로 보고 있는 이 남자가 그날 밤의 늑대라고.

'말도 안 돼.'

이성과 상식으로는 절대 있을 수 없는 일이었다. 누군가 당이의 생각을 들었다면 미쳤다고 말할 것이었다. 사람과 늑대가 같다니. 늑대와 사람이 같은 존재라니. 설령 눈앞에서 그 둘이 같은 존재라는 것을 보게 된다 하여도, 보통 사람이라면 쉽게 믿을 수 없을 일이었다.

'그런데 맞아. 분명해. 이 사람이 바로 그 늑대야.'

무슨 까닭인지, 무슨 조홧속인지 몰라도, 당이는 보지 않고도 알게 되었다. 순순히 그리 믿겨졌다.

"그렇게 생각하니까 여태 알 수 없었던 일들이 단박에 이해되더군요."

당이는 이제 숨조차 죽이고 바짝 온몸을 긴장시키고 있는 준형에게, 그런 준형을 안심시키기 위해 부러 더 밝은 어조로 말을 이어갔다.

"처음 늑대를 만난 그다음 만월의 밤에 금자도의 동굴에서 늑대를 다시 만났죠. 늑대는 족쇄를 차고 있었어요. 이상하더군요. 뭍에서 만난 늑대가 왜 섬에 있는 것일까?"

늑대가 섬에 홀로 들어올 수 있는 방법은 없었다. 그렇다면 누군가가 늑대를 사로잡아 섬으로 데리고 들어왔을 것이었다.

"그래서 처음엔 당신을 의심했어요. 당신이 그 늑대를 사로잡아 섬으로 데리고 온 건 아닐까. 그 동굴에 늑대를 잡아 가둔 건 아니었을까."

하지만 당이 자신이 늑대를 풀어준 후에 사라진 늑대는 어떻게도 설명할 수 없었다. 몇 번이나 산을 뒤졌지만 늑대의 흔적은 없었다. 섬의 다른 사람들도 늑대의 존재를 알지 못하는 걸 보면 늑대를 보지 못한 것 같았다.

"그런데 새벽에, 늑대 대신 내 앞에 나타났던 당신의 손목에도 묶였던 자국이 남아 있었죠."

당이의 말에 준형은 제 이마를 쓸어주고 있는 당이의 손목을 보았다. 그 손목에도 지난번 자신처럼 묶였던 자국이 선명히 남아 있었다.

"그 섬에서 가장 고귀한 신분인 당신의 손목에 그런 자국이 남은 게 너무 이상했어요. 그것도 늑대와 똑같은 자리에. 그리고 보니 떠오르는 게 있더군요. 처음 당신을 만났을 때, 당신 눈에 있던 상처."

당이가 이제는 흔적도 없이 사라진 준형의 눈꺼풀 위 예전 상처 부위를 가만히 손가락으로 쓸었다.

"만월의 밤에 만난 늑대도 똑같은 부위에 상처가 있었어요. 용이가 던진 돌멩이에 맞아 생긴 상처였죠. 거기다 당신은 그날 내가 늑대를 도망치게 하기 위해 물에 일부러 빠진 것도 알고 있었고요. 그건 늑대와 나만이 아는 사실일 텐데 말이죠."

그 외에도 이상한 일은 한둘이 아니었다.

온몸이 녹을 것 같은 입맞춤을 한 이후에도 결코 자신을 연모한다는 사실을 인정치 않고 억지로 당이 자신을 멀리하려 했던 준형. 준형의 입에서 몇 번이나 나왔던 '비밀'이라는 말. 당이와 혼인하기 위해서는 반드시 털어놔야만 한다던 비밀. 보통의 평범한 사람으로 태어나지 않았다는 준형의 말. 준형이 괴로워하고 망설일 수밖에 없는 비밀. 그 모든 게 수상하였다.

"생각해보면 그 단서들이 가리키는 건 단 한 가지밖에 없었어요. 당신과 늑대가 한 몸일지 모른다는 거, 당신이 바로 그 늑대일지도 모른다는 거. 생각해보면 너무 쉽고, 단순한 답이었죠."

"그런데도……."

더는 참을 수 없어진 준형이 벌떡 몸을 일으켰다. 그러곤 당이의 어깨를 강하게 움켜잡았다.

"그런데도 나한테 안긴 거야? 그걸 다 알면서도? 밀어냈어야지. 도망쳤어야지. 혐오하고 경멸했어야지!"

준형이 당이의 어깨를 흔들며 외쳤다.

"제정신이야? 나는! 그래 나는! 뻔뻔한 놈이니까! 당신의 인생 따위는 생각하지 않고 내 욕심만 차리는 이기적인 놈이니까, 당신을 원했어. 당신을 안고 싶었어. 하지만 당신은!"

격하게 당이를 몰아붙이던 준형은 "헉!" 소리를 내며 화들짝 놀라 물러나 앉았다. 준형에게 어깨를 잡혀 있던 당이가 쪽 하고 준형의 입술에 기습적으로 입을 맞추었던 것이었다.

"당신!"

"이래도 모르겠어요?"

당이가 자신에게서 물러나 앉은 준형의 두 뺨을 잡고, 또 한 번 천천히 제 입술을 준형의 입술로 가져가 입맞춤을 하였다.

"당신이 날 안은 게 아니에요. 내가 당신을 안은 거예요. 당신이 선택한 게 아니라 내가 스스로 선택한 일이라고요. 내가 당신을 연모해서, 당신의 여인이 되길 선택한 거예요."

당이는 말하는 중간에도 연신 입맞춤을 하였다. 그 입맞춤을 통해 준형에게 알려주고 싶었다. 자신이 얼마나 준형을 연모하는지를. 그러니 더는 준형이 비밀 때문에 상처받을 필요가 없다는 것을.

"보름달이 뜨면 늑대로 변하는 사내를 연모한다고?"

"으흠. 그러니까 한 달에 한 번, 보름달이 뜨는 밤에만 변한다는 거죠?"

촉, 당이가 다시 소리내어 입을 맞췄다. 비로소 준형의 변신에 대한 비밀을 다 알게 되었는데도 당이는 지극히 덤덤하였다. 너무나 태연하였다.

"그럼. 내일 밤이면 난 다시 그 늑대와 만날 수 있겠네요?"

"……어떻게 생겨먹은 여자가…… 겁도 없이."

준형은 자신이 평생 고민해온 비밀을 털어놓았는데도 너무도 아무렇지 않게 받아들이는 당이의 모습에 반은 놀라고, 반은 감격했다.

"겁내는 게 좋겠어요?"

당이가 이번엔 좀 더 대담하게 준형의 목에 팔을 휘감고선, 제 입술을 들이밀었다.

"그럼……"

계속된 입맞춤에 조금 부풀어 오른 당이의 입술이 준형의 입술과 닿을락 말락 하는 지점에서 멈추었다.

"이런 입맞춤은 꿈도 못 꿀 텐데?"

당이의 목소리는 잔뜩 쉬어 있었다. 왜인지는 당이도 준형도 너무나 잘 알고 있었다. 또다시 두 사람의 몸과 마음에 불이 붙기 시작한 때문이었다.

"당신 같은 여자는 처음 봐."

짙고 끈질긴 입맞춤의 도중, 준형이 속삭였다.

"당신 같은 남자도 또 없을걸요?"

준형의 입술을 깨물며, 당이도 속삭였다. 두 사람은 서로가 상대의 유일한, 그리고 완벽한 짝이라는 사실을 의심치 않았다.

그날 밤, 그 자리에서만큼은.

"내려줘요."

"내 걸음이 더 빨라."

드디어 보름날이 밝았다.

산중에서 길다면 길고, 짧았다면 유난히 짧은 밤을 보낸 후 당이는 준형의 등에 업혀 산을 내려오고 있었다. 한사코 괜찮다는데도, 준형은 업히기를 강요했다. 자신의 걸음이 빠르다고 이유를 대었지만, 정작 당이를 업은 준형의 걸음은 결코 빠르지 않았다. 아니, 오히려 평소 때보다 훨씬 더 느렸다.

훨씬 더 조심스러웠다. 혹시라도 당이를 떨어뜨릴까 염려해서가 아니었다. 세상의 눈을 염려하지 않고, 누구의 방해도 받지 않는 오직 두 사람만의 순간을 훨씬 더 오래 만끽하고 싶어서였다.

"무겁다면서요."

"내가 언제?"

"전에 그랬잖아요. 우리가 처음 만난 날. 아니, 따지고 보면 그때가 처음 만난 날은 아니었지."

두 손으로 준형의 목을 꽉 껴안고, 준형의 어깨에 목을 올려놓아, 준형과 뺨을 맞댄 당이가 피식 웃으며 예전을 회상하였다.

"내가 금자도에 갔던 그날. 행랑채에 있던 나를 어깨에 떠메어가면서 그랬잖아요. 보쌈은 취미 없다고. 굳이 하란다고 하면 훨씬 더 당신 취향의 여인을 찾아서 할 거라면서요. 둘러업어도 가뿐할 수 있는 여인이요."

"쿡. 그걸 다 기억해?"

"당신이 한 말은 한마디도 안 빼놓고 다 기억하는데요? 그러니 이 무거운 여인은 그만 내려놓죠?"

"그럼, 그럴까?"

준형이 당이를 내려놓으려는 듯 슬며시 무릎을 굽혔지만, 이내 금방 몸을 솟구쳤다.

"엄마야!"

몸이 잠시 솟아오른 당이는 떨어질까 무서워 저도 모르게 비명을 지르며, 꽈악, 준형 목에 매달렸다.

"하아…… 놀랐잖아요."

놀란 가슴을 진정시킨 당이가 탁, 준형의 어깨를 치며 곱게 눈을 흘겼다.

"그래서 더 두근두근하지?"

"네에?"

"등으로 느껴져. 당신 가슴이 뛰는 게. 두근두근. 나 놀랐어요. 콩닥콩닥. 그래도 난 이런 당신이 좋아요. 두근두근. 나 내려놓으면 죽을 줄 알아요? 콩닥콩닥. 은애해요. 당신이 좋아 죽을 것만 같아요."

"어휴우!"

실없는 소리를 하며 쿡쿡대고 웃는 준형의 옆모습을 보다 못한 당이가 두 손으로 준형의 볼을 양쪽으로 길게 잡아당겼다.

"능글능글, 입만 살아가지곤? 이것도 다 형님한테 배운 거예요?"

"아! 아! 아파! 진짜야. 아파아!"

비명을 지른 준형이 당이의 엉덩이를 받치고 있던 손을 풀어 당이를 내려놓아, 자신의 볼을 사정없이 길게 잡아 늘이고 있는 손을 떼어놓았다.

"당신, 정말 이러기야?"

"아파요?"

"아프지, 그럼! 세상에 자기 낭군 볼을 이렇게 세게 잡아당기는 여자가 어디 있어?"

준형이 얼얼한 자기 뺨을 두 손바닥으로 비비며 당이를 원망하였다.

"여기 있죠?"

당이가 엄살을 떠는 준형을 보며 눈을 반짝이며 웃더니 손가락을 까닥까닥 움직였다.

"뭐!"

"고개 좀 숙여 봐요. 키가 장대같이 커서 너무 불편하잖아요."

"뭐가 불편한데?"

화나지도 않았으면서 계속 툴툴대던 준형은 당이가 무얼 할지 뻔히 알면서도 모르는 척 당이에게로 고개를 숙였다.

"자! 어쩔 건데!"

"어쩌긴요. 이럴 건데요?"

당이가 조금 전 자신이 잡아 늘렸던 준형의 양쪽 뺨에다 쪽쪽 소리 내어 입을 맞췄다.

"후훗. 어때요. 이젠 안 아프죠?"

당이의 물음에 준형은 대답도 않고 한참이나 빤히 당이를 내려다보더니, 털썩, 당이의 어깨에 제 얼굴을 내려놓았다.

"하아……. 어쩌지?"

"뭐가요?"

준형은 대답을 할 수가 없었다.

"뭐가요?"

당이가 다시 물었지만, 준형은 답을 할 수 없었다.

준형은 평생을 맹세했었다. 혼인을 하지 않겠다고, 아이는 낳지 않을 것이라고. 당이를 만나고 당이를 욕심내어 혼인을 않겠다는 맹세는 깼지만, 그래도 아이에 대한 맹세만은 지키리라, 끝까지 다짐했었다. 제 아이에게 자신과 같은 고통을 물려줄 순 없었으니까. 자신과 같은 인생을 살게 할 순 없었으니까. 그런데 당이를 보면 볼수록, 사랑하면 사랑할수록 준형은 자꾸 헛된 꿈을 꾸고 싶어졌다. 헛된 희망을, 망상을 가지게 되어버렸다.

당이가 준형의 아이를 낳아주길 바라게 되었다. 당이와 자신을 사이좋게 절반씩 쏙 빼닮은 아이를 낳아주길 바라게 되었다.

하지만 그러기엔 너무나 많은 것이 불확실하였다. 자신의 저주스러운 체질이 다음 세대엔 어떻게 물려지게 되는지, 어떤 식으로 발현이 되는지, 어떤 식으로 늙어가게 될지, 언젠가 정말 미치게 되는 건 아닌지 알 수 없는 일이 너무 많았다.

-나는 자네가 궁금해할 모든 것에 답을 가지고 있다네.

새삼, 일산의 말이 떠올랐다. 당이가 있는 곳을 알려주며 일산이 덧붙인 말이었다.

그러니 또 궁금한 게 있거든, 어려워 말고 언제든 찾아오게나.

'그렇게 쉽게 가르쳐 줄 것을 왜 이 여자를 빼돌린 것이었지? 내가 이 여자를 찾아갈 걸, 되찾아오려 할 걸 뻔히 알면서. 왜?'

준형은 당이의 어깨에서 고개를 들고, 자신이 사랑하는 여인을 보았다.

"왜요?"

준형의 불안한 눈빛을 본 당이가 물었다.

"으음."

당이에게 자신의 불안이 전염될까 걱정한 준형이 고개를 흔들었다.

"가자. 금자도로."

준형은 다시 등을 내밀 작정이었다. 적어도 산을 완전히 내려갈 때까지는 당이를 업어주고 싶었다. 하지만 당이의 생각은 달랐다. 당이는 준형에게 업히는 대신, 가만히 손을 내밀었다. 당이의 뜻을 이해하고, 힘주어 사내답게 잡아오는 준형의 손을 마주 잡고선, 준형과 함께 사이좋게 나란히 산을 내려가기 시작하였다.

"정말 올까요?"

그때, 도성 일산의 집에서는 일산이 한창 아침을 드는 중이었다. 일산의 처 양씨 부인은 유난히 기분이 좋아 보이는 일산을 보며 준형과 당이에 대한 일을 물었다.

"만약 그대로 어딘가로 가버리면……."

"어제 아침에 보낸 국은 제대로 먹였는지 확인하였소?"

"예. 아니 먹겠다고 마다하는 낭자의 입에 그 어머니가 강제로 들이부었다더군요. 국물 안에 진정약을 섞었다고 거짓말을 하긴 하였지만, 그렇게까지 할 줄은 미처 몰랐습니다."

양씨 부인은 아침 일찍 찾아와 우는 소리를 하며 기어이 두둑히 은자를 받아내어 간 송씨 부인을 떠올리며 혀를 내둘렀다. 일산이 시키는 대로 하였다가 자기 아들 허리가 부러졌다며 어찌나 죽는 소리를 하는지 은자를 아니 줄 수 없게끔 만든 송씨 부인에게 만정이 떨어진 얼굴이었다.

"그런데 정말 약효가 나타날까요?"

"오늘쯤이면 배가 뒤틀릴 것이오. 그리되면 원치 않아도 자연히 나를 찾아올 수밖에 없을 테니, 기다리기만 하면 될 것이오."

일산의 말이 떨어지기 무섭게 밖에서 "주인어른!" 하고 부르는 소리가 들려왔다. 그 소리에 양씨 부인이 바짝 긴장한 얼굴로 제 남편을 보았다.

"벌써 온 걸까요?"

"글쎄…… 너무 이른 것 같긴 하구려. 무슨 일이냐?"

일산이 밖에 대고 물었다. 그러자 일산이 김 부사의 집을 감시하라고 명을 내린 부하의 목소리가 들려왔다.

"주인어른, 접니다."

"들어오너라."

방으로 급히 들어온 부하는 일산에게 귀엣말로 뜻밖의 소식을 전했다. 금부에서 나온 이들이 김 부사를 잡아갔다는 이야기였다.

"무어라. 김 부사를?"

"예, 지금 막 데려가는 것을 보고 오는 길입니다."

"어허! 영천군 이 양반이 생각보다 성격이 아주 급하시군."

일산은 덥수룩한 수염으로 둘러싸인 턱을 문지르며 잠시 생각에 잠겼다.

"그 아들들은? 그 집 공자들은 어찌 되었다 하더냐?"

"일단 금자도에 있는 장자(長子)만 잡아들일 것으로 알고 있습니다."

"되었다. 일단 상황을 계속 주시하고 있거라."

"옙!"

부하가 나가고도 일산은 한번 내려놓은 숟가락을 다시 들 생각을 하지 않았다.

"어이 그러십니까?"

"적어도 전하가 승하하실 때까지는 기다릴 것이라 생각하였는데 영천군은 인내심이 부족한 모양이오."

일산은 알고 있었다. 영천군이 원하는 건 결국 자신의 아들로 보위를 잇게 하는 것이란 걸. 그러기 위해서는 명분도 있어야 했지만, 우선 조정 중신들을 구워삶을 수 있는 막대한 돈이 있어야 했다. 그런 영천군에게 어마어마한 수익을 벌어다 줄 수 있는 금자염은 제법 먹음직스러운 먹잇감으로 보였을 것이다.

"헌데 빨라도 너무 빠르지 않은가. 이리 서둘러서 무얼 어쩌려는 건지."

일산이 딱히 제 부인에게 하는 말도 아닌 말을 중얼거리며, 위험하게 눈을 빛냈다.

그날, 이른 오후였다. 제 아버지에게 일어난 일은 꿈에도 모른 채 준형은 당이와 함께 보령 땅을 향해 가고 있었다.

준형의 계획은 이랬다.

일단 최대한 도성에서 멀리까지 내려간 후 주막집 객방을 빌려 당이를 머물게 한 다음, 자신은 그 인근 산속에서 만월을 맞을 참이었다. 그리고 새벽이 되어 다시 온전한 사람의 몸이 되는 대로 당이와 재회하곤 부지런히 금자도로 향할 작정이었다.

허나 당이는 그 계획을 마음에 들어 하지 않았다.

"따로 객방을 얻을 필요 없어요. 난 당신 곁에 있을 거니까."

당이는 만월을 맞는 그 순간에도, 준형이 늑대로 변하는 그 순간에도 곁에 있겠다고 고집을 피웠다.

"안 돼. 당신에게 그런 모습을 보여주고 싶지 않아."

준형이 딱 잘라 거절하는데도 당이는 쉽게 제 뜻을 꺾으려 하지 않았다.

"싫어요. 당신과 떨어지고 싶지 않아요. 당신이 늑대로 변한다 해도 나는 아무 상관 없다 말했잖아요. 왜요, 앞으로도 평생 내게는 그런 당신 모습을 안 보여줄 생각이에요? 그래요?"

"아니. 아니야. 약속해. 다음에. 다음 만월의 밤에는 반드시 당신과 함께 있을게. 그러니 이번만, 봐주라. 응?"

준형은 마음의 준비를 할 시간을 달라고 사정하였다. 아무리 당이가 다 안다고, 다 이해한다고 말했지만 당장 사람의 몸으로 땅바닥을 기며, 짐승으로 변하는 순간까지 보여줄 자신이 없었던 것이다.

"다음 만월이에요?"

결국은 당이가 꺾어 주었다.

"썩 만족스럽진 않지만, 알았어요. 그렇게 할게요. 오늘 밤은 당신이 시킨 대로 얌전히 객방에서 당신을 기다릴게요. 오늘 밤만요!"

당이는 준형의 뜻을 받아들여 순순히 그렇게 하기로 했다.

허나 그 모든 계획은 수포로 돌아갔다. 일부러 험준한 산길을 통해 도성을 빠져나간 지 채 한 시진(두 시간)도 안 되어 갑자기 당이가 온몸에서 식은땀을 흘리면서 심한 복통을 일으켰기 때문이었다.

"으윽! 으으으윽!"

"많이 아파. 이 사람이 많이 아프다고. 빨리, 빨리 낫게 해! 빨리!"

급히 수소문해 찾아 들어간 어느 약방에서 준형은 다짜고짜 의원을 닦달하였다. 이젠 아예 배를 움켜쥐고 눈도 못 뜰 정도로 고통스러워하고 있는 당이를 위해서였다.

"돈이라면 얼마든지 줄게! 넘치도록 줄게. 빨리 이 사람을 고쳐줘. 빨리!"

온통 머리가 새하얗게 센 의원은 산더미 같은 금은보화를 주겠다는 준형의 말에도 별로 흥미를 보이는 것 같지 않았다. 대신 꼼꼼하게 당이의 입안을 살피고, 냄새를 맡고, 진맥을 하고, 눈을 뒤집어 보았다.

"데리고 가시지요."

관형찰색을 모두 마친 의원은 응급으로 몇 번의 침을 놓아준 뒤, 더이상은 자신이 해 줄 것이 없다고 손을 놓았다.

"아직도 이렇게 아파하잖아! 비 오듯이 땀을 흘리는 거 안 보여? 의원이라면 당연히 병자를 고쳐줘야지!"

"여기서는 못 고칩니다."

"무슨 소리야! 이놈의 영감탱이, 죽어보고 싶어? 고치라고, 당장 고쳐!"

준형은 급한 마음에 눈이 돌아 의원의 멱살을 쥐고 흔들었다.

"돈 준다잖아! 무슨 놈의 의원이 토사곽란(배가 질리고 아픈 병) 하나 못 다스리고……."

"토사곽란이 아니라서 그렇지요!"

노의원이 답답하다는 듯 소리를 질러 준형의 말문을 막았다.

"명치가 아프고, 갑자기 토하고, 오한이 드는 것은 곽란의 증상이 분명하나, 이 낭자분의 경우 음식을 잘못 먹어 생긴 단순한 토사곽란이 아닌 것 같단 말입니다."

"다, 단순한 곽란이 아니라면?"

불안한 예감에 준형의 목소리가 조금 떨려 나왔다.

"희미하지만 낭자의 깊은 숨에서 약 냄새가 납니다. 누군가 의도적으로 약을 먹인 것 같습니다."

노의원의 눈에는 잠시 준형을 의심하는 빛이 스치긴 했지만 당사자인 병자보다 더 하얗게 질린 준형의 얼굴을 보고는 의심을 접고 말했다.

"약이라니, 독이라니⋯⋯. 그럼, 해독을 시켜."

"무슨 약을 썼는지 알아야 시키지요! 독을 해독하는 약은 그 또한 독이니, 독에 맞는 약이 아닌 다른 약을 쓸 경우 몸 안의 독을 더욱 성나게 할 수 있습니다. 해독을 하겠다고 약을 잘못 쓰면 온몸의 힘줄을 뒤틀리게 하고 고열을 동반시켜 오히려 더 빨리 죽게 될 수도 있단 말입니다!"

"그럼, 그럼 어떻게 해야 한다는 거야!"

"무슨 독을 썼는지 알아내기만 하면 그에 맞는 해독약을⋯⋯. 엇, 공자!"

노의원의 말이 끝나기도 전에 준형이 혼절한 것인지 잠이 든 것인지 축 늘어진 당이를 등에 업고 당장이라도 약방을 뛰쳐나가려 하였다.

"잠깐만요!"

노의원이 약방 안쪽으로 들어가더니 주먹만 한 크기의 작은 주머니 하나와 물이 든 호리병 하나를 들고 나왔다.

"일단 이것을 가져가시지요. 길 중에 또다시 배가 쥐여 짜이거든 이거라도 먹여 잠깐 속을 진정시켜주십시오."

"이게 무엇인가?"

"금자염이라고, 구하기 어려운 소금입니다. 질 좋은 상등의 소금은 속을 달래주는 약을 대신하기도 하니 응급의 처치로는 제법 유용할 것입니다."

준형이 제 앞에 내밀어진 금자염을 새삼스러운 눈으로 보는 것을, 의원은 준형이 소금을 의심하는 거라 오해하고선 얼른 뒷말을 덧붙였다.

"다른 약을 쓰기에는 위험부담이 있으나 소금은 괜찮습니다. 어지간한 약보다는 훨씬 더 낫고요. 마음 같아서는 뜨거운 물에 타서 먹였으면 싶지만 상황이 여의치 않으니 일단 찬물에라도 오래오래 녹인 후 들게 하십시오."

노의원은 주머니 안에 든 금자염을 준형에게 보여준 후, 호리병 안에 그 소금을 넣고 몇 번 호리병을 흔들었다. 그러고선 당이를 업고 있는 준형의 허리춤에 호리병을 단단히 매어주었다.

"저 길 너머 언덕 쪽에 마방(馬房, 마구간을 갖춘 주막)이 있습니다. 거기 가면 말을 빌릴 수 있을 것이니, 빨리 가십시오. 한시라도 낭자에게 무슨 독을 썼는지 알아내어 빨리 독을 해독케 하는 게 낭자를 살리실 것입니다."

"고맙네. 정말 고마우이. 내, 나중에 이 은혜를 잊지 않고 갚음세."

준형은 진심에서 우러나온 인사를 하였다. 그리고 일흔 해를 넘게 산 노의원이 생전 처음 보는 빠르기로 마방 쪽을 향해 달려가기 시작했다.

"죽여버릴 거야. 만약 이번에도 당신 동생이 한 짓이면…… 당신한텐 미안하지만, 당신 동생을 죽여버리고 말겠어!"

악에 받친 다짐과 함께 준형은 연신 말의 옆구리를 차며, 더욱 빨리 달리기를 강요하였다. 준형의 앞에는 축 늘어진 당이가 준형의 가슴에 기대듯 앉혀져 있었다. 그런 당이와 준형은 줄로 한꺼번에 묶여져 있기도 하였다. 또한 말고삐를 쥐고 있지 않은 준형의 한 팔은 단단하게 당이의 허리를 죄고 있었다. 만에 하나라도 당이가 말에서 떨어질까 봐 염려했기 때문이었다.

"걱정 마. 당신에게는 아무 일도 없을 거야. 그리고 이게 당신과 내가 겪어야 할 마지막 고초가 될 거야."

준형은 말을 달리면서도 계속 당이에게 말을 걸었다. 딱히 당이가 들으라고 한 말은 아니었다. 다만 그렇게라도 말하지 않으면 불안해져서, 못 견디게 불안해져서 준형은 자꾸만 혼잣말을 할 수밖에 없었다.

"난 금자도에서 온 전 도호부사 김찬의 막내아들, 김준형이라 하오. 여기는 내 정혼녀이외다."

숭례문에 당도한 준형은 수문지기에게 자신의 호패를 내보인 후 서둘러 성문을 통과하려 하였다. 하지만 수문지기들은 준형의 호패를 보고 쑥덕거릴 뿐, 좀처럼 준형에게 길을 터주려 하지 않았다.

"지금 내 정혼녀가 곽란이 들어 빨리 의원에게 보여야 하오. 허니 얼른 지나가게 해주시오!"

준형이 다시 목소리를 높였지만 수문지기들은 잠시만 기다리라고 하고선 어딘가를 향해 슬며시 난감한 눈빛으로 눈치를 보냈다.

그때였다.

"김 부사 댁 막내공자 되십니까?"

수문장의 보좌역으로 보이는 젊은 무장 하나가 준형을 알은체하며 가까이 다가왔다.

"그렇…… 소만?"

"부정 어른의 명을 받고 기다리고 있었습니다."

무장은 수문지기들에게서 호패를 건네받은 뒤 준형에게 돌려주며 은밀히 속삭였다.

"약이 필요한 일이 있다면 부정 어른의 댁으로 오라 하시더군요."

"큿!"

그 소리에 준형의 눈에 분노로 불꽃이 튀었다.

'그자가! 또 그자가 꾸민 짓이었어?'

"서두르면 서두를수록 좋다는 전언과 함께 가마도 보내셨습니다. 아마, 태워야 될 분이 있으실 거라고."

준형의 가슴에 쓰러지듯 기대서 있는 당이를 힐끗 본 후, 무장이 손가락을 튕겼다. 그러자 미리 준비되어 있었다는 듯 네 명의 사내가 든 가마 한 채가 빠르게 준형과 당이 곁으로 다가왔다.

준형이 어찌할까 망설이는 눈으로 보자, 무장이 한 소리를 덧붙였다.

"아시는지 모르겠지만, 원래 사대부의 아녀자는 말을 타는 것이 금지되어 있습니다."

거기까지 전해 들은 이상 준형은 더는 망설일 수 없었다. 서둘러 당이를 가마에 태운 다음 가마꾼들과 함께 일산의 집으로 향하였다.

함정이건 뭣이건 상관없었다. 일산이 해독제를 가지고 있다면 그곳으로 갈 수밖에 없었다. 당이를 구할 수 있다면 염라대왕 앞이라도 가야만 했다.

쾅쾅쾅쾅! 준형이 일산의 집 대문을 부서져라 두들겼다.

"나와! 문 열어! 어서!"

두드린 지 얼마 안 돼, 하늘 높은 줄 모르고 솟아 있는 커다란 대문이 소리도 없이 살며시 열렸다.

"이 집 주인을 만나러 왔⋯⋯!"

문을 열고 나온 이가 그 집 하인인 줄만 알고 호통을 치려던 준형은, 정작 나온 이가 얌전한 인상의 중년 여인임을 보고선 입을 다물었다.

"김 부사 댁 막내공자 되십니까?"

"그렇습니다만⋯⋯."

"이 집 안주인입니다. 들어오시지요. 너희는 어서 낭자를 모셔라."

양씨 부인이 침착한 낯빛으로 제 뒤에 선 하녀들에게 명했다.

그러자 하녀들이 미리 명을 받은 대로 얼른 가마의 문을 열고 기진맥진하여 늘어져 있는 당이의 양어깨와 허리를 잡고선 내리는 것을 도운 뒤 얼른 대문 안으로 데리고 갔다.

준형도 서둘러 그 뒤를 따라 일산의 집 안으로 들어갔다.

"바깥어른은 아직 퇴청 전입니다. 공자께서는 잠시 사랑채에서 기다리시지요. 낭자는 안채에서 제가 보살피겠습니다."

양씨 부인은 당이를 부축한 하녀들과 함께 안채로 가려고 했다. 하지만 그 앞을 준형이 막아섰다.

"이 사람만 따로 데려갈 순 없습니다."

"……그럼, 예의는 아니지만 안채로 따라오시겠습니까?"

보통은 외간 사내는 절대 들일 수 없는 곳이 안채임에도 불구하고 양씨 부인은 하나도 어려운 기색 없이 준형을 안채로 초대하였다. 물론, 준형도 사양하지 않고 당연히 그리하였다.

그리하여 늦은 오후 어느 때인가, 일산이 퇴청 전 잠시 짬을 내어 집에 들렀을 때, 준형은 안채 손님방에 있었다.

양씨 부인이 미리 준비해둔 해독제용의 탕약을 먹인 후에도 여전히 정신을 차리지 못하고 있는 당이의 곁에서, 당이의 손을 잡고서는 누군가에게 기도라도 하듯 꿇어 엎드려 있었다.

"오래 기다렸는가?"

어느새 방에 들어온 것인지 일산이 인사를 하였는데도 준형은 고개조차 돌리지 않고, 오직 당이만 응시하였다.

"그렇게 걱정되는가? 흐흐. 너무 걱정 말게. 한 시진(두 시간)이면 열이 내리고, 거기서 또 두어 시진이면 의식을 되찾을 테니."

제가 한 짓이면서도 일산은 뻔뻔스레 준형을 위로한답시고 하였다.

"……이 여자가 안 깨어나면 당신은 내 손에 죽어."

어금니를 꽉 깨물며 제 성난 감정을 애써 억누른 채 준형이 말했다.

"다행이군. 내가 자네 손에 죽을 일은 없을 테니."

"꺼져. 당신은 나중에 얼마든지 상대해줄 테니까."

준형은 지금 일산 따위와 말하고 싶지 않았다. 오직 당이만, 당이가 무사히 깨어나는 것만 기다리고 싶었다. 온몸의 피가 말라붙는 것 같았다.

목구멍 한가운데 커다란 가시가 박힌 듯, 숨을 쉴 때마다 목이 따끔거려 숨조차 제대로 쉴 수 없었다. 당이가 몸을 뒤척이다 미간에 작은 주름이라도 만들면, 덜컥, 심장이 내려앉는 것 같았다. "으흠." 하는 당이의 작은 신음

하나가 천지를 울리는 천둥 벼락처럼 들렸다.

'깨어나. 제발 무사히 일어나. 나 무서워. 무서워 죽을 것 같다.'

일산의 안사람인 양씨 부인도, 심지어 일산마저도 당이에게 아무 일 없을 거라고 말을 하고 있었지만 준형은 그 말만 믿고 안심하고 있을 수가 없었다. 안 그러려 해도 자꾸만 최악의 상황이 염려되었다.

이러다 당이가 영영 못 깨어나면 어떡하나, 고열에 시달린 후유증으로 앞을 못 보게 되는 사람도 있다던데 만약 그렇게 되면 어떡하나, 혹여 기가 상해 앞으로도 계속 앓게 되면 어쩌나. 걱정이 끊이지 않았다.

'아니. 괜찮아! 설령 천에 하나, 만에 하나 그리된다 해도 나도 같이 죽으면 그뿐이야. 내가 당신 눈이 되면 그뿐이야. 내가 평생 돌보면 돼. 하나도, 하나도 걱정할 것 없어. 그러니 깨어나기만 해. 내게 오기만 해.'

준형은 당이의 손을 잡고선, 얼른 깨어나 제게로 돌아오라고 빌고 또 빌었다. 그런 준형을 보던 일산이 톡톡, 방문을 두드렸다.

"곧 해가 질 텐데?"

"그래서 뭐."

준형이 퉁명스레 받아넘기다 말고, "핫!" 하고 놀라 일산을 돌아보았다. 그러자 방문 옆에 선 일산이 빙글빙글 웃고 있는 것이 보였다.

'설마. 저자가⋯⋯?'

"오늘이 만월이 뜨는 보름날인 걸 잊은 건 아니겠지? 아무리 정인이 소중하다고 하나, 이곳에서 만월의 밤을 맞을 셈인가?"

"당신!"

순식간의 일이었다. 펄쩍 뛰어오른 준형이 일산의 몸을 벽으로 밀치며, 그 목을 단단한 팔뚝으로 누른 것은.

"도대체 뭘 아는 거지? 당신 정체는 뭐야!"

보름날이었다. 이미 준형의 힘은 보통 사내의 힘에 비할 바가 아니었다.

하니 아무리 힘센 장정이라 하더라도 그 팔 아래에서 빠져나오기는 쉽지 않은 일일 것이었다.

"훗."

그런데도 일산은 조금도 힘들어하는 기색 없이 준형의 손목을 잡고 스윽, 밀어내더니 그 팔 아래에서 손쉽게 빠져나왔다.

"이러고 실랑이할 틈이 없을 텐데? 이제 곧 해가 넘어간다네. 사람들의 이목을 피하려면 빨리 몸을 피하는 것이 좋지 않겠는가?"

"뭘, 어디까지 알고 있는 거지, 당신?"

"쯧쯧쯧. 아니지."

일산이 딱하다는 듯, 혀를 차며 고개를 저었다.

"지금 자네가 물어야 할 것은 내가 뭘 얼마나 알고 있는지가 아니라 내가 왜! 알고 있는지여야 하네. 왜냐하면 이미 나는 자네에게 말했으니까. 자네가 모르는 모든 것을 내가 알고 있다고."

"당신 도대체 뭘…… 읏."

다시 한 번 일산에게 따져 물으려다 말고, 준형은 피가 끓어오르는 느낌에 급히 허리를 숙였다. 온몸의 숨구멍이란 숨구멍이, 땀구멍이란 땀구멍이 모두 강제로 열리려 하고 있었다. 몸이, 또다시 몸이 변할 시간이 가까워 오고 있는 것이었다.

"으…… 읏. 저…… 저 여자를…… 저 여자의 소, 손톱 하나라도 건드리면……."

"걱정 말게. 저 낭자에겐 아무 해도 끼치지 않을 테니."

"맹세…… 맹……."

"맹세하지. 그러니 얼른 가시게. 내 집에 늑대가 나타났다는 소문이 돌면 나도 꽤나 곤란하거든."

일산의 입에서 나온 '늑대'란 소리에 준형의 눈이 한층 더 커졌다.

"거기 서서 놀라고 있을 틈이 없대도. 얼른 가래도! 예서 온 세상에 자네 정체를 밝힐 셈인가!"

답답하다는 듯 일산이 호통을 쳤다.

"큿!"

준형이 걱정과 미련을 가득 담은 눈으로 다시 한 번 당이를 돌아본 후, 얼른 방문 밖으로 몸을 날렸다. 일산은 마루까지 따라 나가, 비호처럼 안채 마당을 가로질러 담벼락을 넘어 눈 깜짝할 사이에 멀리 보이는 산 어귀까지 단숨에 뛰어가는 준형을 보고 서 있었다.

"부러우십니까?"

안방 쪽에서 나온 양씨 부인이 일산에게 다가와 물었다.

"흐흐흐. 그리 보이오?"

"네, 몹시도 부러워 죽겠는 걸로 보입니다."

일산이 조금은 쓸쓸한 눈빛으로 제 부인을 보았다.

"그렇다면 부인의 말이 맞겠지요."

양씨 부인의 말이 맞았다. 일산은 어떤 의미에서는 지금 준형이 부러웠다. 만월의 밤에 늑대로 변하는 건, 늑대혈족들에겐 저주였지만 어떤 의미에서는 축복과도 같았다. 답답한 인간의 탈을 벗어던지고, 늑대의 본성 그대로 살아 숨 쉴 수 있는 짧지만 무한한 자유. 그 자유를 만끽할 수 있는 것이 바로 만월의 밤이었으니까. 하지만 모든 늑대혈족들이 그 무한한 자유를 누릴 수 있는 건 아니었다. 늑대혈족 중의 사내들, 그것도 선택받은 몇몇만이 그 완전하고도 무한한 자유를 누릴 수 있었다.

"참, 무진이는요?"

일산이 아들의 일을 물었다. 유난히 자신을 쏙 빼어 닮은 올해 일곱 살이 된 외동아들이었다.

"잘 재웠습니다. 내일 아침까지는 절대 깨지 않고 내내 잘 것입니다."

양씨 부인은 매달 보름날마다 강제로 약을 먹여 재워야만 하는 아들이 가여워 쓸쓸한 미소를 띠었다.

"날이 갈수록 재우는 데 쓰는 약도 점점 그 양이 늘고 있습니다. 아무리 아이 몸에 해가 가지 않는 약이라고는 하나, 슬슬 걱정이 됩니다."

"……아직 자신의 처지에 대해 완전히 이해하기에는 너무 어린 나이요. 그러니 조금 더 기다립시다."

일산은 큰 위로가 되지 않을 걸 알면서 그렇게 부인을 달랬다. 모든 사실을 알고도 기꺼이 자신의 반려가 되어준, 어떤 땐 기꺼이 자신의 손과 발 노릇을 대신해준 고마운 여인이었다.

"아침에 말한 대로, 밤엔 저하가 오실 것이니, 집안 단속을 하여주시오."

"……걱정 마세요. 시키신 대로 안채에는 어느 누구도 얼씬거리지 못하게 할 것입니다."

양씨 부인이 슬픔이 어린 눈을 내리깔며 순순히 답했다.

"부인만 믿겠소."

당이에 대한 일까지 모두 부인에게 일임한 뒤, 일산은 서둘러 궁으로 향했다. 세자와의 약속을 지키기 위해, 세자를 데리러 가기 위해서였다.

"정 상궁마마님! 제발 저하를, 저하를 한 번만 더 뵙게 해주십시오. 정 상궁마마님, 제발요! 크흐흑."

그 무렵, 궁궐 안 어느 전각에서는 여인의 울음소리가 흘러나오고 있었다. 대낮에도 볕이 잘 들지 않는 외딴 곳이었다. 동궁전에서 가장 멀리 떨어진 곳이자, 궁궐 내에서도 가장 외진 곳에 위치한 낡고 허름한 그곳은 세자가 내친 의녀 화정이 기거하는 처소였다.

기둥마다 거미줄이 잔뜩 쳐 있고, 눈에 띄는 곳곳마다 허옇게 먼지가 내려앉은 낡은 전각 안에서 화정은 모처럼 제 동태를 살피러 온 동궁전의 상궁에게 애원을 하고 있는 중이었다.

"저를 어찌 이런 곳에 기거하게 하십니까? 뭔가, 뭔가 잘못된 것이 틀림없습니다. 저하를 다시 한 번 뵙게 해주세요. 이러시는 이유가 뭔지……!"

세자에게 안긴 후 보였던 거만한 태도는 온데간데없이 사라진 화정은 정 상궁의 옷소매를 붙잡고 눈물 어린 하소연을 늘어놓았다.

"전 무서워서 여기선 못 살겠습니다. 정 상궁마마님! 저하께 잘 말씀드려서 차라리 절 의녀처소로, 내의원으로 보내주세요. 아니면 궐 밖으로라도 내쳐주시든가요. 이렇게 살기는 싫습니다. 흑흑. 무서워서 살 수가 없어요."

"아니 됩니다."

정 상궁이 옷소매를 떨쳐, 화정을 떼어놓았다.

"저하의 명입니다. 저하의 여인 된 몸으로 저하의 명을 어기실 생각입니까? 부디 자중자애하며 저하가 다시 부르실 때까지 얌전히 기다리세요."

"그게 언젠데요? 언제까지인데요? 흐흐흑."

"알 수 없지요. 당장 오늘 밤일 수도 있고 내일일 수도 있고. 혹은 내년일 수도 있고, 십 년 후일 수도 있고요."

정 상궁은 절대 위로가 될 수 없는, 오히려 고문에 가까운 말을 전했다.

"싫습니다. 싫어요! 그럴 바에야 차라리 지금 이 자리에서 혀라도 깨물고 죽어버리겠습니다!"

눈물범벅을 한 화정이 정 상궁 앞에서 보란 듯이 제 혀를 깨물려 하였다. 그러나 그 순간, 정 상궁의 매서운 손바닥이 화정의 뺨을 갈겼다.

"으악!"

"경거망동하지 마셔요!"

정 상궁이 방문 쪽을 힐끗 보더니 입술이 터진 화정에게 얼굴을 들이밀고는 은밀히 속삭였다.

"혹시 이번 달 달거리는 하였습니까?"

화정이 반사적으로 멍하니 고개를 젓다 말고, 갑자기 눈을 번쩍였다. 정 상궁이 묻고자 하는 게 무엇인지 알아들은 것이었다.

"앞으로 태기가 있는지, 몸의 상태를 잘 살펴보시오. 의녀 출신이니 따로 일러주지 않아도 잘 알 것이 아닙니까?"

"그럼……?"

"저하께서는 지금 한 점 혈손이 없으시지요. 허니 만에 하나라도 그쪽이 저하의 아기씨만 잉태하신다면 후궁의 첩지 따위가 문제가 아닐 것이외다."

벼락에라도 맞은 듯, 꼼짝하지 못하는 화정을 두고 일어선 정 상궁은 방을 나가기 전 한마디를 덧붙이는 것을 잊지 않았다.

"뭐, 물론 만에 하나에 가까운 일입니다만. 그래도 아주 희망이 없는 것보다는 낫지 않겠습니까?"

정 상궁이 나간 후, 얼마 안 되어 삐거덕, 전각의 중문을 걸어 잠그는 소리가 났다. 이제 점점 어둠에 사로잡히기 시작한 전각 안에는 이제 화정과 전각 안팎을 오가며 잡일을 하는 어린 궁녀 아이 하나밖에 남지 않았다.

화정은 새삼 이렇다 할 세간 하나 없는 을씨년스러운 방 안을 둘러보며, 처음 이곳에 온, 아니 유폐되었던 첫날을 떠올리며 제 손으로 어깨를 감싸 안았다. 그때만 해도 정말 딱, 죽는 줄만 알았다. 죽을 것만 같았다.

"왜? 왜지? 왜? 왜!"

몇 번이나 그렇게 되뇌었었다. 자신에게 일어난 모든 일들이 이해가 되지 않았기 때문이었다.

처음 세자에게 안겼을 때도 그러했었다.

왜 자신에게 그런 행운이 왔는지 알지 못했다.

천한 의녀의 처지에서 순식간에 세자저하의 여인이 된 자신의 행운이 차마 믿기지 않아 그날 밤엔 제 허벅지를 직접 손으로 꼬집어보기까지 했었다. 세자빈이 공석인 마당에, 다른 후궁도 없는 지금, 자신이 동궁전 최고의 여인이 되었다는 생각에 하늘로 날아오를 것만 같았다.

세자가 몸을 추스르자마자 자신을 찾았다는 소릴 들었을 때도 마찬가지였다. 내의원 의녀들의 부러움에 찬 시선을 뒤로하고, 내관의 뒤를 따라 동궁전으로 향할 때만 해도 온 세상이 다 제 것 같았다.

세자가 금세 저를 와락, 안아주시리라 기대했다. 너를 위해 내 아낌없이 모든 것을 베푸마, 그리 말해주실 줄만 알았다.

무슨 직첩을 내려주실까, 어떤 전각을 주실까, 어떤 호사를 누리게 해주실까 상상하는 것만으로도 온몸이 두둥실 떠오르는 것만 같았다.

그러던 것이, 그 희망이, 그 기대와 환희가 "아니다."는 세자의 한마디로 순식간에 나락으로 처박혔다. 그리고 그 나락을 쏙 빼어닮은 낡은 전각에 유폐되다시피 한 후, 화정은 매일매일 절망에게 제 살점을 내어주며 낙담과 포기를 반복하며 살아왔다.

"아기씨라고? 내 복중에 아기씨만 생기면 된다고?"

화정은 아직 날씬하기만 한, 그 어떤 잉태의 흔적도 보이지 않는 제 배를 감쌌다. 만약, 정말로, 아주 운 좋게, 배 속에 아기씨를 품고 있기만 하다면, 그때는, 그때야말로 화정은 이 지옥 같은 곳에서 빠져나가 온 궁궐의 여인들이 부러워하는 삶을 살 수 있을 것이었다.

"이렇게 살진 않을 것이다. 이런 곳에서 썩진 않을 것이야!"

세자가 불임일지도 모른다는 소문 따위는 진작 알고 있었지만, 그렇기에 더욱더 더, 화정은 한 가닥 남은 희망에 모든 것을 걸 수밖에 없었다.

"그래, 나는 회임했을 것이다. 나는 반드시 회임했을 것이야."

화정은 주문을 외듯, 기도를 하듯, 자신의 희망사항을 입에 올렸다. 그리하면 어쩐지 진짜 제 소원이 이루어질 것 같은 착각이, 예감이 들었다.

"이곳입니다, 저하."

일산은 선비복 차림으로 변복을 한 세자 현과 현의 호위를 위해 잠행에 따라붙은 젊은 내관을 자신의 집 안채 마당으로 인도하였다. 어느새 밤하늘엔 커다란 만월이 자리 잡고 있었다. 그 만월 아래에서 현은 두근거리는 가슴을 애써 진정시키고 있는 중이었다.

이래선 안 되는 줄 알았다. 임금께서 의식불명 상태에 누워 있는 가운데 세자인 자신이 궁을 빠져나오는 무모한 일을 벌여서는 안 되는 걸 알았다.

그런데도 현은 차마 일산의 권유를 뿌리치지 못했다.

기대했다가 실망하는 아픔이 얼마나 큰지, 화정의 일을 통해서 뼈저리게 느낀 까닭에 애써 기대하지 않으려 했지만, 어쩐지 자꾸만 기대하게 되었다.

"들어가 보시겠습니까?"

일산이 불이 켜져 있는 방 하나를 가리켰다. 꿀꺽, 긴장한 현은 저도 모르게 마른침을 삼켰다.

"너는 바깥에 나가 있거라."

현이 마루 앞 댓돌에 막, 신발을 벗어놓고 올라가려다 말고 마당에 우뚝 서 있는 젊은 내관에게 명을 내렸다. 아무에게도, 무엇으로도 방해받고 싶지 않은 심정에서였다.

"저하! 소신은 저하의 곁에서 잠시도 떠날 수가 없습니다."

"사랑채에 가 있으시게. 아무렴 저하의 외숙인 내가 저하께 해를 가할까 봐 그런가? 저하를 목숨보다 아끼는 건 자네보다 내가 더할 걸세."

충성심으로 현의 곁에서 물러나길 거부하는 젊은 내관을 일산이 부드러이 타일렀다. 현 역시 그러하라는 뜻으로 고개를 끄덕였다.

하여, 젊은 내관은 그대로 물러날 수밖에 없었다.

"여기 중문 앞에 있겠사옵니다. 저하, 만약에 무슨 일이 있으시거든……."

"알았다. 너를 부르마."

"예, 저하."

내관이 얼른 안채 중문 밖으로 나갔다.

"이 방입니다."

재빨리 마루 위에 올라선 일산이 슬며시 방문을 열었다. 현은 이유도 없이 갑자기 격하게 소용돌이치는 가슴을 진정시키기 위해서 손으로 가슴께를 누르며, 성큼 방문 안쪽으로 한 발자국 들어섰다.

"어떠십니까?"

현의 뒤를 이어 방 안으로 들어온 일산이 방 한가운데 우뚝 선 현의 눈치를 살피며 물었다.

현은 눈도 깜짝이지 않고 누워 있는 여인의 모습을 보고 또 보았다. 여인은 어딘가 많이 아픈 모양이었다. 미간은 찌푸려져 있었고, 뺨은 열로 붉게 상기되어 있었다.

"하아…… 하아……."

내쉬는 숨 또한 고르지 않았다.

조금 전까지 열을 식히고 있었던지 턱 밑까지 이불을 덮고 있는 여인의 이마 위에는 물수건이 올려 있었고, 그런 여인의 머리맡에는 찬물이 담긴 놋대야와 빈 탕약그릇이 놓여 있었다.

"저하께서 꿈에서 본 여인이, 이 여인이 맞사옵니까?"

일산이 다시 한 번 현에게 물었다.

"아, 하긴 눈을 감고 있으니 제대로 알아보시긴 힘드실……."

스웃. 현이 혀를 차는 소리를 내며 손을 올렸다. 조용히 하라는 뜻이었다.

그러면서도 두 눈은 당이에게 못 박혀 조금도 움직일 생각을 않았다.

당이에게 몰두한 그 모습에 일산의 입가에는 희미한 웃음이 떠올랐다. 해서 일산은 일부러 슬그머니 방 밖으로 나갔다.

탁. 현의 등 뒤에서 조심스럽게 방문이 닫히는 소리가 났다.

그제야 방 한가운데에 서서 꼼짝도 않고 있던 현이 무엇에 홀린 것 같은 얼굴로 누워 있는 여인에게 가까이 다가가 앉았다. 가만히 손을 뻗어 여인의 이마에서 코, 턱에 이르기까지 얼굴의 선을 따라 천천히 손가락을 움직였다. 조금도 닿지 않았다. 그저 오래전부터 꿈에서 보아온 여인과 같은 여인이 맞는지, 자신이 잘못 본 건 아닌지 꼼꼼히 확인하기 위해 얼굴 위를 덧그린 것뿐이었다.

그때였다. 내내 감고 있던 여인의 눈꺼풀이 살그머니 들어 올려졌다.

'헉!'

순간 놀라 저도 모르게 풀쩍 물러나 앉는 현을 본 여인의 무표정한 얼굴에는 금세 화사한 미소가 번졌다.

"당신이네요."

꽃잎처럼 살며시 중얼거린 여인이 힘없이 팔을 들어 현을 향해 뻗었다.

'일으켜 달라는 뜻인가?'

현은 머뭇머뭇 여인에게로 가까이 다가앉았다. 차마 내민 손은 잡지 못하고 내민 팔꿈치를 잡아 일어나는 걸 도우려 하였다.

"으읏!"

현은 눈앞이 아찔해졌다. 숨이 멎을 것만 같았다. 여인이 갑자기 현의 목에 날씬한 두 팔을 둘러왔기 때문이었다.

"당신을 기다리는 동안 꿈을 꿨어요."

여인의 꽃잎 같은 속삭임이 현의 귓가에 와 닿았다. 머리가 어질어질해질 정도로, 지나치게 달콤한 복숭아 향기를 머금은 속삭임이었다.

눈을 뜨기 직전까지 당이는 한창 기분 좋은 꿈속에 빠져 있었다. 꿈에서 당이는 아주 오래전에 겪었던 일을 되풀이하고 있었다.

정말 아주 오래전, 아직 아버지 홍 선달이 살아 있을 즈음의 꿈이었다. 그 꿈속에서 당이는 조그만 계집애일 뿐이었다. 밥상 앞에 앉아 아버지에게 이런 저런 수다를 떠는 것이 너무도 행복한 작은 계집아이였다.

"아버지, 아버지! 저요, 오늘도 그 아일 봤어요."

"으응? 누굴 봤는데?"

"있잖아요, 그게……."

"애, 당아! 아침 먹는데 웬 계집아이가 이렇게 말이 많니? 밥상머리에서 떠들면 복 나간다고 몇 번을 말해?"

용이를 품에 안은 채 그 입에 일일이 밥술을 넣어주다 말고, 당이 어머니가 당이를 나무랐다.

"좀 조용히 좀 하렴. 난 아침부터 네가 떠드는 소릴 들으면 머리가 다 아프다니까?"

"여보오."

어머니의 꾸중에 금세 기가 팍 죽어, 고개를 숙이는 당이를 딱하게 본 당이 아버지 홍 선달이 아내 송씨 부인을 부드럽게 만류하였다.

"모처럼 다 함께 맞는 아침상이니 좋아 그러는 게 아니오. 너무 나무라지 마시오. 그래, 당아. 누굴 봤다고?"

홍 선달은 당이가 제일 좋아하는 두부부침을 당이의 숟가락 위에 놓아주며 다정하게 물었다. 그런데도 당이가 연신 제 어머니의 눈치를 보며 입술만 달싹거리자, 그 모습이 귀여워 못 견디겠다는 듯, 당이의 동그란 뒤통수를 몇 번이고 쓰다듬어 주었다.

"아비에게 말해보렴. 누굴 보았다고?"

"……그 도령이요. 빨강이랑 검정이 섞인 푸른색(아청색) 비단옷을 입고, 동그란 모자 같은 걸 쓴 도령이요. 이번에도 꿈에서 그 도령을 보았어요."

"그래, 꿈에서 그 도령이 무어라 하더냐?"

"울었어요. 너무 애처롭게 엉엉 울고 있더라고요. 어찌나 그 모습이 슬프던지 저도 눈물이 다 나던걸요?"

"그래? 그리고 또?"

"그래서 울지 마라 하고 달래주고 안아주려고 그 도령에게 다가가는데, 시커먼 짐승 한 마리가 나타나서 제 손등을 콱! 물지 뭐예요. 그런데 진짜 신기한 건요. 그……."

"당아!"

눈을 동그랗게 뜨고 자못 신기하다는 듯 지난밤의 꿈 이야기를 계속하는 당이의 말을 당이 어머니가 가로챘다.

"그런 걸 개꿈이라고 하는 거야. 알겠니? 그러니 이제 좀 조용히 하고 밥이나 먹어."

"어머니, 진짜 재미있는 건 지금부턴데요. 그 새카만 짐승이요……."

"싫어. 이제 그만 먹을래."

계속 이야기를 하려던 당이는 어미 품에서 밥투정을 하며 발버둥을 치기 시작한 용이 때문에 다시 입을 다물 수밖에 없었다.

"용아, 그러지 말고 요것만, 딱 요것만 더 먹자. 너 너무 안 먹었잖니."

"그래서요……."

용이를 달래느라 정신이 없는 어머니를 두고 당이는 언제나처럼 따뜻하고 진지한 눈빛을 보여주는 아버지 홍 선달에게 제 지난밤의 꿈 이야기를 계속하려 하였다.

"제가 그 새카만 짐승을……."

"용아!"

"싫어어어! 싫다고!"

"착하지, 우리 아들? 용아!"

용이와 어머니의 실랑이는 한층 더 심해졌다. 어찌나 소란스러운지 도저히 당이가 제 이야기를 계속할 수 없을 정도였다. 결국 당이는 낙담하여 고개를 푹, 숙이고 말았다. 그런 당이의 작고 동그란 머리를 아버지 홍 선달이 다정히 쓰다듬어주었다.

"아무래도 오늘은 때가 아닌가 보다. 그렇지?"

"……네에."

"다음에, 다음에 또 같은 꿈을 꾸면 그땐 아비에게 자세히 들려주려무나. 응?"

"네에……."

당이는 순하게 고개를 끄덕였다.

"흐응. 있잖아요."

자신이 연모하는 사내의 목에 손을 두른 채, 아직도 몽롱한 눈을 하고, 꿈 속의 일을 되짚는 당이의 입가에 작은 미소가 떠올랐다.

"내 꿈인 줄 알았는데, 당신 꿈을 꿨어요. 아니, 우리 꿈이에요. 그거 알아요? 아주 어렸을 때도 난 당신 꿈을 꿨어요.”

준형의 목을 껴안고 당이는 제 기쁨을 반가움을 나누려 하였다.

“신기하지 않아요? 그렇게 오래전부터 내가 당신을 알았다는 게?”

“……신기해.”

답을 하는 준형의, 준형이 아닌 다른 사람일 리 없는 남자의 목소리는 작게 떨리고 있었다. 목소리만이 아니었다. 당이가 끌어안고 있는 남자의 몸도 작은 떨림을 전해주고 있었다.

“왜요? 왜 떨고 있어요?”

당이는 준형의 얼굴을 똑바로 보기 위해 준형의 목을 감고 있는 팔을 풀고 조금 몸을 떼려 하였다. 그 순간 핑하고 현기증이 일면서 당이의 눈앞이 하얘졌다. 거짓말처럼 다시 순식간에 정신을 잃고 말았다.

“낭자? 왜 이러는 게요? 낭자!”

갑작스레 저를 안는가 싶더니, 어느새 힘없이 제 품에 축 늘어진 당이를 안고 현이 다급하게 소리를 질렀다.

“외숙! 외숙!”

“저하!”

현의 화급한 부름에 일산이 얼른 방문을 열고 들어왔다. 놀란 빛을 감추며 얼른 정신을 잃고 있는 당이의 상태를 살폈다. 제 자신이 의원이기라도 하듯, 능숙한 솜씨로 눈꺼풀을 까뒤집어 살피고 가느다란 손목을 잡아 맥을 짚었다. 그때마다 현의 미간에는 가는 주름이 새겨졌다. 지금의 상황을 다 알고는 있었지만, 그럼에도 불구하고 일산이 제가 안고 있는 여인의 몸에 스스럼없이 손을 대는 것을 불쾌하게 여긴 것이다.

“후우. 괜찮습니다. 곧 안정될 것입니다.”

당이를 살핀 일산이 물러나 앉아 한숨을 돌렸다. 그러고선 아무 생각 없이 그저 당이를 이부자리에 눕히려고 손을 뻗었지만, 현이 당이를 껴안은 채 몸을 돌려 일산의 손길을 피했다.

"저하?"

"말씀해보세요. 외숙은 이 여인을 어떻게 아는 겁니까? 이 여인에게 무슨 짓을 한 겁니까?"

현의 입에서 으드득, 어금니를 가는 소리가 났다. 일산을 보는 눈은 난생 처음으로 경계심과 분노로 파랗게 타오르고 있었다.

'호오.'

현이 보여주는 뜻밖의 모습에 일산의 눈빛이 복잡하게 빛났다. 지금 세자 현이 보여주는 모습은 몇 시진 전, 바로 이 방에서 준형이 보여준 모습과 한 치도 다르지 않았다. 옷만 바꿔 입은, 한 사람처럼 여겨질 정도였다.

"외숙, 말씀하세요. 도대체 이 여인을…… 어떻게 한 겁니까?"

"후후훗. 저하가 많이 노여우신 모양입니다."

"외숙!"

"답하기 전에 한 가지 확인할 것이 있습니다. 그 여인이 저하가 꿈에서 본 그 여인이 맞습니까? 물가에서 짐승과 함께 있던 여인이 맞습니까?"

현은 입을 다물고, 놀라운 눈으로 일산을 보았다. 어떤 여인을 꿈에서 보았다는 얘기는 일전에 하였지만, 그 여인과 검은 짐승이 함께였다는 이야기는, 늘 물가에 있는 여인의 꿈을 꾸었다는 이야기는 한 적이 없었다.

그런데 일산은 어떻게 그 모든 걸 아는 걸까? 어떻게 이 여인이 그 여인인 줄 안 걸까? 놀랍고 궁금하여 입이 떼어지지가 않았다.

"답이 없으신 걸 보니 맞는 모양이군요. 그럼 오늘 밤 이 여인이 혼절한 이유는 순전히 제 탓만은 아닐 겁니다."

"그럼?"

"저하의 탓도 있으시다는 거지요."

현은 여전히 영문을 알 수 없었다. 자신 때문에 이 여인이 혼절을 하였다니? 이건 또 무슨 말인가?

"지금은 그저 이 모든 게 예정된 수순이라는 것만 알아두시면 되옵니다.

허니 일단은 그 여인을 자리에 눕혀주시지요."

"……아니. 이 여인을 궐로 데려갈 겁니다."

현이 당이를 품에 안은 채, 자리에서 일어섰다. 그 모습은 바로 며칠 전에 크게 앓아 일어나 앉아 있을 기운도 없던 세자의 모습으로는 보이지 않았다. 어릴 때부터 늘 연약한 몸으로 온 궁궐의 사람들을 걱정시킨 세자의 모습으로도 보이지 않았다. 지금 일산의 눈에 비친 현의 모습은, 준형이나 다름없었다. 제 반려를 지키려는 한 마리 늑대와 다름없어 보였다.

"저하께서는 그 여인의 이름도 모르시지 않습니까?"

"상관없습니다."

일산을 뒤로하고 현은 당이를 안은 채 방문으로 가까이 다가갔다.

"그 여인이 어느 집안의 여식인지는 아시옵니까?"

"지금은 아무 생각 하지 않을 것입니다."

현이 방문을 열었다. 그리고 막 밖으로 한 발을 내디뎠을 때였다.

"그 여인이 이미 임자가 있는 몸이라면요? 이미 정혼한 상대가 있다면 어찌하시려고 이러십니까?"

현의 마음을 떠보기 위해 일산이 물었다. 그제야 현이 뒤돌아 멍청하기 그지없는 질문을 한 제 외숙을 보았다.

"이 여인에게서 물러서라, 포기하라, 겁박하고 위협할 것입니다. 이 나라의 세자로서 내가 가진 권세를 마음껏 이용할 것입니다. 그래도 가질 수 없다면, 그 상대를 죽여야 가질 수 있는 여인이라면 기꺼이 내 손에 피를 묻힐 것입니다."

"그래요? 하하하하!"

일산이 통쾌하다는 듯 너털웃음을 지었다.

"외숙, 나는 농을 하는 것이 아닙니다."

"되었습니다. 저하의 결심이 그 정도시라면, 되었습니다."

"무엇이요?"

"그 여인을 정식으로 저하의 여인으로 궁에 들여보내겠나이다. 그러나 지금 당장은 곤란하니 그 여인을 데려가겠다는 말씀은 물러주시지요."

"외숙, 내가 그 말을 들을 것 같습니까?"

현이 어림도 없다는 듯, 눈 아래로 일산을 내려다보며 말했다. 평소의 현 답지 않은 거만하고 차가운 눈빛이었다. 평소의 세자답지 않은 성급하고 뜨 거운 눈빛이었다.

"들으시게 될 것입니다. 생각해보세요, 저하. 지금 저하께서 이 여인을 데 려다 무엇을 할 수 있겠나이까? 어찌어찌 하룻밤 품는 것은 가능하실지도 모르지요. 운이 좋으면 어찌어찌 두어 달 곁에 두실 수도 있겠지요."

그게 뭐, 별거냐는 듯 일산이 어깨를 으쓱하였다.

"하지만 정식 절차를 밟지 않고 궁에 들인다면 저하께서는 결코 이 여인 을 평생의 반려로 곁에 두실 수 없으실 겁니다."

'반려!'

일산의 말을 듣는 순간, 현의 온몸이 빳빳하게 굳었다. 한겨울 맨몸으로 차가운 계곡물을 뒤집어쓴 것 같았다.

'평생의 반려!'

일산이 내뱉은 말을 곱씹으며, 품에 안고 있는 여인을 내려다보았다. 열 때문에 얼굴이 상기되어 숨도 고르지 못한 여인을 내려다보았다.

'반려! 당신이 나의 반려!'

현은 이제야 알 것 같았다. 품 안의 여인이 누구인지, 자신에게 어떤 의미 인지, 왜 자신이 그동안 꿈에서 이 여인을 보아온 것인지, 이 여인을 그리워 한 것인지 확연하게 알 것 같았다.

반려였다.

이 여인이 진짜, 현에게 운명 지어진 반려였다. 현이 평생 찾아 헤맨, 평생 연모하고 그리워한 단 하나뿐인 반려였다.

"자, 저하. 그러니 이제 그 여인을 내려놓으시고……."

일산은 현의 얼굴을 보고 현이 자신의 뜻에 수긍하게 될 것을 알았다.

"이 여인의 이름은 무엇입니까?"

"팥배나무 당 자, 그러니까 해당화 할 때의 당 자를 외자 이름으로 쓰고 홍씨 성을 가진 낭자이옵니다."

"홍당이라. 여인의 아비는 무얼 하는 자입니까?"

"이미 오래전에 죽고 없는, 출사하지 못한 일개 선비였습니다."

"다른 가족은요?"

"어미와 역시 출사하지 못한 남동생 하나가 있습니다."

현은 여전히 당이를 안은 채로, 한참 동안 당이의 모습을 보고 서 있었다. 맑은 성품을 보여주는 반듯한 이마에서 그다지 높지 않지만 고집스럽게 솟은 오뚝한 콧대와 유난히 붉은 입술까지 눈 안에 새겨 넣을 듯이 꼼꼼히 보고 또 보았다.

"외숙……."

길고 긴 시간이 지난 다음에야 현이 천천히 당이에게서 눈길을 돌려 일산을 보았다.

"예, 저하."

"아무래도 안 되겠습니다."

"예? 무슨 말씀이신지?"

"지금 데려가야겠습니다. 이젠 이 여인을 놓아줄 수 없을 것 같아서요."

일산은 잠시 말을 잊고 조카이자 세자인 현을 보았다. 세자가 분명 어떡하든 반응하리라 예상은 했지만, 이토록 금방 당이에게 집착하게 될 줄은 몰랐기에 일산은 새삼 놀라는 중이었다.

"뭐……. 저하의 뜻이 그러하시다면 하는 수 없지요."

일산은 또다시 어깨를 으쓱하였다. 그러고선 얼른 당이를 안고 있는 현을 앞질러 방을 나가려 하였다.

"곧 낭자를 태우고 갈 가마를 준비시키겠습니다."

"아니. 필요 없어요. 이대로 제가 안고 갈 것입니다."

잠시라도 당이와 떨어질 수 없다는 듯, 단호한 현의 모습에 일산은 잠시 쓴웃음을 지은 뒤 현이 지나갈 수 있도록 순순히 방문 앞에서 비켜났다.

"바래다주지 않으셔도 됩니다."

올 때 그러하였듯이 얼굴을 가리기 위해 갓을 깊숙이 눌러쓴 현은 일산의 집 대문 앞에서 일방적으로 일산에게 작별인사를 하였다. 그런 현의 품에는 양씨 부인의 쓰개치마를 이불인 양 덮고 있는 당이가 안겨 있었다.

"저하, 그럼 저는 내일 아침 일찍 찾아뵙겠나이다."

"그러시든가요."

현은 퉁명스럽게 일산의 인사를 받아넘긴 뒤 아까부터 놀란 기색을 감추지 못하고 있는 젊은 내관에게 짧게 명했다.

"앞장서라."

"예, 저하."

젊은 내관이 들고 있던 등롱으로 현의 발 앞을 비추기 위해 먼저 현의 앞으로 나섰다. 그 불빛을 의지하며, 현은 조금도 힘든 기색 하나 없이 당이를 안은 채 밤의 어둠 속으로 성큼성큼 걸음을 옮겼다.

"……어쩌시려고, 이리 일을 크게 만드십니까?"

세자의 뒷모습이 멀어진 뒤에야 일산의 곁에서 얌전히 침묵을 지키고 있던 양씨 부인이 일산에게 물었다.

"그 낭자가 저하의 반려가 맞는지만 확인하겠다고 하시지 않으셨습니까?"

"세상일이란 게 본디 마음먹은 대로 돌아가지는 않는 법이지요. 꿈에도 그리던 짝을 만났으니, 한시도 떨어지기 싫어하는 그 마음을 모르는 것도 아니고요."

"당장 새벽에 올 그 공자에겐 뭐라고 하시려고요? 또 소빈마마께는요? 하아. 정말 이해가 안 갑니다. 서방님답지 않게 너무 무리하게 일을 벌이고 계시지 않습니까?"

일산은 자신의 부인이 지극히 당연한 걱정을 하고 있는 것을 알았다. 자신 또한 부인의 생각과 다르지 않았다. 준형은 분명 미친 듯이 화를 낼 것이고, 자신을 죽이려 들 것이었다. 누이인 소빈 또한 자신의 허락 없이 함부로 일을 벌인 것에 대해 크게 노하고 책망할 것이 분명하였다.

그런데도 지금 일산은 그 모든 것이 별로 걱정되지 않았다.

즐거웠다. 유쾌했다. 호기심이 일었다. 미친 듯이 궁금하였다.

서로가 반려라고 믿고 있는 한 여인을 차지하기 위해 자신의 두 조카가 어떻게 나올지, 어떻게 겨루고 어떻게 결판을 낼지 심히 궁금하였다.

누가 이기는지 보고 싶었다. 누가 진짜 당이의 반려인지 보고 싶었다. 무모하고 위험한 일인 줄 알면서도, 일산 안에 있는 늑대의 본능이 자꾸만 궁금해하였다. 더 강한 늑대가 누구인지. 일산이 복종하고 따라야 할 진짜 우두머리는 누구인지. 알고 싶어 견딜 수가 없어졌다.

'준형아, 지금 네 여인이 다른 사내에게 안겨 가고 있구나. 너는 이제 어찌할 것이냐?'

"저, 저하!"

현의 발 앞을 등롱으로 비추며 걸어가고 있던 젊은 내관이 갑자기 목소리를 죽여 현을 불렀다. 내내 자신이 안고 있는 당이에게만 온 신경을 쓰고 있느라 현은 젊은 내관이 자신을 부르는지도 몰랐다.

그러자 젊은 내관이 조금 더 목소리를 키워, 현을 불렀다.

"저하! 괴, 괴물, 괴물입니다!"

그제야 앞을 본 현은 제 눈을 의심하였다. 새카만 털을 지닌 커다란 짐승 하나가 젊은 내관의 앞에 떡하니 버티고 있었다.

"크르르르"

검은 짐승의 등이 낮게 가라앉았다. 험악한 눈빛을 빛내고 있는 짐승의 고개는 조금 앞으로 빠졌다. 그 모습이 무엇을 뜻하는지는, 이제껏 사냥 한 번 안 나가본 젊은 내관도, 현도 알 수 있었다.

덤벼들 준비를 하는 것이었다. 자신들을 덮쳐 목을 물어뜯을 준비를 하고 있는 것이었다.

제11장. 집착

빨리 가.

준형은 좀처럼 희미해질 생각을 않는 밤의 어둠을 향해 명했다.

빨리 져. 지고 말아.

여느 보름날보다 훨씬 더 크고 선명한 빛을 발하는 달에게도 명했다.

밤이 물러나고, 달이 져야 준형은 당이에게 갈 수 있었다.

징그럽고 저주스러운 짐승의 탈을 벗고 당이를 데리러 갈 수 있었다.

해서 준형은 까마득한 절벽 위에서 보이지도 않는 일산의 집 쪽을 향해 앉은 채 오직 시간이 흐르고 또 흐르기만을 기다리고 있었다.

'응?'

그런데 왜일까?

내내 고요히 숨죽여 밤이 지나기를 기다리고 있던 준형의 등골이 오싹해졌다. 무슨 까닭인지도 모르는데 미친 듯 불안해졌다.

'왜지? 왜 이러는 거지?'

사실은 오래 궁금해할 필요도 없었다.

준형을 이렇게 놀라게, 이렇게 불안하고 무섭게 할 사람은 세상에 단 한 명밖에 없었으니까.

'무슨 일이 있는 것이야!'

준형은 그대로 일산 집을 향하여 달음박질하기 시작하였다. 몸이 변한 후에 도성의 길거리에 나타나서는 안 된다는, 순라꾼들에게 들키고 말 것이라는 생각 따윈 이미 머릿속에 존재하지 않았다.

"크르르르르!"

당이에게, 그녀에게 무슨 일이 있는 게 분명한데 앉아서 기다릴 수는 없었다. 하여 단숨에 일산의 집 근처까지 갔을 때, 준형은 제 불안함의 이유와 맞닥뜨렸다.

커다란 갓으로 얼굴을 가린 사내가 당이를 안고 어딘가로 가고 있었던 것이다.

"크르르르!"

준형은 분노로 눈을 빛내며 등을 가라앉혔다. 놈들을 죽이고 당이를 되찾아오기 위해서였다.

"저, 저하! 제 등 뒤에 바짝 붙어 서십시오."

검은 털의 짐승이 당장이라도 달려들 듯한 기세를 보이자, 젊은 내관은 얼른 현의 앞을 가로막고 나섰다.

"이 괴, 괴물! 당장 썩 꺼, 꺼지지 못할까? 훠이! 훠이이!"

젊은 내관은 한 손으론 들고 있는 등롱을 요란스레 휘두르며, 다른 한 손으로는 허리춤을 더듬어 긴 칼을 꺼내 들었다.

번쩍, 새파랗게 날이 선 칼이 밝은 달빛을 반사했다. 바로 그때를 기다리기도 한 것처럼 검은 털을 가진 거대한 몸집의 짐승이 젊은 내관을 향해 몸을 날렸다.

"네 이노옴!"

젊은 내관이 재빨리 칼을 휘둘렀다. 하지만 칼은 그 어느 것도 베거나 찌르지 못했다. 새카만 털의 짐승이 공중으로 훌쩍 뛰어 올라 젊은 내관의 키를 뛰어넘음과 동시에 어마어마한 힘을 지닌 뒷발로 내관의 등을 세게 걷어찬 때문이었다. 그 결과, 젊은 내관은 "억!" 하는 비명과 함께 등롱과 칼을 든 채 철퍼덕, 앞으로 꼬꾸라지고 말았다.

"크르르!"

"다가오지 마라!"

현은 재빨리 뒤로 돌았다. 어느새 등 뒤로 가 있는 검은 짐승과 상대하기 위해서였다. 내관이 떨어뜨린 등롱은 그 빛이 꺼졌지만, 달빛이 사납게 이를 드러내고 있는 검은 짐승의 모습을 고대로 보여주고 있었다.

"네 어찌 한낱 미천한 미물 따위가 사람 사는 곳에 나타나 감히 사람을 해치려 드느냐! 명하노니, 당장 썩 꺼지지 못할까!"

떨리는 마음을 감추고 현이 검은 짐승을 향해 소리쳤다. 그런 현의 등 뒤에서는 젊은 내관이 어떻게든 몸을 일으키려고 칼로 땅을 짚은 채 안간힘을 쓰고 있었다.

"크르르!"

준형은 사납게 으르렁거렸다. 눈앞의 사내를 도저히 용서할 수가 없었다.

한낱. 미천한. 미물. 자신을 그리 모욕적인 말들로 칭하는 것도 용서할 수가 없었지만, 당이를 안고 있는 지금의 모습이 더 용서되지가 않았다.

눈이 뒤집혔다.

'당장 내려놔!'

준형은 사내에게 성큼 다가서며 위협적으로 눈을 빛냈다. 기꺼이 죽일 수도 있을 것 같았다. 그런데도 갓으로 얼굴이 가려져 있는 사내는 한 발자국도 꿈쩍하지 않았다.

성큼, 한 발 더 가까이 다가갔다. 또다시 등을 낮추고, 사내의 목만 뚫어지게 보았다. 단숨에 덤벼들어 그 목을 물어뜯어놓을 생각이었다.

감히 자신에게서 당이를 빼앗아갈 생각을 한 죗값을 톡톡히 받게 할 참이었다.

"크와아아아아악!"

사나운 포효와 함께 드디어 준형이 몸을 날렸다.

순간, 갓을 쓴 사내는 반사적으로 몸을 낮추어 스스로와 당이를 보호하였다. 그 바람에 의도치 않게 현을 뛰어넘어버린 준형은 사뿐히, 무게가 느껴지지 않는 가벼운 몸놀림으로 내려앉은 뒤 다시 그대로 비호처럼 몸을 날려 사내에게로 덤벼들었다. 앞뒤 아무것도 가리지 않았다. 오직 사내의 목만 노렸다. 하여 이번에야말로 준형의 날카로운 이빨이 사내의 목에 가 닿으려 할 때쯤이었다. 달빛 아래 훨씬 더 민감해진 준형의 귀에 푸욱, 무언가를 깊숙이 찌르는 소리가 들려왔다.

"크아아아!"

"으아아악!"

한 마리의 늑대와 한 사람의 입에서 동시에 밤하늘을 찢을 듯한 비명이 터져 나왔다. 칼로 옆구리를 찔린 고통을 못 이겨 준형이 땅바닥에 뒹굶과 동시에 현 또한 당이를 안고 뒤로 벌러덩 나자빠진 후 고통스럽게 몸을 구부렸다. 이 모두가 준형의 습격에서 간신히 몸을 일으켰던 젊은 내관이 제가 지니고 있던 긴 칼로, 현에게 덤벼들려고 하는 준형의 옆구리를 찔러버린 때문이었다.

"헉헉…… 네 이놈!"

젊은 내관이 고통을 못 이겨 바닥에 나뒹구는 준형을 향해 다시 한 번 칼을 휘두르려 할 때였다.

"으으…… 으으윽!"

내관의 눈에 바닥에 나뒹구는 짐승 바로 곁에서 칼에 찔린 짐승 못지않게, 아니 짐승보다 훨씬 더 고통스러워하는 세자의 모습이 들어왔다.

"저, 저하!"

내관이 얼른 현에게 달려들어 여전히 현이 안고 있는 여인을 밀쳐낸 뒤, 얼른 현의 온몸을 샅샅이 훑었다.

"물리셨습니까? 다치셨사옵니까? 저하! 저하!"

"으윽, 으아아악!"

내관이 현의 몸을 흔들 때마다 현의 입에선 찢어질 듯한 고통스러운 비명이 새어 나왔다.

"저하! ……핫!"

"크르르르!"

다시 내관이 세자의 안위를 살피려는 찰나, 내관은 등 뒤에서 들려오는 심상찮은 으르렁 소리에 얼른 뒤를 돌아보았다. 거기엔 옆구리에서 피를 흘리고서도 공격 의지를 잃지 않은 검은 짐승이 눈을 빛내며 몸을 일으키려 하고 있었다.

'이런! 괜히 더 놈을 자극하고 말았잖은가.'

낭패였다. 원래 위험한 짐승일수록 빠르게 그 명줄을 끊어놔야만 했다. 섣부르게 상처만 입히면 오히려 짐승을 더욱 사납게 만들 뿐이었다. 실제로 젊은 내관의 앞에서 눈을 부라리고 있는 짐승의 눈빛 또한 조금 전보다 한결 더 위험하게 빛을 내고 있었다. 분명한 살기를 드러내고 있었다.

'안 되겠다. 이러다가는 저하가 더 크게 다치실 수도 있어!'

젊은 내관은 얼른 세자 현을 둘러업었다. 다른 선택 사항이 없었다. 내관은 얼른 세자를 데리고 이 위험한 자리를 피해야만 했다.

"안 돼……! 으윽…… 낭자! 낭자도!"

현은 자신을 업고 뛰기 시작한 내관에게 당이를 데려가야 한다고 외쳤다.

하지만 세자저하를 보호해야 한다는 사명감에 불타는 젊은 내관에겐 어림도 없는 소리였다.

"용서하시옵소서, 저하! 지금은 저하의 안전이 먼저이옵니다!"

"웃…… 안 된다. 멈춰라. 당장…… 멈춰……. 낭자, 낭자!"

현은 뒤에 남겨 놓은 여인을 향해, 제 평생의 반려를 향해 급히 손을 내저었다. 하지만 현의 마음을 알 리 없는 젊은 내관은 무정하게도 걸음만 더 빨리하여 궁궐을 향해 뛰어갈 뿐이었다.

"헉…… 허억……."

준형은 여전히 의식이 없는 당이를 업은 채, 익숙한 산길을 거슬러 올라가고 있었다. 그 동굴에 갈 참이었다. 당이와 가장 행복했던 그 동굴.

"크으읏!"

거칠게 출렁이는 준형의 옆구리에선 계속 뚝뚝 피가 떨어지고 있었다. 어찌나 피를 많이 흘린 것인지 준형의 눈앞은 자꾸만 새하얗게 변하려 하고 있었다. 그 때문에 당연히 당이를 업고 가는 걸음도 느렸다. 자꾸만 중간에 발이 멈추고 말았다. 제 의지와는 상관없이 자꾸 풀썩, 풀썩 다리가 꺾이고 있었다. 산길을 오르는 중간 땅바닥에 고개를 처박기도 수차례였다.

"하아…… 하아……."

숨을 쉬는데도, 쉰다고 쉬는데도 자꾸만 가슴이 답답하였다. 숨이 부족하였다. 결국 준형은 목적한 동굴을 코앞에 두고, 눈에 익은 계곡 앞에서 풀썩, 쓰러지고 말았다.

"차라리 죽거라!"

그때, 동궁전의 마당 한쪽 구석에서는 감 내관이 젊은 내관의 목에 시퍼런 칼을 들이미는 중이었다.

"네 목숨을 걸고서라도 저하를 지키라 하였다. 네놈 따위 죽든 말든 저하는 무사히 돌아오셨어야 했단 말이다."

"주, 죽여주십시오, 감 내관 어른. 소, 소인이 다 자, 잘못하였습니다."

"무슨 일이 있었느냐? 하나도 빼놓지 않고 고스란히 고하라."

"그, 그것이……."

얼이 빠진 채 의식을 잃은 세자를 업고 환궁했던 젊은 내관은 여전히 떨리는 몸을 주체하지 못하고 있었다. 감 내관이 들이민 칼이 무서워서가 아니었다. 궁에 돌아오고 나니 이 밤, 자신은 물론이요, 세자저하께서 죽을 뻔하였다는 사실이 새삼 실감 나 덜덜덜 몸이 떨려왔다.

"……그래서 그 짐승이 또다시 덤벼들려 하여 급히 저하를 업고 도망쳐올 수밖에 없, 없었습니다."

"이상도 하구나……."

젊은 내관이 고하는 이야기를 다 듣고 난 후, 감 내관이 낯을 찌푸렸다.

"그런 소란이 일어났는데도 어찌하여 순라꾼들이 나타나질 않은 것이냐? 도성 한가운데에서 낯선 짐승이 사람을 덮치는데, 순라꾼들이 아무도 나타나지 않았다고?"

"그러게 말입니다. 관졸들 몇만 더 있었어도 그놈의 짐승한테 그렇게 당하진 않았어도 되었을 것을. 흐흐흑."

관록 있는 노내관의 귀에 젊은 내관이 억울함에 눈물을 뚝뚝, 흘릴 때였다. 세자가 누워 있는 침전의 방문이 열리고 의원이 나오는 소리가 들렸다.

"네놈은 가서 오늘 밤, 문지기를 섰던 자들의 입단속을 시키고 오너라."

감 내관이 젊은 내관의 목에서 칼을 거둬들이며 명을 내렸다.

"아무도 오늘 밤의 일에 대해서는 몰라야 한다. 알겠느냐?"

감 내관이 따로 말하지 않았지만, 그 '아무도'가 중전과 영천군을 말하는 것임은 너무도 분명하였다.

"예…… 흐윽. 예, 감 내관어른."

젊은 내관이 얼른 눈물을 닦고, 아직도 후들거리는 다리를 움직여 문지기들에게로 뛰어갔다. 여전히 낯을 찌푸린 채 그런 젊은 내관의 뒷모습을 보다 말고 감 내관은 이제 마당으로 내려서는 의원에게로 가까이 다가갔다.

"정말 아무렇지도 않으십니까?"

의원이 무겁게 고개를 끄덕였다.

"다행입니다."

늙은 내관이 크게 한숨을 쉬었다. 좀 전에 급히 동궁전에 불려온 의원은 세자의 몸에 아무런 변고가 없다 하였다. 그런데도 세자가 워낙 고통을 하소연하며 연신 비명을 지르는 바람에 의원은 급히 심신의 진정을 돕는 탕약을 달여 와 세자에게 마시게 한 참이었다.

"글쎄, 다행이라 할 수 있을지."

"무슨 뜻입니까?"

"감 내관도 아시지 않소? 벌써 이 궁궐 안에는 세자저하가 신병이나 심병이 아닐까 숙덕거리는 자들이 적지 않소이다. 헌데 이번에도 저하께서는 아무 상처도 없이 저리 생으로 앓고 계시지 않소이까?"

그랬다. 세자는 동궁전에 당도할 때 고통에 거의 혼절한 모습이었던지라 동궁전 사람들 모두를 죽을 만큼 놀라게 하였다. 온몸에는 비 오듯 땀을 흘리고 있었고, 거칠게 내뱉는 숨에도 곳곳에 고통의 흔적이 역력하였다.

조금 의식을 회복한 뒤에도 옆구리가 아프다며, 불타듯 뜨겁다며 이불 위에서 데굴데굴 굴렀을 정도였다. 지켜보고 있는 자들이 오히려 더 아파질 정도로 고통스러워하는 모습이었다.

그런데 아무리 찾아도 세자의 몸에는 작은 상처 하나 없었다. 혹시 보이지 않는, 응혈이라도 생긴 게 아닌가 하여 의원이 샅샅이 살폈지만 작은 멍 하나 보이지 않았다.

"내 의원 생활을 수십 년을 하였지만 이런 경우는 없었소. 상처 없는 고통이라니. 상처가 없는데 죽을 만큼 아파하시다니, 도저히 이해가 가지 않는단 말입니다."

"무슨 일인지 제가 알아보겠습니다."

연신 고개를 갸웃거리는 의원에게 감 내관이 단호한 어조로 말했다.

"저하께서 귀신에 씌거나 머리가 어떻게 되신 게 아니라는 것을 저는 압니다. 제가 가장 잘 압니다. 그러니 저하께서 왜 저리 이유 없이 아파하시는지는 제가 밝혀내겠습니다. 그러니!"

"알았소. 내 이 밤의 일은 절대 함구토록 하겠소."

의원은 감 내관에게 단단히 약속을 해주었다. 목숨이 아까우니 절대 이 밤의 일에서는 아무에게도 말하지 않으마, 굳은 맹세를 해주었다.

하지만 그럼에도 불구하고, 또다시, 당연한 일인 양 세자의 잠행과 그 이후 나타난 이상한 병증에 대한 이야기는 아침이 오기 전에 이미 온 궁궐에 파다하게 퍼지고 말았다.

"들으셨어요? 세자저하가 밤에……."

"이거 여간 걱정이 아닐세. 전하께서 저리 누워 계시는데 저하마저 저러시니……."

"도대체 이게 다 무슨 일일까요? 전하가 쓰러지시고, 소빈마마도 앓고 계신데, 이제는 저하마저!"

"어휴. 다음엔 또 무슨 일이 벌어질지 무섭기까지 합니다."

입 가진 자들은 모두 세자의 일을 걱정하였다. 그러면서도 모두들 똑같은 생각을 하고 있었다. 어쩌면 세자저하는 정말 신병에 걸리셨는지도 모르겠다고. 어쩌면 다음 보위는 세자저하가 아닌 다른 분이 이으셔야 되는지도 모르겠다고.

"아니야. 그쪽이 아니야. 이리로! 여기로 와!"

궁궐 안에 어떤 소문이 퍼져 나가는지 알지도 못하고, 현은 계속 꿈속을 헤매었다. 꿈속에서 그 여인은, 당이라는 이름의 여인은 자꾸만 현에게서 멀어지려 하고 있었다. 손을 뻗으면 닿을 만한 곳에 서 있는데도 여간해선 가까워지지가 않았다.

"나아. 당신의 반려는 여기 있는 나라고. 거기는 아무것도 없어."

현은 목청껏 외쳤다. 자신에게 오라고 소리쳤다. 하지만 당이는, 화사한 꽃밭 한가운데 서서 활짝 웃으면서도 정작 현은 보려 하지 않았다. 답답한 마음에 현이 성큼 다가섰지만 당이와 현의 거리는 조금도 좁혀지지 않았다. 아니, 당이는 아예 다른 곳을 보고 있었다.

'뭐지? 누굴 보는 거지?'

현이 그런 당이의 시선을 좇았다. 그러자 그 시선 끝에 무엇이 있는지 알게 되었다. 그건 현이 자신이었다. 비록 용포를 입고 있진 않지만, 커다란 검은 갓과 조금은 사치스러워 보이는 비단 도포를 걸친 자신이 분명하였다.

'왜? 왜 내가 거기에 있는 것이지? 난, 여기에 있는데?'

현은 자신의 발을, 다리를, 허리를, 그리고 손을 내려다보았다.

틀림없이 제 발과 다리와 허리와 손이었다.

"봐. 난 여기에……."

다시 당이에게 말을 걸던, 현이 문득 이상한 느낌에 다시 아래를 보았다. 현의 얼굴이 공포에 질려 새하얗게 변해갔다. 현의 발이 사라지고 있었다. 현의 다리가 사라지고 있었다. 허리가, 손이, 아니 아예 현 자체가 바람에 날리는 먼지처럼 낱낱이 흩어져 가고 있었다.

"으아아아아!"

악몽일 것이었다. 악몽이 분명하였다. 꿈일 리가 없는 일이었다.

그런데도, 죽어라 비명을 지르는데도, 꿈은 깨어지지 않았다.

해서 현은 자신의 전부가 먼지가 되어 흩어져 사라지는 것을 느끼며 그 자리에 그대로 서 있을 수밖에 없었다.

현이 마침내 길고 긴 악몽에서 깨어난 건 해가 거의 중천에 걸렸을 무렵이었다. 이유 없는 고통에 끙끙 앓았던 것과 달리, 현은 언제 아팠나 싶게 멀쩡한 얼굴로 잠에서 깨어났다.

"아침 문안을 들기에는 많이 늦었지?"

늦은 조반을 들며, 현이 감 내관에게 물었다.

"중전마마께는 고뿔 때문에 편찮으시어 문안을 드리지 못하실 것이라 미리 말씀드려 놓았습니다. 하여 오늘은 일체 여타 일정에 참여하지 않으셔도 되니, 몸조리에 힘쓰라는 중전마마와 영천군 대감의 말씀이 있으셨습니다."

오늘만큼은 푹 쉬어도 좋다는 감 내관의 말에 현의 얼굴이 조금 굳었다.

"내가 없는 게 국사를 돌보기엔 오히려 편하다, 이 말인 거겠지."

"저하!"

"되었다. 어머님을 찾아뵈어야겠다."

무엇인가를 결심한 얼굴로 현은 아직 반도 먹지 않은 조반상을 물렸다.

"모두 나가 있거라."

공식적으로는 여전히 병석에 누워 있는 것으로 되어 있는 소빈은 현이 방 안에 들자마자 아랫사람들을 모두 물렸다. 현을 따라 온 동궁전의 내관과 상궁 나인들은 양의당의 상궁 나인들까지 모두 물렸다.

하여 방 안에는 이제 모자 두 사람만이 남았다.

"가까이 오시겠소?"

"네, 어머님."

어미의 청에 현이 소빈에게 가까이 다가가 앉았을 때였다. 소빈이 손을 들어 찰싹, 현의 뺨을 때렸다. 손바닥의 힘은 그다지 세지 않았다. 따귀라고 부를 수 없을 정도였다. 토닥거리는 정도와 별반 다르지 않았다. 그러니 아플 턱이 없었다. 그런데도 현은 놀라 온몸이 다 뻣뻣하게 굳었다.

이날 이제껏 누구에게도, 단 한 번도 맞아본 적이 없는 현이었다. 임금의 아들로 태어나, 이른 나이에 원자에 올랐고 세자에 오른 현이었다. 임금인 아비조차도 현을 체벌한 적이 없었다. 그런데 아무리 생모라고는 해도 소빈의 갑작스러운 손찌검에 현은 경악할 수밖에 없었다.

"어머님……!"

"지금이 어떤 때인데, 전하께서 어찌하고 계신데, 중전과 영천군이 무엇을 노리고 있는데 잠행을 해? 그것도 모자라 그 꼴을 하고 돌아오다니!"

혹시, 밖에 소리라도 새어 나갈까 어금니를 꽉 깨문 상태로 소빈이 현을 책망하였다. 일국의 세자가 아닌, 사가의 어미가 아들을 대하는 것과 같은 스스럼없는 태도였다.

"……잘못하였습니다."

내키진 않지만 뺨을 감싼 채 현이 고개를 숙여 보였다. 제 어미의 불같은 성정을 잘, 아니 새삼 제게 하대를 한다고 지적해봐야 지금의 소빈에게는 아무 소용 없는 걸 잘 알고 있기 때문이었다.

"아흔하고도 아홉 가지 잘한 일을 하여도 한 가지 미흡한 일로 트집당하고 오해당하기 쉬운 게 지금의 너다. 틀려서도 아니 되고, 아파서도 아니 되고, 모자라서도 안 되는 게 지금의 너야! 그런데 무어 잠행을 해?"

여전히 어금니를 꽉 깨문 채 소빈이 물었다.

"도대체 어딜 갔다 왔니? 누굴 만나고 왔니?"

"……그 일로 어머님께 부탁드리고 싶은 게 있습니다."

현이 흔들림 없는 눈빛으로 제 어미를 보며 말했다.

"입궁시키고 싶은 여인이 있사옵니다. 제 여인으로 삼고 싶은 여인이 있나이다. 어머님이 도와주세요. 어머님께서 도와주실 수 있습니다."

"세자."

"어머님이 도와주시지 않으면 전 중전마마께 청을 드릴 수밖에 없습니다. 그건 저도 어머님도 원치 않는 일이 아니옵니까?"

놀라 입이 떡 벌어진 소빈을 보면서도 현은 고집을 부렸다.

"시약청이 설치되었는데, 세자란 이가 후궁을 들이겠다는 말이냐?"

시약청이란, 임금이 중병이 났을 때에 내의원에 설치되는 임시 관아를 말한다. 모든 내의원의 의원들이 시약청에서 밤낮으로 돌아가며 번을 서며 임금의 치료에 몰두하게 된다. 하여 시약청이 설치되었다 함은 백성들에게는 물론이요, 나라 안팎에 임금이 중병에 걸렸음이 공식적으로 알려지게 된 것이나 다름없다. 그러니 그런 중에 세자가 후궁을 들였다는 게 알려지면 온갖 비난이 쏟아질 터였다.

"네가 지금 제정신이냐?"

너무 어이가 없는 탓에 소빈의 목소리는 처음의 뜻과 달리 바깥에 들릴 정도로 커지고 말았다.

"어머님!"

세자가 소빈에게 눈치를 주었다. 그제야 소빈은 다시 목소리를 낮추고, 평소처럼 공대로 아들을 대하였다.

"심지어 사가에서도 아비가 몸져누우면 그 아들들은 마땅히 근신해야 함을, 어찌 세자께서 지금 이 상황에 여인을 취하려 한단 말입니까?"

"정식으로 후궁 입궁을 시켜달란 말이 아닙니다. 그것이 불가한 상황임은 저도 알고 있습니다, 어머님."

현 또한 자신의 어미가 반대하리란 건 이미 알고 있었다. 그렇기에 그에 대한 대비책도 마련해두었다.

"일단 여기 양의당의 궁인으로 입궁시켜주십시오. 그리만 해주시면 적당한 때를 보아 정식으로 제 후궁으로 맞아들일 것입니다."

"……누구입니까?"

소빈이 물었다. 언제나 점잖고 순하기 그지없던 제 아들의 눈을 돌아가게 만든, 몹쓸 계집이 누구인지 알고 싶어 입에 침이 바짝 말랐다.

"외숙이 아십니다. 나머지는 외숙과 의논하여주십시오."

"강 부정이?"

"그럼, 어머님만 믿겠사옵니다."

현은 소빈이 더는 무어라 말할 틈도 주지 않고 그대로 양의당을 나갔다.

'송구합니다, 어머님. 하지만 저도 어쩔 수가 없나이다.'

저를 잡을 생각도 못 하고 멍하니 보고 있는 어미의 시선을 등으로 느끼며, 현은 마음으로 어미에게 무례히 군 잘못을 빌었다. 그리고 언제나 그렇듯이 세자가 여인을 입궁시키려 든다는 비밀 이야기는 채 한 시진도 지나지 않아 궁궐 곳곳으로 퍼져 나갔다. 중궁전은 물론이요, 제 배 속에 세자의 아기씨가 잉태되어 있기만을 소원하는 화정의 처소까지 소문이 아니 닿는 곳이 없을 정도였다.

그로부터 이틀 후였다.

"아가씨, 도련님이 깨어나셨습니다!"

부엌을 둘러보고 있던 당이에게 어린 계집종이 쪼르르 달려와 반가운 소식을 전해주었다. 기다리고 기다리던 소식에 당이는 한달음에 준형이 누워 있는 방을 향해 뛰어갔다.

"공자!"

반가운 마음에 치마를 휘날리며 방문을 활짝 열어젖혔을 때, 준형의 머리맡에는 반회가 앉아 있었다. 무거운 표정의 준형과 함께 무엇인가를 긴히 이야기하고 있던 반회는 당이를 보고는 일어나 슬며시 방을 나갔다.

"무슨 일이에요?"

방안에 깃든 무거운 분위기를 걱정하며 당이가 물었다.

"안녕……."

대답 대신 준형이 눈가에 작은 주름을 만들며, 달콤하게 쉰 목소리로 반가움의 인사를 전했다.

"이리 오지 않겠어?"

당이가 천천히 몸을 움직여 준형의 앞에 가 앉았다. 살랑살랑 물결치는 붉은 치마의 자태를 준형은 눈이 부신 듯 가늘게 눈을 뜨고 바라보았다.

"못 봤던 옷이네?"

"반회 공자님께서, 당신 형님께서 사주신 옷이에요. 내 옷은 챙겨 온 게 없어서."

"그래. 참 예쁘네."

좀 전의 심각한 표정은 온데간데없이 당이를 향한 준형의 눈빛과 목소리는 나른하기 그지없었다.

"괜찮…… 아요? 이제 안 아파요?"

"당신은? 당신은 이제 안 아파?"

당이가 고개를 끄덕였다. 준형도 고개를 끄덕였다. 그러고선 무언가를 달라는 듯 당이에게 손가락들을 까닥다.

"뭐…… 요?"

"손."

준형이 다시 한 번 손가락들을 까닥였다. 당이는 천천히 손을 움직여 자신을 위해 존재하는 커다랗고 넓은 손바닥 위에 제 손을 올려놓았다.

촉, 준형이 제 손에 들어온 당이의 손을 끌어당겨, 그 손바닥에 달달한 입맞춤을 하였다.

"하아. 좋다."

쪼옥. 말을 마친 준형은 이번엔 한층 더 길고 끈질기게 당이의 손바닥을 입술로 희롱하였다.

"사는 건 이렇게 좋은 거구나. 나 이번엔 꼼짝없이 죽는 줄만 알았거든."

"엄살떨지 말아요. 죽을 정도 아니었거든? 괜히 걱정만 끼치고."

"걱정 끼친 건 당신이 먼저였거든?"

준형이 손바닥에 이어 이번엔 당이의 가는 손가락 끝 앙증맞은 손톱 하나하나에 간지러운 입맞춤을 하였다.

"그래서 좋았어?"

다섯 개의 손가락에 달콤한 입맞춤을 마친 준형이 가로로 길게 뻗어 있는 눈을 반달처럼 휘며 당이에게 물었다.

"뭐가요?"

"날 구한 게 당신이었다며? 그날 아침에 나를 동굴까지 끌어다 눕혀놓고는 그대로 반회 형님에게로 달려와 나를 구해달라 사정했다며. 그럼, 다 봤을 거 아냐."

"뭐, 뭘 봐요. 아무것도 못 봤거든요?"

쑥스러움에 당이는 준형에게 잡힌 손을 빼내려 하였다.

"정말?"

준형이 당이의 손가락을 다시 잡아 입으로 가져가더니, 거짓말에 대한 응징이기라도 하듯 당이의 약지 끝을 가볍게 깨물었다.

"정말, 아무것도 못 봤다고? 근데 얼굴은 왜 그렇게 빨간데? 뭘 떠올리느라고?"

이제는 정말 홍시보다도 더 빨갛게 익은 당이의 얼굴을 보면서도 준형은 당이를 놀리기를 멈추지 않았다.

"이상하네. 아까 형님이 말씀하시길 날 발견했을 때 알몸 위에 당신 속치마만 덮여 있었다던데? 그럼 다 본 게 맞잖아."

"그, 그래요. 봐, 봤어요! 그래서 뭐요! 뭐, 트, 특별할 게 없어서 아무것도 생각도 안 나는데."

당이는 자꾸만 말을 더듬는 스스로에게 더 부끄러움을 느끼고 준형에게 잡힌 손을 빼내어 이번에야말로 도망치려고 몸을 일으켰다.

그때였다.

"어맛!"

준형이 당이의 새치마를 잡아당기는 바람에 당이는 엉거주춤 준형의 몸 위에 주저앉고 말았다.

"특별한 것을 보여주지 못해 미안하게 됐네. 그래도 이해해주라고. 그땐 죽을 만큼 피를 흘리고 있는 상황이었잖아. 하지만 이번엔 다를걸? 기대해도 좋아."

"하나도 기대 안 되거……. 읍!"

또다시 거짓말을 하다 말고, 당이의 입술이 막혔다. 당이의 손목을 잡아 끈 준형이 뜨겁고 마른 입술로 당이의 입술을 덮쳤기 때문이었다.

"하지 마요. 밖에…… 읍…… 다…… 당신 형님이…… 흐음."

진심도 아닌 반항은 그리 오래가지 않았다. 준형에게, 가끔씩 얄미운 말을 하는 그의 입술에 홀리고 만 때문이었다. 말랑말랑한 당이의 귓불을 스친 준형의 긴 손가락 때문이었다. 잔머리가 촘촘히 이어진 뒷목을 어루만지는 준형의 뜨거운 손가락 때문이었다. 살랑살랑 코끝을 마주치며 뜨거운 눈빛을 보내는 준형 때문에 가식적인 반항 따위 더는 하고 싶지 않아졌다.

　"속치마도 형님이 사주셨어?"

　쉼 없이 끈질기게 이어지는 입맞춤의 도중, 준형이 물었다.

　"하아, 하아…… 아주 비싸고 좋은 걸로요."

　부족한 숨을 몰아쉬며, 당이가 답했다.

　"당장 벗어."

　준형이 들어줄 수 없는 명을 하였다.

　"미쳤군요."

　당이가 얄미운 준형의 아랫입술을 깨물었다.

　"다른 사내가 사 준 속치마를 입고 있는 당신을 용서할 줄 알고?"

　"반회 공자님이 사주신 건 속치마만이 아닌데요? 사실은……."

　당이는 발갛게 물든 얼굴로 준형의 귀에 입술을 가져가 속삭였다.

　"속곳도 그 아래 속속곳도 모두 반회 공자님이 사주신 건데요?"

　물론 모든 것들은 아파(牙婆, 방물장수)가 권해준 것들이고, 반회는 나중에 그 값만 치른 것이었지만, 당이는 부러 준형을 도발하기 위해 그 사실은 쏙 빼놓고 말하지 않았다.

　"그럼 하는 수 없지."

　준형이 커다랗고 뜨거운 손으로 며칠 새에 한층 더 야윈, 그러나 지금 이 순간 화로처럼 뜨끈뜨끈하기만 한 당이의 뺨을 감싸며 속삭였다.

　"그것들도…… 다 벗어줘야겠어. 내 앞에서 내가 아닌 다른 사내가 사준 옷을 입다니, 간이 크다 생각하지 않아?"

　"예쁘다면서요."

"응. 그래도 안 돼."

마치 철모르는 어린 아기에게 말하듯 천천히 고개를 가로저으며 말했다.

"당신 형님이 사주신 건데도?"

당이 또한 아무것도 모르는 어린아이인 양 눈을 똥그랗게 뜬 순진한 얼굴로 물었다.

"응, 그래도 싫어."

준형의 얼굴에서 미소기가 가셨다. 목소리에서도 웃음기는, 농담조는 사라졌다. 지극히 진심 그대로의 얼굴과 목소리로 준형이 바로 코앞의 제 정인에게 말했다.

"난 집착이 강한 사내야. 난 탐욕스럽지. 한번 내 것이라 생각되면 절대로 그 누구에게도 양보하지 않아. 그러니 당신은 내 말만 따라야 해."

"그러죠."

당이는 두 번 생각하지도 않고 즉답하였다. 그러곤 제 뺨에서 준형의 손을 밀어냈다.

"당신이 싫다면 다시는 다른 사내가 사준 옷을 입지 않을게요. 당신이 원한다면 지금 이 자리에서 반회 공자님이 사준 옷들을 모두 벗을게요. 대신…… 당신도 알아둬요."

이번엔 당이가 두 손으로 준형의 뺨을 감쌌다. 조금 전 준형보다 훨씬 더 깊고 그윽한 눈으로 준형과 눈을 맞췄다.

"난 늘 참았던 사람이에요. 욕심나는 게 있어도 참고, 하고 싶은 게 있어도 참고, 말하고 싶은 게 있어도 입을 닫아온 사람이에요. 하지만 당신 때문에 난 더 이상 참지 않기로 맹세했어요. 당신이 날 그렇게 만들었어요."

당이는 눈을 내리깔고선 준형을 보았다. 자신의 그런 시선이 얼마나 유혹적으로 보이는지는 충분히 알고 있었다. 두 손으로 감싼 준형의 뺨이 후끈하였다. 준형이 꿀꺽, 마른침을 삼키는 것도 생생히 느껴졌다.

"훗."

고혹적인 미소와 함께 당이의 손가락이 쓰윽, 준형의 아랫입술 밑 움푹 들어간 부분에 가 닿았다.

"그러니 책임져요. 날 이렇게 탐욕스럽게 만든 책임을 져줘요."

"이렇게?"

준형의 손이 당이의 저고리 고름을 성급하게 당겼다. 스르륵, 고름의 매듭이 그 형태를 잃어가고 어느새 두 고름은 저고리에 간당간당 매달려 있기만 하였다. 이제 준형이 손가락 하나만 까딱하면 저고리는 더 이상 가림과 여밈의 역할을 제대로 수행해 내지 못할 터였다.

하지만 준형이 그 저고리에 손가락을 마저 대기도 전에 당이가 스윽, 몸을 일으켰다.

"지금은 아니에요."

"……왜?"

애타는 눈길로 준형이 일어서서 자신을 내려다보는 야속한 정인을 보았다.

"왜 지금은 안 되는데?"

"후후훗."

또다시 당이의 입에서 얄미운 웃음이 흘러나왔다.

"날 책임지기엔 당신은 지금 너무 약하거든요."

"당신을 절대 실망시키지 않을 자신 있는데?"

자신의 능력을 과소평가하는 당이의 말에 준형이 발끈하여 대들었다.

"당장이라도 확인시켜 주겠어."

"아서요, 꿈 깨시죠."

치마를 잡으려고 뻗은 준형의 손을 피해 당이는 춤추듯 사뿐히 움직였다.

"의원이 말하길 당분간은 움직이는데 주의해야 한대요. 베인 옆구리에 잘못 힘이 들어가면 다시 상처가 터질 수도 있다고요. 그러니 부지런히 몸이나 회복해요. 그때가 되면 얼마든지, 실컷 책임지도록 할 테니까."

"그게 언젠데?"

실컷 도발해놓고, 실컷 들뜨게 해놓고 이제 와 몸을 피하는 얄미운 여인을 향해 준형이 목소리를 높였다.

"후후훗, 언젤까요?"

또다시 요부처럼 사람을 홀리는 미소를 짓고, 당이가 방문을 열고 나갔다. 탁, 소리 내어 닫히는 그 문을 향해 준형이 다시 소리를 높였다.

"그러니까 그게 언제냐고!"

"당신 하기에 달렸다니까요?"

당이는 아무렇지 않은 척 방문 너머의 정인에게 답을 말했다. 하지만 마루를 두세 걸음 걷기도 전에 무릎에 힘이 꺾여 스르륵, 주저앉고 말았다.

'아우, 난 몰라.'

당이는 두 손으로 새빨개진 얼굴을 가렸다. 부끄러워 죽을 것만 같았다.

그나마 방 안에 준형과 저, 둘만 있었기에 망정이지 만약 누군가가 자신들의 이야기를 들었다면 당이는 그 자리에서 화르륵, 불타올라 재가 되어 사라졌을 것이었다.

준형이 치마를 벗으라고 했을 때부터, 그 안의 속치마며 속곳들까지 모두 벗으라고 했을 때부터 온몸이 떨려 죽을 것만 같았다. 떨림과 부끄러움을 감추려고 일부러 온갖 허세를 다 떨며 센 척을 해 보였지만, 막상 준형의 손에 의해 풀려가는 제 저고리의 고름을 봤을 때는 입이 바짝바짝 말라왔다. 만약 정말 준형이 아프지만 않았다면, 당분간 몸에 무리가 가는 일은 없도록 하라는 의사의 당부를 떠올리지 않았다면 당이는 기꺼이 준형의 유혹에 무릎을 꿇었을 것이었다.

"아가씨, 괜찮으세요?"

언제 왔는지 계집종 아이가 얼굴을 가린 채 쪼그려 앉아 있는 당이의 안부를 물어왔다.

"어디 아프셔요? 얼굴이 새빨개지셨……."

"쉿!"

당이가 얼른 몸을 날려 계집종 아이의 입을 막았다. 준형에게 들릴까 염려해서였다. 아니나 다를까, 염려는 사실이 되었다. 준형이 있는 방에서 쿡하고 웃음을 터트리는 소리가 들려왔던 것이다.

"푸하하하."

방에서 들려오는 웃음소리를 들으며, 당이는 일부러 요부인 척, 센 척 해보인 자신의 거짓말이 들통 났다는 생각에 입술을 깨물었다.

"조금만 기다려. 더는 그렇게 센 척할 수 없게 만들어 줄 테니까!"

"닥치고 조용히 해요."

새빨개진 얼굴로 당이가 방 안의 얄미운 사내에게 막말을 하였다. 그래놓곤 제 막말에 놀라 눈을 화등잔만 하게 뜨는 어린 계집종 아이에게 흐흐, 하며 애써 웃음을 지어 보였다.

"지금이 웃을 때야?"

소빈은 제 속도 모르고 웃어넘기는 아우를 노려보았다.

"들어오라고 기별을 넣은 지가 언젠데 왜 이제야 들어온 것이야! 누구 속 터져 넘어가려는 꼴을 보려고 이러는 게야!"

"누님 화가 좀 누그러질 때를 기다렸지요. 급히 좀 알아볼 것도 있었고."

"알아볼 거라니. 세자의 일 말고 화급을 다투는 일이 또 무에 있다고."

다시 짜증스럽게 목소리를 높이는 소빈에게 일산이 몸을 기울여 은밀한 목소리로 물었다.

"화엄 형님의 소식을 아십니까?"

"……김 부사가 뭐?"

무슨 소리를 하냐는 듯 저를 보는 누이에게 일산은 김 부사에게 일어난 일을 간단히 전했다. 금자염 밀매의 혐의로 의금부로 압송되었다는 것을.

"화엄 형님이 전하의 명도 없이 마음대로 소금을 밀매할 사람이 아님은 하늘도 알고 땅도 알지요. 그런데도 기어이 화엄 형님을 잡아들인 걸 보면 누명을 씌울 준비가 다 되어 있다는 얘기가 아니겠습니까?"

"……그래서 누명의 증거를 찾고 있다, 이것이냐?"

"그냥 내버려둘 수는 없지 않습니까?"

일산이 슬쩍, 소빈을 떠보았다.

"김 부사는 물론이요, 자칫하면 그 일가가 다 화를 당할 수도 있습니다. 거기다 그 일은 앞으로 영천군에게 어마어마한 금력을 주게 될 거고요. 그러니 그 전에……."

"그딴 건 네가 알아서 해. 그보다 세자의 일이 먼저다! 지금 온 궁궐에 소문이 파다해! 세자가 궁 밖의 여인에게 눈이 돌아 잠행을 나갔다 산송장이 되어 왔다고!"

"차라리 잘된 일이 아닙니까?"

"무어라? 잘된 일이다?"

어이없어하는 소빈에게 일산이 느긋하고 태평스러운 어조로 말했다.

"이유도 없이, 원인불명의 생병을 앓고 있다. 그리 소문이 돈다면 영천군 무리들은 세자가 신병이 걸렸다고, 심병이 도졌다고 거짓 이야기를 부풀일 것입니다. 또한 그런 세자가 어찌 보위를 이을 수 있겠냐고 중신들을 설득하려 들겠지요. 허나, 지금 보세요."

일산이 자신만만하게 웃어 보였다.

"세자의 심병이나 신병에 대한 이야기는 어느새 사라지고 없습니다. 대신 세자의 마음을 사로잡은, 세자의 눈을 돌아가게 만든 궁 밖의 여인이 누구냐에 온 관심이 쏠리고 있지 않습니까?"

"그 대신 아비가 언제 죽을지 모르는데 여색이나 탐하는 만고의 불효자가 되었지!"

"불효자라도 보위에 오를 순 있습니다. 심신에 병이 들었다는 소문보다는 여색에 눈이 먼 탐욕스러운 세자라는 오명이 지금의 저하에겐 더 낫다는 걸 아서야지요."

"그래도……."

소빈은 뭐라고 한마디 더 쏘아붙이려다 말고 입을 다물었다. 딴은 아우의 말이 맞다 싶었던 것이다.

중전이나 영천군이 요 근래 계속되는 세자의 발열이나 발병에 대해 머리가 어떻게 된 거라느니, 마음에 병이 들었다느니 하는 음해를 하고 있음은 소빈이 제일 잘 알고 있었다.

"그 모든 게 상사병이었다고 하면 끝날 일입니다. 궁 밖에 좋아하는 여인을 두고 있으나, 전하께서 위중하신 까닭에 그 마음을 어쩌지 못하고 생병이 나셨던 것이다, 그리 정리하면 더는 아무도 세자저하의 이번 병증에 대해 아무 말을 못할 것입니다."

"……어떤 아이냐?"

체념 반, 호기심 반으로 소빈이 일산에게 물었다.

"도대체 어떤 아이기에 세자의 마음을 송두리째 빼앗은 것이냐?"

"질투 나십니까? 흐흐흐."

"미친놈. 신소리 말고! 말해. 어떤 집안 아이냐? 설마…… 양반이 아닌 것은 아니겠지?"

"다행히 양반이기는 합니다."

"양반이기는?"

소빈이 일산의 말꼬리를 잡아채었다.

"양반이기는 하다? 무슨 뜻이냐? 혹여 다른 하자라도 있다는 뜻이냐?"

"하하하하. 하자라니요. 그럴 리가 있겠습니까? 세자의 반려입니다. 단하나밖에 없는 운명의 상대란 뜻입니다. 그런 여인이 달리 하자가 있을 턱이 없지요."

"……어떤 아이냐고 물었다."

자꾸만 말을 빙빙 돌리는 것 같은 아우에게 소빈이 다시 한 번 물었다.

"어여쁜 아이겠지? 얌전한 아이겠지? 세자가 한눈에 반할 정도면 그 태, 역시 기품이 넘치겠지?"

누이의 물음에 일산은 당이의 모습을 떠올려 보았다.

따박따박, 거침없이 제 앞에서 할 말을 다 하던 여인이었다, 따로 정혼을 한 이가 있으니 혼담을 받아들일 수 없다던 딱 부러지게 거절한 여인이었다. 천한 것들이나 한다는 소금밭 일꾼답게 어느 집 종년이나 다름없던 차림새였지만 그럼에도 불구하고, 어느 고관대작 집 고명딸이라 해도 믿길 정도로 그 태도가 당당했던 당이의 모습 하나하나를 찬찬히 되새겼다.

"왜 대답이 없는 것이야?"

소빈이 궁금해 죽겠다는 듯, 일산에게 답을 재촉하였다.

"후훗. 너무 노여워 마세요. 무어라 답하면 좋을지 몰라서 그럽니다."

"몰라?"

"예, 아마 누님도 보시면 아시게 될 것입니다. 제가 왜 쉽게 답하지 못하였는지를요."

그 여인을 떠올리며 재미있어하는 것 같은 일산의 눈빛에 소빈은 한층 더 궁금해졌다. 세자는 물론이요, 제 안사람 빼고는 여태 어떤 여인에게도 관심을 보이지 않던 일산의 흥미까지 끈 여인이 대체 누군지 꼭 한번 보고 싶어졌다.

그렇게 소빈과 일산이 세자와 당이에 대한 이야기를 나누고 있는 동안 세자 현은 모처럼 편전에 들어 영천군과 중신들의 이야기에 귀 기울여 듣고 있는 중이었다. 어제오늘, 현은 계속 기분이 좋았다. 몸 상태도 더없이 좋았다. 이제 얼마 후면 당이를 입궁시킬 수 있다는 생각에, 완전한 제 반려로 맞아들일 수 있다는 생각에 기운이 난 것인지도 몰랐다.

그날, 만월의 밤, 당이의 곁에 있었던 그 새카만 짐승의 존재가 여전히 심기에 거슬리기는 했지만, 당이만 입궁시키고 나면 그 짐승도 궁 안에까지 쫓아 들어오지는 못할 것이니 신경 쓸 필요도 없었다.

'정 무엇하면 온 나라의 군사를 풀어서라도 잡아 죽여버리면 그뿐!'

당이가 지금 무사하다는 건, 이미 외숙인 일산을 통해 확인하였다. 그러니 현만 제자리를 지키고 있으면, 모든 건 다 현의 뜻대로 될 일이었다.

"하여 김 부사와 그 아들에게 중죄를 내리시고, 금자도의 관리권한을 압수함과 동시에 가산을 몰수함이 옳으실 것입니다."

잠시 당이 생각에 한눈이 팔렸던 현은 충청 관찰사가 머리를 조아리고 고하는 내용에 다시 귀를 기울였다. 지금 논의되고 있는 일은 금자염의 밀매의 혐의를 받고 있는 김 부사와 그 일가를 어찌 처벌할 것인가였다.

"아니지요. 감히 국고를 축낸 죄인들을 그 정도로만 다루어서 쓰겠소? 본보기로 삼기 위해서라도 김 부사와 그 아들들을 대역죄로 삼아 참형을 내려야 될 것입니다."

가산몰수 형만으로는 가당치도 않다는 듯, 영천군은 김 부사와 그 아들들을 사사하자는 의견을 내놓았다. 그러자 편전에 모인 중신들의 얼굴에 일제히 곤혹스러운 기색이 떠올랐다.

"영천군 대감, 김 부사는 전하께서 각별히 아끼시던 자입니다. 아무리 중죄의 혐의가 있다고는 하나, 사사까지 논하기에는, 좀 과한 듯싶습니다."

중신들 중 누군가가 조심스럽게 반대의사를 밝혔다. 다른 중신들도 비슷한 의견들이었다. 김 부사에게서 금자도의 관리 권한과 금자염의 관리 권한을 뺏고 가벼운 벌을 주자는 데는 이견이 없으나, 김 부사와 그 아들들의 목숨을 빼앗는 일은 전혀 달랐다.

임금에게 김 부사가 어떤 존재인지는 편전에 모인 모든 사람들이 너무나 잘 알고 있었다. 그러니 만에 하나라도 임금이 다시 회복하고 나면, 하여 그 뒤에 자신들이 김 부사를 죽인 걸 알게 되면 자신들에게 어떤 후환이 생길지도 모를 일이었다.

"어허! 나라의 재산을 축내는 일이 어찌 대역죄가 아니란 말이오? 전하의 각별한 총애를 받던 자가 이 같은 일을 저질렀으니 더더욱 엄히 다스려 일벌백계해야 하지 않소이까?"

영천군은 목소리를 높여, 제 뜻을 관철시키려 하였다. 반드시 김 부사 일가를 죽여 없애야 금자도와 금자염의 관리권을 제 수중에 온전히 넣을 수 있기 때문이었다. 또한 그래야만 그 뒤의 일도 수월히 진행시킬 수 있었다.

"증인과 증좌가 모두 있거늘, 어찌하여 다들 이렇게 미적대려 하시는 겁니까! 이러고도 한 나라의 중신들이라 할 수 있겠소이까!"

"영천군 대감."

내내 귀 기울여 듣고만 있던 현이 영천군을 불렀다.

"예, 저하. 말씀하시지요."

"저야말로 영천군 대감께서 왜 이리 급하게 일을 처리하려 하시는지 도무지 알지 못하겠습니다. 증인과 증좌가 있다고는 하나, 가장 중요한 죄인의 자백이 없습니다. 김 부사가 한사코 무죄를 주장하는 이상, 무턱대고 김 부사를 벌할 수는 없지요."

"어느 죄인이 스스로 나서 제 잘못을 인정……."

"벌은 어느 때라도 줄 수 있습니다. 처벌은 조금 늦어도 됩니다. 하지만 잘못 판단하여 극형을 내리고 만다면 후에 그 판단의 과오가 밝혀졌을 때 어찌 되돌릴 수 있겠습니까?"

영천군의 말을 가로막고 나서는 현의 모습은 이전의 모습과는 사뭇 달랐다. 유약하고 자신 없기만 한 모습이 아니었다. 말 한마디 한마디에 힘이 실려 있었고, 좌중의 중신들을 둘러보는 그 눈빛도 전에 없이 당당하였다.

"명명백백 죄지은 자라 하더라도 스스로의 죄 없음을 주장할 수 있는 기회는 주어야 합니다. 그것이 이 땅의 억울한 자가 없도록 하기 위해 선대왕들께서 마련하신 법의 기틀이 아닙니까? 허니 김 부사과 그 일가에게도 마땅히 그런 기회를 주어야지요."

"그럼…… 세자저하께서는 이 일을 어찌하시길 바랍니까?"

애써 노여운 기색을 감추며 영천군이 물었다.

"김 부사와 그 아들들에게 자신들의 무고함을 밝힐 수 있는 소명(疏明, 까닭이나 이유를 밝혀 설명함)의 기회를 주고자 합니다. 그 차후에 국문을 열어 죄의 명명백백을 가리겠습니다."

"참으로 현명하고 지당하시옵니다."

좀 전까지 앞장서서 벌주자 외치던 충청관찰사가 재빨리 태도를 바꾸어, 깊이 허리를 숙여 현의 뜻을 따르겠노라는 의사를 밝혔다.

"그리하시옵소서. 이런 일에 의혹이 남기면 괜히 다른 욕심이 있어 서둘러 일을 처결하였노라 의심을 사기도 십상이니까요."

중신들 중 누군가는 영천군의 눈치를 보며 그리 아뢰기도 했다.

"흠흠. 제 말뜻도 결국…… 결국은 그리하잔 뜻이었습니다. 죄를 가리어 엄히 벌주자는 것이지요. 누가 무턱대고 처벌하자 하였습니까?"

영천군도 결국 현의 뜻을 받아들이기로 하였다. 지금 당장은 제 뜻대로 안 되는 것에 대해 속이 쓰리기는 했지만, 어차피 결과는 뻔하였다. 애써 꾸민 증좌와 증인이 있으니, 아무리 김 부사가 억울하다 소명을 하여도 결과가 뒤집히지는 않을 것이었다.

'이 노옴.'

다만 마음에 걸리는 건 세자였다. 여태 순하고 약하고 여리게만 보아왔는데, 처음 보는 강단 있는 모습에 어쩌면 자신이 알지 못하는 또 다른 모습이 있을지도 모른다는 생각에 영천군의 등골이 오싹해졌다.

그와 달리 등을 곧게 세운 채 영천군을 조금은 거만하게 눈 아래로 내려다보고 있는 현은 한창, 당이를 떠올리고 있는 중이었다.

'내가 달라졌다면, 내가 달라진다면 그건 모두 다 당신 덕분이야. 당신이 있어서, 당신이 있다고 생각하니까, 난 더 좋은 사내가 되고 싶어졌어. 더 훌륭한 세자가 되고 임금이 되고 싶어졌어. 세상 누구에게도 쉽게 머리를 숙이고 싶지 않아졌어.'

당이를 생각하고 있는 것만으로도 등허리에 빳빳하게 힘이 들어갔다. 온몸에 뜨거운 피가 도는 것 같았다. 해서 더더욱 빨리 당이를 다시 만나고 싶어졌다. 한 사람의 온전한 반려로서 당이의 입술을 탐하고 싶었다. 그녀의 시선을 오롯이 독점하고 싶었다. 그 보드라운 품에 안기고 싶었고 안고 싶었다. 그 바람이, 욕망이 현에게 더욱 강해져라 주문하고 있었다.

제12장. 절세가인(絶世佳人)

"왔네, 왔어!"

"어이구. 시간도 정확하구먼. 오늘도 딱 해시(亥時, 오후 9시) 정각에 나타나질 않았는가?"

언제나 사람들이 구름처럼 모여 있는 운종가 한복판에서, 새삼 사람들의 술렁거림이 파도처럼 일고 있었다. 벌써 며칠째, 해시 정각만 되면 운종가에 나타나는 한 묘령의 여인 때문이었다.

풍성한 검붉은 빛깔의 은은한 비단 너울을 드리워 코끝까지 가린 여인은 자그마한 몸집에도 불구하고 걸음걸이부터 손짓, 어깻짓 하나하나가 신비하면서도 성숙한 인상을 풍기고 있었다.

"세상에. 저 너울 좀 보게. 내 얼마 전에 저걸 한 폭에 쉰 냥 값으로 파는 걸 두 눈으로 똑똑히 봤는데 저리 비싼 천을 너울로 만들었네그려."

"저 몸에 걸친 패물은 또 어떻고? 저기 저 노리개에 달린 홍옥이며 산호 좀 보게. 내 생전 저만한 크기에, 저렇게 질 좋은 것들은 첨 본다니까!"

운종가 시장에서 물건 좀 볼 줄 안다 자부하던 이들은 여인이 걸친 너울이며, 비단 치마, 패물 등의 호화로움에 눈을 빼앗겼다.

"세상에, 저 붉고 탐스러운 입술 좀 보시게. 방금 막 씻어낸 빨간 앵두같이 물기를 머금고 있는 저저 입술이라니. 어휴, 내 저거 한입 깨물어 보면 죽어도 여한이 없겠네."

"저 낭창낭창한 허리며 걸음새는 어떻고? 저거, 저거 그냥 한 품에 답삭 안아 올려서 어디 방앗간에라도 데려가고 싶네그려!"

여인과 스쳐 지나가는 남정네들은 여인의 남다른 미색에 반쯤 넋을 놓고 홀리기까지 하였다. 그런 중에도 제정신을 차리려는 자들도 없진 않았다.

"그런 소릴랑 말게나. 양반집 부녀자를 희롱했다고 치도곤 당하면 어쩌려고. 뉘 댁 부인인 줄 알고?"

"무슨 소리야! 양반집 부인네가 미쳤다고 이 야밤에 저런 차림으로 운종가를 나와?"

"그럼?"

"이 사람, 이 사람! 자네는 소문도 못 들었는가? 저이로 말할 것 같으면, 어느 만석꾼 집 한량 아들놈이 홀딱 반해 머리를 올려주고 기적에서 갓 빼내온 기생이라는 소문이 운종가에 파다하이."

그렇게 사내들이 실체도 없는 소문으로 수군거릴 때, 운종가의 여인들은 다른 이유로 묘령의 여인에게서 시선을 떼지 못하였다.

"세상에, 어쩜 저 소매 밑에 손목 좀 봐. 어쩜 저렇게 하얘? 세상에, 손목이 저리 흴 정도면 속살은 얼마나 희다는 거야?"

"살만 흰 줄 알고요? 어제는 슬쩍 가까이 다가가서 비단장수 여편네랑 말하는 걸 엿봤는데 이도 백옥처럼 희지 뭐예요. 거기다 몸에서는 어디서도 맡을 수 없는 고운 향내가 나는데, 어휴…… 같은 계집인데도 내 가슴이 다 울렁울렁하지 뭐예요!"

"하긴 그러니 만석꾼 집 도령이 천석 값을 주고 기방에서 빼냈겠지. 살결은 백미처럼 희고, 입술은 잘 익은 홍매화에 나비처럼 살랑살랑 춤추듯 움직이니, 어느 사내들이 당해내겠어?"

그렇게 운종가에 나타난 묘령의 여인은 사내들에게서는 탐욕의, 여인들에게서는 질시의 시선을 한 몸에 받았다. 몇몇 장사치나 왈패들 중에서는 여인에게 말이라도 한마디 붙여볼까, 손목이라도 한번 잡아볼까 마음먹었던 이들도 있었다. 하지만 신기하게도 막상 누구 하나 나서서 여인에게 접근하지는 못했다. 그도 그럴 게 묘령의 여인이 운종가에 나타나면 운종가의 모든 사람들의 시선이 여인을 향했던 것이다. 남녀노소, 신분고하를 막론했다.

그러니 괜히 어설프게 접근하여 희롱할 수가 없었다.

기적에서 빼낸 기생이라는 소문은 있었지만, 만약 정말 재수 없게 양반 부녀자이기라도 한다면 희롱을 한 그 순간 당장 의금부로 잡혀가고 말 것이기 때문이었다.

설령 운 좋게 양반이 아니라 해도 모든 사람들의 시선이 집중된 가운데 여인에게 대놓고 접근하여 희롱할 만한 배짱을 가진 작자가 없었다.

운종가는 흔히 있을 법한 시비와 싸움을 중재하기 위해 늘 포졸이나 나장들이 순찰을 도는 데다, 장사치들의 자체 규율대도 사방 곳곳에서 눈을 빛내고 있기에 욕망이 있다고 하여 함부로 나댈 수 있는 곳은 아니었다.

'흥! 운종가만 벗어나 보라지? 그때는 내 무슨 수를 써서든 네년의 손목 한 번은 잡고야 말 테니!'

뭐, 개중에는 그리 마음먹고 여인의 뒤를 밟으려 한 사내들도 있었다.

하지만 운종가 입구에서 여인을 기다리며 대기하고 있는 가마와 보통의 가마꾼들보다 훨씬 더 덩치도 좋고 인상도 험악한 가마꾼을 본 순간, 모두들 헛된 욕심 따위는 버릴 수밖에 없었다.

"그래, 오늘은 뭐 좀 사갔답디까?"

"사가긴, 뭘 사가. 언제나처럼 휘, 한 바퀴 돌기만 하고 그냥 갔다던데."

"희한하네. 살 것도 없는데 운종가는 뭐 그리 뻔질나게 드나든대?"

"샛서방 품 안에서 놀기에는 숨 막히니까 코에 바람이라도 쐬려는 거겠지, 뭐. 까르르."

묘령의 여인이 운종가를 돌아보고 간 뒤에는 그렇게 잠시 동안 여인에 대한 쑥덕거림이 이어지곤 하였다.

며칠 후였다.

"빨리 걸으시오, 빨리!"

양 손목을 밧줄로 묶인 채 의금부로 호송되어 오던 강회의 걸음은 별로 느리지 않았다. 그런데도 호송하던 의금부 나장 중 한 명은 길가에 운집한 사람들의 이목을 의식하여 일부러 강회의 등을 거칠게 밀었다.

자신보다 신분도 높고, 키나 생김새 등을 봐도 자신과는 상대도 안 될 정도로 고귀한 태가 나는 강회를 괴롭힘으로써 사람들 앞에서 새삼 잘난 체를 하려는 심산이었다. 그 바람에 강회는 하마터면 무릎이 꺾여 앞으로 고꾸라질 뻔하였지만, 조금 비틀거리기만 했을 뿐 금방 다시 몸의 균형을 잡았다.

비록 험한 호송 길에 옷차림도 얼굴도 꾀죄죄해졌지만, 그 표정만큼은 평소의 강회 그대로 한 점 흐트러짐이 없었다.

"어휴, 뉘 댁 공자인 줄은 몰라도 참 자알, 생겼네."

"저이가 그 공자 아녀? 왜 금자도서 잡혀왔다는."

"아아! 그 금자염?"

의금부 앞에 운집한 사람들은 대부분 죄인들의 가족이거나, 그들에게 옥살이에 필요한 옷가지나 사식으로 넣을 먹거리 등을 파는 장사꾼들이었다.

워낙 의금부 앞을 제집처럼 오가는 사람들인 까닭에 지금 호송되어 오는 이가 누군지, 무슨 죄목으로 잡혀온 것인지 다들 금부 나졸들 못지않게 훤히 꿰고 있곤 하였다.

"그런데 금자염을 밀매했다는 소문이 사실이면 저 잘생긴 공자 신세도 앞으로 딱하게 생겼네."

"잘되면 유배고, 잘못되면 참형이라며? 어이그. 짠해라."

"짠하기는. 잘나신 양반네들이 돈 욕심에 세상 무서운 줄 모르고 나대다 된통 쓴맛 보는 건데 뭐가 짠해? 난 당장 조석끼니 걱정할 판인 내 신세가 더 짠하구먼."

그리 숙덕대는 사람들 틈에서 삿갓으로 얼굴을 가리고 선 반회는 양손의 힘줄이 터져나가지 않은 게 용할 정도로 꽈악, 주먹을 쥐고 있었다.

'형님!'

이제 막 의금부 문 안으로 들어가는 강회의 뒷모습을 보고 있자니 그야 말로 참혹한 심경이었다. 당장에라도 의금부 안으로 뛰어 들어가 내 아비와 형이 무슨 죄가 있느냐! 고래고래 소리 지르고 싶었다. 그래도 그럴 순 없었다. 아버지와 형이 자신에게 바라는 것은 그런 게 아님을 아니까.

'잠시만, 잠시만 버텨주세요. 곧 형님을, 아버님을 구해드리겠습니다.'

이제 보이지 않는 강회의 뒷모습에 대고 맹세를 읊조린 다음, 반회는 서둘러 걸음을 옮겼다. 형과 아비를 구하기 위해 해야 할 일이 너무 많았다.

그런 반회의 등 뒤에서 장사치 하나가 눈을 빛내며 방금 제가 듣고 온 이야기를 다른 장사치들에게 옮기고 있었다.

"참, 금자염 얘기가 나와서 말인데 자네들도 그 얘기 들었는가?"

"뭐, 요즘 소금장수들이 죄다 중촌으로 몰려간다는 거?"

"어. 뭐야? 벌써 알고들 있었나?"

"알다마다. 요새 도성 장사치들 중에서 그 얘기 모르는 이들도 있던가?"

장사치들 말 대로였다. 실제로 요즘 도성의 장사치들 사이에서는 중촌의 어느 한 집이 화제의 중심에 있었다.

"들었어요? 소금장수 김 서방이 이참에 한몫 잡아볼까 해서 소금 두 가마 짊어지고 갔다가 망신만 당하고 왔다지 뭐예요?"

"김 서방 정도면 꽤나 질 좋은 소금을 구해다 줬을 텐데, 그것도 성에 안 차 했다고? 뭐, 얼마나 대단한 소금을 찾고 있다는 거야?"

"금자염 정도는 돼야 하는 모양이지, 뭐. 크크큭."

어느 골목, 어느 장의 장사치건 두서넛씩만 모이면 소금장수들이 떼로 찾아간다는 중촌의 그 집에 대해 떠들어대곤 하였다.

단순히 그 집에서 특별히 질 좋은 소금을 찾고 있어서만이 아니었다. 중촌의 그 집이 운종가를 떠들썩하게 만든, 그 묘령의 여인 집이라는 소문이 돌고 있었기 때문이었다.

"밤마다 운종가를 나와 싸돌아다닌 것도 다 소금을 찾으려 그런 건가?"

"아니, 뭘 하는데 그렇게 질 좋은 소금을 찾는대?"

"글쎄, 알고 보니 그게 다 이유가 있지 뭐예요? 세상에 그 비싼 소금들로 요……."

그리 도성 장사치들이 관심을 집중시키고 있는 중촌의 '그 집'이란 사실 당이와 준형이 묵고 있는 집을 일컫는 말이었다. 반회가 두 사람을 위해, 두 사람이 할 일을 위해 얻어준 작지만 제법 번듯한 기와집이었다.

사실 금자염 밀매의 혐의로 의금부에서 관졸들이 나와 김 부사를 잡아갔을 때, 반회는 운이 좋게도 집을 비우고 있었다. 준형을 지키기 위해 제 목을 칼을 들이민 아비의 행동에 상처를 받아 기루에서 몇 날 며칠 동안 술만 퍼마셨던 것이 반회에게는 대운(大運)으로 작용한 셈이었다.

술값이 떨어져 뒤늦게 집으로 돌아온 반회는 끝까지 집을 지키고 있던 충성스러운 하인들에게서 김 부사가 잡혀갔다는 소식을 들었고, 금자도에서 강회가 잡혀 올라오고 있다는 소식도 전해 들었다.

그때 반회가 제일 먼저 한 행동은 온 집안을 뒤져 돈은 물론이요, 돈 될 만 한 것들을 챙기는 것이었다. 다행히 충성스러운 하인들이 지켜준 덕분에 집안 구석구석에서는 제법 큰돈이 될 만 한 비싼 물건들이 여럿 나왔다.

김 부사가 높은 식견으로 모아두었던 서화집이나 도자기는 물론이요, 꾸미고 단장하기를 좋아하는 반회를 위해 준비된 비싼 옷감과 향료, 장신구들도 적지 않았다. 그것들도 죄다 챙겼다. 비상시엔 돈이 칼이나 활보다 더 강한 무기가 될 것임은 진작부터 알고 있었으니까.

그리고 실제로도 그랬다.

보름 다음 날 산발이 된 당이가 급히 찾아와 준형이 다쳤음을 고했을 때 소문이 나지 않게 치료해 줄 의원을 구할 수 있었던 것도, 준형과 당이가 당분간 머물 집과 그 집에서 일을 도와줄 하인들을 구할 수 있었던 것도, 모두 반회가 챙겨둔 그 은자들 덕분이었다.

물론 하인들에게는 자신들의 신분을 사실대로 밝히지 않았다. 당장은 김 부사와 강회만 추포되었지만 언제 반회나 준형까지 쫓기는 몸이 될지 몰라서였다. 해서 하인들은 물론이고 동네 사람들에게 당이와 준형은 어디까지나 도성에 갓 올라온 전직 기생과 그 기생에게 홀려 집을 박차고 나온 지방 만석꾼 집 한량 아들로 알려놓았다. 그리고 반회 자신은 준형의 일을 돕는 먼 친척 형으로 알려놓았다.

얌전히 숨어 있어도 될 것을 굳이 이런 저런 소문이 돌 만한 신분으로 위장한 것은 따로 목표가 있어서였다. 바로 누군가를 꾀어 들이기 위해서였다.

"어떻습니까? 아직 안 왔습니까?"

그 밤, 의금부에서 곧장 준형의 집으로 온 반회는 당이에게 일의 진척 상황을 물었다. 준형은 급한 볼일이 있다며 나가 집을 비운 상태였다.

"오늘만 해도 벌써 십수 명이 다녀갔다 하던데, 그중에 없었소?"

"아직 망설이는 중인가 봅니다."

"근데 정말로 오겠소?"

반회는 아직도 당이의 계획이 미덥지 않은 듯 다시 물었다.

"차라리 지금이라도 사람들을 사서, 그 계집을 찾는 것이 빠르지 않겠소?"

반회가 말하는 그 계집이란, 곰보 여편네를 말했다. 금자도에서 당이에게 노골적으로 시비를 걸고, 분란을 일으켰다는 죄로 뭍으로 내쫓긴 여인이었다. 준형이 당이를 위해 시장에서 물건들을 사들이려 할 때, 그 계집이 금자염임이 분명해 보이는 물건들을 옮기는 것을 당이가 보았다.

하여, 김 부사와 강회가 금자염 밀매라는 누명을 쓰고 의금부에 잡혀갔다는 소식을 들은 직후 당이는 반회에게 그 곰보 여편네를 찾을 계책을 내었던 것이다.

"아니 됩니다. 그랬다간 오히려 더 꽁꽁 숨어버리고 말 것입니다."

당이의 목소리는 결코 크지 않았지만 묘한 설득력을 갖고 있었다.

"부사 어르신과 큰 공자님이 의금부에 잡혀갔으니, 의금부나 공자님들이 자신들을 찾으려 들 것을 예상하고 있을 것입니다. 그러니 찾으려 하면 할수록 그들은 오히려 더 깊이 숨어버릴 것입니다."

"그렇긴 하지만……."

당이의 말이 맞는 걸 알면서도 여전히 반회는 당이의 계책에 반신반의하였다. 당이의 계책이란, 숨어 있는 자들을 이쪽에서 찾는 것이 아니라 오히려 그쪽에서 모습을 드러내게 꾀는 것이었다.

하여 당이는 일부러 묘령의 여인으로 가장하여 여러 날에 걸쳐 운종가를 누벼 사람들의 이목을 모은 뒤, 또한 일부러 아주 질 좋은 소금을 비싼 값으로 사들이는 수고를 하였다.

"걱정 마시어요. 이제 도성 내에 소문이 파다하게 퍼졌으니, 머지않아 금자염을 들고 제 발로 이 집으로 찾아올 것입니다."

"그것들이 금자염 밀매에 관여했으면 이미 아버지와 형님이 금부에 잡혀갔다는 소식도 들었을 것이오. 그런데 이런 위험한 시기에 고작 몇 푼 더 벌자고 또다시 소금을 팔려 들겠소?"

"공자님은 별로 탐욕이 없으시지요?"

당이가 대답 대신 엉뚱한 질문을 해왔다.

"……그야, 그렇소만."

그랬다. 반회는 이제껏 무엇을 가져야겠다거나, 무엇을 갖지 못하여 안달복달한 적이 단 한 번도 없었다. 한때는 아비나 형이 자신보다 준형을 더 아끼는 것에 마음 상한 적도 있으나, 그것을 어찌 탐욕이라 부르겠는가?

"그럼 손안에 열을 움켜쥐고도 하나를 더 갖기 위해 손을 펴는 사람의 심리에 대해 잘 모르시겠습니다."

"이미 큰돈을 쥐고 있는데도 무엇하러 그런 위험을 감수한단 말이오?"

"욕심과 두려움이 결합된 때문이지요. 하나라도 더 갖고 싶은 욕심, 지금 쥐고 있는 열이 언제고 금방 사라질 것 같은 두려움. 하여 어떤 이들은 비록 자신이 쥐고 있는 것까지 놓치게 될 위험을 감수하더라도 하나라도 더 갖기를 원하곤 하지요."

당이가 말하다 말고 쑥스럽다는 듯, 손으로 입을 가리고 후훗하고 웃음을 흘렸다.

"이렇게 잘난 척하며 말하지만, 그래봐야 어려서부터 여기저기 잡일을 거들며 보고 알게 된 계집의 얕은 소견일 뿐이지요."

당이의 쑥스러운 웃음소리는 밤의 적막을 깨고 싱그럽게 은은히 울려 퍼졌다. 그 웃음소리에 반회는 새삼 놀란 눈으로 달빛을 고스란히 받고 있는 당이의 얼굴을 자세히 보았다.

딱히 이렇다 하게 어여쁜 얼굴은 아니었다. 도성을 떠들썩하게 하는 일패 기녀들과 한다 하는 미색들을 여럿 본 반회의 눈에는 특별히 고와 보이지도 않는 얼굴이었다. 어찌 생각하면 준형이 목을 매는 것이 이해가 되지 않을 정도로 평범하게 생긴 여인이었다.

여태까진 그랬다.

그런데 지금 이 순간 반회의 눈에 비친 당이의 모습은 이상하게 낯설었다. 처음 보는 여인 같았다. 기생 흉내를 내느라 전과 달리 풍성한 가체를 쓰고 있기 때문일지도 몰랐다. 그로 인해 평소보다 목이 한층 더 가늘고 길어 보이고, 얼굴이 한층 더 작아 보여 그런지도 몰랐다. 여러 일을 겪으며 조금 야윈 것도 얼굴이 달라 보이는 데 일조를 했을 것이다. 그러니 평범한 이목구미가 평범하지 않게…….

'잠깐, 평범하다고? 이 얼굴이?'

반회는 저도 몰래 손을 들어 쓱쓱, 눈을 비볐다.

"눈에 뭐가 들어가셨습니까?"

반회의 행동이 걱정스러웠는지 당이가 동그랗게 눈을 뜨고 물었다. 그 모습은 어디까지나 은애하는 이의 형을 대하는 모습이었다. 조금은 어려운 오라비를 대하는 공손한 여동생의 모습이었다.

그런데 무척이나 어여뺐다.

여태까진 당이의 커다란 눈이 오목조목한 이목구비의 균형을 깬다고만 생각했다. 그런데 지금 달빛을 받아 반짝이는 두 눈은 어느 깊고 깊은 숲 속 사이에 호젓이 숨어 있는, 거울처럼 맑은 샘물 같아 보였다.

그저 낮은 콧대는 아니구나, 여겼던 작은 콧대 역시 고집스럽게 오똑 솟아 있는 것이 말도 못 하게 귀여워 보였다. 그리고 그 밑에 조금 벌어진 입술은 잇꽃 연지를 바른 탓인지 유난히 붉고 탐스러워 보였다.

'미친놈! 진짜 네가 제대로 미쳤구나!'

반회는 제 마음에, 제 눈이 보여주는 광경에 놀라 얼른 고개를 저으며 저 스스로에게 욕설을 늘어놓았다.

'아우의 여인이다. 준형과 서로 은애하는 여인이다. 그런데 지금 무슨 생각을 하는 것이야!'

"공자님……?"

갑자기 눈에 띄게 당황해하는 반회의 모습에 놀란 당이가 반회를 불렀다.

"어디가 편찮으십니까?"

당이는 반회에게 스스럼없이 굴 생각 따윈 없었다. 갑자기 창백해지고, 눈동자가 흔들리기 시작한 반회가 걱정스러워 반사적으로 반회의 소맷자락을 건드린 것뿐이었다.

그런데 반회가 마치 제 급소를 찔리기라도 한 것처럼 화들짝 놀라며 "엇!" 하는 소리를 내고선 펄쩍 뛰어 물러났다.

"공자님?"

"아, 아니오. 아무것도 아니오. 난 그냥……."

또다시 저를 빤히 바라보는 당이의 눈을 피하고자 이리저리 시선을 돌리던 반회의 눈이 또다시 당이의 붉고 탐스러운 입술로 향했다. 저를 부르느라 조금 열려 있어, 그 안의 복숭아 빛 혓바닥이 조금 엿보였…….

철썩! 반회가 두 손을 들어 힘껏 스스로의 뺨을 갈겼다. 해서는 안 될 생각을 하는 저를 나무라기 위해, 들어서는 안 될 생각이 자꾸만 머릿속에 스멀스멀 기어드는 것을 막기 위해서였다.

"공자님!"

당이가 부르는데도 아직 한참 부족한 양, 반회는 두 눈을 질끈 감고서 한 번 더 철썩 제 뺨을 갈겼다.

"윽!"

제 손으로 제 뺨을 친 건데도, 주저함이나 머뭇거림을 용서하지 않고 사정없이 친지라 반회의 입가에 작은 핏물이 맺혔다.

"공자님, 왜……."

"모기 때문이야."

답을 한 건, 반회가 아니었다. 어느새 돌아온 건지 두 사람에게로 가까이 다가서고 있던 준형이었다.

"그렇지요, 형님? 밤 모기가 참 기승스럽지요?"

반회를 보는 준형의 눈빛은 모든 것을, 반회의 창피한 속내를 다 꿰뚫어 보는 것 같았다. 그래서 반회의 뺨은, 스스로의 손에 얻어맞은 충격 때문이 아니라 다른 이유 때문에 더 빨갛게 물들고 말았다.

"마, 맞다. 도성의 모기가 지독하다 말은 들어 알고 있었지만, 이렇게 가렵고 귀찮고 성가실 줄은 내 미처 몰랐구나."

"형님도 참. 빈대 잡자고 초가삼간 태운다더니, 모기 하나 잡자고 그 잘생기신 얼굴을 그렇게 만드시면 어찌해요? 어서 가서 찬물에 좀 식히셔야겠어요. 얼굴이 아주 빨개요."

준형이 당이 곁으로 다가와 보란 듯이 당이의 어깨를 감싸 안으며 말했다. 제 여인이라고 으스대거나, 과시하려는 까닭이 아니었다. 그러기에는 오히려 형을 보는 준형의 눈빛에는 안쓰러움이 가득하였다.

준형은 괜히 당이와 자신 때문에 반회가 마음을 다치지 않길 바랐다.

-알겠나? 그 여인은 앞으로 점점 더 많은 사내를 번민케 할 거네. 이제껏 아무렇지 않게 그녀를 대하던 이들도 그녀로 인해 심란해지고, 또한 다치게 될 걸세.

조금 전 만났던 일산이 들려준 이야기가 준형의 귓가를 맴돌고 있었다.

"얼굴빛이 별로 좋아 보이지 않는군. 누가 보면 며칠 심하게 앓았던 사람 같으이."

다짜고짜 제집에 쳐들어온 준형을 맞은 일산은 느긋하기 그지없었다.

"앉게. 내 십전대보탕이라도 내오라 할 터이니. 내 집엔 꽤나 솜씨 좋은 의원이 살고 있거든."

"됐어. 그 안에 또 무엇을 탈 줄 알고."

사납게 눈을 빛내는 준형을 보며 일산이 피식, 가볍게 웃었다.

"하긴 내가 다시는 그런 짓을 안 한다고 하여도 믿기는 어렵겠지. 내가 자네라도 그럴 테니 말일세."

"그때 일을 생각하면 당신을 이 자리에서 단숨에 찢어 죽여도 성에 차지 않아!"

"하하하. 그러시겠지. 근데, 옆구리의 상처는 다 나았는가?"

일산은 슬쩍 떠보는 물음에 굳어지는 준형의 입매를 보며, 제 짐작이 들어맞았음을 알았다.

'역시 그랬던 거야. 내 짐작대로였어. 세자가 여태 괜히 이유 없이 앓았던 게 아니었다. 어떤 쌍둥이들은 멀리 떨어져 있어도 서로의 감각을 공유한다던 이야기가 사실이었던 게야!'

"뭘 아는 거지? 어디까지 아는……."

그렇게 묻다 말고 준형은 핫, 하고 입을 다물었다. 제 맞은편에서 절레절레 고개를 젓는 일산을 보고, 지난번 일산이 했던 충고를 떠올렸다.

그때 일산은 분명 말했었다.

준형이 물어야 하는 것은 일산이 얼마나 알고 있는지가 아니라, 왜 일산이 알고 있는지, 라고. 그래서 준형은 다시 고쳐 물었다.

"왜지? 당신은 왜 그렇게 모든 걸 다 알고 있다고 자신하는 거지? 당신이 아는 게 틀렸을 수도 있잖아."

"과연 그럴까?"

일산이 조금 얄밉게 고개를 옆으로 까딱하였다. 엄연한 도발이었다. 진실을 알려면 싫어도 준형이 응할 수밖에 없는 도발이었다.

"나에 대해 다 안다고?"

"자네가 예상하고 있는 것보다 훨씬 더 많이."

"그럼 만월의 밤에 변하는 이유도, 어찌하면 변하지 않을 수 있는지도 알고 있겠네?"

"으흠?"

물음에 대한 답을 명확하게 말하지 않고 일산이 어깨만 으쓱하였다.

"안다는 거야, 모른다는 거야!"

"자네는 해와 달이 뜨는 이유를 아는가? 어찌하면 해와 달이 뜨지 않을 수 있는지 아는가?"

"뭐?"

싱글싱글 웃으며 답하는 일산의 너무도 뻔뻔스러운 태도에 준형이 "하!" 하고 콧방귀를 뀐 후 자리에서 일어섰다.

"장난을 할 생각이라면 집어치워. 심심해 죽겠는 당신과 놀아줄 만큼 한가하진 않으니까."

"이왕 내 집에 왔으니, 내 무료함을 달래주려는 시늉이라도 보여주게. 그러면 혹시 또 아나. 자네가 알지 못하는 자네에 대한 여러 가지 흥미 있는 이야기를 들려줄지.”

“아니, 됐어. 필요 없어. 내가 궁금해하고, 답을 원하는 건 딱 그 두 가지야. 원인과 해결책. 당신이 그걸 모른다면 내가 여기서 시간낭비하고 있을 이유는 없지.”

혹시나 하는 기대가 수포로 돌아간 실망감을 안고 준형이 방을 가로질러 나가 막 방문을 열려 할 때였다. 목소리에 담긴 웃음기를 지우지도 않고, 일산이 말했다.

“왜 이 땅에서 늑대가 사라졌는지 아는가?”

방문을 잡아 열려던 준형의 손이 멈췄다. 그대로 준형은 석상처럼 굳게 서서 일산의 말을 들었다.

“사실 아주 오랜 옛날에는 이 조선 땅에도 늑대라 불리는 존재들이 살고 있었다네. 어찌 보면 당연하지. 중국과 땅이 이어져 있거늘 중국 땅에서 멀찍이 사는 늑대들이 왜 이 땅에서는 살지 않았겠는가. 하지만.”

여전히 꼼짝도 않고 있는 준형의 등을 보며, 일산은 한쪽 입술을 비틀어 올린 후, 말을 이었다.

“지금에 이르러서는 이 조선 땅에 늑대에 대해 아는 자들은 그리 많지 않다네. 본 자들은 더욱 드물고. 왜냐? 모두 죽임을 당했기 때문이지.”

움찔, 준형의 어깨가 흔들렸다.

“물론 그렇게 죽임을 당한 늑대들 중에는 한 달에 한 번, 만월이 뜨는 밤에만 늑대로 변하는 자네 같은 자들도 더러 있었을 것이네.”

그제야 천천히, 아주 천천히 준형이 일산을 향해 돌아섰다. 새하얀 종잇장보다 더 창백해진 얼굴을 하고. 무슨 생각인지 일산이 갑자기 그런 준형에게 삿대질을 하며 사납게 외쳤다.

“늑대를 죽여라! 씨를 말려라! 다시는 이 땅에 늑대가 살지 못하게 하라! 이 땅의 모든 산천을 그것들의 피로 물들여라! 다시는, 다시는 늑대와 같은 것들이 이 땅을 어지럽히지 못하게 하라!”

누군가에게 들릴 걱정도 안 하는지, 일산이 천둥처럼 고함을 쳤다. 누구의 말을 전하는지 몰라도 그 눈빛은 시뻘겋게 광기를 띠고 있었다.

"잡아라! 베어라! 태워라! 가죽을 벗기고 뼈란 뼈는 모두 잘게 부수어, 다시는 이 땅에 살지 못하게 하라! 모두 죽여라아아앗!"

손으로 준형을 가리키며 목청이 터져라 소리를 지르는 일산을 보며, 준형의 무릎이 덜덜 떨렸다. 일산이 말하는 그 모든 게 정말 준형 자신이 겪었던 일인 양, 까닭 없이 몸이 떨려왔다.

무섬증이 돋았다. 당장 제 목에 칼날이 겨누어지는 것 같았다. 제 몸이 불길에 태워지는 것 같았다. 제 살가죽이 벗겨지고 제 온몸의 뼈가 잘게 갈리는 것만 같았다. 그런 준형의 속내가 얼굴로 고스란히 나타난 모양이었다. 미친 듯 소리를 지르던 일산의 살육의 광기에 물 들은 얼굴은 금세 본래의, 기분 나쁠 정도로 여유 있는 얼굴로 되돌아왔다.

"왜……."

준형이 어렵게 입을 열고 물었다.

"왜, 왜 그런 잔인한 일을……."

"자고로 모든 일들의 원인이란 건 따지고 보면 모두 작고 하찮은 것일 때가 많다네."

"작고 하찮은 것?"

"예를 들면 사내의 조잡한 시기와 질투, 뭐 그런 거?"

자신의 말에 충격을 받은 준형의 얼굴에 만족해하며 일산은 대대로 저희 혈족들에게 입에서 입으로 전해져 온 그날의 이야기를 하였다.

"시작은 아주 단순했다네. 오래전, 아주 오래전."

일산의 목소리는 마치 어린아이에게 재미있는 옛날이야기라도 들려주는 듯 조금은 들떠 있었다.

"어느 해, 어느 임금께서 사냥을 나갔다 우연히 한 여인을 만났다네. 임금은 첫눈에 그 여인에게 반하고 말았지. 하지만 그 여인에게는 이미 자기 목숨보다 사랑하는 정인이 있었다네.”

일산이 전해준 이야기의 전말은 이랬다. 여인이 사랑하는 이가 있다는 것을 알면서도, 두 사람이 곧 혼인을 앞두고 있다는 걸 알면서도 임금은 그 여인에게로 향하는 마음을 거두지 못하였다.

여인을 가지고 싶고, 여인이 자신만을 연모하게 하고 싶어졌다. 여인을 평생 자신의 곁에 두고 싶어졌다. 하여, 임금은 끝내 여인을 강제로 궁으로 데리고 와버렸다. 사랑하는 여인을 잃은 사내는, 제 정인을 찾기 위해 궁으로 몰래 숨어 들어왔고, 당연하게도 얼마 못 가 잡히고 말았다.

“불행인지 다행인지, 사내가 잡힌 그날은 바로 보름날이었다네. 이쯤 되면 자네도 그 사내가 어떤 사람인지 능히 짐작할 수 있겠지?”

“설마……?”

“그래. 그 사내는 자네와 같이, 자네처럼 만월이 뜨는 밤에 늑대로 변하는 사람이었던 게야.”

그 밤. 온 세상을 뒤덮을 듯 커다란 만월이 뜬 그 밤.

늑대로 변한 사내는 자신을 가두고 있는 사람들을 물어 죽이고 괴물과 같은 힘으로 옥문을 부수고 뛰쳐나와 단숨에 제 여인을 찾아갔다. 희미한 냄새와 본능에 의해 당도한 별궁에서는, 때마침 달빛에 미쳐버린 임금이 욕망에 들떠 사내의 여인을 강제로 취하려 하고 있었다.

늑대는 단숨에 그들에게로 뛰어들어 임금의 몸과 얼굴에 도저히 회복할 수 없는 깊은 상처를 남기고 제 여인을 둘러업고서 도망치고 말았다.

눈앞에서 그토록 갈망하던 여인을 갈취당한 임금은 온 나라의 군사를 풀어 그 둘을 쫓게 하였다. 하지만 하늘로 솟은 듯, 땅으로 꺼진 듯 둘의 모습은 좀처럼 찾을 수가 없었다.

“여인을 잃고 초조하고 상심한 임금은 점점 더 쇠약해져만 갔지. 늑대사내에게 입은 상처 또한 나날이 덧나고 깊어지고 심각해져 갔다네. 하여 마침내 자신의 살날이 얼마 남지 않은 것을 알게 된 임금은 온 나라에 엄명을 내렸다네."

그 여자와 늑대사내를 잡아 죽일 것. 덧붙여 이 땅의 모든 늑대를 죽일 것. 단 한 마리의 늑대도 살려두지 말 것. 늑대를 죽일 땐, 반드시 목을 벤 다음, 불태울 것. 늑대를 가까이하는 사람들도, 늑대를 숨겨주거나 보호하려는 자들도 절대 용서치 말고 모두 죽일 것.

잔혹하지만 지엄한 어명이었다.

"결국 자신이 놓친 여인에 대한 욕심을 놓지 못한, 자신에게서 여인을 빼앗아 간 늑대사내에 대한 질투를 버리지 못한, 속 좁은 한 사내로 인해 이 땅에서 더는 늑대를 찾아볼 수 없게 되었다는 것이야."

"당신은 어떻게 그리 오래전의 일을 다 꿰고 있는 거지?"

"후후훗. 그야…… 내 조부의 조부님께서 그때 임금의 명을 받고 늑대를 몰살시켰던 대장군이셨거든. 일흔이 넘은 나이에도 불구하고 스스로 말을 몰고 온 산천을 누비며 임금께서 하사하신 칼에 늑대의 피를 묻히신 분이시지. 대단하지 않은가?"

"큭!"

일산의 말에 준형의 눈에서 불꽃이 튀었다. 지금 준형의 눈에는 일산이 곧 모든 늑대를 죽인 대장군처럼 보였던 것이다.

"하하하하! 그런 눈으로 볼 것 없네. 자네는 그분께 고마워해야 하니까."

"그건 또 무슨 개똥같은 소리야!"

"왜냐하면 그때 늑대사내를 잃고 홀로 동굴 안에 숨어 있던 여인을 발견하고 보호해준 이가 바로 그분이셨거든. 그러니 고마워하란 말일세. 그분이 아니셨다면 지금의 자네도 없었을 테니 말이야."

"그럼……?"

그제야 준형은 수수께끼 같던 일산의 말을 이해하였다. 일산의 말인즉, 그때 살아남은 여인, 늑대사내와 임금의 연모를 한 몸에 받았던 그 여인이 바로 바로 준형 자신의 조상이라는 뜻이었다.

"그래. 대장군이 그 여인을 발견했을 때, 이미 여인의 배 속에는 늑대사내의 아이가 자라고 있었어. 어명대로라면 대장군은 여인과 여인의 배 속 아이까지 모두 죽여야만 했지. 그런데도 대장군은 사람들의 눈을 피해 여인을 숨겨주고, 또한 무사히 아이를 낳고 키울 수 있도록 물심양면으로 도와주셨다네. 당신 자신이 숨을 거두는 그날까지도 말일세."

사실이었다. 지금 일산이 준형에게 전해주고 있는 이야기들은 모두 일산이 들어 알고 있는 사실 그대로였다.

단, 부러 비틀어 숨긴 점은 있었다. 그건 바로 늑대의 반려였던 여인을 살려준 그 대장군의 후손은 사실 김 부사 일가이고, 일산 자신은 준형처럼 그때 살아남은 여인의 후손이라는 점이었다.

"헌데, 대장군은 왜 지엄한 어명까지 저버리고 그녀를 살려주었을까?"

"설마 그 대장군도 그 여인을 연모하게 됐다는 거야?"

"하하하하! 정답일세. 정말 신기하지 않은가? 본래의 정인이었던 늑대사내는 둘째 치고, 일국의 임금은 물론이요, 사내로서의 욕망을 버렸을 만한 일흔의 대장군까지 모두 그 여인에게 홀려버렸으니 말일세."

재미있지 않냐는 듯, 일산이 눈을 빛냈다. 이야기를 전하다 자신이 먼저 흥이 난 모습 같기도 했다.

"그런데 더 재미있는 건 뭔지 아는가? 그 여인에게……."

"……당신 꿍꿍이가 뭐야?"

준형이 일산의 말을 중간에서 끊었다.

"묻지도 않았는데 굳이 내게 이런 시시콜콜한 이야기들을 다 들려주는 이유가 뭐지?"

"지금 당장은 꿍꿍이 따윈 없다네. 순수한 호의로 자네에게 가르쳐주려는 것뿐이야. 늑대의 반려가 어떤 존재인지."

"……늑대의 반려?"

준형은 일산이 던져준 말을 가만히 되뇌었다.

일산이 지칭하는 건, 분명 준형의 선조라는 그 여인일 것이었다. 그런데도 이상하게 '늑대의 반려'라는 말을 듣자마자 생각난 건, 다른 사람이었다.

준형 자신의 반려. 늑대로 변하는 자신의 반려. 늑대의 반려.

바로 당이였다.

-알겠는가? 늑대의 반려가 된 여인은 주변의 사내들을 미혹시키고 만다네. 자네의 여인도 마찬가지고. 그 여인은 앞으로 점점 더 많은 사내를 번민케 할 거네. 이제껏 아무렇지 않게 그녀를 대하던 이들도 그녀로 인해 심란해지고, 또한 다치게 될 걸세.

당황한 얼굴로 허둥지둥 반회가 돌아간 후, 준형은 당이와 함께 방에 들자마자 어리광을 부리듯 당이의 품으로 찾아들었다. 한 팔로 가는 허리를 감아 제게로 밀어붙이고선, 다른 쪽 손으로는 동그란 뒤통수를 감싸 안았다.

'왜 이렇게 불안해해요?'

묻고 싶은 마음을 감추며, 당이는 가만히 준형의 품에 머물렀다.

불안. 걱정. 조바심. 아픔. 슬픔. 연민. 연모.

준형의 모든 감정들이, 바짝 붙어 맞닿아 있는 몸을 통해 생생히 전해지고 있었다. 생각은 읽을 수 없어도 감정은 하나도 숨김없이 고스란히 전해지고 있었다.

"잠깐만……."

당이가 준형의 품 안에서 살짝 몸을 비틀었다.

"미, 미안. 아팠어?"

제 생각에만 취해 너무 꽉 껴안아서 고통을 준 것인가 놀란 준형이 팔에서 힘을 풀었다.

"아뇨. 지금 해야 할 일이 생각나서요."

"응?"

준형은 멍하니, 당이를 보았다. 당이는 준형의 손에, 유난히 사내답게 크고 긴 준형의 손가락에 제 손가락을 얽어 깍지를 끼고는 방문 밖 어딘가로 준형을 이끌었다.

"여긴?"

당이가 준형을 데려간 곳은 목욕간이었다. 준형이 외출에서 돌아오면 먼지를 씻으라고 미리 물을 덥혀 준비해둔 동그란 나무 목욕통에서는 뜨거운 김이 모락모락 피어오르고 있었다.

"왜……?"

"쉿!"

준형의 말문을 막은 당이가 준형을 밀어 목욕간 안으로 먼저 들여보냈다. 그러고선 저 역시 목욕간 안으로 들어와 목욕간의 문을 닫았다.

삐거덕, 탕!

은밀함이 모락모락 피어오르는 목욕간 안에 문 닫히는 소리가 유난히 크게 울려 퍼졌다. 그와 함께 춤추듯 사뿐사뿐한 걸음으로 당이가 꼼짝도 않고 서 있는 준형에게로 다가갔다.

"오늘 낮에 소금장수 하나가 꽤 괜찮은 소금을 가져왔더라고요. 금자염만은 못하였지만, 제법 정성스레 구운 질 좋은 소금인 것 같기에 사두었죠."

당이는 이제 비파를 퉁기는 것만 같은 우아한 손놀림으로 준형의 가슴에 매어져 있는 도포 끈을 풀었다.

"……아직도 그 계집은 안 오고?"

준형이 부러 곰보 여편네의 일을 물었다.

"온 도성에 소문이 파다하게 났으니, 이제 곧 올 거예요."

당이는 주저함이라곤 조금도 없는 손놀림으로 준형의 도포자락을 활짝 펼쳤다. 그러곤 준형의 등 뒤로 돌아가서, 도포를 벗겨 반으로 접은 후에 제 팔에 걸쳤다.

"흐읏."

준형의 입에서 묘한 신음이 새어나왔다. 당이가 준형의 등 뒤에서 준형을 껴안는 것처럼 준형의 가슴으로 손을 둘러 준형이 입고 있는 배자(저고리 위에 입는 소매 없는 상의)를 벗겨낸 때문이었다. 배자만이 아니었다. 저고리와 그 안의 속적삼까지, 당이는 주저 없이 벗겨나갔다.

"여기 앉아요."

마침내 준형의 윗몸에서 모든 옷가지를 벗겨낸 당이가 부드럽게 명했다. 그런데도 여전히 서서 꼼짝도 않으려 하는 준형의 손을 잡고 이끌어 모락모락 피어나는 목욕통 옆에 놓인, 널빤지 위에 준형을 앉혔다.

당이 자신은 방금 막 준형의 몸에서 벗겨낸 웃옷들을 내려놓고 준형의 발 앞에 쪼그려 앉아, 준형의 신을 벗겼다. 바지대님을 풀어내고, 버선을 벗겼다. 오른쪽, 왼쪽. 차례대로 움직이는 그 손놀림은 그 일을 마치 백 번 이상 해본 사람의 손놀림인 양 익숙하고 능숙하였다.

그 능숙한 손이 뻗어간 마지막 자리는 바지허리였다.

'흐읍!'

준형은 안 그래도 군살 하나 없이 납작하고 탄탄한 배를, 등가죽에 철썩 달라붙을 정도로 깊게 숨을 들이마셨다. 그런 준형의 긴장을 아는지 모르는지, 당이는 천천히 바지 끈을 풀어내고선 바지허리를 잡고는 단숨에 발밑까지 내려버렸다. 하여 이제 준형의 몸에는 속곳과 속바지밖에 남지 않았다.

"들어가 앉아요."

"……응."

당이는 이제 속곳들과 속바지만 입은 준형의 맨등을 살짝 떠밀어, 목욕통 안으로 들어가게 하였다.

찰방 물소리를 내며 준형의 몸이 뜨끈뜨끈한 물 안으로 서서히 잠겼다. 당이는 목욕간 안의 촛불 빛이 제대로 닿지 않아 어두운, 한쪽 구석으로 갔다. 사라락, 누가 들어도 옷감이 스치는 게 분명해 보이는 소리가 목욕통 안에 들어 있는 준형의 귀를 새빨갛게 물들였다.

그로부터 잠시 후.

점점 더 가까이 자신에게로 다가오고 있는 당이를 보며, 준형은 몇 번 눈을 깜빡였다. 그래도 보이는 건 바뀌지 않았다. 시야를 방해하는 뜨거운 김들 너머로 보이는 건, 분명 제가 연모하는 여인이 맞았다.

좀 전까지 머리에 이고 있던 화려한 가체를 벗고서, 삼단같이 윤기가 흐르는 풍성한 머리채를 한쪽 어깨로 늘어뜨린 아름다운 여인이었다.

화사한 색감의 비단 저고리와 치마를 벗고서 은은하게 안이 드러나 보이는 하늘하늘한 모시 속적삼과 속치마 차림의 당이였다. 그 손에는 차곡차곡 접힌 삼베 천과 당이의 살빛처럼 새하얀 소금이 소복하게 쌓인 접시가 놓인, 작은 소반이 들려 있었다.

"돌아앉아요."

당이가 명했다.

"흐응."

준형이 콧소리를 내며, 한쪽 눈썹을 들어 올렸다. 장난기와 오만함이 섞인 그 표정은 '싫다.', '나는 계속 너를 보고 있으련다.' 그리 말하고 있었다.

"정말 이러기예요?"

등을 돌리려 하지 않는 준형을 얄밉다는 듯 눈을 흘기고는 당이가 준형의 앞에 소반을 내려놓고 자신도 거기에 자리를 잡고 앉았다.

"얼른 돌아앉아요."

당이가 다시 한 번 눈을 흘기며 말한 후에야, 준형이 피식 웃으며 당이를 향해 있던 몸을 돌려 앉았다.

"잘했어요. 안 그랬음, 등짝을 한 대 때려주려고 했으니까."

"무슨 죄로? 난 당신이 보여주는 걸 본 죄밖에 없는데?"

준형이 고개를 돌려 다시 슬쩍 당이를 보았다. 준형의 시선이 당이의 하얀 이마에서 뜨거운 목욕간 공기로, 혹은 다른 이유로, 조금 발그레하게 달아오른 뺨, 말하느라 조금 열려 있는 입술을 지나 길고 날씬한 목을 타고 내려갔다. 하여 마침내 그 시선이 가 닿은 곳은 작은 우물처럼 움푹 파여 있는 쇄골과 그 아래의 부드러운 능선이었다. 당이가 숨을 쉴 때마다 우물은 깊어졌다 얕아졌다를 반복하였고 능선도 조금씩 그 위치를 달리하였다. 그 움직임에 홀려 있느라, 준형은 당이가 손을 뻗어 무엇을 집어 드는지도 알지 못하였다.

순간,

"읍, 우프프프!"

갑자기 준형의 머리 위에서 뜨끈한 물이 쏟아져 내렸다. 당이가 목욕통 안에 둥둥 떠다니는 함지박을 집어 들어, 목욕물을 퍼부은 것이었다.

"당신 보여주려고 벗은 거 아니거든요? 괜히 비싼 옷 망칠까 봐 그런 거니까 다른 마음일랑 먹지 말아요."

"호호호."

뭐가 그리 좋은지, 두 손으로 얼굴의 물을 쓸어내리며 키득대고 웃는 준형을 본체만체 당이는 소반 위의 소금을 한 움큼 집어 들었다.

"손 내밀어요."

얼굴에선 여전히 웃음기를 지우지 않은 준형이 당이가 시킨 대로 순순히 손등을 위로 하여 손을 내밀었다.

당이가 그런 준형의 손을 잡아 뒤집어 손바닥이 위로 향하게 하였다. 그러곤 준형의 손바닥 위에 소금을 올려놓았다.

"살에 대고, 안쪽에서 바깥쪽으로 둥글게 원을 그리며 문질러요."

"어떻게?"

준형이 모르겠다는 듯 고개를 갸웃하며 물었다.

하여, 당이는 소금을 집어 든 후, 제 손등 위에 뿌린 후 둥글게 원을 그리며 문질러 보였다.

"이렇게요. 소금으로 몸을 씻어내듯이요."

"이렇게?"

준형이 서툰 손짓으로 제 탄탄하고 미끈하게 뻗은 팔뚝에 아무렇게나 소금을 뿌린 후, 손바닥으로 찍어 누르듯 하여 원을 그렸다.

"아니, 그게 아니라 이렇게 하라고요."

이런 간단한 것도 따라 하지 못하는 준형이 답답해진 당이가 소금을 들어 준형의 팔뚝 위에 사뿐히 뿌렸다. 그리고 그 위를 살살 문지르려는데, 갑자기 준형이 확, 당이의 몸을 물 안으로 잡아당겼다.

"엄마얏!"

균형을 잃은 당이가 목욕통 속에 풍덩 빠짐과 동시에 목욕통을 가득 채우고 있던 물들이 목욕통 밖으로 흘러넘쳤다.

"아푸, 푸푸푸! 당신!"

당이가 입안에 들어온 물을 뱉어내며, 자신을 붙잡아 주는 준형의 가슴팍을 찰싹 소리 나게 때렸다.

"놀랐잖아요!"

당이가 원망스레 준형을 흘겨보았다. 그러면서도 마음은 한결 가벼워졌다. 지금 준형의 표정은 좀 전, 무언가로 심각하게 고민하고 있던 마당에서와는 확 달라져 있기 때문이었다. 지금의 준형은 건방지고 오만하고 그러면서도 지극히 귀여운, 당이가 가장 좋아하는 평소의 모습 그대로였다.

"나는 안 놀랐을 것 같아?"

"물 좀 뿌렸다고, 고것 좀 놀랐다고 이렇게 복수하기예요?"

"물 뿌렸다고 놀란 거 아닌데?"

준형이 덥석, 물 안에서 당이의 허리를 낚아챘다. 그러곤 당이의 귓불에 입술이 닿을 정도로 얼굴을 가까이 가져가 은밀히 속삭였다.

"온 도성에 소문이 파다해. 중촌의 어느 집 아무개는 소금 백 섬을 사주고 여인의 치마 안에 기어들어갔다고. 그 집 여인은 밤이면 밤마다, 날이면 날마다 금보다 비싼 소금으로 몸을 씻어, 그 속살은 소금보다 새하얗다나?"

"……일부러 그리 헛소문을 내기로 한 거 알고 있잖아요."

귓가에 닿는 준형의 숨결이 간지러워, 어깨를 움찔움찔 떨며 당이가 말했다. 애초에 가짜든 진짜든 금자염을 밀매하는 패거리를 꾀어 들이기 위해 비싼 값에 좋은 소금을 사들이는 행세를 하기로 하면서 가장 문제가 됐던 건, 어떻게 하면 자연스러워 보일까였다.

어떻게 해야 값비싼 소금을 사들이는 게 자연스러워 보일 수 있을까.

어떻게 해야 그자들이 마음 놓고 금자염을 가지고 제 발로 찾아올 수 있을까. 그때 반회가 지나가듯 말했었다.

-차라리 작은 기루 하나를 빌려, 기생 아이들이 쓴다 하고 소금을 사들이는 건 어떻겠소?

반회가 아는 어느 일패 기생이 자신의 삼단 같은 머리채를 자랑하며 그렇게 말한 적이 있다고 했다. 자신은 매번 질 좋은 소금으로 머리를 감아, 머릿결이 좋은 것이라고.

-실제로 옛 이야기 속의 어떤 미인은 소금으로 몸을 씻어, 백옥 같은 피부를 유지했다고도 하니, 꽤나 그럴듯한 핑계가 되지 않겠소?

하지만 기루 하나를 통째로 빌리자니 신경 쓰고 단속해야 할 사람들의 머릿수가 너무 늘어나는 게 문제였다.

"해서 부러 내가 기생으로 변복하여 운종가로 나가 사람들의 시선을 끌고 헛소문이 퍼지게 한 걸 알잖아요. 그래야 사람들이 이 집으로 소금을 팔러 올 테니까."

당이가 마른 입술을 축이려, 아랫입술에 살짝 침을 바르며 말했다. 저를 내려다보는 준형의 눈빛이 너무 은근하여, 너무 뜨거워서 자꾸만 바짝바짝 입에 침이 말랐다.

"알고 있지. 그런데 말이야……."

준형의 말은 듣는 당이가 안달 날 만큼 느리고 느렸다. 대신 당이의 등허리를 쓰다듬는 그의 손이 말보다 더 많은 감정을 전해주고 있었다.

"치마 안에 기어들어갔다느니, 살빛이 소금처럼 새하얗다느니…… 그런 낯부끄러운 소문을 퍼트리겠다는 말은 들은 적이 없는데?"

준형이 책망하는 눈길로 당이를 보며, 손가락을 길게 펴선 손가락 기둥으로 당이의 입술을 좌에서 우로 쓸었다.

"그깟 너울만으로는 당신 얼굴이 다 가려지지 않아, 내가 얼마나 애가 타는데. 이 입술을 보고 딴마음을 품을 놈들을 생각하면 얼마나 열이 뻗치는데. 거기다 그런 소문까지 더해? 이것도 다 당신 생각인가?"

"그래서…… 놀랐다고요?"

준형의 손가락 밑에서 당이의 도톰한 입술이 움직였다.

"그래서 이렇게 복수했다고요?"

"아니. 이렇게 복수할 거라고."

당이의 입술에 닿아 있던 손이 당이의 조그만 목을 잡아 위로, 자신의 얼굴에게로 향하게 하였다. 그리고 언제나 그렇듯, 성급하게 먼저 달아오른 준형의 입술이 아래로 내려왔다.

"하아……."

당이는 본능적으로 눈을 감았다. 숨이 가빠와 입술도 열었다. 결코 준형의 입맞춤을 기대하고 한 행동이 아니었다. 그런데도 정작, 준형의 입술이 제 입술이 아닌 턱 끝에 와 닿았을 땐 괜한 실망감에 입술을 삐죽거렸다.

"훗."

당이의 기대와 실망을 읽은 준형의 입가에 장난스러운 미소가 번졌다.

허나, 그것도 잠시 잠깐뿐이었다. 준형의 입술은 가늘고 길게 뻗은 목을 지나, 조금 전 자신의 눈을 매혹시킨 조그만 우물과 능선으로 향했다. 그리고 자신을 위해 숨겨진 보물을 찾으려 열심히 헤집고 다니기 시작하였다.

"김 부사의 일에 대해선 잘하셨소이다. 전하를 두고 절대 딴마음을 품을 이는 아니니, 필시 그자들의 함정에 빠진 것이 분명할 겝니다."

소빈은 이날 밤도 양의당에 들른 세자 현에게 김 부사 부자에게 소명의 기회를 주기로 한 처사에 대해 칭찬하였다.

"어머님."

"하지만 김 부사를 지키기 위해 너무 무리하지는 마세요. 그가 비록 전하의 총애를 받는 신하이자 절친한 벗이기는 하나, 그자 하나를 구하기 위해 굳이 영천군과 맞설 필요는 없다, 이겁니다."

"어머님!"

현이 거듭하여 소빈을 불렀다. 그런데도 소빈은 들리지 않는 척, 제 말만 거듭하였다. 현이 무슨 말을 할지 알기에 일부러 더 그리하였다.

"만약 김 부사가 스스로 누명을 벗지 못하겠거든 못 이기는 척 영천군의 뜻에 따라 처리하세요. 단, 그때에는 금자도의 관리를 어디까지나 세자가 믿고 맡길 수 있는 이에게……."

"어머님!"

마음이 급해진 세자가 무례한 줄 알면서도 목소리를 높여, 제 어미의 말을 끊었다.

"어머님은 분명 제게 약조하셨습니다. 그 여인을 입궁케 하시겠다고요. 벌써 약조하신 지 여러 날이 지났습니다. 언제까지 기다려야 합니까? 얼마나 더 저를 초조하게 만드실 셈이십니까?"

"궁인 하나 들이는 데도 궁에는 그 나름의 절차가 따르는 법입니다. 세자도 아시지 않소?"

쌜쭉한 얼굴로 소빈이 답했다.

"저는 하루가 급합니다. 한시가 급합니다. 세자인 제가 원하는데 무슨 절차가 그리 필요하단 말입니까."

세자 현은 자신이 억지를 쓴다 생각하지 않았다. 너무 지당한 요구를 하고 있다 생각하였다.

"당장 내일이라도 그 여인을 입궁시켜주십시오. 그러지 않으면……."

"그러지 않으면 뭐요. 또 몰래 세자궁에 들여 무작정 야합부터 하시려고 요? 하!"

아들의 서두르는 모양새에 어이없어진 소빈이 콧방귀를 뀌었다.

"어머님!"

"입궁시킨다고요! 입궁시켜주겠단 말입니다! 허나 때를 봐야 할 것이 아 닙니까! 세자, 그 천한 의녀아이를 취하신 지 얼마나 되셨습니까?"

"어머님께서 그, 그걸 어떻게……."

"궁궐 한편에 떡하니 전각까지 차지하고 앉은 아이에 대해 모르는 줄 알 았습니까? 모든 궁인이 세자의 일거수일투족을 지켜보고 있다 하질 않았소 이까. 세자가 그 천한 계집을 품에 안고, 그 즉시로 그 계집을 내친 일에 대 해 온 궁궐에 모르는 이가 없어요! 아마 중전도 영천군도 알고 있을걸요?"

소빈의 추궁에, 저답지 않은 짓을 저지른 것에 대한 부끄러움으로 현의 얼굴이 확 붉어졌다.

"적어도 그 의녀 아이를 궁 밖으로 내치고 난 다음에, 그때에 날을 잡아 그 당이라는 아이를 입궁시킬 것입니다. 그러니 너무 조바심 내지 마세요. 이 어미가 어련히 알아서 할까요. 세자를 위해서라면 이 자리에서 혀 깨물 고 죽을 수도 있는 게 이 어미임을 왜 몰라주시는 겁니까?"

소빈은 금세 태도를 바꾸어 현을 부드럽게 달랬다. 눈에 띄게 풀이 죽은 아들의 손등을 토닥토닥, 두드려주기도 하였다.

결국 지는 것은, 져줘야 하는 것은 소빈 저일 것이다. 현의 반발에 잠시 울컥하긴 했지만, 현이 누군가? 세상 누구와도, 그 무엇과도 비교할 수 없는 소중한 아들이었다. 태어난 지 삼칠일도 안 된 쌍둥이 중 하나를 품에 안고 연못으로 뛰어든 것은, 어미인 제 손으로 제 새끼를 죽여버린 것은 모두 이 아들을 위해서였다.

오직 현 하나만 위해, 현이 떳떳한 임금의 아들로 자라게 하기 위해 저지 른 일이었다. 만약 그러지 않았으면, 자신이 늑대아이를 낳은 게 들키고 말았다면, 분명 현조차도 무사히 살아남지 못할 테니까. 임금의 아들로 인정받지도 못하고 쥐도 새도 모르게 죽임을 당하고 말았을지도 모르니까.

그러니 이제 와 새삼 못 할 일이 뭐가 있단 말인가? 벌거벗고 가시밭길을 기라고 해도, 그것이 현을 위한 일이라면, 기꺼운 마음으로 행복하게 웃으면서 그리할 것이었다.

제13장. 움트는 씨앗

"얼른 놔요."

당이가 자신을 단단히 가두고 있는 준형의 가슴팍을 찰싹, 소리 나게 때렸다. 조금 전, 준형이 큰 소리로 밖의 하인에게 목욕통에 넣을 뜨거운 물을 더 가져오라 시킨 때문이었다.

그때까지 당이는 뜨겁게 덥혀져 있던 물이 어느새 미지근하게 식어버린 줄도 모르고 있었다. 기분 좋은 나른함에 취해 준형의 가슴에 얼굴을 묻고 쉬고 있었던 탓이었다. 준형이 그 길고 유연한 손가락으로 당이의 젖은 머리를 사르르, 쓸어주는 동안 설핏 잠에 빠져들고 있었던 탓이었다.

"얼른 놔요! 누가 들어오면 어쩌려고 이래요!"

순식간에 나른함에서 깨어난 당이가 준형의 품에서 빠져나가기 위해 토닥토닥, 준형의 가슴을 쳤다. 목욕물을 가져올 하인들에게 지금의 민망한 모습을 들킬 순 없었다. 거의 벌거벗은 것이나 다름없는 상태로 준형과 한 목욕통 안에 들어가 있다는 걸 들킬 순 없었다.

"들어오면 어때서? 온 도성의 남정네들을 홀리고 다니는 주인 아가씨가 제 낭군이랑 목욕 좀 했기로서니 그게 뭐 대순가?"

싱글싱글 웃으며 그렇게 답한 준형은 부러 더 크게 밖을 향해 외쳤다.

"더운 물, 아직이냐!"

"예, 곧 들어갑니다아."

물일을 맡은 하녀가 말 어미를 길게 늘어뜨려 답했다. 그 소리가 멀지 않은 곳에서 들려오는 걸 알아차린 당이의 얼굴이 새빨개졌다.

물에 젖어 살갗에 찰싹 달라붙어 있는 옷은 이미 옷으로서의 기능을 전혀 하지 못하고 있었다. 그러니 하인들이 들어오기 전에 얼른 옷이라도 걸쳐야 한다는 생각밖에 들지 않았다.

"빨리요!"

당이는 소리를 죽여 소곤대며 준형에게 제 허리를 단단히 감고 있는 팔을 풀 것을 요구했다.

"싫은데? 정 부끄러우면, 이렇게 하고 있어."

준형이 당이의 허리를 감고 있는 팔에 한층 더 힘을 주며 목욕간 문을 등지는 방향으로 돌아앉은 뒤, 다른 쪽 손으론 당이의 뒤통수를 감싸 제 가슴에 얼굴을 묻게 하였다.

"걱정 마. 내 몸에 가려져 안 보일 테니까. 아마, 당신이 이 안에 있는지도 모르고 지나칠걸?"

준형의 말에는 웃음기가 가득하였다. 그 때문에 당이는 준형의 말을 순순히 믿을 수가 없었다. 허나 다른 수가 없었다. 그때 막 목욕간을 똑똑, 두드리는 소리와 함께 하인의 말소리가 들려온 탓이었다.

"더운물 대령했습니다요."

그 소리에 당이는 얼른 물 안으로 좀 더 깊숙이 몸을 낮췄다. 최대한 준형의 등에 가려질 수 있도록. 하여 곧 목욕간에 들어올 하녀가 자신을 못 보고 지나칠 수 있도록.

"후후훗. 가지고 오너라."

당황한 제 여인의 모습을 보며 웃음 지은 뒤, 준형이 문밖의 하녀에게 명했다. 이윽고 문이 열리더니 뜨거운 김이 폴폴 올라오는 물통을 든 하녀와 하인이 목욕간으로 들어왔다.

"뜨거운 물을 넣어드릴까요?"

"응. 잠깐만."

준형이 잔뜩 웅크리고 있는 당이를 한 팔로 들어 올리다시피 하고는 목욕통의 가장 바깥쪽 면에 찰싹 붙었다.

그러고선 마치 목욕을 느긋하게 즐기고 있는 사람인 양 목욕통의 테두리에 턱 하니 두 팔까지 걸쳤다. 그 바람에 당이는 준형의 가슴팍과 목욕통 사이에 낀 모양새가 되었다.

'일부러 이러는 거죠?'

당장이라도 그 얄미운 가슴팍을 밀어버리고 싫은 소리를 하고 싶었지만, 당이는 그저 꾸욱 참을 수밖에 없었다. 지금 하인들에게 들켜봐야 망신살이 뻗치는 건 저 자신일 테니까. 하여 당이는 더 이상 물러날 곳도 없는데 자꾸만 연신 꾸욱, 꾹 몸으로 눌러대는 준형을 그저 원망스러운 눈으로 올려다보기만 할 뿐이었다.

"흐흐흐. 이제 부어라."

내려다보지 않았지만 당이가 어떤 눈으로 자신을 보고 있을지 짐작한 준형은, 자꾸만 키득키득 새어나오는 웃음을 참으려 하지도 않고 등 뒤의 하인들에게 명했다.

"네에."

순하게 답한 하인과 하녀가 준형의 등 뒤편에서 목욕통 안에 연이어 뜨거운 물을 부었다.

"너무 뜨겁진 않으십니까?"

"응, 딱 좋아. 그러니까 그만 나가도 돼."

물 두 통을 다 붓고 난 하인들은 준형의 등에 대고 꾸벅 고개를 숙인 뒤 서둘러 목욕간 밖으로 나갔다.

"웃…… 잠깐만요. 좀, 좀…… 저리로 좀 비켜나 봐요."

하인들이 목욕간의 문을 닫고 나가는 소리를 들은 당이가 준형의 품과 목욕통 사이에서 빠져나오려고 낑낑거렸다.

하지만 준형은 비킬 생각이 없다는 듯, 몸에 힘을 잔뜩 주고 버텼다.

"좀 더 그대로 있지? 저들이 다시 오면 어쩌려고?"

말은 걱정하는 체하면서도 준형의 입술은 웃음을 참지 못해 들썩들썩거렸다. 그러곤 일부러 더 힘주어 꾸욱, 꾹 당이의 몸을 목욕통에 밀어붙였다.

"정말…… 이러기예요?"

찌릿, 준형을 노려본 당이가 저를 가두고 있는 창살인 얄미운 준형의 팔뚝을 힘껏 비틀어 꼬집었다.

"아야야야야! 나 죽네!"

준형이 호들갑스럽게 비명을 질렀다.

그때였다.

"공자님?"

목욕간 문밖에서 조금 전에 나간 하녀의 목소리가 들려왔다.

"아야야야…… 읍!"

하녀가 부르는데도 계속 비명을 질러대는 준형을 본 당이가 놀라 펄쩍 뛰어올라선 두 손으로 준형의 입을 틀어막았다.

"읍…… 으읍…… 왜!"

고개를 흔들어 당이의 손에서 자유로워진 준형이 여전히 얄밉게 싱글싱글 웃는 낯으로 밖에 대고 물었다.

"무슨 일이야?"

"저기…… 아가씨, 몸 닦으실 천이랑 갈아입으실 옷 좀 가져다드릴까요?"

"ㅎㅎㅎㅎ. 흠, 흠. 그러려무나."

당이의 멍한 얼굴을 보며 쿡쿡 웃어대던 준형이 간신히 웃음을 추스른 후 목욕간 밖의 제법 눈치 빠른 하녀에게 그러라, 답을 내렸다.

"아유…… 난, 몰라요. 정말!"

민망하고도 낯부끄러운 꼴을 다른 사람에게 보였다는 생각에 새빨간 얼굴로 울상이 된 당이가 준형에게서 떨어져 몸을 일으켜 세웠다.

"어딜 가려고? 큭큭…… 갈아입을 옷도 없잖아. 크크큭."

민망하게 자꾸만 몸에 휘감아 도는 젖은 옷들을 떼어내며 목욕통 바깥으로 나가려는 당이를 준형이 놀렸다.

"설마 그렇게 부끄러운 차림으로 밖으로 나가려는 건 아니지? 밖에 하인들이 다 볼 텐데?"

"좀 닥쳐요. 안 그럼 이번엔 진짜 아프도록 꼬집을 테니까?"

흥! 하고 준형에게 눈을 흘긴 후, 당이는 제 걸음을 방해하는 물에 젖은 치마를 높이 걷어 올리고선 목욕통 밖으로 나가려 하였다.

"정말 가려고?"

준형이 얼른 길고 탄탄한 팔을 뻗어 당이의 손목을 잡았다.

"가지 마. 여기 있어. 내가 잘못했어. 이젠 안 놀릴게."

준형이 부러 애처로운 얼굴로 사정을 하였다.

"있어주라, 응?"

"놔요."

당이가 온기가 하나도 느껴지지 않는 냉랭한 말투로 말했다. 준형은 그제야 제 장난이 너무 심했나 하는 생각에 풀이 죽어 힘없이 당이의 손목을 놓아주었다.

'훗……'

당이는 그런 준형이 보이지 않게 살짝 미소를 짓고는 젖은 치마를 허벅지가 훤히 보일 정도로 걷어 올린 후, 목욕통을 넘어 밖으로 나갔다.

"정말…… 화난 거야? 삐쳤어?"

준형이 그런 당이의 등에 대고 조심스럽게 눈치를 보듯 물었다. 당이는 대답도 없이 조금 전 자신이 가져다 놓은 삼베와 소금 접시가 놓인 소반으로 다가갔다.

"뭐하려고?"

준형이 물었다.

당이는 준형이 그러거나 말거나 제 일에 열중하였다.

접혀 있는 삼베 천을 펼치고 그 중간에 접시에 놓여 있는 소금들을 고르게 깔았다. 이어 네모반듯하게 접혀 있던 좀 전과 달리 이번엔 긴 자루 모양으로 돌돌 삼베 천을 말았다. 그 후 삼베 천의 양 끝을 묶어내니, 작은 소금 자루가 완성되었다.

"그게 뭔데?"

"돌아앉아요."

소금자루를 들고 당이가 준형에게로 가까이 다가갔다.

"화 안 났어?"

준형이 당이를 올려다보며 눈을 깜빡였다.

"다음에 또 그러면 화낼 거예요."

"응!"

마치 말 잘 듣는, 커다랗고 순한 강아지인 양 준형이 눈을 동그랗게 뜨고, 고개를 힘차게 끄덕였다.

"이젠 중간에 방해하지 말기예요?"

당이가 다정한 엄명을 내렸다.

"다시 들어와. 그럼 이번엔 정말 방해하지 않는다고 약속해줄게. 응?"

준형이 가로로 길게 뻗은 잘생긴 눈을 반달 모양으로 만들며 응석을 부린 뒤, 마치 헤엄이라도 치듯 팔을 저어 뒤로 조금 물러났다.

당이가 다시 들어올 자리를 마련해주기 위해서였다.

"알았어요. 빨리 돌아앉기나 해요."

돌아앉는 준형을 보고 나서야 당이가 준형이 말한 대로 목욕물 안으로 다시 들어갔다. 그 직후였다.

"하아……."

돌아앉은 준형의 입에서 막 녹아내릴 듯한 한숨이 터져 나왔다. 당이가 소금주머니를 뜨끈한 물 안에 집어넣었다 뺀 뒤, 준형의 뒷목과 어깨에 걸쳐주었기 때문이었다.

"이런 건 어디서 배웠어?"

준형이 목과 어깨에 걸쳐놓은 소금 주머니를 꾹꾹 눌러 뭉친 어깨를 풀어주는 당이에게 물었다.

"벌써 다 잊은 거예요? 잠시나마 내가 소금밭 일꾼이었다는 거?"

"아니. 그걸 어떻게 잊겠어."

준형의 목소리에서 맥이 빠졌다.

"내 심술 때문에 당신을 고생만 시킨걸."

"아는 사람이 오늘도 나를 또 골탕 먹여요?"

"……미안."

준형이 순순히 사과를 하였다. 안 그래도 제가 좀 심하지 않았나, 반성하고 있던 참이었다.

"내가 잘못했어. 그러니 화내지……."

"은애하고 있어요."

"……뭐?"

예상치 못한 말이 예상치 못한 순간에 들려온 것에 당황한 준형이 고개를 돌려 당이를 보려 하였다. 하지만 그보다 먼저 당이가 와락, 준형의 목을 껴안아 움직일 수 없게 하였다.

"당신이 어떤 장난을 치건, 어떤 심술을 부리건, 내가 당신을 생각하는 이 마음을 어쩌진 못할 거예요."

당이가, 준형의 등에 찰싹 달라붙은 채 준형의 목에 제 뺨을 기대었다.

"당신을 은애요. 당신이 늑대건 사람이건 도깨비건 호랑이건 하나도 중요하지 않을 정도로, 당신을 은애해요."

새삼스레 연모를 고백하는 당이의 눈에서는 눈물이 뚝뚝 떨어지고 있었다. 당이가 준형의 얼굴을 기대고 있었기에, 뜨뜻한 목욕물과는 또 다른 질감을 지니고 있었기에, 준형은 금세 그 눈물의 존재를 알아차렸다.

"왜…… 울어?"

"모르겠어요. 자꾸 눈물이 나요."

당이는 울음을 그치려 숨을 들이마셨다. 그런데도 눈물은 그치려 하지 않았다. 아니, 점점 더 많이 흘러내렸다.

이유를 몰랐다. 그저 준형일 연모하는 것뿐인데, 연모하고 은애하는 마음이 이토록 간절한데, 왜 이리 눈물이 나는지 알 수 없었다.

'……이 여인은 어쩜 이렇게 나랑 똑같을까. 이런 게 바로 반려의 운명이란 건가?'

준형이 제 어깨에 고개를 묻고 우는 당이의 머리를 다정히 쓰다듬었다. 당이의 심정을 어렴풋이 알 것 같았다. 자신도 그랬다. 당이가 자신의 비밀을 알고도 은애한다 말해주었을 때, 가슴이 벅차 눈물이 솟구쳤었다.

온몸이 연모의 마음으로 가득 차, 그것이 눈물이란 형태로 흘러내리는 것 같았다. 필시 지금 당이의 마음도 그런 것이리라.

"공자님?"

목욕간으로 당이가 갈아입을 옷을 가지고 오던 하녀는 목욕간에서 당이를 품에 안고 나오는 준형을 보며 놀라 눈을 동그랗게 떴다. 젖은 속바지 차림의 준형이 제 도포로 소중히 당이를 싸안고 있었는데, 당이는 준형의 품에 안겨 계속 흐느끼고 있었다.

"어디 편찮……."

당이의 안부를 물으려던 하녀는 가만히 고개를 젓는 준형을 보고는 그대로 말을 멈추고 두 사람을 지켜보기만 하였다.

그 밤, 준형은 당이를 안고 방에 들어가 다음 날 한낮이 되도록 방에서 나오지 않았다. 하인들이 이 집에 오고서 처음 있는 일이었기에, 하인들은 괜히 저희가 신나서 서로의 옆구리를 쿡쿡 찔러대며 준형의 방문이 열리기만을 기다리기만 하였다.

"홍 선비의 어머니 되는 이가 찾아왔습니다."

그날 오후였다. 퇴청 시간보다 조금 더 빨리 퇴궐한 일산을 맞아 양씨 부인은 반갑지 않은 소식을 전하였다.

"볼일이 무에가 있다고?"

"이틀 전에 홍 선비가 집을 나가 아직도 돌아오지 않고 있다 합니다."

"그래서요?"

"찾아내라고 성화지 뭡니까? 부러진 허리를 부여잡고, 우리 집에 온다 하고 나갔는데 아직 종무소식이라고요. 가라고 하였는데도 갈 생각을 않고 계속 소란스럽게 굴기에 하는 수 없이 별채에 데려다놓았습니다."

아내의 도움을 받아 관복을 벗다 말고 일산이 도로 관복을 꿰어 입었다.

"어쩌시려고요?"

"내게 묻고 싶다 하니, 내가 답해줘야지 않겠소."

일산이 굳이 관복을 입은 채 만나러 가려는 건, 그래야 제 위엄이 더 도드라져 보일 걸 알아서였다.

그런 일산의 계산대로 당이 어머니 송씨 부인은 일산을 보자마자 잔뜩 긴장한 얼굴로 고개를 푹 숙이곤, 우물우물 제대로 들리지 않는 말로 아들 용이의 행방을 물어왔다.

"부정 어른! 제 아들은 지금 어디 있습니까?"

"왜 홍 선비의 행방을 내게 물으시는 거요?"

"이틀 전, 새벽같이 이 댁 하인이라는 자가 와서 부정 어르신이 찾는다는 전갈을 전해주었습니다. 그길로 나간 아들이 아직 돌아오지 않고 있습니다."

당이 어머니가 방바닥만 내려다보며 그제 아침의 일을 전했다.

"거참 이상하군요. 저는 홍 선비에게 심부름꾼을 보낸 적이 없습니다만?"

"예? 그, 그럼 용이가 어디로 갔단 말입니까? 허, 허리가 아직 다 낫지 않아 오래 걷기는커녕 제대로 앉아 있을 수도 없는 앱니다."

이제 송씨 부인의 얼굴은 잔뜩 일그러져 울상이 되어 있었다.

"어허. 홍 선비 이 사람, 아주 못쓰겠군요. 모친이 이리 걱정하시는데 도대체 어디에서 무엇을 하고 있단 말인지……."

일산이 짐짓 용이를 나무라는 말을 하자, 송씨 부인은 얼른 두 손을 휘휘 저으며 말했다.

"요, 용이가 제 발로 어디로 간 건 아닐 겝니다. 그럴 애가 아닙니다. 제 어미를 걱정시킬 애가 아니에요. 얼마나 착하고 성실한 아이인데요."

뻔히 보이는 거짓말로 용이를 두둔하던 송씨 부인은 "그래요." 하고 손바닥으로 무릎을 내리쳤다.

"그 공자입니다! 제 딸아이를 납치해간 그 공자 놈이 제 아들을 해치려고 데려간 것입니다. 우리 착하디착한 아들에게 원한을 가질 인간은 그 작자밖에 없습니다!"

당이 어머니가 "아이고!" 하고 곡소리와 함께 방바닥을 내리치며 대성통곡을 하기 시작했다.

"아이고. 딸년을 잡아간 것도 성에 안 차, 아들놈까지 잡아가다니 이 공자놈이 도대체 우리 집안과 무슨 원수를 졌단 말입니까? 흐흐흐흑! 부정 어른! 어르신!"

송씨 부인이 눈물 콧물 있는 대로 다 흘리며, 이젠 체면이고 두려움이고 다 벗어던진 채 방바닥에 엎드려 일산에게 통사정을 하였다.

"그놈을 잡아주십시오. 제 딸년을 찾아주십시오. 제 아들을 무사히 살려주십시오. 그리만 해주신다면 당이를 이 집안에 바치겠습니다. 흐흐흐흑!

혼인을 시키시건, 소실로 보내시건, 노비로 삼으시건 상관치 않겠습니다. 제 아들만, 우리 용이만 찾아주십시오."

귀찮고 끈질기게 매달리는 송씨 부인을 마치 벌레라도 보듯 차가운 눈으로 보았지만, 건네는 말만큼은 그 눈빛과 달리 지극히 인자하였다.

"혼자가 아니니 너무 걱정하지 마시지요. 내 최대한 사람들을 풀어 찾아보겠습니다. 그러니 너무 걱정 말고 돌아가 보십시오. 참, 가실 때 안사람이 은자를 좀 드릴 것이니 당분간 살림에 보태어 쓰시지요."

일산은 계속 자기 앞에 엎드려 아들 용이를 찾아달라 졸라대는 당이 어미를 그리 달래어 보냈다.

"그냥 모른다 하시지요. 괜히 귀찮으신 일을 떠맡은 건 아니십니까?"

당이 어머니가 가고 난 뒤, 양씨 부인이 일산을 걱정하였다.

"딱히 귀찮을 것까지야 있겠소. 나는 괜찮으니 신경 쓰지 마세요."

일산은 잠시 혼자 있고 싶다며, 고운 부인을 별채 방에서 내보내었다. 그러고 난 후, 푹신한 보료에 등을 기댄 채 슬며시 눈을 감았다.

사실 송씨 부인에겐 그런 일이 없었다고 발뺌하긴 했지만 이틀 전 새벽에 용이를 불러낸 것은 일산이 맞았다. 은밀히 사람을 보내 용이를 어느 야산 기슭에 있는 한적한 정자로 불러들였더랬다.

"죄송합니다. 신경 많이 써주셨는데…… 제가 부정 어르신을 뵈올 면목이 없습니다."

도망친 것이든 납치를 당한 것이든, 결국 당이가 사라짐으로 인해 일산 집안과의 혼사를 진행시킬 수 없게 된 상황에 대해 용이는 죽을상을 쓰며 용서를 빌었고, 일산은 짐짓 너그럽게 용서해주겠다는 뜻을 비쳤다.

"인연이 아니니 그리된 것을 누굴 탓하겠나? 마음 상하지 않을 테니 그리 걱정 마시게."

"부정 어른이 이리 너그럽게 봐주시니, 소생 오늘부터 발을 뻗고……."

"대신, 자네가 여기에 수인(手印, 손바닥 도장)을 찍어줘야겠네."

일산이 두루마리 하나를 내밀자 용이는 떨리는 손으로 그것을 받아 들어 펼쳐 보았다.

"이, 이것이 무엇입니까?"

"자네 누이를 궁녀로 입궁시키기 위해 필요한 절차라네."

보통 궁녀로 입궁하기 위해서는 부모와 조부모, 기타 일가친척들에 대한 신원증명이 필요하였다. 지금 일산이 용이에게 요구하는 것은 그 신원증명을 보증한다는 의미에서 당이 집안의 유일한 사내이자 당주인 용이가 도장을 찍으라는 것이었다.

"궁녀라니요? 말도 안 됩니다!"

용이가 기절할 듯 놀라 목소리를 키웠다.

"워, 원래 궁녀는 천한 것들이나 하는 일이 아닙니까? 아무리, 저희 집안이 몰락했다고는 하나 엄연히 양반가인 것을요! 아, 아무리 혼담이 깨어졌다고는 하나 이는 너, 너무한 처사입니다."

용이가 당황하여 말을 더듬으며, 일산의 말에 거절의 뜻을 비쳤다.

"왜 아니 되는가? 원래 노비들만 궁녀가 되게 되어 있다고는 하나, 그건 유명무실한 명목상의 원칙이라는 것쯤은 자네도 알지 않은가?"

뜻밖이라는 듯 일산이 되물었다. 그도 그럴 게 실제로 몰락한 양반가의 딸이나 중인, 일반 평민들도 궁녀가 되는 이들이 적지 않았던 것이다.

특히 왕실 내명부에서는 천민이 아닌 어느 정도 예의와 법도를 자연스레 익힐 수 있는 이들을 궁인으로 쓰길 원해 암암리에 양반가의 딸을 궁녀로 들이기도 하였다.

"그, 그래도 이건 아니지요. 제 누이가 궁녀라니요? 천부당만부당한 말씀이십니다. 저는 못 들은 걸로 하겠습니다."

용이가 평소의 저답지 않게 단호한 모습을 보이더니 허둥지둥 자리에서 일어나려 하였다.

"거참 이상하군."

"예, 예? 뭐가 말씀이십니까?"

"자네 말일세. 빚 때문에 자네 누이 혼자만 버려두고 어미랑 둘이서만 내빼지 않았던가?"

"부, 부정 어르신."

신랄한 일산의 비꼼에 용이가 일어서다 말고 엉거주춤한 자세로 일산을 보았다.

"거기다 자네 누이는 천것들이나 하는 소금밭 일을 하였다지. 그뿐인가? 지금은 혼인도 하지 않고 웬 사내랑 같이 도망까지 가지 않았나? 법대로 하자면 자네 누이는 물론이요, 자네와 자네 어미 또한 의금부에 잡혀가 태형을 맞아야 할 것이네."

"부정 어르신…… 왜, 왜 이러십니까?"

일산의 표정을 본 용이는 두려움에 덜덜 떨었다. 지금 용이를 보는 일산의 표정은 마치 버러지를 보는 듯, 혐오로 가득 차 있었다.

"자네가 자네 누이의 입궁을 막는 게 정말 자네 누이를 위해서인가? 아니, 아니지. 자네가 받을 욕이 두려워서인 게지. 돈 때문에 누이를 궁녀로 팔아먹은 놈이라 손가락질받을 게 두려워 이러는 게 아닌가. 하!"

"……그, 그래서요. 그러면 안 됩니까? 소생, 비록 가진 건 없고 한량이나 다름없는 처지지만 언젠가는 추, 출사를 하고 싶은 꿈이 있습니다요. 그런 제가 어찌 누이를 궁녀로 들이는 일에 찬성하겠습니까? 그리는 못 합니다."

"죽어도?"

일산이 혐오스러움을 굳이 숨기려 하지 않고, 나직한 목소리로 물었다.

"예에? 지금 무엇을……."

용이는 지금 자신이 잘못 들은 게 아닌가, 일산에게 되물었다.

"죽어도 자네 누이를 궁녀로 들일 수는 없는지 물었네."

"……예! 제가 죽어도 그럴 수는 없습니다."

여전히 떨리고 무섭긴 하지만 용이는 그리 답했다. 순전히 제가 욕먹을 일이 두려워, 나중에 벼슬길이 나갈 게 막힐까 봐 그런 것만은 아니었다.

물론 빚이 두려워, 소금밭에 끌려갈 게 두려워 누이인 당이만 버리고 도망치긴 했었다. 세자의 외숙 집안과 연을 맺어두면 자신에게도 좋은 기회가 올 것 같아 당이의 뜻을 무시하고 당이를 혼인시키려 하긴 했었다.

허나 그런 가운데에도 용이에겐 저 나름의 변명거리가 있었다.

'그래. 따지고 보면 누님에게도 이편이 나아.'

늘 그렇게 생각했었다.

누이인 당이를 위해서도 차라리 자신이 빚을 피해 몸을 피하는 게 낫다 생각했고, 당이를 위해 금자도에서 당이를 데리고 나오는 게 좋다 생각했다.

세자의 외척이 되면 제 누이 당이 또한 떵떵거리고 남부럽지 않게 살 것만 같았다. 그 모든 일에 제 이기심이, 욕심이 없었다고는 말할 수 없지만 당이를 위한 마음이 없었던 건 아니었다.

그게 용이의 진심 그대로의 진심이었다.

'그래도 입궁은 아냐. 궁녀가 되면 평생 혼인도 못 해보고, 평생 궁의 허드렛일이나 하며 살아야 할 텐데. 그럴 순 없어. 차라리 그 금자도의 공자라는 인간인지 뭔지와 혼인하는 게 백배 낫지. 그래! 그 공자도 부자라잖아!'

"왜 그러시는지는 몰라도 절대 제 누이를 궁녀로 들일 수는 없으실 겁니다. 부정 어르신의 말씀은 못 들은 걸로 하겠습니다."

용이가 서둘러 허리를 굽혀 인사를 하곤, 일산에게서 등을 돌렸다.

"뭐, 하는 수 없지. 자네가 그리 싫다면 나도 내 뜻대로 할밖에."

그 순간, 일산을 돌아본 용이는 자신에게 무슨 일이 생긴 건지 알지 못했다. 일산이 무언가 번쩍이는 걸 휘두르는 것처럼 보기는 했다. 그게 끝이었다. 억, 하는 외마디 비명과 함께 용이는 털퍼덕, 앞으로 꼬꾸라지고 말았다.

"으흠."

일산이 짧게 헛기침을 하였다.

그러자 기다렸다는 듯이 정자 밑에 있던 종놈이 재빨리 정자 위에 올라와 용이의 눈을 까뒤집고 맥을 짚어 확인하였다.

"죽었습니다."

종놈이 용이의 절명을 확인하자, 일산이 품을 뒤적여 늘 갖고 다니는 휴대용 필갑(필통)과 먹통을 꺼냈다. 붓에 먹을 잔뜩 묻힌 후, 일산은 그 붓으로 용이의 손바닥을 검게 칠했다. 그러고선 직접 용이의 손목을 들어 올려, 자신이 갖고 온 두루마리 끝부분에 찍어 눌렀다.

"필요한 건 자네 손모가지지 자네 허락이 아니었거든."

강제 수인(手印)이 끝난 후, 더러운 것을 떨치듯 일산이 용이의 손목을 놓았다. 그 즉시 종놈이 얼른 용이의 시신을 떠메고 어딘가로 사라졌다.

그렇게 용이의 시신은 아무도, 심지어 일산조차 모르는 곳으로 은밀히 옮겨졌다. 또한 용이를 부르러 갔고, 용이의 죽음을 확인했고, 용이의 시신을 처리한 일산의 종놈은 그곳에서 멀지 않은 곳으로 가 제 목에 칼을 찔러 넣어 자결하였다.

일산과 약속한 그대로였다. 죽을 날이 머지않은 자신을 내치지 않고 계속 뒤를 돌보아 준 주인에 대해, 남은 가족들을 계속 돌보아주겠다는 주인에 대해, 그 자신이 할 수 있는 일을 한 것이었다.

그리고…… 칼에 찔려 죽은 것으로 보이는 양반 사내와 천민일 게 분명한 허름한 옷을 입은 시체가 깊은 산중 절벽 어딘가에서 백골로 발견된 것은 그로부터 족히 이십 년은 더 지난 후의 일이었다.

'이제 필요한 준비는 마쳤고.'

일산은 제 손에 들린 두루마리를 보며 입맛을 다셨다.

용이를 없앴으니 이제 당이를 입궁시키는 것에는 아무 문제도 없을 터였다. 귀찮은 그 어미는 대충 상대해주다 모른 척 팽해버리면 그뿐이었다.

'돈푼 좀 더 쥐여 주고 어디 절에라도 보내면 잠잠해지겠지.'

이 모든 건 조용히 일을 진행시키기 위해서였다. 당이를 입궁시키기 위해, 용이나 그 어미에게 설불리 세자의 이야기를 할 순 없었다. 현이 후궁으로 삼기 위해 당이를 입궁시키려 한다, 밝힐 순 없었다. 분명 용이와 그 어미같이 입이 가벼운 자들은 이리저리 떠들어댈 게 뻔했다.

용이라면 그러고도 남았다.

세자가 당이를 후궁으로 맞으려고 입궁시켰다고, 그 모두가 세자의 외숙과 용이 저의 친분 때문이었다고, 예전 만월에 만난 늑대가 그 모든 행운의 시작이었다고. 제멋대로 한껏 감격에 취해 어느 술자리에서건 기어코 떠벌리고 말 것이 뻔했다.

"그렇게 둘 수는 없었다네, 이 사람아."

일산이 혼잣말을 하였다. 죽은 용이에게 하는 말이었다. 별로 미안한 마음은 들지 않았다. 누이를 팔아먹는 데 도가 튼, 채 스물도 되지 않았는데 술과 노름에 절어 요행만 바라던 젊은 도령은 처음 말을 섞었을 때부터 딱 싫었으니까.

'이제 남은 건 준형인가?'

용이나 그 어미와 달리 준형은 죽일 수도 어디로 보낼 수도 없었다.

그렇다고 준형이 순순히 당이를 포기할 리도 없었다. 늑대인 준형이 반려인 당이를 포기한다는 건, 거의 불가능에 가까운 일일 테니까.

'뭐, 쓸 수 있는 방법은 아직 여럿 있으니.'

생각을 마친 일산은 관복을 떨치고 가벼운 몸놀림으로 자리에서 일어났다. 갑자기 못 견디게 허기가 졌다. 장한 일을 한 스스로에게 포상을 내리듯, 아주 맛난 음식을 먹고 싶어졌다.

"이제 운종가엔 그만 가는 게 어때?"

여느 때처럼 많은 이들이 기생으로 생각할 수 있게 화려하게 단장을 한 당이의 무릎에 누워 준형이 말했다.

"이미 소문은 퍼질 대로 퍼진 것 같은데, 그럼 더는 안 가도 되잖아."

"혹시나 운종가에서 어떤 단서라도 있을까 싶어서예요. 아무래도 당신과 반회 공자님보다는 내가 움직이는 게 더 효율적이니까요."

만약 곰보 여편네가 아직도 도성에 있다면, 몰래 소금을 팔고 있다면 운종가에 한 번쯤 얼굴을 들이밀 것이었다. 그래서 당이는 소문을 내어 소금 장수들을 집에 끌어들임과 동시에 곰보 여편네를 찾을 수 있을까 하여 매일 저녁 운종가로 나가고 있었다.

"그럼, 오늘부턴 나도 따라갈게."

"당신은 되도록 집에 있는 게 낫다고 했잖아요."

"아니. 나도 따라갈 거야."

준형은 유치해 보일 줄 알면서도 떼를 썼다.

불안했다. 매일매일 아름다워지고 있는 당이 때문이었다. 특히 뽀얗게 분칠을 하고, 눈썹을 그리고, 입술에 붉은빛을 들인 당이의 모습은 잠시 숨을 멎게 할 정도로 아찔하니 어여뻤다. 그런 당이를 세상 사내들이 어떤 시선으로 볼지는 묻지 않아도 뻔했다.

어제저녁, 반회가 당이를 보던 시선을 떠올려보면 당이 혼자 수많은 사내들의 시선 속에 내보낸다는 게 너무도 불안하였다.

'지금의 당신은 사내라면 누구나 탐낼 만큼 어여쁜……'

"아!"

문득 무엇인가를 떠올린 준형이 벌떡, 몸을 일으켰다.

"이런! 바보 천치 같으니!"

준형이 저 스스로에게 욕설을 뇌까렸다.

"어쩌자고 그걸 깜빡한 거야!"

"공자?"

이상한 듯 쳐다보는 당이의 시선을 눈치채지 못하고 준형은 여전히 제 스스로의 아둔함을 나무랐다. 그도 그럴 게 지난밤, 일산을 찾아갔을 때 꼭 물어야 할 것을 묻지 못하고 왔음을 떠올린 것이었다.

'그때 그 사내는 누구였을까? 도대체 왜? 이 여자를 어디로 데려가려 한 것이었지?'

그날 밤, 커다란 갓을 눌러쓰고 감히 당이를 품에 안고 데려가려 했던 사내의 정체를 묻는다는 것이 깜빡하고 말았다.

'잊을 게 따로 있지. 이 멍청한 놈아. 젠장, 젠장, 젠장!'

다시 일산을 보러 가야 하나? 그래서 이제라도 그 인간의 정체를 따져 물어야 하나? 당이를 왜 내주었는지 따져 물어야 하나? 만약을 위해서는 그러는 것이 좋을 것이었다.

그런데도 준형은 썩 내키지가 않았다.

모든 걸 알고 있다는 듯, 자신의 머리 위에 있다는 듯, 묘한 눈빛으로 저를 보며 싱글싱글 웃는 일산의 낯짝을 다시 보고 싶지 않았다.

아직 자신이 알아내야 할 게 너무 많았지만, 자신의 생각보다 일산은 더 많은 것을 알려줄 것이지만, 다시 만나고 싶지 않았다.

"공자?"

"아무것도 아니야. 잠깐 딴생각을 한 거야."

준형은 웃으며 말을 흐렸다. 당이는 아직 모르고 있었다. 그날 만월의 밤, 자신이 다른 사내의 품에 안겨 어디로 끌려갈 뻔했다는 것을.

괜히 그것을 알려 당이를 불안하게 만들고 싶지 않았다.

불안한 것은 준형 혼자면 됐다.

혼자 감당하면 됐다.

'저리 가요!'

술시(戌時)가 됐다. 당이는 또다시 화려한 차림으로 운종가로 나갔다. 다만 이번에는 전과 달리 준형이 곁을 지키고 있었다. 준형은 당이 곁에서, 당이가 손만 뻗으면 닿을 수 있는 정도의 간격을 유지하며 모르는 사람인 척

딴청을 피우며 걷고 있었다. 그러다가도 운종가에 밀집한 사람들과 어깨를 부딪치기라도 하면 일부러 당이 쪽으로 비틀대며, 슬며시 손을 잡거나 허리를 감거나 하며 장난을 계속 걸어왔다.

'방해하지 말고, 저리 가요!'

당이가 사람들의 눈치를 보며 입 모양으로 말해도, 준형은 보이지 않는 척 일부러 딴 곳을 보며 능청을 떨었다. 그걸 본 당이의 입가에도 채 숨기지 못한 미소가 떠올랐다.

"하아."

당이와 준형의 곁 어디쯤에서 사내들의 애간장이 녹아내리는 소리가 터져 나왔다. 준형이 당장이라도 그런 사내들을 잡아 족칠 듯 갓을 조금 들어 올려 사납게 눈을 빛냈다.

"어머낫."

당이가 발을 헛디딘 척하며, 이번엔 제 쪽에서 준형에게 몸을 부딪쳐왔다. 그러곤 얼른 저를 부축하는 준형의 갓을 슬쩍 내려주었다.

"알아보는 사람 있으면 어쩌려고 이래요?"

준형에게만 들릴 소리로 살짝 잔소리를 한 후에, 당이는 자신들을 보는 사람들의 눈을 의식하여 새침하게 까딱, 고개를 숙여 인사하고는 먼저 걸음을 옮겼다.

"오우."

준형의 주위에 있는 사내들에게서 또 한 번 탄식이 터져 나왔다. 그와 함께 잠깐의 사고로 인한 것이긴 하나 잠시나마 소문의 절세가인과 몸을 스친 준형을 부러움에 찬 시선들로 바라보았다.

"흐흠."

준형은 괜히 그런 사내들에게 어깨를 으쓱하여 보인 뒤, 당이에게서 멀리 떨어지지 않도록 서둘러 당이 뒤를 따랐다.

'좀 떨어져서 와요.'

'싫어. 내 마음이야.'

너울과 갓으로 눈빛을 가리고 있는데도 두 사람은 눈으로 이야기를 나눴다. 미소와 미소로 이야기를 나눴다.

그럴 때도 그럴 장소도 아닌 곳이었지만 둘 다 조금 들떠 있었다. 떠들썩한 장터에서, 구름처럼 모인 사람들 틈에서 오직 두 사람만 서로의 존재를 알고 있다는 사실이 좋았다. 남들의 눈을 피해 둘이서 눈을 맞추고, 때때로 손을 맞잡고, 같은 거리를 거닐고 있는 이 순간이 짜릿하게 좋았다. 물론, 언제나 그렇듯이 그 짜릿하고 즐거운 순간은 그리 오래가지 못했다.

"저기, 아가씨라 해야 돼요, 낭자라 해야 돼요?"

당이도, 준형도 알고 있는 목소리 하나가 슬쩍 당이에게 말을 붙여왔기 때문이었다. 바로 곰보 여편네였다.

"이왕이면 아가씨가 낫겠네."

당이가 이때를 대비해 오래 연습한 높고 가는 목소리를 내었다. 혹시나 곰보 여편네가 제 목소리를 기억할까 봐 몇 날 며칠 동안 연습한 목소리였다. 너울도 벗겨지지 않게 주의하면서 당이는 아무렇지 않은 척 곰보 여편네에게 신경질적으로 말했다.

"길 좀 비켜주지?"

"저기 아가씨네 집에 가면 소금을 꽤나 비싼 값을 쳐준다던데, 사실인가요?"

"누구한테 들었는지 모르지만 다른 소린 못 들었나 보네? 나, 아무 소금이나 안 사거든?"

당이는 떨리는 마음을 감추고 일부러 새침하게 말했다. 걸음을 멈추지도 걷는 속도를 늦추지도 않았다. 그저 흔히 있는 일인 양 심드렁한 태도로 운종가를 두리번거리며 걸을 뿐이었다. '제발 걸려들어라. 걸려들어라. 빨리 따라붙어.' 속으로는 오직 그 생각만 하면서.

그러는 동안 준형은 당이와 곰보 여편네에게서 조금 떨어져 두 사람의 하는 양을 지켜보고 있었다. 만에 하나라도 곰보 여편네가 당이를 알아보기라도 한다면, 뒷일을 생각하지 않고 바로 곰보 여편네를 덮쳐서 잡을 셈이었다. 지금 곰보 여편네는 당이 곁에 따라붙어 당이의 소맷자락을 잡고 다시 말을 붙이고 있는 중이었다.

"나도 소문 다 들었수다. 세상에, 그 비싼 소금으로 머리도 감고, 몸도 씻고 막 그런다면서요? 하이고. 이리 가까이서 보니 그럴 만도 하네. 아주 살빛이 소금빛이네, 소금빛이야. 참, 희기도 하지."

진심인지, 아니면 그저 비위를 맞추기 위함인지, 곰보 여편네가 고개를 기울여 밑에서부터 너울을 슬쩍 들여다보며 한껏 너스레를 떨었다.

"아가씨가 보면 딱 좋아할 소금이 있는데 말이요. 아, 아무나 쉽게 쓸 수 없는 소금이라오."

곰보 여편네가 괜히 주위를 두리번거리며 남의 눈을 신경 쓰는 척하더니 당이에게 한껏 몸을 기울여 재빨리 속삭였다.

"금자염."

"뭐어?"

당이는 일부러 못 알아듣는 척을 하였다. 그러자 곰보 여편네가 답답하다는 듯 끌끌 혀를 차더니 제 손으로 입을 가리고선 다시 한 번 속삭였다.

"금자염이요, 금자염. 아, 금자염 몰라요?"

"알지. 근데 그건 임금님이나 높으신 분들만……."

"쉬잇!"

곰보 여편네가 꼬질꼬질 때 묻은 손가락을 제 입에 가져다 대었다.

"조심, 또 조심해야 돼요. 지금 그거 때문에 한바탕 난리가 난 걸 몰라서 그래요? 그래서 말인데…… 좀 많이 비싼데, 제대로 쳐주실 수 있으려나?"

"무슨 장사치가 이래? 물건도 안 보여주고, 흥정부터 하자는 거야? 내 돈주머닌 자네가 생각하는 것보다 훨씬 더 딴딴하니까, 그딴 건 걱정 말고 어디 한번 보여봐."

"지금 당장 보여주기는 뭣한데……. 내일, 내일 오전에 아가씨 댁으로 가지고 가지요. 괜히 그때 돼서 당장 치를 돈이 없네, 뭐네 딴소리하시면 안 됩니다? 외상은 절대 안 되니까요!"

"물건은 틀림없어야 하네?"

"아, 속고만 살아왔나! 틀림없다니까요? 참, 근데 얼마나 사실 수 있소?"

두 사람은 주변 사람들의 눈을 의식하여 장사치들의 물건을 구경하는 척 천천히 운종가 거리를 거닐며 흥정을 계속하였다.

"얼마나 갖고 있는데?"

"한 넉 섬? 다 사시진 못하겠지요?"

"다 갖고 오게. 내 돈이 부족하면 갖고 있는 패물이라도 내놓을 테니."

"그러시겠소?"

생각보다 일이 훨씬 수월하게 돌아간다는 생각에 곰보 여편네가 싯누런 이를 드러내며 활짝, 웃었다.

"그럼, 낼 아침에 뵙겠습니다아?"

제 볼일을 모두 마친 곰보 여편네가 꾸벅, 인사를 한 뒤 엉덩이를 씰룩대며, 유난히 북적대고 있는 사람들 사이로 몸을 숨겼다.

"집에 가 있어."

준형이 곰보 여편네의 뒤를 따르며 당이에게 일렀다.

준형은 이대로 곰보 여편네가 어디로 가는지 뒤를 쫓아 금자염 밀매 일당의 근거지를 찾아낼 셈이었다.

'조심해요.'

당이는 어느새 곰보 여편네처럼 재빨리 몸을 감춘 준형의 뒤에 대고, 준형의 안전을 빌었다. 그때, 누군가가 거세게 당이에게 어깨를 부딪쳐 왔다.

"사람들이 많이 지나다니는 길목에 어쩌자고 이렇게 떡하니 서 있는 거야! 아야야!"

호들갑스럽게 부딪친 어깨를 감싸며 비명을 지르고 있는 이를 보며, 당이가 사과의 말을 하려다 말고 그대로 얼어붙었다. 언제나 그렇듯 제 처지에 맞지 않는 비싼 장옷을 어깨까지 걸치고 당이를 노려보고 있는 이는 바로 당이 어머니 송씨 부인이었다.

"이봐, 낭자. 아니, 부인인가? 하여간 사람이 부딪쳤으면 사과를 해야지, 멀뚱히 서서 뭐 하는 거야?"

제 어미의 짜증스러운 목소리에 당이는 얼른 화들짝, 뒤로 돌아섰다. 너울로 얼굴을 가렸으니 알아볼 리 없겠지만, 그래도 알아보면 어쩌나 두려웠던 것이다.

"미, 미안합니다."

조금 전, 곰보 여편네를 대할 때처럼 목소리를 일부러 바꾼다고 바꿔 사과를 하였지만 이번에는 어쩐지 조금 전처럼 자연스럽게 나오진 않은 것 같았다. 하여, 당이는 얼른 꾸벅 인사를 하고선 제 어미에게서 떨어지기 위해 걸음을 서둘렀다.

"뭐지?"

제 딸인지도 모르고 당이의 뒷모습을 보던 송씨 부인이 석연치 않은 무엇인가에 미간을 찌푸렸다. 송씨 부인이 일산의 집에서 나와 운종가로 바로 온 것은 혹시나 용이를 찾을 수 있지 않을까 하는 생각도 있었지만 모처럼 수중에 들어온 은자로 전부터 갖고 싶었던 비녀나 하나 살까 해서였다.

그러다 사람들이 웬 너울 쓴 여인 하나를 가리키며 저마다 쑥덕이는 걸 보고 호기심으로 구경하다 지나가는 사람의 발에 걸려 휘청거리다 어깨를 부딪치게 된 것이었다.

'이상하네? 어쩐지 저 뒤태가 낯이 익는데?'

당이 어머니는 눈을 가늘게 뜨고, 멀어지고 있는 여인의 뒷모습을 보았다. 운종가 사람들의 쑥덕거림에 의하면 기생이라 하였으니, 자신이 그 여인을 알 리는 없을 터였다. 그런데도 이상하게 여인의 뒤태가 눈에 익었다.

특히 작달막한 키며 호리호리한 허리가……

"에엥? 저건?"

송씨 부인은 금방 깨달았다. 절세가인이라던 기생의 뒷모습이 누구랑 닮았는지. 몰라볼 리 없었다. 미우니 고우니 해도 제 속으로 낳아 이십 년 동안 키워온 딸이었다. 세상에서 딸의 뒷모습을 가장 많이 본 사람이 있다면 그건 바로 자신이었다. 장님이 아닌 한, 그 모습을 몰라볼 리 없었다.

"당아! 너 당이 맞지? 당아!"

송씨 부인이 딸의 이름을 부르며 서둘러 당이의 뒤를 좇아갔다. 그 소리가 들렸는지, 당이임에 분명해 보이는 여인은 이제 길고 치렁치렁한 치맛자락을 움켜쥐고 달음박질치기 시작하였다.

제14장. 형벌

"구, 궁궐에서 나가게 될지도 모른다고요?"

화정은 정 상궁의 말이 쉽게 믿기지 않아 방금 정 상궁이 들려준 말을 그대로 읊었다.

"왜요? 바로 얼마 전까지만 해도 죽기 전에는 나가기 힘들 것이라고 그리 말씀하셨잖아요!"

"쯧쯧쯧. 아직 모르시오? 저하께서 궁궐 밖에 정인을 두고 계시다는 걸."

"아, 압니다. 저도 들었습니다. 저하께서 궁인으로 그 여인을 입궁시키려 한다고…….'"

"흐음. 아직도 내의원에 연통하고 있는 의녀가 있는 모양이신가 보오."

"아닙니다. 아닙니다. 저는 아무것도 듣지 못했습니다!"

화정이 두 손을 휘휘 내저었다. 사실 세자 현이 웬 여인 하나를 궁녀로 입궁시키려 한다는 건 의녀였던 시절, 친분이 있었던 의녀 금척이 몰래 전해 주고 간 말이 맞았다. 그런데 정 상궁은 어느새 그것까지 알고 있었나 싶어 화정의 얼굴은 새하얗게 질렸다.

"뭐, 그건 나랑은 상관없는 일이고. 하여간 사정이 그리되어 조만간 궁궐을 나가게 될 것이니 마음의 준비를 하란 말이오."

"그, 그 이를 궁녀로 들인다고 해서 제, 제가 왜 궁을 나간단 말입니까?"

화정이 물었다.

바로 얼마 전까지 이 지옥과도 같은 낡은 전각에서 벗어나고 싶어 전전 긍긍하긴 하였지만, 아직 희망을 버리고 있지 않았기에 퇴궐할 수도 있다는 정 상궁의 언질이 기쁘지만은 않았다.

"아무래도 새 사람과 헌 사람을 한 궁궐 안에 두기가 싫으신 게 아니겠 소? 혹시라도 새 사람의 귀에 헌 사람의 이야기가 들어가는 게 싫으신 것일 수도 있고."

새 사람, 헌 사람. 정 상궁의 말이 화정의 속을 뒤집어놓았다.

"하긴 궁녀로 입궁시키긴 하지만 때를 보아 후궁의 첩지를 내리시겠다고 공언하실 정도이니 저하께서 얼마나 사랑하시는 분인지 알 만하지 않겠소. 그러니 그런 분에게 옛 허물이 들킬까 저어하시는 건 너무도 당연한 일이 고."

정 상궁은 흘낏, 곁눈질로 화정이 주먹을 움켜쥐고 부들부들 떠는 것을 보고는 가벼운 몸놀림으로 자리에서 일어섰다.

"그러니 지금의 형편을 너무 괴로워하지 말고 조금만 참으시오. 뭐, 궁궐 에서 나간들 생각만큼 자유로워질 수는 없겠지만 그래도 밖은 밖이 아니겠 소?"

끝까지 화정의 약을 올리는 말을 하고서 정 상궁이 방을 나갔다.

'나를, 나를 이런 신세로 만들더니 궁궐 밖으로 쫓아낸다고? 나는 이런 거지 움막 같은 전각에 처박아놓고선 누군 궁에 데려와 첩지를 내리고 꽃길 만 걷게 하겠다고?'

퍽! 화정의 주먹이 제 허벅지를 내려쳤다.

'누가 그렇게 당하고만 있을 줄 알고? 누가 순순히 물러나 줄 줄 알고?'

화정이 입술을 깨물었다. 사납게 눈을 희번덕거렸다.

머리꼭지가 돈다는 게 무슨 뜻인지, 화정은 지금 너무도 절실히 잘 알게 되었다.

한편, 궁궐에서 멀지 않은 곳에 위치한 의금부에서는 반회가 투옥된 아버지 김 부사를 만나고 있었다.

"잠시만 기다리시면 됩니다. 곧 누명을 벗을 수 있습니다. 준형이가 금자염을 밀매한 것들의 행방을 쫓고 있으니 조금만 더 기다리세요."

내내 면회가 되지 않던 것이, 오늘에서야 비로소 아비와 형을 만나는 것이 허락되었다. 오랜만에 본 아버지는 여전히 강건한 면모를 보이고 있었으나 그 얼굴은 오랜 옥 생활에 많이 여위고 상해 있었다.

하여 반회는 차마 자신과 강회가 혼약하였던 집안에서 혼인을 없었던 일로 하자고 통보해온 사실을 말할 수 없었다.

"기쁜 소식이 더 있습니다. 세자저하께서 아버님의 억울함을 알아주시고, 저희 측에서 무고함을 소명할 수 있는 기회를 주신다 합니다. 그러니 그 간악한 무리를 찾아내기만 하면……."

"그만둬라."

김 부사가 단호한 한마디를 내뱉었다.

"아버님?"

"소명이고 무엇이고 모두 그만두어라. 그리고 너는 지금 당장 준형이를 데리고 이 땅을 떠나거라."

"무슨 말씀이세요? 이대로 저희가 조선 땅을 떠나면 더욱 의심을 살 겁니다. 아버님과 형님의 무죄를 벗겨드리기는커녕 더 큰 의심을 사게 만들 겁니다!"

"비록 내가 직접 한 일이 아니라 하여도, 내 관리가 소홀한 탓에 금자염이 시중에 밀매되고 있다면 그 또한 죽어 마땅한 일이 아니겠느냐. 그러니 너는 괜한 헛수고하지 말고 얼른 내려가거라."

"아버님, 그래도!"

김 부사는 "어흠!" 하는 헛기침과 함께 눈을 감고, 옥벽을 향해 돌아앉았다. 더는 반회와 말을 섞고 싶지 않다는 뜻이었다.

이해할 수 없는 김 부사의 태도에 답답함을 느낀 반회는 김 부사와 다른 곳에 따로 수감되어 있는 강회를 만나러 가 하소연을 하였다.

"아버님은 어찌 그러시는 겁니까? 소명을 말라니요! 이대로 누명을 쓰고 돌아가실 생각인가 봅니다."

"아버님께서 무어라 하시더냐."

강회가 옥졸에게 들리지 않을 은밀한 목소리로 물어왔다.

"준형이를 데리고 이 땅을 떠나라 하십니다. 그런데 그리하면 형님이나 아버님은……."

"아버님께서 시키신 대로 하여라."

"형님? 어찌하여 형님마저도……."

"반회야, 아버님과 내가 너에게 누누이 말해온 것을 벌써 잊었더냐?"

강회가 눈을 부릅뜨며 반회가 그리하겠다고 한 약속을 상기시켰다.

비상시에는 준형을 지킨다. 설령 아비와 형이 위험에 빠지더라도 아비와 형을 구할 생각 말고 준형만 지킨다. 그것이 약속의 내용이었다.

"그렇게 못 합니다! 준형이 아무리 소중해도, 저한테는 아버지와 형님이 먼접니다!"

"반회야!"

말을 듣지 않는 반회가 답답한지, 강회가 버럭 소리를 지르다 말고 인상을 쓰며 돌아보는 옥졸의 눈치를 보고 다시 목소리를 낮췄다.

"급한 대로 사병들을 시켜 필요한 물자와 은자들을 보령 인근으로 보내 숨겨두었다. 그들이 너와 준형이를 중국으로 떠날 수 있게 도와줄 것이다. 그러니 준형이를 데리고 보령으로 가. 한시라도 빨리."

"그럴 필요 없다고요. 준형이와 제가 아버님과 형님의 무죄를 증명할 수 있다니까요? 보름이 아닌 이상 준형이의 비밀에 대해서는 들킬 염려도 없는데, 왜 굳이!"

그 순간, 강회가 옥문 사이로 불쑥 손을 뻗어 반회의 면살을 잡았다.

"잘 들어!"

"형님?"

강회가 반회의 면살을 잡고 옥문에 얼굴이 비벼지도록 끌어당긴 후, 무섭게 말했다.

"섣부른 짓 하지 마. 자칫 잘못하면 아버님과 나뿐만 아니라 너는 물론이요, 우리 외가와 친가가 모두 멸문을 당할 수도 있다."

"그게…… 그게 무슨……."

"그자들은 금자도와 금자염만 차지할 수 있다면 나와 아버님을 처벌하는 데서 그칠 것이다. 또한 아버님과 전하의 오랜 인연을 봐서라도 죽이지는 않을 것이야. 하지만."

강회의 얼어붙은 눈빛에 잠시 고통이 스치고 지나갔다.

"네가 정 이리 고집을 피우면, 아버님은 스스로 모든 죄를 인정하고 옥에서 자결을 하실 수도 있다. 모두를 지키기 위해."

"아니지요. 그 또한 준형일 지키기 위해서겠죠."

반회가 강회의 손을 떨치고 일어섰다.

"반회야."

"저도 이젠 모르겠습니다."

"반회야!"

"아버님도 형님도 잔인하십니다. 지금 제게 무엇을 하라 시키는 건지 아시고 계십니까?"

"넌 그래야 한다."

반회가 터덜터덜 힘없이 돌아섰다.

"꼭 그래야만 해!"

반회의 등에 대고 강회가 목이 터져라 외쳤지만 반회는 뒤도 돌아보지 않고 그대로 가버렸다.

터벅터벅.

의금부를 나서는 반회의 발걸음은 무겁기 짝이 없었다.

'형님도, 아버님도 저를 뭐라 생각하시는 겁니까?'

답은 알고 있었다. 아버님에게도 형님에게도 반회 자신의 존재는 그저 당신들을 대신하여 준형이를 지켜야 할 존재일 뿐이었다.

'왜입니까?'

반회는 아무리 생각해도 이해가 가지 않았다.

자신은 엄연히 정실 자식이었다. 준형은 엄밀히 따지면 첩이 낳은 서자에 불과했다. 학식도 무예도 준형이에게 뒤진다고 생각해본 적 없었다. 생긴 것만 따져도 결코 준형이에게 뒤질 리 없었다.

그런데도 아버지와 형은 반회에게 준형일 위해 살라 강요하고 있었다. 자신들도 죽음을 불사하겠다고 하고 있었다. 반회더러 그것을 지켜만 보라고 하고 있었다.

'제가 왜 그리해야 합니까? 형님과 아버지는 왜 또 그리하려 하시는데요! 준형이가 늑대로 변하는 몸이라서요? 그게 뭐 어때서요! 그런 몸인데도, 모든 사실을 다 알고도 준형이 저만 바라보는 여인까지 있는 것을요! 그것도 그리 아름답고 매혹적인……!'

당이에게로 생각이 미친 반회가 문득, 걸음을 멈추었을 때 반회는 제 눈을 의심하였다. 제 발이 자신도 모르게 자신을 운종가로 데려온 것에 놀라서였다. 또한 그런 제 앞에 얼굴이 드러나는지도 모르고 너울을 펄럭이며 뛰어오고 있는 당이가 있었기 때문이었다.

그 모습은 잘못 보면 마치 자신의 품으로 뛰어들기 위해, 저를 향해 뛰어오는 것처럼 보이기도 했다.

"낭……!"

저도 모르게 감격하여 당이를 부르려던 반회는 금세 깨달았다. 당이가 절대로 자신의 품에 뛰어들 리 없는 여인임을. 실제로 저만치서 당이의 뒤를 쫓아오고 있는 것은 반회도 본 적이 있는 당이의 어미인 것을.

그걸 보면 당이가 지금 왜 뛰어오고 있는지는 분명했다. 운종가에서 제 어미를 보고 도망치고 있는 것이었다.

"헉…… 헉……."

"낭자, 이쪽이오!"

밭은 숨을 내쉬는 당이의 손목을 반회가 덥석 잡았다.

"공자님!"

"어서 이쪽으로!"

반회가 잠시 두리번거리더니 점포마다 수십, 수백 개의 등롱을 매달아 낮처럼 훤한 운종가 거리에서 드물게도 빛이 닿지 않은 어두운 골목 하나로 당이를 데리고 뛰어 들어갔다. 불행히도 그곳은 달리 출구가 없는 막다른 골목이었다.

"당아! 당아!"

송씨 부인은 반회가 당이를 만난 지점에까지 와서 사라진 당이를 찾아 사방을 두리번거렸다. 그러더니 고개를 갸웃거리며 반회와 당이가 숨어 있는 골목 쪽으로 몇 발자국 더 가까이 다가왔다.

그것을 본 반회가 얼른 당이를 등 뒤로 보내고선, 제 갓을 앞으로 깊이 기울였다. 설령 골목 바로 앞에 서더라도 당이는 보이지 않도록.

다행히 몇 발자국 골목 앞으로 다가오던 송씨 부인은 웬 선비 하나가 골목 안에 우뚝 서 있는 걸 보고는 얼른 걸음을 돌려 사람들이 많이 모여 있는 곳으로 향했다. 그제야 반회는 당이를 가로막고 있던 몸을 비켜, 당이가 골목 밖으로 나오게 하였다.

"갔소."

"고맙습니다."

당이가 고개를 숙여 감사 인사를 하는데 반회의 손이 당이의 얼굴 쪽으로 다가왔다.

"공…… 자님?"

"너울이…… 너울이 삐뚤어졌구려."

반회가 당이의 얼굴을 가리고 있는 너울로 천천히 손을 뻗어왔다. 그때, 당이의 등 뒤에서 이쪽을 향해 빠른 걸음으로 걸어오고 있는 준형의 모습이 보였다. 하여 반회는 반사적으로 멈칫, 손을 거두려 하였다. 의당 그리해야 할 일이었다. 그런데 그러지 않았다. 대신 당이의 얼굴에 자신의 얼굴을 가까이 가져가기 위해, 조금 허리를 숙였다.

'저놈은 대체 누구야!'

지켜보는 준형의 입에서 훅, 거친 숨이 터져 나왔다. 눈앞이 새빨갛게 변했다. 준형은 감히 제 허락도 없이 당에게 가까이 다가서 당이의 너울을 건드리고 있는 사내에 대한 분노에 몸을 떨었다.

감히. 제 여인을 건드리려 하는 사내에 대한 노여움이자 저를 도발하듯 제 여인에게 손을 대려 하는 사내에 대한 분노였다.

그러느라 갓을 눌러 쓴 사내의 얼굴 따위는 눈에 들어오지도 않았다. 아니 누구인지 따위는 중요하지도 않았다. 이미 분노는 이성의 한계를 넘어버렸다.

"뭐 하는 짓이야!"

준형은 세찬 고함을 지르며 당이에게 얼굴을 가까이 가져가려하는 사내에게 덤벼들었다. 누가 말릴 새도 없이 다짜고짜 주먹부터 날렸다. 그러자 퍽 하는 소리와 함께 사내가 저만치 날아가 땅바닥으로 처박혔다.

"네 이노옴!"

"공자!"

준형이 어금니를 뿌드득 갈며 욕설을 내뱉은 다음, 다시 쓰러진 사내에게로 덤벼들려 하는데 당이가 준형의 팔에 매달렸다.

"공자, 왜 이러세요? 저분이 누구…….."

"당신은 비켜!"

준형이 가볍게 팔을 한 번 휘두르는 것만으로 당이는 힘없이 준형의 팔을 놓치고 땅바닥에 털썩 주저앉게 되고 말았다.

그러는 동안 "싸움이다!" "싸움이 벌어졌다!" 하는 장사치들의 소리가 동시다발로 여기저기서 터져 나왔다. 타다닥, 당이와 준형이 있는 쪽을 향해 뛰어오는 사람들의 발소리도 어지럽게 들려왔다.

그런데도 지금 준형의 눈에는 아무것도 보이지도 들리지도 않았다. 이제 막 몸을 일으키려 하고 있는 사내에게로 가 사내의 가슴을 타고 앉고선 다시 한 번 그 얼굴에 대고 주먹을 날릴 뿐이었다.

"크윽!"

입에서 피를 뿜으며 사내의 고개가 홱, 젖혀졌다.

"네놈이 감히 누구에게 손을 댔는지 알아?"

준형이 사내의 멱살을 잡고선, 두 번 세 번 거듭하여 주먹을 날렸다.

"감히 내 여인에게 손을 대? 네놈이 죽고 싶어 환장하였구나!"

분노에 찬 주먹질로, 얼마 못 가 사내의 얼굴은 그 형체를 알아볼 수 없을 만큼 뭉개지고 피떡 천지가 되었다. 그러는 동안 싸움 구경을 할 것에 신나서 달려온 사람들이 하나둘씩 준형과 당이, 반회를 둘러싸기 시작했다.

"뭐, 뭐야? 지금 누가 누굴 때리고 있는 거야? 응?"

"그러니까 지금 저 때리고 있는 사내가 본서방이고, 맞고 있는 사내가 바람질하다 들킨 샛서방인가?"

"그럼 저 여인이 매일 운종가에 온 게 저 샛서방을 만나려고 한 거구만? 어쩐지. 뭐, 사는 것도 없이 뺀질나게 들락날락한다 하더라니. 쯧쯧쯧쯧."

구경꾼들이 저들끼리 수군수군하는 것도 알지 못하고, 준형은 사내의 멱살을 잡아당겨 사내의 고개를 들게 한 다음, 또 한 번 주먹을 날리려 거칠게 팔을 한껏 뒤로 뺐다. 이번에야말로 그 명줄을 끊어낼 셈이었다.

"읏!"

나가 떨어졌던 충격에 비틀대며 준형에게로 다가서고 있던 당이가 갑자기 비명을 지르더니 눈을 감싸곤 그대로 제자리에 푹, 주저앉았다.

그와 동시에 흥미진진하게 싸움을 구경하던 사람들의 입에서도 일제히 "헉!" "아이구!" 하고 신음들이 터져 나왔다. 준형이 주먹을 내지르려 힘껏 뒤로 당긴 팔꿈치가 준형을 막으려고 다가온 당이의 얼굴을 가격했던 것이다.

"쿨, 쿨럭! 나, 낭자. 낭자!"

준형에게 멱살을 잡혀 이리저리 흔들리고 있던 사내가, 이미 피멍이 들어 부어오르고 있는 눈꺼풀을 힘겹게 들어 올렸다.

"낭…… 쿨럭…… 낭자! 놔……! 준형아, 이거 놔!"

반회가 준형에게서 자유로워지기 위해 아직도 자신의 멱살을 쥐고 있는 준형의 손을 잡고 떼어내려고 몸부림쳤다. 그런데도 이미 흥분할 대로 흥분해 버린 준형의 귀에는 아무것도 들리지 않는 듯, 준형의 주먹이 다시 한 번 뒤로 한껏 당겨졌다.

"어구구구! 저러다 정말 사람 잡겠네!"

구경꾼들 사이에서 성급한 비명이 먼저 터져 나왔다. 그와 함께 반회는 질끈, 눈을 감았다. 준형의 주먹이 그대로 반회의 얼굴로 내리꽂힌다면, 이번에야말로 반회의 얼굴뼈는 산산조각이 날 것이었다. 어쩌면 그대로 죽고 말런지도 몰랐다.

하지만 그런 일은 벌어지지 않았다. "공자!" 하고 비명을 지른 당이가 준형의 옆구리를 향해 제 온몸을 던진 때문이었다.

"읏."

예상치 못한 충격에 흔들린 준형의 주먹이 반회의 뺨을 스치고 지나갔다.

"뭐……?"

준형이 얼떨떨해하며 자신에게 덤벼 든 작은 여인를 향해 시선을 고정시키려는 찰나, 다시 발딱 몸을 일으킨 당이가 가볍게 준형의 뺨을 쳤다.

그러고선 두 손으로 뺨을 감싸 준형이 오직 저만 보게 하였다.

"정신 차려요. 공자! 도대체 지금 무슨 짓을 하고 있는 거예요!"

"당신……?"

분노에 초점을 잃고 있던 준형의 눈이 의아하다는 듯 당이를 보았다. 지금 당이가 왜 자신을 탓하는지 알 수 없어서였다.

"……왜?"

"왜긴 뭐가 왜예요. 얼른 공자님부터 놓아줘요! 얼른요! 사람들이 점점 더 모여들고 있잖아요!"

"공자님?"

누굴 보고 하는 소린가. 준형은 멍하니 당이를 보다, 자신이 멱살을 쥐고 있는 상대를 보았다.

"……형님?"

마침내 준형의 눈이 반회를 알아보았다.

"형님! 형이 왜…… 내, 내가 왜……?"

준형의 머릿속이 순식간에 하얘졌다. 지금 자신이 무슨 짓을 저지른 건지 이해하지 못해 쥐고 있는 반회의 멱살을 놓아줘야겠다는 생각조차도 못 하고 있었다.

"뭐해요! 얼른 이것 좀 놔요! 사람들이 보잖아요!"

너무 놀라 꼼짝도 못하는 준형에게 당이가 소리쳤다. 준형은 그제야 화들짝 놀라 쥐고 있던 반회의 멱살을 놓았다.

"빨리 업어요, 빨리요."

아직도 숨을 죽이고 자신들을 보고 있는 구경꾼들의 눈치를 살피며 당이가 준형이 해야 할 일을 일러주었다. 해서 준형은 허둥지둥 반회를 등에 들쳐 업고 당이와 함께 운종가 골목을 벗어나기 시작하였다.

흥미진진했던 싸움 구경이 끝난 걸 아쉬워하는 구경꾼들이 그 뒷모습들을 바라보며 한 소리씩 하였다.

"에이. 이러고 끝이야?"

"아깝네. 제대로 한판 붙었으면 진짜 재미난 구경을 했을 텐데."

"에이, 괜히 헛걸음만 했네. 가세, 가!"

그렇게 구경꾼들은 순식간에 자기들 자리로 물러갔지만 단 한 사람만이 뒤늦게 준형과 당이가 사라져간 쪽으로 걸음을 옮겼다. 일산의 명을 받고 의금부에서부터 반회의 뒤를 쫓아왔던 일산의 수하였다.

"괜찮아. 아무것도, 아무것도 무서워할 거 없어."

낡은 전각 안이었다. 화정은 몇 채나 되는 이불을 뒤집어쓴 채 혼잣말을 중얼거리고 있었다. 이제껏 밤이 되면 늘 이랬다.

당장 귀신이라도 나타날 것 같은 이 낡아빠진 전각 안에는 오직 화정 혼자밖에 없었다. 초저녁 때까지는 그래도 괜찮았다. 잔심부름을 하는 아이도 있었었고, 작고 희미하게나마 궁인들의 말소리들이 들려올 때도 있었으니까.

하지만 밤이 깊어지면 낡은 전각은 온통 을씨년스러운 침묵에 휩싸였고 휑한 방 안에는 오직 화정 자신밖에 없었다.

그때마다 무섭고 두려워서 화정은 춥지도 않은데 제 처소에 주어진 이불이란 이불은 모두 꺼내어 뒤집어쓴 채 잠에 빠져들기를 기다릴 수밖에 없었다. 가뭄에 콩 나듯 들러주는 정 상궁만 빼면 밤은 오로지 화정 혼자 견뎌내야만 하는 생지옥이었다.

아무것도 할 일이 없었다. 소일거리도 주어지지 않았다.

그냥 그대로 멈춰진 시간과 공간 속에 버려진 화정은 배 속에 아기씨만 들어 있기를 바라며 간신히 버티어 나가고 있었다.

요 며칠 동안 밤은 더욱 질기고 끈질기게 화정을 괴롭혔다. 이대로 궐 밖으로 쫓겨나갈지도 모른다는 두려움이 더해진 때문이었다.

세자와 합방을 한 몸이니 궐 밖으로 나간다 하더라도 화정에게는 아무 자유도 주어지지 않을 게 뻔했다. 한동안은 먹을 것과 입을 것이 주어지겠지만 그마저도 얼마 못 가 끊기고 말지도 몰랐다.

아니, 어쩌면 궐 밖으로 쫓아내는 척하며 몰래 자신을 죽이려 들지도 모를 일이었다. 후환을 없애기 위해 계집 하나 없애는 게 뭐 그리 어려운 일이겠는가? 어쩌면, 어쩌면, 어쩌면……. 그 어쩌면이라는 말 하나에 모든 나쁜 상상이란 상상이 들러붙어 좀처럼 떨어지려 하지 않았다.

'싫다. 그렇게는 살 수 없다. 그렇게 죽을 수는 없어. 아가. 제발 이 안에 있거라. 너는 이 안에 있어야 해. 그렇지 않으면 나는…… 나는……!'

화정이 자신의 납작한 배를 끌어안고, 이불 속에서 자꾸만 흘러나오려는 비명을 꾹 참고 있을 때였다.

"주무시옵니까?"

동궁전의 정 상궁이 밖에서 넌지시 화정을 불렀다.

"아니오! 깨어 있습니다! 들어오세요!"

화정이 얼른 덮고 있던 이불들을 집어 던지고는 밖에 대고 외쳤다. 다녀간 지 얼마 안 된 정 상궁이 다시 온 것을 마치 죽은 어미가 살아온 것처럼 반색하며 맞았다.

"웬일입니까? 이렇게 다시……."

처소의 문이 활짝 열리고, 여남은 명의 궁녀들이 일제히 방 안으로 쏟아져 들어왔다.

"뭐, 뭐요? 설마…… 안 됩니다. 나, 난…… 이대로 못 가오!"

필시 자신을 궁에서 쫓아내기 위해 온 사람들이라 생각하여, 화정이 급히 뒷걸음으로 방구석으로 가 쪼그려 앉았다.

"왜, 왜들 이러십니까? 난, 난…… 아직 준비가, 마음의 준비가!"

"진정하시지요."

함께 온 궁녀들 때문인지 정 상궁은 전에 비해 훨씬 더 공손한 말로 화정을 달래었다.

"곧 세자저하가 이리로 오실 것입니다. 그 전에 잠시 살피는 것뿐이니 아무 걱정 마시지요."

정 상궁의 말대로, 정 상궁과 함께 온 궁녀들은 낡고 초라한 전각 구석구석을 뒤져, 혹시라도 만에 하나 세자저하를 해칠 수 있는 무엇인가가 없는지 검사하였다.

"저, 저하께서 여기로요?"

화정은 숨이 넘어갈 듯 놀랐다.

"왜, 왜요?"

이상하였다. 필요하면, 언제든 동궁전으로 부르기만 하면 될 세자저하께서 왜 이런 낡고 초라한 곳까지 직접 행차하시는 건지 알 수 없었다.

"저하께서 무어라 하셨습니까? 정 상궁마마. 제발 알려주세요."

이제 화정은 정 상궁의 치마폭에 매달려 애원하듯 물었다.

"주상전하를 대신하여 석강을 마치고 나오시는 길에 문득, 이곳을 들러보시고 싶다 하여 저희가 먼저 와 살피는 것뿐입니다. 꼼꼼히 다 살폈느냐?"

"예, 아무 이상 없습니다."

정 상궁의 물음에 궁녀들이 일제히 허리를 숙여 답하였다.

"그럼 되었다. 잠시 후에 저하께서 드실 것입니다. 그러니 맞을 차비를 하고 계시지요."

말을 마친 정 상궁이 궁녀들을 이끌고 화정의 방을 나갈 때였다.

"정 상궁마마님! 부탁이 있습니다."

"무엇입니까?"

"소, 소주방에 일러 간단한 다과상이라도 마련해주시면 안 될까요? 저하께서 이리 누추한 곳에 납셔주시는데 아무것도 없이 덜렁 맨몸으로 맞아드리기가 송구스러워 그럽니다."

"저하의 명도 없이 내 마음대로 할 수는……."

어려운 일이라는 듯 정 상궁이 말끝을 흐렸다. 그러자 화정이 정 상궁의 소매를 잡고 눈물을 글썽이며 통사정을 하였다.

"이것이 저에게는 마지막 기회일지도 모릅니다. 어쩌면 또 모르지 않습니까? 다과상 한 상으로 제 운명이 바뀔 수도 있습니다. 도와주세요. 그러면 그 은혜는 절대, 절대로 잊지 않겠습니다. 정 상궁마마!"

화정의 말인즉슨, 다과상의 술 한 잔 힘을 빌려 일발역전을 노리겠다는 뜻이었다. 따지고 보면 실제로 그러지 말란 법도 없었다.

애초에 존귀한 세자께서 천한 의녀를 품으실 것이라고는 누구도 몰랐던 일이었으니까. 이 밤에 술 한 상으로 또 어떤 일이 벌어질지는 누구도 모르는 일이 아닌가?

"알았습니다. 마침 세자저하께서 좋아하시는 이화주가 다 익었다 하니, 그것을 내오라 하지요."

정 상궁이 새침한 표정으로 화정의 부탁을 들어주겠노라 하였다.

"고맙습니다. 고맙습니다."

화정이 꾸벅꾸벅 고개를 숙여 감사의 인사를 전하는 것을 본 후, 정 상궁은 궁녀들을 이끌고 화정의 처소를 나갔다.

'저하. 저하!'

혼자 남은 화정은 이제 사정없이 들뜨기 시작한 가슴을 부여잡고, 바르르 몸을 떨었다.

"아차. 이러고 있을 때가 아니지."

화정은 얼른 초를 들고 어두컴컴한 곁방으로 가 낡은 옷장을 뒤졌다.

거기엔 이곳에 묵게 되면서 내수사에서 받은 치마, 저고리 두어 벌과 올 때 입었던 의녀복밖에 없었지만 그래도 화정의 손은 어느 것을 고를지 몰라 한참이나 옷들 사이를 서성였다.

신중하고 또 신중하였다. 신중할 수밖에 없었다. 세자께서 무슨 일로 오시는지 몰라도, 이 밤 자신의 운명은 크게 바뀌고 말 것이었다.

세자가 아닌 자신이라도 반드시 그렇게 만들 것이었다.

그 밤, 반회를 업은 준형과 당이는 서둘러 자신들의 집으로 돌아왔다.

"들어오지 마."

급히 준형의 방에 눕힌 반회의 상처를 봐주려고 당이가 물대야와 마른 면포를 들고 왔을 때, 준형은 마루 앞에 나와 당이를 막았다.

"운종가에서 우연히 어머니를 만나서 도망치던 중이었어요. 그때 반회 공자님께서……."

"좀 이따, 당신 방으로 갈게."

당이가 자초지종을 설명하려는데, 준형이 당이의 말을 막았다. 그러고선 당이 손에서 강제로 대야와 면포를 빼앗아 들고 홀로 반회가 들어 있는 방으로 들어가 버렸다. 당이는 서운하고 원망스러운 눈으로 그 닫힌 방문을 오랫동안 바라보고 섰다, 발길을 돌렸다.

"미안해요."

준형은 방에 든 이후, 아니 운종가에서부터 줄곧 말 한마디 하지 않고 있는 반회의 입가에 굳어 있는 핏물을 물에 적셔 짜낸 면포로 닦아내며 사과의 말을 입에 담았다.

반회의 얼굴은 온통 터지고, 찢어지고, 붓고, 멍들어 도저히 사람의 형상으로 보이지 않았다. 천하의 꽃공자다운 면모라고는 하나도 남아 있지 않았다. 그런 반회의 얼굴은 그 자체로 준형을 심하게 힐난하고 있었다.

"미안해요, 형님! 어두워서 미처 형님인 줄 몰라봤어요."

준형이 새삼 울컥하여, 다시 한 번 자신의 잘못을 빌었다.

"······피곤해. 혼자 있게 해줘."

반회가 차갑게 식은 눈으로 준형을 보며, 입가에 닿아 있는 준형의 손을 밀쳤다.

"정말이에요. 알아봤으면 내가 어떻게 감히 형님에게 주먹질을······."

"네 마음 편하자고 나를 또 괴롭힐 셈이야?"

반회가 준형의 말을 싹둑 잘랐다. 입안까지 부어터진 바람에 반회의 말은 거의 웅얼웅얼하였다.

"반회 형! 나는······."

"죽을 만큼 아파! 아프다고! 생살이 찢어지고 뼈가 부서지는 아픔이란 게 이런 거구나, 실감하고 있다고! 이런 와중에 내가 너의 마음까지 이해하고 네 사과까지 받아줘야 해?"

반회의 말에 준형은 무어라 반박할 말이 없었다. 아니, 굳이 따지자면 물을 말은 있었다. 왜 아우의 여인인 당이에게 그리 스스럼없이 가까이 다가서 있었던 것인지, 당이가 자신에게 어떤 여자인지 잘 알면서 그리 얼굴을 가까이 가져가려했는지, 하여 무얼 하려 했는지. 당장 묻고 싶고 따지고 싶은 게 한두 가지가 아니었다.

"하! 그리 사나운 눈빛으로 보면서 입으로만 사과를 읊은들 그게 진심으로 받아들여질 성싶어? 무얼 더 바라? 이런 와중에도 내가 바보처럼 헤실헤실 웃으며, 괜찮다, 충분히 그럴 수 있어, 하고 용서해주길 바라는 거야?"

반회의 피맺힌 입술 사이에서 쏟아져 나온 신랄한 말들이 얼음송곳이 되어 준형의 가슴을 갈기갈기 찢어발겼다. 해서 준형은 너덜너덜해진 가슴으로 당이에게로 갔다. 당이 얼굴만 봐도, 목소리만 들어도 제 찢긴 가슴이 그 상처가 치유될 수 있을 것 같았다.

하지만 당이는 방 안의 불빛을 끄고 방문을 굳게 걸어 잠금으로써 준형을 만나고 싶지 않은 제 뜻을 분명히 밝혔다.

달깍, 달깍. 준형이 애타는 마음으로 간절히 방문 고리를 잡고 흔들어도 마찬가지였다. 그래서 준형은 방문 옆 벽에 조용히 등을 기대고 앉았다. 당이가 방문을 열어줄 때까지 평생이라도 기다릴 작정이었다.

그러고 있자니 방문 너머로 당이가 움직이는 기척이 느껴졌다. 당이 또한 방문 너머에서 등을 대고 앉은 듯하였다.

"안 열어줄래?"

방문 너머 정인에게 준형이 물었다. 그러나 당이는 아무 답도 없었다.

방문이 열리고, 당이가 얇은 이불을 들고서 조심스레 나온 건, 밤이 한층 더 그윽하게 짙어졌을 무렵이었다. 방문이 열리기만을 기다리던 준형이 어느새 깜빡, 잠이 들고 난 후였다.

-언젠가 준형이는 낭자를 상처 입힐지도 모르오.

심란한 마음을 보여주듯 미간을 찌푸린 채 잠이 든 준형의 얼굴을 내려다보며, 당이는 예전 반회가 들려주었던 말을 떠올리고 있었다.

-그래도 알아주시오. 그때에도 정작 낭자보다 더 많이 아파하고, 더 많이 상처 입을 건 바로 준형이라는 걸.

옆구리에 칼을 맞고 한동안 준형이 의식을 차리지 못하고 있을 때, 준형의 곁을 떠나지 않고 준형의 병간호를 하던 당이에게 반회가 한 말이었다.

"준형이가 일곱 살 때였소."

반회가 준형이의 어린 시절 이야기까지 들려주기로 한 건, 이미 당이가 준형의 몸에 대한 비밀을 다 알게 되었다 생각 때문이었다.

"아직 어릴 때는 준형이를 방 안에 가둬두고, 보름날의 밤을 맞게 하였지요. 집 안의 종들은 모두 일부러 일을 만들어 바깥으로 내보내고, 오직 우리 삼형제와 아버지만이 집 안에 남곤 하였소."

당이에게 들려주느라 새삼 옛일을 더듬는 반회의 눈빛에는 서글프고 복잡한 심경이 그대로 나타나 있었다.

"준형이 아주 어린 아기였을 땐 아버지께서 포대기로 그 아이를 단단히 감싸 안고, 만월의 밤을 새우곤 하였지요. 하지만 준형이 점점 커가면서 아버지의 힘만으로는 점점 더 벅차지기 시작했고, 하여 대여섯 살 때부터는 일부러 잠이 오는 약을 먹여 보름의 밤을 지나게 했던 겁니다."

물론 그러고서도 만약을 대비하여 준형의 방은 바깥에서 굳게 걸어 잠그고 그 앞을 김 부사가 단단히 지키곤 하였다.

"하지만 수면 약에도 점차 인이 들었던지 점차 시간이 지나면서부터는 약발이 잘 안 들곤 하였소. 그래요. 바로 그날. 그날 밤도 약발이 안 들었던 것인지 채 밤이 완전히 가시기 전에 준형이가 깨어나고 말았지요."

준형이 일곱 살 즈음의 어느 보름날 밤이었다. 만월이 뜨고 늑대로 변한 준형이는 방을 뛰쳐나가려고 몇 번이나, 몇 번이나 방 안에서 껑충껑충 뛰었다. 자신을 가두고 있는 방문을 열어젖히기 위해 몇 번이고 몸을 던지고 사나운 발톱을 휘둘렀다.

"그 바람에 문에 발라져 있는 종이들은 모두 찢기고, 문살들도 모두 부러졌지요. 만약 그때 아버님이 끝까지 준형이를 부둥켜안아 지키지 않았다면, 아마 준형이는 그대로 몸이 변한 채 뛰쳐나가고 말았을 게요."

방문에 이어 또다시 저를 가둔 김 부사의 품에서 자유로워지기 위해 준형은 사정없이 온몸을 뒤틀었고 그러다 결국, 김 부사의 목덜미를 사정없이 물어뜯기까지 하였다.

"그런……."

제 이야기를 듣고 놀란 당이를 보며, 반회는 쓴웃음을 지었다.

"다행히 그때는 늑대로서도 아직 어렸기 때문에 아버님의 상처는 깊긴 했지만 목숨까지 위태로울 정도는 아니었소. 하지만 다음 날 본래의 자신으로 되돌아온 준형은 자신 때문에 큰 상처를 입은 아버님을 보고 적지 않게 놀라고 말았지요."

아버지 김 부사의 목덜미에 생긴 상처를 보고서, 그것이 자신이 저지른 일임을 안 준형은 그대로 뛰쳐나가 무작정 바닷물로 뛰어들었다.

"고작해야 일곱 살밖에 먹지 않은 놈이 제가 한 짓에 비탄하여 스스로 목숨을 버리려 한 거요. 믿겨지시오?"

그때, 밀려오는 파도를 가르며 바닷물 속으로 뛰어 들어가는 준형을 강회가 잡지 않았다면 준형은 그대로 바다 속으로 사라졌을 터였다.

"내 기억으로는 그때 난생처음으로 형님이 준형이에게 손을 대었던 것 같소. 죽겠다고, 이런 몸으로는 살 수 없다고, 바닷물 속에서 나오지 않으려고 발버둥을 치는 준형이의 뺨을 사정없이 쳤지요."

때마침 내리기 시작한 폭우를 온몸으로 고스란히 맞으며, 강회는 준형의 어깨를 잡고 흔들며 소리쳤다.

-늑대인 네가 싫다면 사람으로 살아! 사람답게 살아! 네 스스로가 늑대에게 지지 말고 사람으로 살면 돼! 죽을 생각 마. 이렇게 죽으면 넌 결국 늑대 새끼일 뿐이야! 내가 그걸 용서할 줄 알아? 절대 용서 안 할 거니까! 어디 죽기만 해봐!

"그날 강회 형님의 등에 업혀 집으로 돌아온 준형은 마당에 무릎을 꿇고 아버님과 우리들 앞에서 맹세했었소. 자신은 사람이라고. 늑대가 아니라고. 그러니 다시는 누구도 해치지 않겠다고. 아직도 폭우가 내리는 날이면……."

반회의 목소리는 어느새 물기로 촉촉이 젖어들고 있었다.

"장대같이 내리는 빗속에서 그 작은 몸으로 마당 한가운데에 앉아 목이 터져라 맹세를 하던, 그날의 준형의 모습이 눈에 선하지요."

하지만 준형의 의지와 상관없이 그 후로도 준형은 몇 번이나 의도치 않게 김 부사와 강회의 몸에 상처를 남기곤 하였다.

"그때마다 정작 더 크게 아팠던 건 준형이었소. 상처를 입은 아버님과 형님을 보며 준형이는 저 자신을 미워하지 않기 위해, 제 자신의 운명을 비관하지 않기 위해 안간힘을 써야 했던 것이오."

그래도 상처 입지 않은 건 아니다, 아니 그렇기 때문에 그런 일이 벌어질 때마다 준형인 더 많이 상처받았을 것이라고 반회는 덧붙였다.

"그러니 혹시 언제라도 준형이 때문에 상처를 입게 되거든, 그때는 준형이 더 많이 아플 것이라는 걸 기억해주지 않겠소?"

"바보."

잔뜩 찌푸려져 있는 준형의 미간을 당이가 가만히 손가락으로 어루만졌다. 그것이 간지러운지 준형이 가로로 길게 뻗은 두 눈썹을 움찔움찔하였다.

당이는 준형을 깨울까 싶어, 얼른 손을 떼고 방에서 가지고 나온 이불로 살그머니 준형의 몸을 덮어주었다.

안쓰러웠다. 가련하였다.

반회가 일러준 대로 분명 오늘 밤의 일로 가장 많이 상처받은 건 준형일 터였다. 오해와 질투로 사랑하는 형님을 가격하고 만 자신을, 준형은 쉽게 용서하기 힘들 것이었다.

그것을 아니 당이는 계속 준형에게 화를 낼 수가 없었다.

제대로 알아보지도 않고 오해로 무작정 주먹부터 날린 이 한심한 남자에게, 집으로 돌아온 후에도 사정을 설명하려는 자신의 이야기를 들을 생각도 않고 마치 하인을 대하듯 물러가 있으라 한 이 제멋대로인 남자에게 화내고 소리치고 싶은데, 그럴 수가 없었다.

"당신 때문에 나는 재미없는 여자가 되고 말았네요."

"……왜?"

벽에 등을 기대고 눈을 감은 그대로 준형이 물었다.

"누가 당신더러 재미없대?"

"못되고 이기적이고 제멋대로인 남자한테 화내고 싶은데, 화내야 맞는데, 화도 못 내는 바보가 되고 말았거든요. 이런 여자, 재미없죠, 뭐."

당이가 잠을 깬 게 분명한 준형의 곁에 나란히 엉덩이를 붙이고 앉았다. 그러곤 준형의 어깨에 가만히 제 고개를 기댔다.

"왜? 왜 화를 못 내는데?"

"멍청한 당신이 불쌍해서요. 바보 같은 당신을 너무 연모해서요."

바보 같은 사내가 눈을 감은 채 입술만 움직여 희미하게 미소 지었다. 그리고 저를 연모하는, 제가 은애하는 재미없는 여자에게 말했다.

"미안."

"알았어요."

"잘못했어."

"알았다고요."

"다신 안 그럴게."

"닥쳐요."

재미없는 여자의 막말에 그제야 멍청한 남자가 바보 같은 사과를 끝냈다. 그리고 밤은 한층 더 달콤한 향기를 내며 익어가기 시작하였다.

"세자저하 납시오."

"저하!"

자신의 전각 안에서 초조하게 손톱을 물어뜯고 있던 화정은 세자의 당도를 알리는 내관의 목소리를 듣자마자 버선발로 뛰쳐나가 세자를 맞이하였다. 의녀 옷을 입고 머리도 의녀처럼 땋아 이고서 그 위에 의녀의 가리마를 얹었다. 세자가 처음 자신을 안아주었을 때와 똑같은 모습으로 단장하였다. 다시 한 번 세자가 자신에게 '남다른 마음'을 가져주길 바라고 한 일이었다.

"매우 비좁구나."

감 내관과 동궁전 상궁 나인들을 밖에 두고 홀로 화정의 방 안에 든 현은 딱히 앉을 생각도 없이 제 예상보다 훨씬 더 낡고 초라한 방 안을 둘러보며 눈살을 찌푸렸다.

"이쪽으로 앉으시옵소서."

방 한가운데 우두커니 서 있는 현에게 화정은 아랫목을 가리켜 보였다. 그때, 방문 밖에서 동궁전의 지밀상궁인 김 상궁의 목소리가 들려왔다.

"저하, 다과상 들이겠나이다."

"다과상?"

현은 자신이 시키지도 않은 다과상을 들인다는 말에 화정을 보았다. 그러자 화정이 황망하여 깊숙이 허리를 숙이곤 떨면서 아뢰었다.

"저, 저하께서 나, 납신다 하여 소, 소주방에 마련해달라 부탁한 것입니다. 마침 이, 이화주가 잘 익었다 하여……."

"쓸데없는 짓을 하였구나."

혹시나 제가 먹으려 다과상을 시킨 것으로 오해받을까 싶어 두 손까지 휘휘 내저으며 변명하는 화정의 말을 채 듣지도 않고 현이 아랫목으로 가 자리를 잡고 앉았다.

"들여오너라."

현이 방문 밖의 김 상궁에게 명했다.

그러자 방문이 열리고 소주방의 나인 둘이 몇 가지 고기안주와 꽃잎을 늬여 곱게 부친 화전, 작은 술병과 술잔들이 나란히 놓인 다과상을 들고 들어와 얌전히 현의 앞에 놓고 물러 나갔다.

"앉으려무나."

현의 명에 화정이 떨리는 마음을 추스르며 현의 앞에 얌전히 고개를 숙이고 앉았다.

"이름이 무엇이냐?"

현이 늦어도 너무 늦은 질문을 하였다.

"화, 화정이라 하옵니다."

"나이는?"

"스, 스물하나이옵니다."

묻는 말에 답을 하는 것뿐인데도 자꾸만 화정의 가슴은 기대감으로 부풀어 올랐다. 만약 세자가 자신을 내칠 작정이었다면 이렇게 다정하게 저에 대해 묻지 않을 것 같았다. 이렇게 친히 찾아오지도 않았을 것 같았다.

"고개를 들어라."

세자 현이 명하였을 때 고개를 든 화정의 눈에 눈물이 그렁그렁 맺힌 것은 비로소 세자가 자신을 한 여인으로 대접해준다는 생각이, 어쩌면 자신에게 다시 한 번 기회가 있을지도 모른다는 생각이 들었기 때문이었다.

"저하……."

"나를 많이 원망하겠구나."

딱히 미안해하지도, 불쌍해하지도 않는 표정으로 현이 말했다.

"아니, 아닙니다. 전혀 그렇지 않습니다. 흐흑……."

그런 현의 말에 감격한 화정의 눈에서 주르륵 맑은 눈물들이 흘러내렸다.

"한 번도, 단 한 번도 저하를 원망하지 않았습니다. 언젠가 반드시 저하께서 이렇게 저를 다시 찾아주시리라 믿고 기다리기만 하였나이다."

화정이 저고리 고름을 들어 눈물을 찍어냈다. 그러면서 자신의 이런 모습이 세자의 눈에 충분히 애처롭고 가련하게 보이기를 간절히 바랐다.

"오늘 밤 내 너를 찾은 것은 네게 긴히 해야 할 말이 있어서다."

"예, 말씀하시옵소서."

화정은 심하게 두근대는 가슴 위에 두 손을 포개고, 눈을 내리깐 채 이어질 세자의 말을 기다렸다. 쫓겨날까 봐 걱정했던 자신이 너무도 바보였구나 싶었다.

'정삼품의 양원까지는 바라지도 않습니다. 사품의 승휘면 어떻고 오품의 소훈이면 어떻습니까. 아니, 상궁이면 또 어떻겠습니까. 저하가 저를 인정해 주시기만 한다면 그깟 품계와 첩지가 다 무슨 소용이란 말입니까'

화정의 얼굴에는 그런 기대와 희망이 고스란히 드러나 있었다. 그러기에 화정을 바라보는 세자 현은 내심 착잡하기 그지없었다. 화정이 무엇을 기대하는지, 이 밤 자신의 방문을 어찌 받아들이는지 알 것 같아서였다.

'생각보다 훨씬 더 어리석고 가엾은 아이구나. 그래도 어쩔 수 없는 일.'

현은 이 밤, 화정에게 정식으로 궐을 나가라 명하러 온 참이었다. 날이 밝는 대로 궐에서 내보낼 것이라는 통보를 하러 온 참이었다.

화정을 궁에 둔 채 당이를 입궁시킬 수는 없었다.

궁인들이 두 여인을 두고 누가 낫니 마니 저울질하게 둘 수는 없었다. 당이나 화정을 세자의 여인이라는 똑같은 이름으로 불리게 할 순 없었다.

그것은 당이에게나 자신에게나 크나큰 치욕이었다.

애초에 화정은 아무것도 아니었다. 방 안에 떠도는 먼지 같은 존재였다. 신발 밑에 깔린 흙부스러기 같은 존재였다.

존재하지만 존재의 가치가 없는 존재. 싫을 것도 좋을 것도 없는 그냥 그저 그런 무가치한 존재. 그런 존재이기에 처음엔 그저 궁궐의 법도에 따라, 합당한 절차를 밟아 내보내려 하였다.

그런데도 이 밤, 직접 화정의 처소로 온 건, 우연히 정 상궁이 지나가는 말처럼 동궁전의 지밀상궁인 김 상궁에게 말하는 걸 들어서였다.

만약 화정이 회임을 했으면 어떻게 하느냐 하는 이야기였다. 화정이 회임을 한 게 분명하면 정식으로 후궁으로서 직첩을 받게 될 것인데, 그리되면 세자가 궁에 들일 '그 여인'과 화정, 둘 중 누구를 더 귀히 대접해야 하느냐, 뭐 그런 이야기였다.

그때, 현은 새삼 실감하였다. 자신이 충동적으로 저지른 단 한 번의 '실수'가 저와 자신의 반려에게 상당히 귀찮은 존재가 될 수 있을 것이란 걸.

그래서 일부러 석강이 끝나자마자 동궁전의 상궁 나인들에게 화정의 처소로 갈 것이라 일렀던 것이다. 자신이 저지른 실수니 스스로 직접 나서 이 거추장스러운 일을 맺음하기 위해서였다.

"나는 너를 내일……."

'내일!'

화정이 기대 반, 불안 반의 떨리는 마음으로 세자의 다음 말을 기다렸다.

"내일 새벽…… 너를 궁궐에서 은밀히 내보낼 것이다. 급병이 들어 나가는 것으로 할 테니, 그리 따르도록 하라. 조용히 이 일을 받아들인다면 사는 데 한 치의 부족함도 없이 돌보아 줄 것이다. 달리 바라는 게 있다면 김 상궁과 감 내관에게 의논토록 하고."

그 말만 마치고 현이 자리에서 일어섰다.

감히 세자가 일어서는데도 화정은 지금 자신에게 닥친 불벼락에 경황이 없어, 무례하게 제자리에 앉아 있기만 하였다. 세자가 화정을 지나쳐 좁은 방을 가로질러 방문 앞에 가 설 때까지 계속 그러하였다.

"저하!"

현이 막 방문 밖의 감 내관에게 문을 열라 명하려 입을 열었을 때, 그제야 화정이 애타게 세자를 불렀다. 너무 급해 일어설 생각도 못 하고, 엉금엉금 기다시피 하여 세자의 발 앞에 가 두 손을 가슴에 모은 채, 머리를 방바닥에 박듯이 조아렸다.

"저하! 어쩌면…… 어쩌면 제 배 속에는 저하의 아기씨가…… 제, 제가 회, 회임을 했을지도……."

"아니. 너는 회임을 하지 않았다."

현의 말은 나직하지만 단호하기 그지없었다.

"너는 누구와도 합방을 하지 않았으니, 회임을 하지 않았다. 너는 나의 후궁도 아니었고, 나의 특별상궁도 아니었다. 너는 그냥 예전이나 지금이나 의녀 화정일 뿐이다. 내 말뜻 알겠느냐?"

가슴을 후벼 파는 무정하기 그지없는 말에 화정은 무엄한 줄도 모르고 고개를 들어 세자의 얼굴을 보았다. 무표정하여 더욱 무섭게 보이는 세자 현을 보며, 화정은 그가 이 밤 친히 자신을 찾아온 진짜 이유를 알았다.

자신을 버리기 위해서였다. 화정 자신에게 일말의 미련도, 희망도, 기대도 가지지 않게 하기 위해서였다. 궁 안의 모든 사람들에게 세자가 직접, 세자 자신의 뜻으로 화정을 쓰레기처럼 버렸음을 똑똑히 보여주기 위해서였다.

"저…… 하…… 의 명이시라면……."

누군가 사정없이 목을 죄고 있는 것만 같아 화정은 애써 목소리를 쥐어 짜내며 말했다.

"저하의…… 명이시라면 그리하겠습니다. 다만, 소녀의…… 마지막…… 단 하나의 소원만 들어주십시오……. 그리해주신다면, 저하가 이 자리에서 죽으라 명해도 당장…… 따르겠나이다."

화정이 바들바들 떨면서 가슴을 누르고 있던 두 손으로 저고리 깃을 꽉 움켜쥐며, 떨리는 목소리로 애원하였다.

"딱 한 번이자 마지막…… 소원입니다. 저하께서는 저의 운, 운명을 바꾸어놓으셨으니 작은 소원 하나는 들어주셔도 되지 않습니까?"

화정이 말없이 저를 내려다보고 있는 현에게 애원하였다.

"무엇이냐?"

"……이 처, 천한 것에게 저하께 이화주 한 잔 따라드릴 수 있는…… 광영을 주시옵소서."

뜻밖의 청에 현의 눈썹이 잠시 꿈틀하였다.

그 모습을 본 화정이 현의 발 앞에 머리를 박고, 다시 애원하였다.

"싫으시다면 꼭 드시지 않으셔도 되옵니다. 그저 한 잔 받기만 하여 주시옵소서. 그 잔을 제게 내려주시옵소서. 제가 술잔을 비울 때까지만 있어 주시옵소서. 그리만 해주신다면 어느 누구도 원망치 않고, 미워하지 않고 평생 쥐 죽은 듯이 살겠나이다."

화정의 목소리는 점차 진정되어가고 있었다. 확연히 드러나게 떨리던 몸도 어느새 차분히 가라앉아가고 있었다. 만약 화정이 울고불고하였다면, 왜 내게 이런 너무한 처사를 하시느냐 악을 쓰고 대들었다면 현은 오히려 그런 화정을 무시하고 방을 나섰을 것이었다. 하지만 모든 것을 체념한 듯 차분해진 화정의 태도가 현의 마음을 움직였다.

술 한 잔만 받으면, 누구도 원망하지 않고 미워하지 않겠다는 눈물 어린 약속이 세자의 마음을 조금 무르게 하였다.

"알았다."

현이 나가려던 걸음을 돌려 아랫목으로 다시 가 앉았다. 그러고선 넓적한 술잔을 들어, 아직도 방문 앞에 엎드려 있는 화정 쪽을 향해 내밀었다.

"소원을 들어주마."

"……예, 저하!"

화정이 천천히 일어나 다과상 앞으로 다가와 앉았다. 그 손은 여전히 가슴 앞에서 저고리 깃을 강하게 움켜쥐고 있었다.

이윽고 화정이 이화주 술병을 기울여, 현이 들고 있는 술잔에 따랐다.

주르륵, 묽디묽은 죽과 같은 뽀얀 술이 술잔으로 흘러내렸다. 술잔이 어느 정도 차자, 현은 가만히 술잔을 내려다보다 말고 화정에게 말했다.

"이것으로 되었느냐? 너는 분명 내가 마시지 않아도 된다 하였다."

현이 화정이 조금 전 한 말을 상기시켰다.

"예, 저에게 술잔을 내려주시옵소서."

화정이 두 손을 내밀어 현에게서 술잔을 받아 들었다.

그 손은 사정없이 떨리고 있었다. 술잔 밖으로 술이 넘치려 할 정도였다.

하여 화정은 술잔을 잠시 술상 위에 내려놓은 다음, 떨리는 마음을 진정시키기라도 하듯 다시 제 저고리 깃을 꼭 움켜쥐었다.

그러고선 다시 떨리는 손을 내밀어 방금 현이 준 술잔을 다시없는 귀한 보물이기라도 한 양, 그 윗부분을 소중히 쓰다듬더니 마침내 결심을 마친 듯 술잔을 들었다.

"만수무강…… 하시옵소서."

마지막 인사를 남기고, 화정이 막 술잔을 입에 가져가려 할 때였다.

불쑥, 현의 손이 뻗어와 화정에게서 술잔을 뺏어 들었다.

"저…… 하?"

"이 정도는 해주어도 될 것 같아서."

현이 술잔을 입에 댄 후 한 번에 기울였다. 아주 묽은 죽 같은 뽀오얀 술이 술잔에서 현의 입을 거쳐 목구멍을 타고 넘어갔다.

"잘 지내려무나."

탁 소리가 나게 술상 위에 술잔을 내려놓은 현은 자신이 아무 열정 없이 품에 안았던 여인에게 마지막 작별 인사를 하고 방문 쪽을 향해 걸어갔다.

"문을 열어라."

현이 방문 밖에 대고 명했다.

빨리 이곳을 벗어나 마음의 짐을 벗고 싶었다.

하지만 방문이 채 완전히 열리기 전에 현은 타는 듯 뜨거운 목을 움켜쥐고 제자리에 주저앉고 말았다.

"……으…… 으…… 윽!"

극심한 고통에 비명조차 나오지 않는 현의 입에서 울컥, 붉은 핏물이 터져 나왔다.

제15장. 운명의 밤

준형의 입술이 부드럽게 당이의 입술에 닿았다. 입술과 입술을 마주한 채, 준형의 입술이 조금 더 열렸다. 그에 따라 당이의 입술도 조금 열렸다.

잠시 뒤, 준형이 숨을 들이마시며 조금 입술을 다물었다. 질세라 당이의 입술도 따라서 조그맣게 다물어졌다.

마당에 놓인 돌 수조 속의 작고 빨간 물고기가 물속에서 쉼 없이 뻐끔대듯, 준형과 당이는 마루 위에서 은근한 달빛을 받으며 서로의 입술이 주는 기쁨을 놓치지 않기 위해 쉼 없이 움직였다.

"하아……."

새하얀 한숨을 내쉰 준형의 커다란 손이 당이의 잔털이 곱게 난 뒷목을 쓰다듬은 후, 반듯한 등을 타고 내려가 오목하게 들어갔다 부드럽게 솟아오르는 허리 능선을 어루만졌다.

"하아……."

복숭앗빛 한숨을 내쉰 당이의 가는 손이 준형의 사내답게 단단한 팔과 널찍한 어깨를 스치고 지나가, 곧게 뻗은 준형의 등을 할퀴듯 붙잡았다.

"또 같이 목욕할까?"

입맞춤만으로는 충분치 못한지 준형이 입술을 당이의 귀로 옮겨 그 말랑한 감촉을 느끼며 은근히 속삭였다.

"하지 말아요?"

이전 날 목욕간에서 있었던 일을 떠올린 당이가 볼을 새빨갛게 물들이고선 준형을 흘겨보았다. 준형이 그런 당이의 두 뺨을 감싸며 귀여워 미치겠다는 표정으로 눈웃음을 지었다.

"이제 당신 큰일 났다."

"뭐가요?"

"당신 입으로 말했잖아. 나를 너무 연모해서 화를 못 내겠다고. 그건 다시 말해 내가 무슨 짓을 하든 용서해주겠다는 뜻 아냐?"

"누가……!"

말도 안 된다고 항의하려는 당이의 입술에 준형이 부러 쪽 소리가 나게 입을 맞췄다. 이어 당장 당이를 목욕간으로 안고 갈 셈으로 그녀의 다리 밑으로 두 팔을 집어넣었다.

"하지……. 왜 그래요?"

하지 말라고 앙탈을 부리던 당이가 얼른 준형에게 덤벼들었다. 준형이 당이의 치마 위에 그대로 엎어진 때문이었다.

"으……."

숨도 제대로 못 내쉬고 있는 준형의 입에서는 신음이 새어나오고 있었다. 엎어진 상태로 뻣뻣이 굳어진 몸은, 지금 준형이 느끼고 있는 고통을 실감나게 보여주고 있었다.

"왜요! 상처가 터졌어요? 아파요?"

당이는 준형이 억지로 힘을 주느라, 칼에 맞았던 옆구리의 상처가 터졌는지 얼른 엎어져 있는 준형의 저고리를 들쳐, 상처를 살폈다. 하지만 지난번 칼에 찔려 생긴 상처는 이미 희미해질 대로 희미해진 상태로 그 어떤 아픔의 흔적도 보여주지 않고 있었다.

"괜찮은데? 이 안이 아파요? 열이 나요? 뜨거워요?"

준형의 옆구리를 조심스럽게 짚으며 당이가 준형에게 물었다.

그 순간.

"크크큭. 간지러. 하지 마, 간지러! 크하하하하!"

준형이 심하게 간지럼을 타는 양 마루 위를 데굴데굴 구르며 웃어댔다.

"당신, 정말……! 얼마나 놀란 줄 알아요? 하아…….'

"미안, 미안. 하하하하. 많이 놀랐어?"

준형이 당이를 와락 안아 다정한 말로 놀란 가슴을 달래주었다. 우는 아기를 달래듯 토닥토닥 당이의 등을 다독여주기도 했다.

그러면서도 준형의 표정은 어둡기 짝이 없었다. 잠깐이긴 했지만, 분명 준형은 온몸이 배배 꼬일 정도로 고통을 느꼈다. 목이 타들어가는 것 같았고, 배 속에 불이 붙은 것 같았다. 눈앞이 하얘졌고 그 새하얀 여백에 온갖 색의 점들이 둥둥 떠다니다 사라져갔다.

당이가 걱정할까 봐 장난인 척했지만 그 고통은 절대 장난 따위가 아니었다. 고통의 강도만으로 치자면 옆구리를 깊게 찔렸을 때의 고통보다 더하면 더했지, 결코 덜하지 않았다. 그런데 지금은 또 신기하게 언제 그랬냐는 듯 고통이 싹 가셨다. 그것이 신기하고 이상하여 준형은 당이 몰래 슬쩍 제 목을 쓰다듬었다.

'이게 다 무슨 일일까?'

기분이 좋지 않았다. 당이를 안고 있는데도, 이 순간이 너무 행복한데도 기분은 자꾸만 바닥으로 훅훅, 가라앉고 있었다.

"수고하였다."

일산은 오늘 운종가에서 있었던 일을 보고한 부하에게 넉넉한 은자를 주어 돌려보냈다. 일산이 반회의 뒤를 쫓으라고 명을 내렸던 부하는 꽤나 흥미로운 이야기를 전해주었다.

반회가 운종가에서 너울을 쓴 어떤 여인과 시시덕거리더니 곧 이어 달려온 웬 사내에게 흠씬 얻어맞았다는 이야기였다. 그런데 그 두들겨 팬 사내가 반회를 '형님'이라 부르며 업고서 그 여인과 함께 돌아갔다는 얘기였다.

물론 부하는 그 뒤 운종가에서 그 여인에 대해 수소문한 결과도 들려주었다.

"소금목욕을 하는 수수께끼의 절세가인이라. 훗."

일산은 제 턱을 쓰다듬으며 피식, 웃었다.

"꽤나 앙큼한 생각을 하였구나. 하긴, 금자염을 밀매하는 무리를 끌어들이기엔 제법 나쁘지 않은 생각이 아닌가?"

부하가 전해준 이야기 속 수수께끼의 절세가인은 분명 당이일 터였다. 지금 김 부사네 일에 동조해줄 만한 젊은 여인은 당이밖에 없을 테니까.

그렇게 치면 당연히 반회를 흠씬 두들겨 팬 젊은 사내가 누구인지는 뻔히 계산이 나왔다. 또한 왜 두들겨 팬 것인지도 뻔했다.

"피가 섞인 형도, 피가 섞이지 않은 형도 네 여인을 탐하니 네가 참으로 죽을 맛이겠구나."

쯧쯧쯧 혀를 차며 일산의 눈빛이 음험하게 빛날 때였다.

"부정 어른! 부정 어르신!"

밖에서 웬 여인 하나가 숨이 넘어가게 일산을 불러댔다.

"누구냐?"

일산이 방의 창을 열어, 마당에서 저를 불러대는 사람의 얼굴을 확인하였다. 일산도 익히 그 얼굴을 아는 양의당의 젊은 상궁이었다.

"웬일인가, 이 야밤에?"

일산이 방을 나가 맞으려는데 젊은 상궁이 급박하게 외쳤다.

"소빈마마가 부르십니다. 빨리, 빨리 입궐을 하시랍니다!"

"무슨…… 핫!"

일산이 잠시 영문을 몰라 하다, 상궁 못지않게 다급히 물었다.

"전하께서 승하하신 건가?"

"아닙니다! 주상전하가 아니라 저, 저하께서…… 세자저하께서 독을 드셨사옵니다!"

"무어라!"

일산이 그대로 창을 뛰쳐나가 버선발로 상궁의 앞에 가 섰다.

"무슨 소리냐! 세자저하가 왜! 독이라니! 누가, 무슨 독을!"

"자세한 것은 가면서 들려드리겠습니다. 어서, 어서 입궐부터 하시지요. 소빈마마께서 빨리 모셔오라 하셨습니다!"

젊은 상궁은 얼굴이 새하얗게 질려 있었다. 그 모습만으로도 지금 궁궐 안에 심상치 않은 일이 벌어졌음을 알 수 있었다.

"잠시만 기다리시게!"

일산은 옷을 갈아입기 위해 서둘러 제 방으로 뛰어 들어가 아내 양씨 부인의 도움을 받아 허둥지둥 입궐 차비를 하였다.

'갑자기 독약이라니. 독약이라니! 설마, 중전과 영천군 무리가?'

어지러운 생각을 되짚어나가던 일산의 입에서 크르르, 짐승의 울음소리와 같은 분노에 찬 신음이 터져 나왔다.

만약 그런 것이라면, 그것이 확실하다면 그들 무리 중 어느 누구도 살아남지 못하리라, 맹세를 하였다.

'저건?'

일산이 허겁지겁 동궁전 쪽으로 향할 때 궁궐 한쪽에 내관과 상궁, 나인, 생각시 등 궁인들이 잔뜩 모여 수군거리고 있는 모습이 보였다.

급한 마음에도 왠지 그 모습이 심상치 않아 그곳으로 걸음을 옮기자, 마침 한 무리의 궁녀들이 산발을 하고, 신발도 신지 않은 의녀복 차림의 여인을 끌고 가고 있는 것이 보였다.

일산은 곧 알아보았다.

그녀가 바로 궁궐로 오는 길에 젊은 상궁이 들려준 그 의녀, 화정임을.

세자에게서 궁궐을 나가라는 명을 받은 데 앙심을 품고, 제 옷깃 속에 숨겨 놓았던 독약을 꺼내 술잔에 넣어 세자가 독을 마시게 한 그 간악한 계집임을.

-그 미친 것이 의녀 생활을 할 적에 혹시나, 만에 하나를 대비하여 자진을 할 수 있도록 저고리 깃 속에 독가루를 넣어 항시 몸에 지니고 있었다지 뭡니까.

젊은 상궁이 일러준 대로 저고리 깃 부분이 뜯어진 의녀복을 입고 있는 화정은 두 팔을 등 뒤로 한 채 붉은 밧줄로 칭칭 동여매어져 있었다.

궁녀들에 의해 끌려가면서도 화정은 특별히 어디라고도 할 것 없이 사방팔방에 대고 바락바락, 악을 쓰고 있었다.

애초에 세자를 죽이든, 스스로를 죽이든 양단간에 결판을 내려 벌인 일이었다. 세자가 시키는 대로, 세자가 바라는 대로, 순순히 궁궐 밖으로 나가 줄 생각은 조금도 하지 않았다. 그럼에도 막상 눈앞에서, 독을 먹고 세자가 쓰러진 걸 봤을 때엔, 머리 안의 무언가 뚝, 하고 끊기는 느낌이 났다. 이 모든 상황들이 못 견디게 웃기고, 못 견디게 화가 나고, 못 견디게 짜증이 났다. 이제 자신의 앞에 남은 길은 뻔해 보였다. 죽을 길이었다. 그리 생각하니 더더욱 세자를 용서할 수 없었다. 평탄히, 조용히 살아가던 제 인생에 불쑥 끼어들어 기어이 제 운명을 엉망으로 짓이겨놓은 세자에 대한 분노가 화정을 길길이 날뛰고 악쓰게 만들었다.

"이년들! 손을 떼지 못하겠느냐! 이 배 속에 세자놈의 아이가 있다! 이 아이를 죽이면 세자는 다시는 일점 혈손을 얻지 못할 것이다! 세자의 모든 내장을 태울 독약을 먹였으니 세자는 살아난다 하여도 절대로 아이를 얻지 못할 것이다아악!"

시뻘겋게 충혈된 눈으로 긴 혀를 날름대며 세자에 대한 저주와 악담을 퍼부어대는 화정의 모습은 흡사 단단히 미쳐 날뛰는 광녀를 연상케 하였다.

"귀 있는 것들은 내 말을 듣고, 입 있는 것들은 내 말을 전하라! 내가, 바로 내가 세자에게 독을 먹였다! 내가 세자를, 다시는 아이를 가질 수 없는 병신으로……."

"네 이년들!"

궁인들 뒤에서 여인이 하는 양을 지켜보고 있던 일산이 더는 참을 수 없어 궁인들을 헤치고 나아가 크게 호통을 쳤다.

"어찌하여 저 미친 것의 망발을 너희는 가만히 듣고만 있는 것이냐! 당장 저년의 입을 틀어막지 못할까!"

일산이 눈에 불을 켜고 화정을 향해 당장 덤벼들 듯이 눈을 부라려 보이자, 화정이 조금 전까지의 태도를 얼른 바꿔 제 옆에 선 궁녀의 등 뒤로 몸을 숨겼다.

"부정 어른, 궁궐 안입니다. 난폭한 언동은 삼가주시지요."

화정을 끌고 가고 있던 궁녀들의 맨 앞에 섰던 늙은 상궁이 일산을 향해 한발 나서 깍듯이 고개를 숙여 보였다. 그녀는 중전을 가장 가까이에서 받들고 있는 내전의 지밀상궁, 민 상궁이었다.

"민 상궁은 어찌하여 이 몸의 언동이 잘못된 것만 지적하고, 저 계집의 해괴망측한 망언은 그대로 듣고만 있는 겐가!"

"중전마마께서 기다리시고 계시어 죄인을 화급히 끌고 가느라 미처 그리하지 못한 것뿐이옵니다. 무엇들 하느냐. 어서 죄인에게 재갈을 물려라."

민 상궁은 말짱한 얼굴을 하고, 이제야 화정의 입에 재갈을 물리라는 명을 내렸다. 그러자 화정의 바로 곁에 섰던 궁녀가 기다렸다는 듯 재빨리 화정의 입에 재갈을 물린 후 검은 천으로 입을 가렸다.

"읍! 으으으읍!"

화정이 거세게 고개를 뒤트는 것을 본 민 상궁이 되었냐는 듯, 일산을 향해 살짝 고개를 기울여 미소를 지어 보인 뒤 다시금 무리의 맨 앞에 섰다.

"가자!"

민 상궁의 짧고 단호한 명에 "예!" 하고 답한 궁녀들이 화정을 이끌고 중전의 처소 쪽으로 향하기 시작했다. 그러자 지금껏 내내 저들끼리 수군거리던 구경하던 다른 궁인들도 슬금슬금 일산의 눈치를 보면서 서둘러 자신들의 자리로 돌아들 갔다.

'네 이년!'

일산은 어금니를 뿌드득 갈았다.

민 상궁은 부러 화정의 입을 막지 않은 게 분명했다. 악에 찬 화정의 저주이자 악담이 궁궐 안 구석구석, 아니 궁궐 담을 넘어 온 조선 구석구석까지 퍼져 나가게 하기 위해 일부러 깜빡 잊은 척하고 화정의 입을 막지 않은 것이리라.

'더러운 쥐새끼 같은 것들.'

일산은 입안으로 민 상궁과 중전, 그리고 영천군을 향한 욕설을 중얼거리며 얼른 동궁전 쪽으로 걸음을 옮기기 시작하였다.

"소빈마마께서는?"

일산이 급히 동궁전으로 뛰어 들어갔을 때 동궁전의 궁인들은 모두 동궁전 마당에 무릎을 꿇고 머리를 조아리고 있었다. 그중에서는 성급한 울음소리를 내다, 주변에서 눈치를 주자 간신히 흐느낌을 삼키는 궁녀도 있었다.

"오시었습니까. 소빈마마께서는 안에 계시옵니다."

며칠 전에 보았을 때보다 눈에 띄게 늙어버린 것 같은 감 내관이 동궁전 침전의 문을 열고 나와 일산을 맞았다. 그런 감 내관의 표정은 참담함, 그 자체였다. 손가락으로 툭, 건드리기만 해도 그 늙은 몸은 곧바로 산산이 부서져 내릴 것만 같았다. 해서 일산은 어찌 세자를 보필했기에 이런 사달이 났냐고 차마 묻지 못했다. 대신 세자 상태에 대해 은밀히 물었다.

"저하는 어떠하신가? 어의는 무어라 하던가?"

"천만다행으로 취하신 독의 양이 많지는 않아, 목숨을 건지실 수 있었다합니다. 소금물과 탕약을 드시게 하여 독을 토하시게 하였고, 지금은 해독을 할 수 있는 약재를 찾고 있는 걸로 압니다."

"하아……."

일산은 금세 주저앉을 것처럼 길게 한숨을 쉬었다. 다리에 힘이 풀림과 동시에 궁궐로 오는 동안 바짝 긴장했던 어깨가 축 늘어졌다.

"천지신명이 보우하셨습니다. 큰일이 날 뻔……. 누님? 소빈마마!"

일산이 침전 안으로 들어갔을 때 소빈은 의식을 잃고 있는 세자의 머리 맡에 엎드려 초점이 흐려진 눈으로 현의 얼굴만 뚫어지게 보고 있었다.

"깨어나거라. 이번에도 무사히 깨어나야 한다. 사람들은 너더러 유약하다 하지만 이 어미는 안다. 이 어미는 네가 강함을 알고 있다. 지금까지 그러했 듯 이번에도 넌 무사히 깨어날 것이다."

"누님……."

일산의 부름에 소빈이 고개를 들어 아우를 보았다. 그 눈은 조금 전 화정 못지않게 새빨갛게 충혈되어 있었다. 하여 눈물을 흘리고 있는 지금의 모습 은 얼핏 보면 피눈물을 흘리고 있는 것처럼 보일 정도였다.

"일산아. 너는 앞으로 아무 데도 가지 말고, 세자가 깨어날 때까지 세자의 곁을 지켜야 한다. 알았느냐? 아무도 우리 세자를 해치지 못하게, 아무도 우 리 세자를 어쩌지 못하게 네가 이곳에서 세자를 지켜야 한다!"

"의당 그럴 것입니다. 아무 걱정 마세요. 제가 누님과 세자저하의 곁에 있 을 것입니다."

세자를 책임지고 지킬 군사들은 따로 있었지만 지금은 그런 궁궐의 체계 와 법도를 따질 때가 아니었다. 임금에 이어 세자가 위중한 상황에 처했다 는 것은 나라의 근간이 흔들릴 커다란 변고나 다름없었다.

거기다 세자는 독살을 당할 뻔하였다. 그러니 사사로이는 외숙이자 훈련 원부정으로서 나라에서 인정하는 무관이기도 한 일산이 세자의 곁을 지키 는 것을 무어라 할 사람은 없을 것이었다.

"그런데 누님, 어찌하여 그 간악한 화정이라는 계집이 의금부가 아닌 중궁전으로 끌려간 것입니까? 세자를 해하였으니 의금부로 끌고 가 뒷배가 없는지를 소상히 밝혀야지요."

"중궁전에서 먼저 문초를 하여 일의 자초지종을 안 연후에 의금부로 보내겠다, 그리 알려왔습니다."

세자에게 정신이 팔려 있는 소빈을 대신하여 감 내관이 일산에게 답했다.

"그것을 봐주면 어찌하는가! 만약 그 간악한 년의 뒷배에 중궁전이 있다면 얼마든지 증좌를 숨길 수도 있는 일이 아닌가! 멍청하기는!"

"어쩔 수 없었습니다. 중전마마께서 명하시고, 소빈마마께서도 그리하라 하명하신 까닭에."

"누님, 왜……."

"시끄러워. 지금은 세자가 먼저다. 세자의 안위가 먼저야. 그까짓 것들한테는 차후에 얼마든지 갚아줄 수 있어. 그러니 소란 떨지 말거라. 너까지 내 머리를 복잡하게 만들지 말란 말이야!"

소빈이 짜증 섞인 목소리로 일산의 입을 막았다. 그 후 소빈은 밤이 새고 또다시 날이 지도록 세자의 곁을 떠나지 않았다.

그로부터 사흘 동안 밤마다 희망을 안고 운종가를 갔던 당이와 준형은 매번 실망감을 안고 터덜터덜 힘없이 집으로 돌아왔다. 금자염을 팔러 오기로 약속하였던 곰보 여편네가 약속을 어기고 찾아오지 않았기 때문이었다.

당이와 준형은 처음엔 혹시나 자신들의 정체를 들킨 게 아니라 걱정하였지만, 운종가에 가고 나서야 곰보 여편네가 오지 않은 이유를 알 수 있었다. 세자저하가 독살당할 뻔했다는 이야기가 온 장안을 떠들썩하게 만들고 있었던 것이다.

"글쎄, 세자저하가 이제는 아기씨를 볼 수 없는 몸이 되셨다더구면?"

"혁. 그럼 이제 어떡한대? 주상전하도 오늘내일하신다던데, 세자저하가 그런 몸이 되셨으니?"

"어떡하긴 뭘 어떡해. 지금도 거의 나랏일은 영천군 대감이 다 하고 계신 다던데. 영천군 대감이 다음 보위에 오르시면 되겠네. 영천군 대감이야 이 미 떡하니 장성하신 아드님도 계시고."

"이 사람, 이 사람. 금부에 잡혀가 물고를 당해야 정신을 차리지. 그런 소 리 함부로 하다간 목이 열 개라도 금세 동이 날 걸세!"

"하여간 우리도 몸조심하세. 이런 때는 무조건 납작 엎드려 숨죽여 사는 게 명대로 사는 법이라네."

아마 곰보 여편네도 그래서 몸을 숨긴 것이리라. 함께 운종가로 나갔던 당이와 준형은 그리 생각할 수밖에 없었다.

"걱정 말아요. 지금은 시장 상인들 말대로 몸조심하느라 숨어 있지만 곧 나타날 거예요."

낙담한 건 자신도 마찬가지면서 당이가 준형을 위로하였다. 벌써 사흘이 나 허탕을 친 것에 기운이 빠진 것인지 준형은 운종가에서부터 집으로 내내 계속 말 한마디 없었다. 빨리 곰보 여편네를 잡아 아비와 형의 금자염 밀매 의 누명을 벗겨주고 싶은데 그것이 어그러져 마음이 상했던 것이다.

당이가 집의 대문 안으로 들어서자마자 가만히 준형의 손을 잡아준 것도 그런 준형의 마음을 조금이라도 편하게 해주고 싶어서였다.

하여 준형이 그런 당이를 보며 힘없이 웃어 보일 때였다. 아직도 얼굴이 퉁퉁 부어 있는 반회가 의금부 쪽 동태를 살피러 보냈던 하인 놈과 함께 뛰 는 것이나 다름없는 바쁜 걸음으로 준형의 곁을 스쳐 지나나갔다.

"형님!"

준형이 반회를 부르는데도 반회는 그대로 대문을 뛰쳐나갔다.

"무슨 일이야!"

준형이 반회의 뒤를 따르던 하인의 팔뚝을 붙잡고 물었다.

"지금 의금부에서…… 부사 어르신과 강회 공자님이 국문을 받고 계시다 합니다!"

"국문이라니! 세자저하께서 소명의 기회를 주겠다고 하셨는데 갑자기 이러는 법이 어디 있어!"

준형이 죄없는 하인에게 목소리를 높여 따졌지만, 의금부 관졸들에게 그저 국문이 열린다는 귀동냥만 듣고 온 하인이 대답할 수 있는 물음이 아니었다. 하여 준형은 저만큼이나 죽을상을 하고 있는 하인을 놓아주고 급히 당이에게 말했다.

"나 좀 어디 다녀올게."

"어딜 가게요?"

이번엔 당이가 성급히 움직이려는 준형을 붙잡고 물었다.

"혹시…… 그 댁에 가려는 거예요?"

당이는 준형의 속내를 읽었다.

"갔다 올게."

"나도 가요."

"당이……."

"당신 혼자 못 보내요. 그러니 같이 가요!"

당이가 두말할 필요 없다는 듯 단호하게 말했다. 그러고선 아직도 주저하고 있는 준형의 손을 잡고, 제 쪽에서 먼저 대문으로 향하기 시작했다.

그길로 두 사람이 향한 곳은 다름 아닌 일산의 집이었다.

"아직 부정 어른은 궁궐 안에 있습니다. 들었는지 모르지만 궁궐 안에 큰일이 생겨……."

일산의 아내 양씨 부인은 제집을 찾아온 당이에게 일산의 부재를 알렸다. 전모를 쓰고, 짙은 화장을 하여 기녀로밖에 보이지 않는 차림을 한 당이를 보고서도 양씨 부인은 별로 놀란 기색이 없었다.

"참, 얼마 전엔 낭자의 모친이 다녀갔지요. 낭자의 아우인 홍 선비가 집에 돌아오지 않고 있다고 여간 걱정하지 않던데, 어머니를 찾아가 보는 게 어떨는지?"

"신경 써주셔서 감사합니다. 그보다 부정 어른은 언제 뵐 수 있을까요?"

당이는 완곡하게 어머니를 찾아가 보란 권유를 사양하였다. 무정하다 해도, 불효자식이라 해도 상관없었다. 이미 당이에게 그 두 사람은 더는 가족이 아니었다. 준형은 당이가 상처받을 것을 걱정하여 자세히 들려주지 않았지만, 당이는 이미 알고 있었다.

자신에게 약을 써서 혼수상태에 빠트리고, 그 때문에 준형과 당이 자신이 도성으로 돌아올 수밖에 없게 만든 게 바로 일산과 제 가족들이라는 것을.

하여 당이는 준형의 여인으로 평생을 살기로 마음먹은 이후로, 어머니와 용이에 대한 모든 미련을 버리기로 하였고, 실제로도 그리하였다.

"마님께서 아시는지 모르겠지만, 부정 어른께서는 제게 갚아야 할 마음의 빚이 있습니다. 그 빚을 대신하여 부정 어른을 뵙고 여쭐 것이 있습니다만."

당이는 공손한 말투와는 달리 하나도 공손해 보이지 않는 눈빛으로 양씨 부인을 똑바로 마주 보았다.

"제가 언제쯤 부정 어른을 뵐 수 있겠습니까?"

"아마도 한동안은 어려울 것이에요. 소빈마마의 명으로 당분간은 계속 궁궐에 머물 예정이어서요."

어찌 보면 무례하게 보일 수도 있는 당이의 눈빛과 마주하면서도 양씨 부인은 하나도 기분이 나쁘지 않았다. 일전에 보았을 때와 확 달라진 당이의 미모에 탄복할 뿐이었다.

'화장을 한 탓인가? 그렇다 해도 몰라보게 달리 보이지 않는가. 이렇게 아리따울 수가⋯⋯. 내가 사내라도 한눈에 반하고 말 미색이야!'

그런데도 질투가 일진 않았다. 아름다운 여인에 대한 경계심도 들지 않았다. 오히려 친밀감이 들었다. 남이 아닌 것 같았다. 어쩐지 말하지 않아도 통하는 무엇인가가 느껴지고 있었다.

어쩌면 같은 늑대의 반려여서일는지도 몰랐다.

그래서였을까? 곤란해하는 당이를 보던 양씨 부인은 선심을 쓰듯 일산을 만날 수 있는 방법 하나를 가르쳐주었다.

"안 그래도 부정 어른께 갈아입을 옷가지들을 전해주러 입궁을 할 참이었는데, 정 급하다면 나를 따라나서겠어요?"

양씨 부인은, 당이가 양씨 부인의 몸종으로 위장하여 궁궐로 따라간다면, 짧게나마 제 남편과 이야기할 틈을 만들어 주겠다고 했다.

"그리하겠습니다."

당이는 자신이 입고 갈 옷을 빌려달라고 하고선, 서둘러 대문 앞 마당에서 자신을 기다리고 있는 준형에게로 가서 양씨 부인이 해준 말을 전했다.

"안 돼! 당신이 입궁해서 뭘 어쩌려고."

"의금부에서 왜 갑자기 이렇게 일을 서두르는지 물어볼 수 있잖아요. 왜 증좌도 없는 일로 국문까지 열게 된 건지 물어볼 수는 있잖아요. 거기다 어떻게 해야 두 분을 풀려나게 할 수 있는지도 물어볼 수 있고요. 당신이 물어보려던 것도 그것들 아니었어요?"

준형은 할 말이 없었다. 당이 말대로 어차피 준형이 물어보려던 말도 그게 다였다.

왜, 그리고 어떻게.

준형이 아는 사람 중에 그 두 가지 물음에 답해줄 만한 사람은 그나마 일산밖에 없었다.

"그냥 강 부정이 궁궐을 나올 때까지 기다릴게."

"지금 두 분의 국문을 하고 있다면서요. 그럴 시간 없잖아요."

"그래도…… 싫어. 내가 내키지 않아."

"별일이 있을 게 뭐예요. 이 댁 부인을 따라 궁에 들어가서 부정 어른에게 묻기만 하면 되는 일인 것을요. 궁궐 안인데 설마 무슨 위험한 일이라도 있으려고요?"

당이 말이 맞을 터였다. 그런데도 준형은 보내고 싶지 않았다. 다시 떨어지고 싶지 않았다. 당이와 떨어지면, 늘 원치 않는 일들이 벌어지곤 했다.

이 밤에도 그럴까 봐, 준형은 겁이 났다. 자꾸만 싫은 예감이 들었다. 그래도 다른 방법이 없었다. 의금부 안의 사정을 알아보려면, 아버지와 형님을 방면시킬 수 있는 방법을 알려면 결국 당이 말대로 하는 수밖에 없었다. 일산을 통해 아비와 형의 구명 방법을 알아낼 수밖에 없었다.

"궁궐 앞까지 나도 따라갈게. 그 앞에서 당신이 나오기를 기다리고 있을게. 만약 무슨 일이 있거든 크게 소리만 쳐. 내가 당신을 구하러 갈게."

준형은 그렇게 제 고집을 꺾을 수밖에 없었다.

"전 도호부사 김찬. 그리고 그 장자, 김 강회."

그때, 의금부 안에 마련된 국문 장에서는 영천군을 필두로 하여 형조와 사헌부, 사간원의 관리들이 모여 김 부사와 강회에 대한 심문을 시작하고 있었다. 형조의 관리 하나가 두루마리를 펴서 그 안에 적힌 두 사람의 죄목을 조목조목 읊어 나가는 동안 국문 장에 모인 모든 사람들은 일제히 침묵을 지키고 있었다.

"김찬은 지난 수년간 자(子) 강회와 도모하여 금자도에서 생산된 금자염을 몰래 빼돌려 사사로이 거래한 뒤 막대한 이득을 취하였다."

형틀 의자에 묶인 채 자신들에게 주어진 죄목을 듣는 김 부사와 강회는 모든 것을 각오한 듯, 가만히 눈을 감고 들었다.

"본디 금자염은 왕실의 염전에서 생산되는 소금으로서, 따로이 염세(鹽稅, 소금세금)도 내지 않는 왕실 전용의 진상품이므로, 금자염의 밀매는 엄히 다스려야 할 중죄에 해당한다."

두 사람에게 주어진 죄목들이 하나둘씩 이어짐에 따라 강회의 마음은 거칠게 요동쳤다. 왜냐하면 관리가 읽어 내려가는 죄목들은 강회가 미리 예감하고 각오했던 금자염 밀매에 대한 죄, 그 이상이었기 때문이었다.

"또한 김 부사 일가는 죄 없는 상민들을 억지로 섬으로 끌고 가 강제 노역도 시켰다. 나라에서 엄금하는 고리의 사채를 놓아 백성들의 고혈을 착취

하였다. 빚을 갚지 못하는 자는 섬으로 끌고 가 염전의 일을 시켰는데, 그중에는 양반 부녀자도 포함되어 있었다."

양반 부녀자라는 소리가 나오자 국문 장에 줄지어 서 있던 관리들 중 몇몇이 노한 기색을 숨기지 않고 혀를 차 댔다.

"저런, 저런!"

"어찌 양반 부녀자에게까지 그런 천한 소금밭 일을 시킨단 말이오?"

"쯧쯧쯧. 주상전하의 총애만 믿고 하늘 두려운 줄 모르고 지나치게 방자하게 굴었던 것이 아니오?"

관리들의 수군거림을 들으며 강회가 제 옆에 앉은 아버지 김 부사를 향해 고개를 돌렸다.

'아버님, 저건!'

'억울해할 것 없다. 어차피 각오한 일이 아니냐.'

김 부사는 단단한 표정과 눈빛으로 강회를 진정시켰다. 금자염에 대한 일로 자신들을 심문할 때, 한 번쯤 당이에 대한 일을 물고 늘어질 것이라 예상했던 것이었다. 그것을 오해라고, 사실은 그런 게 아니라고 변명하기 위해서는 준형에 대한 이야기를 꺼내야만 했다. 준형과 당이의 사이에 대해서도 이야기해야만 했다. 하지만 그랬다가는 자칫 준형이 증인으로 의금부에 소환될 수도 있는 노릇이었다. 그럴 수는 없었다. 의금부에 모인 이들 중 세자를 쏙 빼닮은 준형의 얼굴을 모르는 이는 단 한 명도 없을 테니까.

하여 김 부사는 변명하지 않고 그 어떤 죄든 자신의 죄라고 인정할 참이었다. 최소한 자신과 강회, 둘만의 죄로 한정 짓고 끝낼 참이었다.

'김 부사, 자네가 언제까지 그렇게 말짱한 얼굴을 할 수 있나 두고 봄세.'

굳은 각오에 찬 김 부사를 보며 영천군은 자꾸만 통쾌한 웃음이 나오려는 걸 꾹, 참고서 점잖게 수염만 어루만졌다. 김 부사와 그 아들이 지금은 애써 평온을 가장할 수 있을지 몰라도 그 평온은 오래가지 못할 것이었다. 왜냐하면 이제 곧 그들 부자가 자신들의 귀를 의심할 수밖에 없을 만한 죄목이 읽어질 차례였으니까.

"시해라니!"

반회는 의금부 앞 으슥한 골목 안에서 방금 막 국문 장에서 일어난 일을 귀띔해준 의금부 나장(하급관리)의 멱살을 잡았다. 조금 전까지 국문 장에서 경비를 섰던 나장이 전해준 바에 따르면 지금 국문 장에서는 김 부사와 강회가 임금을 시해하려 한 죄상에 대해 문초를 당하고 있다고 했다.

"콜록, 콜록! 아, 이러면 곤란하지요. 이것 좀 놓으시오. 켁켁!"

"미, 미안하네. 나도 모르게 그만."

반회가 얼른 나장의 멱살을 놓아주고선 처음 이야기를 들을 때처럼 돈주머니 하나를 나장의 품속에 집어넣어 주었다.

"듣고 본 대로 소상히 말해주시게. 주상전하를 시해하려 하였다니, 그게 무슨 말인가?"

"아, 글쎄, 그게 언제라더라? 지난달 초열흘쯤인가? 암튼 그날 밤에 전하께서 몰래 잠행을 하여 김 부사를 찾아갔는데 그때 김 부사가 독을 넣은 약과를 드시게 했다지요? 그래서 그날 전하께서 환궁하시자마자 의식을 잃고 쓰러지신 게 아니냐, 뭐, 그걸 따져 묻는 것 같았습니다."

'지난달 초열흘?'

그때는 반회와 준형도 김 부사의 안가에 함께 머무르고 있을 때였다. 겨우 한 달여 전의 일이니 반회가 기억 못 할 리가 없다.

"헌데 다른 건 다 순순히 죄를 인정한 김 부사와 그 아들이 그것만은 죽어도 아니라고 그래서 지금 형틀에 매여 곤장을……."

"잠깐, 잠깐!"

반회가 손을 들어 계속 이야기를 전하는 나장의 입을 틀어막았다. 생각을 하는 데 방해가 되어서였다.

'전하께서 초열흘에 잠행을 하셔서 아버님을 찾아오셨다고? 그날이라면

분명 아버님의 친우 되시는 이 생원 어른께서……. 잠깐! 그럼?'

지난 일을 되짚어보던 반회의 등골이 오싹해졌다. 그때 분명 예사롭지 않은 귀인의 풍모를 지닌, 이 생원이라는 이가 찾아온 것이 떠올랐던 것이다.

-내 조만간, 며칠 내에 다시 옴세. 그때는 자네와도 꽤 많은 이야기를 나누고 싶구먼.

그렇게 반회에게도 다정한 인사를 해주었던 분이셨다.

'그분에게 독을 드시게 하였다니 말도 안 돼. 그분은 아주 짧게 머물다 가셨는걸. 아버님과는 제대로 말 한마디도 섞지 않으셨어. 게다가 다과상도 따로 받지 않으셨어. 그냥 준형이 하고만 짧게 환담을…….'

생각을 더듬던 반회의 입이 충격으로 떠억, 벌어졌다. 경악으로 눈도 더는 커질 수 없을 정도로 커졌다.

'설마 그날의 잠행은 준형을 보기 위한 것이었어?'

왜인지는 몰랐지만, 그날 임금의 잠행 목적은 분명 준형이가 틀림없었다. 아버지 김 부사가 서책을 찾는다는 핑계로 반회를 데리고 방을 나선 것도 두 사람을 위해 자리를 피해준 것이었으리라.

'또 준형이야? 왜, 왜 이 모든 일의 중심엔 항상 준형이가 있는 거지?'

반회가 거칠게 획, 고개를 돌려 그 안 어디쯤에서 국문이 열리고 있을 의금부의 대문을 노려보았다.

'아버님! 형님! 두 분은 도대체 무얼 숨기고 계신 것입니까? 아직도 무얼 그리 감추려 하시는 겁니까? 제게는 언제까지 비밀로 하시려는 겁니까!'

퍽, 답답한 마음에 반회가 제 곁의 벽을 주먹으로 내리쳤다. 그 바람에 주먹이 깨어졌는지, 손등에서 새빨간 선혈이 뚝뚝 흘러내렸다.

"아, 아. 그러니까 전할 것은 전하고, 받을 건 받았으니. 이만 가도 되겠지요? 헤헤헤. 아, 물론 오늘 있은 일은 내 죽을 때까지 비밀로 하리다."

조심스레 반회의 눈치를 살피고 섰던 의금부 나장 놈은 갑자기 사납게 변한 반회의 기색에 겁을 집어 먹고는 슬금슬금 뒷걸음질로 반회에게서 조금 떨어지더니 이내 후다닥, 제 동료들이 선 곳으로 뛰어가 버렸다.

"이거, 이거."

일산은 예상치도 못한 당이의 등장에 잠시 말을 잇지 못했다. 아내 양씨 부인이 왔다는 동궁전 상궁의 전언에 세자의 침전에서 나왔을 때만 해도 양씨 부인의 뒤에 얌전히 고개를 숙이고 서 있는 계집종이 당이리라고는 생각도 못 했던 것이다.

"급히 여쭐 것이 있다 하여, 제가 데리고 왔습니다."

양씨 부인이 사방의 귀를 신경 쓰며 조심스럽게 일산에게 말했다.

"부인은 일단 안으로 들어가 누님께 인사를 드리시오. 낭자…… 아니 자네는 나를 따르게."

일산이 양씨 부인을 세자의 침전으로 들여보낸 후, 당이를 데리고 궁인들의 시선이 닿지 않는 침전 뒤편, 으슥한 그림자 속으로 들어갔다.

"이제 말해보게. 굳이 여기까지 와서 내게 묻고 싶었던 게 무엇인가?"

'혹시 벌써 아우의 일을 알고 온 것은 아닐 테고.'

궁궐 안에까지 직접 찾아온 당이의 대담한 행동에 내심 놀란 일산이 긴장된 기색을 지우고 당이에게 용건이 무엇인지 물었다.

"지금 의금부에서 김 부사 어른과 강회 공자님이 국문을 받고 있다 합니다. 혹시 알고 계시는 일입니까?"

"국문이라니!"

당연히 일산도 모르고 있었다. 영천군이 일부러 소빈이나 일산의 귀에 들어가지 않도록 은밀하고, 재빠르게 일을 처리한 때문이었다.

'영천군 그 작자가 정말! 때가 이때다 싶어 그대로 제 욕심을 밀어붙일 심산인가!'

"부정 어른도 모르고 계셨습니까? 듣자 하니, 일전에 세자저하께서 김 부사 어른과 강회 공자님의 금자염 밀매 혐의에 대해 소명할 기회를 주겠다고

하셨다던데…… 아직 소명의 준비를 채 갖추지 못하였는데 이렇게 갑자기 국문을 시작한 연유가 무엇입니까?"

일산의 표정을 읽은 당이가 숨도 쉬지 않고 다다다 빠른 말투로 다시 물어댔다. 일산은 그 물음에 다하지 않았지만 그 답은 알고 있었다.

'중신들에게 자신이 세자의 뜻을 깔아뭉개는 모습을 보이고, 또한 한시라도 빨리 금자도의 소금밭과 금자염의 관리권을 제 손안에 넣고 주무르기 위해서지.'

"부정 어른!"

저를 빤히 보기만 하는 일산에게 당이가 다시 물었다.

"어른께서 일전에 제게 약을 쓴 걸 알고 있습니다."

"자넷!"

일산이 새삼 궁궐 벽 어딘가에 있을 숨은 귀를 두려워하며 사방을 둘러본 후, 낮은 목소리로 윽박질렀다.

"궁궐 안에서는 약이니, 독이니! 그런 말 함부로 하는 게 아니네!"

일산의 무서운 기세에도 당이는 눈 하나 깜짝하지 않고 제 말을 이었다.

"그 일로 부정 어른은 제게 빚을 졌다 생각합니다. 허니, 제 물음에 대한 답으로 그 빚을 갚아주시지요. 알려주십시오. 왜 그분들에 대한 국문이 이리 서둘러진 것입니까? 어떻게 하면 그 두 분을 무사히 구명할 수 있습니까?"

"준형이…… 김 부사네 막내공자가 자네에게 그것을 알아오라 시키던가? 그래서 이런 차림으로 여기까지 들어온 것인가? 겁도 없이?"

"제가 오겠다고 하였습니다. 빚은 원래 당사자가 받아야 뒤탈이 없는 것 아니겠습니까?"

어려워하는 기색도 없이 물으면 묻는 대로 따박따박 답하는 당이의 모습은 맹랑하기 그지없었다.

"내가 그 빚을 갚지 않겠다고 한다면?"

"빚쟁이는 원래 상대의 사정을 봐주지 않는 법이지요. 저 역시 부정 어른께서 빚을 갚지 못한다고 한다면 저 나름의 수를 쓸 수밖에요."

"나름의 수?"

"의금부에 가면 되겠지요. 세자의 외숙인 부정 어른께서 반가의 여인인 제게 몰래 약을 먹였다, 그리 고해보겠습니다. 준형 공자님도 와서 증언을 해줄 것입니다. 그 참에 의금부에 하옥되어 계신 김 부사 어른과 강회 공자님의 안부도 살필 수 있을 테고요."

"……흐음."

일산의 미간에 작은 주름이 졌다. 당이의 협박은 별거 아니었다. 자신이 아니라고만 하면 다른 증좌가 있는 것도 아니니 별일이 일어날 게 없었다.

문제는 준형이었다. 정말 당이의 협박대로 준형이 금부로 가게 되면 큰일이었다. 세자와 똑같은 얼굴을 의금부에 드러낼 순 없지 않은가!

'하는 수 없지.'

원래 남을 협박하기는 해도, 남의 협박을 들어주는 일은 취미에 없던 일산이지만 다른 방법이 없었다.

"알았네. 내 잠시 사람을 사켜 알아보게 할 터이니, 잠시만 예서 기다리시게. 내 안사람이 나오거든 내가 곧 올 것이라 전해주고."

"알겠습니다."

그렇게 일산이 당이의 협박을 들어주기 위해 동궁전 밖으로 사라지고 난 후, 당이는 전각 그림자 속에 서서 부디 일산이 도움이 되는 소식을 가지고 오길 바라고 기다렸다.

그렇게 얼마의 시간이 지났을까? 부스럭 소리와 함께 당이의 등 뒤에서 누군가가 가까이 다가서는 기척이 느껴졌다.

"부정 어른……?"

당이가 막 뒤를 돌아 '누군가'의 정체를 확인하려는 순간, 비틀거리는 걸음으로 가까이 다가온 '누군가'가 덥석 당이를 끌어안았다.

"찾았다."

놀라 바짝 얼어붙은 당이의 귀에 잔뜩 쉬고 가라앉은 웬 사내의 목소리
가 파고들었다.

'감 내관! 감 내관! 무얼 하느냐. 나를 깨워라. 나를 깨우라고! 어머님, 어
머님! 제 목소리가 안 들리십니까? 어머님!'

영원처럼 느껴지는 며칠 동안, 현은 제 몸 속에 갇혀 있었다. 목이 불타고,
배 속이 타들어가는 고통이 온몸을 오그라들게 만들었는데 정작 실제로는
손 하나 발 하나 꼼짝일 수 없었다. 그런데도 의식만은 또렷하였다.

누워 있는 동안 어머니 소빈이 애통하게 자신을 부르며 우는 소리와 감
내관이 남몰래 한숨을 쉬는 소리, 소빈을 달래주는 일산의 소리까지 모두
듣고 있었다. 그것이 더욱 현을 미치게 하였다. 고통스럽게 하였다.

'싫다, 싫어! 제발, 누가 나 좀! 나 좀! 감 내관! 나 좀, 나 좀 일으켜 다오!
어머님, 무섭습니다! 제발 저 좀 살려주세요. 어머니이임! 그리 울고만 계시
지 말고요, 제발! 제바아아알!'

애가 닳았다. 애가 탔다. 그럼에도 불구하고 누구도 자신을, 자신의 그런
상태를 눈치채주는 이가 없었다. 하여 현은 점점 더 지쳐가고 있었다. 그런
와중에 매일 들려오던 목소리들 사이에서 오랜만에 듣는 목소리 하나가 끼
어들어 왔다.

"마마, 그간 격조하였사옵니다."

"올케…… 올케가 여긴 웬일로."

"강 부정이 갈아입을 옷을 가져왔습니다. 그리고…….”

오랜만에 듣는 외숙모 양씨 부인의 낮은 속삭임이 현의 바로 곁에서 들
려왔다. 현의 머리맡에 앉아 있는 어머니 소빈에게 가까이 다가와 비밀리에
속삭이고 있는 듯했다.

"그 낭자도 함께 데려왔습니다. 한번 슬쩍 보시겠사옵니까?"

'그 낭자?'

"낭자라니, 누구…… 를 말하는지?"

힘없이 묻는 소빈의 말에 양씨 부인의 목소리가 더욱더 낮게 잦아들었다.

"그…… 세자저하가 입궁시키려 하셨던 홍 낭자 말입……. 저하!"

"세자!"

소빈과 양씨 부인, 아니 침통한 표정으로 방 문 앞에 대기해 있던 김 상궁과 감 내관까지, 방 안에 있는 모든 이들이 다들 귀신이라도 본 것 같은 얼굴을 하였다. 조금 전까지 손가락 하나, 발가락 하나 꼼짝하지 못하고 죽은 사람처럼 미동도 없이 누워 있던 세자가 억지로 몸을 일으키려 하고 있었기 때문이었다. 눈꺼풀을 완전히 들어 올리지도 못한 채 반은 감은 것이나 다름없는 상태였다. 감 내관이 얼른 달려와 그런 세자를 부축하였다.

"저하! 저하! 정신이 드셨사옵니까? 저하!"

현이 그런 감 내관이 귀찮다는 듯 힘없이 손을 저었다.

"세자! 나를 알아보겠소? 어미입니다. 어미가 곁에 있어요."

감 내관을 대신하여 소빈이 감격에 차서 현에게 달려들었지만 현은 그런 어머니조차도 눈에 들어오지 않는 듯 휘휘, 손을 내젓고 자리에서 일어났다.

'가야 해. 가야 한다.'

"저하! 어디를 가려 하시나이까?"

'저리 비켜. 비켜라…….'

현이 채 허리도 완전히 펴지 못하고 등을 구부정하게 굽힌 채 터덜터덜 방문으로 걸어갔다. 어찌 보면 아직 잠에 취해 있는 모습 같기도 하고, 또 어찌 보면 술로 고주망태가 된 주정뱅이 같기도 했다.

"뭐 하느냐! 얼른 저하를 잡지 않고. 저러다 넘어지면 어쩌려고!"

차마 현의 앞을 막지 못하고 길을 비켜주는 궁인들을 향해 소빈이 명을 내렸다. 자신이 직접 세자를 붙잡아 앉히기 위해 서둘러 일어서기도 했다.

하지만 양씨 부인이 그런 소빈의 소매를 잡고 말렸다.

"마마, 잠시만 지켜보시지요. 어디로 가시는지, 무얼 하려 하시는지요. 나쁜 일은 아닐 듯합니다. 갑자기 저리 일어나신 게 무엇보다도 좋은 징조가 아니겠습니까?"

불안한 얼굴로 잠시 양씨 부인을 보던 소빈은 결국 제 올케의 뜻을 받아들여 그렇게 하기로 하였다.

하여 금세라도 다시 쓰러질 듯 비틀거리며 방문을 나서는 세자의 뒤를 소빈과 양씨 부인, 그리고 감 내관과 김 상궁, 정 상궁이 차례대로 따르는 묘한 행렬이 만들어졌다.

비틀비틀. 흐느적흐느적. 현은 뜻대로 쉽게 움직여지지 않는 제 갑갑한 몸을 끌고 맨발 그대로 동궁전 마당으로 내려섰다.

"저하……!"

감 내관이 허둥지둥 신을 가지러 가려 하였으나 양씨 부인이 고개를 저어 그런 감 내관을 만류했다. 그렇게 동궁전 안에 있던 모든 이들이 지켜보는 가운데 현은 잠시 제자리에서 빙그르 돌며 사방을 두리번거리더니 갑자기 흠칫, 몸을 떨고선 누군가가 저를 부르기라도 한 것처럼 비틀비틀, 동궁전 전각 뒤편으로 향했다.

'당신……!'

현의 눈에 자그마한 여인의 뒷모습이 보였다. 달빛이 완전히 들지 않은 그림자 속이라 어두컴컴하긴 했지만 그 모습은, 그 뒷모습은 분명 현이 그토록 애타게 찾고 그리워하던 여인의 것이 맞았다.

하여, 현은 당장이라도 쓰러질 것 같은 몸을 이끌고 당이에게 다가갔다.

"부정 어른……?"

당이가 막 뒤를 돌아봤을 때, 현은 제 반가움을 제 격정을 억누르지 못하고 덥석 당이를 끌어안았다.

"찾았다."

"이, 이보셔요!"

당이는 갑작스레 저를 안은 게 세자인지도 모르고 그저 낯선 세자의 행동에 놀라 그 가슴을 밀어젖히려 하였다.

세자는 그런 당이의 허리에 단단히 손을 감고서, 그 허리가 졸릴 정도로 꽈악 힘주어 당이를 안고선 버둥거리지도 못하게 단단히 제 품에 가뒀다.

"다시는…… 놓치지 않을 거다. 다시는 너를 잃지 않을 거야."

"이거, 이거 놔요옷!"

저를 가두고 있는 품에서 자유로워지기 위해 당이는 잠시 몸을 움츠렸다가 힘껏 발돋움하여 몸을 뻗음과 동시에 고개를 한껏 뒤로 젖혔다. 그 바람에 세자는 "억!" 소리를 내며 뒤로 나자빠질 수밖에 없었다.

"네 이 녀언!"

찢어질 듯 날카로운 소빈의 목소리가 밤공기를 갈랐다. 그와 동시에 동궁전의 궁인들이 일제히 당이와 세자에게로 달려들었다.

"저하…… 저하! 괜찮으시옵니까? 뭐 하느냐. 어서 저하를 업지 않고!"

감 내관이 얼이 빠져 발만 동동대고 있는 제 곁의 젊은 내관에게 시켜 얼른 세자를 둘러업게 하였다.

'저하라니! 그럼……?'

자신이 힘껏 밀쳐낸 상대가 바로 이 동궁전의 주인이자 다음 보위를 이을 세자임을 알게 된 당이의 얼굴이 조금 창백해졌다. 그 얼굴을 향해 어느 틈엔가 눈앞에 다가온 중년의 여인이 있는 매섭게 손을 휘둘렀다.

철썩! 당이의 얼굴은 제 의지와 상관없이 홱, 옆으로 돌아갔다. 그 돌아간 얼굴의 반대편 뺨에 다시 소빈의 손바닥이 날아왔다.

"이년! 네 감히 누구의 몸에 손을 댄 것이냐!"

또다시 철썩하는, 지나치게 찰진 소리가 밤공기 안에 울려 퍼졌다.

"윽!"

신음과 함께 또다시 당이의 얼굴이 옆으로 돌아갔다. 이번엔 몸까지 반

이상 돌아가 휘청거리기까지 하였다.

"어, 어마…… 마마."

"소빈마마!"

내관의 등에 업힌 현과 양씨 부인이 소빈의 난폭한 행동에 놀라 소빈을 불렀지만 이미 화가 머리끝까지 난 소빈의 귀에는 아무것도 들리지 않는 듯하였다.

"감히! 감히 누구를 밀어뜨려? 네년이 정말 죽고 싶은 것이로구나! 이년, 이녀언!"

분노에 이성을 잃은 소빈이 모든 궁인들이 보는 가운데 철썩철썩, 당이의 뺨을 사정없이 후려갈겼다. 그때마다 조그만 당이의 몸은 쓰러질 듯 이리 휘청, 저리 휘청거렸다.

그 참혹한 광경을 보다 못한 감 내관이 직접 당이와 소빈 사이에 끼어들어 당이를 구해내려 하였지만, 소빈은 그런 감 내관마저도 앙칼지게 밀어내고선 제 귀한 아들의 몸에 손을 댄 몹쓸 계집의 뺨을 연신 두들겨 댔다.

그 기세로만 보면 절대 끝나지 않을 것 같던 소빈의 매질이 멈춘 건, 당이의 양 뺨이 새빨갛게 부어올라서도, 그 입술이 터져서 피가 흘러나와서도 아니었다. 맞다, 맞다 못해 당이가 털썩 땅바닥으로 넘어져서도 아니었다.

"어머니임! 하아…… 하아…… 당장, 당장 그 매질을 멈추…… 세요……. 제발, 제발이요. 어머니, 어머…… 끄윽!"

젊은 내관의 등에 업힌 세자가 소빈을 향해 힘없이 외치다 말고, 그대로 축, 늘어져서였다.

"저하!"

양씨 부인과 궁인들의 입에서 비명이 터지고 나서야 소빈이 세자에게로 눈을 돌렸다.

"세자! 세자아! 네 이놈들! 무얼 구경하려 그리 가만히 보고 선 것이냐! 어서 저하를 안으로 모시지 않고!"

소빈이 불호령을 내린 뒤 안 되겠다는 듯 자신이 먼저 앞장 선 후 세자를 업은 젊은 내관을 재촉하여 동궁전의 침전 안으로 다시 들어갔다.

감 내관을 비롯한 동궁전의 궁인들도 재빨리 그 뒤를 따랐다.

그 때문에 동궁전 전각의 어두운 그림자 속에는 연민의 눈으로 당이를 보는 양씨 부인과 반쯤 넋이 나간 얼굴로 땅바닥에 주저앉아 있는 당이만이 남았다.

"일어나세요."

양씨 부인이 당이가 몸을 추스르고 일어나는 걸 도왔다.

"많이 아프지요?"

언제나처럼 상냥하기 그지없는 말투로 물으나 마나 한 질문을 한 양씨 부인이 옷소매 안에서 작은 손수건을 꺼내 당이의 터진 입술에 맺힌 핏물을 닦아주었다.

"그래도 너무 억울하다 생각은 마세요. 낭자가 저하의 몸에 위해를 입힌 건 분명하니, 이 밤 낭자의 목이 제자리에 붙어 있는 것만으로도 천만다행인 것이지요."

"아까 그분은……."

"세자저하의 생모 되시는 소빈마마랍니다. 그 청초하고 가련해 보이시는 미모와 달리 성정은 불같은 분이시지요. 뭐, 새삼 말로 하지 않아도 이미 낭자도 충분히 알았겠지만 말이에요."

양씨 부인이 고생했다는 듯, 당이의 등을 토닥거려주었다.

"자, 더 큰 봉변을 당하기 전에 어서 나가자고요. 밖에서 기다리는 분도 많이 걱정할 것이에요."

"……부정 어른께서 답을 가지고 올 테니 기다리라 하였습니다."

"지금 이 판국에 그게 문제입니까? 어휴. 하여간 낭자 고집도 참. 알았어요. 그럼 내일이라도 내가 다시 입궁하여 부정 어른의 말을 듣고 전해줄게요. 그럼 됐지요? 그러니 어서 여기를……."

양씨 부인이 당이와 함께 동궁전을 나가려고 전각의 그림자 속에서 막 벗어났을 때였다. 침전 안에서 구르듯 급하게 뛰어나온 젊은 내관과 궁녀들이 두 사람의 앞을 막아섰다.

"못 가십니다!"

"무슨 일이오?"

양씨 부인이 바짝 긴장하여 묻자, 젊은 내관이 이유를 말했다.

"소빈마마께서 궁을 나가지 못하게 하라, 명을 내리셨나이다."

"나를 말이오?"

"두 사람 모두에게 이르신 말인 줄 압니다. 그러니 따라오시지요. 따로 명이 있으실 때까지 계실 곳으로 안내해드릴 것입니다."

젊은 내관이 손짓을 하자, 궁녀들이 양씨 부인에게 허리를 숙여 인사를 한 뒤, 먼저 앞장을 서서 어딘가로 걸어가기 시작하였다.

"내가 마마를 뵙고 오겠…… 다. 그러니 일단 따라가 있으려무나."

양씨 부인이 궁인들의 눈치를 보며 당이에게 하대를 하였다. 어디까지나 그들의 눈에는 당이가 저를 따라온 제집 계집종으로 보일 것을 염두에 둔 것이었다. 그러고선 그래도 되냐는 듯 젊은 내관을 보았다. 그러자 내관이 몸을 비켜, 양씨 부인이 침전 안으로 다시 들어갈 수 있도록 하였다.

양씨 부인이 동궁전의 침전 안으로 들어선 순간, 그녀는 왜 자신과 당이에게 궁을 나가지 말란 명이 떨어졌는지 알게 되었다. 막 탕약을 마시고 누운 세자가 머리맡에 앉은 어머니 소빈의 소매를 잡고 눈물로 하소연하고 있었기 때문이었다.

"……가지 말게 하소서. 가지 못하게…… 하아…… 제 곁에 머물게 해주소서……. 어머님. 하아…… 저 여인이 아니면…… 소자는…… 죽습니다. 죽을…… 죽을 것 같습니다."

"알았습니다. 알았어요!. 세자 말대로 할 것입니다. 그 아인 궁을 나가지 못할 것입니다. 그러니 어서 누우세요. 이러다 또 혼절할까 겁이 나 죽겠습니다!"

"때리지…… 마소서. 그 여인을…… 때리지 마소서……."

"세자……! 세자께서 싫어하시는 일은 아무것도 하지 않을 터이니, 어서 누우세요. 제발 좀 요!"

두 모자가 서로에게 눈물로 간청을 하고 있었다. 현은 당이가 제 손이 미치지 못하는 곳으로 갈까 봐, 제 어미가 다시 당이를 때릴까 봐 겁을 내고 있었고, 소빈은 이러다 세자가 다시 정신을 놓고 쓰러질까 봐 겁을 먹었다.

"걱정 마세요. 그 아이를 후궁으로 맞게 해드릴 것입니다. 세자만, 세자께서만 정신을 차리시면, 자리를 털고 일어나시면 내 무슨 수를 쓰든 그 아이를 반려로 맞게 해드리겠습니다!"

고운 얼굴을 눈물로 잔뜩 적신 채 소빈은 세자의 손을 잡고 맹세를 해주었다. 그러고선 아직도 방문 앞에 서 있는 양씨 부인에게 빽 소리를 질렀다.

"강 부정은 어디로 갔소! 빨리, 한시라도 빨리 그 아이를 궁녀로 들일 수 있게 만반의 준비를 갖추라 이르세요! 어서요!"

그런 제 어미의 고함을 듣고 안심한 것인지, 아니면 뒤늦게 약효가 번지기 시작한 것인지, 소빈의 소매를 굳세게 잡고 있던 현의 손에서 스르르, 힘이 빠졌다. 이내 그 입에서는 고른 숨소리가 나기 시작하였다.

"하으흑……."

아직 완전히 그치지 못한 눈물을 애써 삼킨 소빈은 두 손으로 얼굴의 눈물자국을 지운 뒤, 평소의 제 모습을 되찾기 위해 "하후, 하후." 하고 몇 번 크게 한숨을 쉬었다. 이어 어느새 완전히 냉정을 되찾은, 침착한 목소리로 김 상궁에게 명을 내렸다.

"너는 지금 당장 그 아이에게로 가서 차비를 시키거라."

"차비시라면?"

"이 방에 들일 차비를 시키란 말이다. 그런 누추한 꼴로 세자의 수발을 들게 할 수는 없지 않느냐!"

"마마!"

양씨 부인이 기겁을 하여, 무릎걸음으로 소빈에게 다가앉았다.

"마마, 너무 성급하십니다. 조금 전 그런 일이 있었는데 어찌 바로……."

"올케도 보지 않았소? 내내 의식을 잃고 있던 세자께서 그 아이가 오자마자 거짓말처럼 깨어났소. 그 말인즉슨, 어쩌면 그 아이가 수발을 들면 더 빨리 몸을 회복시킬 수도 있다는 얘기요."

"하지만 당사자는, 낭자 본인은 저하에 대해서 아직 제대로 알지 못하고 있사옵니다. 조금 전에 망극하게도 저하의 옥체에 손을 대어, 저하를 밀친 것도 바로 그 때문이고요."

'게다가 밖에는 그 사내가 기다리고 있는데…….'

차마 밖에서 준형이 기다리고 있다는 얘기는 하지 못하고 양씨 부인은 얼른 다른 핑계를 대었다.

"또한 오늘은 제 계집종으로 위장하여 들이긴 했으나, 본디 반가의 여인이옵니다. 이렇게 강제로 합방을 시켜서는 아니 되……."

"합방이라니!"

소빈이 양씨 부인의 말을 가로막았다.

"누가 합방을 시킨댔소? 지금 세자께서 합방이 가당키나 한 몸이시오?"

소빈의 말에 양씨 부인의 얼굴이 조금 붉어졌다. 딴은 소빈 말대로였다. 지금 세자의 몸으로는 어차피 당이를 안으려 해도 안을 수 없을 것이었다.

"어디까지나 수발이오. 알겠소? 감 내관과 김 상궁, 자네들도 명심하게. 그 아이는 이 밤 합궁을 하는 게 아닐세. 단지 수발을 들 뿐인 것이야!"

소빈이 동궁전의 궁인들에게도 엄히 명을 내렸다. 누구도 감히 소빈의 명을 거부할 수 없을 무시무시한 얼굴로 명을 내렸다.

잠시 후였다.

당이는 궁녀들의 손에 의해 강제로 겉옷이 벗겨지고 또한 강제로 고운 꽃 향이 나는 뜨거운 목욕물 안으로 집어넣어지고 말았다.

"놔요! 이거 놓아요!"

당이는 억지로 저를 씻기려 드는 궁녀들에게서 자유로워지기 위해 거세게 몸을 뒤틀었다. 죽을힘을 다해 몸부림쳤다. 철저히 반항했다.

이대로 순순히 궁녀들의 손에 제 몸을 맡기고 있을 순 없었다. 어떻게든 이 자리를 벗어나야만 했다. 해서 몸부림을 치다 못해, 제 어깨를 강제로 눌러 꼼짝도 못 하게 하는 궁녀의 손목을 세게 물어뜯었다.

"악!"

어깨를 누르고 있던 궁녀 하나가 예상치 못한 아픔에 놀라 손을 떼자마자, 당이는 손바닥으로 목욕통의 물을 퍼서 제 주변의 궁녀들에게 뿌렸다.

"웃프프!"

"뭐, 뭐 하시는 게요!"

궁녀들이 조금 물러난 틈을 타, 당이는 물에 젖어 제 몸을 별로 가려주지도 못하는 속치마, 속저고리 차림으로 목욕통 밖으로 뛰쳐나갔다. 하지만 막 목욕간 문을 열어젖히려 할 때, 웬 중년의 상궁이 스윽 미끄러지듯이 문과 당이 사이를 파고들어왔다. 동궁전 지밀상궁인 김 상궁의 명으로, 당이를 이곳까지 끌고 온 정 상궁이었다.

"괜한 난동을 피우지 마시오."

"나가게 해주세요."

"여기서 나간들 무슨 소용이 있으시겠소? 이미 소빈마마께서 명을 내리신 이상 그쪽 마음대로 궁궐을 나갈 수가 없는 것을요."

상궁은 당이에게 짧게 말한 후, 비에 쫄딱 젖은 생쥐 꼴 모양으로 멍하니 서서 자신들 쪽을 보고 선 궁녀들에게 엄히 명을 내렸다.

"무엇들 보고 섰느냐? 소빈마마께서 기다리고 계시거늘."

"예, 옙! 정 상궁마마님."

궁녀들이 얼른 다시 당이에게 덤벼들어 양쪽 팔과 어깨를 단단히 잡았다. 그러고선 목욕통 쪽으로 질질 끌고 가 당이를 다시 목욕물에 담갔다.

"놔요! 놓으란 말입니다! 이거 놔!"

당이가 또다시 물속에서 거칠게 몸부림쳤다. 궁녀들에게 물을 끼얹고, 누구라도 물어뜯을 기세로 이를 세웠다. 절대로 가만히 당하고 있지 않겠다는 뜻이 담긴 그 거친 난동에 정 상궁은 눈살을 찌푸렸다.

"그만!"

정 상궁이 손을 들어, 당이를 제압하려는 궁녀들의 움직임을 멈추었다.

"하아. 하아……."

"하아아……."

잠깐의 쉼을 맞아 궁녀들의 입에서도, 당이의 입에서도 가쁜 숨이 터져 나왔다.

"너희 둘은 목욕물을 다시 데워 오너라. 그리고 나머지는 모두 문밖에 가서 기다리고 있거라."

"예에."

명을 받은 궁녀들이 재빨리 목욕간 밖으로 몸을 피하였다. 그중에는 당이를 돌아보며 절레절레 고개를 젓는 이들도 있었다.

"그쪽이 이러시는 이유를 모르겠구려. 무엇 때문에 이리 힘을 빼시는 것이요?"

단둘이 된 후, 정 상궁이 당이에게 물었다.

"그쪽 힘으로 뭘 어찌하기엔 이미 너무 늦어버린 것 같은데 말이요."

"왜 나입니까! 내가 무얼 어쨌다고요!"

분함과 억울함에 눈물까지 글썽이며 소리치는 당이를 보며, 정 상궁이 당이가 몸을 담그고 있는 목욕통 쪽으로 다가왔다.

"흐음."

정 상궁은 목욕통에서 물을 한 줌 퍼 올려 향을 맡았다.

"궁궐에서 이런 꽃향 가득한 물로 몸을 씻을 수 있는 건 아주 특별한 몇 몇 분만이지요. 저기 놓인 향유는 또 어떻고요. 우리 같은 평범한 궁녀들은 평생 한 번 쓸 수도 없는 귀한 것이랍니다. 어디 궁녀들뿐이겠습니까? 어떤 이는…… 저하의 여인이 되고도 이런 호사 한 번 못 누려봤지요."

정 상궁이 화정을 떠올리곤 씁쓸한 미소를 지었다. 너무 손쉽게 제 고약한 장난에 휘둘려 버린 가엾은 여인이었다.

사실 그간 정 상궁이 이런 저런 말로 화정의 속을 뒤집어놓은 것은 뭐 거창한 음모나 계획 같은 것 때문이 아니었다. 누구의 사주를 받아서도 아니었다. 따지고 보면 단순한 심술에 지나지 않았다.

자신은 평생 꿈도 못 꿔본 행운을 화정 같은 천한 의녀가 단번에 잡은 것이, 그리고 손바닥 뒤집듯 단숨에 태도를 바꾸는 그 거만한 행실머리가 고까워 시작한 일이었다. 화정 같은 어린 계집애를 어찌 다룰지는 누구보다 정 상궁이 제일 잘 알고 있었다. 하여 몇 마디 말로 쓸데없는 기대를 갖게 하고 또 몇 마디 말로 보란 듯이 그 기대를 짓밟아주었다. 원래 단번에 나락에 빠지는 것보다 조금이나마 희망과 기대를 걸었다가 그것이 좌절되는 쪽이 훨씬 더 죽을 것같이 괴로운 일임을 잘 알고 있기 때문이었다.

실제로 화정이 그러하였다. 단순히 몇 마디 쿡, 찔러주는 것만으로도 화정은 정 상궁이 예상한 그대로 망상에 가까운 희망을 가졌다가 절망의 나락으로 굴러떨어졌다.

그런 화정을 보는 게 얼마나 고소했는지 몰랐다.

'설마하니 그년이 저하를 죽일 생각까지 하게 될 줄은 몰랐지만……. 어차피 지 년 팔자는 지 년이 꼰 것뿐이지.'

그러나 지금 정 상궁 눈앞에 있는 여인은 화정과는 달라도 많이 달랐다.

보통의 궁녀들이라면 황송해서 어쩔 줄 모를 분에 넘치는 광영을 제 발로 차내려 하고 있었다. 그것도 고작해야 한낱 천한 계집종 따위가.

그래서 화정과는 또 다른 의미로 당이 또한 정 상궁에게는 꽤나 밉살스럽게만 보였다.

"저하의 여인이 되면 그쪽의 인생은 몰라보게 달라질 거요. 미천한 계집종에서 일약 내명부의 여인이 될 수도 있단 말이오. 그러니 어떤 사정이 있는지는 모르지만 순순히 포기하고 명에 따르시는 게 어떠하실지."

"그럴 순 없습니다. 제 의지와 상관없이 인생이 바뀌는 일 따위는 원하지 않습니다. 아무도 제게 이런 걸 강요할 수는 없습니다! 저는 이미 혼인을 약속한 분이……."

"허면 죽으시겠소?"

손바닥에 담긴 물을 신경질적으로 털어버린 뒤, 몸을 일으킨 정 상궁이 거만한 표정으로 눈 아래로 당이를 내려다보았다.

"감히 저하의 옥체에 손을 대어 위해를 가한 이상 그쪽에겐 이제 다른 어떤 선택지도 없소. 죽거나, 아니면 소빈마마의 명에 따르거나. 그게 전부요. 하긴 뭐, 그것도 나쁘지는 않지요. 다만 그쪽 혼자의 죽음으로 마무리 지어질 수 있을까 그것이 염려되는구려."

협박이 분명한 말을 하며, 정 상궁이 직접 거친 면포를 물에 적셔 석상처럼 굳어버린 당이의 손을 들고는 그 손등을 부드럽게 문질렀다.

"자칫하면 그쪽의 가족 모두가, 혹시 혼약을 한 이가 있다면 그와 그의 가족들마저도 모두 죽게 될 수 있는데 그래도 상관없겠소?"

"설마 그런……."

"그쪽이 오늘 밤 한 일이 그만큼 무서운 일이었단 말이오. 그러니 그만 포기하고 주어진 숙명에 따르는 게 어떻겠소."

"명을 따르지 않으면 ……죽을 수도 있단 말입니까?"

떨리는 목소리로 당이가 물었다. 당연한 걸 뭘 묻느냐는 표정으로 정 상궁이 그런 당이에게 히죽, 웃어 보였다.

'죽어야 피할 수 있다.'

당이는 입술을 깨물었다.

'죽을까?'

'죽는 건 무섭지 않아.'

'원하지도 연모하지도 않는 상대와 강제로 합방을 하다니, 차라리 죽는 게 나아! 그런데…….'

당이는 생각했다. 생각에 생각을 거듭하였다.

그러느라 얌전해진 당이를 보고 정 상궁은 자신의 설득이 먹힌 것인 줄만 알고 궁녀들을 다시 불러들여 당이의 몸을 씻기라 하였다.

물론 그때에도 당이는 생각을 계속하였다.

어떻게 이 자리를 모면할까를 생각한 게 아니었다. 어떻게 궁궐에서 빠져나갈 수 있을까를 생각한 게 아니었다. 자신 때문에 혹시나 용이나 어머니가 고초를 당하게 될까, 그런 생각 따윈 조금도 하지 않았다.

준형만 생각하였다. 자신이 준형이라면 어떤 것을 원할까만 생각하였다.

'죽는 건 안 돼. 절대로 죽어선 안 돼.'

지금 당이에게 준형이 없는 나머지 생이란 고통이고 고문일 뿐이었다. 당연히 준형에게도 당이가 없는 생이란 고통 외에 아무것도 아닐 터였다.

당이는 확신하였다. 만약 준형에게도 자신과 같은 선택을 해야 할 때가 온다면 당이는 그때 준형에게 깨끗하게 죽을 것을 바라진 않을 것이었다.

더러워져도 좋으니, 평생 지워지지 않는 때가 타도 좋으니, 평생 지워지지도 아물지도 않는 상처를 입어도 좋으니, 온전한 몸이 아니어도 좋으니 살아 있으라, 살아만 줘라 그리 바랄 것이었다. 죽는 것보다 쉽지 않은 일일지도 모른다. 잘못한 선택에 대한 벌로 평생을 괴로워하게 될지도 몰랐다.

그래도 살아야 했다. 무조건 살아서 돌아가야만 했다.

사는 게 죽는 것보다 더 모욕적이고 힘든 일이 될지라도 살아서 가야만 했다. 그것이 자신이 은애하는, 자신을 사랑하는 상대에 대한 최선이었다.

차라리 자신의 잘못된 선택으로 세상 사람들은 물론 준형에게마저도 비난당하고, 버림받게 될지라도, 그 고통까지도 감내해야만 했다. 살아서 가야만 했다. 혼자서 제멋대로 죽는 건 지극히도 이기적인 일이었다.

준형이 도저히 용서할 수 없다고 하면 그때 죽어도 될 일이었다. 죽는 건 나중에라도 얼마든지 할 수 있는, 가장 손쉽고 가장 나태한 선택이었다.

욕먹는 것 따위는 하나도 무섭지 않았다.

'나는 반드시, 어떻게든 당신에게로 돌아갈 거예요. 죽는 그 순간까지 나는 당신 여자이기로 맹세한 몸이니까.'

준형에 대한 맹세를 가슴속에 새기며 당이는 날카로운 칼날처럼 돋아 있던 온몸의 긴장을 풀었다. 가만히 따지고 보면 아주 티끌만 한 희망이 없는 것도 아니었다.

'세자저하는 아픈 분이시다. 그 몸으로는 합방을 하실 수 없을 거야.'

워낙 경황이 없어 세자의 얼굴을 자세히 보지는 못했다. 하지만 분명 운종가에서 들은 소문에 따르면 세자는 독을 먹었고, 그 때문에 아이를 낳지 못하는 몸이 되었다고 했다.

당장 이 밤, 내관의 등에서 축 늘어졌던 모습만 봐도 세자의 상태가 예사롭지 않음은 분명하였다.

어쩌면 아닐 수도 있었고, 제 예상보다 세자의 상태가 훨씬 더 좋을 수도 있었다. 그래도 지금의 자신으로서는 달리 할 일이 없음을 안 당이는 궁녀들의 손에 순순히 제 몸을 맡겼다. 누가 봐도 모든 걸 포기한 사람처럼 보이게 맥없이 그들이 씻기면 씻기는 대로, 옷을 입히면 입히는 대로 순순히 따랐다.

"다 되었구려. 그럼, 갑시다."

정 상궁의 말이 끝나자마자, 모든 단장을 마친 당이의 머리 위에 커다란 보자기가 씌워졌다. 그리고 궁녀들 중에서 가장 건장한, 웬만한 사내들보다 더 건장한 풍채의 궁녀가 그런 당이를 보자기째 업어 들었다.

'어디지? 어디에 있는 거지?'

당이가 그리 한 치 앞도 모르는 운명을 향해 옮겨지고 있을 때, 궁궐 담을 넘은 준형은 여기저기 두리번거리며 당이의 기척을 찾고 있었다.

사실 준형은 양씨 부인이 당이를 데리고 들어갔던 단봉문(왕실가족과 내시, 궁녀 등이 주로 출입하는 궁궐문) 앞 어둠 속에 몸을 숨긴 채 조용히 당이를 기다리고 있던 중이었다. 그런데 아무리 기다려도 나오지 않는 당이가 점점 걱정되기 시작하였다. 자꾸만 애가 탔고, 조바심이 났다.

처음엔 그저 상상이었다. 당이에게 무슨 일이 생긴 건 아닌지 하는 불안한 상상이었다. 그 불안한 상상은 시간이 갈수록 확신으로 변했다.

궁궐 안에서, 자신이 들여다볼 수 없는 담 안에서, 무엇인가가 무슨 일인가가 일어나고 있었다. 준형의 본능이 제 반려에게 일어난 위험을 경고하는 듯하였다. 해서 단봉문 그늘 속에서 숨어 있다가 때마침 문을 나서는 젊은 내시의 뒤통수를 후려갈겨 정신을 잃게 하고는 그의 옷을 훔쳐 입었다. 궁궐 안에서 사람들의 주의를 피하기 위해선 어쩔 수 없는 일이었다.

'이 일을 어쩐다?'

이유 없이 습격당하고 옷까지 뺏긴 가엾은 젊은 내관을 사람들의 눈에 띄지 않는 어둠 속에 숨겨두고서, 궁궐 담을 넘은 준형은 난감하여 잠시 드넓은 궁궐 안을 휘휘, 둘러보기만 하였다.

의심 가는 곳이 없는 것은 아니었다. 당이는 십중팔구 동궁전에 있을 것이었다. 세자의 외숙모와 함께 입궁하였으니, 달리 갈 곳이 있을 턱이 없었다. 문제는 넓고 넓은 궁궐 안에서 동궁전이 어딘지 도통 알 수가 없다는 것이었다.

'젠장, 하는 수 없지.'

준형은 마침 나란히 지나가는 생각시(어린 궁녀) 둘을 보고선 고개를 푹숙인 채 그들에게 접근하였다. 조금 전 궁 밖에서 젊은 내관에게서 뺏어 입은 옷에다, 옷소매에 양쪽 손목을 집어넣고 허리를 구부정하게 숙인 준형의 모습은 겉모습만 보면 영락없는 내관 그 자체였다.

"흐흠. 말 좀 묻겠네."

"예, 그러십시오."

아직 어린 소녀 둘이 고개를 조금 숙인 채 곁눈질로 힐끔힐끔 준형을 훔쳐보며 답하였다.

"내 급한 일이 있어 그러는데 동궁전의 한 내관에게 성 내관이 여기 있다고, 급히 좀 와달라고 말 좀 전해주지 않겠는가?"

"예에. 한 내관어른에게 성 내관어른이 찾으신다 전해드리면 되지요?"

생각시 중 하나가 싹싹하게 준형의 말을 받더니, 다녀오겠다고 꾸벅 고개를 숙여 보인 뒤에 얼른 동궁전 쪽을 향해 걸음을 옮기기 시작했다.

때마침 그 앞에는 한 무리의 궁녀들이 생각시가 가려는 방향과 똑같은 곳을 향해 부지런히 걸음을 옮기고 있었다. 기묘하게도 그 궁녀들 중에는 보쌈이라도 하고 있는 양, 사람이 든 것 같은 커다란 보자기를 업고 가는 궁녀도 있었다.

"이, 이보게!"

그 모습을 하나도 놓치지 않고 유심히 준형이 종종거리며 뛰어가고 있는 생각시를 불러 세웠다.

"내관어른, 왜 그러십니까?"

"아니, 가만 생각해보니 내가 가는 편이 나을 것 같아서 말이네. 귀찮게 해서 미안하였네."

준형이 여전히 제 곁에서 저를 흘끔거리며 서 있는 생각시와 자신에게 동궁전이 있는 방향을 몸으로 직접 가르쳐준 거나 다름없는 생각시에게 다정한 미소로 인사를 하였다. 그러곤 이미 저만치 앞에서 동궁전으로 향해 가고 있는 궁녀들의 뒤를 쫓기 위해 걸음을 서둘렀다.

"하아, 내시부에 저렇게 잘생긴 이가 있었던가?"

멀어져가는 준형의 뒷모습을 보며 아직 어린 계집아이가 제법 어른처럼 나른한 한숨을 지었다.

"그치. 정말 잘생긴 분이었지? 지난번에 먼발치에서 얼핏 뵌 세자저하하고도 비슷하게 닮은 게 참, 잘난 분이셔!"

준형과 스쳐, 동무에게로 다가온 생각시가 콧소리를 내며 몸을 배배 꼬았다. 그러자 옆의 동무가 기막히다는 얼굴로 팔꿈치로 동무의 팔을 툭, 쳤다.

"얘는? 말도 안 돼. 어떻게 내시하고 저하하고 닮을 수가 있어? 아무리 잘생기면 뭐해? 사내인데도 사내가 아닌 것을. 어디 저하하고 비교나 돼?"

"풋. 하긴, 그건 좀 그렇지? 아무리 그래도 내시와 저하가 닮았다는 건 좀…… 말이 안 되지? 후후훗."

닮았다는 이야기를 꺼냈던 생각시 아이가 제 말도 안 되는 착각을 무안해하며 손가락으로 이마 옆을 긁적거렸다. 두 어린 계집아이들이 그렇게 자기네들 수다에 열중하는 동안, 준형은 보자기를 업은 궁녀들의 뒤를 따라 동궁전 쪽으로 향했다.

하지만 얼마 못 가, 준형은 이내 걸음을 멈출 수밖에 없었다. 궁녀들이 향한 동궁전의 바로 앞에는 동궁전을 지키는 군사들이 쫙, 깔려 있었기 때문이었다.

'어쩌지?'

동궁전 근처의 나무들 뒤에 몸을 숨긴 준형은 자신이 과연 그들 앞을 무사히 지나갈 수 있을지를 가늠해보았다.

동궁전을 지키는 자들이니 아무리 내시로 변장을 하였다고 해도 낯선 자신을 순순히 안으로 들여보내 줄 것 같진 않았다.

'젠장! 어디 있는지만 알면 되는데!'

지금 마음 같아서는 동궁전을 지키는 군사가 수십이건 수백이건 제 상대가 되지 못할 것 같았다. 당이가 어디있는지만 알면 그들 모두를 무찌르고서라도 당이를 데리고 나올 수 있을 것만 같았다.

헌데 가장 중요한 걸 알 수 없으니, 무턱대고 일을 저지를 수가 없었다.

그때, 그리 곤란해하고 있는 준형의 뒤에서는 잔뜩 얼굴이 흐려진 일산이 제 생각에 빠져 걸음을 옮기고 있었다.

-곧 중국에서 사신이 올 거라 합니다.

왜 갑자기 김 부사에 대한 국문이 이뤄지고 있는지 알아보러 궐내각사(궁궐 안의 관청)로 향했던 일산은 우연히 만난 이조참판에게서 뜻밖의 이야기를 듣게 되었다.

-사신이오? 갑자기, 왜요?

-명목상은 황제를 대신하여 전하의 병문안을 오겠다는 것이지만 속뜻이야 어디 그렇겠습니까?

-속뜻이라니요?

-하하하하. 이거 왜 이러십니까. 저는 아직 어느 편에 설지 결정을 하지 못했습니다. 저 같은 소인배는 이쪽, 저쪽 눈치를 살피며 줄타기를 잘해야 오래 살아남는 법이거든요. 그러니 더 이상의 답을 요구하진 마시지요.

이조참판은 그렇게 슬쩍 발을 빼면서도, 일산에게 인심을 잃지 않기 위해서 넌지시 작은 비밀 하나를 더 가르쳐주었다.

-사신이 오는 대로 영천군 대감이 극진하게 모실 모양인가 봅니다. 벌써부터 사신을 대접하려고 영천군 대감의 주머니에서 어마어마한 돈이 풀려 나올 것이라는 소문이 파다합니다. 오죽하면 도성 안의 한다하는 상단의 대방들이 다 줄지어 영천군 대감 집을 간다 할까요.

이조참판은 그렇게만 말하고, 입을 다물었다. 저도 자세히 아는 것이 없다며 더는 아무것도 말해주지 않으려 하였다.

'흥. 누가 제 놈이 말해주지 않으면 모를 줄 알고.'

생각에 잠긴 일산의 얼굴이 사납게 일그러졌다. 사신이 병문안을 빙자하여 병문안을 온다. 그 이유란 뻔할 것이었다.

아마도 세자가 다음 보위를 이어도 좋을지 살피러 오는 것이 분명할 터였다. 애당초 현이 걸음마도 하기 전에 임금이 현에게 원자(임금의 적장자)란 칭호를 부여하려 할 때부터 중전 김씨의 친정붙이들은 물론이요, 조정에서도 반대하는 이들이 적지 않았다.

중전이 아직 나이가 젊은데, 후궁의 몸에서 난 왕자를 원자로 삼아 다음 대의 보위를 잇게 하겠다는 임금의 성급한 판단을 모두 그르다며 한입으로 "통촉하여 주시옵소서!"를 외쳤다.

그래도 임금은 절대 고집을 꺾지 않았다. 현이 원자요, 세자가 될 것이고 다음 대의 보위를 잇게 할 것이라 단언하였다. 그런데도 현은 정작 원자의 지위에 오르고 십여 년이 더 지나서야 세자 책봉을 받을 수 있었다.

중국에서 좀처럼 현의 세자 책봉고명(임금, 세자, 왕비 등의 임명장)을 내려주지 않으려 했기 때문이었다. 결국은 현이 열 살이 넘도록 현이 이외에는 다른 왕자가 없으니, 중국황제 쪽에서도 결국 못 이기는 척 세자 책봉고명을 내려줄 수밖에 없었지만.

'그런데 이제 와서 그것을 뒤집어보시겠다?'

분명 중국 쪽에 사신을 보내 달라 은밀히 청한 것도 중전과 영천군 일당일 것이었다. 병약하고 아직 혈손도 얻지 못한, 병약하기 그지없는 세자가 다음 보위를 잇게 돼도 좋을지 모르겠다. 직접 와서 한번 살펴보시라.

아마도 그런 핑계를 대고서 사신을 보내 달라 청했을 게 뻔했다.

'김 부사를 빨리 해치울 필요가 있는 것도 그 때문일 테고.'

사신을 접대하고자 들자면 어마어마한 돈이 필요할 것이었다. 어떻게든 사신을 자신들의 뜻대로 움직일 수 있게 구워삶으려면 각종 뇌물과 향응을 아끼지 않아야 하기 때문이었다.

또한 주상은 물론이요, 세자 또한 소명의 기회를 주려 한 김 부사를 엄히 처형하는 모습을 보여줌으로써 자신들의 뜻에 반하면 어찌 되는지 조정 중신들에게 본보기로 보여줄 심산이기도 할 것이었다.

'그런데 하필…… 이런 때에 세자가 그런 꼴을 당했으니, 이를 어쩐다.'

화정이 독약을 먹고, 세자가 다시는 아이를 낳지 못할 것이라고 악담한 것. 이 모두가 세자에게는 너무나 불리한 정황임이 틀림없었다.

'어떻게든 사신에게 세자가 다음 보위를 이을 수 있는 완전무결한 존재

임을 증명해 보여야 한다. 그런데 어떻게, 어떻게?'

그리 고민하던 일산의 눈에 저만치에서 동궁전 쪽을 기웃거리고 있는 젊은 내관의 모습 하나가 눈에 들어왔다.

'누구지? 중전이 보낸 염탐꾼인가?'

염탐꾼의 뒷덜미를 잡아채기 위해 긴장하여 발소리를 죽이고 다가서던 일산이 갑자기 걸음을 멈춘 건, 좌우를 두리번거리는 염탐꾼의 옆얼굴을 보고서였다. 그 얼굴은, 지금 동궁전에 누워 있는 제 조카와 똑같이 닮아 있는, 또 다른 제 조카의 얼굴이었다. 그걸 본 순간 일산은 조금 전 자신이 했던 고민이 순식간에 씻겨 내려가는 걸 느낄 수 있었다.

너무도 쉽고 간단한 답이 바로 제 눈앞에 떡하니 있는 것이 아닌가!

"여어! 김 내관. 여기서 무얼 하시나?"

빙글빙글 일산이 도에 지나치게 반가운 척을 하며, 놀라 굳어 저를 쳐다보는 준형에게로 다가섰다.

"후후훗. 이 옷은 또 어디서 훔쳐 입은 것인가? 정말 볼썽사납군그래."

일산이 준형의 내관 흉내를 비웃으며, 다시 물었다.

"그래, 이런 꼴까지 하고 여기서 무얼 하는 건가? 자네 눈빛을 보니 나를 찾으러 온 것은 아닌 것 같은데."

"그 여자는 어디 있지? 그 여자가 분명 당신을 찾아왔을 텐데?"

준형이 사납게 이를 드러내 보이며 목소리를 죽인 채 일산에게 물었다.

"자네 부친과 형님을 위해 궁 안에 들여보낼 때는 언제고, 잠시 잠깐도 기다릴 여유가 없는 건가? 이렇게 몸이 달 것 같았으면 아무리 급했어도 제 여인을 궁에 들여보내진 말았어야지."

"헛소리 말고 바른대로 말해! 그 여자는 지금 어디 있어!"

준형이 당장이라도 물어뜯을 것 같은 눈빛으로 일산을 위협하였다. 일산은 그런 준형의 위협에도 눈 하나 깜짝하지 않고 천연덕스레 답했다.

"왜 이렇게 초조해하는 건가. 뭐가 그리 불안한 건가. 왜! 누가 자네 여인을 빼앗아 가기라도 할까 봐 그러는 건가?"

"큿……."

분했지만, 당장 무어라 반박이라도 하고 싶었지만 준형은 할 말이 없어 그저 얄미운 일산을 노려보기만 했다.

일산이 말한 그대로였다.

초조하고 불안하였다. 누군가 제게서 당이를 빼앗아 갈 것만 같아 도저히 기다리고 있을 수만은 없었다. 그런데도 왜냐고, 그리 느끼는 이유가 무엇이냐고 묻는다면, 무어라 답할 말이 없었다.

오직 본능.

사내로서, 늑대로서의 본능만이 모든 이유이자 근거이자 까닭이었다.

당이가, 제 여인인, 제가 사랑하는 반려의 신변에 무슨 일인가가 있는 게 분명함을 알려오는 본능을 무어라 설명할 방법이 없었다.

"정작 지금 자네가 걱정해야 할 건 그쪽이 아닌 것 같은데……. 뭐, 하긴."

'피붙이도 아닌 형과 아비에 대한 걱정보다는 반려에 대한 걱정에 눈이 도는 게 지금의 너로서는 지극히 자연스러운 일이긴 하겠지.'

일산은 새삼스러운 눈으로 내관 옷을 입고 제 앞에 서 있는 준형의 얼굴을 자세히 보았다. 마치 현이 내관 옷을 훔쳐 입고 제 앞에 서 있는 것만 같은 착각을 하게 만드는 준형의 얼굴을 찬찬히 뜯어보았다.

'……가능할까?'

'불가능할 것은 또 뭐야. 이리도 똑같은데…….'

'만약 들킨다면…….'

'아니, 꼭 그리 생각할 것도 아니다. 누님, 감 내관, 세자. 딱 셋만 설득하면 불가능한 것만도 아니다.'

일산의 머릿속에선 지금 '어떤 궁리'가 한창이었다.

"그 여자는 어디 있냐고 물었잖아."

입을 꾹 다물고 기분 나쁜 눈빛으로 저를 살피는 일산에게 준형이 신경질적으로 물었다.

"나를 업게나."

무슨 생각을 하였는지, 일산이 준형에게 생뚱맞은 요구를 하였다. 직접 준형의 등 뒤로 돌아가 빨리 업으라는 듯, 준형의 등을 누르기까지 하였다.

"미쳤어?"

"아니. 널 도와주려는 것이다. 이대로라면 넌 동궁전 안으론 한 발자국도 들어갈 수 없거든. 그러니 잠자코 내가 시키는 대로 하거라. 아님 내가 들어가 그녀를 내보내기를 믿고 기다릴 텐가?"

일산이 준형의 의지에 맡기겠다는 듯, 슬쩍 한 발을 떼었다. 하지만 그러면서도 일산은 준형이 결코 기다리고 있지 못할 걸 알았다. 얌전히 기다릴 수 있을 것 같으면 애초에 궁궐 담을 넘지도 않았을 테니까.

"어쩌려고."

준형이 마지못해 등을 내어주며 물었다.

"나는 밤길에 돌을 헛디뎌 발을 삔 것이다. 내관인 자네가 걸을 수 없게 된 나를 도와 업고 가는 것뿐이니, 아무도 그 와중에 자네 얼굴을 확인하려 들지 않을 것이야."

또한 일산은 말했다. 동궁전 안에 들어가거든 소나무들이 즐비하게 서 있는 전각의 왼편으로 돌아가, 전각 맨 뒤편 오른쪽에서 세 번째 문짝을 들어올리라고.

"다른 문짝들은 모두 안쪽에서 단단히 못질을 하고 자물쇠로 단단히 걸어 잠갔으나, 그 문짝만은 위에만 못질을 하고 양옆과 바닥에는 부러 못질을 하지 않았다네. 그곳으로 들어가면 자네가 찾고자 하는 것을 찾을 수 있을 것이야."

귓전에서 속삭이는 일산의 말을 들으며, 준형은 묻고 싶은 것들이 한두 가지가 아니었다. 왜 자신에게 그런 비밀을 일러주는지. 정말 자신이 당이를 데리고 가려는 걸 도우려는 걸 맞는지. 혹시 달리 꾸미는 무엇이 있어 자신을 함정에 빠트리려 하는 건 아닌지.

묻고 따지고 싶었다.

하지만 그럴 틈이 없었다. 등에 업힌 일산이 "아구구야!" 하고 요란스레 아픈 시늉을 하기 시작함과 동시에 얼른 가라는 듯 발로 툭툭 자신의 허벅지를 차기 시작했던 것이다.

하여 준형은 할 수 없이, 일산이 시키는 대로, 일산을 업은 채 동궁전을 향해 걸음을 떼었다.

'기분 나쁜 사내. 왜, 이 기분 나쁜 사내에게 자꾸만 휘둘리는 거지?'

어이가 없었다.

일산이 당이와 자신에게 한 일만 생각하면 당장 그 목을 물어뜯어 죽어도 시원찮은데, 이상하게 계속 일산에게 휘둘리고 마는 자신이 어이없었다. 따져 물어야 할 것도 번번이 따져 묻지 못하고 있었다. 미워 죽겠는데, 증오스러운데 진심으로 미워하고 증오하지 못하는 제 자신이 준형은 정말 이해가 가지 않았다.

그 후 모든 일은 일산이 말한 대로 진행되어갔다.

준형이 일산을 업고, 고개를 제대로 들지 않고 동궁전 안에 들어서자마자 동궁전의 궁인들과 내시들이 놀라 두 사람에게 달려들었다. 준형의 등에서 내려온 일산이 사람들의 주의를 끌기 위해 호들갑스럽게 비명을 지르며 아픈 척을 하다 보니 누구도 준형이 동궁전 마당 옆 소나무들 사이로 몸을 숨기는 걸, 은밀히 전각 뒤편으로 돌아 들어가는 걸 알아차리지 못하였다.

"들라 하라."

그때 소빈은 세자 현이 누워 있는 동궁전 침전과 좁은 복도로 연결되어 있는 별채 방에서 막, 당이를 맞이하고 있는 중이었다. 이곳은 원래 동궁전에서 세자의 합궁이 있을 때, 여인들이 먼저 드는 곳이었다. 동궁전의 상궁이 여인에게 세자와 합궁을 할 때, 절대 하지 말아야 할 일과 행해야 할 몸가짐 등을 일러주고 합궁의 절차에 대해 일러주는 곳이었다. 세자와 합궁을 하기 전 여인들이 스스로의 정신과 마음을 평온하고 온유하게 준비하는 곳이기도 하였다.

하지만 이날만은 달랐다. 이날은 당이가 방에 들자마자 궁녀들이 커다란 무명천을 들고 당이의 주변을 둘러쌌다.

얼핏 보면 이불보처럼 보이기도 하는 무명천은 당이의 가슴께까지 오는 크기였다. 궁녀들은 그 천을 펼쳐 든 채 당이의 앞뒤 양옆, 네 귀퉁이에 각을 만들어 섰다.

"살피거라."

소빈이 차가운 얼굴로 명을 내리자마자, 동궁전의 지밀상궁인 김 상궁이 직접 그 작은 천막 안으로 들어갔다.

그러곤 섬세한 손길로 조금 전, 목욕간에서 궁녀들이 입혀 주었던 저고리와 치마, 속저고리와 속치마까지 모두 벗겼다.

심지어 땋아서 얌전히 어깨 옆으로 늘어뜨린 머리까지 모두 풀어 그 안에 손가락을 집어넣어 훑어 내렸다. 이어 김 상궁은 궁녀들이 들고 있는 천으로 몸이 완전히 가려지도록, 쪼그리고 앉았다. 속곳과 속속곳 등 나머지 모든 속옷을 벗기고 살피려는 것이었다.

그러는 동안 천을 들고 있는 궁녀들은 일제히 눈을 내리깔아, 민망한 상황을 피하였다.

보통 세자나 임금과 동침하게 되는 여인들의 경우, 동침 전에 미리 손톱 발톱이 너무 길지 않은지 혹시 몸에 나쁜 병이라도 가지고 있지 않은지 살피는 건 지극히 당연한 일이었다.

그 당연한 일로 목욕간에서 많은 궁녀들에게 알몸을 보이고, 궁녀들이 준 옷으로 갈아입고, 궁녀들이 땋아준 머리를 하고 있는 당이가 새삼 동궁전에 와서 다시 몸수색을 당하게 된 건 어디까지나 화정 때문이었다.

화정이 세자 현에게 독을 먹인 일 때문에 두 번, 세 번 거듭하여 조심하는 것이었다. 혹시라도 목욕 이후에 궁녀 중 누군가가 세자를 해할 수 있는 어떤 물건-예를 들면, 독침이나 독바늘, 작은 칼, 독약 등-을 건네거나 숨기게 했을 수도 있었다. 나쁜 뜻을 품었다면 치마, 저고리는 물론 속옷 등 어딘가에 독바늘 하나를 몰래 꽂아 넣었을 수도 있었다. 풍성한 머리카락 사이에 작은 독약을 숨겼을 수도 있었다. 몸의 가장 비밀스러운 부분에 무엇이든 감췄을 수도 있었다.

　하여 당이의 옷가지와 머리, 몸을 뒤지는 지밀상궁의 손놀림은 그다지 빠르지 않았다. 신중함과 예민함을 담고 느리고 움직였다.

　지밀상궁의 손이 미처 예상치 못한 곳까지 와 닿았을 때, 가장 은밀하고 소중한 부분까지 뒤지려 와 닿았을 때는 당이의 귀 아랫부분에 붉은 꽃물들이 번져 나갔다. 눈가와 입가엔 파르르 작은 떨림도 일었다.

　그런데도 당이는 제 맞은편, 방의 가장 상석에서 저를 보고 있는 차가운 소빈의 눈을 조금도 피하지 않았다. 소빈의 조금 앞에 앉은 양씨 부인의 동정에 찬 시선도 피하지 않았다. 오히려 보란 듯이 등을 꼿꼿하게 세우고, 입을 굳게 다물어 지금 이 순간의 모든 치욕을 감내하였다.

　자칫하면 이 밤 겪어내야 할 건 이 정도 치욕이 아닐 것이었다. 이 정도 일을 치욕이라 말할 수 없을 정도로 더 큰 수치를 겪어내야만 할지도 모르는 일이었다.

　그래서 당이는 견뎠다. 어금니를 악물고 몸에 와 닿는 차가운 여인의 손길을 견뎠다. 몸을 뒤지는 치욕적인 행위를 견뎌냈다.

　'맹랑한 것.'

　빳빳이 고개를 든 채 저와 눈이 마주치고도 눈을 내리깔지 않는 당이를, 소빈은 괘씸하게 생각하였다.

　'흥. 네까짓 게 감히 나와 한번 대적이라도 해보겠다는 것이냐?'

　"할 말이 많은 표정이구나."

소빈이 당이에게 먼저 말을 걸었다. 당이의 눈썹이 잠시 꿈틀하기 했지만, 당이는 말없이 그저 소빈을 마주 보기만 하였다.

"할 말이 있거든, 어디 한번 해보려무나."

"……."

소빈의 도발에도 당이는 계속 침묵을 지켰다.

"이보시게. 마마께서 자네 말을 들으시겠다고 하시질 않는가?"

양씨 부인은 제가 괜히 민망하여, 무슨 말이든 해보라는 듯 당이에게 말을 권했다.

"어른께서 물으시는데 어찌하여 그리 입을 꾹 다물……."

"……사람이 아닐진대, 제가 무슨 말씀을 드리겠습니까?"

"무어라?"

소빈의 그린 듯 고운 눈썹이 꿈틀, 높게 치솟았다.

"저를 사람으로 취급하셨으면 제 의사에 상관없이 이리 취급하셨겠습니까? 제가 원하지 않는데 함부로 옷을 벗기고, 몸을 씻기고, 이렇게 사람들 앞에서 몸을 드러내게 하고, 이렇게 수치스럽게 몸 뒤짐을 하시겠습니까? 그러니 제가 어찌 사람일 수 있겠습니까?"

"허억……."

당이의 말에 소빈을 제외한 방 안 모든 사람들이 일제히 숨을 들이켰다. 당이의 지나치게 당당한 태도에, 당돌한 말에 모두 소스라치게 놀란 것이다.

오죽하면 당이의 몸을 살피느라 쪼그려 앉아 있던 김 상궁마저 놀란 나머지 손놀림을 멈추고 그 상태에서 당이를 올려다봤을 지경이었다.

"……허면 내가 사람도 아닌 것을 내 아들의 방에 들게 한단 말이냐?"

그림 속 미인도의 그것인 양, 중년의 나이답지 않게 여전히 새빨갛고 탐스러운 입술을 일그러뜨리며 소빈이 물었다. 당이는 조금 턱을 치켜들고 그런 소빈과 눈을 맞추면서도 입을 굳게 다물었다. 더는 대답하지 않겠다는 의지였다.

"김 상궁!"

당이의 태도에 속이 뒤집어진 소빈이 신경질적으로 소리를 높여 천막 안의 김 상궁을 불렀다.

"아직이더냐!"

"아니, 아닙니다. 다 마쳤사옵니다."

김 상궁이 얼른 답하며 천 밖으로 나왔다.

"달리 숨기고 있는 것이 있더냐?"

"아니옵니다. 깨끗하옵니다."

김 상궁이 소빈을 향해 당이가 아무것도 감추고 있지 않음을 고했다.

"과연 그러한 지, 내가 한번 봐야겠다. 천을 거두어라!"

"마마!"

소빈의 무정한 명에 김 상궁과 양씨 부인이 놀라 소빈을 보았다.

"마마, 이러실 것까지는……."

"제 입으로 사람이 아니라고 말한 것이 아닌가! 사람이 아니면 베개나 자리끼 물그릇일진대, 내가 내 아들 방에 들여놓을 물건을 자세히 살피겠다는데 무엇이 문제인가. 무엇들 하느냐. 어서 천을 거두지 않고!"

소빈이 엄하게 명했다. 제 아들의 반려인지 뭔지 모르지만, 감히 저와 눈을 마주치고 감히 제게 맞서려 드는 어린 계집애에게 매운맛을 보여주기 위한 명이었다.

할 수만 있다면 당장에라도 당인지 뭔지 하는 저 조그맣고 당돌하고 맹랑한 계집애를 벌거벗은 채로 궁궐 밖으로 내쫓고 싶었다.

세자가, 제 아들, 현이 매달리는 아이니 그럴 수 없어 더 분하였다. 더 복장이 터졌다. 앞으로도 당이가 계속 사사건건 제 신경을 거스를 게 분명한데도, 그 꼴을 보기 싫어 죽겠는데도 어쩔 수 없다는 게 더 화가 났다.

"내 손으로 직접 거둘까!"

꿈쩍도 하지 않는 궁녀들에게 소빈이 다시 목소리를 높였다. 하여 궁녀들이 하는 수 없이 천을 거둔 바로 그 순간, 문 밖에서 궁녀 하나가 급히 아뢰어 왔다.

"마마! 부정 영감께서 발을 헛디뎌 크게 다치셨사옵니다."

"무어? 부정 어른이?"

제 남편이 다쳤다는 소리에 양씨 부인이 제일 먼저 사색이 되어 방을 뛰쳐나갔다. 미처 소빈에게는 간다 온다 소리도 못한 채였다. 물론 내심, 안 그래도 불편한 자리를 이참에 피하게 되어 잘되었다는 생각도 있었다.

'흥. 일산이 다쳤다고?'

쉽게 믿기지 않는 소리에 소빈 역시 천천히 몸을 일으켰다. 아무리 밤이라고는 하나 일산이 발을 헛디딘다는 건 말도 안 되었다.

'또 무슨 꿍꿍이가 있는 게로구나.'

소빈이 여전히 맨몸을 드러내 보이고 있는 상태로 수치심에 덜덜 떨고 있는 당이 곁을 천천히 스치고 지나갔다.

"아, 김 상궁."

방문 앞에 선 소빈이 당이의 맨몸에 급히 천을 둘러주고 있는 등 뒤의 김 상궁에게 일렀다.

"예, 마마."

"감 내관을 불러와 저 아이를 데리고 가라 하게."

"예, 마마."

김 상궁이 허리를 굽혀 답했다.

잠시 후, 감 내관이 직접 당이를 데리러 왔을 땐 당이는 이미 모든 옷을 갖춰 입고 모든 준비를 마친 상태였다. 그동안 김 상궁은 듣는 둥 마는 둥 하는 당이에게 이 밤 당이가 해야 할 일들에 대해 찬찬히 알려주었더랬다.

저하의 곁에 얌전히 누워 있을 것. 만약 저하께서 중간에 깨어나 손을 뻗치시거든 절대 그 손을 마다하지 말 것. 만약 합궁을 하게 된다면, 그 도중에 절대로 몸을 뒤척이지 말 것. 먼저 손을 대거나, 저하께 먼저 말을 걸지 말 것. 합궁 시, 방문 밖에서 상궁의 지도가 있을 테니 그대로 따를 것 등이었다. 그 모든 말을 요약하면 결국, 당이는 이 밤 동안 그 어떤 사람다운 의지도 내보여서는 안 된다는 뜻이었다.

"가시지요."

당이를 데리러 온 감 내관은 김 상궁과 함께 먼저 앞장서서 복도 건너편에 있는 세자의 침실로 당이를 이끌었다. 그러면서도 감 내관의 신경은 온통 등 뒤에 있는 당이에게 향해 있었다.

'당신께서 바로 그분이시옵니까? 저하가 그토록 오래 그리워하시던 분이, 그토록 간절히 원하시던 분이 바로 당신이셨습니까? 당신께서 바로…… 저하의 여인이시옵니까?'

주책없게 자꾸 눈시울이 뜨거워지는 걸 애써 참으며, 늙은 내관은 무표정을 고수하려 애썼다.

한편, 그때 준형은 어디인지도 모를 방의 한중간에 우뚝 서 있었다.

'이, 이게 뭐야. 이게 다…… 뭐야?'

준형은 순간, 제가 꿈을 꾸고 있는 건 아닌지, 제 머리가 미친 게 아닌지 의심하였다. 그렇지 않다면 자신의 눈앞에 자신이, 자신이 아닌데 자신과 똑같은 얼굴을 한 사람이 잠들어 있을 리가 없지 않은가!

-2권에 계속-